VALE DAS CHAMAS

J. BARTON MITCHELL

VALE DAS CHAMAS
SAGA DA TERRA CONQUISTADA – LIVRO 3

Tradução:
DENISE DE CARVALHO ROCHA

JANGADA

Título do original: *Valley of Fires*

Copyright © 2015 J. Barton Mitchell.

Copyright da edição brasileira © 2015 Editora Pensamento-Cultrix Ltda.

Publicado mediante acordo com St. Martin's Press, LLC.

Texto de acordo com as novas regras ortográficas da língua portuguesa.

1ª edição 2015.

Todos os direitos reservados. Nenhuma parte desta obra pode ser reproduzida ou usada de qualquer forma ou por qualquer meio, eletrônico ou mecânico, inclusive fotocópias, gravações ou sistema de armazenamento em banco de dados, sem permissão por escrito, exceto nos casos de trechos curtos citados em resenhas críticas ou artigos de revistas.

A Editora Jangada não se responsabiliza por eventuais mudanças ocorridas nos endereços convencionais ou eletrônicos citados neste livro.

Esta é uma obra de ficção. Todos os personagens, organizações e acontecimentos retratados neste romance são produtos da imaginação do autor e usados de modo fictício.

Editor: Adilson Silva Ramachandra
Editora de texto: Denise de Carvalho Rocha
Gerente editorial: Roseli de S. Ferraz
Produção editorial: Indiara Faria Kayo
Assistente de produção editorial: Brenda Narciso
Editoração eletrônica: Join Bureau
Revisão: Vivian Miwa Matsushita

Dados Internacionais de Catalogação na Publicaçãoo (CIP)
(Câmara Brasileira do Livro, SP, Brasil)

Mitchell, J. Barton
    Vale das chamas : saga da terra conquistada, livro 3 / J. Barton Mitchell ; tradução Denise de C. Rocha. — São Paulo : Jangada, 2015.

    Título original : Valley of fires
    ISBN 978-85-5539-017-3

    1. Ficção científica norte-americana. I. Título.

15-08939   CDD-813.0876

Índices para catálogo sistemático:
1. Ficção científica : Literatura norte-americana   813.0876

Jangada é um selo editorial da Pensamento-Cultrix Ltda.

Direitos de tradução para o Brasil adquiridos com exclusividade pela
EDITORA PENSAMENTO-CULTRIX LTDA., que se reserva a
propriedade literária desta tradução.
Rua Dr. Mário Vicente, 368 — 04270-000 — São Paulo, SP
Fone: (11) 2066-9000 — Fax: (11) 2066-9008
http://www.editorajangada.com.br
E-mail: atendimento@editorajangada.com.br
Foi feito o depósito legal.

Para meu editor, Brendan Deneen.

Obrigado por me ajudar a trazer este mundo à vida.

PRÓLOGO

ELA ACORDOU DA ESCURIDÃO só para se deparar com outra igual, arrancada de sonhos indistintos que eram uma mistura distorcida de pessoas e lugares conhecidos e desconhecidos. Quando sua consciência se solidificou, a primeira coisa que percebeu foi o frio. A segunda... que estava em movimento. Seu corpo sacudia, estalidos estranhos vinham intermitentes e ela podia sentir a gravidade pressionando-a para baixo.

Avançava para cima dentro de um pequeno contêiner negro, mas estava escuro demais para perceber outra coisa que não fosse o fato de o objeto ter sido projetado para transportar gente bem maior do que ela. Suas mãos e tornozelos estavam presos e, quando percebeu em que apuros estava, um sentimento viscoso de medo começou a rastejar pela sua espinha.

Uma luz cintilou no quadradinho em frente a ela.

Era um visor. Ao olhar através dele, pôde distinguir vagamente paredes negras colossais, tão extensas que se perdiam à distância. Ela podia ver outras coisas também, de relance, enquanto era carregada para cima. Havia movimento dentro daquele lugar. Ele estava vivo.

Por todo o interior da estrutura maciça, um complicado sistema de trilhos tinha sido construído. Enquanto ela observava, cápsulas metálicas pretas, de formato oblongo, subiam e desciam pelos trilhos, seguindo em todas as direções e passando de um trilho para outro. Ela devia estar sendo transportada numa daquelas cápsulas.

Viu outras coisas também. Plataformas construídas em toda a extensão das paredes e anexadas a várias superestruturas internas, abaixo e acima de onde ela estava. Algumas eram fábricas nas quais eram montadas máquinas reluzentes de diferentes modelos e configurações, a maioria delas conhecidas. Caminhantes de combate dos Confederados. Aranhas. Louva-a-deus. Outros. Aquelas mesmas máquinas a tinham perseguido durante meses, e o sentimento de medo aumentou quando passou por elas.

Outros caminhantes, centenas deles, pintados em diferentes combinações de azul e branco, marchavam em formação sobre o que deviam ser plataformas para organização e preparação de tropas para combate.

Em outras plataformas viam-se milhares de aeronaves — Águias-marinhas, Predadores, Abutres —, todas pintadas em padrões de cores semelhantes. Algumas estavam aterrissando, outras sendo reabastecidas ou aguardando enquanto seus motores eram preparados para a decolagem.

Tudo ali era prova de uma força militar maciça, e isso só a fazia se sentir mais aprisionada dentro daquele caixão em movimento. Ela começou a se contorcer para tentar se libertar. Foi inútil.

Uma luz intensa e ondulante entrou pela janelinha, tão intensa que ofuscou sua visão. Ela estreitou os olhos e esperou que se acostumassem ao brilho. Quando isso aconteceu, o que viu foi tão incrível que a fez esquecer o medo e o desconforto.

Do lado de fora, o mundo continuava se afastando cada vez mais. As plataformas tinham desaparecido e as paredes externas estavam mais próximas agora, como se a construção, o que quer que fosse, se estreitasse à medida que avançava. Apenas uma coisa figurava no centro do espaço vazio lá fora agora.

Uma imensa coluna oscilante de pura energia, geometricamente perfeita e com uns cinquenta ou sessenta metros de diâmetro. O imenso feixe de luz era tão nítido que ela podia ver cada partícula que o constituía flutuando para cima, num ritmo muito mais lento do que ela mesma, subindo suave e preguiçosamente na direção do topo da construção maciça.

Enquanto se movia, ela viu outras coisas ao redor da coluna de energia. Milhares de formas cristalinas brilhantes, impossivelmente complexas, compostas de uma bela luz dourada. Ela as observava flutuar para dentro e para fora do feixe, a sua própria luminescência fundindo-se com o enorme eixo tremeluzente.

Ela sorriu, apesar de tudo. Era lindo...

A cápsula onde estava balançou uma, duas vezes, e então ela a sentiu desacelerar lentamente, e o formigamento de medo voltou. Para onde quer que a estivessem levando... ela tinha chegado.

O casulo sacudiu de novo e um assobio alto irrompeu no ar, como se a coisa toda estivesse se dividindo ao meio e se abrindo por meio de mecanismos hidráulicos.

Mais luz inundou o ambiente. Ela ainda podia ver a coluna de energia jorrando, onde flutuava através do teto, bem mais acima. As entidades cristalinas flutuavam para dentro e para fora dela...

... e havia outras, esperando por Zoey agora, pairando acima de uma pequena plataforma.

Atrás delas havia três máquinas de um tipo que ela nunca tinha visto. Quatro pernas, como um Louva-a-deus, mas muito menores, talvez com um metro e meio de altura, e corpos delgados de onde saíam quatro braços semelhantes a tentáculos, acionados por servomotores. Como qualquer outra máquina ali, eram pintadas em padrões correspondentes de azul e branco.

Scion...

Ela se encolheu quando a impressão forçou caminho para dentro da sua mente, ganhando vida e dominando todos os outros pensamentos. Viu quando três entidades cristalinas flutuaram na direção dela, e estas eram diferentes. Não eram douradas como as outras, mas misturas vertiginosas de luz azul e branca, como um céu congelado.

Os Sentimentos, aqueles que tinham permanecido com ela desde o início e que sempre a orientavam, agora rodopiavam e davam cambalhotas com mais alegria do que jamais ela sentira, e ela sabia por quê.

Você está em casa, as entidades acima dela declararam.

Os estranhos caminhantes de quatro pernas foram até ela, com seus tentáculos mecânicos pulsantes estendidos para a frente, e Zoey não conseguiu se conter. Ela gritou.

O destino não é uma questão de oportunidade.
É uma questão de escolha. Não é algo que se espera,
é algo que se alcança.

— William Jennings Bryan

PARTE UM

DESERTO

1. BARGANHAS

HOLT HAWKINS TINHA QUE ADMITIR, o *Moinho de Vento* era um belo navio. Três longos mastros saqueados de barcos de pesca do lago Michigan e um casco feito com a madeira de velhos celeiros, os tons cinza e vermelho desbotados da pintura ainda visíveis. Ele estava ancorado no meio das planícies do que tinha sido um dia o sudoeste de Idaho, a cerca de dez quilômetros de Bazar, a capital dos Mercadores do Vento. Como todo mundo a bordo, Holt estava com a atenção voltada para algo à distância: um trator velho mas ainda sólido, parado no mesmo lugar em que tinha sido abandonado anos antes, num milharal coberto de ervas daninhas. Ele seria um excelente alvo.

Se já tivessem conseguido fazer o canhão funcionar, é claro.

Em torno dele havia quase vinte Capitães de Mercadores do Vento, que tinham vindo assistir ao teste de disparos e observavam todo o processo com uma grande dose de ceticismo. Holt não lhes tirava a razão.

Sobre os ombros de um Capitão havia um grande gato de listras alaranjadas, enrodilhado em volta do pescoço dele e parecendo perfeitamente confortável ali. Max, o cão pastor australiano de Holt, olhava com impaciência para o felino, embora Holt não soubesse com certeza se ele queria abocanhá-lo ou fazer amizade com o bichano.

Holt cutucou o cão, quebrando sua concentração.

— Não fique encarando! — sussurrou. Max choramingou e voltou a cravar os olhos no gato.

Apesar das inúmeras garantias de que tinha sido finalmente consertado, o canhão se recusava a disparar. Seu projeto era resultado de um esforço conjunto entre engenheiros dos Mercadores do Vento e aqueles que os Hélices Brancas chamavam de Adzers, membros treinados para a tarefa perigosa de esculpir e moldar os poderosos cristais de Antimatéria das Terras Estranhas, transformando-os nos anéis e nas pontas de lança que os Hélices usavam. Era um trabalho arriscado; bastava um erro para que a energia dos cristais fosse liberada e incinerasse tudo nas proximidades.

O canhão em si estava fora de vista, mais abaixo, dentro de uma das novíssimas portinholas feitas no casco do navio. Até aquela semana, os navios terrestres não precisavam dessas portinholas, porque nenhum deles navegava armado, mas aquela era apenas uma das muitas coisas que estavam mudando.

Os representantes de ambos os grupos estavam no convés e, como de costume, discutiam acaloradamente.

— Os cristais estão soltando faíscas quando o canhão é disparado, então o problema não é a fonte de energia — garantiu Caspira, a principal Adzer dos Hélices Brancas. Ela era uma garota alta, de compleição leve e ágil como todos os Hélices Brancas, e seus longos cabelos castanhos estavam presos numa trança apertada. Sua voz era sempre calma e fria como gelo. — Como eu disse, o tubo do canhão é que é muito estreito.

— Só porque soltam faíscas, não significa que estejam funcionando, docinho — rebateu Smitty, decididamente bem menos calmo. O engenheiro-chefe dos Mercadores do Vento, um cargo que incluía supervisionar o projeto, a construção e o reparo dos navios terrestres, era um garoto alto e corpulento, que mais parecia uma montanha de músculos, e estava na casa dos 20 anos, a julgar pela Estática em seus olhos. Suas mãos estavam sempre encardidas por causa do seu trabalho nas forjas do Estaleiro. Ele era explosivo e temperamental, exatamente o oposto de Caspira, e sempre que estavam a menos de três metros um do outro eram como fósforos e gasolina. — É, sim, um problema com a *fonte de energia*, o tubo tem o tamanho perfeito, eu mesmo o projetei.

— Talvez seja esse o problema — Caspira provocou.

O rosto de Smitty ficou vermelho, mas uma voz de comando o impediu de explodir.

— Agora chega! Essa coisa vai funcionar ou perdemos um dia inteiro vindo aqui?

Tanto Caspira quanto Smitty se viraram para o garoto alto e esguio que tinha falado. Seu nome era Conner e ele não era apenas outro Capitão de navios terrestres, era o Cônsul da Cooperativa dos Mercadores do Vento. O nome era pomposo, mas o cargo lhe dava autoridade para resolver principalmente os casos em que era preciso um desempate na Cooperativa, de modo que nada ficasse sem solução. O Cônsul também negociava acordos que afetavam os Mercadores do Vento como um todo, as chamadas Grandes Barganhas, e era por isso que Holt e Mira tinham procurado Conner logo ao chegar. Ele é quem tinha consentido em fazer o acordo com os dois, para enorme pesar da Cooperativa. Pesar que aumentava a cada vez que o canhão se recusava a disparar.

— Ele já disparou duas vezes — justificou Smitty, aborrecido. — Alguma coisa provavelmente saiu do lugar na montagem, a garota aqui e eu vamos...

— Meu nome é Caspira! — a Adzer respondeu friamente.

— ... descer até lá e dar mais uma olhada.

— Uma olhada *rápida!* — enfatizou Conner, com um aviso no olhar. Holt podia sentir a crescente impaciência se espalhando pelo grupo de Capitães. Tratava-se de uma discussão que ameaçava cada vez mais o acordo que Holt e Mira tinham conseguido e iria levar os Hélices Brancas e eles próprios a San Francisco, sede da Cidadela, onde a aparentemente impossível tarefa de resgatar Zoey os aguardava.

— Você fez uma Grande Barganha sem consultar nenhum dos Capitães... para *isso?* — A impaciência tinha finalmente chegado ao seu limite. A Capitã com a palavra era uma garota de uns 18 anos talvez e, estranhamente, ela falava com um sotaque britânico, algo que Holt não ouvia desde criança.

— Eu estava no meu direito ao fazer isso — afirmou Conner.

— Estando ou não no seu direito — a garota continuou —, uma Grande Barganha afeta a todos e o que você concordou em fazer...

— Vale a pena pagar o preço — insistiu Conner, interrompendo-a. — Vocês já viram as armas dos Hélices. Imaginem a frota armada com elas.

— Nossos navios nunca foram *armados* — a garota britânica argumentou. — Sempre contamos com outros recursos.

— E o que ganhamos com isso? — Conner retorquiu. — Quantos navios perdemos para o Bando? No ano passado, eram cento e dezessete embarcações fortes... hoje são *noventa e três*. Com essas armas, as rotas de navegação vão pertencer somente a *nós* e os lucros serão maiores do que qualquer coisa que vocês já viram.

— E em troca de quê? — Era a voz do Capitão com o gato, uma voz masculina calma mas cética, e Holt a reconheceu. Ele tinha cerca de 19 anos, exibia uma confiança que ia muito além da sua idade e um sorriso arrogante, quando optava por usá-lo. Os cabelos castanhos caíam em ondas e ele usava uma camisa branca por dentro de calças pretas de estilo militar, com um cinto para armas ao redor da cintura. Quando parou perto da beirada do convés do navio, colocou uma bota de ponteira prateada sobre o corrimão e acariciou as orelhas do gato. — De duas semanas. Duas semanas em que eles terão *total* controle da frota. Até. O último. Navio.

Uma coisa em Dresden sempre incomodara Holt. Ele só tinha encontrado o Capitão uma vez, meses antes, num posto de troca, quando o pirata os ajudara a fugir com Zoey. O sujeito era arrogante. E oportunista. E Holt sabia por experiência própria que essa era uma combinação ruim. Mas não havia dúvida de que era um dos melhores comandantes da frota. Também era irmão de Conner, embora não houvesse nenhuma afeição entre os dois.

Os irmãos olharam um para o outro intensamente.

— Isso mesmo — respondeu Conner. — E em troca de transportamos o exército deles até San Francisco.

— As ruínas dos Confederados mais protegidas e maciçamente fortificadas da América do Norte — sublinhou Dresden. — E lutando também, não esqueçam. Sempre que precisarmos. Acho que a ideia é que uma centena de navios com armas de Antimatéria seja suficiente para que os Confederados nos deem uma pequena trégua, mas não tenho certeza se acredito mesmo nela. Ah, e por falar em Confederados, agora temos algumas dezenas deles parados *ali fora*, nos Estaleiros. — Dresden estava se referindo ao Embaixador e aos rebeldes prateados que tinham se juntado a eles depois da batalha da Torre Partida, outro pomo da discórdia por razões óbvias.

— Ele tem razão! — a menina britânica falou novamente. — Louva-a-deus! *Aranhas*, pelo amor de Deus! Outros tipos de caminhantes que eu nunca vi antes e...

— Posso dizer uma coisa? — Holt interrompeu, e todos olharam para ele com uma expressão de surpresa. Evidentemente tinham se esquecido de que ele estava a bordo. — Fizemos algumas... alianças estranhas, é verdade, mas aqueles Confederados de que estão falando são diferentes dos outros. Eles estão lutando contra sua própria espécie. Isso pode não interessar vocês, particularmente, e eu entendo, mas precisam pelo menos reconhecer que as coisas estão mudando e vocês têm muito mais com que se preocupar além de armar seus navios. As Terras Estranhas *não existem mais*. Os Confederados estão lutando entre si e, sejam quais forem os planos deles, estão na reta final. Daqui a seis meses acho que o mundo vai ser um lugar muito, mas muito diferente. É disto que trata esse acordo: adaptação à mudança. Como é que vocês costumam dizer? "O vento leva para onde sopra, não o contrário." Os ventos estão mudando de direção, pessoal, e todos vocês precisam começar a seguir o conselho do seu próprio povo. Não vão querer ficar para trás.

O silêncio imperou no convés do navio. Todos olharam para ele com um misto de emoções, alguns inquietos e irritados, outros esperançosos e resolutos. A verdade é que Holt, particularmente, não dava a mínima se estavam gostando ou não do acordo, só queria que os levassem a San Francisco. E então, ele pensou infeliz, iria começar a diversão pra valer...

O convés do navio estremeceu sob seus pés quando um zunido alto e harmonioso ecoou mais abaixo. Uma ponta de lança de cristal, imensa e brilhante, descrevia um arco no ar.

Os Capitães olharam, boquiabertos, quando o cristal se chocou contra o espesso corpo de metal do velho trator, fazendo a coisa toda explodir em pedaços, perfurando-o numa chuva de faíscas coloridas e cravando-se no chão do outro lado.

Ninguém abriu a boca. Estavam todos atônitos.

Holt já tinha visto os cristais das Lancetas dos Hélices causarem estragos, mas aqueles canhões estavam num nível totalmente diferente.

— Bem... — comentou Dresden. O gato em seus ombros olhava em volta com cautela. — Eu diria que foi um teste bem-sucedido.

O grupo se dispersou, descendo as escadas até os deques inferiores para cumprimentar Smitty e Caspira, mas Holt ficou ali, olhando com alívio para os restos fumegantes do trator. Era a primeira vez que algo tinha dado certo em... bem, quem ali estava contando?

— Duas semanas — disse uma voz e Holt olhou para a sua direita. Dresden estava ali, fitando o trator ao lado dele. — Aproveitem bem. Essa pequena coalizão que vocês conseguiram vai desmoronar ao primeiro sinal de encrenca, e quando isso acontecer... vai ser só complicação. — Dresden olhou para ele e sorriu. Não havia nenhuma maldade naquele sorriso, ele estava apenas sendo sincero, e não estava feliz de ver seu povo sendo obrigado a travar uma guerra que não lhe dizia respeito.

Holt entendia muito bem.

— Geralmente é assim — concordou.

Dresden se afastou e, quando fez isso, o gato em seus ombros sibilou para Max. O cão ganiu e começou a segui-lo, mas Holt segurou-o no lugar até que estivessem fora de vista. O Capitão estava certo em relação a quase tudo, mas a verdade é que não era Holt quem teria de aguentar o tranco, seria outra pessoa, alguém com que ele se preocupava mais do que com qualquer outra pessoa daquele planeta estropiado.

Mira.

BAZAR ERA A CAPITAL dos Mercadores do Vento, bem como o segundo maior centro urbano da América do Norte, depois da Cidade da Meia-Noite. A cidade se estendia sobre as colinas de tons verde e amarelo da extremidade norte do Deserto, brilhando ao sol, e, como sempre, parecia linda.

O projeto da cidade integrava os navios terrestres de modo quase perfeito. Amplas avenidas gramadas cruzavam a cidade, largas o suficiente para permitir que os imensos navios chegassem aos ancoradouros. Cada navio tinha o seu na cidade e, vista de longe, Bazar era repleta de cores tremeluzentes e ondulantes, graças à colcha de retalhos feita de suas velas. Laranja e vermelhos, roxos e amarelos, azuis, verdes, pareciam colossais obras de arte flutuando ao vento. Era fácil perceber por que Bazar tinha ganhado o apelido de "Cidade das Velas".

Por mais bonita que fosse, Holt não tinha parado para admirá-la, pois tudo o que mais queria era ir embora dali.

Quando a prancha do *Moinho de Vento* foi baixada, ele e Max foram os primeiro a desembarcar, deixando os outros para trás. Tudo o que ele desejava naquele instante era voltar para Mira. Quem sabia quantos dias ainda teriam antes de serem obrigados a se separar? E o mais lamentável era que a separação tinha sido ideia deles.

Mira não tinha assistido ao teste de disparos, pois havia sido requisitada para resolver outro conflito entre Confederados e Hélices Brancas, o que estava se tornando cada vez mais comum. Os Hélices, treinados nas Terras Estranhas para lutar contra os invasores, estavam começando a ficar inquietos, e Hélices Brancas inquietos era confusão na certa.

Os Confederados, por outro lado, não pareciam levar aquilo para o lado pessoal. Na verdade, eles raramente pareciam perceber alguma hostilidade. De qualquer maneira, como Mira era a única capaz de se comunicar com eles, era sempre chamada quando a coisa esquentava. Aquele tinha sido o último presente de Zoey: conceder a Mira uma de suas capacidades. E por mais que Holt não gostasse do que aquele poder estava, pouco a pouco, fazendo com Mira, ele reconhecia quanto era necessário e entendia por que Zoey tinha feito aquilo. Ainda assim, era um preço alto a pagar.

— E aí, matador! — chamou uma voz feminina, mas nem um pouco delicada. A reação de Holt a ela foi a mesma de sempre: apreensão misturada com carinho. Esse era o efeito que Ravan sempre causava nele, em graus variados.

Ravan era dona de uma beleza rude, pele morena e cabelos negros, que caíam até o meio das costas. Ela usava calça preta, uma camiseta e um único cinto de utilidades na cintura. Em seu pulso esquerdo havia a tatuagem de uma estrela de oito pontas, quatro delas coloridas, o símbolo do Bando. No pulso direito havia um corvo negro tatuado, seu homônimo.[1] Todos do Bando recebiam duas tatuagens, a estrela e uma da sua própria escolha. Holt tinha uma tatuagem quase idêntica no pulso direito, embora nunca tivesse chegado a concluí-la.

Ravan esperava por ele mais à frente, perto do portão que levava às ruas lotadas, com um sorriso no rosto. Como tudo nela, o sorriso era uma contradição. Caloroso, simpático, ainda assim predatório.

Apesar disso, Holt sorriu também.

— E aí, Ravan.

A cauda de Max começou a abanar. A garota se ajoelhou e afagou o cão na cabeça, e Max aceitou o carinho sem nenhuma resistência. Holt observou-os, perplexo.

— Não dá pra entender — ele comentou. — Max nunca se aproxima de ninguém assim tão fácil.

— Alguns cães são como pessoas — justificou Ravan. — Não vão com qualquer um, querem saber primeiro o que vão *ganhar* com isso. Nesse ponto, eu e ele temos muito em comum.

Ravan tirou algo do casaco. Um pedaço de carne-seca e, quando o ofereceu a Max, o cachorro o abocanhou avidamente.

Holt olhou bem para Ravan. A garota tinha uma força e uma autossuficiência que eram coisas raras de se ver, até mesmo no mundo posterior à invasão. Ela já tinha passado por muita coisa. Tinha lhe contado um pouco,

---

[1] *Ravan* significa "corvo", em inglês. (N. da T.)

o resto Holt tinha adivinhado. Ele ainda se sentia próximo dela. Muitas vezes se perguntava como poderia ter sido o relacionamento entre eles se não tivesse conhecido Mira.

— Isso chegou enquanto você estava fora — disse Ravan, entregando a ele um envelope. Max mastigava alegremente seu pedaço de carne enquanto Holt encarava o envelope. Era vermelho com uma estrela branca de oito pontas na frente, assim como a tatuagem no pulso de Ravan, e ao vê-la Holt sentiu o pulso acelerar. Ele tirou a carta de dentro.

Ravan,

Fico feliz que esteja viva e não me surpreende que tenha se saído bem. Eu sabia que enviar você era a escolha certa. Aguardamos ansiosamente a sua chegada, eu mais do que ninguém. As coisas no Fausto se complicaram durante a sua ausência e a notícia do seu retorno com a minha filha vai elevar os ânimos imensamente.

Quanto a Hawkins, você ganhou de mim ao menos a minha confiança. Eu vou ouvi-lo. Ele receberá anistia por seus crimes contra o Bando e contra mim, pessoalmente, com a condição de que retorne ao Fausto imediatamente e considere aceitável o acordo que fizemos.

Se apresse, Comandante. Poder e lucro...

T.

— Parece que você conseguiu o que queria — disse Ravan. — Poderia pelo menos sorrir um pouco.

— Eu não sei bem se era isso mesmo que eu queria — Holt respondeu num tom sombrio. De certa forma, é claro que *era*. Eles iriam precisar do Bando se quisessem ter uma chance contra os Confederados. Era ponto pacífico, entre ele e Mira, que Holt estava em melhor posição para garantir aquela aliança. Ele conhecia o Bando, conhecia Tiberius. Afinal, Holt tinha matado o filho dele, Archer. Por isso fugira do Fausto e deixara tudo para trás, inclusive Ravan, muito tempo antes. Por outro lado, ele não tinha nenhuma pressa de voltar. As palavras de Tiberius na carta não continham uma ameaça explícita, mas... o homem tinha boa memória.

— Isso quer dizer que você mudou de ideia? — perguntou Ravan.

— Não — disse ele. — Eu vou. Como prometi.

— Bem, suas promessas nem sempre significaram muito, não é?

Holt suspirou.

— Será que vai ser assim durante todo o caminho de volta?

— Está se referindo à minha sinceridade brutal? É bem provável. — Ravan analisou-o. — Sabe, mesmo sem tudo o que você conseguiu, voltar ao Fausto ainda é a sua melhor opção. Fazer Tiberius concordar em ajudar a resgatar sua garotinha é uma verdadeira utopia, mas você ainda pode acertar as coisas com *ele*.

— "Com a condição de que considere o acordo que fizemos 'aceitável'" — Holt repetiu as palavras da carta. — Me pergunto o que isso significa.

— Significa que, se você for esperto, pode tirá-lo do seu pé para sempre.

— Eu matei o filho dele, Ravan — Holt lembrou. — Isso não é o tipo de coisa que alguém esqueça com uma barganha.

— Você conhece Tiberius. Poder é tudo para ele, e isso é o que você está oferecendo. *Muito* poder. Além disso, eu disse a ele que não teríamos encontrado Avril sem a sua ajuda e que você concordou em ajudar por causa da culpa profunda e sincera que sente pela morte do primogênito dele.

Holt franziu a testa enquanto pensava naquilo. Que escolha ele tinha? Eles precisavam do Bando e Ravan estava certa. Tiberius dava mais valor ao poder do que a qualquer outra coisa, e aquilo conferia a Holt uma vantagem real.

— Ânimo! — Ravan deu um soco forte no ombro dele, fazendo Holt se encolher. — Você vai ter a minha companhia durante todo o trajeto, e eu tenho quase cinquenta por cento de certeza que não vou pôr grilhões nos seus pés.

Holt olhou para ela sem acreditar.

2. ALIADOS

MESMO COM TODA a distância que os separava, Mira Toombs ainda podia ouvir as vozes dos Confederados. Embora "ouvir" não fosse bem a palavra certa. As projeções eram mais como sentimentos ou emoções reduzidos à sua essência mínima e incutidos em sua mente a ponto de se sobrepor a qualquer outra coisa que ela pudesse estar pensando ou sentindo no momento. Quanto mais longe ela estava, piores eram as projeções. Ansiedade. Solidão. Eram como gritos que só ela podia ouvir, e não contava a ninguém, nem mesmo a Holt, quanto podiam ser exasperantes.

Mira suspirou de alívio quando o *Fenda no Vento* chegou ao topo de uma colina e os sentimentos começaram a perder a força. Ela podia ver os Estaleiros no vale e, quanto mais perto chegava, melhor se sentia.

— Estão na sua cabeça de novo — disse uma voz baixa mas vigorosa, atrás dela.

Uma garota miúda, com não mais do que um metro e meio de altura, o cabelo com mechas cor-de-rosa, estava à frente do navio. O leme era maior do que ela. Seu nome era Olive, uma amiga chegada de Mira, uma das poucas que ela tinha conquistado entre os Mercadores do Vento, e a história delas já tinha muitos anos. Na verdade, Olive é quem a tinha ajudado a fugir da Cidade da Meia-Noite, o que parecia ter acontecido muitas eras atrás.

— Como você sabe? — perguntou Mira. Ela não gostava de falar sobre sua ligação com os Confederados, aquilo deixava a maioria das pessoas nervosa.

— Os nós dos seus dedos estão brancos.

Mira olhou para baixo e viu seus dedos apertando com força o corrimão de madeira que rodeava o convés; ela imediatamente o soltou. Tinha de controlar as coisas, assim ninguém saberia quanto tinham piorado.

— Fica melhor, não fica? — perguntou Olive. — Quando você está mais perto deles?

Apesar de toda a ligação que Mira agora tinha com os Confederados, ela ainda sabia muito pouco sobre eles. Uma coisa que sabia era que o Embaixador e seus seguidores tinham tomado uma decisão muito difícil. Os alienígenas eram uma raça que, durante muitas eras, tinha vivido dentro de uma consciência comum, na qual as emoções e os pensamentos de cada um deles ficavam instantaneamente acessíveis a todos os outros. Quando eles se rebelaram e se juntaram à busca para resgatar Zoey, essas ligações tinham sido cortadas. Permanentemente. O silêncio e a escuridão desconcertantes que vieram depois eram, para eles, aterrorizantes.

Mas os alienígenas logo descobriram que havia uma coisa à qual poderiam se apegar para restaurar um pouco da sua existência original: a própria Mira.

A capacidade de se comunicar com eles, conferida a ela logo antes de Zoey ser raptada, tinha involuntariamente feito de Mira uma espécie de canal para que sentissem uns aos outros. Aquela comunicação era apenas uma vaga lembrança do que tinham antes, mas já era alguma coisa e, quanto mais próximos estavam de Mira, mais podiam sentir uns aos outros e menos intensas eram a ansiedade e a tristeza.

Um número cada vez maior de Confederados rebeldes aparecia a cada semana, depois de abandonar seus clãs e se juntar ao grupo do Embaixador. E as sensações ficavam cada vez mais fortes à medida que os recém-chegados somavam suas emoções às dos demais. Mira estremeceu ao pensar nisso. Como seria dali uma semana ou um mês, se os números continuassem crescendo? Como conseguiria manter a sanidade com todas aquelas emoções se agitando dentro dela?

Isso era o tipo de coisa que ela não contava a ninguém, e o mesmo costumava fazer com questões como a que Olive tinha mencionado. Ela mentiu.

— Não sei direito.

Olive franziu a testa.

— Você não tem que me contar nada, mas espero que conte a Holt. Não é bom carregar sozinha um fardo tão pesado assim.

Mira forçou-se a sorrir, em seguida tentou mudar de assunto.

— Por que você não está no teste de disparos?

Olive sabia quando estavam tentando desviá-la de um assunto, mas respondeu assim mesmo.

— Não há nada lá que eu queira ver.

Mira podia ouvir o desgosto em sua voz.

— Você não aprova a Grande Barganha?

— Não quando isso significa que tenho que colocar minha tripulação e meu navio em risco.

— Você faz isso todos os dias.

— Não porque sou obrigada, e não quando isso não nos traz lucro nenhum. Fazer guerra não é o que se espera dos Mercadores do Vento.

Mira olhou para Olive sem se alterar.

— Como você sabe?

Os olhos verde-oliva da garota se estreitaram.

— Tenho certeza de que a sua amiguinha é muito importante para você, e eu não vou fingir que entendo tudo o que você tem passado, mas você *realmente* parou para pensar nas consequências de arrastar outras pessoas para essa cruzada? Onde elas podem ser mortas? Às *centenas*? Já pensou em como vai se sentir quando tudo isso tiver acabado?

— Não — respondeu Mira instantaneamente. Ela e Holt procuravam *não* pensar nessas coisas. Se pensassem, poderiam hesitar, poderiam não fazer nada.

— Eu achei mesmo que não. — Olive voltou a olhar para a frente, e Mira não disse mais nada. Olive estava dando a entender que as atitudes de Mira eram egoístas e talvez ela estivesse certa, mas Zoey tinha passado a significar tudo para ela, e faria tudo o que estivesse ao seu alcance para trazê-la de volta.

25

Mira suspirou. Tudo o que ela realmente queria era ficar sozinha com Holt. O trato que tinham feito com os Mercadores do Vento estava quase concluído. No dia seguinte ou no próximo, eles partiriam em direções diferentes e não sabiam quando se veriam outra vez, e não havia nenhuma garantia real de que isso voltaria a acontecer. O tempo que eles tinham era precioso agora, e ele estava se esgotando.

Os estaleiros estavam logo à frente, perto o suficiente para se verem os detalhes: um labirinto de plataformas e andaimes cercava o que restava de uma antiga usina de energia, suas chaminés de tijolos duplas se estendendo em direção ao céu. A fumaça saía por elas, mas nos últimos tempos ela vinha das forjas e estações de soldagem usadas para fabricar e reparar os muitos navios terrestres que passavam por lá a cada ano.

Ela podia sentir as projeções dos Confederados ali, do outro lado do edifício e fora do seu campo de visão.

Guardiã, eles projetaram. *Existe discordância*.

Aquilo, sim, era um eufemismo, Mira pensou.

A DISCUSSÃO ERA RUIDOSA e acalorada, mas a atenção de Mira estava na Caixa de Reflexão. O artefato estava perto da entrada da Forja, a loja de ferragens no interior da velha usina, uma grande caixa preta, com duas portas pesadas, que serviam como tampa. Era pintada em tons desbotados de vermelho e verde, e uma lâmina dourada contornava as bordas. Um coelho branco descorado segurava uma varinha que soltava faíscas num arco de tinta prateada velha. Letras grandes e extravagantes anunciavam em letra cursiva:

O MISTERIOSO, MAGNÍFICO MOLOTOV –
PREPARE-SE PARA SE MARAVILHAR!

No Mundo Anterior, ela fazia parte do repertório de um mágico, uma caixa mágica que ninguém sabia bem para que servia. Agora era um dos mais poderosos artefatos principais já produzidos nas Terras Estranhas.

Mais do que isso, era uma parte importante de tudo o que estava acontecendo. Não apenas da Grande Barganha que eles tinham feito, mas de todo o esforço para salvar Zoey. Ela pensou em Gideon, o ex-líder dos Hélices Brancas, segundo o qual a caixa se tornaria uma peça fundamental mais tarde, por isso ele havia feito um acordo com Tiberius Marseilles e o Bando para ficar com ela. Ele estava certo, afinal.

Enquanto ela observava, um Adzer dos Hélices Brancas abriu uma das pesadas portas da caixa. Outro colocou um cristal verde de Antimatéria dentro do compartimento aberto forrado com almofadas vermelhas de aparência macia, mas ao contrário dos cristais que ela tinha se acostumado a usar, este era enorme, tinha quase um metro de diâmetro. Fora feito para ser disparado dos novos canhões dos navios terrestres, e era a única razão pela qual o frágil acordo com os Mercadores do Vento existia.

O Adzer fechou a porta da caixa. Um segundo se passou, então foi como se a luz ao redor esmaecesse... e a caixa brilhou. Um grande estrondo, como um trovão, sacudiu os alicerces do antigo edifício. Ninguém por ali sequer se encolheu. Era engraçado, Mira pensou, as coisas com que a gente pode se acostumar.

Os Adzers abriram as duas tampas da caixa... e tiraram dali *dois* cristais verdes de Antimatéria idênticos. Mira sorriu. A Caixa de Reflexão replicava qualquer coisa que se colocasse dentro dela, permitindo assim que os Hélices Brancas produzissem, em ritmo acelerado, o que normalmente levaria meses ou até anos.

— É só você dizer... — afirmou a voz tensa, mas zelosa.

Mira estava no armazém de salvados do Estaleiro, um ferro-velho gigante composto de peças e componentes que os Mercadores do Vento constantemente traziam para construir os seus enormes navios. Aviões, carros e vans, equipamentos de construção civil, trens de passageiros, tratores. Havia uma serraria também, cheia de tábuas e vigas de todos os tipos, e o prédio ainda soltava fumaça depois de um incêndio que o destruíra. Não havia fogo agora, mas o estrago era evidente e a impressão era a de que algo tinha explodido. Para piorar a situação, em frente a ela estava a forma imóvel e inutilizada de um imenso Bruto dos Confederados, uma das máquinas de cinco pernas que abalroava os inimigos com sua carapaça, do mesmo tipo da que o Embaixador habitava.

Em frente a ela um amontoado de pessoas exaltadas discutia. Engenheiros dos Mercadores do Vento estavam entre dois outros grupos, que não poderiam ser mais diferentes. Cerca de uma dezena de Hélices Brancas, vestidos com seus padrões usuais de preto e cinza, cintos de utilidade cruzando o peito. Suas Lancetas estavam em punho e alguns deles tinham as máscaras posicionadas. Era um mau sinal, significava que estavam prontos para lutar.

No gramado vazio atrás do ferro-velho, ficava o acampamento dos Confederados. Não havia tendas nem qualquer construção, é claro, apenas caminhantes e uma frota de naves-cargueiras. Havia Louva-a-deus de quatro pernas e as gigantescas e imponentes Aranhas, de oito pernas, ambos do tipo azul e branco, um clã que o Embaixador chamava de Mas'Shinra. O que restava dos verdes e laranja Mas'Erinhah, os rápidos Caçadores de três pernas, menores e com capacidade para se camuflar, e alguns de seus poderosos caminhantes de artilharia. Mais Brutos, como o avariado perto da serraria, os caminhantes de cinco pernas do clã roxo. E todos eles tinham uma coisa em comum: suas cores tinham sido removidas, restando apenas o brilhante e reluzente metal prateado. A fileira de caminhantes, na maior parte Caçadores e Louva-a-deus, estava na frente dos adolescentes raivosos, que discutiam aos berros.

Guardiã, veio uma projeção. Era assim que os Confederados a chamavam, uma referência ao seu suposto papel de protetora de Zoey, a Scion, e, toda vez que Mira os ouvia chamando-a assim sentia uma ferroada. Aquele era só um lembrete irônico do quanto ela tinha falhado naquela tarefa, não muito tempo antes. Ela ignorou as projeções e se concentrou na briga.

— Você viu a explosão — afirmou uma Hélice, com a máscara ainda não posicionada. Ela era alta, ágil e flexível como todos os Hélices Brancas, e seu cabelo cortado bem rente seria provavelmente o cabelo louro mais claro que Mira já tinha visto se a garota o permitisse crescer.

— E o que restou de um daqueles Brutos está caído bem do lado — disse outro, olhando acaloradamente para um rapaz alto de macacão sujo. — O que mais poderia ter sido?

— Eu, pessoalmente, aposto que foram *vocês* — o garoto respondeu, cruzando os braços. Mira o conhecia. Seu nome era Christian, um dos engenheiros dos Mercadores do Vento.

— *Nós?* — A Hélice pareceu indignada.

— É só você — um dos Hélices voltou a dizer.

— Vocês ficam por aí dando piruetas o dia todo, disparando essas lanças — afirmou Christian. — Você mesmo disse que não entendem muito desses artefatos. O que significa que não fazem ideia do que acontece realmente quando um desses cristais entra em contato com...

— Você está viajando... — disse a garota Hélice. — Por que se esforça tanto para protegê-los?

— É. Só. Você. Dizer.

Guardiã.

O *quê?*, Mira respondeu em pensamento, seus olhos se movendo para a fonte da projeção, um caminhante de cinco pernas em pé na frente dos outros. Não havia marcas ou tecnologia que diferenciasse o Embaixador dos outros, mas ainda assim ela sabia que era ele. Isso por causa das projeções, diferentes de todas as outras de um modo que ela não conseguia explicar.

Tentamos conter, ele projetou.

A resposta, como de costume, era enigmática. A tradução que sua mente fazia dos sentimentos do Confederado nunca era um processo fácil, mas ela estava começando a compreender melhor. Mira olhou para a fumaça subindo da serraria e o caminhante arruinado ali na frente. Ela andou até ele enquanto a discussão continuava.

Mira analisou a cena, observando os escombros, a madeira fumegante e outras coisas, restos espalhados por toda parte, e estavam quase irreconhecíveis. Uma bateria de carro, pilhas AA comuns, moedas, anilhas; todos eram objetos do cotidiano, ou pelo menos costumavam ser. Eram componentes dos artefatos das Terras Estranhas, um lugar poderoso e perigoso que já não existia mais e que, muito tempo antes, representava tudo na vida dela.

Mira pegou uma das pilhas. Ela nunca tinha visto uma com aquela aparência. Era apenas uma massa carbonizada enegrecida, mas Mira não achava que aquilo tivesse a ver com o fogo. Os artefatos eram supostamente indestrutíveis fora das Terras Estranhas, mas aqueles estavam completamente arruinados.

Mira era uma Bucaneira, uma especialista em artefatos, e ela apostava que aquilo tinha sido um Dínamo, que era basicamente um gerador, nesse caso usado para alimentar toda uma série de ferramentas do Mundo Anterior. Furadeiras, brocas, serras, maçaricos. O mais estranho era que parecia que a combinação tinha *explodido*, o que deveria ser impossível. Combinações perdiam o poder e deixavam de funcionar, mas, a menos que seu projeto incluísse a necessidade de algum tipo de combustão, elas não explodiam.

Guardiã...

Mira ouviu uma movimentação atrás dela. Dois caçadores estavam um de cada lado dela, a uns trinta centímetros de distância, seus olhos triópticos vermelho, azul e verde fixados nela. Atrás deles havia dois Louva-a-deus, olhando para ela da mesma maneira.

Mira suspirou. Às vezes eles eram mais parecidos com o Max do que com invasores alienígenas assassinos.

— Pois não? — ela perguntou em voz alta, com impaciência.

Tentamos conter.

Aquela palavra de novo, "conter". Mira olhou para os destroços do caminhante e os detritos fumegantes e uma ideia do que tinha acontecido se formou. A uns cinco metros de distância, a discussão e o impasse continuavam.

— Não foram eles — Mira anunciou, olhando para trás, na direção do grupo. Ninguém pareceu ouvi-la, eles estavam ocupados demais gritando.

— *Não foram eles!*

As acusações pararam. Todos se voltaram para ela.

— Não foram eles *quem?* — perguntou Christian. — Os Hélices Brancas ou os Confederados?

— Nenhum deles — Ela ergueu uma das moedas enegrecidas. — Foi o Dínamo de vocês que explodiu.

— Combinações de artefatos não explodem — outro engenheiro dos Mercadores do Vento anunciou.

Mira deu de ombros.

— Essa explodiu. E esse caminhante — ela foi até o corpo arruinado da máquina — absorveu a explosão. Ele deve ter sentido que a combinação estava prestes a sofrer uma sobrecarga e...

— Usou o escudo dele — Christian completou, pensando naquilo. Os Brutos eram os únicos caminhantes que Mira conhecia com escudos de energia para defesa. — Isso explica por que o chão está carbonizado num círculo quase perfeito.

Mira se levantou. Se antes havia dois caçadores em torno dela, agora havia seis, com dois Brutos atrás deles. Os Confederados sempre tentavam ficar o mais próximo dela que podiam, o que às vezes era irritante. As máquinas deram passagem quando ela passou e Mira pôde ver os olhares desconfiados dos adolescentes à sua frente. Ela podia culpá-los? Os Confederados, os grandes invasores do planeta, andavam atrás dela como cãezinhos perdidos!

— Eu acho que você deve a eles um pedido de desculpas, Dasha — disse uma outra voz. Dois outros Hélices Brancas estavam andando na direção dos descontentes, e Mira os conhecia bem. Um era Dane, alto e bonito, com cabelo ondulado, músculos ágeis e o andar leve e seguro que todos os Hélices Brancas pareciam ter. O outro era Avril, a atual líder dos Hélices Brancas, mas que não iria manter aquela posição por muito tempo.

Os olhos de cada Hélice Branca baixaram instantaneamente com apreensão. Apenas a garota, Dasha, continuou fitando Avril.

— Pedir desculpas... a *eles?* — Ela se referia aos Confederados.

— É uma desonra pra você, não é? — Avril perguntou em resposta, quando ela e Dane forçaram passagem entre eles. — Ergueram suas máscaras sem nenhum motivo e acusaram um aliado de traição.

— Eles não são meus aliados! — a garota rebateu. O outro Hélice parecia nervoso. — E você não é minha Decana.

Avril tocou todos os três anéis brilhantes que tinha nos dedos do meio. Seu corpo emitiu uma luz branca e incandescente. Seus movimentos atingiram a velocidade de um raio quando ela investiu com ímpeto e dois socos rápidos derrubaram Dasha, que olhou para a outra com uma expressão de choque e de dor.

Avril olhou para ela, no chão.

— Tem razão. Eu não sou sua Decana. Sou *Shuhan*. E você vai respeitar o que eu disser.

— Gideon era meu...

— As conquistas de Avril deram a ela o título de *Shuhan* agora — afirmou Dane, interrompendo-a. — E você vai obedecê-la, assim como eu, simplesmente porque fizemos os mesmos juramentos. Qual é o segundo Pilar?

Dasha não disse nada, apenas o encarou.

— Qual é o *segundo Pilar*? — Dane repetiu.

— Honra acima de tudo. — A voz da menina era um sussurro. Os outros Hélices repetiram a declaração em voz alta.

— Peça desculpas — Avril falou novamente. — Pela sua hostilidade e seus insultos.

Guardiã. Mira se encolheu ao ouvir as projeções. *É desnecessário*.

Ela olhou para o Embaixador, o seu olho triangular fixo nos dela, e levantou uma mão, sinalizando para que ele não fizesse nada.

Dasha ficou ali no chão por mais alguns instantes... em seguida levantou-se e olhou para Christian.

— Peço desculpas pelos meus atos. — E com isso, ela abriu caminho entre os outros, para voltar ao acampamento dos Hélices Brancas.

— Dasha! — Avril gritou atrás dela.

— Eu não vou pedir desculpas a *eles*! — a garota gritou enquanto se afastava com passos duros.

Avril suspirou, observando-a se afastar.

— O resto de vocês volte para o acampamento e se prepare para a meditação.

Os Hélices obedeceram, saltando e correndo de volta para suas tendas à distância, como se o conflito nunca tivesse existido.

Mira olhou para o Embaixador. *Você deve ir também.*

Você está segura? O Embaixador projetou em resposta, e ela quase sorriu. Explicar para a entidade que ela precisava "desestressar" teria sido difícil.

Eu estou bem, pensou. *Pode ir.*

Os Confederados se viraram e bateram em retirada, seguindo na direção oposta. Quando se foram, ficaram ali apenas Mira, Avril, Dane e Christian.

— Isso está começando a ficar cada vez mais comum — observou Christian. — Eu diria que ficaria muito feliz quando vocês fossem embora, mas, como você vai levar a frota junto, isso significa que eu provavelmente vou ter que acompanhá-la também, então...

— A discussão começou com a explosão? — Mira perguntou.

— Acho que sim. — Christian deu de ombros e começou a andar em direção às Forjas. — Pessoalmente, acho que vocês estão loucos pra arranjar uma briga. Até entendo, vocês são ninjas habilidosos e durões, querem usar suas habilidades, só acho que a disciplina pode estar começando a descer pelo ralo.

— Ele não está errado — Dane admitiu para Avril, quando o outro foi embora. — Está ficando cada vez mais difícil mantê-los na linha.

— Holt está finalizando o acordo com a Cooperativa — Mira lembrou a eles. — Quando tiver concluído, vamos partir novamente, desta vez com a frota. Tenho um palpite de que a jornada para a Cidadela vai colocar muita ação na vida deles.

Avril balançou a cabeça.

— Não é só isso. As Terras Estranhas nos mantinham em constante estado de alerta, nos tornaram vigilantes e atentos. Quem não fosse assim morria, simples assim. Aqui... — Avril franziu a testa, olhando para a paisagem ensolarada e brilhante, as colinas, a brisa suave. A tranquilidade era o oposto das Terras Estranhas, isso com certeza. Não havia dúvida de que os Hélices precisariam se adaptar.

— Eles precisam de um foco — arriscou Dane. — Estão perdidos. Todos nós estamos. Tudo o que temos é a única coisa que Gideon nos deixou, a busca para salvar a Primeira, a certeza dele sobre quanto ela era importante.

— Gideon se foi — Avril disse a ele. — Agora somos apenas nós.

— E em breve... nem isso — Dane respondeu num tom sombrio.

Avril e Dane se entreolharam, emoções e pensamentos passando entre eles no silêncio do entardecer. Dane e Avril significavam muito para os Hélices Brancas, eles haviam se tornado seus verdadeiros líderes com a morte de Gideon, mas significavam ainda mais um para o outro. Mira sabia o que eles estavam sentindo, porque ela estava encarando a mesma realidade. Avril estava partindo assim como Holt, ambos para o mesmo lugar, o Fausto, a sede do poder do Bando. O pai de Avril era Tiberius Marseilles, o líder do Bando, e ele tinha feito tudo o que estava ao seu alcance para recuperar a filha. A Caixa da Reflexão ali do lado era o preço que ele tinha pago; um dos artefatos mais poderosos do planeta e ele o tinha oferecido em troca dela. Avril podia ser obrigada a voltar por uma questão de honra, mas não era obrigada a gostar disso.

— Vocês dois deveriam ir — disse Mira. — A manhã... vai chegar antes que vocês percebam.

Avril olhou para Mira, as duas garotas sentindo a mesma coisa. Elas tinham muito em comum agora. Então ela e Dane se viraram e voltaram para as barracas do acampamento dos Hélices Brancas à distância.

Mira olhou para a antiga usina de energia com ansiedade. Seu dormitório estava lá, na parte superior, e ela viu as janelas do antigo escritório que lhe tinham oferecido como alojamento. Elas estavam às escuras, mas isso não significava que Holt não estivesse lá. E se não estivesse, certamente estava a caminho. Certamente no momento em que ela chegasse lá...

34

Guardiã, veio a projeção. Em seguida, mais três. Dez. Vinte. Os sentimentos vieram à tona — medo, solidão — e Mira se segurou na lateral de um ônibus velho para se firmar.

Guardiã. Venha.

Mira suspirou. Mesmo estando tão perto deles, isso não era suficiente. Queriam tudo dela. Talvez Holt tivesse que esperar, ela pensou. Se ficasse com os Confederados só por uns minutinhos...

Guardiã. Venha.

Mira deu um passo na direção do acampamento dos Confederados e, no instante em que fez isso, sentiu um alívio, a ansiedade começou a diminuir, acalmando o medo e transferindo o alívio deles para ela.

Só uns minutinhos, Mira pensou, enquanto caminhava em direção a eles. Só um pouquinho...

3. PROMESSAS

SÓ UMA HORA DEPOIS, Mira conseguiu se afastar dos Confederados e dos pensamentos deles, para voltar ao seu dormitório, no alto dos Estaleiros. Se olhasse pela janela, Mira sabia que os veria mesmo agora. As máquinas e seus olhos, reunidas lá embaixo no ferro-velho, olhando para ela fixamente mais uma vez.

Guardiã, as projeções vieram. *Chegue mais perto.*

Mas era mais fácil resistir a eles agora, porque ela estava num dos poucos lugares que lhe davam forças. Deitada na cama, nos braços de Holt, descansando a cabeça no peito dele. Ela entrelaçou as pernas nas dele e relaxou quando o calor dele se misturou com o dela. Se pudesse ficar assim, na companhia dele, e esquecer o mundo... mas, embora o mundo provavelmente pudesse ser esquecido, suas outras responsabilidades não.

— Sonhei com ela ontem à noite — disse Mira, traçando distraidamente a curva do peito dele com o dedo.

— Você sonha com ela toda noite — Holt respondeu baixinho no ouvido dela. — Esse foi diferente?

— Ela estava... em algum lugar todo escuro, eu acho. Eu estava lá e ela estava com dor. E ela olhou para mim, e eu tentei chegar até onde ela estava, mas... Simplesmente não conseguia me mexer. Parecia que estava congelada, e eu só conseguia ficar sentada ali, olhando para ela.

Holt suspirou.

— Era um sonho.

— Eu não estava com ela quando precisou de mim.

— Estou farto de ouvir isso.

— É verdade.

— *Não é.* Não havia nada que você pudesse fazer para impedir que a levassem.

Ele provavelmente estava certo. Zoey havia contado a Mira que ela tinha feito um acordo com a Torre Partida e, quando se trata de algo tão poderoso, isso é como fazer um acordo com o próprio destino, mas a explicação não tinha tornado as coisas mais fáceis para Mira. Sempre que ela pensava em Zoey, via a menina gritando e sendo içada para o céu pelas garras de um Abutre.

Guardiã... os Confederados projetaram lá de fora. *Aproxime-se.*

— Um mês atrás, você chegou a pensar que isso seria possível? — Holt perguntou, abafando as projeções. — Tudo o que fizemos?

Não, ela nunca pensou. Tinham conseguido fazer uma aliança entre os Hélices Brancas e os rebeldes dos Confederados, orquestraram a primeira Grande Barganha com os Mercadores do Vento em anos, lançaram as bases para negociar com o Bando e com outros grupos resistentes, mas ainda havia muito a fazer.

— Às vezes tudo isso parece simplesmente demais. Como é que vamos continuar quando soubermos que... provavelmente foi tudo em vão? — Era uma outra verdade desagradável, e uma boa pergunta. Mesmo que conseguissem chegar a San Francisco, mesmo que tivessem um exército com eles, ainda tinham que lutar contra os Confederados na casa deles, e aquele não era um cenário a que qualquer um deles conseguiria sobreviver.

Os dedos de Holt correram pelo cabelo dela.

— O Fausto não é tão autossuficiente quanto a maioria das pessoas pensa. Eles têm a refinaria de petróleo e oficinas de usinagem, e podem gerar energia, o que parece muito, mas só até você pensar do que mais as pessoas precisam para sobreviver no Deserto. Água. *Muita* água. Comida. Remédios. Tudo isso o Bando tem que conseguir por conta própria.

Mira não sabia ao certo onde Holt queria chegar, mas aquilo não tinha importância. O som da voz dele ajudava a afastar os pensamentos em Zoey e as incessantes emoções dos Confederados lá fora.

— Uma forma de conseguir tudo isso é caçando tesouros — continuou Holt. — É o que Ravan e eu costumávamos fazer, entrar em lugares perigosos, invadidos por Confederados ou Enxames de Vermes Espaciais, e resgatar coisas dali. Uma vez fomos mais para o norte, até Portland. Havia um prédio lá, um arranha-céu, que ficou em ruínas depois da invasão e seus alicerces ficaram abalados. Ele estava inclinado, a parte de cima tinha desabado sobre o resto, mas de algum jeito ainda estava de pé. Era perfeito, porque estava provavelmente cheio de coisas úteis que ninguém em seu juízo perfeito iria tentar pegar. A impressão era que a coisa iria abaixo se você assoprasse.

— Deixe-me adivinhar — disse Mira suavemente. — Você assoprou?

— Nós entramos, começamos a subir, usando as escadas quando dava e, quando não dava, usando cordas. Levamos horas... mas valeu a pena. Encontramos muita coisa pra saquear, remédios, principalmente, pilhas, pó de café; enchemos as mochilas, provavelmente o melhor dia que já tivemos. Começamos a voltar e foi então que notei. Pequenas trilhas de poeira se formando entre as rachaduras no chão e nas paredes. No início, era até bonita a forma como as trilhas refletiam a luz, mas então percebi. Só se conseguiria ver aquilo se o edifício estivesse se movendo. Quando isso aconteceu, ele sacudiu como um terremoto. Estávamos os dois pendurados nas cordas, numa brecha entre quatro andares. Ravan apenas olhou para mim e riu... e então tudo veio abaixo. A pior parte foi o barulho, é tudo de que eu consigo me lembrar; foi um rugido horrível e profundo que sacudiu tudo ali dentro.

Mira conhecia aquele barulho. Ela o ouvira menos de um mês antes, quando a Estrela Polar tinha desabado, depois que o poço gravitacional havia perdido toda sua força. Era algo de que ela jamais se esqueceria.

— Quando acordei, estava tudo escuro — continuou Holt. — Totalmente silencioso. Se não fosse pela dor, eu não teria percebido que estava vivo, mas era evidente que eu tinha quebrado a perna. Ouvi Ravan se agitar um pouco ao meu lado, mas ela não estava consciente. Eu não podia ver um palmo na minha frente, muito menos a saída. Então vi... uma coisa. Logo acima e à direita. Uma luz, como alguém ligando um interruptor, e quando isso aconteceu iluminou o lugar onde estávamos. Tínhamos tido sorte, pendurados nas cordas, suspensos na bolha entre aqueles andares em ruínas, e quando tudo desabou, aconteceu o mesmo com a bolha. Quando nos chocamos contra o chão, os escombros acima de nós ficaram presos e não nos esmagaram. Resultado, ficamos presos numa redoma de concreto quebrado. Mas havia algumas passagens. Pequenos túneis, formados pelos escombros que não tinham sido totalmente esmagados. Parecia impossível conseguir sair do meio de tudo aquilo, mas ainda havia uma saída. E tudo ficou visível para mim por causa daquela luz.

— A Lua — Mira adivinhou.

Holt assentiu.

— De vez em quando ela sumia, provavelmente coberta pelas nuvens, e tudo ficava escuro novamente. Eu só tinha uma visão clara por alguns segundos.

— O que você fez?

— Peguei Ravan e comecei a arrastar nós dois através dos túneis. O problema era que, sem a Lua, não era sempre que eu sabia aonde estava indo. Às vezes eu andava na direção certa. Então continuava. Às vezes não. Então voltava. De qualquer maneira continuava rastejando.

Mira sorriu e correu os dedos pelo peito dele.

— Moral da história?

— A moral, lindinha, é que, quando se trata de coisas grandiosas como esta, coisas que parecem impossíveis, você não pode se concentrar no *objetivo*. Você tem que se concentrar no que está diante de você. Depois, no que fica diante de você em seguida. Você só continua seguindo em frente.

Ela olhou para ele.

— Um passo de cada vez.

Holt assentiu.

Mira olhou para a tatuagem inacabada no pulso direito dele, o contorno incompleto de um pássaro. Ravan tinha uma idêntica, só que a dela estava completa. No Bando, os piratas consideravam a mesma tatuagem como

39

uma promessa de devoção um ao outro. Era uma promessa de fidelidade, e a de Holt seria concluída na noite em que ele optou por ir embora, uma tatuagem que o teria ligado a Ravan de um jeito muito especial. Histórias como a que Holt tinha acabado de contar sempre davam a Mira uma ideia do que costumava existir entre eles, e ela nunca sabia muito bem como realmente se sentia a respeito.

— Vocês dois eram muito próximos...

Holt concordou com a cabeça.

— Ela me salvou. Eu salvei a vida dela. Mais de uma vez.

Mira apenas olhou para a tatuagem, pensando no lugar para onde Holt iria na manhã seguinte, e com quem.

— Mira, sabe que... — Holt começou, mas ela se levantou e o beijou antes que ele pudesse terminar. Foi um beijo bom, longo e suave, com aquela mistura de paixão e ternura que só existe entre pessoas que se sentem verdadeiramente à vontade uma com a outra. Quando ela se afastou, ele ficou em silêncio. Não havia nada a dizer, na verdade. Ambos tinham os seus próprios caminhos a seguir agora.

— Já descobriu onde você vai encontrar o Regimento? — Holt perguntou.

— Dresden já providenciou tudo — ela respondeu. — Em algum lugar a leste das ruínas.

— Você já conheceu um grupo resistente?

Mira teve que pensar na resposta. Resistentes eram exatamente o que pareciam ser. Combatentes defensores da liberdade que se dedicavam à luta contra os Confederados, sediados numa das cidades em ruínas onde ficavam os Parlamentos. Eles não podiam causar um estrago muito grande, é claro; suas táticas de guerrilha só eram realmente úteis para distrair os alienígenas, mas já era alguma coisa. Apesar disso, o número de resistentes continuava a crescer, e havia uma razão interessante para isso. Quanto mais perto se estivesse de um dos Parlamentos dos Confederados, menos efeito a Extática parecia exercer. Não havia explicação, mas os sobreviventes às vezes podiam viver um ano a mais antes de sucumbir.

Os rebeldes de San Francisco se autointitulavam Regimento Fantasma, e eles eram muito conhecidos, porque lutavam onde a Cidadela dos Confederados tinha sido construída, a sede do poder dos alienígenas da América do Norte e o lugar onde, segundo acreditava o Embaixador, Zoey estava presa.

A presença dos Confederados ali era muito mais forte do que em qualquer outra cidade. Se eles queriam ter chance de resgatar Zoey, precisavam do apoio do Regimento Fantasma. Ninguém conhecia aquelas ruínas melhor do que eles, e eram uma das maiores forças de combate do planeta. Era por isso que agora a missão de Mira era conseguir a ajuda deles.

— Só tenha cuidado — pediu Holt.

Claro que ela não era a única que estava partindo para lugares perigosos.

— Tem certeza de que pode confiar em Tiberius?

— Eu só sei que ele vai me ouvir — disse Holt, se inclinando para a frente. Sua boca começou a vagar lentamente pela lateral do pescoço dela. Ela podia sentir as mãos dele deslizando sobre o arco das suas costas. Fazia uma hora desde a última vez que tinham se entregado um ao outro e ela podia sentir o calor aumentando mais uma vez. Ela se virou e ficou sobre ele, ouvindo o sussurro da sua voz embaixo dela.

— A única coisa que Tiberius respeita é poder, e é isso que estamos oferecendo. E tem mais, quando ele souber que os Mercadores do Vento já aceitaram, vai ter que encontrar uma maneira de usar isso a seu favor. Como diz o Bando, "O poder perdido deve ser retomado".

Mira mordeu suavemente a lateral do pescoço dele e então seus lábios encontraram os dela novamente. Ela enroscou as pernas em torno dele, para chegar mais perto. Afastou-se só o suficiente para olhar nos seus olhos.

— Só me prometa que, se as coisas se complicarem, você vai dar o fora de lá. Vai se ver livre deles, correr e não vai parar. Prometa.

Holt sorriu.

— Eu pensei que a gente tinha falado que não faria mais promessas.

Era verdade, eles tinham feito aquele acordo semanas atrás, mas antes que ela pudesse argumentar, ele a beijou novamente. Nossa, ela adorava o gosto dele. As mãos de Holt deslizaram pelas coxas dela, lentamente até o centro do seu calor e ela afastou a boca para suspirar...

... e, em seguida, tudo parou.

Guardiã... As projeções estavam particularmente intensas naquele momento, e elas se sobrepuseram ao prazer e às sensações. *Aproxime-se.*

Mira rolou para longe de Holt, repelindo as projeções, retomando o controle. Quando elas finalmente diminuíram de volume, ela sentiu as mãos de Holt sobre ela, mas de um jeito diferente desta vez, agora com preocupação.

— Respire. — A voz dele interrompeu o que restava das projeções, ajudando-a a recuperar o foco e a se centrar. Quando era só ela novamente, Mira abriu os olhos. O rosto de Holt mostrava aquela habitual mistura de preocupação e raiva. Ele odiava ver o que ela estava passando, ela sabia que aquilo fazia com que ele quisesse destruir o Embaixador com as próprias mãos.

— Jure que não está ficando pior.

Estava ficando pior. Muito pior, e mais Confederados apareciam a cada dia, mas Holt já tinha o suficiente com que se preocupar. Ela precisava dele focado e o mais lúcido possível, se quisesse que ele sobrevivesse, se quisesse tê-lo de volta.

— Nada de promessas — ela o lembrou.

Holt franziu a testa ao ouvir a resposta, olhando para ela com ceticismo. Ele a conhecia muito bem agora, talvez melhor do que ninguém, e isso era uma fonte de grande conforto. Holt havia se tornado seu porto seguro nos últimos meses, alguém que estava sempre ao lado dela, e Mira não conseguia nem pensar na ideia de deixá-lo. Pensar nisso, no entanto, logo seria o menor dos seus problemas, e ambos sabiam disso. Estava nos olhos dos dois sempre que se olhavam.

O que quer que Holt estivesse pensando, porém, dissipou-se quando a porta se abriu subitamente.

Uma das garotas Hélices estava na porta, uma das mais intrépidas, até mais do que os outros, chamada Masyn, e ela fez uma pausa quando os viu, observando-os com um ar de diversão mal contido. Mira puxou as cobertas rapidamente sobre eles.

— Sim? — perguntou Holt, exasperado.

— Desculpe, mas... vocês precisam descer. Agora mesmo. — Masyn lançou um último olhar conspiratório e em seguida disparou para fora. Havia uma nota na voz da garota que Mira não gostou, algo meio fora do lugar para um chamado de despertar às quatro da manhã. Empolgação. Para um Hélice Branca, aquela emoção geralmente só queria dizer uma coisa.

Holt fitou Mira com um olhar de entendimento.

— Vamos nessa! — disse ele.

Mira o beijou pela última vez e então os dois levantaram e se vestiram.

4. QUE OS VENTOS NOS GUIEM

— MAS A QUANTOS VOCÊ se refere quando diz *muitos?* — perguntou Conner, examinando um mapa numa das pranchetas de Smitty. Um grupo heterogênio cercava o mapa: Hélices Brancas, Mercadores do Vento, Mira e Holt, Ravan e dois de seus homens, dezenas de pessoas ao todo, olhando para onde uma Capitã havia desenhado algumas linhas para indicar o que tinha visto e onde.

Holt olhou para um círculo desenhado cerca de 50 quilômetros a oeste de Bazar, onde as colinas começavam a dar lugar a planícies, que acabavam por se tornar o Deserto. Ele sentiu um vazio no estômago e a mão de Mira escorregou instintivamente para dentro da dele. Estavam pensando a mesma coisa. Tinha chegado a hora.

— Uma centena de caminhantes, talvez mais — respondeu a Capitã de cabelos castanhos, em torno de 18 anos. — Pelo menos que eu pude contar, antes de sair voando de lá. Eu não consegui distinguir de que tipo eram, mas eram do tamanho de Aranhas, eu diria, mas havia outro. Algo... *maior*. No começo pensei que era apenas névoa, uma miragem talvez, mas então vi luzes piscando sobre ele e percebi que era real. — A voz da garota tinha uma nota tangível de medo, e Holt não podia culpá-la. Era um exército dos Confederados que ela estava descrevendo e, se aqueles números estavam certos, era duas vezes maior do que o que tinha atacado a Cidade da Meia-Noite, mesmo sem o misterioso objeto maior que estava avançando junto com ele.

Os olhos de Mira se fecharam de repente, ela perdeu o equilíbrio e Holt a segurou antes que caísse. Eram *eles*, ele sabia, dentro da cabeça dela novamente. Ele viu Ravan fitando Mira com pena, do outro lado da sala. Para ela, o que Zoey tinha feito era uma maldição e Holt não podia discordar.

— É... — Mira começou, tentando dar sentido a todas as vozes em sua cabeça. — São duzentos e sete caminhantes.

A sala ficou em silêncio, todo mundo olhou para ela com uma expressão chocada.

— O *que* ela disse? — um dos Capitães perguntou, atordoado. — *Duzentos e...*

— Os prateados disseram isso a você? — perguntou Ravan, e Mira assentiu. — Então eu diria que não dá pra confiar muito naquela geringonça alienígena.

— Eles investiram nisso tanto quanto nós — disse Mira com severidade. — Os números estão *certos*. São os vermelhos. Eles estão combatendo sob o comando dos azuis e brancos.

Até poucos meses antes, quando ainda não tinham encontrado Zoey, eles só conheciam Confederados azuis e brancos. As cores, agora sabiam, representavam diferentes clãs de Confederados, cada um com seu próprio território no planeta. Zoey, por razões ainda desconhecidas, era vital para os planos de alguns alienígenas e esses clãs tinham convergido para a América do Norte na tentativa de reivindicar para si a ajuda dela.

Além dos azuis e brancos, Holt e Mira já tinham encontrado dois clãs até agora. Os Caçadores verdes e laranja, que eram rápidos e furtivos. E os vermelhos, que se valiam principalmente dos caminhantes mais pesados, como os Aranhas. Se os vermelhos e os brancos e azuis estavam trabalhando juntos, com agora parecia, isso significava que as coisas tinham realmente mudado.

— O Embaixador diz que é porque eles têm Zoey agora. Os outros clãs reconhecem a sua superioridade e domínio.

— Que gracinha... — murmurou Ravan.

— Por que o ataque agora? — um dos Capitães dos navios terrestres perguntou. — Por que aqui?

— Nós somos uma ameaça. — Era Avril desta vez, ao lado de Dane, entre outros Hélices Brancas. — Estamos reunindo forças aqui há quase um mês, uma hora eles iam perceber; e é evidente para onde estamos indo e por quê. A intenção deles é nos conter antes mesmo de começarmos.

— *Você* nos causou tudo isso. — A voz amarga era dirigida a Conner, e Holt reconheceu a voz de sotaque britânico da Capitã do dia anterior. — Você e a sua barganha! Essas coisas estão seguindo para Bazar!

Murmúrios irritados e temerosos percorreram o grupo de Mercadores do Vento.

— O que está feito está feito; de qualquer maneira seria difícil — respondeu Conner. — Estamos apenas começando mais cedo e, quanto mais cedo começarmos, mais cedo isso termina. Deixem que venham.

— E se isso causar a destruição de Bazar?

— Não vai causar! — afirmou Dane, em frente a Holt e ao lado de Avril e outro Hélice Branca, todos eles Decanos, líderes de seus próprios Arcos. Suas reações eram completamente diferentes das dos Mercadores do Vento. A empolgação e a expectativa se estamparam em seus rostos quando Dane apontou para um lugar entre a localização atual do exército e Bazar, um vale entre duas grandes montanhas. — Um pequeno regimento pode manter os vermelhos ocupados *aqui*, ganhando tempo para que a frota escape. Podemos posicionar as tropas ali para enfrentar as naves de ataque, usar as colinas como cobertura se precisarmos recuar. — A maneira como dizia aquilo dava a entender que não tinha nenhuma intenção de recuar.

— Smitty, quantos navios estão armados? — perguntou Conner.

— Onze — respondeu o engenheiro. — Deviam ser quinze a essa altura, mas conseguir um cristal de bom tamanho daquela caixa mágica infernal não é tão fácil quanto parece.

— A Caixa de Reflexão cria uma versão *idêntica* de qualquer coisa que se coloque nela — Caspira respondeu friamente.

— Ah, é? — Smitty rebateu. — Então por que a velocidade inicial ou a inércia não são constantes de arma para arma?

— Provavelmente porque os canhões que você construiu estão com defeito.

— Agora não é hora! — Conner gritou, esfregando os olhos. Smitty e Caspira se encararam de lados opostos da mesa, mas não disseram mais nada. — Onze navios de noventa e três — disse Conner para si mesmo, balançando a cabeça.

— É isso aí — disse Smitty num tom tristonho. — Mas é melhor do que nada, e o *Estrela dos Ventos* está totalmente armado e testado; tem quase tantos canhões quanto dois navios comuns. — O *Estrela dos Ventos* era o maior navio terrestre da frota dos Mercadores do Vento, o carro-chefe e a maior criação de Smitty e de seus engenheiros. Projetado para ser como os antigos encouraçados, era uma embarcação pesadona com um casco de quase puro alumínio, recuperado de celeiros e telhados e pedaços de carros antigos, todos soldados num casco em forma de cunha. As rodas, dez delas, haviam sido retiradas de grandes veículos de construção e tinham quase três metros de altura. Não era rápido, nada tão pesado poderia ser mesmo com cinco velas, mas não havia terreno em que ele não rodasse. A embarcação precisava de uma tripulação de trinta pessoas e era o único navio terrestre do mundo que precisava de dois Chinooks, os artefatos das Terras Estranhas que concentravam todo o vento do ambiente, transformando-o em correntes suficientemente fortes para impulsionar os enormes navios sobre a terra. Mira tinha ela mesma ajudado a reprojetar o navio para combate, adicionando mais de uma dezena de combinações de artefatos de Barreira, que agiam como escudos defletores. O objetivo, é claro, era que toda a frota fosse equipada com Barreiras e armamentos dos Hélices Brancas... mas ainda faltava muito para que isso fosse realidade.

— Dresden, o que você acha? — perguntou Conner, apontando para o mapa. — Os navios terrestres fazem um assalto frontal aqui, deixando os Hélices em posição enquanto isso. As Barreiras devem se manter por tempo suficiente para bloquear o fogo dos Confederados e, quando estivemos perto, acabamos com eles.

Por mais que brigassem ou parecessem não se gostar, os dois irmãos respeitavam a habilidade e perspicácia um do outro. Sempre se consultavam sobre questões importantes. Dresden, no entanto, nem sequer olhou o mapa; estava olhando por uma das janelas da usina de energia, para a paisagem mais além.

— O que eu acho? — repetiu. — Acho que quem participar deste ataque não vai voltar pra contar como foi e, se o meu navio fosse um dos onze, eu não chegaria nem perto dessa batalha. — Então ele finalmente olhou para Conner. — Mas, ei, espere aí! Ele *é* um dos onze! Bem, lá se foi meu plano...

— Vocês vão perder soldados e navios, não há como evitar isso — Ravan falou de algum lugar atrás do grupo. Os Mercadores do Vento olharam com desconfiança para ela e seus homens. Ravan era do Bando, afinal, um grupo que vivia perseguindo os Mercadores de Vento e seus navios, e por isso não existia nenhum afeto entre eles. — Mas se vão fazer isso por diversão, só para dar tempo para que o resto possa escapar, o plano pode dar certo. Atacar, acabar com eles e cair fora, sem enrolação. São caminhantes demais para ficar enrolando.

— Ainda não decidimos onde as forças do Embaixador vão atacar — disse Mira, olhando para o mapa. — Eles podem contornar as montanhas, os Caçadores são rápidos e...

— Não. — A voz de Dane era firme e insistente. — Essas coisas não são necessárias aqui. — A maioria dos Hélices Brancas concordou com a cabeça. Mira olhou para Dane em estado de choque. Até Holt ficou surpreso.

— Por mais que eu não goste dos alienígenas — falou Holt —, há quase *sessenta* caminhantes lá fora. Não usá-los seria estupidez...

— Você confia neles bem mais do que eu. Eu concordo com ele — Conner respondeu, apontando para Dane —, não precisamos dos Confederados para fazer isso. Se tudo der certo, depois que os Hélices e a frota tiverem ido embora, esses vermelhos vão deixar Bazar. A ameaça terá acabado.

— Reze para que isso aconteça, Consul — falou novamente a menina de sotaque britânico, com um olhar sombrio. — Ou vai ser tudo responsabilidade sua.

Conner olhou para ela.

— Que seja. Não temos muito tempo. Preparem seus navios. Se eles já estiverem adaptados com o armamento dos Hélices, seu ponto de reunião e distribuição de tropas é a oeste dos Estaleiros. Todo mundo vai desatracar e se reunir ao sul de Bazar. Que os ventos nos guiem!

— Que os ventos nos guiem! — os outros Capitães entoaram. Os Hélices Brancas reuniram-se em torno de Dane enquanto ele distribuía ordens aos Decanos, escolhendo quais Arcos iriam participar do ataque para distrair os adversários e quais iriam ficar a bordo dos navios. Como esperado, todos os Decanos queriam que seu Arco participasse da batalha. Aquele seria o primeiro contato com o inimigo na guerra para a qual Gideon os tinha preparado ao longo da vida inteira. Naquele dia eles teriam a chance de ganhar várias "medalhas de honra".

Avril estava por perto, mas não participou da conversa, deixando que Dane assumisse o comando. Ela estaria seguindo numa direção diferente e podia nunca mais ver nenhum deles. Era a vez de Dane liderar, não dela. Ele era Shuhan agora, e essa não era uma conquista fácil.

Holt viu Conner puxar Dresden de lado, para discutir algo entre eles. Ele chamou a atenção de Ravan enquanto ela se afastava com seus homens. Ela balançou a cabeça em desaprovação e ele não a culpava.

— Estou com um mau pressentimento — disse Mira ao lado dele, observando os diferentes grupos planejando os seus movimentos. Nenhum deles estava conversando com os outros. Não estavam trabalhando juntos.

— Idem — Holt respondeu.

GUARDIÃ... AS PROJEÇÕES invadiram sua mente novamente. *Aproxime-se...*

Mira ignorou enquanto seguia pelo povaréu de Bazar. A notícia do ataque iminente tinha se espalhado rapidamente, e a população pegava tudo o que podia carregar, deixando suas casas para trás. Os que tinham a sorte de fazer parte da tripulação dos navios terrestres estavam seguindo para os atracadouros. Todos os outros não tinham alternativa a não ser seguir a pé, porque não havia espaço nos navios. Eles estavam incumbidos de transportar os Hélices Brancas e os suprimentos e, mesmo que houvesse espaço, os navios estavam seguindo para o oeste, bem na direção do exército que se aproximava.

Enquanto abria caminho entre as pessoas, Mira quase podia sentir a raiva dos Mercadores do Vento borbulhando, embora talvez fosse apenas a sua imaginação. Mas eles tinham todo o direito. Ela e Holt tinham chegado ali e virado o mundo deles do avesso, tudo para resgatar uma garota que os Mercadores do Vento nunca tinham visto. As implicações daquilo estavam começando a ficar insustentáveis.

Enquanto avançava, ela via os navios começando a partir, podia ver as embarcações maciças rodando pela cidade, uma por vez. Andou mais rápido, tinha que chegar antes que Holt partisse.

Ela sabia muito bem onde o navio que levaria Holt estava atracado. O *Fenda no Vento*, o navio de Olive. Seis enormes rodas, três de cada lado, peças customizadas de madeira e aço, meticulosamente encaixadas e soldadas, destacavam-se do corpo da nave e sustentavam o convés superior do navio a uns dez metros do chão. O casco era formado de uma variedade de lâminas de madeira e de metal reaproveitadas, assim como de peças de trens e navios. Dois mastros eram compostos de pneus velhos que sustentavam longas colunas de barris, de uns trinta metros de altura ou mais, e suas velas coloridas se agitavam impacientemente ao vento.

Olive tivera o azar de ser escolhida para cumprir o que todos consideravam a pior tarefa de todo aquele calvário: transportar Holt, Ravan e o Bando de volta ao Fausto. Enquanto os outros navios estavam praticamente à espera de uma guerra, Olive e sua tripulação tinham recebido a incumbência de chegar a um destino que não podia ser menos hospitaleiro: a capital dos piores inimigos dos Mercadores do Vento.

Mira ficou aliviada ao ver que o navio ainda estava lá. Os marujos corriam de um lado para o outro, preparando o navio para partir. Ravan e seus homens estavam perto da prancha, conversando com um grupo de Hélices Brancas, e Mira foi até eles.

— Se ela não pode usá-los, deveria pelo menos poder ficar com eles — dizia Dane, olhando para Ravan. Próxima a ele, Avril tirava da mão esquerda os brilhantes anéis vermelho, azul e verde, sem dizer nada. Eles não saíam facilmente, pois estavam ali havia muito tempo. — Você não faz ideia do que ela teve que enfrentar para merecê-los.

— Ela não é mais uma Hélice Branca — explicou Ravan simplesmente, olhando para ele sem se abalar. — É outra coisa agora, e não pode manter com ela coisas perigosas como essas, a menos que Tiberius diga que pode. Vou guardá-los, você tem a minha palavra.

Mira notou que, pela primeira vez desde que tinham se conhecido, Avril não estava vestida com a roupa cinza e preta típica dos Hélices Brancas. Ela usava calças cargo verdes e uma camisa térmica branca com uma mochila pequena pendurada no ombro, e só. Mira observou enquanto a garota se esforçava para tirar cada anel do dedo e, cada vez que tirava um, menos brilho restava em seus olhos. Ela parecia arrasada.

Avril guardou os anéis num saquinho preto e os entregou a Ravan. Masyn e Castor também estavam ali, testemunhando o sofrimento dela. Masyn chegou até mesmo a desviar os olhos.

— A lança também — exigiu Ravan, com os olhos em Dane.

Dane estava segurando duas Lancetas, Mira notou. Uma delas era dele, a outra era de Avril. O olhar do garoto se incendiou.

— Se eu cruzar com você de novo, fora daqui... — Sua voz silenciou quando Avril tocou gentilmente o braço dele, fazendo com que Dane olhasse para ela com emoção. Seria assim dali em diante, ela o estava lembrando. Não havia o que discutir. Lentamente, Dane entregou a Lanceta de Avril a Ravan e ela a passou, junto com o saquinho preto, para um de seus homens.

51

— Quinze minutos para as despedidas — Ravan avisou. — Podem começar a contar.

Dane, Avril, Masyn, Castor e o outro Hélice afastaram-se, falando em voz baixa. Mira ficou olhando para eles com tristeza. Ela não era a única que estava perdendo alguém aquele dia, lembrou.

— Foi mais fácil do que imaginei — disse Ravan, de pé ao lado dela agora. — Esperava um motim.

— Você agiu bem — disse Mira. Era verdade. Dadas as circunstâncias, não havia como Avril ficar com suas armas de Hélice Branca. Ravan poderia ter sido muito mais rígida e cruel. Em se tratando dela, tinha lidado com a situação de um jeito quase respeitoso.

— Também acho — disse ela. — Só faltou eu pegar os dois no colo.

Mira assistiu Dane puxar Avril lentamente para os seus braços e abraçá--la com força. Foi a primeira vez que Mira viu demonstrarem carinho um pelo outro em público. Relacionamentos entre Hélices Brancas não eram vistos com bons olhos, até certo ponto. Pelo menos ela e Holt podiam expressar abertamente seus sentimentos.

Mira olhou para Ravan.

— Você é muito mais doce do que gosta de admitir.

Ravan sorriu. Um pouco.

— Cuidado, Ruiva. Tenho uma reputação a zelar.

As duas olharam uma para a outra meio sem jeito. Elas não eram exatamente amigas, mas tinham passado por muita coisa juntas desde que haviam se conhecido, na jornada cheia de tensão através das Terras Estranhas. Ravan tinha provado que era muito mais do que parecia e, embora Mira detestasse pensar nisso, podia ver por que a garota significava tanto para Holt.

— Sabe — disse Ravan depois de um instante —, não tenho nenhuma pretensão de entender por que vocês estão fazendo tudo isso, mas não significa que eu não respeite a força que exige. Você não se sairia mal como pirata.

— Vou considerar isso um elogio — respondeu Mira. — Não sei se faz muita diferença, mas eu definitivamente me sinto muito mais segura quando você está por perto. Parte de mim está feliz por você estar acompanhando Holt.

— E a outra parte?

Mira não disse nada e Ravan não a pressionou. Mas continuou sorrindo.

— Não se preocupe com ele, garota — tranquilizou-a a pirata. — Se existe alguém que sabe cuidar de si mesmo, esse cara é Holt Hawkins. Mas vou ficar de olho nele pra você.

— Isso mais parece uma ameaça. — Era a voz de Holt. Elas se viraram e o viram se aproximando com Max.

— Era para parecer mesmo — disse Ravan. Ela baixou os olhos para Max e o cão devolveu o olhar. Então ela puxou um pedaço de carne-seca do bolso e atirou-o para ele. Max agarrou a carne no ar. — Último pedaço, ferinha.

Então Ravan se virou e começou a subir a prancha do navio, olhando para Holt.

— Vejo você a bordo.

Mira ficou olhando para Ravan. Era estranho, sentia uma melancolia ao vê-la partir. Por mais complicadas que as coisas tivessem sido entre elas, a pirata tinha passado a fazer parte da vida de Mira também, e essa parte estava prestes a ir embora.

— Essa parece ser a deixa para nos despedirmos — concluiu Holt.

— Acho que sim. — Ela se virou para Holt e os dois se olharam com um ar solene, enquanto a tripulação acabava de desatracar o navio. Os Hélices Brancas estavam partindo, Avril subia lentamente a prancha, enquanto Dane a fitava. Estava quase na hora.

— Eu não gosto da ideia de você ir a bordo do *Estrela dos Ventos* — disse Holt a ela, provavelmente pela milésima vez. A voz dele era tensa.

— É o carro-chefe da frota — Mira o lembrou. — É o mais bem armado e tem três vezes mais Barreiras, eu mesma as construí. De todos os navios terrestres que vão para a batalha, ele é o mais seguro.

— É da parte de "ir para a batalha" que eu não gosto.

— Vai chegar uma hora em que todos nós vamos ter que ir para a batalha. É isso que estamos fazendo aqui, não é?

Holt não disse nada; ele sabia que ela estava certa, o que não tornava as coisas mais fáceis para ele. Mira sentia o mesmo, à sua própria maneira.

— Eu trouxe uma coisa pra você — disse Holt enquanto tirava do bolso um pequeno objeto, embrulhado num papel amassado, e entregava a ela. Mira olhou para ele cheia de culpa. Dar algo a Holt no momento em que estavam partindo parecia um gesto tão óbvio, mesmo assim não tinha passado pela cabeça dela. Ela se sentiu mal.

— Eu... não trouxe nada pra você — desculpou-se.

— Tudo bem — Holt sorriu. — Você é uma pessoa horrível.

Ela franziu a testa para ele, em seguida, abriu o embrulho. Debaixo do papel velho havia uma bisnaguinha branca com um rótulo tão desbotado que ela mal pôde decifrar o que estava escrito ali.

Era filtro solar.

Mira sorriu e balançou a cabeça, lançando-lhe um olhar cheio de dúvida.

— Ei, vai ser útil! — ele garantiu. — Vai me agradecer depois, pode apostar.

Era exatamente o tipo de presente que Holt daria a ela, e significava muita coisa. As precauções dele com relação a ela, a preocupação com o seu bem-estar, o simples fato de que, independentemente do que estava acontecendo ao redor, ela estava sempre nos pensamentos dele.

O sorriso dela desapareceu enquanto olhava a bisnaga, suas mãos começando a tremer. Ela obrigou-se a voltar a olhar para ele. Não podia acreditar que aquilo estava mesmo acontecendo, que o momento tinha chegado. As lágrimas estavam começando a se formar, quisesse ou não.

— Holt... — começou Mira.

— O que é um assobio curto? — perguntou Holt, olhando rapidamente para baixo e depois para longe.

Ele tinha feito aquelas perguntas sem parar ao longo da última semana, bombardeando-a com elas. Era importante para Holt, ela sabia, por isso tinha tolerado.

— Para chamar a atenção dele — Mira respondeu com paciência, embora não fosse o que queria dizer.

Holt assentiu e se abaixou para acariciar Max, esfregando o pelo dos dois lados do cão. Ele ainda mastigava a carne-seca que tinha ganhado de Ravan.

— Um longo, um curto.

— Vigie a frente — disse Mira.

— Dois longos...

— *Holt*, eu sei os assobios, juro. Podemos...

— Você não precisa dar banho nele se não quiser — disse Holt.

Mira franziu a testa.

— *Não vou* dar.

— Mas tem que dar comida duas vezes por dia, e não essa carne-seca que Ravan sempre dá a ele. Comida *de verdade*. — Mira estava prestes a dizer que o cão teria sorte se recebesse suas sobras de comida, mas ela percebeu a emoção na voz de Holt. Max, por mais irritante que fosse, era um amigo para Holt e eles nunca tinham se separado. Naquele dia, Holt estava perdendo duas figuras importantes em sua vida, ela sabia, e ele não era muito bom com aquele tipo de coisa. — Verifique sempre se ele tem água, ele bebe mais do que você pensa. E... faça carinho nele. Tá? Às vezes?

Mira assentiu. Quando falou, sua voz era quase inaudível.

— Ok.

Holt voltou a ficar de pé e havia lágrimas nos olhos dela agora, não havia como contê-las. Ele colocou a mão em concha no rosto dela e se inclinou para chegar mais perto.

— Ah, meu Deus... — ela murmurou, com a voz entrecortada.

— Você se lembra da primeira vez que nos vimos?

Ela conseguiu dar um sorrisinho.

— Eu estava na banheira.

— Você me enganou, me prendeu num Vórtice Gravitacional.

— Não foi muito difícil — disse ela. — Você fica um pouco distraído quando vê uma garota nua.

— Com certeza — confirmou Holt, e ela sentiu o calor da mão dele e associou a sensação à lembrança. — Me surpreende ver como chegamos tão longe. Pensar em como tudo era antes de você entrar na minha vida. Em como tudo foi depois... Não posso imaginar como seria sem você. Você é uma parte de mim agora e eu não acredito que seja por acaso.

— Também não. — As lágrimas eram cálidas e intensas.

— Eu sei que eu disse "nada de promessas", eu sei disso, mas... — Holt chegou mais perto, suas mãos tocando o rosto dela, enxugando as lágrimas. — Eu perdi tudo uma vez. Não acho que eu consiga passar por isso outra vez.

Ele se referia à irmã, Mira sabia, Emily. Toda vez que ele falava dela, havia um ligeiro vislumbre de dor nos olhos dele. Perdê-la quase o destruiu.

— Eu só quero saber — Holt continuou — se, quando tudo isso tiver acabado, quando o que quer que vá acontecer tiver acontecido... se você vai estar aqui. Comigo.

Mira sorriu em meio às lágrimas.

— Onde mais eu estaria?

Holt a puxou para si e a beijou. O mundo se afastou um pouco, apenas o suficiente, por um breve instante, fazendo-os esquecer todo o resto... e então o toque de um sino no convés superior do *Fenda no Vento* anunciou que era hora de partir. A área ao redor do enorme navio ficou vazia.

Holt se afastou. Eles olharam nos olhos um do outro, pela última vez. Em seguida ele pegou sua mochila e começou a subir a prancha. Max tentou segui-lo, mas Mira segurou a coleira do cão. Ele ganiu, confuso.

Holt sustentou o olhar.

— Faça carinho nele. *Todos os dias.*

Mira observou-o subir, sentindo o coração acelerado, sentindo a energia que ele trazia para sua vida diminuindo a cada passo que ele dava, até que desapareceu atrás do corrimão, seguindo na direção do convés, e se foi.

O mundo de repente ficou muito frio.

— Ei! — chamou uma vozinha miúda. Era Olive, observando o último de seu grupo embarcar no navio.

Mira limpou o resto das lágrimas.

— Oi.

— Ele parece um cara legal — observou ela.

Mira sorriu.

— Ele é.

— Vai chegar sem nenhum arranhão, prometo. Depois disso... — A voz de Olive ficou sombria.

— Sinto muito que essa tarefa seja sua, Olive. — Mira sentia mesmo. — E lamento que seja por minha causa.

Olive olhou para Mira, buscando os olhos dela.

— A questão é que, à primeira vista, parece que tudo isso é só para resgatar uma garotinha. Mas, se você puder me garantir que se trata de muito mais... para mim é suficiente. Sempre confiei em você.

Mira pensou na resposta.

— Eu penso nisso todos os dias. Zoey... fez coisas incríveis. Coisas que eu nunca pensei que fossem possíveis. Tudo o que eu posso dizer é que ela me mostrou, pela primeira vez em muito tempo, que posso ter esperança outra vez.

Olive ficou olhando para ela, em seguida simplesmente assentiu.

— Bem... pelo menos não será entendiante.

As duas garotas se abraçaram, então se separaram e Olive seguiu para o seu navio. Algo ocorreu a Mira, então. De repente ela se deu conta de que na verdade *tinha* um presente para Holt, e ela o tirou do pescoço.

— Olive! — Mira jogou um colar para a garota de cabelos cor-de-rosa. Pendurado nele havia uma pequena bússola de bronze. A agulha, em vez de apontar para o norte, apontava para o sudoeste. Zoey tinha um idêntico, ou pelo menos costumava ter quando os Confederados a levaram.

— Dê para o Holt, ele vai saber o que significa. Diga a ele... que é para o caso de ele se perder no caminho.

Olive olhou para o colar, em seguida para Mira.

— Que os ventos a guiem, Bucaneira!

— E a você também!

Ela observou enquanto Olive saltava para o convés acima e desaparecia dentro do navio, depois a prancha sendo recolhida, as magníficas velas coloridas se desfraldando com o vento e as rodas gigantes começando a girar, enquanto o *Fenda no Vento* se punha em movimento.

Mira olhou para Max. Ele devolveu o olhar com ceticismo.

— Vamos, vira-lata. Temos o nosso próprio navio para embarcar.

5. CONFRONTO

TODA A TRIPULAÇÃO ESTAVA na ponta do convés do *Fenda no Vento*, e todos que tinham instrumentos ópticos faziam uma varredura no horizonte. Holt olhava através dos seus binóculos. Era uma visão impressionante: quase setenta navios terrestres em formação ao sul de Bazar, enquanto outros chegavam e se reuniam às tropas. Quando chegasse a hora, todos partiriam juntos para o confronto.

À distância, onze outros navios terrestres já estavam de prontidão, suas velas desfraldadas. Estes eram equipados com os novos canhões dos Hélices Brancas, aqueles que iriam tentar ganhar tempo para que todos os outros pudessem escapar, e era onde Mira estava agora.

Ele podia ver com facilidade o navio dela, o *Estrela dos Ventos*, entre todos os outros ali, porque era muito maior. Provavelmente tinha o dobro do tamanho dos demais, com cinco mastros monumentais, que se elevavam sobre o restante, uma visão formidável... em qualquer outra ocasião. Naquele dia, o que aqueles navios estavam prestes a enfrentar era, sem dúvida, muito mais poderoso.

Mas onde eles estavam? O exército Confederado vermelho ainda não tinha aparecido e todos esperavam com uma sombria expectativa.

— O que ainda estamos fazendo aqui? — perguntou Ravan, impaciente ao lado de Holt.

— Esperando os outros navios — Olive respondeu, olhando através de um telescópio que tirou do cinto. — Sairemos todos juntos.

— Mas nós não vamos com os outros — Ravan rebateu. — Vamos para o *sul*, que diferença faz se esperarmos ou não?

— Parece que você é a única ansiosa para chegar aonde estamos indo, garota do Bando. — Era a voz de Castor. Ele e Masyn fitavam o oeste como todos os outros. Eram os únicos Hélices Brancas a bordo, pois tinham sido designados para acompanhá-los até o Fausto. Nenhum dos dois estava feliz com essa determinação. Na visão deles, a guerra estava prestes a eclodir e eles ficariam de fora só para cumprir a missão oficial (e burocrática) de demonstrar o armamento dos Hélices Brancas a Tiberius Marseilles. Extraoficialmente, eles provavelmente estavam ali por ordens de Dane, para vigiar uma certa pessoa.

Avril estava sentada longe dos demais, com as costas apoiadas num dos mastros do navio, fitando os dedos vazios da mão esquerda. Ela parecia completamente alheia, como se vivesse um pesadelo. Holt já tinha passado por muita coisa na vida, ele sabia como era isso.

— Shh. — Olive silenciou os outros nas proximidades, baixando o telescópio. Ravan e Holt olharam para ela sem entender... até que ouviram aquilo a que Olive se referia. Todo mundo no convés ouviu.

De longe, vinham baques surdos, que sacudiam tudo.

Um segundo depois, os sons se repetiram, ecoando nas serenas colinas ondulantes.

Em seguida, novamente. E mais uma vez. Soando cada vez mais alto.

— Mas que diabos é isso? — soou a voz de Ravan, sobressaltada. — Parecem...

— Pegadas — Holt concluiu, voltando a perscrutar o horizonte; e desta vez, em meio à névoa à distância... viu formas em movimento.

Grandes. Fileiras e fileiras delas, marchando poderosamente para a frente. Elas mal tinham silhueta àquela distância, mas Holt tinha visto formas como aquela em número suficiente para saber o que eram, e sentiu o sangue gelar.

Caminhantes Aranha. Quinze metros de altura e mais largos do que a rua de uma cidade. Ágeis, poderosos e com poder de fogo suficiente para dizimar qualquer coisa que os desafiasse. Eles tinham aquele nome por causa das oito grandes pernas mecanizadas que sustentavam suas fuselagens descomunais acima do solo. A combinação dava a eles mobilidade superior e os tornava a visão mais temida do planeta.

Holt só tinha visto Aranhas vermelhos uma vez, dois deles, e pelo que se lembrava eram diferentes dos azuis e brancos. Mais compactos, mais lentos, mas mais fortemente armados, e, a julgar pelo movimento no horizonte, naquele dia eram muito mais do que dois.

— O amigo mecânico de Mira estava certo — disse Olive num tom sombrio. — Parece que são uns duzentos.

— Mas isso não explica esse barulho — respondeu Holt. Enquanto ele falava, os sons encheram o ar de novo, sons que estavam agora perto o suficiente para fazer vibrar o convés sob os seus pés. Ele se lembrou do que um Capitão havia dito na usina de energia, sobre a forma gigantesca que se movia dentro dos Aranhas.

— Olhem! — gritou Masyn, apontando para o leste. — Estão avançando.

Holt viu com pavor crescente que ela estava certa. As grandes velas coloridas dos navios terrestres perto dos Estaleiros enfurnaram-se em explosões de roxo e azul, quando os navios se puseram em movimento, aos poucos ganhando velocidade, na direção do exército que se aproximava no horizonte.

— Jesus! — exclamou Ravan. — Isso vai ser um massacre.

— Quinhentos Hélices Brancas estão naqueles navios — Castor retrucou com orgulho. — Quando pisarem no chão...

— Vão ser esmagados como quinhentas formigas — cortou-o Ravan.

Agora havia algo mais, Holt podia ver. A escuridão que se agitava acima dos caminhantes à distância, como sombras crescendo no ar. Holt tinha um bom palpite do que eram. Ravan também.

— Se não for agora — ela disse a Olive —, não vamos partir daqui nunca mais.

— Ainda não deram o sinal — disse Olive.

— Qual é o sinal? — perguntou Holt.

— Um sinalizador vermelho.

Ravan olhou para Castor e Masyn, seus olhos se desviando para as Lancetas nas costas dos Hélices. Na extremidade da arma de Masyn havia uma fulgurante ponta de lança vermelha. Holt tinha um palpite do que ela pretendia, mas seus olhos estavam colados nos navios terrestres que avançavam com tudo e na enorme imagem do *Estrela dos Ventos* em seu binóculo, com as velas o impelindo para a frente. Eles conseguiriam, disse a si mesmo. O navio era a capitânia da esquadra. O lugar mais seguro.

— Você! Loira! — Ravan gritou para Masyn, dando um passo em direção a ela. — Atire esse seu cristal vermelho! — Castor deu um passo para a frente, com um ar protetor, e ficou entre elas, mas Masyn passou por ele com uma expressão contrariada.

— Por quê? — ela perguntou. — Olhe como aquelas coisas estão longe ainda. Para que...

— Porque aquele enxame ali avança mais rápido do que qualquer um destes navios. — Ravan olhou para Olive ao dizer as últimas palavras. — Você sabe que eu estou certa.

Olive encarou Ravan, depois olhou para Holt, que concordou com a cabeça.

— Atira — ele aconselhou.

Olive estudou-o com uma mistura de frustração e medo, depois olhou para Masyn e assentiu.

Masyn deu de ombros e puxou a Lanceta das costas. Ouviram um zumbido alto e percussivo e a ponta vermelha da lança descreveu um arco no céu. Todos os navios com certeza tinham visto.

— Espero que você esteja certa — disse Olive. — Porque se não estiver, então...

— *Olhem!* — gritou um dos tripulantes de Olive, apontando para o oeste. A faixa logo acima do horizonte explodiu numa miríade de formas, uma centena delas provavelmente, zumbindo com ferocidade ao avançar.

Era o que Holt esperava. Naves predadoras, rugindo à frente das forças terrestres, em direção aos navios terrestres, que se aproximavam. Se aquelas naves batedoras assim quisessem, em minutos poderiam alcançar o grupo principal, dos desarmados e indefesos.

Olive sabia a mesma coisa.

— Soltem as velas! — ela gritou, correndo para o leme enquanto todos os outros se apressaram para ocupar suas posições. — *Soltem as velas!*

Com outro zumbido, a ponta de lança vermelha ricocheteou de volta para a Lanceta de Masyn. Ou a tinham tomado como o sinalizador ou os outros Capitães tinham deduzido a mesma coisa. As tripulações de cada navio terrestre ao redor estavam se apressando para soltar as velas também.

— Checagem? — O primeiro imediato de Olive gritou enquanto começava a subir pelo mastro central.

— Não dá tempo! Chinook total. *Agora!*

O vento rugia acima da cabeça de Holt enquanto era concentrado e intensificado pelo artefato, inflando as enormes velas do navio. O *Fenda no Vento* deu um solavanco e Holt se segurou, tentando...

Explosões ecoaram à distância.

Com os olhos arregalados, Holt viu o enxame de naves arremeter, disparando uma rajada de jatos de plasma amarelos na direção dos navios à distância. As Barreiras brilharam, ganhando vida, mas chamas irromperam por toda parte.

Ele podia ouvir o ronco dos motores das naves. Podia ver várias dezenas delas se agrupando e depois se separando das demais. Ele sabia o que isso significava.

— Estão vindo nesta direção! — alguém gritou.

Os olhos de Holt procuraram e encontraram o *Estrela dos Ventos*, bem distante, sacudindo loucamente quando uma explosão ocorreu ali perto, mas, como os outros, ele continuava seguindo em frente, destemido, em direção aos Aranhas... e, ao lado dele, o primeiro dos navios terrestres armados explodiu numa bola de fogo que descreveu um arco no céu.

Então as naves rugiram sobre o *Fenda no Vento*, e o chão em volta dele explodiu em chamas também.

DANE MAL TEVE TEMPO de saltar do convés do *Golpe de Vento* antes que ele rebentasse em chamas. Três dos seus Arcos não foram rápidos o suficiente. As Barreiras do navio já tinham sido danificadas com o assalto aéreo e acabaram falhando.

Os Predadores fizeram um serviço rápido depois disso.

Outro navio terrestre explodiu, espalhando estilhaços incandescentes no ar. Ele viu alguns dos Arcos ali, saltando para um lugar mais seguro, mas não todos.

— Malditos! — praguejou ao atingir o chão, correndo sob uma rajada de jatos de plasma e esquivando-se deles. As Barreiras da Bucaneira não tinham sido suficientes, e era tentador culpá-la pelo que estava acontecendo, mas fácil ver de quem era a verdadeira culpa.

Dele.

Ele tinha defendido aquele ataque frontal. Tinha ouvido os argumentos de Mira a favor do suporte aéreo e ignorado. Ele devia ter pensado estrategicamente. Gideon sempre pregara a força, mas também enfatizava que nunca se podia confiar apenas nela.

Dane tinha sido um tolo, e pessoas, amigos dele, estavam morrendo por causa disso.

Ele tinha que compensar isso, disse a si mesmo. Não iria perder a primeira batalha daquela guerra.

— Espalhem-se! — gritou, e seu Arco e os outros ao seu redor obedeceram imediatamente. Agora, juntos, eles eram alvos fáceis. Mais explosões foram deflagradas. — *Agilidade!* — Dane tocou os anéis no indicador e no dedo médio ao mesmo tempo, evocando o poder dos artefatos, e sentiu o mundo ao seu redor ficando mais lento, a sensação reconfortante de quase ausência de peso enquanto tudo se tingia de amarelo.

Ele e o resto dos Hélices Brancas dispararam para a frente. Outros saltaram de seus navios e os seguiram, correndo em zigue-zague entre os jatos de plasma.

Mais à frente, Dane finalmente viu o inimigo com clareza. Os caminhantes Aranha, pintados num tom vermelho brilhante, suas pernas gigantescas impelindo-os para a frente em fileiras que se estendiam de um lado a outro do horizonte. A visão era desalentadora. Como alguém poderia sobreviver *àquilo?* Mas ele não tinha que sobreviver, não é mesmo? Só tinha que resistir até que os outros conseguissem escapar... até que *ela* escapasse.

De trás, ouviu dezenas de sons percussivos altos. Acima de sua cabeça, estrias de cor, vermelha, azul e verde, formaram um arco no ar. Vinham dos navios terrestres. Estavam contra-atacando.

Vivas irromperam quando a primeira das pontas de lança encontrou seu alvo. À distância, explosões coloridas floresceram no céu, enquanto perfuravam as armaduras dos Aranhas vermelhos. Ele observou as máquinas desabarem no chão em chamas e sentiu uma ponta de esperança.

Ainda assim, havia mais. Muitos mais.

Atrás dele, outro navio terrestre explodiu, despedaçando-se no chão.

— Não parem! — ele gritou, correndo através do mundo amarelo e em câmera lenta do poder da Agilidade. Ele e os outros estavam quase lá e, quando chegassem aos Confederados, suas dívidas seriam pagas.

Dane não podia ver os outros navios, os desarmados, e nem tinha tempo para olhar. Só esperava que Avril tivesse escapado.

HOLT MAL CONSEGUIU se manter de pé quando o *Fenda no Vento* ultrapassou outro navio a uma velocidade vertiginosa. A frota avançava a toda, o que era bom. O problema era que todos os navios ali estavam indo para o sudoeste, enquanto o *Fenda no Vento* estava tentando ir para o *sul*. Isso significava que tinham de atravessar uma onda maciça de ataques antes de poder seguir viagem, o que estava se revelando bem difícil. Os marinheiros trabalhavam freneticamente para ajustar as velas e aparelhar o navio enquanto Olive gritava ordens. Mais uma vez, Holt ficou impressionado com a disciplina dela, sua capacidade de manter a cabeça no lugar em meio a todo aquele pânico. Mas, pensando bem, isso talvez tivesse alguma coisa a ver com a certeza de que qualquer deslize poderia significar o fim de todos ali.

Explosões sacudiram o chão. Naves passavam rugindo, descarregando seus canhões. Holt viu três rodas de um navio terrestre nas proximidades se separarem do casco e arrastarem o navio para o chão.

O *Fenda no Vento* deu uma guinada para a esquerda, ocupando a lacuna deixada pelo navio despedaçado, tentando desesperadamente fugir das naves que zumbiam acima.

Holt registrava muito pouco do caos à sua volta. Ele só olhava para o norte, para onde os outros navios terrestres seguiam para interceptar o exército que se aproximava, e o céu acima deles estava coalhado de Predadores, disparando uma saraivada constante de jatos amarelos. Mais dois navios foram incinerados e se converteram num amontoado de fragmentos, as Barreiras incapazes de conter os ataques.

Os olhos de Holt tinham localizado o maciço *Estrela dos Ventos*, o navio de Mira, e o observavam com desespero. Suas Barreiras estavam aguentando firme, mas ele era o maior alvo que havia ali.

E havia outra coisa agora. Algo descomunal. Atrás da fileira de Aranhas. Algo que escurecia o horizonte com sua circunferência. Um único objeto maciço, a origem das passadas aterrorizantes. Um caminhante monstruoso. Algo que ninguém nunca tinha visto e, se fosse mesmo real, se erguia a dezenas de metros do chão e avançava diretamente para onde estava Mira.

Holt agarrou o corrimão, os olhos agora fixos no chão passando rápido abaixo dele. Ele poderia saltar, correr o mais rápido que podia, mas não iria durar dez segundos e nunca a alcançaria a tempo.

Cristais de Antimatéria cruzavam o ar, partindo do convés atrás dele. Dois Predadores explodiram quando passavam inclinados lateralmente, pegos pelas pontas das lancetas de Masyn e Castor. O Hélice disparou novamente e outro Predador caiu em chamas.

— Atiro ou não, chefe? — um dos homens de Ravan perguntou, com o rifle em riste.

O Bando parecia ansioso para participar do combate.

— Claro! — respondeu Ravan, pegando a própria arma. — Por que não, droga? — O disparo ecoou quando eles atiraram para o céu.

— Capitã! — o primeiro imediato gritou da gávea, na parte superior do mastro central do navio. — Não vejo como sair dessa, o tráfego está muito...

— Bem, *encontre* uma maneira! — Olive gritou. Ela estava na frente, onde o timoneiro girava o enorme leme do navio, tentando evitar que o navio colidisse com os que o ladeavam. — Do contrário, vamos acabar...

Dois navios terrestres próximos se chocaram, a parte frontal do casco de um deles se soltando enquanto os dois se despedaçavam.

— Guinar para boreste! — Olive gritou. — Guinar...

A voz dela se perdeu em meio ao rugido dos motores dos Predadores. Holt sentiu o navio sacudir debaixo dele, ao dar uma guinada, por pouco não sendo atingido pelos destroços flamejantes que voavam pelos ares.

Apesar disso, sua atenção ainda estava no *Estrela dos Ventos* à distância. A embarcação tinha acelerado e ultrapassado os outros navios, apenas em torno de sete agora, liderando o ataque aos caminhantes dos Confederados.

Holt sabia o que estava para acontecer. Era só uma questão de tempo.

Da forma monstruosa ao longe, a máquina que se agigantava acima de todas as outras, partiu um único feixe luminoso de energia. Uma coluna maciça de morte chamejante incendiou o ar... e se chocou contra o *Estrela dos Ventos*.

— Não! — gemeu Holt.

Holt viu as Barreiras na parte da frente do navio brilharem, absorvendo a enorme explosão, mas sem conseguir dispersar totalmente a força do seu impacto. O enorme navio deu um solavanco violento para trás, as rodas dianteiras saindo do chão e em seguida voltando a se chocar contra a terra, numa nuvem de poeira. Ainda assim, ele continuou seguindo em frente.

Arquejos ecoaram na tripulação, enquanto todos observavam a mesma coisa. Outro feixe de energia irrompeu do enorme caminhante. A energia se chocou contra o *Estrela dos Ventos* novamente.

Uma vez mais as Barreiras flamejaram. O navio adernou, perdendo impulso e começando a rodopiar.

— *Não...*

Outro disparo. Outro impacto. E dessa vez... As Barreiras não aguentaram. Holt sentiu seu estômago se contorcer enquanto assistia aos feixes de energia quase partirem o enorme navio ao meio, ao mesmo tempo que o casco explodia em chamas, duas enormes extensões dele em chamas, rodopiando fora de controle e se desintegrando no chão, pulverizando metal e detritos no ar superaquecido. Ninguém poderia ter sobrevivido.

Holt ouviu um grito gutural que apenas parte dele reconheceu como seu.

À distância, Predadores dizimavam os restos do *Estrela dos Ventos*, cobrindo o navio com jatos de plasma, incinerando o pouco que ainda restara.

Não havia dúvida. Mira estava morta.

Ele sentiu suas pernas em movimento, sentiu seu corpo girar para saltar sobre o corrimão, para chegar até ela, para salvá-la...

...e, então, mãos o puxaram para trás. O mundo recuou em câmera lenta, se inclinando aos poucos enquanto ele caía no convés.

Ele viu Ravan em cima dele, prendendo-o no chão, gritando alguma coisa, mas ele não ouvia o quê. Mais explosões retumbaram, Predadores passaram rugindo. O timoneiro perdeu o controle do leme e caiu no convés enquanto o navio adernava e Olive corria para assumir o comando.

O mundo era fogo. E morte. E ele não se importava. Continuou tentando se levantar, ignorando os gritos de Ravan, ignorando tudo a não ser o imenso rolo de fumaça preta à distância, onde o *Estrela dos Ventos* tinha perecido. Não havia mais nada ali, apenas chamas agora, nada além de fogo.

Uma parte dele sabia que a réstia de luz que Mira tinha trazido à sua vida iria se extinguir com as chamas. Quando o incêndio se apagou, não restava mais nada, nem mesmo cinzas.

6. SUAVIZE

ZOEY SENTIU A CÁPSULA vibrar quando parou, fixando-se num certo ponto dos trilhos. Por mais desagradável que a coisa fosse, era uma bênção estar ali dentro. Não havia vozes ou projeções em sua mente, de alguma forma o casulo isolava os pensamentos dos Confederados, e lhe dava a chance de usufruir de um silêncio abençoado que ela não tinha havia muito tempo.

A cápsula emitiu um estranho zumbido eletrônico e Zoey se preparou para o que quer que estivesse para acontecer, tentando se encher de coragem. A luz inundou a cápsula quando ela se dividiu em duas, cada parte deslizando para um lado, e Zoey se encolheu diante da luminosidade. Com a cápsula aberta, as sensações inundaram sua mente novamente.

Scion.

Bem-vinda.

Você está segura.

Scion...

Você está em casa.

Uma após a outra, centenas delas, misturadas a uma torrente de pensamentos e emoções, e levou um segundo até Zoey se lembrar de afastá-las.

Quando seus olhos se adaptaram, Zoey pôde ver a sala do outro lado da câmara, suas paredes feitas de estranhas chapas metálicas negras, compondo formas ondulantes que a circulavam e se estendiam para cima a perder de vista. Instintivamente, seus olhos acompanharam as paredes e ela viu que não existia um teto. Muito acima dela, a uma distância quase inacreditável, ela pôde ver a luz dourada piscante de mais entidades, flutuando no lugar, milhares delas.

Ela reconheceu aquela sala, e levou um instante para perceber por quê. Ela era igual aquela que o Oráculo tinha mostrado na Cidade da Meia-Noite, extraída das suas lembranças reprimidas. Lembrou-se da visão, de estar amarrada a uma maca no centro, uma das entidades cristalinas descendo e entrando no seu corpo com uma sensação intensa de ardor. Lembrava-se da dor acima de tudo, de como ela gritava...

Venha, as projeções entoaram.

Na sala preta, cerca de uma dezena de entidades brilhantes pairava no ar. A maioria delas pulsava na luz dourada, mas duas eram azuis e brancas, suas formas emitindo tons cintilantes de branco-neve e cobalto.

Era de uma dessas entidades, Zoey sabia, que vinham as projeções.

Aproxime-se...

Seu tom não era nem gentil nem ameaçador, era apenas uma solicitação. Eles queriam que ela entrasse na sala, e foi então que Zoey reparou no único objeto que havia ali.

Era outra cápsula, como a dela, só que estava apoiada no chão. Suas portas estavam abertas também, mas, de onde estava, Zoey não podia ver o que havia dentro.

Venha, as entidades pediram novamente.

Zoey não se mexeu. Por mais que não gostasse da cápsula e de suas dimensões claustrofóbicas, ela não tinha nenhuma vontade de deixar sua relativa segurança.

O receptáculo em que estava vibrou novamente e suas paredes começaram a *adquirir outras formas*. As várias prateleiras, cabos e instrumentos piscantes foram todos perdendo seus relevos, como se estivessem sendo absorvidos por algum tipo de gelatina espessa. A coisa toda começou a ficar mais plana, a parte de trás se movendo para a frente, preenchendo o interior, e Zoey foi empurrada *para a frente*.

Ela caiu no chão com um arquejo, virou-se para trás e viu que a cápsula tinha perdido quase toda a sua antiga forma. Agora ela parecia um cilindro preto de argila.

Sem medo, as projeções afirmaram, encorajando-a. *Você é reverenciada.*

As duas entidades cristalinas azuis e brancas flutuaram acima dela. As outras, mais douradas, ficaram para trás. Zoey podia, no entanto, sentir suas emoções e pensamentos espiralando em torno dela, tentando entrar em sua consciência, e não eram só as que estavam na sala, percebeu. Havia muitas outras. Dezenas de milhares, centenas de milhares talvez, todas habitando a maciça estrutura negra que se estendia para cima, até onde a vista podia alcançar.

Aproxime-se. Veja.

Zoey tentou esconder as mãos trêmulas. Queriam que ela olhasse dentro da outra cápsula, aquela colocada à sua frente. Ela deduziu que, na verdade, não tinha escolha. Além disso, tinha feito um acordo, não tinha? Havia sido escolha dela estar ali, porque só ali encontraria as respostas de que precisava. Tinha de encontrar uma maneira de fazer aquilo direito, corrigir tudo pelo qual ela era responsável, e aquela era a única maneira.

Ela teve que ficar na ponta dos pés, mas aos poucos Zoey perscrutou por cima da borda da cápsula.

Dentro havia um homem. Um homem *adulto*. Seu cabelo negro estava apenas começando a ficar grisalho e sua pele era estranhamente branca, depois do que seriam anos de existência sem ver a luz do sol, se fosse possível considerar a vida numa dessas cápsulas como uma existência.

Tubos e fios pretos de todos os tipos percorriam o corpo dele e penetravam até em sua boca, mas, por mais inquietante que aquilo parecesse, ele não parecia sentir qualquer desconforto. O motivo era evidente.

Os olhos dele estavam voltados fixamente para cima e estavam completamente preenchidos por um negrume oleoso. Era um dos que tinham sucumbido, aqueles cuja mente fora ceifada pela Estática, e seu estado atual, a existência vazia e sem sentido dentro de uma daquelas câmaras, Zoey constatou, devia ser o destino de todos que cediam ao poder da Estática e desapareciam dentro de um dos Parlamentos dos Confederados.

Uma das entidades cristalinas azuis e brancas flutuou lentamente para cima até pairar sobre o corpo do homem na câmara.

Guie. As projeções vieram. *Facilite. Suavize.*

Confusa, Zoey olhou para a entidade... e observou quando ela começou a descer lentamente em direção ao homem.

Guie. Facilite. Suavize.

Ela sentiu o coração palpitando, sentiu uma onda de náusea quando percebeu o que estava acontecendo. A mesma coisa que tinha acontecido a *ela*. O ser feito de energia ia penetrar naquele homem... e queria que ela de alguma forma ajudasse, orientando e auxiliando o processo.

Guie. Facilite. Suavize, as projeções vieram novamente.

— Não! — Zoey gritou em voz alta, recusando-se a projetar a resposta. Ela não iria ajudar aquelas coisas a fazer com outra pessoa o que tinham feito com ela. Ela *não iria fazer aquilo*, não importava que respostas pudesse receber ou o que pudesse descobrir.

Guie. Facilite. Suavize. A entidade continuava descendo, chegando cada vez mais perto. Zoey podia sentir o calor proveniente da coisa e, quanto mais próximo ficava, mais a cabeça dela se enchia de uma horrível espécie de estática.

Zoey deu um passo para trás, balançando a cabeça.

— Não!

E, então, a forma cristalina afundou no corpo do homem. Apesar de ser um Sucumbido, ele ofegou quando a energia foi absorvida pelo corpo dele. Mais e mais daquela coisa invadia o corpo dele e, à medida que fazia isso, a pele do homem começou a irradiar um brilho incandescente, iluminando a estranha sala preta e deixando-a ainda mais brilhante.

Então, algo terrível aconteceu.

A forma do homem resplandeceu. Algo parecido com labaredas irrompeu da pele dele e, antes que Zoey pudesse fechar os olhos para bloquear a visão, ela viu o corpo se desintegrar em cinzas brancas calcárias que ondularam no ar como uma nuvem leitosa.

Zoey caiu de joelhos em choque, horrorizada.

Ela manteve os olhos fechados, recusando-se a olhar novamente para a câmara aberta, não querendo vê-la vazia agora.

— Não, não, não, não... — gemeu, inutilmente. O homem tinha sumido. Simples assim, e ela, no entanto, involuntariamente tinha participado daquilo. Sua recusa em ajudar tinha causado a morte dele.

Ela sentiu novas projeções em toda a sua volta, e a emoção era praticamente uma só. Decepção.

Ela não tinha se comportado como os alienígenas previam. Esse era o seu único consolo.

Por quê? A sensação invadiu sua mente. Ela abriu os olhos e voltou a olhar para a forma cristalina. Ela os odiava e uma parte dela não gostava daquele sentimento. Ela odiava os Confederados por tudo o que eles a tinham obrigado a passar. Ela os destruiria, se pudesse.

E isso era exatamente o que ela ia fazer, prometeu a si mesma. De alguma forma...

A cápsula vazia estremeceu ao se erguer do chão, fechando e se afastando pelos trilhos. Quase imediatamente, outra cápsula apareceu, descendo com um zumbido, se instalando na mesma posição e se abrindo lentamente.

Zoey podia ver outra forma humana ali dentro. Seu estômago revirou quando ela percebeu que iria acontecer tudo de novo.

— Por favor, não... — Zoey implorou, olhando a entidade azul e branca flutuar até a sua posição. — *Por favor.*

Guie. Facilite. Suavize. As mesmas projeções novamente.

Sem pensar, Zoey parou ao lado da cápsula e olhou.

Agora havia uma mulher ali dentro. Com cabelos loiros que brilhavam como mel. Ela era linda, e a visão deixou Zoey sem fôlego. Não apenas porque era bonita... mas porque Zoey a *reconheceu*, e a constatação a atingiu como um raio.

— Espere!... — Zoey gritou, mas a entidade começou a afundar novamente.

Guie. Facilite. Suavize.

— *Espere!* — Ela não parou, continuou descendo. Os olhos de Zoey oscilavam freneticamente entre a entidade e a mulher abaixo. A maior parte de seu rosto estava encoberto por tubos e fios, mas era *ela*, e não havia como ser uma coincidência.

O plano de Zoey era resistir às vontades dos alienígenas, não importavam quais fossem os planos deles. Ela estava ali para salvar Mira, Holt e Max. Mesmo que eles colocassem uma centena de corpos na frente dela e a tornassem responsável pelas suas mortes, ela ainda assim resistiria, porque algo dentro dela dizia que aquele seria o menor dos males.

Mas... agora...

A mulher na câmara. Como aquilo era possível?

Guie. Facilite. Suavize.

A entidade continuou a descer, fulgurando na direção do corpo feminino.

Zoey olhou por mais um segundo... em seguida fez sua escolha. Eles a estavam obrigando.

Ela estendeu sua percepção com o poder da mente e encontrou a presença da entidade que descia sobre o corpo à sua frente. Então estendeu a percepção para o sinistro vazio silencioso da mulher na cápsula.

Ela não sabia muito bem o que fazer para ajudar a entidade a descer até a mulher, e só tinha alguns segundos para descobrir. Zoey buscou algo do qual tinha passado a depender. Os Sentimentos despertaram dentro dela e Zoey viu e estudou os caminhos que eles lhe mostravam, acatando suas sugestões.

Ela fechou os olhos com força quando a violenta estática invadiu a sua mente, mas resistiu, amparando tanto a entidade quanto a mulher, conduzindo-as uma até a outra, ajudando-as a se fundir e, quando isso aconteceu, tudo se tornou evidente. Ela soube o que fazer e... era incrível, descobriu: exercer o poder. Zoey ajustou o brilho e as vibrações da entidade e da mulher, absorvendo um pouco do calor e da energia enquanto a conversão ocorria, redirecionando-a, permitindo que lentamente as duas consciências se mesclassem e se fundissem num todo unificado...

E então acabou. Zoey caiu no chão, com a cabeça tomada de dor e estática.

Quando abriu os olhos, a entidade azul e branca tinha desaparecido. Enquanto ela olhava, a mulher na câmara se levantou lentamente, puxando os tubos e fios do seu corpo, e sentou-se fracamente. Seus olhos já não estavam negros. Em vez disso, por um breve instante eles adquiriram uma espécie de cor dourada... então o brilho se desvaneceu, com a mesma rapidez com que tinha surgido.

A mulher olhou para Zoey no chão... e sorriu.

— Mãe... ? — perguntou Zoey com descrença.

Então o esforço e a dor finalmente a venceram. Ela desmaiou em meio a centenas de milhares de projeções de alegria e triunfo, que ecoaram por toda a estrutura maciça em que ela estava, ricocheteando dentro de sua cabeça até que tudo ficou misericordiosamente escuro.

7. BANDEIRAS

RAVAN ANDAVA PELO CONVÉS do *Fenda no Vento*, tentando não demonstrar quanto era difícil se equilibrar em cima daquela porcaria de navio gigante. Por que alguém construiria algo assim, tão idiota e descomunal, que não passava de um enorme alvo ambulante? Ela sentia falta do seu velho buggy, um modelo no estilo Boston Murphy que ela mesma tinha restaurado, algo confiável, impelido por coisas reais, como gasolina e suor, não artefatos e velas enormes feitas de paraquedas.

No dia anterior, o *Fenda no Vento* tinha feito um desvio para o sul e deixado para trás o resto da frota, combatendo os Predadores zumbidores e o enorme exército dos Confederados. O mais provável era que, a essa altura, Bazar já estivesse arrasada e o resto dos navios terrestres, todos destruídos, queimando como o *Estrela dos Ventos*, o navio em que estava a Bucaneira.

Teria sido fácil dizer que os cretinos tinham recebido o que mereciam, mas os pensamentos de Ravan eram conflituosos. Ela ainda podia ouvir o choro desesperado de Holt quando ela o empurrou para o convés e o impediu de saltar do navio. Isso acontecera havia mais de 24 horas e ela não o vira desde então. Ele tinha se refugiado nos deques inferiores, numa cabine que Olive tinha oferecido a ele, e isso provavelmente era bom. Holt já tinha perdido tudo uma vez. Ravan fora, na época, a única pessoa para quem ele tinha contado a sua história, mas, ela pensou com um ligeiro sentimento de amargura, tinha sido Mira e aquela garotinha que o tinham trazido de volta, que o fizeram voltar a acreditar em alguma coisa.

Ravan não odiava a Bucaneira. Até gostava dela, na verdade. As duas tinham enfrentado juntas alguns momentos de tensão, mas Mira tinha audácia e cérebro, uma das poucas pessoas assim ali. Era triste que geralmente tudo acabasse daquela maneira. Por que parecia que as pessoas com algo a contribuir para o mundo sempre acabavam se tornando um alvo?

Ravan suspirou. A pergunta mais importante era: como Holt viveria dali em diante, se é que viveria. Ela nunca o vira tão transtornado como no momento em que aquele navio explodira. Uma coisa tinha aprendido na vida: se arrastar de volta para a escuridão da qual você um dia conseguiu sair não tornava mais fácil suportá-la da segunda vez. Normalmente, ela se tornava permanente. A maioria das pessoas não tinha forças para sair dela outra vez.

Mas Holt não era como a maioria das pessoas... E ele tinha a *ela*. Irritada, Ravan afastou o pensamento no mesmo instante.

Pensamentos como aquele eram um sinal de fraqueza. Faziam com que *ela* se sentisse mais fraca. Ela nunca tinha amado Holt, Ravan dizia a si mesma. Só tinha ficado com o orgulho ferido por causa da traição dele, só isso. A ferida era profunda porque ela confiara nele. Ela devia tomar isso como uma lição de vida. Era como Tiberius sempre dizia: "A confiança não é um caminho para o poder".

Mas, ainda assim, os sentimentos se agitavam dentro dela, e sua insistência em dizer que não sentia nada só parecia deixá-los mais fortes.

A paisagem tinha mudado drasticamente durante a noite. Antes eram basicamente colinas verdes e exuberantes, agora não havia nada além de terra, cactos e ervas daninhas, além dos poucos afloramentos rochosos que apareciam aqui e ali. O sol era inclemente e a tripulação do navio terrestre derretia sob o calor escaldante, mas Ravan sorria. Ela sentia falta do calor, do ar seco, estava cansada de florestas luxuriantes. Era mais fácil sobreviver lá, mas elas não deixavam ninguém mais resistente.

Os marujos olharam desconfiados quando ela passou por eles. Quanto mais viajavam para o sul, afastando-se do resto da frota, mais sombrio ficava o humor de todo mundo, e com razão. Do lugar para onde estavam indo, nenhum Mercador do Vento jamais voltara para contar a história. Tanto em Fausto quanto em Bazar, era um clichê dizer que os Mercadores do Vento e o Bando eram inimigos naturais. Mas, na realidade, a questão era muito mais complicada.

Os Mercadores do Vento eram a única maneira real de se fazer negócio na América do Norte, pois transportavam e trocavam mercadorias de um entreposto ou grande cidade para outro, e eram muito bons nisso. O Bando, em contrapartida, produzia algumas coisas de que precisavam para sobreviver, mas não o suficiente. O resto tinham que roubar, o que significava que visavam o alvo mais valioso e lucrativo possível. Invariavelmente, isso significava navios terrestres.

A realidade era que um não podia existir sem o outro. O Bando dependia dos bens e suprimentos transportados pelos navios, e os Mercadores do Vento dependiam da infâmia e da hostilidade do Bando para tornar necessários seus serviços comerciais em lugares perigosos como o Deserto.

Era um relacionamento doentio e uma das razões por que Ravan nunca conseguia ver com muita simpatia os Mercadores do Vento. Eles precisavam do Bando tanto quanto o Bando precisava deles. Todos haviam feito suas escolhas.

Enquanto andava, Ravan notou algo peculiar. Perto da parte de trás do navio, dois Hélices Brancas confabulavam. O mais estranho era que a garota, uma loirinha enganosamente frágil, estava totalmente paramentada. Os anéis brilhavam em seus dedos, sua Lanceta estava presa às costas junto com um saco de suprimentos, como se ela estivesse prestes a viajar.

Os dois conversaram por um instante, a garota piscou e, em seguida, deu um salto e desapareceu num borrão azul. O garoto observou-a por um instante, em seguida saiu dali apressado.

Ravan tinha uma ideia do que eles estavam tramando. Não era mau negócio, algo que ela mesma poderia ter feito, mas, no final, não faria muita diferença. O que quer que fosse acontecer no Fausto ocorreria independentemente de qualquer ardil que pudessem estar engendrando.

Ravan pensou em Avril por um instante. Como Holt, ela não subira ao convés desde a fuga, mas, ao contrário dele, não tinha nenhuma razão real para ficar deprimida. A garota era filha adotiva de um dos homens mais poderosos do mundo. Podia-se dizer que ela tinha um grande futuro pela frente, mas estava claro que não via as coisas dessa forma. No fundo, Ravan realmente não se importava, desde que pudesse devolver a garota ao pai sem um arranhão. Tiberius só mandara Ravan levar a filha dele para casa, não dissera para levá-la feliz. O que aconteceria depois era problema dele.

Ravan abriu a porta que levava aos deques inferiores e desceu as escadas. O interior do navio terrestre era estreito e apertado, só havia espaço para uma pessoa passar por vez nos corredores, e quando ela passava todos os Mercadores do Vento saíam do caminho. Ela sorriu ao ver quanto era fácil assustá-los. Quando o navio chegasse ao Fausto, teriam um rude despertar...

Ela parou em frente a uma porta em particular, pintada de um vermelho desbotado e encaixada meio à força na moldura, e olhou para ela, hesitante.

O que havia de errado com ela? Não havia um tigre atrás da porta, apenas um tolo de coração despedaçado. O que incomodava era a ideia do que ela veria do outro lado. Holt sempre tinha sido tão forte e autossuficiente quanto ela, o que não era pouca coisa, e a ideia de vê-lo fraco e arrasado, emotivo até, era perturbadora.

No entanto, ela já tinha dado a ele tempo suficiente. O mundo exigia que ele seguisse em frente, e ela garantiria que ele fizesse isso.

Ravan abriu a porta. O cômodo minúsculo tinha paredes abauladas de pinho e uma janelinha de vitral antiquada, que lançava sombras inusitadas no chão. Não viu a bagunça que esperava ver. Não havia espelhos ou móveis quebrados. Na verdade, estava tudo limpo e arrumado. A cama estava feita e nada estava fora do lugar. As armas de Holt descansavam perto de uma cadeira ao lado da porta, prontas para serem levadas. Sua mochila principal estava aberta na beirada da cama. Holt estava em pé na frente dela, recolhendo algumas coisas de uma mesinha de cabeceira.

Ele não levantou os olhos quando ela entrou.

— Fazendo as trouxas? — perguntou Ravan.

— Estamos quase lá, não estamos?

Ravan olhou para ele com curiosidade. Não esperava que Holt estivesse catatônico nem nada, mas cada vez que pensava em descer até ali, imaginava que teria que chutar seu traseiro para colocá-lo de pé. Aparentemente... isso não seria necessário.

— Quanto tempo falta? — perguntou Holt.

— Umas três ou quatro horas, acho. — Ravan deu uma olhada nas coisas de Holt. Suas armas estavam todas ali: a espingarda, a pistola, o fuzil, até o revólver reserva que ele carregava na bota e as facas.

— Imaginei que você ia querer aquelas — disse Holt fechando a mochila. Ele ainda não tinha olhado para ela. — A munição está no bolso lateral.

Desde que tinham se conhecido, Ravan nunca vira Holt desistir voluntariamente de suas armas. Ela sabia quanto ele tinha investido nelas, tanto para encontrá-las quanto para restaurá-las. Sempre tinham sido questão de sobrevivência, uma necessidade.

— Você não pode levar as outras, mas com a reserva acho que vai poder entrar — Ravan disse. Se ela entregasse suas armas principais, Holt provavelmente não seria revistado. A palavra dela era lei no Fausto, especialmente agora. — Eu ia sugerir isso.

— Por quê? — a voz dele quase não tinha vida.

Ela voltou a olhar para ele.

— É o *Fausto*, Holt. Caso não se lembre, você não é muito querido por lá. Eu me sentiria melhor se você não ficando andando por lá sem ter como se defender.

— O que eu quis dizer foi: por que você *se importa?*

A pergunta foi como um tapa. Não porque tinha sido feita com malícia, mas porque não havia nenhuma emoção discernível por trás dela. Ravan tinha ficado ao lado de Holt nos tempos difíceis, logo depois de Emily, na época em que ele tinha feito coisas de que se lamentava, nos tempos em que quase tinha morrido, mas ela nunca vira aquela falta de vida na voz dele. Ela sentiu um calafrio.

— Porque... Quero ajudar você, Holt — disse ela. Sei que está sofrendo e sei que...

— Eu não quero a sua ajuda. — Ele a interrompeu, com o mesmo tom sem emoção. — Só quero acabar logo com isso.

— E depois? — perguntou Ravan.

— Não vai haver nenhum depois.

Ouviram uma batida. Um dos tripulantes de Olive abriu a porta e ficou ali parado, olhando os dois com cautela.

— *Que foi?*— Ravan perguntou com impaciência.

— A Capitã quer vocês dois no convés — disse o garoto. — Alguma coisa está se aproximando. — Em seguida, ele se foi.

Ravan franziu a testa para a porta.

— Obrigada pela informação incrivelmente enigmática.

Holt colocou a mochila nas costas e andou até a porta. Ele ainda não tinha olhado para ela.

— Vou deixar as armas, fique com elas se quiser, você que sabe. Suponho que todo esse navio vai ser saqueado até os pregos, mesmo. — Ele passou pela porta e foi embora, sem nem olhar para trás.

A conversa foi tão abrupta e diferente de qualquer coisa que Ravan tivesse previsto, que ela só ficou parada ali, olhando atordoada, enquanto ele se afastava. Acima, ouviu gritos e os passos dos marujos correndo pelo convés para assumir suas posições.

Algo estava acontecendo.

Quando Ravan voltou para o convés superior, viu o que era. À primeira vista parecia uma tempestade de areia, uma enorme nuvem de poeira vinda do sul e avançando na direção deles. Ouvia-se um estranho trovejar, quase como um grunhido, que ia ficando cada vez mais alto à medida que se aproximavam.

Ravan sorriu. Olhou em direção à parte da frente do navio, onde Olive estava perto do leme. Os olhos da garota miúda e de cabelos cor-de-rosa já estavam sobre ela. Ela sabia que não era uma tempestade de areia.

— O que fazemos? — perguntou Olive.

Eles tinham apenas alguns segundos. Ravan olhou para seus homens, de pé na borda do convés.

— Baixem a bandeira, troquem pela nossa — ela ordenou.

Seus homens no mesmo instante obedeceram. Um deles tirou uma grande bandeira vermelha da mochila, outro correu para o mastro e começou a baixar a bandeira do *Fenda no Vento*. Era a mesma bandeira que todos os navios terrestres ostentavam, azul com um símbolo preto no centro, uma haste com dois círculos na parte superior, um deles incompleto. Durante todos os anos em que perseguiu navios terrestres, Ravan nunca tinha entendido o que aquela bandeira significava, e não tinha a menor vontade de descobrir agora; a bandeira tinha que desaparecer. E rápido.

— Ei, só um segundo aí! — Olive deu um passo adiante. Os marinheiros, nervosos enquanto assistiam; alguns com raiva, outros com medo.

— Você quer que seu navio seja queimado até virar carvão? — perguntou Ravan, sustentando o olhar da Capitã. A trovoada no ar se aprofundou e cresceu. — É simples assim.

Olive encarou Ravan com frustração... depois assentiu. Os marujos baixaram a cabeça e voltaram a assumir suas posições, cheios de tensão. Aquilo era doloroso para eles, Ravan sabia, mas às vezes não havia nada a fazer a não ser lamber as próprias feridas.

Seus homens acabaram de baixar a bandeira dos Mercadores do Vento, tiraram-na do mastro, então encaixaram a vermelha no cordame e içaram-na. Quando foi pega pelo vento, lá no alto, desfraldou-se num lampejo de vermelho: uma estrela branca de oito pontas no centro. A estrela do Bando.

O ruído se tornou um trovejar furioso quando formas explodiram do meio da nuvem de poeira com o ruído de motores roncando. Buggies, uma dezena deles, todos equipados com metralhadoras, seguindo em comboio na direção do enorme navio terrestre. Acima, três girocópteros zuniram sobre a embarcação, inclinando-se lateralmente enquanto a inspecionavam.

Ravan pegou a bandeira dos Mercadores do Vento da mão de um de seus homens. Quando os buggies chegaram, cercando o navio e rondando-o como tubarões, ela deixou o vento fazê-la flutuar em suas mãos, segurando-a para que eles a vissem.

Os motoristas dos buggies sabiam o que significava. Levantaram os punhos em triunfo. Ravan podia ouvir seus gritos de vitória, mesmo do convés, e sorriu, segurando a imensa bandeira para que vissem, deixando a sensação de vitória fluir através dela como uma droga.

Era um grupo de caça. O Bando os tinha encontrado.

— Mantenha o curso, Capitã — disse Ravan, observando o rugido dos girocópteros fazendo a volta e seguindo em frente, enquanto os buggies rodando no chão do deserto flanqueavam o navio de ambos os lados. — Acabamos de ganhar uma escolta.

Olive não disse nada, apenas começou a distribuir ordens, mantendo os homens em movimento, mas a tensão no ar era tão grande quanto antes. Era muito real agora, para a tripulação do *Fenda no Vento*. O navio tinha sido capturado por um inimigo implacável e tudo estava a ponto de terminar.

Ravan deu meia-volta e, ao fazer isso, seu sorriso desapareceu. Holt estava encostado num dos mastros, mãos casualmente nos bolsos, o vento soprando no seu cabelo despenteado, enquanto o navio navegava para o sul sob a bandeira do Bando. Ele não olhava para nenhum lugar em particular, estava impassível e indiferente.

A visão a deixou mais apreensiva do que as palavras dele, um pouco antes. Considerando o lugar para onde estavam indo, ele devia estar mais nervoso do que qualquer um naquele navio, mas não parecia estar registrando nada do que se passava à sua volta. E ainda não tinha olhado nem uma vez para ela.

Alguns dos homens aplaudiram às costas dela, parabenizando-a e a si mesmos. Os gritos vindos dos buggies abaixo continuaram. Os girocópteros inclinavam suas pequenas asas para a frente e para trás em reconhecimento. Ela tinha feito tudo o que se propusera: a viagem do Fausto até as Terras Estranhas, onde ninguém do Bando jamais tinha ido, para trazer de volta uma presa impossível, e ela *tinha conseguido*. Tudo isso.

Mas, no momento... aquilo não parecia ter valor nenhum.

8. REGRESSOS

OLIVE OLHOU PARA A PROA do *Fenda no Vento* com mais medo do jamais havia sentido. Podia ouvir os rugidos retumbantes que os seguiam, os sons ásperos e turvos de motores a gasolina e combustão, tão diferentes do ar que soprava acima do navio. Um deles era o som da vida. O outro, da morte.

Ela olhou por sobre o corrimão do navio, para os buggies que deixavam rastros de poeira atrás de si. À distância de uns seiscentos metros, um coelho pulou de um banco de areia para outro, agitado com todo o barulho. O Bando o viu e as armas em seus buggies explodiram, em rajadas de metralhadora que dizimaram todo terreno onde o coelho estava. Eles se afastaram muito rápido para ver se tinham acertado alguma coisa, mas a julgar pelas risadas, aquilo não era o que mais interessava.

— Isso está realmente acontecendo, não está, Capitã? — perguntou um garoto ao lado dela. Era Casper, o timoneiro do navio, o melhor e mais jovem que ela já tinha tido. O jovem estava destinado a ser Capitão do próprio navio um dia, ao menos antes de ter sido designado para aquela missão. Agora... quem poderia saber?

Olive voltou a olhar para a frente, observando a crescente ameaça no horizonte.

— Está, sim — disse uma voz que Olive tinha começado a detestar. Ravan se juntou a ela no leme do navio, olhando para a frente também. — Quanto mais cedo aceitarem, melhor.

— Deve ser eletrizante, hein, garota do Bando? — perguntou Olive com amargura. — Trazer sozinha um navio terrestre capturado?

Levou um momento para Ravan responder e, quando o fez, não foi com seu sarcasmo habitual.

— É isso que você acha, não é?

A pirata tinha um olhar perplexo e frustrado, e Olive viu Holt inclinando-se contra o corrimão do navio, a bagagem a seus pés, desarmado. Era a primeira vez que ela o via desde que ele tinha descido para os deques inferiores. Ele olhava à distância, nenhuma emoção em seu rosto.

O relacionamento entre Olive e Mira era antigo. Tinha andado um pouco tenso ultimamente, mas sua morte ainda doía muito, e Olive só podia imaginar como era para Holt. Ela ainda podia ver o *Estrela dos Ventos* em chamas, até quase virar cinzas. Se quisesse, Olive poderia fazer os cálculos e tentar descobrir quantos navios terrestres tinham restado depois da batalha, mas não se deu ao trabalho. Ela não queria saber a resposta. Por tudo o que sabia, o *Fenda no Vento* agora era o último navio daquele tipo.

Outra figura se juntou a eles, acrescentando mais melancolia à ocasião. Avril passou por eles e sentou-se à frente, onde a proa se projetava para o chão, abaulando-se para baixo.

Era estranho. Ninguém naquele navio, nem mesmo Ravan, parecia animado com o lugar para onde estavam indo.

Mais adiante, a uns quinze quilômetros de distância, algo maciço e enorme assomava-se sobre o deserto, o calor ondulando o ar em transparências cintilantes à sua frente. Era uma cidade. Das grandes. Seu nome era Fausto.

Pelo que Olive tinha ouvido falar, a terra ali continha grandes depósitos de petróleo e gás natural. Para perfurá-los e explorá-los, alguma empresa esquecida do Mundo Anterior tinha criado a maior plataforma de petróleo em terra do mundo, uma estrutura que se estendia pelo deserto num espaço de cerca de oitenta quilômetros quadrados, pontuado de gigantescas torres de aço reforçado, de trezentos metros de altura. Elas ainda eram visíveis, o coração da antiga instalação.

Do alto de cada uma delas, labaredas subiam em direção ao céu, até uns trinta metros de altura. Eram chamadas de "torres de queima", feitas para queimar o excesso de gases inflamáveis liberados pelo bombeamento no subsolo. À noite, essas torres podiam ser vistas a quilômetros. A própria Olive já as tinha visto, de uma distância muito maior. Se a pessoa fosse do Bando, provavelmente seria emocionante vê-las. Se não fosse... seria uma visão aterrorizante.

Abaixo, os buggies roncaram mais alto ao acelerar, deixando o *Fenda no Vento* para trás. Acima, os três girocópteros faiscaram no ar, desaparecendo em direção à cidade mais adiante.

— Onde está esse maldito porto? — perguntou Olive, observando a cidade se aproximar. Ravan apontou para a torre em chamas mais à direita.

— No Pináculo do Comércio. Os dois ancoradouros ali, é onde ficam os navios terrestres capturados.

— Só dois? — Olive ficou surpresa. — Vocês capturaram seis da frota apenas este ano.

Ravan sorriu.

— Bem, eles na verdade não ficam ancorados ali por muito tempo.

Em alguns instantes, todos no convés viram por quê. Uma visão horrível aproximava-se cada vez mais, e Olive sentiu toda a tripulação com os olhos colados nela.

Navios terrestres, dezenas deles, o que restava de seus cascos apodrecendo ao sol, onde tinham sido descartados. Madeira, pelo visto, não tinha muita utilidade para o Bando, e era praticamente só o que restava daqueles navios. Quebrada e despedaçada, a madeira um dia polida estava toda lascada, onde as molduras, os suportes e tudo o mais tinham sido arrancados sem cerimônia.

Em toda a sua vida, Olive nunca tinha visto algo tão horrível. Aqueles navios eram mais do que apenas madeira e metal, eles eram lares, obras de arte, algumas das mais belas criações do planeta, esculpidas a partir de memórias; madeira, chapas de metal e peças do Mundo Anterior que teriam simplesmente enferrujado e se deteriorado se não fossem os Mercadores do Vento. Todos os navios terrestres em que Olive já tinha navegado, não importava quanto fossem pesados, feios ou lentos, sempre pareciam *vivos*... e os que estavam ali tinham sido *assassinados*.

Era um cemitério de navios terrestres.

— Um... quarto de Chinook — Olive ordenou numa voz fraca, quase inaudível. Levou um instante para os marujos reagirem, mas acabaram obedecendo, baixando um pouco a vela enquanto Tommy, o responsável pelos artefatos, diminuía a potência do Chinook. O vento que rugia se acalmou e as velas perderam um pouco seu poder, fazendo com que o *Fenda no Vento* avançasse lentamente através das carcaças e lembranças abandonadas ao sol.

Ninguém a bordo falou quando o navio passou pelos destroços. Olive conseguiu identificar neles peças e partes familiares, ligando seus aspectos aos nomes dos navios, a maioria deles embarcações que ela conhecia ou em que já tinha navegado. Cada reconhecimento era doloroso.

— *Pé de Vento* — Olive entoou quando passaram por um. — *Curva do Vento* — disse quando passaram por outro.

Em volta, outras vozes se juntaram a dela, chamando pelo nome os navios que reconheciam.

— *Vento Celeste. Trilho do Vento*...

Era um tipo estranho e triste de condolências, expressas por vozes que encobriam com uma camada fina a verdade de que em breve a sua própria casa provavelmente estaria entre aqueles destroços, se desintegrando ao sol.

— *Impulso do Vento. Linha do Vento. Fogo no Vento*...

Um após o outro os nomes ecoavam, até Olive não aguentar mais e desviar os olhos, fixando-os em Ravan. A pirata encarou-a, impassível. Não havia nenhum desafio em seus olhos, nem alegria diante do horror em torno deles... mas também não havia remorso.

— Segure um pouco essa raiva — disse Ravan, olhando para ela. — Você vai ter a sua chance de dar o troco, todo mundo tem. Apenas tenha a certeza de que, na hora H, você vai conseguir puxar o gatilho. Nunca é tão fácil quanto se pensa.

Olive analisou a pirata. Aquela garota tinha o estranho hábito de provar que era exatamente o que Olive pensava, e, ao mesmo tempo, algo completamente diferente. As duas certamente tinham suas diferenças, mas também tinham muito em comum. Ambas ocupavam posições tipicamente masculinas e defendiam seu território e o seu lugar ferozmente, ganhando a lealdade das outras pessoas. Mesmo assim, Olive nunca tinha gostado realmente de Ravan, nem nunca iria gostar. Os horrores que tinha acabado de presenciar eram garantia de que aquilo não iria mudar. Mas ela respeitava a garota.

As oito torres elevavam-se no céu, as chamas lá no alto, e a cidade se aninhava embaixo delas. Lentamente, ao longo dos anos que se seguiram à invasão, partes de uma cidade tinham surgido em torno dessas torres, contornando-as com um número sempre crescente de plataformas de madeira e chapas de metal, suas fundações construídas com partes de carros velhos, concreto e outros materiais. Cada torre tornara-se um "Pináculo", e cada uma delas refletia um aspecto específico da cidade.

À medida que se aproximavam, Olive pôde distinguir o Skydash, a complexa rede de grossos cabos de aço que cobria o espaço entre as várias torres, permitindo que os mais arrojados deslizassem por eles com ganchos especiais chamados Dashclaws. Olive sempre ouvira falar do Skydash. Parecia uma coisa insana, exatamente o que se esperaria encontrar num covil de piratas como o Fausto.

Olive continuou a distribuir comandos, guiando o *Fenda no Vento* em direção ao seu ancoradouro. As plataformas que cercavam cada um dos Pináculos da cidade tinham sido construídas de seis a nove metros do chão, e aquela que rodeava o Pináculo que Ravan chamara de Comércio não era diferente. Uma saliência em forma de cunha saía de onde a plataforma acabava, uma construção tosca que servia de ancoradouro.

À medida que se aproximavam, Olive notou algo mais. A maneira como Avril ficou tensa na proa do navio revelou que ela tinha percebido o mesmo.

Na plataforma do Pináculo, em volta de todo o ancoradouro, havia uma multidão. Milhares de pessoas, aglomeradas, esperando o *Fenda no Vento* atracar, o que tornava tudo ainda mais perturbador. Eles eram *esperados*. Na verdade, era como a uma festa de recepção para um maldito herói. O único problema era que Olive e sua tripulação não eram os heróis dessa história. Eram os *troféus*.

— Mais três graus a boreste — disse Olive, calculando a distância do ancoradouro que se aproximava.

— Entendido, Capitã — Casper entoou, com a voz inquieta. O navio avançou mais alguns metros.

Tommy estava em pé ao lado dos Distribuidores, que espalhavam por todo o navio o efeito dos artefatos, pronto para desligá-los. Olive esperou até que o navio avançasse um pouco mais e estivessem a apenas meio metro do cais. Seria uma atracação perfeita, ela pensou com ironia, mas não sentia muita satisfação nisso. Era, provavelmente, a última vez que seu navio atracaria em algum lugar.

— Chinook, desativar — disse Olive, sentindo a garganta apertar.

— Desativado! — Tommy entoou ao desligar o artefato. O vento acima silenciou quando o efeito do artefato foi suspenso. Sem impulso, o *Fenda no Vento* parou no lugar. Estavam silenciosos e imóveis.

O barulho da multidão se sobrepôs a tudo... e era ensurdecedor. Estendia-se por toda parte, uma massa humana pulsando em todas as direções, nos ancoradouros e na plataforma do Pináculo, tão espessa que bloqueava a visão da cidade. O som ocasional de tiros rasgava o ar quando disparados para o céu em celebração, enquanto duas palavras eram entoadas num ritmo frenético.

— *Poder e Lucro. Poder e Lucro. Poder...*

Olive engoliu em seco e tentou manter a calma, mas o cântico e o rugido da massa humana e os tiros causavam nela um efeito esmagador. Eles estavam ao ar livre, no clima quente do deserto, mas tudo parecia claustrofóbico.

Ela olhou para os seus marinheiros e eles devolveram o olhar. Observou cada um deles com orgulho e admiração. Nenhum dos quatorze tinha saltado do navio antes de atracarem no porto de Fausto. Era perfeitamente possível que todos morressem ali, quem sabe, talvez nos próximos cinco minutos... Mas ainda em seus postos.

— Quero que saibam... quanto estou orgulhosa de vocês — Olive se obrigou a dizer. Eles mereciam mais do que isso, mas ela não conseguia encontrar palavras melhores. — Comecem a amarração do navio.

A tripulação começou a trabalhar, fechando travas, recolhendo velas, todas as atividades de rotina que nenhum deles sabia se voltaria a executar um dia. A turba continuava a rugir em torno deles.

AVRIL ESTAVA JUNTO ao parapeito do *Fenda do Vento*, fitando as vigas de madeira do cais, desbotadas e cinzentas depois de anos sob o sol. Mais um pouco... e ela estaria em casa.

Em casa...

Ela sentiu uma pontada de dor ao constatar a facilidade com que o pensamento tinha se formado. Parecia uma traição. Aquela *não* era a casa dela. Era uma *promessa*, uma dívida a ser paga. Nada mais. Ela iria sofrer as torturas daquele lugar, pela sua honra, por Gideon, mas *nunca* estaria em casa.

— Melhor acabar logo com isso, docinho — a voz de Ravan sussurrou atrás dela e lhe despertou uma raiva fria. — As coisas são o que são.

Avril não disse nada. Olhou para o ancoradouro por mais um instante, depois deu outro passo e sentiu o calcanhar tocar o chão, e ponto-final.

Só que não.

O rugido da multidão, já alto e dissonante, intensificou-se. Demorou um momento para Avril descobrir por quê. Cada olhar, em meio aos milhares de piratas, era destinado a *ela*. E aquilo era chocante.

Eles sabiam quem ela era? *Lembravam*-se dela? Ela olhou para os rostos, aturdida...

A massa compacta de gente gritou outra vez quando Ravan e seus homens desembarcaram. No Fausto, a captura de um navio terrestre era a mais respeitada prova de poder que alguém poderia dar. Além disso, Ravan e sua tripulação estavam retornando de uma missão que tinha sido considerada suicida. Eles eram heróis. Por um tempo, pelo menos. Fausto não era um lugar onde se podia descansar sobre os louros, os heroísmos só eram lembrados por um dia.

Ravan estava ao lado dela, fitando todos os rostos, absorvendo o barulho das vozes e o tremor da madeira sob seus pés. Atrás delas, as últimas pessoas desembarcavam.

Holt pisou no cais, o olhar vazio, o rosto inexpressivo. Avril não sabia bem por que ele tinha fugido daquele lugar, mas sabia que sua cabeça estava a prêmio por causa disso. Voltar exigia muita coragem, e ainda assim ele parecia nem registrar que já tinha chegado.

Avril se lembrou de ver navios explodindo, inclusive aquele com a Bucaneira a bordo. Uma parte de Holt tinha morrido com ela, ela imaginava. Perder tudo deixava uma pessoa assim. Quando ele passou por ela, seus olhos se encontraram por um segundo, então ele desviou o olhar, mas aquele instante bastou para que ela visse ali uma centelha de reconhecimento. Avril percebeu que ela e Holt tinham muito em comum agora.

Os oito Pináculos do Fausto estavam perfeitamente visíveis, a distâncias variadas, os cabos do Skydash em zigue-zague cruzando o espaço entre eles, e Avril viu silhuetas voando por eles a velocidades vertiginosas, uma após a outra, plataforma após plataforma. Ela notou outra coisa também, algo diferente do que se lembrava.

Dois dos Pináculos se destacavam. Ao contrário de todos os outros, ostentavam bandeiras, e as bandeiras não eram o que ela esperava. Enquanto as bandeiras normais do Bando eram vermelhas com uma estrela branca de oito pontas no centro, naquelas as cores estavam invertidas.

Brancas. Com uma estrela *vermelha*.

Em toda a extensão de um daqueles Pináculos, entre as plataformas e estruturas de madeira e metal, havia centenas de pessoas. Mas não estavam gritando e comemorando, só a observavam. No topo de uma das torres, bem na frente, havia um garoto alto. Mesmo àquela distância, Avril podia distinguir os cabelos loiros se agitando ao vento. Os olhos dele, ela sentia, estavam pregados nela.

As Terras Estranhas tinham aguçado os instintos de Avril, o que fazia com que ela pressentisse o perigo não importava a que distância, e agora ela sentia uma ameaça vindo daquele sujeito. Quem quer que fosse, independentemente do grupo que ostentava aquela bandeira, não lhe queria bem.

Avril apenas desviou o olhar. Antes, teria procurado o garoto, o encontrado e assassinado enquanto ele dormia, junto com quem mais pudesse estar com ele. Teria sido uma tarefa simples, ele era só um membro do Bando, mas, agora... para quê? A vida dela já estava acabada mesmo.

De algum lugar vieram três desagradáveis explosões de som. Eletrônica e estática ecoaram pelos Pináculos do Fausto. Fosse o que fosse, os piratas pareciam saber o que era. Seus gritos cessaram, o estampido dos pés se aquietou, os tiros comemorativos silenciaram. A multidão se afastou, abrindo caminho para várias figuras. O coração de Avril começou a bater forte. Ela sabia o que estava para acontecer.

Seis guardas do Bando, corpulentos, cheios de cicatrizes e malícia em suas posturas, rodeavam um homem. Como os olhos de Avril, os dele eram destituídos de Estática, mas aquilo já era esperado, levando-se em conta a sua idade. Ele estava perto dos 50 anos, uma raridade agora, e isso significava que era um Imune.

Os guardas ao redor dele o flanqueavam de modo protetor enquanto ele andava. Parecia mais velho do que Avril se lembrava, as rugas ao redor dos olhos mais acentuadas, os fios grisalhos do cabelo curto mais visíveis. Como seus seguidores, ele usava um traje militar preto, mas de um jeito mais profissional, a camisa dentro da calça cargo, as pernas da calça enfiadas dentro das botas. Ele usava as exigências do novo mundo num estilo antiquado.

Sua pele negra tinha a aparência dura e áspera de alguém que passara a maior parte da vida sob o sol. Um traço típico de um trabalhador, embora Tiberius Marseilles nunca tenha sido um trabalhador, mesmo no Mundo Anterior, por isso essa peculiaridade sempre parecera uma contradição. Ele não era particularmente alto ou atlético, não havia nada de autoritário ou mesmo de ameaçador na forma como ele se portava. Era somente em seus olhos que se via a astúcia e a inteligência que lhe permitiram criar do nada uma das cidades mais poderosas do mundo, uma cidade de ladrões, menti-rosos e larápios, e ainda mantê-los todos satisfeitos e convencidos do seu domínio como líder.

Enquanto ele avançava, ela podia sentir seus olhos cristalinos fixos nela, e Avril lutou contra a vontade de tentar se esconder, colocar algo entre ela e aquele homem, mas não havia nada atrás do qual ela pudesse se ocultar. Ele parou na frente do grupo e seu olhar finalmente a deixou, passando de uma pessoa a outra, analisando cada uma delas até se deter em Ravan.

E quando fez isso... ele sorriu. Suas mãos seguraram o rosto da Capitã com ternura e ele olhou nos olhos dela.

— Eu me pergunto se um dia você vai finalmente me decepcionar, Ravan Parkes! — A voz de Tiberius era suave, mas marcante; e, apesar de não falar devagar, ele articulava cada palavra com uma meticulosidade de-liberada, como se cada uma delas tivesse o seu valor.

Ravan sorriu para ele.

— Não tão cedo, eu prometo.

— Você trouxe de volta para mim o que eu mais valorizo. — As pala-vras causaram em Avril um arrepio. Por mais doce que fosse o sentimento, havia pouca emoção nele. Ela viu quando Tiberius estendeu a mão e pegou a de Ravan. — Parabéns, *Comandante.* — Em seguida ele levantou a mão no alto e virou-se para os piratas que os cercavam.

— *Isto* — ele gritou para todos ouvirem — é a *retomada* do poder!

A multidão irrompeu em aplausos novamente. O cais balançou debai-xo dos pés de Avril. As armas dispararam no ar. Era impressionante. Ela podia sentir a tensão dos Mercadores do Vento no navio atrás dela.

— Tiberius — disse Ravan, quando ele abaixou a mão. — Posso apre-sentar sua filha?

Avril engoliu em seco. O olhar de Tiberius se voltou para ela, estudando-a por um longo e curioso instante, seus olhos esquadrinhando-a, examinando cada parte dela, como se a avaliasse, como se estivesse sob julgamento.

Quando ele se aproximou, seu sorriso se abriu mais ainda, mas como sempre não tinha nenhum calor. Qualquer que fosse a razão por que ele a queria tanto de volta, tinha muito pouco a ver com amor paternal.

— Avril — disse ele. — Você está mais forte...

Ele estendeu a mão para ela... Avril recuou como se ela fosse uma cascavel.

Sentiu a raiva crescer por dentro. Aquele homem tinha tirado tudo que ela possuía; Dane, a vida dela, Gideon... e esperava ternura em troca? Ele estava certo. Ela *estava* de fato mais forte, ele não tinha ideia do quanto, mas descobriria.

Tiberius percebeu a reação dela com uma leve ponta de descontentamento. Assentiu com a cabeça, como se chegasse a algum consenso interior.

— Nós temos tempo. — Foi tudo o que ele disse. — Nós temos tempo.

Tiberius olhou para o *Fenda no Vento*, atracado atrás deles. A tripulação estava a bordo, olhando para ele com nervosismo. Olive se destacava na frente, à espera.

Tiberius olhou para cada um dos marujos por um breve instante, então simplesmente desviou os olhos.

— Matem a tripulação e levem o navio — ordenou. — Tirem tudo que tiver de valor.

As palavras pareciam fora do lugar vindas de uma figura de porte tão modesto, mas os piratas não esperavam nada menos do que isso. Voltaram-se para o navio, as mãos se estendendo para as armas. A multidão aclamou novamente. Ravan franziu a testa, ligeiramente, mas não fez nenhum movimento para detê-los. Acima, Olive e seus marinheiros ficaram tensos e deram alguns passos para trás.

Avril, no entanto, já esperava por isso.

Seus olhos percorreram as figuras dos dois guardas mais próximos, suas posturas, observando seu equilíbrio, deduzindo quais eram as mãos dominantes com base no lado em que guardavam as armas. Foi o suficiente.

Seus dois primeiros chutes foram como borrões, de tão rápidos. O primeiro homem gemeu quando sua rótula estalou e seu peso o puxou na direção do chão.

Antes que o segundo pudesse fazer alguma coisa, ela girou, arrancando a grande faca de caça do cinto dele, e então seu joelho encontrou a virilha do guarda, mandando-o para o chão, como o outro.

Ela agarrou o pulso direito de Tiberius, torceu-o com força, prendendo-o onde ele estava e encostando a faca brilhante contra sua garganta.

A coisa toda levou talvez cinco segundos e todos no ancoradouro e na plataforma além congelaram. Mil armas foram engatilhadas e todas elas apontaram para ela.

Avril apenas sorriu. Eles não fariam nada. Atirar nela era o mesmo que atirar no seu glorioso líder, e isso significava que agora ela tinha a faca e o queijo nas mãos.

Avril inclinou-se para que o pai pudesse ouvi-la.

— Você me queria em casa. Bem, aqui estou.

Ela não sentiu nenhum medo em Tiberius, o corpo dele estava relaxado. O homem só esticou o pescoço para olhar para ela. Aquilo a enfureceu, a falta de reação, a ausência de medo. Ela pressionou a faca em seu pescoço.

— Você vai desistir de reclamar o *Fenda no Vento*. Eles, ao menos, *não* serão seus.

Se antes a voz dele parecia fria, agora era quase quente e afetuosa.

— Não reclamar esse navio seria negar ao seu povo a sua parte de lucro e poder.

Avril cravou a faca um pouco mais, sentindo a raiva aumentar.

— Eles não são o meu povo.

— Então por que reagir tão violentamente à sugestão?

Avril fez uma pausa, olhando para o homem com ódio.

— O que seus homens fariam? Se eu cortasse sua garganta aqui mesmo? Mesmo sabendo quem eu sou?

— Eles iriam matá-la, garota — disse Tiberius.

— Exatamente. Vou lutar e *morrer*, a menos que você diga aos seus ladrões idiotas para deixarem o navio e a tripulação em paz. Eu *juro*. O que acontecerá ao seu *legado*, então?

Os dois se entreolharam. Tiberius sorriu novamente e, desta vez, *havia* calor em seu sorriso. Isso só deixou Avril mais irritada.

— Estou orgulhoso de você. Por tomar o que quer, sem *pedir* como um Mercador do Vento. Talvez o seu tempo como Hélice Branca tenha valido a pena. Talvez Gideon e eu tenhamos mais em comum do que presumi.

— Diga outra vez o nome dele, e eu *vou* te matar — Avril sussurrou perigosamente. — Gideon foi mais um pai para mim do que você jamais foi, e você não é *nada*, de qualquer maneira.

Se Tiberius tinha ficado magoado, não deu mostras. Ele só estudou Avril, longa e intensamente, como se a visse pela primeira vez, e havia satisfação em seu rosto. Ele gostou do que viu, e isso deixou Avril nervosa.

— Vamos conceder esse desejo à minha filha, como um presente pelo seu retorno — anunciou em voz alta. — Este navio e sua tripulação pertencem a *ela*, nenhum mal faremos a eles. Vocês veem a força dela. Veem que é digna do nosso povo. A presença dela aqui representará mais poder.

A multidão olhou para Avril por um instante, sem saber bem o que fazer... em seguida irrompeu em aplausos novamente. Mais disparos pipocaram no ar.

Avril lentamente libertou Tiberius, deixando-o endireitar a postura, e observou os piratas, perplexos. Eles estavam ainda mais animados do que antes, mais empolgados, e Avril se perguntou se esse não tinha sido o plano de Tiberius o tempo todo.

Seu pai se virou e olhou acima da multidão, muito acima, para o Pináculo onde tremulava a estranha bandeira invertida do Bando. O garoto de cabelo loiro, no topo, olhou para eles por um instante, então fez algo interessante. *Cumprimentou* Tiberius com a cabeça, como se reconhecesse uma grande atuação.

Quem era aquele garoto, Avril se perguntou. E o que estava acontecendo naquele lugar? Tiberius desviou o olhar e desta vez pousou-o em outra pessoa, alguém na beira do cais, atrás de todos os outros, que tinha passado despercebido até então.

— Olá, Holt — cumprimentou Tiberius.

Holt não respondeu, mas também não baixou os olhos. A troca de olhares entre os dois foi intensa, e Avril se perguntou qual seria, afinal, a história entre eles.

9.   *TESOURA DE VENTO*

— MAX! — MIRA GRITOU quando o cão disparou para os deques inferiores do navio e desapareceu, perseguindo o gato laranja que já o atormentava havia tempo demais. Ela estava prestes a ir atrás dele quando sentiu uma onda de choque varrer o navio. Perdeu o equilíbrio e caiu no chão trêmula, mas aquilo tinha muito pouco a ver com a explosão em si.

A uns trinta metros de distância, o *Estrela dos Ventos*, o navio em que ela deveria estar, tinha se transformado numa bola de fogo.

— Tira esse seu cachorro idiota do meu caminho! — Dresden gritou enquanto disparava em direção ao leme, desviando-se dos seus marujos, que corriam de um lado para o outro, como formigas.

— Esse cachorro não é *meu*! — ela disse na defensiva, mas seus sentimentos sobre o assunto estavam em conflito agora. Se não fosse por Max, ela não estaria no *Tesoura de Vento* agora; estaria morta, e tudo por causa da obsessão que Max tinha pelo gato.

— Então por que ele está no meu navio? — Dresden estava um pouco nervoso, e com razão. — A propósito, por que *você* está no meu navio?

Mira atravessou o caos para ir atrás dele.

— Ele estava atrás do seu gato! Ele fica provocando o Max e...

— Nemo não provoca *ninguém* — ele a interrompeu.

Outra explosão sacudiu o navio e Mira sentiu as rodas do navio saírem do chão e voltarem a tocá-lo com violência. O impacto derrubou-a no convés, e todos os outros cambalearam.

Magníficos cristais de Antimatéria coloridos pulsaram através do ar em ambos os sentidos, alguns disparados, outros começando a ser puxados de volta, mas até mesmo os que acertavam o alvo não estavam fazendo muita diferença.

Predadores rugiam no céu, descarregando jatos de plasma. Mais jatos, estes maiores, passaram chiando mais à frente quando os Aranhas finalmente revidaram. E então surgiu uma forma maciça à distância, um caminhante tão grande que se elevava sobre todo o resto. Seu feixe de laser tinha incinerado o *Estrela dos Ventos*. E, sem dúvida, dispararia novamente em breve.

A frota, e toda a tentativa de fuga, estava correndo um grande risco.

Dresden franziu a testa enquanto a ajudava a se levantar.

— Está se divertindo? Isso foi ideia *sua*.

Outro navio explodiu a boreste e Mira viu os Hélices Brancas a bordo saltarem no ar.

— Leme, preparar para arrancada brusca a bombordo! — Dresden gritou, tentando se equilibrar e deixando-a sozinha ali. Outra explosão sacudiu o navio. — Quando passarmos a linha de fogo, vamos acionar a pós-combustão, todo mundo se segure.

Mira olhou para bombordo. Não havia nada lá, além de um campo aberto; ele os levaria para o sul, para *longe* da batalha.

— O quê? — Ela foi atrás dele. — Você não está *indo embora*, está?!

— O que mais eu deveria fazer? — Mais explosões quando outra esquadrilha de Predadores passou voando. — Isso é um desastre.

— E o seu irmão? — Mira apontou para a frente, onde estava um dos seis navios terrestre que ainda restavam, o navio de Conner, o *Marca do Vento*, que sacolejava e estremecia, chamas explodindo ao seu redor. — Vai deixá-lo aqui?

Dresden lhe lançou um olhar de desaprovação.

— Caso não tenha notado, ele e eu não somos muito chegados. Leme, ao meu sinal...

— Se formos embora, todo mundo vai morrer!

— Docinho — A paciência de Dresden estava se esgotando rapidamente —, vou dizer uma coisa, acho que essa é uma conclusão precipitada.

— Eu não quero dizer apenas *nós*, quero dizer os outros; as naves batedoras já estão atirando neles e, quando a gente se afastar, aqueles caminhantes vão atrás da gente. Se não mudar de ideia, vocês não vão apenas perder este navio, vão perder toda a frota *e* Bazar.

Mais explosões, o chão tremeu. O timoneiro segurava o leme com força.

— Ordens, senhor?

— *Não podemos* ir embora — Mira insistiu.

Dresden olhou para ela, os pensamentos girando em sua cabeça.

— Você não está levando isso a sério? — gritou um rapaz alto nas proximidades, com a cabeça raspada e óculos. O nome dele era Parker, o primeiro oficial de Dresden, e pelo que Mira tinha observado, os dois pareciam ter uma relação meio intempestiva. — *Olha* aquela coisa!

Eles estavam perto o bastante para ver a máquina descomunal cercada de Aranhas, um caminhante vermelho diferente de tudo que Mira já tinha visto. Seis pernas colossais sustentavam uma fuselagem blindada maciça a cem metros do chão, repletas de armas e o que parecia ser a sua própria torre de comunicação. A coisa era uma fortaleza ambulante, e Mira podia ver um canhão enorme instalado em sua parte superior, tão grande que ia de uma ponta a outra. Mira podia sentir a terra tremer sempre que uma de suas pernas golpeava o chão.

— Temos que dar o fora daqui — continuou Parker. — *Agora*.

Dresden olhou de Parker para Mira, pesando os prós e contras.

— O que você propõe?

Boa pergunta, pensou Mira. Ela respondeu com a primeira coisa que veio à mente.

— Esse caminhante imenso é como o rei num tabuleiro de xadrez.

— Você tem um talento nato para metáforas, docinho, mas como é que isso nos ajuda?

Ela observou as Aranhas à distância, os navios terrestres nas proximidades... e os Predadores, dezenas e dezenas deles, enchendo o céu. E teve uma ideia. Insana.

— Essa banheira pode ir mais rápido? Sair na frente dos outros navios?

Dresden franziu a testa.

— Ele é o navio mais veloz da frota, mas por que diabos eu iria querer sair na *frente* no meio desse caos?

Ela olhou para o enorme caminhante.

— Podemos ficar embaixo dele?

— *Embaixo* dele?

— Se pudermos, dá para derrubá-lo.

— Ordens, senhor?! — O timoneiro gritou, nervoso.

— Essa ideia é mais do que insana! — gritou Parker por sobre mais explosões em todos os lugares.

— Não dá tempo pra explicar! — gritou Mira, jogando a mochila no convés e vasculhando-a. — Você quer salvar o seu povo ou não quer?

Outro navio terrestre foi incinerado, os Hélices Brancas saltavam entre os jatos de laser amarelos. Jatos de plasma, tanto de cima quanto da frente, rasgavam o chão enquanto o *Tesoura de Vento* rugia à frente.

— *Ordens, senhor?!*

— Dresden... — Parker avisou.

O Capitão sustentou o olhar de Mira, em dúvida quanto ao que decidir.

— Você tem *alguma* ideia do que está fazendo?

Ela poderia ter dito qualquer coisa naquele momento. Mas optou por dizer a verdade.

— Nenhuma.

Dresden estudou-a por mais um instante... depois sorriu. Parecia, de alguma forma, que ele tinha se contentado com a resposta.

— Isso é tudo o que eu queria ouvir.

Ele tirou o velho sextante de latão do cinto e rapidamente olhou através dele.

— Leme, configure para... dois-seis-oito e *mantenha* o curso.

— Ok — o timoneiro respondeu, sem muito entusiasmo.

— Você é pirado! — acusou Parker, mas já estava indo para o posto de comando com Dresden. O Capitão tinha dado uma ordem e era preciso obedecer.

— Foi o que pensei a princípio também, Parker. — Dresden abriu a tampa de uma caixinha numa das bancadas de trabalho. Dentro havia um botão vermelho, fios conectados a ele e que seguiam para dentro do casco do navio. — Mas a Bucaneira tem razão, fugir não vai adiantar.

— Nem entrar em rota de colisão com *aquela* coisa.

Mira tirou três combinações de artefatos de Barreira da mochila, os mesmos que ela tinha feito anteriormente para o *Estrela dos Ventos*, e passou-os para a responsável pelos artefatos do navio, uma garota jovem, talvez com uns 14 anos, os olhos cheios de medo, as mãos trêmulas. Mira não a culpava.

— Qual é seu nome? — perguntou Mira.

— Jennifer.

— Jennifer, vamos precisar destes, especialmente na parte *de trás* — disse Mira incisivamente. — Fique de olho nos que temos agora, vamos passar por eles bem rápido, ok? — A menina balançou a cabeça, e foi até os Distribuidores com as novas combinações.

Parker gritou para a tripulação de todo o navio.

— Prontos para Velas de Aceleração!

Ele ajustou o Chinook, movendo o ponteiro do seu antigo relógio para a direita e, quando fez isso, o vento uivou em torno deles, explodindo num redemoinho mais forte e mais amplo.

— O que você está fazendo? — perguntou ela.

— Pós-combustão — respondeu Dresden. Ele apertou o botão na caixa.

Foguetes explodiram no ar na parte dianteira do navio, arrastando com eles longos cabos presos à estrutura. Quando os foguetes voaram para cima, desfraldaram mais três velas coloridas que insuflaram com o vento reforçado, impulsionando ainda mais o *Tesoura de Vento* e imprimindo-lhe mais velocidade.

O navio deu um solavanco para a frente e Mira caiu de costas. Em todo o navio, os marujos se agarraram às alças de segurança ou às adriças das velas para se manter de pé.

103

O mundo também acelerou como um foguete do lado de fora. Mira olhou para Dresden.

— Você podia ter avisado!

Os outros navios terrestres não passavam de imagens turvas enquanto o *Tesoura de Vento* os ultrapassava. Ela viu os marinheiros do *Marca do Vento* apontarem e aplaudirem enquanto passavam a toda por eles, assumindo a liderança.

É claro que a liderança, *naquele* caso em particular, não era a posição mais cobiçada. Mira só esperava que sua estratégia funcionasse...

— Estou fazendo a minha parte, Bucaneira, você faz a sua — gritou Dresden por sobre o rugido do vento. Tanto ele quanto Parker olhavam para ela com expectativa. Era hora de cumprir o prometido.

Mira correu em direção à frente do navio, onde a proa afundava na direção do solo, trinta pés abaixo. À frente deles, um pouco mais de um quilômetro agora, movia-se uma fileira ostensiva de caminhantes Aranha vermelhos. Ela podia ver os seus canhões disparando, atirando uma saraivada de jatos de plasma, mas não estavam todos mirando nos navios terrestres. Pareciam estar atirando para todos os lugares; para a esquerda, para a direita, para o alto.

Mira viu por quê. O pequeno exército de Hélices Brancas, ou o que restava dele, tinha alcançado os Confederados e estava atacando. Ela só conseguia distinguir suas silhuetas contra as formas descomunais dos caminhantes, saltando e dando piruetas entre eles. Uma chuva colorida brilhava no ar, explosões atingindo os caminhantes.

Com sorte, eles conseguiriam distrair os Confederados pelo tempo necessário para que o *Tesoura de Vento* cumprisse sua tarefa.

Mira fechou os olhos e estendeu sua percepção, buscando as presenças que ela sabia que estavam em algum lugar ali por perto.

Ela encontrou muito mais do que esperava.

Uma enxurrada de sensações, milhares de pensamentos e imagens encheram sua mente, e ela quase desabou no chão, gemendo, segurando a cabeça, tentando lutar contra as projeções. A ideia de que pudesse ser capaz de tocar mentalmente os *vermelhos* assim como fazia com os prateados ainda não tinha lhe ocorrido. Ela sentiu a raiva que emanava deles... e sua excitação. Fazia muito tempo que alguém tinha realmente *resistido* a eles, geralmente a Estática deixava a população inerte muito antes que representasse um desafio de verdade, mas ali estava o que queriam. Batalha. Ação.

Outras sensações a puxaram de um lado para o outro, uma mistura espessa e rodopiante de apreensão e nervosismo. Eram os prateados. O grupo do Embaixador... e eles sabiam que ela estava em perigo. Se a perdessem, perderiam um elo uns com os outros, o único que lhes restava. Mira se agarrou à preocupação deles, deixando que ela afastasse a onda maciça de sensações dos vermelhos.

Guardiã, veio a projeção. Era o Embaixador. *Vocês se arriscam demais.*

E não era verdade?

Preciso da sua ajuda, ela projetou de volta.

Não somos desejados.

São agora, ela respondeu com firmeza. *Por favor.*

Só ouviu silêncio por parte do Embaixador, e os pensamentos e sensações dos demais a varreram como uma maré, preenchendo o vácuo deixado. Mira tentou ao máximo afastá-los.

Nós iremos, o Embaixador finalmente respondeu. *Para onde?*

Mira respirou de alívio e abriu os olhos...

Menos de dois metros à frente do navio, jatos de plasma explodiram, provocando faíscas nos artefatos de Barreira. O campo de força brilhou em cores prismáticas, absorvendo os projéteis, mas estava enfraquecendo. Cada Caminhante não ocupado em contra-atacar os Hélices Brancas à frente deles estava atirando nos navios terrestres, agora a menos de um quilômetro de distância.

Acima deles, os Predadores circulavam, rugindo atrás do *Tesoura de Vento*, que mesmo com as velas e o impulso extras não conseguia ir mais rápido do que as aeronaves dos Confederados. Jatos amarelos atingiram a popa do navio e as Barreiras brilharam, ganhando vida ali também. Mira só esperava que Jennifer tivesse presença de espírito e substituísse as Barreiras por outras novas, à medida que falhassem.

Para onde? O Embaixador projetou novamente.

Mira olhou através da chuva de jatos de plasma, concentrada num ponto mais atrás e à direita do meio do exército.

Ali, ela projetou, olhando, esperando. *Ali. Ali.*

— Ali!

Mira viu os lampejos de luz praticamente imperceptíveis atrás dos vermelhos, quando os Brutos prateados se teletransportaram, cada um com um caminhante a mais para lhe dar suporte. Louva-a-deus, Aranhas, Caçadores.

Estamos aqui.

Explosões irromperam de trás da linha de caminhantes vermelhos quando foram atingidos por uma rajada de plasma... e Mira foi oprimida por uma enxurrada de sensações e sentimentos. Espanto dos vermelhos, entusiasmo dos prateados. Apesar de estarem em menor número, a força de ataque do Embaixador parecia se divertir com a luta, e ela sentiu a euforia deles, sentiu-a contagiá-la... e uma parte dela gostou disso.

Mira empurrou os sentimentos para longe. Estava ficando cada vez mais difícil dizer que sentimentos eram dela e quais eram *deles*, e as repercussões disso eram inquietantes, mas algo com que ela só se preocuparia mais tarde.

Ela olhou para trás e viu exatamente o que esperava. A maior parte das aeronaves tinha se reagrupado para formar uma longa fileira e perseguir o *Tesoura de Vento*, seus canhões faiscando e atacando as Barreiras da popa. Ela viu Jennifer tirar uma combinação fumegante do Distribuidor traseiro e encaixar ali uma nova, a última que Mira lhe dera.

Quando essas Barreiras falhassem, o navio ficaria indefeso.

Uma nova sensação a dominou. A consciência coletiva de uma centena de presenças ou mais se voltando na direção dos navios terrestres. Ela experimentou uma sensação de ardor começar se intensificar na sua mente, essa era a única maneira de descrever, e tudo foi ficando mais e mais brilhante e...

Um imenso feixe de pura energia ígnea chiou pelos ares, partindo do canhão do caminhante de tamanho descomunal. Ele atingiu outro navio terrestre, o *Flecha de Vento*, incinerando suas Barreiras em menos de um segundo, e Mira estremeceu quando o viu explodir. Os marujos do *Tesoura de Vento* mal conseguiram se segurar quando a onda de choque os atingiu.

— Vocês podem sinalizar fogo concentrado sobre aquela coisa? — Mira gritou.

Parker fez alguns sinais com a mão para os marinheiros na gávea, que desfraldaram duas bandeiras, uma vermelha e outra branca, e começaram a acenar em padrões para o que restava dos navios terrestres armados. Segundos depois, o ar explodiu novamente em cores, quando os cristais de Antimatéria dispararam em direção ao gigantesco caminhante à distância.

Mira projetou a mesma instrução ao Embaixador. À distância, os prateados obedeceram, seus jatos de plasma disparando na direção da enorme máquina ao mesmo tempo que os formidáveis cristais de Antimatéria do canhão o atingiam. Fogo pulverizou dele em explosões violentas de laranja e vermelho, mas nem isso foi suficiente. O caminhante era simplesmente grande demais.

O *Tesoura de Vento* disparou para a frente, os Aranhas perturbadoramente perto. Mira podia ver os Hélices Brancas saltando entre eles. Duas das máquinas irromperam em chamas e desabaram no chão. Pela direção para a qual o navio terrestre estava apontado, Mira podia ver que Dresden estava fazendo exatamente o que ela tinha pedido, conduzindo-o bem na direção do imenso caminhante.

Outro disparo do seu enorme canhão. Outro navio terrestre se desintegrando.

— Aguentem firme! — Dresden gritou de trás... e, então, eles estavam passando em disparada pela linha de frente dos Aranhas vermelhos, esquivando-se e costurando através deles. O *Tesoura de Vento* sacudia e trepidava loucamente. Sua última Barreira piscou uma, duas vezes, em seguida se extinguiu completamente. Fumaça saía dos Distribuidores, vinda dos artefatos destruídos dentro deles. Eles estavam indefesos, mas o navio rugia, seguindo adiante.

Alcançaram o brutamontes vermelho e passaram entre duas de suas pernas gigantescas. Mira olhou para cima, viu a parte de baixo da máquina brilhando, viu o seu sistema hidráulico em movimento, sentiu sua efusão de raiva e surpresa.

Os Predadores que os perseguiam viram o que estava para acontecer.

Tentaram se desviar, mas era tarde demais. Chocaram-se contra o enorme caminhante, dezenas deles, cada vez mais, explodindo em chamas e destroços, atingindo-o com explosões mais poderosas do que qualquer jato de plasma. Os Hélices Brancas, saltando e dando piruetas nas proximidades, pareceram entender o plano e acrescentaram seu poder de fogo ao resto.

A enorme máquina estremeceu. Mira fechou os olhos, sentindo o desespero das entidades lá dentro para manter o caminhante de pé... mas era tudo em vão.

O *Tesoura de Vento* rugiu debaixo dele justo quando o caminhante começou a tombar, rangendo horrivelmente enquanto caía e se chocando contra o chão numa sinfonia cacofônica de metais, enquanto o fogo irrompia de todos os lugares. Dezenas de caminhantes Aranha foram esmagados sob sua carenagem. O chão tremeu com o impacto e o que sobrou das naves mergulhou em espiral, chocando-se contra o chão ao redor dele.

Os marujos irromperam em aplausos, mas Dresden levantou a mão.

— Não estamos a salvo ainda — gritou. — Aguentem firme mais um pouco.

Ainda havia um pequeno trecho do campo para atravessar, marcado por uma ligeira inclinação, cada vez mais perto. Enquanto corriam em direção a ela, Mira olhou para trás.

Uma centena de campos de energia dourada cintilantes afastava-se para cima e para longe dos destroços do enorme caminhante vermelho, cada um deles formando um diferente padrão cristalino no céu. Ela sentiu uma onda de euforia vindo dos prateados no campo de batalha. A maré tinha virado, os vermelhos pareciam confusos... mas eles ainda estavam em menor número, ainda em perigo.

Saiam daqui, Mira projetou. *Saiam agora. Vocês mandaram bem.*

Vocês também, o Embaixador respondeu.

Ela viu lampejos, quando o que restava dos Brutos prateados teletransportou-se para longe dali, desaparecendo no ar e levando os outros caminhantes com eles.

Não havia mais naves batedoras. Mira viu mais caminhantes Aranha vermelhos tombando em chamas, sob um enxame de Hélices Brancas, mas ela viu que os Hélices não estavam mais lutando, estavam recuando, dando meia-volta e disparando na direção das falésias e rochas, em borrões de cor púrpura, mas em muito menor número do que no início do combate. Os navios terrestres estavam estrategicamente recuando também; ela podia ver os cristais de Antimatéria de seus canhões cruzando o ar e atingindo as naves alienígenas, mas, como os Hélices Brancas, também estavam em menor número. Dos onze, agora só restavam *quatro*.

Mira fechou os olhos, remoendo-se de culpa e horror. Eles tinham escapado. Mas a um preço muito alto...

A dor de repente superou tudo.

As sensações que ela combatia finalmente a sobrepujaram e ela foi bombardeada por centenas de uma só vez, uma variedade estonteante de emoções, partindo de todas as direções. Mira sentiu o corpo desabar, os joelhos se chocando contra o convés, mas tudo isso era apenas um pano de fundo.

Não havia nada a não ser as projeções do exército vermelho. Fúria por causa da derrota, desorientação e... outra coisa. Curiosidade. Perplexidade. A delicada formação da fé, e tudo isso por causa *dela*, de alguma forma Mira sabia. Era... perturbador.

Guardiã, as projeções surgiram, enchendo sua mente, e não vinham do Embaixador. Estas eram dos outros, dos vermelhos, os Mas'Phara. *Acreditamos.*

Então tudo escureceu.

10. SINAL LUMINOSO

MIRA ACORDOU SOB as cobertas de uma caminha de madeira, embutida na parede lisa de zimbro da cabine de um navio terrestre, e viu a cara do Max, deitado no chão ao lado dela. Despertando também, o cão abriu um olho para fitá-la com ar de aborrecimento, então rolou preguiçosamente sobre as costas, com um bocejo.

Mira franziu a testa.

— É bom ver você também. — Então fez uma careta quando as sensações recaíram sobre ela. Ansiedade e apreensão, solidão.

Guardiã... disseram. *Você retornou.*

Ela sentiu as entidades relaxarem e as sensações diminuírem, pois agora eles sabiam que ela estava viva, que a sua conexão não tinha sido de fato interrompida. Eles imploravam pela atenção dela, como sempre, tentando deduzir sua localização, para encontrá-la, ficar perto dela, e a única coisa que Mira poderia dizer a respeito deles é que estavam em algum lugar ao sul... e em *maior* número. Eram quase uma centena agora. Mas como?

Mas'Phara, uma projeção veio em resposta. Era o Embaixador. *Eles acreditam.*

Em quê? Mira projetou de volta, cobrindo a distância entre eles. Sua cabeça girava.

Em você.

Mira estremeceu com a resposta. Alguns dos vermelhos deviam ter desertado e passado para o lado do Embaixador. Lembrou-se das projeções que se precipitaram sobre ela quando aquela monstruosa máquina vermelha caiu. Choque, raiva... e respeito. *Eles acreditam...*

— Você não me engana com essa cara de quem não está nem aí, seu pulguento!

Mira pulou de susto ao ouvir a voz; não tinha lhe ocorrido que pudesse não estar sozinha. Dresden recostou-se num banquinho anexado à parede, com suas botas com ponteiras de latão apoiadas numa escrivaninha próxima. Tinha um velho livro nas mãos: *Viagem ao Centro da Terra*, de Júlio Verne.

— Ele até tenta fingir que não dá a mínima, mas quase arrancou nossa cabeça fora, no compartimento de carga. Não se acalmou enquanto não o trouxemos até você. Vocês devem ser bem chegados.

— Eu não diria tanto. — Mira sentou-se e a dor de cabeça voltou, competindo com as projeções dos prateados. Ela fez tudo para afastá-las, tentando passar a impressão de que estava pelo menos meio viva. Dresden não precisava saber quanto ela era realmente fraca. — Onde estou?

— Na minha cabine. O único lugar para colocar você, visto que não deveria estar aqui. Parece que esse cão salvou a sua vida. E... bem, acho que você salvou a *nossa*, não é?

Mira olhou para ele, lembrando-se de tudo. O *Estrela dos Ventos* explodindo, os navios terrestres colidindo, os Hélices Brancas consumidos pelo fogo.

— Não a de todos — disse ela.

Dresden a fitou com um olhar sombrio.

— Você fez a sua parte.

— Eu também causei tudo isso, não foi? — No final das contas, tinha sido ela e Holt, a missão deles de resgatar Zoey que havia levado os Confederados até ali, e tinha sido ela e Holt os responsáveis por envolver os Mercadores do Vento em toda aquela encrenca. — Você deve me odiar.

— O ódio não é uma emoção muito útil — respondeu Dresden. — E você não é culpada pelo inferno que isso tudo aqui virou. Ninguém estava trabalhando em equipe lá fora, você viu. Não havia um plano de verdade. Estávamos preocupados apenas em pôr em prática os nossos planos, os Hélices Brancas estavam preocupados com os deles e nós todos deixamos de fora aqueles seus caminhantes prateados. Todo mundo tinha tanta certeza de que não precisava da ajuda de mais ninguém! É uma grande lição.

— Quantos navios perdemos?

— Não sei dizer. — Ele colocou o livro de lado e pôs os pés no chão.

— Os quatro navios armados que resistiram estão aqui. Portanto, sobraram talvez uns vinte e cinco da frota regular.

Mira ficou horrorizada. Tinham sobrado menos de *trinta* navios!

— O que aconteceu com o resto?

— Destruído quando os batedores colidiram com o caminhante. A maioria está desaparecida. Os Hélices Brancas também, embora alguns Arcos, ou seja lá como chamam seus agrupamentos, aos poucos estejam aparecendo. Agora? Estamos sem dois terços da frota.

O que também significava dois terços dos Hélices Brancas. Dois terços de seus suprimentos. Dois terços de qualquer esperança de chegar à Cidadela e a Zoey. Tinham um exército quando saíram e em menos de um dia Mira tinha conseguido acabar com a maior parte dele.

— Não significa que estejam todos destruídos — continuou Dresden, sentindo o desespero dela. — Outro problema foi não definirmos um ponto de encontro, presumir que a frota ia avançar junto, mas esses Predadores acabaram com nosso plano. Eles estão lá fora, em algum lugar, espalhados pelo vento.

Mira experimentou um sentimento de pavor se esgueirar pelo seu estômago.

— Será que o *Fenda no Vento*...?

— Não sei — respondeu ele. — Mas, se eu tivesse que dar um palpite, diria que Olive conseguiu. Eles foram para o sul, afinal, para longe de nós, e ela é uma Capitã danada de boa.

Outra coisa ocorreu a Mira, então, particularmente desagradável.

— Ele acha que estou morta — ela sussurrou.

— Você não pode ter certeza.

— Ele acha que eu estava no *Estrela dos Ventos*. Foi um dos primeiros navios terrestres detonados. Ele deve ter visto.

— Bem, então vai ficar muito feliz quando vê-la, não vai?

Mira sacudiu a cabeça.

— Você não entende, ele perdeu tudo tantas vezes... — Uma profunda tristeza foi brotando dentro dela. Não por si mesma, mas por Holt. — Eu tenho de chegar até ele. Tenho que encontrá-lo...

— Você não pode. — Dresden a deteve e ela o olhou com raiva.

— Não me diga o que eu não posso fazer, eu...

— Pelo que pude perceber, chegar a San Francisco é bem importante. Se você for atrás dele, vai pôr a perder o que está fazendo aqui. Você perde a frota, os Hélices Brancas vão seguir seu próprio caminho e aqueles Confederados me parecem, na melhor das hipóteses, bons amigos nas horas que lhes convêm.

— Eu poderia mandar um recado. Uma mensagem.

— Como? Você acha que algum Mercador do Vento vai passear na frente do portão do *Fausto*? Ele seria morto assim que fosse visto.

Ele estava certo, e aquilo fez suas entranhas remoerem. Encontrar Zoey era o que mais importava. Ela e Holt tinham reafirmado aquilo muitas vezes um para o outro, mas, ainda assim, pensar nele acreditando no que acreditava, a dor que devia estar sentindo... E havia mais do que isso, ela tinha que admitir. Havia a pessoa com quem ele estava.

Ravan.

— Você fez um acordo, querida — continuou Dresden. — Uma barganha, e das grandes. Assim como ele. Desse tipo de negócio, não dá pra fugir. E para onde ele está indo, vai por mim, não há como segui-lo.

Mira pôs a cabeça entre as mãos e se conteve para não chorar. Não na frente de Dresden, não naquele momento.

Alguém bateu na porta.

— Entre — Dresden ordenou.

Parker abriu a porta.

— Conner está chamando. Disse que vão partir em uma hora.

As palavras desviaram Mira do sentimento de autopiedade.

— Partir para onde?

O olhar que Parker lhe lançou estava cheio justamente do tipo de desprezo que ela esperava.

— Para o Oeste, é claro. O que você queria, não é?

— *Oeste?* — perguntou ela. — Mas e a frota? Temos que...

— Conner disse para deixá-los pra trás, estarão melhor por conta própria.

— Eu preciso daqueles navios! Isso não está no acordo!

— Bem, isso é o que vai ter — Parker respondeu bruscamente, voltando-se para Dresden. — Os Capitães estão se reunindo lá fora.

Dresden balançou a cabeça e se levantou quando Parker deixou a cabine. Mira olhou para ele, atordoada.

— O que você esperava? — ele perguntou.

— Você não pode deixar que isso aconteça! — Mira implorou.

— Eu? Essa guerra não é minha, o que me importa? Quanto mais cedo isso acabar, mais cedo volto a lucrar, é assim que *cada* Capitão lá fora se sente. *Você* é a única que não se sente assim. Vê o que isso significa?

Mira via. Ninguém iria ajudá-la.

— Você quer levar isso até o fim? — ele perguntou incisivamente. — Comece a agir de acordo.

Dresden saiu da cabine e Mira olhou para Max. O cão a fitou com um olhar vagamente recriminador.

— *Eu sei.*

Ela se levantou, lutando contra a onda de tontura, e Max seguiu-a para o convés.

Era a primeira vez que ela realmente olhava para o *Tesoura de Vento*, depois da sua chegada frenética a bordo, correndo atrás de Max. Era um dos mais notáveis navios terrestres em que ela já tinha estado, e ela se lembrava dele da ocasião em que, meses atrás, Dresden os ajudara a escapar dos Confederados no posto de troca do rio.

A embarcação tinha oito enormes rodas, quatro de cada lado. Dois pares delas retiradas de algum veículo gigantesco de construção civil, enquanto as do meio eram construções customizadas de madeira e aço, meticulosamente moldadas e adaptadas. Seus deques tinham sido montados com vários tipos de madeira reaproveitada, assim como de peças de trens e navios. Dois de seus mastros eram feitos com asas de avião polidas, grandes até mesmo para um avião de passageiros. A coisa toda era uma miscelânea de peças, mas de alguma forma tudo se fundia numa embarcação imensa, bela e coesa.

O sol estava quase atrás das colinas, a oeste, e seus últimos raios riscavam o céu. Dali ela viu o que restava da frota dos Mercadores do Vento. Menos de trinta navios estavam estacionados em todos os lugares ao seu redor. Os marujos corriam para cima e para baixo, tapando buracos, consertando cordas e fendas. Todo o navio parecia avariado.

Mira e Max seguiram Dresden até a prancha. Quando faziam isso, ela olhou para trás, para o lugar de onde tinham vindo. Ao longe, ao leste, à luz fraca do crepúsculo, ela podia ver algo subindo para o céu. Uma espessa coluna de fumaça negra. Algo naquilo era ameaçador.

— O que é aquilo lá? — perguntou ela

— Bazar — Dresden respondeu com firmeza, sem olhar para trás. — Está em chamas.

MIRA SEGUIU DRESDEN entre os navios terrestres, tendo que parar a todo instante para chamar Max. Os aromas de uma fogueira, algumas pequenas criaturas correndo, os sons de martelos nos cascos dos navios: tudo era diversão para o cachorro.

Para o oeste, havia algo estranho. Algo só agora visível.

Um feixe de luz perfeitamente reto, que subia no ar até desaparecer na estratosfera. Era quase como um Poço Gravitacional das Terras Estranhas, mas, claro, isso era impossível.

— O que é aquilo? — perguntou Mira.

Dresden respondeu com um quê de diversão na voz.

— Imaginei que soubesse, considerando o lugar para onde você está indo.

Levou um instante para as palavras dele fazerem sentido, mas, quando fizeram, um calafrio a percorreu.

— *A Cidadela?*

— Bem no centro de San Francisco. Você nunca tinha visto?

Mira balançou a cabeça, olhando para o feixe imponente à distância.

— Não.

— Enorme, faz até os Parlamentos parecerem maquetes. Tem algum tipo de energia que flui da parte de cima dele, ninguém sabe direito o que aquela droga é ou o que faz.

— A quantos quilômetros estamos de San Francisco?

— Seiscentos, mais ou menos, e mesmo dessa distância *já* dá para ver a coisa. Só para se ter uma noção de quanto ela é grande e brilhante. Mais uns trezentos quilômetros e você vai ver a estrutura em si, muito antes de ver as ruínas. É... impressionante. De um jeito aterrorizante.

Mira olhou para o feixe enquanto caminhavam, através das velas dos enormes navios. Daquela distância, aquilo parecia ter algo de sobrenatural, mas, enquanto andavam, o clamor de uma discussão chamou sua atenção. Uma das vozes ela reconheceu e com o reconhecimento veio o alívio. Pelo menos *ele* ainda estava vivo.

— Não vamos embora sem o meu povo — disse Dane, a voz alterada.

— Ninguém disse que precisam ir — respondeu Conner. — Estou dizendo que meus *navios* estão zarpando; se vocês vão junto ou não é com vocês.

Ela tirou o focinho de Max de dentro de uma panela, contornou o *Marca do Vento* e viu o aglomerado de gente reunida lá. Mais de dez Capitães dos Mercadores do Vento e uma dúzia de Decanos dos Hélices Brancas.

— Se partirem, eu não tenho como encontrá-los — justificou Dane.

— O que vocês fariam se pudessem?

— *Lutaríamos* — A voz de Dane era puro fogo. — Encontraríamos o que resta daquele exército e o destruiríamos. — Os Hélices atrás dele concordaram com a cabeça, com o mesmo entusiasmo nos olhos.

— E esperam que a gente ajude vocês nesse suicídio... pra quê?

Dane olhou para Conner com desgosto.

— Eles destruíram seus navios. Mataram o seu povo.

Conner assentiu.

— E eu vou tentar superar isso, para poder salvar o *resto* da minha gente.

Mira olhou para trás, na direção do sinal luminoso à distância. Ele marcava mais do que simplesmente o lugar para onde ela estava indo. Marcava o lugar onde Zoey estava, e ela sentiu uma onda de frustração e tristeza, sabendo que estava olhando justamente para o local onde a garotinha a esperava, embora ainda faltasse muito para chegar lá.

— Você não tem honra — Dane continuou, dando um passo em direção a Conner. — E você é um...

— Dane, pare! — pediu Mira. O confronto se interrompeu, todos se viraram para ela. Quando Dane a viu, seus olhos se arregalaram.

— *Mira?* Eu pensei que...

— Eu sei, é uma longa história.

— Eles estão tentando sair fora — Dane disse a ela, quase suplicante.

— Não se trata de "tentar" — um dos outros Capitães falou. — Assim que o meu navio estiver em condições, vou pôr um fim neste contrato e acabou. Todos vamos fazer isso.

— Mira — disse Conner —, voltar para lutar contra essas coisas é...

— Suicídio. Concordo. — Dane ia começar a argumentar, mas Mira falou mais alto.

— Mesmo com força total, com cada guerreiro dos Hélices Brancas ainda vivo, você *realmente* acha que tem alguma chance contra aquele exército?

— A honra exige que...

— Foi *realmente* isso que Gideon ensinou a vocês? É isso o que dizem os Pilares? Como é que morrer para vingar uma perda vai nos ajudar a libertar Zoey? Você se lembra *dela*, não se lembra? A razão pela qual, supostamente, todos vocês vieram com a gente? Ou será que ela era apenas o que havia de mais conveniente para acreditarem no momento?

Dane olhou para ela com uma expressão irritada, mas não disse nada.

— Eu sinto muito se a batalha não foi do jeito que você queria — disse ela. — Nós vamos descobrir um jeito de fazer melhor, mas ser morto não ajuda em nada.

Dane fez uma longa pausa antes de finalmente responder, e quando o fez, sua voz estava mais controlada.

— Não. Não ajuda.

Mira assentiu.

— Me deixe falar com Conner, a gente conversa daqui a pouco.

Dane voltou a olhar para Conner, claramente dividido, mas se afastou sem dizer mais nada, seguido por seus Decanos.

— Obrigado — disse Conner. — É bom ver que pelo menos *você* entende o...

— Vocês não vão para o oeste — disse Mira no tom mais severo que conseguiu. Lidar com Dane tinha sido mais fácil do que seria com Conner. Ela tinha que parecer forte agora, mais do que nunca. Os Mercadores do Vento eram negociantes profissionais, eram capazes de farejar no ar quando uma pessoa estava blefando. — Eu disse a ele que vocês não iriam ajudar em outro ataque *agora*, mas *vão* ajudar a encontrar os outros navios e o resto dos homens de Dane, e vão começar a fazer isso ao amanhecer.

Os Mercadores do Vento olharam para Mira como se ela tivesse perdido o juízo.

— Isso é loucura! — falou com raiva a Capitã de sotaque britânico. — Você não vai determinar como cumprimos nossos contratos! O acordo era para levar *você* à costa oeste, e isso é...

— Não! — Mira interrompeu. — Não era. Minha compreensão da Lei do Comércio dos Mercadores do Vento é que todos os aspectos de um contrato devem ser honrados, ao pé da letra. Dresden, não é isso mesmo?

Dresden tentou, sem sucesso, esconder um sorriso.

— Hum-hum.

— Nós temos os nossos problemas agora — Mira continuou. — Eu compreendo, mas fiz um acordo muito específico com vocês, e vocês *concordaram* com ele. As armas dos Hélices Brancas em troca de duas semanas de *total controle* da frota dos Mercadores do Vento.

— Mira... — Conner começou.

— Estamos no *segundo* dia desse período de duas semanas — interrompeu-o Mira — e *eu* estou no comando. Não você. *Esse* é o acordo. Se eu der uma ordem para que todos os navios terrestres sejam atirados no mar, é isso que você vai fazer sem questionar. Sei que dói ouvir isso, mas sinto dizer que essa é a realidade.

Ela deixou que suas palavras afundassem dentro dele, enquanto olhava de um Capitão para outro; depois voltou a olhar para Conner. Quanto mais falava, mais força ela sentia.

— Não estamos indo para o oeste. Vamos encontrar os navios desaparecidos e os Hélices Brancas que faltarem e *depois* vamos para o oeste. Vocês têm até a manhã para fazer os reparos de que precisam. Então alguém vai me apresentar um plano de busca. Alguma pergunta?

Os Mercadores do Vento olharam para ela, mas ninguém disse nada.

Ao lado dela, Dresden lançou a Conner um olhar irônico.

— Um ponto para a senhorita.

Conner encarou o irmão, mas não contestou.

— Mais doze dias. Nada mais.

— Nada mais. — Mira se forçou a sustentar o olhar de Conner, então os Mercadores do Vento foram se afastando, murmurando entre si. Dresden permaneceu mais um instante, fitando-a com um ar divertido.

— O que foi? — perguntou Mira.

Ele apenas deu de ombros.

— Nada. Vejo você a bordo.

Dresden afastou-se e, quando foram todos embora, ela soltou um suspiro silencioso de alívio. Max ainda estava com ela, fitando-a com um olhar que não parecia nem um pouco impressionado.

— Sempre um crítico — murmurou ela, em seguida olhou para onde Dane estava, no topo de uma das colinas, sozinho. Ela poderia dizer pela postura dele que estava tenso, mas Mira subiu até lá e parou perto dele de qualquer maneira.

— Desculpe — disse ela.

— Tudo bem — ele respondeu suavemente. — Você estava certa.

— Eles vão ajudar a encontrar os outros.

— Obrigado. — Havia uma energia estranha nele, uma insegurança com que ela não estava acostumada. — Você acha que ela conseguiu? Ela e Holt?

Toda a preocupação que ela sentia anteriormente voltou.

— Eu não sei. Espero que sim.

— Avril nunca teria deixado isso acontecer.

— Você não pode afirmar isso.

— Sim, eu posso — disse ele. — Ela teria analisado melhor a situação. Não teria... entrado de cabeça daquele jeito.

— Avril não está aqui, nem Holt — ela disse. — Estamos só eu e você. Antes podíamos nos esconder atrás de pessoas que eram mais fortes, mais inteligentes. Mas não podemos mais. Eu sinto muito por todo esse grupo, porque, para ser franca, eu não me sinto muito uma líder.

Dane assentiu, depois ficou em silêncio por um longo minuto.

— Talvez um líder não seja um sabe-tudo cheio de autoconfiança e experiência, que nunca cometa erros e tenha sempre uma resposta na ponta da língua. Talvez às vezes ele seja apenas alguém que tenha um lugar para onde precise ir. E a única maneira de chegar lá... seja levando todo mundo com ele.

O olhar de Mira flutuou até o feixe de energia à distância, disparando para o céu.

— Talvez.

— Esse sinal luminoso — disse Dane. — É onde ela está, não é?

Mira assentiu.

Ele o fitou com um ar sombrio.

— Longa caminhada.

— Que bom que temos navios. — Ela sorriu e olhou para ele. — Eu não posso fazer isso sem você, Dane, e você não pode fazer sem mim. Por mais fortes que vocês sejam, e eu me refiro a todos vocês, não são fortes o suficiente. Nenhum de nós é, sozinho, temos de trabalhar em conjunto. Nós, os Confederados, os Mercadores do Vento, o Regimento Fantasma, quando chegarmos lá. É a única maneira de termos pelo menos uma pequena chance de salvá-la.

— Gideon nos treinou para combater os Confederados sozinhos — disse ele.

— Como você sabe? Foi ele quem disse? Ele previu a maior parte disso, não foi? Viu a necessidade da Caixa da Reflexão, a campanha que estava por vir, por que ele não teria previsto aliados nessa luta?

— Talvez tenha razão.

— Então, como é que vamos dar um jeito nisso?

Dane finalmente olhou para ela, e Mira pôde ver o seu antigo eu voltar à tona.

— Na minha opinião, a comunicação é o principal problema. Cada grupo tem a sua própria maneira de se comunicar entre si, mas, quando se trata de uma comunicação unificada, esqueça. Não dá para se adaptar a situações de combate assim.

Mira pensou sobre aquilo. A solução parecia óbvia.

— Rádios! — disse ela. — Precisamos de rádios.

Dane assentiu.

— Precisamos de *muitos* rádios.

Ela olhou para ele, a sensação estranha de esperança começando a se formar.

— Parece que temos um plano, então.

11 . FAUSTO

HOLT ANDAVA ATRAVÉS DA MASSA de gente do Pináculo do Comércio ignorando os olhares maliciosos lançados na sua direção. A animosidade dos piratas pelos quais passava rapidamente não lhe causava nenhuma impressão mais forte, nem o terrível calor do sol acima. Ele na verdade não sentia mais muita coisa. Mira tinha morrido e levado com ela qualquer coisa que ele um dia pudesse sentir novamente.

O único vislumbre de algo que se aproximasse de emoção ele sentiu quando pensou em Zoey. Se não fosse por ela, perdida e sozinha, ele simplesmente desistiria de tudo, mas ele tinha feito promessas. Elas eram fúteis, com certeza, ele morreria antes de cumpri-las, mas não iria desistir. Continuaria apenas seguindo em frente, até o fim da estrada.

Fausto estava praticamente igual ao que ele se lembrava. Sórdida e compacta, irradiando uma atmosfera podre e violenta. Holt sempre achara estranho quanto a cidade era desconectada. Cada um dos oito Pináculos tinha, em torno de toda a estrutura, plataformas suspensas um pouco acima do chão e também construções e passarelas que iam até o topo, mas nenhum deles se conectava com os outros. Para se deslocar entre os Pináculos era preciso andar, pegar um buggy ou usar o famigerado Skydash, o complicado sistema de cabos que os ligava pelo ar.

Holt odiava o Skydash, mas ele odiava praticamente qualquer coisa que tivesse a ver com altura. Observou as dezenas de figuras que corriam por aqueles cabos acima dele, cruzando o ar entre os Pináculos e as diferentes plataformas metálicas suspensas entre eles, chamadas Hubs. A plataforma no centro de todo aquele emaranhado de cabos era chamada de Cruzeta, um enorme estrado redondo que pendia da multiplicidade de cabos. A coisa era de aço sólido e extremamente pesado, e pelas leis da física não poderia estar suspenso por aqueles cabos, mas dezenas de artefatos Aleve diminuíam seu peso, impedindo-o de despencar.

Graças ao Skydash e à Cruzeta era possível ir de um Pináculo a outro em menos de um minuto, e eram oito Pináculos. O das Utilidades, onde se tratava de coisas como eletricidade, gás, lixo e reciclagem. O Pináculo do Comércio, onde se realizavam todo o comércio e a distribuição dos saques. O Pináculo da Água e dos Alimentos, com sua função óbvia. O Pináculo das Comunicações, responsável pela comunicação entre as várias partes da cidade e dos membros do Bando que atuavam em campo. O Pináculo das Armas, onde as armas e os equipamentos eram armazenados. O Pináculo das Oficinas Mecânicas, uma plataforma enorme para reparo e manutenção da variada frota de antigos buggies e aeronaves do Bando. E o Pináculo do Comando, a sede do poder, onde ficava a classe dominante do Fausto.

Mas era o último Pináculo que dava ao Fausto seu verdadeiro poder. Era no Pináculo da Refinaria que se bombeava e refinava as reservas maciças de petróleo bruto sob a cidade, transformando-o em gasolina. Essa gasolina permitia que o Bando operasse seus exércitos mecanizados, e isso fazia maravilhas no mundo como ele era no momento Apenas Baía Invernal, bem mais ao nordeste, se baseava mais na tecnologia do Mundo Anterior, e mesmo ela usava menos combustível numa semana do que o Fausto usava num dia.

Enquanto caminhava, Holt observava com atenção os Pináculos das Oficinas Mecânicas e das Comunicações. Eram naquelas torres que tremulavam as bandeiras invertidas do Bando, brancas com oito estrelas vermelhas de oito pontas.

A grande notícia do momento na cidade (além do retorno de Avril) era a guerra civil que estava irrompendo. Não era a primeira vez que havia uma rebelião daquele tipo; muitas pessoas tinham tentado usurpar o poder de Tiberius, porque era assim que o Bando funcionava, mas nunca ninguém tinha conseguido tirar um Pináculo do seu comando, muito menos dois.

Eles tinham dividido a cidade e, pelo que parecia, o movimento estava ganhando força a cada dia. Não era nenhuma surpresa que Tiberius quisesse encontrar Avril. Ele estava perdendo força e precisava de algo que o fizesse recuperá-la. O retorno de sua herdeira e de Ravan, uma das suas comandantes de primeira linha, seria um grande passo. O mesmo poderia se dizer do acordo que Holt lhe tinha proposto. A decisão de Tiberius de dar abrigo a Holt, enquanto avaliava a proposta com o armamento dos Hélices Brancas de repente fez mais sentido ainda.

— Você o reconheceu? — perguntou Ravan. — O garoto no alto das Oficinas Mecânicas, na frente dos outros rebeldes?

Ravan caminhava ao lado de Holt, enquanto Castor seguia atrás. O Hélice sustentava os olhares do Bando com o mesmo ar desafiador. Estava cercado por centenas de piratas, mas Holt não tinha certeza se numa briga não apostaria todas as suas fichas no Hélice.

— Não — respondeu Holt.

— Parecia Rogan West. Dá pra dizer pelo cabelo, sempre arrepiado. Ele estava aqui quando você foi embora, o chefe da manutenção das Oficinas, o que explica como eles dominaram aquele Pináculo.

Holt não se lembrava do cara, nem se importava.

— A rebelião não tinha começado quando você partiu? — perguntou Castor.

Ravan negou com a cabeça.

— Corriam os mesmos boatos de sempre sobre piratas descontentes, mas isso não era nenhuma novidade. Todo mundo quer mais do que tem.

O rugido de uma multidão se fez ouvir de repente e Holt olhou para a direita. O Pináculo do Comércio ficava numa encosta rochosa mais alta do que as demais, e da plataforma onde estava, Holt podia ver de onde partira o tumulto lá embaixo.

A natureza desconectada do Fausto não era a única razão por que se tinha que usar o Skydash ou outros meios para se locomover entre as suas diferentes seções. A faixa de terra desértica entre as plataformas estava ocupada por uma enorme estrutura chamada Nonágono, a forma geométrica que se

124

assemelhava a um polígono de nove lados, usada para representar cada uma das oito pontas da estrela do sistema de classificação do Bando, bem como a nona e última posição, que era a do próprio Tiberius.

Cada seção do Nonágono tinha fileiras de assentos como as de um auditório em todo o seu perímetro e, mais acima, tremulavam enormes bandeiras vermelhas suspensas, cada uma com um símbolo agressivo gravado em branco. Uma tarântula, um dragão, um lobo, um bisão e assim por diante, ao redor de todo o estádio, cada uma das nove seções com seu próprio totem.

O Nonágono era uma arena e muito poucos dos que entravam ali saíam vivos. O piso da estrutura, na frente das fileiras de bancos, era formado por uma grande área circular de metal rodeada por uma faixa de terra do tamanho de um campo de futebol, aproximadamente. No centro erguia-se um grande pilar, provavelmente de uns trinta metros de altura, feito de uma forte treliça metálica. Era a Torreta, uma torre cheia de engrenagens, suportes, polias, correntes e cabos, que podiam ser reconfigurados de diversas maneiras.

Gritos e vivas de milhares de torcedores ecoavam do lugar. Uma partida se desenrolava, a rodada apenas começando. Quatro figuras espalhavam-se pela arena, cada uma segurando um objeto que não era visível, esgueirando-se entre cubos metálicos lançados de alguma estrutura abaixo do piso. Enquanto isso, outros objetos também projetavam-se do chão, só que estes eram muito mais perigosos. Lâminas de aço superafiadas saíam e entravam do assoalho de toda a arena, enquanto a equipe tentava desesperadamente evitá-las, ao mesmo tempo que se esforçava para chegar à Torreta, girando lentamente no centro.

— Que azar! — Ravan exclamou. — Eles tiraram o Escorpião.

A configuração Escorpião era considerada por todos a mais difícil para se enfrentar numa primeira rodada. Enquanto Holt observava, um dos concorrentes desapareceu numa nuvem de poeira quando uma lâmina surgiu sob seus pés. Azar de fato.

— Aquele é o Nonágono? — perguntou Castor, observando atentamente. O fato de um Hélice Branca, alguém que tinha passado a maior parte da vida nas Terras Estranhas, já ter ouvido falar do Nonágono era uma prova da infâmia da arena.

— O que mais poderia ser? — perguntou Ravan em resposta. A multidão aplaudia freneticamente. — Avril deve estar no camarote do pai. Eu me pergunto se isso não a agrada, uma Hélice Branca seria um concorrente interessante.

Holt sentiu os olhos dela sobre ele, mas não disse nada, apenas continuou andando.

— Você sempre odiou isso — disse Ravan. — Mas gostava de conversar sobre estratégias, como venceria o Lobo ou...

— Você não vai encontrar seus homens aqui? — Holt a interrompeu quando chegaram à Ala da Entrega. Ele sentiu Ravan ficar tensa com a rispidez das suas palavras, mas não se importou. Ele não estava ali para fazer uma volta ao passado. Quanto mais cedo conseguissem cumprir o acordo, mais rápido ele poderia seguir em frente.

— Sim — Ravan disse, secamente. — Cinco minutos. — Ela se dirigiu para a multidão enquanto Castor e Holt esperavam.

A Ala da Entrega era onde os piratas, ao voltar de viagem, entregavam seus saques e recebiam a sua quota do lucro. Como tudo que Tiberius tinha inventado, era muito mais complicado do que precisava ser, mas a intenção era justamente essa. O líder do Bando havia muito tempo tinha descoberto que a melhor maneira de garantir que ninguém questionasse alguma coisa era torná-la mais complicada do que se poderia entender.

Grandes correias transportadoras cruzavam-se ao longo da plataforma, as menores convergindo para a principal, maior, que transportava a pilhagem dos piratas até o depósito do Fausto. Os objetos eram colocados em grandes caçambas, divididas em categorias: armas, munições, perecíveis, produtos de higiene pessoal, água, a lista era quase infinita, e cada um tinha a sua própria correia. Monitores ficavam ao lado de cada um deles, certificando-se de que as caçambas eram carregadas corretamente, pesando-as e anotando qual tripulação as trouxera antes de mandá-las para o depósito.

A última parte era a mais importante, e era aí que as coisas ficaram realmente complicadas. O saque era dividido entre a equipe que o trazia e o próprio Fausto, numa proporção sessenta/quarenta, com o Fausto sempre levando a melhor. Assim que cada caçamba entrava no depósito, ela era pesada. A divisão dos lucros era feita com base nessa pesagem. A divisão raramente, ou nunca, era equilibrada, pois a parte do Fausto era arredondada para cima e a dos piratas, arredondada para baixo. Isso significava que a pesagem de cada caçamba que passava pelo sistema era um fator crucial.

As tripulações de piratas tinham autorização para trocar seus itens menores por outros maiores, da propriedade de outras equipes, numa tentativa de aumentar seu peso e obter o maior lucro possível. No final, porém, as chances estavam sempre contra eles, pois o Fausto sempre ficava com mais de 60 por cento, e isso não acontecia por acaso.

Holt observou enquanto Ravan encontrava seus homens, uma grande fileira de caçambas na frente deles, maior do que a de qualquer outra equipe. Fazia sentido: eles haviam ficado meses fora de casa, tinham tido muito mais tempo para praticar saques.

Ravan percebeu o olhar de Holt, e o jeito como devolveu seu olhar não era simples de explicar. Ela estava ressentida com a recente indiferença dele, mas encarava o ressentimento de um jeito diferente da maioria das pessoas. Não havia tristeza, só escuridão, uma raiva que levava tempo para se reconhecer pelo que realmente era, mas Holt já a vira por tempo suficiente para reconhecer o sentimento de imediato. A verdade era que ele tinha sido a causa da maior parte dessa tristeza, e em outras circunstâncias aquilo o incomodaria. Era libertador, de certa forma, não se preocupar mais com as emoções das outras pessoas, não se importar com o que aconteceria em seguida; embora houvesse uma sensação incômoda no fundo, indicando que algo estava errado, ela não era forte o suficiente para vir à tona.

O rugido do Nonágono se sobrepôs a todo o resto novamente. O Bando que assistia à competição da plataforma do Pináculo do Comércio reagiu com vaias ou aplausos, e notas de dinheiro e mercadorias trocavam de mãos enquanto as apostas eram pagas. Um ruído estridente, como o que tinham ouvido antes, tomou conta da arena, sinalizando o final da primeira rodada. Os cubos voltaram a entrar na estrutura inferior, a Torreta parou de girar e um enorme relógio apareceu girando em cima dela. Ele tinha uma numeração de 0 a 120, e seu ponteiro gigante começava a tiquetaquear.

— Dois minutos — anunciou uma voz alta e amplificada através dos imensos alto-falantes cheios de estática. — *Dois minutos.*

Abaixo, a equipe voltava a se agrupar, um dos membros, claramente ferido, voltava mancando para o ponto onde a faixa de terra encontrava o círculo sólido do piso da arena. Tinham conseguiu sobreviver e isso não era pouca coisa.

— Como isso funciona? — perguntou Castor, maravilhado, com um brilho diferente nos olhos. Ele com certeza estava imaginando como seria participar do jogo. Por mais que os piratas do Fausto gostassem do Nonágono, nenhum deles queria competir. Aquilo praticamente significava morte certa. Mas Castor havia encarado desafios como aquele diariamente, ele era um Hélice Branca, afinal, e as Terras Estranhas tinham uma infinidade de recursos para matar uma pessoa. Não era nenhuma surpresa que ele se sentisse atraído pelo Nonágono, que até se sentisse em casa. Holt pensou na observação que Ravan fizera poucos minutos antes. Como é que um Hélice Branca se *sairia* ali?

— É uma arena — Holt respondeu. — Mas você não compete com outras pessoas, compete com o Nonágono.

— É preciso quatro pessoas? — perguntou Castor.

Holt assentiu.

— Normalmente são prisioneiros capturados, mas às vezes são do Bando, pessoas que cometeram crimes contra a cidade. Eles podem optar por enfrentar o Nonágono em vez de serem executados e, se sobreviverem, sua pena passa a ser prisão perpétua. Se conseguirem *vencê-lo*... são libertados, mas ninguém nunca vence o Nonágono.

— Como a coisa toda funciona?

— São três rodadas. Cada uma tem três configurações possíveis. Dizem que são escolhidas aleatoriamente, mas eu sempre achei que isso é manipulado, como tudo aqui. Está vendo as bandeiras acima das diferentes seções?

Castor olhou de uma em uma, examinando cada uma delas, até analisar as nove. Um tigre, uma cobra, um falcão, cada um deles tremulando em suas bandeiras vermelhas sopradas pelo vento quente do deserto.

— Cada uma representa uma configuração. A rodada anterior foi Escorpião, hastes pontiagudas de aço que saem do chão, muito maneiro. Se estiver sentado na seção de Escorpião quando essa configuração for escolhida, você ganha um bônus ao receber seu lucro. Se Escorpião matar os quatro concorrentes, você consegue ainda *mais*, ao passo que as outras seções perdem. Se a equipe sobreviver à configuração, você perde lucro, as outras seções ganham. — Nada daquilo incluía todo o jogo paralelo que acontecia durante as partidas. Os piratas faziam todo tipo de aposta, desde que configurações seriam escolhidas até quais seriam vencidas ou simplesmente sobreviveriam, ou quais itens seriam escolhidos e usados, e tudo isso incentivado pelo corpo dirigente e Tiberius.

— Mas como é que se *ganha*? — Castor parecia arrebatado. Ele provavelmente tentaria vencer a coisa sozinho, se pudesse.

— Cada rodada é cronometrada, dura nove minutos. Ou você sobrevive a esses nove minutos ou desarma a configuração. Desarmar é a única maneira de *vencer*, mas muito poucas equipes já conseguiram. Tudo o que a maioria consegue fazer é simplesmente tentar não morrer. — Das centenas de equipes que haviam competido, Holt tinha ouvido falar de apenas duas que tinham conseguido desarmar todas as três rodadas. Era praticamente impossível, mas a questão era essa. A competição mantinha entretidos os seguidores violentos, rudes e turbulentos de Tiberius, tirava o foco dele e os impediam de fazer o tipo de coisas que Rogan West e seus rebeldes estavam tentando fazer agora.

Ao pensar nisso, Holt olhou para o Pináculo das Oficinas Mecânicas e sua bandeira invertida do Bando e notou algo estranho. Um grupo de garotos estava lá, perto de onde os cabos do Skydash iam da Cruzeta ao Pináculo. Talvez umas vinte pessoas. Mesmo dali Holt podia ver que estavam armados, e, enquanto ele olhava, saltaram para os cabos do Skydash e deslizaram para baixo, em direção à Cruzeta. Quando chegaram lá, alguns permaneceram, tirando os rifles das costas, enquanto outros saltavam para outros cabos e deslizavam para o Pináculo do Comércio, um após o outro.

— O que estão fazendo? — perguntou Castor, esperançoso ao lado dele, observando a mesma coisa. A resposta logo se tornou óbvia.

Por causa do jogo no Nonágono, havia muito menos gente no Pináculo do Comércio do que o habitual, e Holt se deu conta de que era justamente esse o plano. Tiros soaram tanto da Cruzeta quanto dos garotos que deslizavam pelos cabos.

Os piratas na plataforma correram para se proteger, a maioria deles desarmada. Os que contra-atacavam faziam o melhor possível, mas os rebeldes na Cruzeta eram bons atiradores.

Holt viu três do Bando caírem perto dele e Ravan e seus homens se esconderem atrás de um dos transportadores. Mas não estavam preparados para um ataque, só tinham com eles as pistolas que carregavam no cinto. Holt nem sequer tinha isso, mas a verdade era que, mesmo em meio a todo aquele caos, ele ainda se sentia estranhamento alheio a tudo. Era como se estivesse assistindo tudo acontecer a outra pessoa; simplesmente ficou lá, olhando com curiosidade, enquanto balas voavam e pessoas morriam.

Castor agarrou-o e empurrou-o para trás do transportador mais próximo, encarando-o como se achasse graça.

— Convém reagir um pouquinho mais rápido.

Mais balas passaram por eles, e o Bando nas proximidades disparava de volta. Acima deles, na plataforma da Cruzeta suspensa sobre o Nonágono, os atiradores continuavam disparando, mantendo todo mundo deitado no chão. A principal força, composta de uma dezena de garotos, largou o Skydash e caiu na plataforma correndo e atirando à medida que avançavam. Os rebeldes não tinham como tomar o Pináculo com um contingente tão pequeno, eles deviam ter outra coisa em mente.

Os olhos de Castor estavam cheios de empolgação.

— O que vamos fazer?

Levou um instante para Holt perceber que a pergunta de Castor era dirigida a *ele*. Ele não tinha vontade nenhuma de fazer alguma coisa, mas a verdade era que Holt tinha seus próprios planos e aqueles rebeldes estavam atrapalhando tudo. Como de costume, ele não tinha escolha.

— Você consegue dar conta daqueles caras na Cruzeta? — perguntou Holt, acenando para cima com a cabeça. — São quatro, pelo que parece.

Castor estudou os atiradores lá em cima e sua única resposta foi assentir com expectativa.

— Faça isso, então — Holt disse a ele.

— Buscar — Castor entoou, colocando a máscara no lugar e tirando a Lanceta das costas. — E encontrar. — Então ele saltou para cima num lampejo amarelo, agarrando um dos cabos do Skydash e se movimentou como um ginasta, para impulsionar ainda mais o corpo.

Os estouros da arma de Ravan foram sobrepostos pelos ruidosos disparos das espingardas e rifles dos rebeldes, e Holt deu uma espiada por cima do transportador. Os rebeldes estavam ao lado do cano de gás principal, que era extraído e processado ali no Fausto, juntamente com o petróleo, e era indispensável na Ala da Entrega. Os motores do transportador e do sistema de processamento eram abastecidos por aquele gás.

Dois rebeldes correram até a grande roda de metal que fechava e abria a válvula principal do cano, enquanto os outros os cobriam. Giraram a roda e fecharam a válvula... e os transportadores a toda volta de Holt gorgolejaram até parar de funcionar.

Um dos rebeldes acendeu um maçarico portátil, em seguida começou a cortar a roda na base. Holt viu o que eles pretendiam. Cortar a roda com a válvula fechada paralisaria o sistema de processamento da Ala da Entrega até que o Bando conseguisse instalar uma nova. Era um bom plano, pois bloquear a capacidade de Tiberius de processar e distribuir o lucro para suas tripulações causaria um grande tumulto, e provavelmente faria mais piratas passarem para o lado dos rebeldes.

Mais acima, Castor saltou de um dos cabos e aterrissou no meio da Cruzeta, sua Lanceta um borrão de luz azul. Os atiradores rebeldes pararam de atirar e olharam para o garoto mascarado empunhando uma arma incandescente de dois gumes. Foi seu erro.

Demorou cerca de seis segundos. Castor esquivou-se de seus golpes e tiros, em lampejos de luz roxa, lançando os rebeldes aos gritos por cima do corrimão e fazendo-os desabar no Nonágono abaixo. O jogo parou abruptamente e Holt pôde ver as multidões esvaziando as diferentes seções da arena em disparada, mas ele sabia que era tarde demais. Levaria minutos para que chegassem até ali e os rebeldes teriam concluído seu plano muito antes disso.

Balas continuavam voando. Holt notou uma caçamba de saques ao lado dele. Dentro havia uma pilha de coisas em recipientes separados por espuma. Granadas. Várias dezenas. Enquanto analisava tudo, uma ideia lhe ocorreu, insana, mas ele ficou surpreso ao perceber que ela não lhe provocava quase nenhuma aversão.

Holt pegou duas granadas, uma em cada mão. Elas eram frias e pesadas. Olhou por detrás do transportador pela última vez... em seguida simplesmente se levantou e saiu para *campo aberto*, andando para a frente.

Balas zuniam no ar e passavam rapando por ele. Holt nem sequer vacilou.

— Holt! — Era o grito de Ravan, horrorizada, atrás dele. Ele registrou ligeiramente o grito, mas a ignorou, continuando a andar casualmente através das balas que passavam zunindo.

Alguns rebeldes o viram. As suas armas se voltaram para ele e soltaram faíscas, mas Holt não sentiu nada. Aconteceria o que tinha de acontecer.

Mais alguns passos e ele estava no oleoduto, onde os dois rebeldes trabalhavam no maçarico. Eles olharam para ele em choque. Holt despachou o primeiro com um golpe com o punho que segurava a granada. O segundo, ele fez se chocar contra o cano e viu quando ele desabou no chão.

Balas zuniam ao seu redor, mas ele não se esquivou, apenas estendeu a mão para uma roda menor, a válvula para liberar a pressão da tubulação, usada para liberar o excesso de gás em caso de pressão elevada. Girou a roda e ouviu um assobio alto quando o vapor branco espiralou no ar.

— Cessar fogo! — uma voz jovem masculina gritou, e as balas dos rebeldes silenciaram instantaneamente. Holt ouviu Ravan gritar a mesma ordem. Ninguém queria disparar uma bala agora, especialmente na direção *dele*. Uma fagulha no gás liberado do enorme tubo iria detonar a coisa toda, e, provavelmente, fazer o Pináculo em pedaços.

O que tornou tudo ainda mais chocante foi ver que Holt tinha puxado os pinos das duas granadas e estava casualmente de pé em cima do oleoduto.

Todos na plataforma — os rebeldes, o Bando, Ravan — o encararam sem acreditar.

Holt não tinha soltado as alças das granadas, o que significava que assim elas não detonariam. Mas, se ele as derrubasse, digamos, depois de ser baleado...

— Isso não é algo que se veja com frequência — uma voz observou com ligeira diversão —, fiquei sem fala. — Ela pertencia a um garoto de aparência rude, com longos cabelos loiros presos num rabo de cavalo. Ele estava coberto de graxa e sujeira, mas Holt tinha a sensação de que isso não tinha nada a ver com a batalha. Rogan West, como Ravan o chamara, era o líder daquela rebelião inútil, mas Holt não o reconheceu. — Suponho que a ideia seja que, se atirarem em você, vai soltar as granadas... e *BUM*.

Holt só olhou para ele, sem demonstrar nenhuma emoção. Havia uma desenvoltura no olhar de Rogan, carisma também. Holt podia ver por que os outros o seguiam, embora isso não contasse muito.

— Isso, é claro, significa que você morreria também — continuou Rogan. — É isso que quer?

Holt deu de ombros.

— Engraçado. Não sei mais *o que* eu quero.

Rogan olhou para ele de um jeito pensativo, como se ele fosse um enigma a se decifrar. Talvez fosse, Holt pensou, mas a resposta era mais simples do que o garoto pensava. Simplesmente havia muito poder em não se ter nada a perder.

133

— Holt Hawkins — disse Rogan. — É você, não é?

Holt não respondeu.

— Você fez desse lugar um inferno quando matou Archer Marseilles. É a última pessoa que eu esperava que fosse ajudar Tiberius, muito menos morrer por ele.

— Eu preciso dele e do Bando intactos, e você está atrapalhando tudo.

— Ah. — Rogan assentiu, interessado e cético, ao mesmo tempo. — Então, a questão é *você*, não ele.

Holt estava perdendo a paciência. Ele sentiu as argolas frias das granadas em suas mãos.

— Esse cara está blefando — um dos homens de Rogan disse ao lado dele, a arma apontada para Holt.

Rogan balançou a cabeça.

— Não dá mais pra blefar, ele puxou os pinos. Está decidido. Eu gosto disso. Tem muito pouca gente hoje capaz de fazer o que promete. Por que você não vem trabalhar para nós? Fazer uma mudança real em vez de apenas contribuir para aumentar o poder de Tiberius?

A resposta foi simples.

— Porque você vai se dar mal.

Os rebeldes ficaram tensos em torno de Rogan, as armas tremeram em suas mãos, mas o líder só olhou para Holt, sem malícia. Ele parecia mais impressionado.

— Não é de fazer rodeios — disse Rogan. — Gosto disso também. Quando vir Tiberius... diga a ele que eu mandei um olá.

Holt franziu a testa. Os rebeldes se levantaram e foram até onde estavam seus feridos, ajudando-os a ficar de pé. Ninguém atirou neles, porque o gás ainda estava saindo da válvula. Segundos depois, estavam deslizando pelo Skydash.

Quando todos se afastaram, Holt fechou a válvula, dissipando o gás. Reforços do Bando estavam fervilhando na plataforma agora, armas em punho, mas não havia mais nada a fazer. Castor aterrissou ao lado de Holt num lampejo de azul e Holt notou um sorriso largo e satisfeito em seu rosto.

Ah, esses Hélices Brancas...

Castor se abaixou e pegou os pinos que Holt tinha deixado cair no chão e, enquanto Holt segurava as granadas, colocou-os de volta no lugar, desarmando-as. Estranhamente, isso não mudou muita coisa para Holt, ele reparou.

— Qual é o seu problema? — a voz de Ravan gritou atrás dele. O olhar em seus olhos quando ela avançou era de pura fúria. Claramente não aprovava o que ele tinha feito, mesmo depois de afugentar os rebeldes. — O Holt que eu conheço nunca faria um truque desses! — Ravan vociferou enquanto se aproximava, parando na frente dele. — Quem diabos é *você*?

Holt suspirou. Ele só queria que aquele dia chegasse logo ao fim, o acordo fosse cumprido e ele pudesse seguir o seu caminho. Mais do que tudo, queria ficar sozinho, onde não tivesse que fingir ser algo que não era, onde não tivesse que ser coisa alguma para mais ninguém. Ravan estava com raiva porque ela se importava com ele, mas aquilo não significava nada para ele. Era apenas mais um peso.

— O que você quer que eu diga, Ravan?

— Eu não quero que você *diga* nada, quero que você coloque a cabeça no lugar, porque o que eu vi não era a atitude de uma pessoa racional, pelo menos não de alguém com tanta responsabilidade quanto você. Você lembra mesmo *por que* veio até aqui?

Holt olhou para ela, distraído.

— *Você* se lembra de que não acredita em nada disso?

— Você está certo — ela respondeu com ardor. — Eu não acredito em nada disso, é insano e sem sentido, mas *você* acredita. Apaixonadamente. Ou pelo menos costumava acreditar.

— Você se importa com o que eu acredito? — Havia uma ponta de gelo em sua voz que ele nunca tinha ouvido antes. — Você mesma disse que não se importa, então por que simplesmente não me deixa em paz, droga? Seria melhor para nós dois.

Ravan olhou para ele com desdém, quase com nojo. Ela provavelmente via a ambivalência dele como uma fraqueza, e não havia nada que ela odiasse mais do que fraqueza. Ela sustentou o olhar e se aproximou, pontuando suas palavras.

— Ela *se foi*, Holt.

Era a última coisa que ele queria ouvir. Holt tentou se afastar, mas ela o agarrou e segurou-o no lugar.

— Ela *se foi*. É uma merda. Mas você vai ter que conviver com isso.

— Você acha que eu não sei, Ravan?

— Eu sei que dói, mas, se você apenas me deixar ajudá-lo, se simplesmente visse que...

Holt foi quem a agarrou então e a puxou para mais perto, a raiva dentro dele, a frustração com toda a responsabilidade que ele era forçado a suportar, finalmente vindo à tona.

— Eu não *quero* a sua ajuda. Eu não quero *nada*. Nem de você, nem de ninguém. Você precisa pensar em mim como alguém que morreu, porque é assim que eu me sinto. Você está certa, ela se foi. E *eu* também. Entendeu?

Ravan sustentou o olhar dele por um instante e depois, para sua surpresa, apesar do veneno e do desprezo em sua voz, ela balançou a cabeça em desafio. A emoção nos olhos dela se tornou raiva.

— Você é um *covarde*, sabia? Pode me repelir, mas não vou desistir de você. Eu não vou, não importa o que você me diga ou quanto se esforce para me afastar. Eu vou persegui-lo até que seja novamente a pessoa de que eu me lembro, vou vencê-lo pelo cansaço, juro por Deus. Você *não* vai ter escolha.

Ela saiu de perto dele e começou a andar, abrindo caminho em meio às pessoas. Holt acompanhou-a com os olhos, e pela primeira vez desde Bazar, sentiu um leve frêmito de emoção. Culpa talvez, ou algo mais terno, não tinha certeza. Ele observou até que ela desaparecesse na extremidade da plataforma e se misturasse com o resto do Bando, e, quando ela se foi, o que quer que ele tivesse sentido foi encoberto e enterrado com a mesma rapidez.

MASYN ESTAVA ENCARAPITADA PERTO do topo de uma das torres gigantescas da estranha cidade. As bandeiras tremulavam mais acima, e ela podia sentir um ardor mesmo com a intensidade do sol.

Castor era fácil de detectar, saltando na torre oposta a dela, em lampejos de amarelo e roxo, prendendo a atenção do Bando na plataforma sobre a grandiosa Arena no centro.

Holt foi mais difícil de localizar, misturado à multidão, mas, por fim, ela o viu, um dos poucos que não estava fugindo. Ela admirava a estratégia dos rebeldes, saltando dos cabos para a plataforma, disparando suas armas primitivas. Eles tinham propósito e destemor. Ela gostava ainda mais da estratégia de Holt, caminhando para a morte certa, granadas nas mãos, disposto a arriscar tudo.

Masyn sorriu e decidiu que ela gostava do Fausto. Era perigoso. Imprevisível. Caótico. Sentia-se mais em casa ali do que em qualquer outro lugar desde o fim das Terras Estranhas, e ela só estava ali havia alguns minutos. Queria saber o que mais aquele lugar reservava para ela.

Quando a batalha terminou e a pirata de cabelos pretos foi falar com Holt, Masyn observou-os enquanto se dispersavam.

Castor e Holt já tinham ficado em apuros, e não restava dúvida de que aquela era uma tendência que vinha para ficar. Masyn continuaria de olho neles, mas é claro que era esse justamente o plano. Infiltrar-se na cidade e observar. Ela ficaria ali até o anoitecer, então experimentaria aquele sistema de cabos que ligava as torres estranhas, com as bandeiras no topo. Ela se perguntou se conseguiria andar ao longo de um deles, como numa corda bamba.

12. TIBERIUS

A PONTA DA LANÇA ATRAVESSOU a placa numa chuva de faíscas verdes, e em seguida cantarolou de volta pelo ar, na direção da Lanceta de Castor, com um reverberante zumbido harmônico. A placa tinha uns dois centímetros de espessura, algo retirado de um antigo navio-tanque, e o cristal a perfurou como se ela fosse de papel.

A única reação de Tiberius foi o ligeiro arquear de uma sobrancelha, mas era preciso muito para impressioná-lo e ainda mais para causar uma reação. O poder do armamento dos Hélices Brancas era óbvio para qualquer um. Estava quase tudo acertado agora: ele iria fazer o acordo e Holt poderia finalmente dar o fora dali.

Eles estavam no topo do Pináculo do Comando, onde ficavam os aposentos particulares de Tiberius. A grande sacada tinha vista para todo o Fausto, e Holt tentou não pensar sobre onde estava. O quarto de Archer costumava ficar logo abaixo daquele.

— E os anéis? — perguntou Tiberius, com sua voz lenta e pensativa.

— Não fazem parte do acordo — Avril respondeu, de pé ao lado de Holt. — São muito perigosos para se usar sem treinamento.

Tiberius não deu nenhuma indicação de que aquilo era aceitável ou não. Simplesmente acenou para a Lanceta na mão de Castor, e o Hélice o fitou com cautela.

— Isso não é apropriado — disse Avril, obrigando-se a ser civilizada. — Um Hélice nunca divide a sua arma com ninguém. É um insulto grave até mesmo pedir.

Os olhos de Tiberius se moveram ligeiramente na direção da filha.

— Eu vou concordar com um negócio desse porte sem sequer tocar o que você me oferece?

Avril franziu a testa, então, depois de um instante, acenou para Castor.

Lentamente, ele entregou a Tiberius sua Lanceta. Aquilo deixou Holt inquieto, ver uma arma daquelas nas mãos de Tiberius. Mas o que importava? Ele faria o acordo e iria embora, e o Bando poderia fazer o que quisesse. Ele não estaria por perto para ver.

— Cada Lanceta é única — disse Avril. — A haste é entalhada e afiada pelo próprio dono quando ele conquista o direito de confeccionar uma, com galhos e materiais que coleta em sua busca por...

— Você realmente vê o Bando lutando dessa maneira? — Tiberius a interrompeu como se ela nem estivesse falando, enquanto girava lentamente a arma nas mãos. — Com lanças?

Holt já esperava a pergunta. Ele tomou a palavra e, quando o fez, a arma pareceu girar mais rápido nas mãos de Tiberius.

— É o cristal que interessa, é nele que está o poder. E pode ser moldado em praticamente qualquer forma que você quiser.

— Como a ponta de uma bala — disse Tiberius.

— Exatamente. — Ao lado de Holt, Avril fechou os olhos. Para ela, aquele acordo era um pesadelo, mas, como ele, ela não tinha escolha. Eles precisavam do Bando se quisessem salvar Zoey, e as armas eram sua única mercadoria negociável.

Holt e Castor tinham sido levados até ali por Ravan e depois deixados nos aposentos de Tiberius com Avril. O cômodo não era o que poderia se esperar. Era confortável, sem dúvida, mas completamente destituído de luxos materiais. Havia uma cama, uma mesa de jantar, cadeiras e um sofá, uma bancada com ferramentas, uma parede inteira cheia de prateleiras repletas de livros sobre assuntos técnicos e de engenharia, e uma mesa de desenho. A parede em torno dela estava forrada de plantas e desenhos do Fausto e de sua infraestrutura original.

A única coisa que podia ser considerada um luxo era uma arma medieval grande e antiga pendurada na parede perto da cama. Era a única coisa no cômodo cujo propósito não se reconhecia de imediato.

Além de Tiberius, havia dois guardas fortes e um garoto musculoso chamado Quade, que tinha o estranho hábito de olhar para tudo de esguelha. Tatuado na mão direita, ele tinha o touro laranja, símbolo da marca de armas Taurus, e sua estrela do Bando tinha sete pontas preenchidas, o que significava que era um Supervisor. Duas pistolas estavam dentro dos coldres de ombro duplos sob os braços. Ele era o chefe de segurança de Tiberius, que confiava em seus conselhos em todos os assuntos militares.

— Quade? — perguntou Tiberius, afastando-se com a Lanceta. — Qual a sua opinião?

O garoto não parecia impressionado.

— É poderosa, sem dúvida, mas não tenho certeza se poderíamos produzir munição em escala suficiente para valer a pena. No meu entender, é difícil e perigoso moldar esses cristais.

— O acordo *inclui* o *know-how* para produzirmos essa munição cristalina em quantidade, de acordo com as nossas especificações, de modo que isso não é problema — observou Tiberius. — Há um entrave maior que eu estava esperando que você percebesse.

Quade pareceu impaciente.

— O que seria?

— Os Mercadores do Vento. Eles já fizeram uma barganha para ter essa tecnologia. Se passarem a usá-la e nós não, o equilíbrio de poder vai mudar. Para mim as implicações disso podem ser preocupantes, e deveriam ser para você também. — Pela primeira vez desde que Tiberius tinha entrado no cômodo, ele olhou para Holt, a Lanceta ainda girando em suas mãos.

Holt devolveu o olhar. Era estranho, a falta de emoção. Esse encontro era algo que vinha sendo esperado havia muito tempo, mas, como tudo agora, não conseguia causar nenhuma emoção nele.

— Eu ouvi sobre o que você fez na Ala da Entrega — disse Tiberius.
— Foi... surpreendente.

— O tempo muda as pessoas, eu acho — Holt respondeu. Ele não tinha certeza do que aquilo queria dizer, mas era o que imaginava que Tiberius quisesse ouvir.

O líder do Bando estudou-o por longos segundos, mas não havia nenhuma maneira de adivinhar seus pensamentos.

— Você *de fato* mudou. Está... mais duro agora. Mais frio. Você foi ferido, não é?

Antes que Holt pudesse dizer qualquer coisa, Avril limpou a garganta.

— Eu acho que deveríamos voltar para...

Tiberius ergueu a mão para silenciá-la, seus olhos ainda em Holt.

— Engenharia sempre foi a minha paixão. Eu era engenheiro aqui, na verdade ajudei a projetar estas instalações bem antes de serem o Fausto. Sabia disso?

Holt não estava surpreso. Tiberius sabia muito sobre os mecanismos internos da estrutura, tinha desempenhado um papel muito proeminente na construção da cidade e não havia como negar sua genialidade em mecânica. O Nonágono, por exemplo, era uma obra digna de filme de terror, mas a competência que exigira para ser projetada era inquestionável.

Tiberius jogou a Lanceta para Quade e ela zumbiu ao cortar o ar. O garoto atarracado estudou a lança com ceticismo ao pegá-la, calculando o seu peso, ainda sem se mostrar impressionado.

— Você reparou na besta, certamente — disse Tiberius enquanto andava na direção da arma medieval na parede. Era maior do que parecia, quase tão grande quanto o próprio Tiberius, mas ele a segurou com facilidade. — Sabe por que eu a deixo aqui? Por que acho sua presença aqui relevante?

Holt não disse nada, estava ficando cansado daquele teatro. Queria acabar logo com aquilo para ir embora daquele lugar, mas Tiberius apenas continuou falando.

— Porque ela representa a *tomada* de poder — disse o homem incisivamente, como se aquilo tivesse um grande significado. — Um dos primeiros relatos do uso de uma besta é do engenheiro grego Heron, de Alexandria. Ele descreveu uma arma chamada "gastrafete", uma besta primitiva, mas que ainda podia disparar com muito mais força do que um arco comum disparado com a força de um braço humano. Impressionante, sem dúvida, mas não foi por isso que provocou uma grande mudança em todas as guerras em que foi usada. Qual você acha que foi a verdadeira razão?

A questão, estranhamente, não era dirigida a Holt ou a Avril. Tiberius estava perguntando a Castor. Levou um momento para o Hélice perceber que a pergunta era endereçada a ele. Quando percebeu, pensou por um instante e depois respondeu.

— Usar um arco requer anos de prática. Mas qualquer um pode disparar uma besta, depois que ela estiver carregada.

Um sorriso de Tiberius era uma coisa rara, mas ele exibia um agora. Parecia impressionado.

— Exatamente. A besta era simples, barata e fisicamente exigia tão pouco que podia ser manejada por um grande número de soldados comuns, por mais parvos que fossem. Ela mudou a coisa toda, e tudo por causa de um engenheiro qualquer da Antiguidade, que parou para pensar numa maneira de superar a limitação humana. Acho essa história... inspiradora.

O que aconteceu em seguida foi tão rápido que nem os instintos superaguçados de Castor conseguiram salvá-lo.

Ouviu-se um pulsar forte e vibrante quando a flecha de besta disparou e atingiu Castor no ombro, fazendo seu corpo rodopiar e cair no chão.

Antes que ele pudesse se levantar, Quade balançou a Lanceta como um taco e atingiu a cabeça do Hélice, fazendo-o sair rolando. Ele não se moveu depois disso. Hélice Branca ou não, quando algo tão denso como um cristal de antimatéria atinge seu crânio, você fica no chão. Holt olhou para o corpo inerte de Castor. Aquilo fazia tão pouco sentido, a rapidez com que tinha acontecido, a mudança da conversa para a brutalidade, que ele apenas ficou ali olhando, paralisado.

Avril empertigou-se no mesmo instante — sua reação teria sido rápida como um raio se tivesse tido uma chance —, mas Quade largou a Lanceta e pegou suas duas pistolas numa fração de segundo e apontou-as para Avril. O mesmo fizeram os dois guardas corpulentos perto da porta.

Avril congelou, arquejante e cheia de raiva. Ela olhou para o pai. Claramente, isso tudo havia sido planejado.

— Sem os seus aneizinhos tolos, garota, eu não acho que você seja rápida o suficiente para se desviar de balas — disse Tiberius quando se ajoelhou ao lado de Castor, arrancando lentamente cada um dos anéis dos dedos dele, tendo o cuidado de evitar que se tocassem. — Mas, se tentar, Quade tem ordens para alvejar você. Eu preferia evitar isso, a sua segurança significa muito para mim.

— O que você está *fazendo?* — ela perguntou com os dentes cerrados.

— Durante a dinastia Han da China — disse Tiberius calmamente a ela —, o exército do imperador não tinha bestas. Seus vizinhos, os Xiongnu, tinham inventado a arma e se recusado a comercializá-la, por mais riquezas que o Imperador oferecesse. Eles sabiam que, se fizessem isso, abririam mão da sua única vantagem militar. Assim, o Imperador invadiu Xiongnu e tomou a tecnologia deles. Dessa forma ele conseguiu, na época, conquistar a maior parte da Ásia.

Avril não pareceu se importar muito com a aula de História do pai.

— Este acordo era...

— Irrelevante. Se tivesse escutado alguma coisa do que eu disse, você teria percebido. O verdadeiro poder é sempre *tomado*, nunca é resultado de uma barganha. Esse é o nosso jeito de ser. Nós vamos *tomar* dos Hélices Brancas o que queremos. Não haverá nenhum "acordo".

— Eu juro... — Avril começou, mal controlando a raiva. — Vou lutar e...

— E morrer, sim, eu sei. — Tiberius levantou-se e foi até a prancheta de desenho, arrumando os anéis sobre ela, observando-os brilhar. Em seguida, voltou a colocar a besta em seu lugar na parede. — Você já disse isso. Mas por quê?

— Eles são meus amigos. — Avril parecia atordoada. — Castor é meu irmão, você não tem ideia do que nós...

— *SEU IRMÃO ESTÁ MORTO!* — Tiberius rugiu tão alto que sacudiu o cômodo.

O grito trouxe Holt de volta à realidade, até mesmo Avril deu um passo para trás. Foi a única vez que Holt ouviu Tiberius levantar a voz, e aquilo, por si só, já era chocante. Quando voltou a falar, a calma habitual havia retornado, mas o tom de voz ainda era inflamado.

— Esses "amigos" seus, este em particular, algum deles lhe contou a *verdade?* Disseram a você *quem* matou Archer?

Holt podia ver aonde ele queria chegar, o que Tiberius pretendia desde o início, provavelmente antes mesmo de ele chegar. Ele precisava de Avril, que ela voltasse a fazer parte do Bando, mas ela o odiava. Era preciso uma maneira de fazê-la questionar sua lealdade. Mesmo para Tiberius aquilo era brilhante.

— Diga a ela, Holt — mandou Tiberius, virando-se e olhando para ele com a fúria e o ódio que já não precisava mais esconder. — Diga a ela a verdade. Significaria muito mais se partisse de você.

Avril olhou para Holt e ele viu por trás dos olhos dela, podia vê-la montando as peças do quebra-cabeça, deduzindo o que ele estava prestes a dizer. A emoção dentro deles quase parecia implorar para que ele não dissesse. O que importava agora?, Holt pensou. O acordo estava acabado, sem que nunca tivesse realmente existido. Era tudo um ardil para atrai-lo de volta com Avril, e ele tinha funcionado às mil maravilhas.

— Fui eu — disse Holt e, quando o fez, ele viu um pouco da luz dos olhos de Avril se extinguir. — Eu atirei nele, bem aqui embaixo, no quarto dele. Eu fiz isso, e mais ninguém.

Ele poderia ter tentado explicar, contar o que Archer estava prestes a fazer, mas não havia nenhuma razão para isso. Estranhamente, as palavras lhe trouxeram alívio, não apenas porque ele estava de certa forma descarregando um fardo, mas porque sabia que, dizendo-as, estava selando seu destino, que seria misericordiosamente breve. Ele não teria que fingir mais.

Tiberius acenou para os guardas e Holt sentiu-os se aproximando.

144

— Você defenderia o assassino do seu próprio irmão? — perguntou Tiberius a Avril. — Você *morreria* por ele? Que tipo de "honra" eles lhe ensinaram naquele lugar?

Holt gemeu quando um dos punhos dos guardas golpeou-o no estômago. O segundo guarda usou os dois punhos e espancou-o até derrubá-lo. Chutes se seguiram, brutais, com força total. Ele sentiu a dor aguda de uma costela se quebrando, depois outra, sentiu o ar explodindo para fora dos pulmões.

Através da névoa de dor, Holt viu Avril olhando para ele. Era um olhar cheio de uma raiva que ele nunca tinha visto nela e, ao vê-la, a constatação de que tudo iria terminar daquele jeito incutiu nele uma estranha emoção.

Ele riu. Alto e amargamente.

Aquilo foi suficiente para paralisar os guardas. Eles olharam para Tiberius com um ar de interrogação. Em resposta, o homem se ajoelhou, bem no nível dos olhos de Holt.

Holt não disse nada, apenas continuou rindo, apesar de ferido. Algo naquilo tudo era divertido, o resultado final era exatamente o que ele tinha previsto e ainda assim ele tinha ido até ali de qualquer maneira. Era um idiota.

O mundo estava embaçado, uma mistura de dor e um torpor de sonho que parecia estar aumentando e, por baixo de tudo isso, alívio. Ele não tinha mais que fingir. Poderia simplesmente largar tudo e esperar que acabasse, e talvez em breve visse Mira novamente. O pensamento finalmente silenciou seu riso.

— Você não se importa, não é? — perguntou o rosto borrado de Tiberius. Holt sentiu uma mão agarrar seu cabelo e fazê-lo olhar nos olhos do líder do Bando. — Você está feliz com esse desfecho. Entendo. Bem, não se preocupe. Antes de tudo isso acabar, vou *obrigar* você se importar de novo, eu juro. Vai ser o meu presente para você.

Se fosse assim tão simples, Holt pensou.

Sua cabeça bateu no chão. Sentiu mais chutes e socos, mas a dor se fundiu com o segundo plano, desaparecendo até não haver nada além de escuridão.

13. MAL-ENTENDIDOS

ENQUANTO ANDAVA PELO PINÁCULO das Armas, Ravan tentava não pensar na sua última conversa com Holt. Ela não o via desde que o deixara com Tiberius no dia anterior e ele não tinha feito nenhuma tentativa de entrar em contato com ela.

Ainda bem, disse a si mesma. Tudo o que ele fazia era magoá-la. Ela estava muito melhor sozinha, sem ele por perto para ocupar seus pensamentos ou fazê-la sentir sua falta, mas seu coração continuava vazio.

Quem quer que tivesse lhe dito aquelas coisas não era Holt, e pensar que tudo o que ele já tinha feito na vida era para machucá-la não era verdade. Ele já a tinha feito sofrer, é verdade, mais do que ninguém, mas houve um tempo em que lhe proporcionou coisas que ninguém jamais deu. O senso de pertencer a alguém, um sentimento de segurança e a promessa de algo que ela nunca quis ou julgava ser possível. Salvação. Desde o início, percebeu, era isso que Holt significava, não apenas por causa das coisas que ela tinha feito ou a pessoa que havia se tornado, mas por causa de toda a escuridão que ela via no futuro.

Como seria não pertencer mais ao Bando, apenas... existir? Viver. Amar. Holt tinha sido a única pessoa a fazê-la pensar desse jeito.

— Sabe por que eu trouxe você aqui? — A voz de Tiberius a sobressaltou. Ela tinha esquecido que ele estava lá, esquecido onde estava. Enquanto andavam, os olhos de todos os piratas em seus turnos de trabalho cautelosamente os assistiam.

— Não — respondeu ela.

— Estou querendo saber o que você quer do seu posto de Comandante. É um posto importante, ele vem com responsabilidades importantes. Existem apenas doze, no final das contas.

Era verdade, quanto mais alto se chegava na escalada do poder, menos posições havia. Apenas quatro pessoas tinham conquistado a sétima posição hierárquica, a de supervisor, seguidores como Quade, o chefe da segurança, e Petra, o chefe da espionagem. O cargo de Consul, logo abaixo do próprio Tiberius, havia apenas dois, embora um deles estivesse vazio e já fazia algum tempo. O consenso popular era o de que essa posição era de Avril, que a assumiria quando quisesse. Não pela primeira vez, Ravan pensou que a garota era uma tola. Todo aquele poder, dado a ela de mão beijada, e Avril não estava nem aí. Não importava, um dia ele seria dela de qualquer maneira. Era apenas uma questão de tempo.

— Eu poderia aproveitar alguém com a sua tenacidade para reorganizar o Pináculo das Armas — Tiberius continuou, examinando o interior do prédio enquanto caminhavam. — Ele precisa... de alguém com uma nova visão das coisas.

O Pináculo das Armas era o único cuja plataforma era totalmente fechada, lacrada com paredes de metal e madeira grossa, e sempre fortemente vigiada. Dentro era o que se poderia esperar. Prateleiras carregadas de fuzis, pistolas, espingardas, granadas e até mesmo coisas mais perigosas como lançadores de mísseis e canhões antiaéreos, tudo isso saqueado e pilhado das ruínas do Mundo Anterior. Quando eram caçadores de tesouros, Ravan e Holt haviam ajudado a encher mais prateleiras do que a cota que lhes cabia naquela sala.

Mas o Pináculo das Armas não era só um depósito de armas. Faíscas saíam de dezenas de maçaricos, enquanto o Bando reparava e modificava os armamentos. Perto dali, dez piratas manejavam a forja, utilizando máquinas para compactar e criar o suprimento inesgotável de balas de que o Bando precisava. A forja funcionava vinte e quatro horas por dia, em quatro turnos — não havia outra maneira de conseguirem suprir a demanda. O Pináculo também era onde ficava a prisão do Fausto, embora eles não tivessem chegado nela ainda. Ficava no centro da velha torre em torno da qual aquele lugar tinha sido construído.

Tiberius estava certo, ela *de fato* era capaz de fazer aquele lugar funcionar melhor. Uma parte dela poderia até gostar dessa tarefa. Um olhar superficial já revelava algumas boas maneiras de melhorar a produtividade só na linha de reparos, mas o problema em alcançar um posto mais alto era que muitas das incumbências que o acompanhavam eram de matar de tédio. Dirigir o Pináculo das Armas não tinha nada a ver com ela e certamente não se encaixava em seus planos.

— Eu esperava fazer algo em campo — Ravan respondeu com cautela. A oferta de dirigir o Pináculo era uma honra; ela não queria parecer ingrata, mas pretendia deixar suas intenções bem claras. Tiberius respeitaria isso. — Ser Comandante de Zona. Algo perigoso, algo que ninguém mais quer. Me dê qualquer zona em que você teve pouco sucesso e todo ano vou torná-la duas vezes mais lucrativa.

Era uma afirmação ousada, mas não havia arrogância. Ravan era capaz disso.

Tiberius assentiu enquanto caminhavam.

— Eu já desconfiava, considerando que você pretende um dia desafiar a liderança.

Ravan por pouco não tropeçou ao ouvir as palavras dele, mas Tiberius não parecia nem um pouco preocupado.

— Suas intenções são evidentes para quem quer que seja — disse ele. — Constantemente solicitando missões em campo, pedindo o que ninguém mais quer, seja caçar tesouros ou comandar um navio no Mississippi... ou encontrar minha filha. Você estudou e aprendeu a fundo cada regime tático que oferecemos; na verdade, você é uma das guerreiras mais habilidosas que temos, e tudo isso para um dia ter condições de desafiar a liderança e *vencer*.

— Tiberius... — Ravan começou, mas ele fez sinal com a mão para que ela não o interrompesse.

— Eu respeito o caminho que você escolheu, seu plano de tomar o poder que acha que merece, por que eu iria me sentir ameaçado? Você pretende *me* desafiar?

— Nunca — Ravan disse sem rodeios, e estava sendo sincera. Respeitava Tiberius, mais do que qualquer pessoa em sua vida.

— Eu valorizo sua lealdade, há muito poucos em quem eu confie mais. Não tenho certeza se já lhe disse isso. Às vezes eu sinto... — Ele parou, olhando além dela. Ele era um homem que sempre calculava muito bem quanto iria revelar, sempre pesava os riscos. Era o que o mantivera vivo, o que lhe permitira alcançar o que tinha conquistado. — Avril nunca foi a mais terna das filhas.

Os pensamentos em Holt se desvaneceram. Aquela era uma confissão incrível, ela nem sabia bem o que dizer.

— Estou feliz que você me considere uma pessoa digna.

— Você devia saber que não tenho nenhuma objeção a que desafie o meu sucessor, mesmo que seja Avril. Foi assim que projetei o sistema, a seleção natural em que o mais forte ascende ao poder.

Ravan estava surpresa. Não se sentir ameaçado pelo desejo dela de desafiá-lo para conquistar a liderança era uma coisa, mas não se importar se por acaso o líder desafiado fosse a filha dele, a herdeira que ele estava preparando, era outra bem diferente.

Ele pareceu perceber a surpresa dela.

— Um líder é tão poderoso quanto os inimigos que derrota. Se Avril de fato me suceder, então será muito útil para ela ser desafiada por você.

— E se eu ganhar? — perguntou Ravan, com mais do que um leve desprezo na voz.

— Então o Bando será liderado pelo mais poderoso. De qualquer forma o meu legado está garantido.

Fazia sentido da maneira como ele colocava. Ela só tinha de ter certeza de que chegara a hora certa, e isso a fez se lembrar de outro obstáculo.

— Como é que Rogan West conseguiu tomar dois Pináculos? — ela perguntou e por uma boa razão. Eliminar a ameaça dos rebeldes era uma necessidade. Se vencessem, West sem dúvida assumiria o cargo máximo do Bando e todos do alto escalão de Tiberius seriam executados, inclusive os Comandantes.

— Da mesma forma que eles tentaram perturbar as operações da Ala da Entrega — Tiberius respondeu. — Usaram uma partida do Nonágono para tirar as pessoas das plataformas, então investiram com força total. Ocuparam os dois Pináculos aquele dia, Oficinas Mecânicas e Comunicações, eletrificaram os fios do Skydash que convergiam para eles e mantiveram os guardas de prontidão durante vinte e quatro horas. Quade estima que o exército rebelde seja de quase mil.

Se isso fosse verdade, representava o maior desafio à sua liderança que Tiberius já tinha enfrentado. Era impressionante, de fato. Organizar aquele enorme contingente, convencendo as pessoas a apostar suas vidas no sucesso da rebelião. Rogan devia ser um líder carismático.

— Agora você vê por que encontrar Avril era tão importante — Tiberius disse a ela. — Se for provado que a minha influência se estende até as Terras Estranhas, a percepção do meu poder aumenta. Já dá pra ver que o ânimo é outro desde o retorno dela.

— Mas ela vai cooperar? — perguntou Ravan. Até o momento, Avril não tinha dado mostras de que aquela era ao menos uma possibilidade remota. Ela parecia odiar Tiberius e o Bando.

— Eu... continuo esperançoso de que ela vai se aproximar de mim com o tempo.

— Mesmo que não se aproxime — Ravan respondeu —, você ainda tem o acordo com os Hélices Brancas. Devia demonstrar o armamento quanto antes, amanhã mesmo, vamos deixar todo mundo ver o que você fez.

Ele diminuiu o passo até parar e Ravan examinou o local onde estavam. Era o centro da plataforma, onde os enormes degraus de aço da torre continuavam em direção ao andar de cima, a única parte do arsenal que não tinha um teto. Novas seções de metal tinham sido soldadas acima e abaixo, um sistema de trilhos para baixar, erguer e manejar o que ficava a meio caminho: fileiras de "cápsulas" de madeira, de quatro metros quadrados, cinquenta ao todo.

Eram as "celas" da prisão do Fausto, grandes o bastante para se deitar dentro delas, mas sem luz nem janelas. Ravan contraiu o rosto ao vê-las. Não havia nada que ela detestasse mais do que ficar trancada, não conseguia se imaginar dentro de uma daquelas coisas, nem mesmo por um dia. Correntes grossas pendiam do topo, parte das roldanas e manivelas que moviam as celas, e suspenso numa delas, com o corpo fortemente amarrado, havia uma pessoa.

Ela estava tão imóvel que levou um instante para Ravan sequer notá-la.

— Uma demonstração? — Os olhos de Tiberius estavam sobre a figura suspensa. Algo na intensidade de seu olhar fez Ravan olhar mais de perto para a forma flácida. — Haverá *definitivamente* uma demonstração.

Levou apenas alguns segundos dessa vez. Principalmente diante da visão da mão direita, uma das poucas partes que não estava completamente coberta de sangue. Havia uma tatuagem ali, inacabada. Se ela já tivesse sido concluída... seria exatamente como a *dela*.

Ravan sentiu uma avalanche de emoções dentro dela, sucedendo-se com a rapidez de uma metralhadora. Raiva, culpa, horror, dor, tristeza, choque, todas elas explodindo numa onda volumosa varrendo seu corpo e quase levando-a a nocaute.

Seus punhos se cerraram. Ela mordeu o lábio inferior até sangrar, mas não sentiu nada.

A náusea contraiu seu estômago e, durante todo o tempo, seus olhos ficaram pregados em Holt, pendurado pelas correntes, o sangue escorrendo e pingando no chão. Ao mesmo tempo sua mente trabalhava para encontrar alguma forma de explicar o que estava vendo, porque simplesmente *não poderia* ser o que parecia.

— Não há por que se envergonhar da sua reação. — A voz de Tiberius falou em seu ouvido, fria e desapaixonada, mas como se estivesse a milhares de quilômetros dali. O corpo de Ravan tremia, ela não conseguia piscar, só conseguia olhar para ele, sentindo na própria pele cada ferimento que via em seu corpo, e eram muitos.

— Ele era um dos poucos que já foram próximos a você. Eu entendo, Ravan, mas, como eu... expliquei para Holt, o perdão é uma fraqueza. Você sabe disso melhor do que ninguém.

O corpo dela estava dormente. Não tinha certeza nem mesmo se ainda estava de pé.

— Holt era um traidor. Ele fez coisas que não merecem perdão. — Havia um ligeiro ardor na voz de Tiberius, a única indicação do ódio fervilhante abaixo da superfície. — Matou meu *filho*. Diminuiu o meu poder, não tive escolha.

Ela podia ver que havia mais que hematomas no corpo de Holt. Havia cortes também, eles tinham usado uma faca. Ela fechou os olhos... e o mundo se inclinou, ameaçando engolfá-la. Isso não podia estar acontecendo. Não podia...

— O poder não reclamado deve ser tomado — Tiberius recitou. — O poder perdido deve ser retomado.

Era o mantra do Bando e Ravan o conhecia muito bem, ela tinha repetido aquelas palavras em todas as cerimônias nas quais cada ponta de estrela era preenchida em seu pulso esquerdo. Ela sabia as palavras tão bem, na verdade, que deveria ter previsto aquilo. Não havia como barganhar com Tiberius Marseilles, não importava o que lhe fosse oferecido, mas ela não se permitira acreditar.

Ravan abriu os olhos novamente. Ela só conseguia prestar atenção no peito de Holt subindo e descendo sob as correntes.

— Ele não está morto.

— Não. Ele é muito forte, mas sempre foi, não é? Forte... e esperto. É uma pena quando se pensa no poder que ele poderia ter agregado ao Bando.

— O que vai acontecer com ele agora? — Ravan se forçou a perguntar.

— Será executado em público e, em seguida, amarrado no Pináculo das Armas. Um símbolo não só para os rebeldes, mas para *todos* do Bando, de que o poder perdido foi *retomado*.

— E o acordo? Com os Hélices Brancas?

— Quando cuidarmos de Rogan e de seus rebeldes, uma grande força de combate vai seguir para o oeste, em direção a San Francisco. — Tiberius deu alguns passos lentamente em volta dela, vindo de trás, sua voz fria e calculista. — Vão espalhar que o acordo foi finalizado. Vão entrar no acampamento ali, ser recebidos como aliados. E então... vão matar cada um dos Hélices Brancas e Mercadores do Vento que encontrarem e tomar a tecnologia Antimatéria. É *assim* que o Bando age. Acordos e mediações são para Mercadores do Vento.

Ela o sentiu rodeando-a, analisando-a como nunca tinha feito antes.

— Eu gostaria que *você* conduzisse essa força de combate, Ravan. Você viajou com eles, vai saber a melhor maneira de abatê-los. Depois vou lhe conceder o que quer. O Comando da Zona Leste, todos os navios ao longo do Mississippi. Nos próximos anos, essa posição vai prepará-la bem para desafiar a minha filha.

Uma parte dela, lá no fundo da sua mente, reconheceu que tinha conseguido tudo o que queria, mas aquilo não despertava nenhuma emoção nela agora, seus olhos estavam fixos em Holt.

Ela e Tiberius estavam bem longe da parte principal do Pináculo. Não havia guardas. Nenhum funcionário nas proximidades. Apenas alguns piratas cumprindo tarefas na prisão acima, mas eles estavam longe demais para fazer alguma coisa. Ela poderia matar Tiberius ali mesmo. Pegar a faca e enterrar até o punho no peito dele, tão fundo que nunca sairia.

— Eu queria mostrar isso a você pessoalmente — disse Tiberius. As palavras eram ponderadas. Ele estava muito consciente do que ela estava sentindo. — Para ter certeza de que nós... estamos nos entendendo.

Ravan se obrigou a desviar o olhar, pela última vez, da figura presa às correntes, a única pessoa que já havia zelado por ela enquanto ela dormia, a única pessoa que Ravan um dia se permitira amar. A emoção estava estampada em seu rosto, ela tinha certeza, mas se obrigou a olhar nos olhos do homem e sustentar seu olhar.

— Não — ela garantiu. — Não há mal-entendidos entre nós.

RAVAN SE JOGOU contra a porta do Pináculo para abri-la e bateu com tudo no parapeito que circulava o curto perímetro descoberto da enorme plataforma. Arfou alto, como se estivesse se afogando e finalmente conseguisse respirar. Lágrimas escorriam, quentes e amargas, soluços incontroláveis se acumulando em seu peito, e ela nem sequer olhou para ver se alguém estava vendo.

A imagem dele, pendurado ali, ardia em sua mente. Ela *nunca* esqueceria aquela imagem, tinha certeza. Os cortes, os hematomas, o sangue, a forma não natural como ele estava pendurado nas correntes como uma espécie de espantalho estropiado.

Deus...

O pior de tudo? A culpa era só dela. Fora ela quem o incentivara a voltar, tinha até traçado o plano para que ele fizesse isso, o que dizer a Tiberius, o que oferecer e como, e tudo por razões egoístas, se ela quisesse ser brutalmente sincera. Ela o queria ao seu lado, queria tê-lo ali novamente, no lugar a que ele pertencia...

Uma parte da sua consciência estava calculando a última vez em que ela havia realmente chorado. Tinha sido aos 8 anos de idade, quando ela morava num estacionamento de trailers deserto nos arredores de Las Cruces, e seu pai tinha feito o que fizera enquanto sua irmã assistia. Ela se permitiu chorar depois, mas, quando enxugou a última lágrima, disse a si mesma que aquilo nunca mais aconteceria. Deixou de ser criança aquela noite, porque tinha que se tornar alguém mais forte, e ela sempre se orgulhara disso e vivera segundo essa intenção até aquele momento.

As lágrimas continuavam caindo. Elas não iriam parar.

Controle-se, advertiu aquela mesma parte da sua consciência, a que tinha erguido a cabeça e se obrigado a seguir em frente durante todos aqueles anos desde então, aquela parte fria e sombria que sempre cuidara dela. *Recupere. O. Controle.*

Ravan aquiesceu e enxugou as lágrimas com raiva, limpou o rosto, forçou-se a respirar e a ficar de pé sem se apoiar no corrimão. Olhou em volta e confirmou que não havia ninguém por perto, ninguém que pudesse ver a cena. Os outros Pináculos elevavam-se em direção ao céu, as chamas brilhando no ar quente do deserto. Pessoas enxameavam as plataformas ou deslizavam pelos cabos suspensos, milhares delas. Era o lugar onde ela tinha vivido por muito tempo, o único a que ela costumava sentir que pertencia. Agora tudo aquilo lhe parecia desconhecido.

Eles iriam colocá-lo numa das celas à noite, queriam que estivesse lúcido na hora da execução. Ela sabia onde ele estaria. Ela era respeitada, podia chegar até ele. Ninguém suspeitaria, nem mesmo Tiberius. Ela tinha garantido isso, tinha dito a ele que estava com raiva, mas que sabia quando algo não tinha volta, e aquilo definitivamente não tinha. Sua sede de poder superava sua sede de vingança.

Era o que ele queria ouvir. Se ela tivesse dito que não se importava que Holt fosse pendurado no Pináculo como sucata, ele teria reconhecido a mentira e provavelmente a mataria ali mesmo.

Ela ainda fazia parte do grupinho de privilegiados. Poderia libertá-lo.

Ravan sentiu um calafrio. Olhou para a estrela de oito pontas em seu pulso esquerdo, cada uma das pontas como lanças de ferro afiadas. As duas novas que ela recebera na noite anterior estavam pintadas de vermelho agora, e ainda ardiam. Só faltavam dois degraus para ela chegar onde queria. Estava ao seu alcance agora, tudo se alinhava perfeitamente.

Tudo o que ela queria.

Será que jogaria tudo para o alto? Era isso o que ela estava *realmente* pensando? Para quê? Por *ele*? Enquanto Holt estava lamentando a perda de alguém que ele amava mais do que ela?

Mesmo assim... era Holt. A imagem dele preso àquelas correntes...

Ela conseguiria ir embora e deixá-lo ali? Conseguiria, é claro. Aquela parte dela, a mesma que a queria forte para poder sobreviver, conseguiria. Mas esse seria o fim da linha para ela. O fim do seu último resquício de humanidade, as partes que Holt sempre mantivera vivas, aquelas que a presença dele nunca tinha permitido que se extinguissem. Quem ela seria depois? Será que o poder realmente valeria a pena se fosse àquele preço?

— Maldito seja, Holt! — resmungou ela, sentindo as lágrimas se formando novamente. — Maldito seja!

Recupere. O. Controle.

Muito bem. Ela piscou para afastar as lágrimas, se concentrou em sua raiva, sempre a emoção mais útil, a que a deixava mais focada. Se ela iria fazer aquilo, se *realmente* iria, então mãos à obra. Tinha tomado uma decisão, então precisava se ater a ela, não ficar ruminando a respeito como uma fracote.

No entanto, Ravan não poderia fazer aquilo sozinha. Libertar Holt era uma coisa, tirá-lo do Pináculo vivo era outra. Ela precisava de ajuda, tanto antes quanto depois daquela provação. O "depois" era óbvio, embora isso significasse uma mudança radical em seu futuro. O "antes" era o verdadeiro problema. Seus homens eram fiéis, eles já tinham lutado e sangrado juntos, alguns poderiam segui-la, mas outros também eram leais a Tiberius, e não havia nenhuma maneira real de distinguir uns dos outros. Raven só conseguia pensar em outra solução, presumindo que suas suposições sobre os planos da garota estivessem corretas.

Mas onde encontrá-la? Masyn era uma guerreira dos Hélices Brancas, não um mestre do disfarce. Ela não iria tentar se misturar, ela se esconderia e observaria, mas a partir de onde?

Por fim, a resposta lhe ocorreu.

Ravan olhou para onde as torres dos Pináculos se estendiam em direção ao céu, as imensas labaredas de fogo ondulando acima. Ela franziu a testa diante da obviedade da resposta.

— Naturalmente.

14. ROSE

ZOEY ACORDOU NUMA SALA QUADRADA, na penumbra, com paredes do mesmo metal estranho e organicamente fluido. E tudo ali dentro estava fora de lugar. Ela estava deitada numa cama com um lindo dossel vermelho e um laço branco de renda no alto. Havia dois sofás: um de couro preto e outro que parecia tirado de um museu, com uma estampa floral vibrante. As paredes estavam cobertas de quadros e pôsteres, e nenhum deles parecia ter o mesmo tema. Tudo na sala parecia ter sido escolhido a esmo.

Zoey saiu da cama e observou o quarto mais perto. Era definitivamente melhor do que o casulo apertado, mas as tentativas óbvias de fazê-la se sentir num ambiente mais familiar só o tornavam mais perturbador. Não havia janelas nem portas, e essa constatação a assustava. Será que ela tinha sido trancada numa prisão, onde ninguém jamais a encontraria?

A parede do outro lado do quarto estremeceu e se dissolveu de repente, mas não exatamente como se estivesse derretendo; era algo mais mecânico do que isso, como peças microscópicas se movendo e assumindo novas formas, enquanto os padrões ondulantes na superfície fluíam numa nova direção. Surgiu uma porta, que permitia a visão de um corredor mais além, do mesmo metal preto.

A mulher bonita do laboratório, a mesma com que Zoey tinha ajudado a entidade a se fundir, entrou no quarto carregando uma bandeja de prata tão despropositada quanto todo o resto. Ela fez uma pausa, surpresa ao ver Zoey fora da cama.

— Eu queria estar aqui quando você acordasse. Sinto muito.

Zoey não disse nada. Era estranho olhar para ela. As únicas lembranças reais que tinha da época anterior aos Confederados, antes da invasão, tinham partido do Oráculo, e mesmo aquelas ela sentia como se fossem de outra pessoa. Independentemente disso, a mulher na frente dela parecia quase idêntica à lembrança que tinha visto aquela noite, quando Zoey e a mãe tinham testemunhado a invasão, no dia em que tudo começara em Bismarck, mas não poderia ser ela...

A mulher usava calça azul e uma blusa branca levemente ajustada ao corpo. Seu cabelo, de um loiro reluzente, estava preso numa trança frouxa nas costas. Ela era a única coisa no quarto cuja aparência não parecia aleatória.

Zoey percebeu algo estranho. Ela não conseguia captar *nenhuma* emoção da mulher na frente dela. Na verdade, não havia nenhuma outra sensação das centenas de milhares de Confederados ali também. Como no casulo, o silêncio era uma bênção, mas a incomodava perceber quanto era fácil para eles bloquear sua capacidade.

— Espero que você não tenha ficado apavorada — disse a mulher. — Eu teria, se acordasse desse jeito.

Zoey não disse nada. A mulher observou-a de um jeito esquisito, como se a reconhecesse e ao mesmo tempo não. Por fim, foi até a mesa de vime, com cadeiras desemparelhadas, e colocou a bandeja sobre ela. Zoey não precisou olhar para saber que ali estava seu café da manhã. Ela podia sentir o cheiro. Comida quente de verdade. Seu estômago roncou com o pensamento.

— Eu sei que está com fome, Zoey — disse a mulher. — Como está se sentindo? Você dormiu por mais de uma semana.

Zoey permaneceu em silêncio. Ela deu uma olhada atrás da mulher, parada no umbral da estranha porta.

— Será que esta forma assusta você? — A mulher se ajoelhou para ficar no nível dos olhos de Zoey, mas não fez nenhuma tentativa de se aproximar. Ela parecia perplexa, desapontada com o silêncio da menina. — Esperávamos o oposto. Ela é do seu passado, não é? Alguém que significou muito para você. Ninguém vai feri-la aqui, eu juro. Você é mais bem-vinda do que qualquer entidade em todo o universo.

Zoey apenas ficou olhando para a porta, a uns três metros de distância.

— Eu decorei este quarto para você — continuou a mulher. — Você gosta? É baseado nas suas lembranças. Este nível da Cidadela foi feito para *nós*. Orientação horizontal em vez de vertical, eu acho que você vai...

Zoey correu tão rápido quanto podia, desviando-se da mulher.

— Zoey! — a mulher gritou, se lançando na direção dela, mas já era tarde demais.

A porta começou a estremecer de novo, a assumir outra forma, mas Zoey já tinha passado por ela. Ela ouviu a porta voltando a se abrir, sabia que a mulher iria persegui-la; ela tinha que correr.

Seu plano não era fugir, não era por isso que ela tinha vindo. Ela estava dentro da estrutura mais poderosa dos Confederados e a resposta para derrotá-los devia estar ali em algum lugar. Ela tinha que encontrá-la.

Quando irrompeu no corredor, sua mente de repente foi invadida por sensações. Isso a fez hesitar, as emoções súbitas e os pensamentos dos Confederados. Eram tantos que lhe causaram uma vertigem. O quarto do qual ela tinha acabado de fugir devia ter um isolamento para evitar que se conectasse com os alienígenas, e agora ela estava fora da sua proteção.

Zoey recuperou o equilíbrio e correu por um corredor feito das mesmas formas negras ondulantes e orgânicas, e o jeito como elas fluíam fazia parecer que a coisa toda se espiralava na frente dela. A mulher não tinha mentido; tudo ali era disposto horizontalmente e também excessivamente decorado. Cartazes de filmes cobriam as paredes, pinturas estranhas em estilos variados, imagens de pessoas e lugares de que ninguém mais se lembrava.

Zoey ignorou tudo. O corredor ondulante se ramificava em quatro direções mais à frente. Ao chegar a uma intersecção, virou à direita...

... e gritou quando duas máquinas avançaram na direção dela. Ela já tinha visto essas antes, ao chegar. Quatro pernas, talvez um metro e meio de altura, corpos esquálidos e quatro braços que mais pareciam tentáculos. Três olhos ópticos, vermelho, azul e verde, olhavam para ela.

Elas golpeavam o chão a cada passo, os estranhos braços estendidos.

— Zoey! — A mulher de novo, vindo de trás, do final do corredor.

Zoey recuou e seguiu outro caminho. O corredor ficou mais sinuoso, movia-se em ondas à sua frente, fazendo curvas que ela tinha que contornar, e não havia como saber o que a esperava do outro lado do...

Ela estancou, sobressaltada.

Em frente a ela o corredor terminava numa monumental estrutura maciça, que se estendia ao seu redor, para cima, para os lados e para *baixo*, tão para baixo que não era possível sequer ver o fundo.

Zoey viu naves e caminhantes movendo-se ao longo das paredes e cruzando o ar, e suas projeções encheram sua mente. O complicado sistema de trilhos sulcava o chão e se ramificava à medida que subia pela parede do poço, milhares de casulos e plataformas zumbindo no ar mais abaixo.

Tudo ali naquele lugar manobrava e tinha sido construído em torno do centro, e no centro havia a mesma coluna intensamente brilhante de energia, cada partícula dela quase visível, elevando-se em direção ao topo. Ali, as entidades cristalinas entravam e saíam dela, e como antes, era tudo lindo. A visão a fez hesitar.

— Zoey! — a mulher gritou novamente, sua voz mais perto. Não havia para onde correr. Desesperada, Zoey olhou para cima e para baixo, tentando encontrar um corrimão ou qualquer coisa em que pudesse...

Alguma coisa aconteceu.

Bem diante dos seus olhos, a energia da coluna gigantesca começou lentamente a se curvar *na direção dela*.

Enquanto isso acontecia, as projeções em sua mente foram abafadas por um novo som. Algo estático, distorcido e poderoso. Era fascinante observar toda aquela energia estranha e fluida se curvar e se estender para a frente, como se quisesse alcançá-la.

Ela sentiu um forte desejo de ajudá-la, tocá-la, e começou a estender a mão...

— Zoey! *Por favor!* — A voz da mulher desviou a atenção da garota da energia. Não porque fosse alta ou estivesse perto, mas por causa da *emoção* que ela de repente sentiu na mulher. Emoção verdadeira, a primeira que ela tinha percebido.

Zoey virou-se e viu-a de pé a poucos metros de distância, as estranhas máquinas atrás dela esperando. Onde antes não havia nenhuma emoção agora havia medo e preocupação, até mesmo pavor, e tudo isso com a ideia de que Zoey pudesse se machucar.

Então veio a confusão. Confusão, em primeiro lugar, por ter esses sentimentos. Zoey não precisava captar as emoções da mulher para saber, aquilo estava escrito na cara dela. Ela estava sentindo emoções... e isso não era esperado.

Quem *era* ela?

— Não se aproxime! — Zoey gritou e deu um passo em direção à borda, a energia da enorme coluna ainda mais perto.

— Zoey — começou a mulher. — Eu sei que você está com medo e que nada disso faz sentido, mas, neste momento, aqui atrás comigo é o único lugar seguro para você.

— Você se parece com a minha mãe — disse Zoey. — Mas isso não é possível.

— Você vai voltar para o nosso quarto para que eu possa explicar?

— Não.

O desespero da mulher estava aumentando e Zoey sentiu uma ideia se formando na cabeça dela, uma ideia que ela achou desagradável, mas colocou-a em prática de qualquer maneira. Os sentimentos da mulher se voltaram para dentro, vasculhando as lembranças dela como um bibliotecário vasculhando um arquivo, à procura de algo, até encontrar.

— Quando você era muito pequena, havia uma música que você adorava. Você cantava várias e várias vezes ao longo do dia, você se lembra?

Zoey enrijeceu. Essa mulher, quem quer que fosse, *não* era sua mãe. Ela olhou em volta de novo, tentando encontrar uma rota de fuga... então pura música encheu seus sentidos e se sobrepôs a tudo.

Era uma canção de que ela mal se lembrava. Uma melodia simples, mas que evocava coisas grandiosas dentro dela.

Você é o meu sol, o meu único sol...

Zoey olhou para a mulher, os olhos fixos nela. Imagens surgiram em sua memória: essa mulher e outra, as duas muito semelhantes na aparência, ambas belas e próximas, cantando com ela.

Você me faz feliz quando o céu está cinzento...

A canção durou alguns segundos mais, a sua melodia fluindo na cabeça de Zoey, até que se dissipou no ar e se perdeu. Ela estremeceu, tentando reter as lembranças, mas elas escorreram como água através dos dedos.

— Como você se sentiu, Zoey? — perguntou a mulher.

Zoey não respondeu. Ela não tinha certeza.

— Vamos combinar uma coisa. Volte comigo e me deixe explicar e, se você ainda quiser, pode ir embora. Ou você pode escolher ficar e eu posso despertar mais lembranças. Muitas outras. Você vai finalmente poder saber a verdade, de uma vez por todas. O seu destino, quem você realmente é... e quanto é amada aqui.

Zoey olhou para trás, para o buraco fundo mais abaixo e a imensa coluna de energia, se curvando cada vez mais, quase chegando aonde ela estava. Ela podia sentir o calor emanando dela agora...

A mulher ofereceu a mão.

— Tudo que você tem a fazer é ouvir. Isso não é tão ruim, é?

Havia ainda um resquício de sentimento deixado pelas lembranças, uma leve afeição se agitando dentro dela. Zoey não tinha ideia de que ele lhe causaria esse tipo de efeito e nem de quanto queria senti-lo novamente. Além disso, a mulher estava oferecendo exatamente o que Zoey tinha ido ali buscar. Respostas.

Aos poucos, com cautela, ela deu um passo à frente e pegou a mão da linda mulher.

ZOEY OLHOU PARA A COMIDA que ainda estava sobre a mesa, mas não fez menção de pegá-la.

— Você ainda não comeu — disse a mulher. — Precisa comer para ficar saudável. Por favor. — Ela apontou para a bandeja. As emoções que

Zoey tinha sentido irradiando da mulher haviam desaparecido agora. Ela não estava exatamente sem emoções, mas havia alguma coisa... como se estivesse mais "distante" dela.

— Se eu responder às suas perguntas, você vai comer? — perguntou a mulher.

Zoey não disse nada, mas no fundo achou que era uma troca justa.

A mulher devia ter sentido a decisão, pois sorriu um pouco.

— Pergunte — disse ela.

— Como você fez isso antes? — perguntou Zoey. — Trazer de volta as minhas lembranças?

— Elas são minhas também. — No momento em que a mulher disse as palavras, ela se encolheu como se tivesse falado algo incorreto. — Não... Quero dizer, eram *dela*.

A mulher pareceu confusa, um tanto apreensiva, mas isso só durou um segundo.

— Você não é ela — disse Zoey. — Minha mãe estava comigo quando as Terras Estranhas se formaram, o Oráculo me mostrou. A Torre Partida disse que eu sou o único "resto", a única pessoa que não foi varrida dali.

— Eu nunca disse que era a sua mãe, Zoey.

Zoey hesitou.

— Mas...

— Todo mundo sempre dizia que elas eram parecidas. Diziam que elas poderiam ser... — A mulher parou, lutando para encontrar uma palavra.

— Gêmeas — Zoey terminou por ela, começando a entender.

A mulher assentiu com a cabeça e sua voz tinha um tom ligeiramente assombrado agora. Zoey podia sentir mais emoção tentando se formar.

— Sua mãe era mais nova do que eu, do que *esta forma*; tinha um ano a menos. Você costumava nos visitar, nesta mesma cidade. Você se lembra?

Zoey balançou a cabeça. A mulher fechou os olhos.

Imagens ganharam vida na mente de Zoey. Duas mulheres. Uma o Oráculo tinha mostrado a ela, a outra era a mulher ali agora, e ela parecia quase idêntica à primeira. Elas andavam de mãos dadas com Zoey, cada uma segurando uma mão, levantando-a no ar, brincando com ela pela areia, e ela ria cada vez que era erguida. Elas a amavam. Ela as amava.

As lembranças se interromperam. Zoey abriu os olhos.

— Você é... Rose... — ela disse. — Eu a chamava de tia Rose.

— Rosalind era o verdadeiro nome dela — a mulher respondeu.

— Você era irmã da minha mãe.

— Sim... — ela começou e rapidamente parou. Zoey sentiu que ela reprimia seus sentimentos. — Ou... não... Não eu, mas... É estranho. Não é... como esperávamos.

— Você é um *deles*. Não é? Você é a forma que afundou dentro dela, a que eu ajudei. É você quem está falando... não ela.

— Encontrar essa forma entre a multiplicidade de outras foi algo fortuito — disse Rose. — Ela era uma profissional da área médica e esse foi o grupo que focamos para a sua Custódia. Escaneamos cada um dos Hospedeiros que possuíamos e, para nossa surpresa, o DNA dela combinava com o seu. Foi então que soubemos.

— Como me fizeram fazer isso? — disse Zoey. — Como me fizeram ajudar um de vocês a tomar posse dela?

— Foi uma... consideração, mas mais ainda, esperávamos que isso a deixasse mais à vontade, a visão de alguém familiar.

— Mas você não é ela. Não de verdade...

— Eu sou muito mais agora, Zoey. Assim como você.

— Os Sentimentos — disse ela, embora já soubesse. Uma parte dela sabia desde o início. — Os Sentimentos são... um de vocês. Um de vocês está *dentro* de mim. — Ela se lembrou da visão que o Oráculo tinha lhe mostrado, aquela horrível sala negra onde tudo se movia para cima e para baixo, não para a esquerda e a direita, a forma cristalina brilhante, azul e branca, que afundou dentro dela... assim como aquela que tinha afundado no corpo da tia.

— Os Sentimentos, como você os chama — Rose disse a ela —, são o remanescente da Realeza Mas'Shinra que se fundiu com você.

164

— Mas... os Sentimentos sempre me *ajudaram*.

— Por que não? Eles não são seus inimigos, nenhum de nós é, longe disso. Eles querem o que todos nós queremos.

Muitas coisas de repente fizeram sentido.

— É por isso que eu posso controlar as máquinas. Por causa dos Sentimentos. É uma capacidade dos Confederados, não minha.

— É uma *capacidade* dos Sentimentos, mas *você* é quem a canaliza. Assim como você canaliza a capacidade dele de ler e sentir as emoções e lembranças das outras pessoas. Apenas o seu renascimento através da Torre Partida torna isso possível. Você é única em todo o universo, Zoey. Você é o futuro. Dos Confederados. Da humanidade. Ambos ascenderão através de você. — Outro vislumbre de emoção. O conceito parecia tanto emocionar quanto assustar a mulher que era e não era Rose.

Zoey mal notou.

— Por que fazer isso? Por que os seus próprios corpos não são suficientes?

— Essa é... uma pergunta complicada. Eu posso te mostrar. Se você quiser. Mas... isso tem um preço.

Zoey olhou para ela, insegura.

— Você tem que comer alguma coisa primeiro — Rose frisou.

Zoey pensou naquilo. Em que morrer de fome contribuiria para ela atingir seus objetivos? Além disso, ela podia obter respostas reais para as suas perguntas. Ao mesmo tempo, lembrou a si mesma, a coisa na frente dela *não* era tia Rose.

Zoey pegou um bolinho e cautelosamente deu uma mordida. Era de cenoura e, de alguma forma, parecia fresquinho. Os sabores explodiram em sua boca e o estômago roncou mais alto. Ela não tinha certeza se o bolinho era muito bom ou se era porque não comia nada havia muito tempo, mas era melhor do que qualquer coisa que já tinha comido na vida.

Ela suspirou em aprovação, esquecendo o seu desejo de resistir aos Confederados, sua fome se sobrepondo a tudo mais. Zoey terminou o bolinho em duas mordidas e olhou outra vez para a mulher.

Rose balançou a cabeça em aprovação... em seguida, fechou os olhos. Imagens e sons dominaram os sentidos de Zoey de repente.

— Nós nascemos do Nexus — disse a voz de Rose dentro de sua cabeça. — E ele era lindo.

Não havia nada além de luz e cor, e Zoey podia ver que essa era a sua própria estrutura, um enorme campo da energia flutuante cercado de estrelas. Formas cristalinas douradas e brilhantes entravam e saíam dele, como se nadassem no seu calor. Zoey tinha, é claro, visto essas formas antes, e ela tinha visto o campo também. Era a mesma energia que formava a coluna no centro da Cidadela.

— Um lugar de cor e calor, mas estávamos vinculados a ele. Presos. Enquanto evoluíamos individualmente, as nossas mentes continuavam ligadas. Nós existimos no Todo, uma massa formada pela inteligência e pelo propósito de cada um de nós, unidos pela energia do Nexus. Queiramos ou não, sentimos os pensamentos e as emoções de todos os outros. O Nexus nos sustenta, dá poder e vida, mas nunca poderíamos deixá-lo, morreríamos sem ele. Você consegue imaginar uma existência mais torturante? Preso a toda aquela escuridão fria, conscientes de nós mesmos, ligados... mas sozinhos.

Estranhamente, Zoey podia. Apesar de toda a beleza do Nexus, as entidades nessa visão realmente estavam presas, à deriva nas profundezas do espaço, sem um futuro, sem nada além de si mesmos, para todo o sempre.

— Depois de eras — Rose disse em voz baixa. — Nós fomos salvos.

Objetos apareceram à distância, uma dezena deles ou mais. Mesmo estando tão longe, Zoey podia dizer o que eram. Naves. Seguindo em direção ao Nexus.

— Exploradores? Conquistadores? Tudo o que importa é que eles nos viram. Foram cativados pela nossa beleza, pois somos radiantes. Eles não resistiram ao desejo de chegar mais perto e nós descobrimos aquele dia que não éramos tão indefesos quanto acreditávamos. Poderíamos entrar em máquinas, dispersar nossa essência dentro da própria tecnologia, acioná-la com a nossa energia e controlá-la. Foi dessa forma que fomos libertados.

Uma questão desagradável ocorreu a Zoey.

— O que aconteceu a eles? Com os que estavam nas naves?

— Nós habitamos sua tecnologia. Certos sistemas foram considerados desnecessários. Sem eles, os produtos biológicos não poderiam sobreviver.

— Vocês os mataram... — exclamou Zoey com horror.

— Eles eram fracos. É assim que funciona no universo. Nós seguimos na direção de onde eles tinham vindo, na esperança de achar o seu mundo de origem. Com o tempo, conseguimos. E mais. Muito mais. O padrão se repetiu. Nós aperfeiçoamos a nossa tecnologia, crescendo, controlando tudo através da nossa própria energia, e não deixando nada para trás, assimilando novas cores para o Todo.

Era horrível. Até mesmo o Embaixador, apesar de tudo o que tinha feito por ela, era um *deles*. Ele havia participado de um rastro de destruição e morte que se estendia não se sabia havia quanto tempo. Aquilo a deixou enojada.

Rose pareceu perceber os sentimentos de Zoey.

— Era necessário. Mesmo agora nós nos lembramos de como foi um dia, sozinhos, presos, à deriva e perdidos. Juramos que isso nunca mais aconteceria novamente, e um plano foi engendrado e aprovado pelo Todo, uma decisão que pôs em curso uma missão que já dura centenas de milhares de anos e já submeteu ao Critério inúmeras raças.

Critério era como a Realeza verde e laranja chamava o teste a que a população humana capturada era submetida.

— O que vocês estavam procurando?

— *Você*, Zoey.

A resposta, com todas as suas implicações, foi dada num tom tão natural que levou um segundo para Zoey sentir todo o peso dela.

— Há um milênio temos procurado uma espécie orgânica que pudesse conter a nossa essência da mesma maneira que a máquina. Nenhum ser jamais passou pelo Critério. Até encontrarmos você. Temos um nome para a primeira, um arauto da Mudança que virá.

— Scion... — disse Zoey, sua voz um sussurro.

— Você é a chave para uma grande busca. Vamos lutar e morrer por você, e somos o clã que reivindica que você se torne dominante, superior a todos os outros. Olhe.

As imagens se desvaneceram. A mente de Zoey girou, com a mudança abrupta para o quarto escuro com sua mobília desparelhada.

Rose acenou com a mão em direção a uma das paredes exteriores e, quando fez isso, sua cor escura simplesmente desapareceu. As paredes ainda estavam lá, só que tinham se tornado transparentes, como uma enorme janela.

Um panorama formidável das ruínas da cidade se estendeu diante de Zoey. Ela estava olhando para oeste e o sol tinha começado a se pôr, mergulhando num horizonte perfeitamente nivelado. Era o mar, Zoey constatou, e ela podia ver onde a terra terminava e a água começava. O céu estava cheio de cores, laranja e vermelhos, e de alguma forma, aquilo fazia a cidade em ruínas de San Francisco parecer quase tranquila.

Prédios estavam destruídos, desmoronados, a colcha de retalhos das ruas parecia uma teia de aranha daquela altura, e o que restava de uma ponte um dia imensa transpunha uma lacuna na paisagem ao norte. Apesar de toda a destruição, no entanto, a cidade não estava morta. Havia movimento, como formigas fervilhando num ninho.

Milhares e milhares de máquinas moviam-se nas ruas e cruzavam os céus, e a força que impedia Zoey de senti-las, qualquer que fosse, foi repentinamente neutralizada. O impacto de todas aquelas presenças era esmagador, mas, quando ela afastou a onda de sentimentos, uma coisa ficou clara: a presença coletiva abaixo não representava apenas os Mas'Shinra, os azuis e brancos. Eles estavam lá, ela podia senti-los, mas havia muitos outros.

Todos os clãs, oito ao todo, do mundo todo. Eles haviam enviado representantes, não para iniciar um conflito, mas para se unirem. Com toda a agressividade que tinham, seria preciso algo notável para torná-los aliados. E só uma coisa era capaz disso.

— Sim — confirmou Rose, olhando para a multidão. — Eles estão aqui por sua causa, Zoey. Você vai ascender todos eles, humanos e Confederados. Você será nossa rainha.

Zoey engoliu em seco e olhou para a mulher que um dia tinha sido sua tia.

— Como?

— Com a Estática. Ela é transmitida de cada Citadela, em cada continente, e atinge a mente de todos os seres humanos deste planeta, sucumbidos ou não. Você tem o poder de usá-la. De transferir cada uma das entidades do Nexus para um hospedeiro humano usando a Estática. Seremos físicos e reais, e nunca mais teremos medo de ser aprisionados.

Zoey balançou a cabeça, o horror enchendo seu peito.

— Os seres humanos não querem isso. Eles não querem ser vocês, querem ser *eles mesmos*. Eles vão lutar contra vocês...

Rose acenou para a janela e para o número absurdo de máquinas alienígenas ali. Zoey foi subitamente atingida pela realidade de quanto tudo aquilo era inútil.

— Não há como lutar contra nós. Seus amigos não têm escolha senão ascender. É uma honra para eles e você vai tornar isso possível.

— Não vou! — Zoey sussurrou.

Rose observou-a com curiosidade.

— Você tem mais em comum conosco do que imagina. Você é uma de nós. Assim como a entidade dentro de você.

— Não é verdade — negou Zoey com firmeza.

— Você nasceu da Torre Partida e a Torre nasceu de ambos, da humanidade *e* dos Confederados. Contém a essência de ambos. A forma que foi concedida a você é humana, mas você é igualmente uma Confederada. É por isso que você é Scion e é tão importante.

Zoey olhou para Rose, tentando achar uma maneira de negar a sua lógica, mas não conseguiu pensar em nada.

Rose sorriu.

— Você vai ser a nossa Ascensão, Raio de Sol. É o seu destino.

Levou um momento para ambas perceberem que Rose tinha chamado a menina de "Raio de Sol". Era como a tia a chamava quando ela era uma garotinha, um apelido tirado da canção favorita de Zoey. Quando Rose percebeu isso, a confiança se desvaneceu do seu rosto. Apreensão e dúvida vieram à tona. Era o sinal que Zoey estava procurando, a simples sugestão de que talvez nem tudo estivesse perdido.

Rose, a Rose *de verdade*, apesar da presença dos Confederados mergulhada dentro dela, não tinha desaparecido.

15.   RIO VISTA

MIRA ESTAVA NA BEIRA DO PLATÔ com todos os outros, tentando afastar as projeções incessantes dos Confederados. Eram quase como criancinhas, sempre exigindo atenção e proximidade, só que eram crianças com a capacidade de abafar os pensamentos dela se não mantivesse o controle sobre eles.

Agora, no entanto, ela tinha preocupações mais urgentes.

Tinham passado quatro dias fazendo um rastreamento em todo o deserto, em busca de navios terrestres, Hélices Brancas e Confederados perdidos. Dresden e Conner tinham dividido a frota em quatro grupos, cada um fazendo o levantamento de uma área diferente. No final, Mira e Dresden tinham encontrado vinte Arcos de Hélices, quinze navios terrestres (a maioria precisando de reparos) e vários grupos de Confederados, e os outros grupos também tinham sido bem-sucedidos. No final da operação, estavam com cerca de 75 por cento do contingente inicial.

Aparentemente, era um bom número, mas não havia como ignorar que tinham perdido mais de um quarto dos seus recursos numa só batalha. O que realmente significava que tinham perdido *pessoas*, muitas delas, e o pensamento era sinistro. Mira e Dane tinham decidido ser mais astutos, e ela esperava que tivessem aprendido a lição.

Abaixo deles, onde o terreno aplainava, tornando-se uma planície poeirenta, erguia-se uma cidade. Era chamada Rio Vista no Mundo Anterior, um lugar deserto e desinteressante, composto aparentemente de partes iguais de estacionamentos de trailers e estruturas de tijolo cru, ou pelo menos o que restara deles. A única coisa que se destacava era a mesma que os trouxera ali: uma grande ponte de metal arqueada que atravessava um rio largo.

Os navios terrestres não podiam atravessar pela água e eram poucos os lugares em que as grandes embarcações podiam transpor o rio naquela região do Deserto. Aquela ponte tinha sido desbloqueada muito tempo antes para esse fim.

Mas, como de costume, eles tinham um problema.

Os Confederados azuis e brancos estavam estacionados na cidade, várias dezenas de Louva-a-deus e seis Aranhas. Uma força poderosa, que excedia a deles em número, mas nada parecida com o que os vermelhos tinham em campo alguns dias antes. A maioria estava entrincheirada em posições defensivas, enquanto patrulhas vigiavam o perímetro. Os Confederados, ao que parecia, estavam esperando por eles.

— Distância? — Dane perguntou atrás dela. Ele estava no chão com os seus homens, quase mil Hélices Brancas, máscaras posicionadas, ansiosos para contra-atacar. Mira esperava que conseguissem dessa vez; o plano que Dane tinha engendrado parecia complicado demais, mas pelo menos incluía todos os três grupos.

Mira projetou seus sentidos, buscando pelos Caçadores, os desertores Mas'Erinhah. Neste momento, eles estavam camuflados, movendo-se a toda a velocidade ao largo do perímetro da cidade, até agora sem ser detectados.

— Eles estarão prontos quando você der o sinal.

Dane olhou para onde o restante da força estava dividida. Dois grupos de tamanho impressionante. Um continha todos os navios terrestres equipados com o armamento dos Hélices Brancas, e o seu número tinha aumentado para 21. Smitty e Caspira, ao que parecia, tinham encontrado uma maneira de se tolerarem a ponto de conseguir trabalhar juntos e aproveitado bem os últimos quatro dias. Junto deles estavam os caminhantes da artilharia Mas'Erinhah, os grandalhões que tinham posto abaixo aquela devastadora barragem nas Terras Estranhas um mês antes.

O segundo grupo era um pequeno exército de Confederados prateados, principalmente Louva-a-deus e Brutos. Não estavam usando nenhum dos Aranhas por recomendação do Embaixador. A entidade sentia que, numa luta em contato direto com o inimigo, esse nível de poder de fogo podia causar mais fogo amigo do que contrário. Ainda assim, Mira podia vê-los a uns dois quilômetros de distância, pairando de forma protetora sobre o restante da frota. Se fosse necessário, poderiam ser requisitados.

— Ainda gostaria que tivéssemos artilharia aérea — disse Dresden ao lado dela. Mira também.

De todos os desertores prateados, nenhum era uma nave batedora, só havia várias naves cargueiras Águias-Marinhas. O consolo era que os azuis e brancos abaixo não pareciam ter nenhum também.

— Não há vitória sem risco — respondeu Dane e olhou para Mira. — Dê um jeito de animar esse povo...

Seu rosto era uma máscara de confiança, que era exatamente o que os numerosos Decanos e seus Arcos atrás dele precisavam ver, mas Mira sabia que, como ela, Dane também sentia uma leve apreensão. Essa era a sua primeira batalha desde aquele arremedo burlesco de batalha em Bazar. Se perdessem esta também, todo o esforço provavelmente teria sido em vão.

Mira estendeu a mão até o botão no seu cinto. De um dispositivo ali, saía um fio até um fone de ouvido e um microfone em torno da orelha. Todas as pessoas no platô usavam um conjunto idêntico, incluindo Dane e seus Decanos.

Tinha sido uma sorte Conner ter encontrado o equipamento num arsenal da Guarda Nacional que avistara durante as buscas. Como a maioria dos lugares, aquele já tinha passado por muitos saques, mas os saqueadores estavam mais interessados nas armas e explosivos armazenados lá, e tinham passado longe dos eletrônicos, incluindo vários engradados de rádios comunicadores com fone de ouvido. Embora não fossem suficientes para todos, havia pelo menos um para o Capitão e o primeiro oficial de cada navio e cada Decano dos Hélices Brancas. Eles eram inúteis para os Confederados, é claro, mas Mira poderia retransmitir ela mesma qualquer mensagem para o grupo deles.

Ela acionou o botão com um tapa e ouviu o crepitar da estática.

— Artilharia, disparar.

Em seguida, ela projetou a mesma mensagem para os caminhantes gigantescos da artilharia dos Mas'Erinhah... e, então, fechou os olhos.

O ar explodiu.

Assovios cruzaram os ares com um ruído harmônico e penetrante, quando os canhões dos navios terrestres lançaram suas bombas de Antimatéria no céu. O som dos caminhantes da artilharia descarregando sua própria saraivada de tiros sacudiu o chão como um tornado e passou assobiando por sobre sua cabeça.

Abaixo, a cidade de repente explodiu em chamas quando a artilharia a atingiu. Explosões trovejaram, tanto dos tiros comuns quanto dos coloridos dos cristais, e Mira viu vários Louva-a-deus inimigos serem incinerados quase que instantaneamente.

Eles não ficaram parados por muito tempo. Mesmo com a artilharia fora de vista, voltaram o fogo na direção dos adversários, e os jatos de plasma queimaram o ar e provocaram faíscas na lateral do platô. Estavam atirando de uma forma que Mira não fazia ideia de que era possível. Os jatos amarelos de luz, em vez de virem simplesmente em linha reta, agora descreviam um arco que subia em direção ao céu e fazia uma curva ascendente até cair no platô. Explosões atingiam o solo nas proximidades e pulverizavam rochas e detritos por todo lado.

— Busquem! — Dane gritou puxando sua máscara sobre a boca.

— E encontrem! — foi a resposta, mil vezes mais forte e alta o suficiente para se sobrepor aos sons caóticos.

— Movam-se como um só!

A ordem foi repetida novamente, num único brado através das fileiras, e os Hélices avançaram, saltando sobre a borda do platô e voando na direção da cidade, centenas de metros abaixo, numa nuvem azul.

Agora!, Mira projetou para o Embaixador. Imediatamente ela sentiu uma onda de expectativa que substituiu seu próprio sentimento de ansiedade. O furor dos alienígenas para travar a batalha a preencheu e ela sorriu, deixando os sentimentos fluírem antes de perceber que eles não partiam dela e de afastá-los. Era assustadora às vezes a mistura de emoções, as dela e as dos Confederados. Ela podia facilmente se perder de si mesma.

As máquinas trovejaram à frente, quase vinte Louva-a-Deus e Brutos. Não houve teletransportes ainda, eles não tinham pressa para chegar ao inimigo. Quanto mais tempo levassem, mais a artilharia poderia enfraquecer a cidade.

É claro que aquilo funcionava nos dois sentidos.

Atrás deles, os jatos de plasma em arco finalmente encontraram seu alvo, e Mira ouviu gritos quando começaram a atingir os navios terrestres armados. Os Artefatos de barreira brilharam, ganhando vida, desviando os jatos em nuvens gigantescas de faíscas, mas o escudo cintilou de uma maneira estranha de que ela não gostou.

— Que navio é aquele? — perguntou Mira.

— O *Carruagem do Vento*, por quê? — respondeu Dresden.

— Porque a Barreira dele está falhando — Mira gritou, de olhos arregalados, estendendo a mão para o botão de rádio, mas já era tarde demais.

A Barreira piscou e apagou, e o navio explodiu numa gigantesca onda de estilhaços incandescentes. Ela viu pessoas saltando do convés, enquanto o navio arriava, mas poucos escaparam e muitos pereceram. Mira fechou os olhos com força.

— Aquelas barreiras são *novas*! — Conner gritou com raiva.

Ele estava certo, ela tinha ajudado a instalá-las por todo o navio no posto de artilharia. Deveriam ter durado o dobro do tempo. Não fazia sentido.

Mais jatos explodiram em torno deles. Precisavam de todo o seu exército, tirar a artilharia de cima deles, e rápido.

Mira olhou para trás e para baixo, espiando cautelosamente sobre a borda do platô novamente, na direção da tempestade de fogo de plasma, e viu que os Hélices já estavam nos arredores da cidade. Explosões inflamavam-se ao redor deles, que saltavam e davam piruetas no ar, em lampejos de luz amarela.

Estrias coloridas cortaram o ar à sua frente quando Dane e seu grupo dispararam a ponta de suas Lancetas na direção de edifícios e carros antigos, deixando sua marca numa chuvas de faíscas. Os Hélices estavam avançando rápido, o que significava que era chegada a hora.

— Artilharia, cessar fogo! *Cessar fogo!* — Mira gritou em seu fone de ouvido, projetando o mesmo para os Mas'Erinhah. Demorou um pouco, mas os tiros silenciaram. Abaixo, a última das explosões da artilharia trovejou à distância... justamente quando os Hélices Brancas entravam na cidade, saltando entre os diversos edifícios, e a segunda salva de Lancetas voou à sua frente, enquanto a primeira ponta já voltava na direção deles.

O Embaixador e seu exército mecânico continuavam a avançar. Enquanto Mira observava, lampejos de luz surgiam acima e abaixo da linha de caminhantes quando os Brutos se teletransportavam, carregando um caminhante Louva-a-Deus cada um. Lampejos semelhantes apareciam na cidade quando as máquinas teletransportadas assumiam posições estratégicas, e Rio Vista se tornou de repente um campo de batalha, as explosões e jatos de plasma e cristais de Antimatéria voando por toda parte.

— Uau! Que bonito! — exclamou Conner. — Isso é *lindo!*

Mira estava quase concordando quando viu bolas de fogo consumirem uma dezena de Hélices Brancas e sentiu ondas de choque partindo de alguns prateados quando os seus caminhantes explodiram. Para os Confederados, cair no campo de batalha era uma coisa bem diferente. Eles simplesmente se elevavam no ar e saíam de suas máquinas em chamas e flutuavam para longe. Os Hélices Brancas não tinham esse luxo; quando caíam, era para sempre.

Mira desviou o olhar. Dresden olhou para ela, solidário.

— Sei que não é divertido, mas você tem que olhar — disse ele. — Você é a única que pode orientar os Caçadores.

Ele estava certo. O exército dos Confederados tinham feito um poderoso ataque surpresa, mas ainda estavam desarmados. Abaixo, os Aranhas azuis e brancos avançavam golpeando o chão com suas pernas poderosas, os enormes canhões cuspindo fogo. Mira se encolheu mais ainda enquanto as forças do Embaixador e de Dane tombavam ou desapareciam nas chamas das explosões.

176

Mira analisou a batalha como Dane lhe ensinara, procurando os pontos fracos que ele havia delineado, e finalmente os viu. Os caminhantes azuis e brancos enxameavam as ruas, em direção à parte norte da cidade, os Louva-a-Deus saltando sobre os telhados para posições mais elevadas e os Aranhas agrupando-se ali também, todos concentrando seu fogo no leste, onde estavam os Hélices Brancas e os Confederados prateados.

Não era um ponto fraco. Dane o tinha chamado de ponto *forte*, um lugar onde, se fosse possível surpreendê-los, as perdas seriam maciças a ponto de causar uma reviravolta na batalha.

Imediatamente ela estendeu sua percepção até os Caçadores, sentindo-os em movimento perto do rio, saltando e ganhando força enquanto avançavam em direção à cidade, a partir da extremidade ocidental.

Guardiã... eles responderam ansiosamente.

Mira se concentrou onde a mancha azul e branca era mais forte. *Ali,* ela projetou.

Ela sentiu quando os Caçadores receberam a projeção, sentiu-os mudar de direção, a sua euforia por se juntar à batalha. Segundos depois, explosões ganharam vida ao redor de todo o agrupamento de azuis e brancos, quando os Caçadores se desfizeram de suas camuflagens e abriram fogo.

Mira pôde sentir a surpresa do inimigo quando os Caçadores entraram no combate, tentando desesperadamente disparar seus canhões para todos os lados, se defendendo, mas era tarde demais. A maioria deles explodiu e tombou, enquanto os edifícios sobre os quais estavam desabavam. Até um dos Aranhas caiu.

Vivas irromperam de todo o platô. A maré tinha virado...

Dali em diante foi surpreendentemente rápido.

Os Hélices Brancas e o grupo do Embaixador seguiram a estratégia de Dane. Os prateados focaram os Louva-a-Deus, e os Hélices saltaram como um enxame de abelhas sobre os Aranhas, as Lancetas perfurando suas armaduras repetidas vezes, atacando em bando os alienígenas, até cada um deles cair em chamas. Os Caçadores mantiveram-se em ação, avançando como um exército, mostrando seu poder de fogo onde quer que fosse necessário.

Em questão de minutos o que restava dos azuis e brancos foi dizimado e a antiga cidade de Rio Vista se resumiu a uma ruína fumegante, nuvens espessas de fumaça negra se erguendo no ar junto com as formas cristalinas douradas e brilhantes das entidades Mas'Shinra. Mais vivas, apertos de mãos e abraços, marinheiros e Hélices Brancas esquecidos das suas diferenças. Ela podia ouvir as congratulações pelo rádio e sentiu uma onda de orgulho partindo dos Confederados abaixo.

Mira suspirou de alívio. Até então, não fazia ideia do quanto estava apreensiva.

Sentiu a mão de Dresden em suas costas.

— Mandou bem, garota!

Ela assentiu com a cabeça, mas não sorriu, apenas olhou para o que restava da cidadezinha, que agora era um amontoado de focos de incêndio. O montante de poder que tinha sido desencadeado sob seu comando fez dela nada mais do que uma humilde...

O barulho de motores rugindo encheu o ar.

Os cumprimentos silenciaram quando todos olharam para o oeste. Formas aéreas cortavam o céu, avançando na direção deles. Elas se aproximavam rápido, enquanto lampejos estroboscópicos irrompiam no ar quando os canhões de plasma das aeronaves eram disparados. Uma saraivada de jatos amarelos rugiu, mas não na direção do platô ou mesmo dos caminhantes ou Hélices Brancas. O alvo era a enorme ponte metálica que atravessava o rio.

— O que é *aquilo*? — perguntou Dresden, pasmo. Então todo mundo se encolheu quando a artilharia atingiu seu alvo.

Explosões sacudiram a ponte, quando jatos laranja cruzaram o ar, e ouviu-se um gemido horrível quando a coisa toda vergou, alicerces despedaçados, desabando sob o próprio peso no rio, numa massa de metal queimado e retorcido.

Então as aeronaves manobraram bruscamente e voltaram para o oeste em formação, sem disparar nenhum outro tiro. Predadores azuis e brancos. Mira ouviu seus motores rugirem enquanto eles se retiravam, desaparecendo no horizonte em alguns segundos.

Todos olhavam para onde a ponte ficava antes, atordoados.

— Que diabos foi isso?! — Conner gritou com raiva nas proximidades.

— Acabamos de perder nossa rota para oeste — Dresden respondeu.

Ele tinha razão, o caminho à frente estava completamente interrompido. Com certeza havia outros pontos de passagem, mas a perda daquela ponte, logo após sua vitória, tinha sido um duro golpe.

Aquilo também suscitava algumas perguntas. Por que esperar até o fim da batalha para destruir a ponte? Se os Confederados tinham capacidade de eliminá-la assim tão facilmente, por que não tinham feito isso antes? Por que não pôr abaixo também cada ponte que havia rio acima e abaixo? E por que aquelas naves não tinham participado da batalha, enquanto ela estava em curso?

Nada daquilo fazia sentido, e ao olhar para Dresden, Mira viu que ele era da mesma opinião.

— O que fazemos agora? — perguntou ela.

— Há outros pontos de passagem — respondeu ele. — Vamos ter que seguir o rio para o sul, mas isso vai custar muito do seu tempo.

Com aquilo ele queria dizer que o atraso consumiria um tempo considerável das duas semanas que os Mercadores do Vento tinham lhe concedido, tempo que estava se esgotando rapidamente. Se ela não chegasse a San Francisco antes disso, então...

Mira olhou para o rio, observando-o correr para o sul, fluindo até desaparecer de vista. Pelo visto estavam na estaca zero de novo. De certa forma, estavam mesmo, mas ela tinha recomeçado do zero muitas vezes nos últimos meses, não tinha? Só precisava encontrar um jeito.

Um passo de cada vez, disse a si mesma. Um passo de cada vez...

16. CAIXA DE MARIMBONDOS

MIRA SENTOU-SE COM AS PERNAS cruzadas na frente do *Tesoura de Vento*, enquanto o navio se dirigia a toda para o sul, seguindo a curva do rio. Tudo que se via ao redor eram outros navios terrestres seguindo o mesmo caminho, a maior frota já montada, mas a visão tinha perdido o seu impacto. Cada vez que olhava agora, Mira só via os navios que *não* estavam mais lá, aqueles que haviam sido perdidos. O fardo estava ficando mais difícil de suportar.

— Seu cão sabe que Nemo é macho, não sabe? — perguntou Taylor.

— E... que também é um gato?

Atrás dela, Taylor, o timoneiro do *Tesoura de Vento*, um garoto corpulento de cerca de 17 anos, estava no leme com Parker ao lado dele. Nemo descansava no alto de um dos Distribuidores, ignorando Max, que olhava para ele com o seu fascínio habitual. Mira não sabia o que Max via naquele gato, mas pelo menos isso mantinha o cão ocupado e longe de problemas.

Mira sorriu.

— É só porque não é sempre que ele encontra alguém do tamanho dele. E, volto a dizer, Max não é *meu*.

— Certo, a gente esqueceu — disse Parker. — Ele é o cachorro do seu namorado do Bando.

Mira se enrijeceu de raiva.

— Holt não é do Bando.

— Ele pensou em ser e isso basta para mim — Parker respondeu.

— Aliás, o que ele fez para irritar tanto aqueles caras? — perguntou Dresden. Ele estava ao lado dela, perto do corrimão, observando a frota em movimento enquanto cruzavam o deserto. — Ouvi dizer que o sujeito tem uma marca da morte.

— Ele matou o filho de Tiberius Marseilles — ela respondeu simplesmente e sentiu uma ponta de satisfação com a forma como todos olharam para ela.

— E ele vai *voltar* para lá? — Parker perguntou incrédulo.

— Tem uma carta de garantia — explicou Mira.

— Uma "carta de garantia". De Tiberius Marseilles. — Dresden parecia completamente cético. — Bem, ele é mais corajoso do que eu, tenho que dizer.

— Mais corajoso, mas menos inteligente — disse Parker.

Mira tentou não pensar sobre o que eles estavam insinuando. Holt estava em perigo no Fausto, não havia dúvida, mas ele acreditava que era a melhor opção. Claro, isso tinha sido antes de ele ver o navio terrestre em que ela deveria estar virando carvão. O estado de espírito em que Holt se encontrava sem dúvida tornava tudo muito pior.

Se ao menos houvesse uma maneira de mandar uma mensagem para que ele soubesse que ela estava bem, mas não havia como. Ela não tinha alternativa a não ser seguir em frente agora, e com ele acontecia o mesmo.

— Ei — disse Dresden, com um olhar de culpa. — Não disse isso pra preocupar você. Se ele é tão esperto quanto você diz, tenho certeza de que vai ficar bem. Parker está arrependido também. Não está, Parker?

— Sim, claro! — foi a resposta seca do outro.

Mira sorriu pela primeira vez naquele dia. Quando queria, Dresden podia ser fofo. Ele foi até a borda da plataforma, encostou-se na grade lateral e tirou do cinto um binóculo. Apontou-o para o leste, para além das velas de todos os outros navios em movimento, olhando intensamente para alguma coisa.

— O que está olhando aí? — perguntou Mira.

— Uma antiga rodovia paralela a nós.

— Isso é problema?

— Ainda não sei — disse ele. — Pode ser.

Mira olhou por cima do corrimão e viu a estrada que ele examinava com o binóculo. Como a maioria, estava abarrotada de carros velhos e enferrujados, batidos ou abandonados.

— Como você faz para um navio terrestre atravessar algo assim? — Parecia impossível, todos aqueles carros formavam uma barreira quase intransponível para algo tão grande quanto o *Tesoura de Vento*.

— Ou você contorna ou usa uma das passagens abertas por outros navios — respondeu Dresden. — O problema é que o Bando gosta de se esconder em rodovias como essa, camuflam seus buggies e jipes no meio dos outros carros. Quando você chega perto, eles vêm pra cima. Eu só gosto de ter cautela.

Enquanto ele continuava esquadrinhando a estrada com o binóculo, Mira olhava para os artefatos à sua frente. Três Barreiras, um Zéfiro e dois Aleves, além de algumas moedas grandes e pequenas. As moedas eram do seu próprio estoque, mas as combinações tinham vindo de navios diferentes, e todas elas tinham uma coisa em comum. Eram uma massa enegrecida carbonizada, quase irreconhecível, e com todos os componentes fundidos.

Mira só tinha visto aquilo uma vez, em Bazar, nos estaleiros, quando o Dínamo tinha explodido. Ela presumira que tinha sido algum tipo de acidente inexplicável, talvez um focalizador ou outra coisa desalinhada, mas agora tinha certeza de que não era só isso.

Pegou uma das moedas maiores e a segurou na palma da mão. Não sentiu a ligeira vibração habitual das Terras Estranhas: era como se tivesse qualquer outra moeda na mão. Com uma suspeita se formando dentro dela, Mira jogou a moeda com tudo contra o deque.

Moedas das Terras Estranhas eram voláteis, imbuídas de uma energia arcana que era liberada se fossem atiradas no chão. Alguns garotos até as utilizavam como armas, atirando-as com estilingues ou coisa assim, mas essa apenas emitiu uma fagulha e crepitou, nada mais. Mira observou-a enquanto ela deslizava pelo deque e desaparecia.

— Você ficou olhando essas coisas o dia todo — Dresden observou, ainda com os olhos colados no binóculo. — O que está rolando?

— Alguma coisa está errada — disse Mira. — Elas estão enfraquecendo muito mais rápido do que deveriam, e não apenas as combinações, os componentes individuais também. No começo eu pensei que era só coincidência, mas não é. É por isso que as Barreiras dos navios estão falhando.

— Estão perdendo a força — concluiu Dresden. — É isso que você está dizendo?

— Sim — respondeu Mira. Todas as evidências apontavam para essa triste conclusão.

Dresden desviou os olhos para Parker e os dois trocaram um olhar sombrio. Algo sobre o que Mira tinha falado os incomodava.

Dresden voltou a guardar o binóculo no cinto e foi até onde Nemo estava, do outro lado dos Distribuidores. O gato pulou preguiçosamente nos ombros dele e Max choramingou, observando o felino.

O Capitão fez um gesto para Mira segui-lo.

— Deixa eu te mostrar uma coisa.

Eles foram até a parte de trás do navio, Max acompanhando os dois com os olhos pregados em Nemo. Se o gato notou ou se importou, não deu nenhum sinal.

Mira e Max seguiram Dresden e Nemo escadas abaixo, até o porão de carga do *Tesoura de Vento*, um grande cômodo sem paredes, com um teto abaulado feito de vigas de madeira vermelha polida e assoalho listrado em padrões de aço e carvalho. Prateleiras tinham sido construídas nas paredes e caixas e caixotes cobriam a maior parte do chão, em fileiras organizadas.

Dresden foi até uma das caixas e, quando fez isso, Nemo saltou para outra e escalou-a até o topo, olhando com desprezo para Max.

Dresden abriu a caixa e acenou com a cabeça em direção a ela.

Estava cheia de moedas, grandes e pequenas, todas embrulhadas em plástico, do modo como todas as moedas das Terras Estranhas eram armazenadas. Elas pareciam apenas ondular e estremecer um pouco, como se estivessem tentando se afastar umas da outras, mas, como sempre, Mira nunca podia dizer com certeza se não era uma ilusão de óptica.

Dresden olhou para todas as caixas, detendo-se um pouco em cada uma delas.

— Tudo dentro delas são artefatos.

Os olhos de Mira se arregalaram. Havia centenas de caixas ali, era uma coleção de artefatos impressionante, e representava uma fortuna no mercado.

— Está brincando.

— Você conhece a Panelinha? — perguntou Dresden.

Mira assentiu. A Panelinha era um pequeno bando de ladrões, um dos poucos concorrentes do Bando, que agia principalmente ao longo da antiga fronteira canadense.

— Parker e eu encontramos isso tudo num antigo celeiro perto do Buraco de Jackson, o vale entre as cordilheiras — contou Dresden, andando entre as caixas. — O celeiro estava marcado com os símbolos da Panelinha; quem sabe há quanto tempo eles estavam coletando e escondendo a pilhagem ali. Parecia um desperdício simplesmente deixar tudo lá, por isso carregamos o que conseguimos para o navio. Foi um pouco antes de sermos chamados de volta a Bazar para a Grande Barganha. Dresden olhou para ela com azedume. — O que você está me dizendo, porém, é que tudo aqui é inútil ou logo vai ser?

Mira devolveu o olhar de Dresden com a mesma seriedade. Aquela carga obviamente era importante para ele, e ela odiava ser portadora de más notícias, mas não tinha outro jeito.

— Sim.

Dresden não reagiu imediatamente, apenas olhou para trás, os pensamentos se atropelando na sua cabeça... em seguida se virou e chutou uma das caixas com toda a força. A pilha inteira tombou e se estraçalhou no chão, espalhando pilhas, clipes de papel, lápis e molas. Nemo recuou, saltando mais para cima e saindo do caminho.

— Íamos financiar dois novos navios terrestres com o lucro deste saque. Parker ficaria com um, o imediato de Conner com o outro. A Estática vai levar todos nós antes que tenhamos outra chance como essa agora.

Mira apenas ouviu, não disse nada. Aquilo pareceu deixá-lo ainda mais nervoso.

— Eu poderia trocar isso agora, se não fosse por essa Grande Barganha idiota! — rugiu.

— É verdade — Mira concordou.

— Eu poderia simplesmente ir embora — disse ele, furioso. — Eu *deveria* ir embora. Trocar isso antes que tudo vá para o inferno.

— Você poderia, mas agora que sabe, estaria fazendo um negócio desonesto, que, a meu ver, é... é o tipo de coisa que não é visto com bons olhos pelos Mercadores do Vento.

Ele olhou para ela por um instante, depois chutou outra caixa, atravessando a lateral com a ponta da bota. Mira estremeceu. Quando ele afastou o pé, viu que o calçado estava todo arranhado. A visão pareceu arrefecer um pouco a raiva do garoto. Dresden gostava de suas botas.

— Droga!

— Sinto muito, Dresden. — Mira falava sério.

Ele estudou as caixas e caixotes enquanto pensava na oportunidade que perdera. Quando falou, a voz dele estava mais calma, a cabeça mais fria, só um sentimento de frustração permanecia.

— Então, por que isso está acontecendo?

— Deve ser por causa do fim das Terras Estranhas — respondeu Mira. — Os artefatos estavam ligados a elas e, agora que não existem mais, eles estão perdendo o poder também. — Talvez fosse como Zoey tinha dito a ela, sobre o prédio antigo em Bismarck. — Ordem a partir do caos — ela disse. Talvez os artefatos perdendo seus poderes fosse apenas uma outra maneira de o universo colocar as coisas no lugar.

— Se for esse o caso — disse Dresden —, estamos todos numa bela encrenca.

185

Ele tinha razão. Num mundo que tinha se tornado tão dependente de artefatos, aquela era uma perspectiva aterradora. Os navios terrestres precisavam deles para produzir vento e se mover em terra. Os sobreviventes os usavam para produzir luz e eletricidade, aquecimento e refrigeração; tudo, desde os Aleves até os Magnatrons, deixaria de funcionar e todas as cidades da América do Norte teriam, em poucas palavras, o botão de *reset* pressionado. Isso significava, Mira de repente percebeu, que o modo de vida dela tinha acabado. Não existiriam mais Bucaneiros, porque não existiriam mais artefatos.

— Então, o que isso significa para *nós*? — perguntou Dresden.

Mira entendeu o que ele quis dizer. Naquele momento, ela estava pensando no futuro. Mas havia preocupações com relação ao presente também. Aquele esforço todo, a viagem para encontrar Zoey, dependia dos artefatos. Só a Caixa da Reflexão já era uma grande parte da campanha. Se ela falhasse...

E quanto aos cristais de Antimatéria? As armas dos Hélices Brancas que ela e Holt tinham usado como moeda de troca? Se perdessem o poder, não teriam como conseguir a cooperação dos outros grupos, muito menos como combater os caminhantes dos Confederados.

— Vamos ter que fazer mais combinações e com mais frequência — disse ela, pensando a respeito. — Monitore os artefatos, registre quanto tempo eles funcionam antes de apresentar alguma falha, compare os dados. Assim podemos ver se esse tempo está acelerando ou se mantém constante.

— E se estiver acelerando?

Ela olhou para ele.

— Então, em poucos meses... o mundo vai ser um lugar bem diferente.

Dresden olhou para ela com um olhar sombrio.

— Uma caixa de marimbondos.

Então os dois quase perderam o equilíbrio quando o monumental navio deu um solavanco e começou a avançar mais devagar, as vibrações sob os seus pés amenizando. O *Tesoura de Vento* estava desacelerando e o olhar de Dresden revelou que aquilo não estava nos planos.

— O que será agora? — perguntou ele, e ambos correram para a escada.

AS PROJEÇÕES QUE ATINGIRAM MIRA quando ela chegou ao deque foram as mais fortes que já tinha sentido de uma única fonte, tão poderosas que a teriam alcançado mesmo que ela estivesse do outro lado do mundo. Era medo, mas não a ansiedade normal que Mira geralmente sentia nos Confederados, esse era um medo *mortal*, poderoso e contundente, e uma onda de vertigem quase a derrubou.

Toda a frota de navios terrestres estava parando e a fumaça subia em colunas grossas na paisagem à frente, onde já havia cerca de seis navios. As tripulações estavam todas correndo naquela direção, e Dresden, Mira e todos no *Tesoura de Vento* fizeram o mesmo. Quando abriram caminho através dos navios atracados e de todas aquelas pessoas, a causa de tudo aquilo se tornou óbvia.

Um Aranha prateado — um dos desertores do Mas'Shinra a julgar pela armadura — e um navio terrestre tinham se envolvido num infeliz acidente. Parecia que o enorme caminhante havia caído bem *em cima* do navio e o impacto tinha sido catastrófico.

A metade da frente da embarcação tinha se desintegrado, enquanto o que restava da popa havia se dividido em três pedaços, e um deles estava em chamas. Sua carga tinha se espalhado por todo lado... assim como a tripulação.

— Ah, Deus... — murmurou Mira, seus olhos se detendo em cada pessoa no chão, cada uma delas rodeada por três ou quatro, tentando ajudar. Como qualquer outro navio da frota, este estava levando vários arcos dos Hélices Brancas, mas eles tinham saltado do navio com facilidade. A tripulação, no entanto, não tivera tanta sorte.

— Conner! — Dresden gritou, chamando a atenção do irmão, que estava supervisionando o caos. — Que diabos aconteceu aqui?

Conner olhou para ele com um olhar exaltado.

— Foi o *Queda do Vento*. Não é uma ironia? Ninguém morreu, foi um verdadeiro milagre. — Depois ele olhou para Mira. — Isso tudo é culpa *sua*.

Dresden olhou para ele indignado.

— O que ela fez? Passou uma rasteira no caminhante Aranha?

— Isso foi intencional!

— Ah, pelo amor de Deus... — Dresden cortou. — Atacar navios terrestres *caindo* em cima deles?

Mira avançou no meio da multidão, ignorando os feridos e o navio em chamas, tudo se misturando ao fundo quando ela localizou a fonte do intenso medo. Era o caminhante, o Aranha prateado avariado sobre o navio terrestre, ou mais especificamente, a entidade dentro dele.

O alienígena estava apavorado e... fraco. As projeções vinham dele em ondas fragmentadas, como um rádio cujas pilhas estavam acabando. Era horrível, a intensidade, os sentimentos. Tudo o que ela queria era pôr um fim naquilo, não ter que sentir...

Guardiã. Era o Embaixador, seu caminhante de cinco pernas, do outro lado do rio, entre meia dúzia de outros. *Você está aqui.*

O que podemos fazer?, ela projetou de volta.

Nada. O Vácuo espera.

Mira ficou confusa.

Sua existência vai cessar, o Embaixador esclareceu.

Mira hesitou. O que o Embaixador estava dizendo era que a coisa estava morrendo? Ela achava que as entidades dos Confederados eram imortais. O medo da presença dentro do Aranha fervilhava dentro dela. O corpo de Mira quase tremia com o sentimento de terror que vinha da entidade. Ela tinha que encontrar uma maneira, tinha que deter aquilo, se não por outra razão, pelo menos para cortar o fluxo de emoções.

— Você está bem? — perguntou Dresden, observando-a com preocupação. Os Hélices Brancas observavam com curiosidade também, mas naquele momento ela não se importava. Tinha que encontrar uma maneira de deter aqueles sentimentos.

Mira andou até a máquina e, quando fez isso, Dresden segurou o braço dela e puxou-a para trás.

188

— Só um instantinho — disse ele, impedindo-a de continuar. — Aonde você vai?

Ela olhou para ele com raiva.

— Ele está morrendo.

— Provavelmente é melhor que você fique longe — disse Dresden.

— *Me solta.* — Ela disse isso com toda a ênfase e irritação que pôde. Dresden não ficou feliz, mas cedeu e soltou-a.

— O funeral é seu — disse ele, franzindo a testa.

Mira avançou até a máquina caída, passando pelos outros.

Guardiã. O que pretende?

— Eu não sei — disse ela em voz alta, em vez de projetar. Ela não se importava se os outros ouvissem, só queria deter aqueles sentimentos. Sentiu o estampido das gigantescas pernas mecanizadas quando uma dezena de Confederados prateados moveram-se na direção dela e do Aranha caído, cercando-o. Ela passou por eles e continuou em movimento. — Ele desertou e veio para o nosso lado por causa de você e de mim. O que significa que não importa de que lado ele estava antes, se realmente está morrendo, então está morrendo por *nós.* — A voz dela estava embargada, era difícil falar sentindo todo aquele medo. Ela ainda não tinha uma real compreensão do *motivo* por que a coisa estava morrendo, mas aquilo podia esperar.

Ela percebeu a confusão do Confederado abatido, que parecia tão perplexo quanto Dresden.

Isso não faz sentido, o Embaixador projetou. *Isso não faz diferença.*

— Faz, sim — ela sussurrou.

Mira foi até o Aranha gigante, andou ao redor dele, onde suas pernas tinham se aberto, uma para cada lado; escalou um de seus atuadores e alçou o corpo em direção à fuselagem. Era a primeira vez que ela chegava tão perto de um. Como saber? Talvez aquela fosse a primeira vez que *alguém* tinha feito isso. A máquina era enorme; o seu poder, inegável; e, no entanto, a entidade ali dentro estava apavorada e indefesa.

Ela rastejou até onde ficava o olho e o viu se movendo de um lado para o outro, sem parar, como se avaliasse cada milímetro dela. Mira lutou para se desvencilhar do medo que irradiava da coisa... e depois, lentamente colocou a mão sobre o metal nu, bem próximo de onde ficava o olho trióptico, e fechou os olhos.

O medo ficou duas vezes mais intenso. Era a primeira vez que ela comungava com um daqueles, era diferente de fazer isso a distância. Era mais forte, mais íntimo, mais vibrante, e isso tornou o medo quase insuportável.

Ela aguentou firme, resistiu ao impulso de correr, sentiu o coração disparado. Tinha que existir uma maneira de deter o fluxo de sentimentos, ela enlouqueceria se não conseguisse.

Estou aqui, ela projetou para ele. *Você não está sozinho.*

O medo não desapareceu, mas ficou diferente, um pouco menos intenso. *Guardiã...* ela ouviu.

Um pensamento inusitado lhe ocorreu: a lembrança de Holt abraçando-a, naquela encosta, quando a Estática quase tomou conta dela. Ele tinha ficado ali e sussurrado no ouvido dela, pedido para ela dizer do que mais sentia falta do Mundo Anterior. Sua resposta foi cupcakes da marca Hostess, algo que mais tarde ele encontrou e deu de presente para ela nas Planícies Alagadas. A intenção dele, no entanto, era desviar a sua atenção da dor provocada pela Estática e fazê-la se concentrar. Ela se perguntou se conseguiria fazer algo semelhante com o Confederado.

Me mostre a sua paz, Mira projetou. Ela não sabia se o alienígena iria entender o que ela estava pedindo, para ele recordar um lugar ou tempo em que tinha se sentido mais em paz. Ela sabia que era mais fácil se comunicar com eles por meio de ideias simples, assim como eles se comunicavam com ela. A tradução das palavras para impressões era tão difícil para eles quanto o contrário para ela. *Me mostre a sua paz.*

Uma imagem surgiu na mente dela.

Uma coluna imensa e geometricamente perfeita de energia ondulante, de uns sessenta a noventa metros de diâmetro. Parecia tangível, como se ela pudesse tocá-la, e era tão brilhante e bem definida que ela quase podia ver cada partícula flutuando suave e preguiçosamente para cima. Enquanto ela passava por essa experiência, os outros Confederados em torno dela sentiam a mesma coisa, e a reação foi a mesma. Uma efusão de encanta-mento, de reverência... e um anseio pelo que tinham perdido.

O que quer que fosse aquilo, era de uma beleza impressionante.

O que é isso?

O Nexus, ele respondeu. *De onde viemos*. A resposta foi repetida solenemente por todos ao seu redor, pelas dezenas de Confederados, um após o outro.

De onde viemos...

Por mais reconfortante que fosse a imagem, Mira podia sentir a enti-dade enfraquecendo, seu terror retornando.

Mira voltou a estender seus sentidos até ela, tentando ultrapassar o medo intenso que irradiava dela, até encontrar a emoção que estava pro-curando, a tranquilidade que tinha surgido com a imagem do Nexus. Quando encontrou, Mira se concentrou nela, tentou fazê-la vir à tona, ficar mais forte, e lentamente, muito lentamente, isso começou a dar certo.

O sentimento se expandiu. Não apenas dentro dela, mas dentro da entidade diante dela e de todas as outras nas proximidades.

Ela soltou um longo suspiro de alívio quando o terror se dissipou, so-breposto por sentimentos mais pacíficos e, quando isso aconteceu, a ima-gem voltou a ganhar vida, a bela coluna de energia brilhante que se estendia em direção ao céu.

Ela sentiu a gratidão da entidade, a única outra emoção dentro da bo-lha de placidez, e Mira sabia que era para ela.

Está tudo bem, disse Mira. *Está tudo bem agora.*

Os sentimentos duraram mais alguns instantes, para ela e para as outras entidades...

... e, então, desapareceram completamente. Foi como assistir a uma pequena brisa agitar as folhas no chão e depois evaporar e se afastar para longe, flutuando à deriva, para nunca mais ser vista.

Quando Mira abriu os olhos, o Aranha estava totalmente apagado. O zumbido do seu mecanismo eletrônico e dos seus atuadores tinha cessado, as luzes acima e abaixo da fuselagem estavam escuras, e o vermelho, o verde e o azul do seu "olho" estavam desbotados. Não havia nada ali agora. A entidade dentro da máquina estava em silêncio.

Guardiã... Era o Embaixador. Mira olhou para onde ele estava, sua forma gigantesca de cinco pernas perto dali, no círculo formado pelos outros caminhantes em torno do que havia tombado. Cada um deles olhava para ela atentamente.

Você é uma de nós.

Ela sentia gratidão irradiando das máquinas, não apenas pelo que ela tinha feito por um dos seus, mas aparentemente por lhes mostrar aquela brilhante e bela coluna de energia uma vez mais. Ela teve a impressão de que aquilo era algo que nunca tinham pensado que voltariam a ver um dia, e sua gratidão era palpável.

— Por que isso aconteceu? — perguntou Mira em voz alta. E teve a sensação de que a resposta não era boa.

O Embaixador respondeu da maneira que fazia quando era preciso transmitir um conceito mais complicado do que suas palavras limitadas poderiam expressar. Imagens e sensações inundaram a mente de Mira e ela fechou os olhos com força quando surgiram, mostrando a verdade e todos os dissabores que ela representava.

Quando tudo acabou, Mira abriu os olhos e olhou para trás. Os Mercadores do Vento e os Hélices Brancas estavam olhando para ela totalmente aturdidos, sem fazer ideia do que ela tinha acabado de vivenciar. Mira procurou alguém em particular e o localizou perto de outro Hélice, fitando-a com preocupação.

Dane.

— Temos um problema — disse ela.

17. O VÁCUO

— ELES ESTÃO... MORRENDO? — Dane perguntou com incredulidade.

— Sim — respondeu Mira. Ela entendia a perplexidade dele, parecia impossível para ela também, mas era o que o Embaixador tinha lhe mostrado. — Quando se juntaram a nós, eles se desconectaram do resto.

— Você já tinha mencionado isso antes, mas como isso pode matá-los? — Dresden perguntou. Ele estava ali com Conner e Dane, enquanto os marujos continuavam a trabalhar no local do acidente atrás deles. A tarefa tinha se transformado numa operação de resgate do que ainda tinha algum valor, com Smitty organizando seus homens para recolher toda a carga do *Queda do Vento* espalhada no chão e que ainda valesse alguma coisa, enquanto examinava os destroços para localizar peças utilizáveis.

— Quando se desligaram dos outros, eles não tiveram mais acesso a algo chamado Nexus — explicou Mira, e eles olharam para ela com um ar de interrogação. Ela estava tentando explicar em palavras o que o Embaixador tinha lhe mostrado em imagens. — É... como uma fonte de energia, eu acho. Algum tipo de energia que os recarrega e, se não entrarem lá de vez em quando, eles morrem.

— Que adorável... — disse Dresden.

— Foi isso que aconteceu com o Aranha? — perguntou Conner. — Ele morreu em cima de um dos meus *navios*?! E se isso acontecer de novo?

— Sem dúvida vai acontecer de novo — disse Mira, e seu olhar se voltou para Dane. Havia uma implicação maior e ela tinha certeza de que ele também percebera.

— A gente costumava vê-los fora de suas naves o tempo todo, agora eles quase nunca fazem isso — disse Dane. — Ficam protegidos lá dentro, não é?

— É verdade, podem durar mais tempo dentro da armadura. Se saírem... vão desaparecer rapidamente. O que significa...

— Que, se as suas máquinas forem destruídas — Dane terminou por ela num tom sombrio —, vão morrer assim como qualquer um de nós.

Mira assentiu. Era uma constatação nada animadora. Durante todo aquele tempo eles tinham agido com base na certeza de que, se os Confederados perdessem uma de suas máquinas, apenas flutuariam para fora dela e entrariam em outra. Mas tudo indicava que, na realidade, apenas os seus *inimigos* tinham essa capacidade. Seu exército de Confederados prateados era muito vulnerável.

Dane balançou a cabeça com amargura.

— Isso está ficando cada vez melhor.

— Eu não estou nem aí para a guerrinha de vocês — disse Conner, prendendo Mira com o olhar. — Só lamento perder um dos meus navios por nada e também a carga que ele estava transportando. Eles são insubstituíveis.

— Assim como a tripulação — corrigiu-o Dresden.

Conner lançou um olhar irritado para o irmão.

— Os marinheiros estão bem, nenhum deles morreu, por isso estou enfatizando o que *realmente* perdemos. Lucro.

— Sem dúvida, Conner — Dane respondeu. — Ninguém aqui esperava que você se preocupasse com outra coisa que não fosse o seu lucro.

— E com que exatamente eu *deveria* me preocupar? — perguntou Conner. — Com essa garotinha que foi raptada? Se vocês não tivessem algo incrivelmente valioso para negociar quando apareceram dois meses atrás, ninguém estaria com vocês nesta missão inútil. *Ninguém*. Toda essa coalizão está por um fio, e daqui a *seis* dias ela já era. — Suas últimas palavras foram ditas com o olhar pregado em Mira; em seguida, ele simplesmente virou as costas e seguiu na direção dos navios e do acampamento.

Quando ele se foi, Dresden olhou para Mira.

— Numa coisa ele está certo. Quanto mais você nos pede, mais perto estamos de mandar tudo isso para o inferno.

— Isso vale para você também? — ela perguntou em voz baixa.

Dresden olhou-a com impaciência, começando a se afastar em direção ao *Tesoura de Vento*.

— Eu não sou nenhum herói. Você é a única aqui que está tentando ser. — Dane sustentou o olhar dela por um instante, os olhos cheios de... algo indecifrável. Em seguida voltou para a operação de resgate, misturando-se aos outros.

— O que vamos fazer? — Mira perguntou a Dane.

— Tudo o que a gente puder — disse ele. — Ainda temos seis dias com a frota, tempo suficiente para chegar a San Francisco. A verdade é que os navios não iam ajudar muito lá, de qualquer maneira. Não vi as ruínas, mas não consigo imaginar navios terrestres circulando dentro da cidade. Quando encontrarmos esse Regimento Fantasma, e Holt e Avril voltarem com o Bando, vamos compensar a perda dos Mercadores do Vento.

— Eu quis dizer o que vamos fazer com os *prateados*...

Esse era o problema real, não era? O Embaixador e seus rebeldes eram quase cem agora, e era preciso admitir que representavam um poder tão grande quanto os Hélices Brancas; e agora eles estavam aparentemente tão vulneráveis quanto qualquer um ali. Os Confederados, no entanto, poderiam perder todos os caminhantes sem sofrer de fato uma única derrota.

Dane esfregou os olhos, cansado.

— Só temos que pensar estrategicamente quando usá-los, assim como fazemos com qualquer outro ativo, e espero que mais desertores passem para o nosso lado quando fizermos isso. — Ele se virou para ela, confuso. — Por que eles fazem isso? Por que se revoltam se isso custa a vida deles?

Mira deu de ombros. Era uma das muitas coisas que ela ainda não entendia nos alienígenas.

— Talvez seja a hora de você descobrir — disse Dane.

O "ACAMPAMENTO" DOS CONFEDERADOS estava instalado numa área aberta do deserto que consistia basicamente em areia compacta; caminhar ali era como andar sobre o cimento. Eles tinham deixado definitivamente para trás as colinas verdejantes do norte de Idaho. Mesmo sendo noite e o sol já ter sumido no horizonte, o calor ainda incomodava embaixo das roupas. Por que alguém iria querer viver naquele deserto?

Os Confederados sempre acampavam à mesma distância do *Tesoura de Vento*. Na verdade, Mira apostava que, se alguém medisse o espaço entre os dois acampamentos a cada parada, descobriria que a distância era sempre milimetricamente a mesma. Ela tinha feito aquele percurso muitas vezes, deslizando furtivamente para fora do seu beliche, no navio, e ido dormir em meio aos Confederados, onde podia respirar, onde podia realmente pensar.

Guardiã... As projeções começaram a chegar, uma após a outra, dezenas delas. *Você retorna.*

As máquinas eram como grandes sombras no escuro, e as em torno de dezenas de entidades douradas e cristalinas que flutuavam no ar iluminavam-nas com estranhas listras ondulantes de âmbar. Quando ela se aproximou, os caminhantes se moveram na direção dela.

Mira observou as formas brilhantes, pairando entre os caminhantes. Como Dane tinha ressaltado, ver as entidades fora das máquinas estava ficando cada vez mais difícil, agora que elas estavam enfraquecidas, mas ainda era uma estranha visão, sabendo que os alienígenas eram *aqueles entes dourados*, e não as máquinas que eles controlavam. Ironicamente, os caminhantes tinham muito mais personalidade do que as ambíguas formações cintilantes. Estas pairavam no ar, flutuando lentamente ao sabor da brisa, e seu brilho aumentava e diminuía; mas, sem a capacidade de Mira para comungar com elas, pareciam dóceis, quase frágeis e, a julgar pelo que havia acontecido mais cedo, talvez fossem mesmo. Mira se perguntava como seria ser daquele jeito, uma forma real quase sem mobilidade e não física. Pensando bem, os seres humanos provavelmente não eram menos intrigantes aos olhos dos Confederados.

Mira suspirou ao sentir a ansiedade e a solidão diminuindo à medida que os alienígenas sentiam o conforto da sua proximidade, a capacidade de sentir uns aos outros outra vez, pelo menos um pouquinho. Ela se sentou no chão quente e empoeirado, e fechou os olhos.

Mostre-nos, eles imploraram. *Mostre-nos novamente.*

Mira sabia que eles queriam que ela visualizasse o Nexus, o feixe de energia que o alienígena à beira da morte tinha compartilhado com ela. Ela entendia por quê, mas estava cansada demais. Era inquietante perceber quanto esforço ela precisava fazer para afastar constantemente as projeções dos Confederados, para se concentrar apesar delas.

Mostre-nos. Mostre-nos. Mostre-nos. Mostre...

As projeções cessaram quando foram sobrepujadas por uma presença mais imponente, cujas cores brilhavam mais do que todo o resto. Ela reconheceu o modo como suas cores ondulavam em sua mente, do mesmo modo que distinguia todos os padrões individuais dos Confederados.

Era o Embaixador.

Os outros se afastaram quando ele se aproximou. O Embaixador estava fazendo com que os outros dessem espaço a ela, tanto física quanto mentalmente. Ela abriu os olhos e viu o enorme Bruto prateado de cinco pernas parado diante dela, seu olho triangular oscilando o tempo todo enquanto a observava.

Guardiã...

Obrigada, ela projetou para ele, saboreando a paz e o silêncio.

Mira ainda não entendia o papel do Embaixador ali, por que os outros pareciam aceitar o seu comando, mas achava que ele era como alguém da "nobreza", assim com a Realeza verde e laranja que havia perseguido Zoey nas Terras Estranhas. Aparentemente, esse *status* significava alguma coisa, mesmo entre os rebeldes.

Você tem perguntas, o Embaixador projetou. Devia ser óbvio.

Mira tinha de fato, uma em particular, bem óbvia.

Por que vocês lutam por nós se o preço é tão alto?

Porque nós não acreditamos, foi a resposta previsivelmente enigmática.

Em quê?

Em Scion. Na Ascensão.

A primeira resposta, ela compreendeu. Scion era como os Confederados chamavam Zoey, mas a outra era um mistério para ela.

Imagens irromperam em sua mente e ela estremeceu quando as sentiu invadindo seu cérebro. Imagem após imagem, contando uma história, assim como na ocasião em que o Embaixador tinha lhe explicado sobre o Nexus.

Mira viu quando os campos de energia dourada e ondulante, agora tão conhecidos, moldaram-se na forma de alguém que ela não reconheceu: a linda mulher de cabelos loiros, como uma versão mais velha de Zoey. Os olhos da mulher se abriram... e em vez de íris ou pupilas ou até as raias negras da Estática, semelhantes a teias de aranha, eles estavam cobertos por uma luz dourada brilhante. A visão recuou e revelou mais pessoas, *muitas* outras, milhões, provavelmente, com os olhos brilhando assim como os da mulher.

Alguém estava no topo de uma enorme estrutura negra, monolítica, olhando para uma multidão abaixo dela, como uma rainha observando seus súditos. A visão grandiosa abaixo despertava nessa pessoa muitos sentimentos. Empolgação. Prazer. Triunfo.

Essa pessoa era Zoey, de pé bem no ápice da Cidadela, e os sentimentos eram *dela*.

Os olhos de Mira se abriram, o coração disparado. Era *isso* que Zoey era para eles? Uma maneira de serem... *humanos?*

O Embaixador leu os pensamentos dela.

Humano é irrelevante, ele lhe disse. *Eles nunca mais vão ficar aprisionados. Nunca sem uma forma. Eles sacrificam muito. Sacrificam quem eles são.*

Era fascinante e aterrorizante ao mesmo tempo, mas ainda não respondia à sua pergunta.

O que você quer?

Impedir a Ascensão.

Algo sombrio lhe ocorreu então, algo assustadoramente óbvio. Se o Embaixador e os prateados queriam tanto deter o plano dos Confederados, independentemente do motivo, estariam dispostos a matar Zoey para conseguir o que queriam?

Os sentimentos que explodiram no Embaixador foram equivalentes a horror. Ele chegou até a dar um passo para trás, com suas pernas poderosas.

Ela é o Scion. Ela irá nos fazer Ascender.

Para Mira, aquilo parecia uma grande contradição.

Mas você acabou de dizer...

Ela vai nos Ascender, o Embaixador explicou, *mas não como os outros acreditam. Scion nos tornará inteiros. Fará com que sejamos como deveríamos ser.*

Mira suspirou e balançou a cabeça. Ela não entendia, os conceitos eram tão estranhos, tão... inumanos! Tudo que ela sabia era que o Embaixador queria deter a visão horrível que tinha acabado de mostrar a ela e, ao que parecia, salvar a humanidade de um terrível destino. Além disso, não importava a maneira como ele pensava, pelo menos ele estava do lado de Mira.

A próxima pergunta veio sem pensar.

Você está morrendo também?

A enorme máquina olhou para trás.

Todos nós cessamos de ser.

Mira sorriu.

— Você é bem filosófico!...

A máquina emitiu seu ronco estranho e distorcido, e embora Mira tivesse certeza de que aquela não era a versão alienígena de uma risada, ela de fato sentiu uma energia mais leve partindo dele.

Estamos enfraquecendo, ele confirmou. *Temos pouco tempo.*

Mira ficou surpresa com a emoção que sentiu, um profundo sentimento de pesar e tristeza, e que era dela, não do Embaixador. Ocorreu-lhe que o alienígena estava ao lado dela, de uma forma ou de outra, havia mais tempo do que qualquer outro. Ela tinha passado a contar com ele, muito mais do que pensava.

Quanto tempo?, perguntou ela.

Dias.

Mira apertou os olhos.

— Só isso? Depois vocês estarão mortos e enterrados, assim como todo mundo?

Ainda há tempo, Guardiã. Vamos ganhar.

— Como? — ela perguntou. Parecia impossível. Algo sobre a natureza do alienígena, destituída de humanidade, a sua incapacidade de julgá-la ou castigá-la, permitia que ela fosse mais sincera com ele do que com Dane ou Dresden, ou mesmo Holt.

— No lugar aonde vamos, haverá mil deles para cada um de nós!

Porque lutamos como se fôssemos um só.

Mira franziu a testa, pensando que era certamente uma avaliação otimista.

Os outros não, ele explicou. *Eles reconhecem Mas'Shinra. Mas não vão lutar como um só. É o jeito deles.*

Mira achou que sabia aonde o Embaixador queria chegar. Ele estava dizendo que os diferentes clãs iriam combatê-los separadamente, um por vez, mas não como uma única força gigantesca. Ainda assim, isso não lhe trouxe muito conforto.

Como isso ajuda? O contingente enorme de apenas um clã é...

As Eletivas.

Mira sabia que "Eletivas" era como o Embaixador chamava as habilidades únicas e específicas de cada clã, e ela tinha visto de perto como elas eram variadas. Os azuis e brancos, os Mas'Shinra, davam preferência a uma abordagem equilibrada, com caminhantes pesados e médios. Os vermelhos tinham armaduras pesadas. Os Mas'Erinhah apostavam tudo na discrição e na rapidez, e o clã do Embaixador, os Mas'Asrana, parecia projetado para atacar com truculência em combates de curta distância.

Mesmo assim, ela ainda não entendia.

Como as Eletivas vão ajudar?

Elas são projetadas com um propósito, ele respondeu. *Para evitar o domínio de um único clã. Nenhuma Eletiva é superior.*

Algo naquilo fazia sentido. A resposta lhe ocorreu na forma de uma lembrança da infância.

— É como Joquempô!

Não foram nenhuma surpresa as emoções confusas que partiram do Embaixador.

Joquempô?, ele projetou interrogativamente.

— É um jogo — explicou ela. — Os jogadores escolhem Pedra, Papel ou Tesoura, e um dos três pode derrotar os outros. É... meio difícil de explicar, na verdade.

Tesoura, o Embaixador projetou instantaneamente.

Mira olhou para a máquina sem entender. O que é que tem...?

Pedra.

Mira suspirou. O alienígena estava tentando, sem sucesso, jogar o jogo.

— Não, nós temos que escolher ao mesmo tempo. Senão eu posso simplesmente...

Tesoura.

— Embaixador...

Pedra.

Papel.

Papel.

Pedra.

De repente as projeções começaram a vir de todos os lados ao redor dela, não apenas do Embaixador. Ela podia sentir a curiosidade deles, o fascínio com a ideia, por mais simples que fosse. Mira apenas gemeu de frustração.

— Esqueça o jogo! — ela gritou, e as projeções cessaram. — Você está dizendo que o nosso grupo tem uma vantagem, porque são mais Eletivas lutando juntas ao mesmo tempo?

Correto.

— Se enfrentarmos um clã de cada vez — disse Mira para si mesma —, mesmo em menor número, temos uma chance, porque mais de uma Eletiva supera uma única Eletiva. — Ela podia sentir o começo de algo que não sentia havia muito tempo. Esperança. Mas era só um fiapo de esperança, para dizer o mínimo.

Você verá, o Embaixador disse a ela.

Mira não discutiu, ela só esperava que ele estivesse certo. Instintivamente, olhou para o oeste, na direção do farol iluminado no céu noturno. Ele estava mais perto agora e mais brilhante a cada dia.

O Nexus, disse o Embaixador.

Levou um instante para as palavras fazerem sentido. Quando isso aconteceu, ela olhou outra vez para a máquina, surpresa.

— Esse farol *é* o Nexus?

Cada clã carrega um fragmento dele. Eles se misturam na órbita.

Mira olhou para o farol de outra maneira agora.

É lindo.

O Embaixador retumbou seu som eletrônico distorcido, como se concordasse.

Você acha que ela está bem? Mira projetou. Ficou claro para ambos a quem Mira se referia.

Ela é a Scion, o Embaixador disse simplesmente, como se aquilo explicasse tudo.

Mira se deitou no chão e fechou os olhos, soltando um profundo suspiro. As incessantes agulhadas e pressões entraram em sua mente de novo, clamando por atenção.

Mostre-nos, eles imploravam. *Mostre-nos novamente.*

Mira sorriu ao perceber que eles eram como crianças. Os Confederados, os grandes conquistadores da Terra, não eram nada parecidos com o que a maioria dos sobreviventes acreditava.

Não é necessário, o Embaixador disse a ela.

Tudo bem, pensou ela em resposta. *Eu não me importo.*

Ela se lembrou da imagem do Nexus, concentrou-se nela, tornou-a mais brilhante e fez com que ela se misturasse com os pensamentos dos outros, deixando que os preenchessem. Ondas de êxtase a atingiram, vindas das entidades, e Mira se deixou envolver por elas. No dia seguinte, mais uma vez, os sentimentos de ansiedade e solidão retornariam e ameaçariam dominá-la, mas aquele seria outro dia.

Pedra, o Embaixador projetou novamente.

Tesoura, projetou outro.

Mira riu. Por que não?

— Tudo bem — disse ela, quando as outras máquinas se reuniram em torno dela. — Eu vou ensinar a vocês.

18. NÓS NÃO NOS LAMENTAMOS

MARSHALL, AMBER, EVERETT, Stoney, Mira repetia mentalmente, sem parar.

Ela e Max estavam dentro de um círculo humano de Hélices Brancas, composto de dois mil membros, como um imenso laço na planície poeirenta que Dane tinha escolhido para o funeral. O lugar precisava ser plano, para que as piras se mantivessem de pé, e grande o suficiente para conter o enorme grupo de Hélices Brancas. Não tinha sido tarefa fácil encontrar o ponto certo, e Conner tinha considerado tudo aquilo uma grande perda de tempo, mas Mira insistira. Era o mínimo que podia fazer.

Afinal de contas, eles haviam perdido cento e dezessete Hélices. Um grande contingente, mas nada comparado aos quase seiscentos que tinham morrido durante a fuga de Bazar. Mira torcia para que aquela tendência se perpetuasse e o número de baixas continuasse decrescendo.

Ela olhou para as mais de cem pequenas piras funerárias e os corpos envoltos em linho cinza sobre elas. Era um lembrete não só da perda de vidas, mas de que tinha ocorrido, muitos poderiam argumentar, por causa dela.

Cynthia, Jonathon, Harrison, Mikhael...

Aquele era seu primeiro funeral de Hélices Brancas. Ela não tinha sido convidada para o de Gideon e dos que tinham perecido na Torre Partida. O segundo, depois de Bazar, acontecera quando ela ainda estava inconsciente após a batalha. Mira não tinha certeza se teria ido, de qualquer maneira, a visão de todos aqueles mortos, da imitação burlesca de...

Mas dessa vez ela tinha que ir. Queria vê-los, para nunca mais se esquecer das consequências do que ela e Holt haviam começado.

Bashir, Tomas, Coakley, Sumi...

Ela tinha pedido a Dane uma lista de nomes dos que tinham perecido, e ele tinha atendido ao pedido dela, mesmo sem entender muito bem. Para os Hélices, a morte não era algo a se lamentar, era simplesmente um fato da vida; mas ela não era uma Hélice Branca e nunca queria esquecer os sacrifícios que aquelas pessoas tinham feito. Assim, memorizou todos os nomes, um após o outro. Se pudesse se lembrar dos rostos também, faria isso, mas não tinha sequer conhecido todos eles.

Brendan, Attila, Destiny, Margaret...

Os mortos tinham sido colocados com os pés voltados para o nordeste, onde antes ficavam as Terras Estranhas. Ao lado de cada pira estava o Decano do Hélice morto. Se o Decano tivesse perdido mais de um do seu Arco, um amigo próximo ficava em seu lugar, com a Lanceta do guerreiro caído em punho. Os anéis do falecido permaneciam em seus dedos e eram queimados junto com o corpo.

Dane deu um passo à frente, o vento quente despenteando seu cabelo ondulado. Mira podia sentir a atenção dos milhares de Hélices concentrada nele. Eles o viam como um líder agora e esse era um fardo que ele suportava da melhor forma que podia.

— Só há uma coisa que precisamos aprender — disse ele, recitando as palavras tradicionais —, uma *última* coisa. Digam.

— *Enfrentar a morte sem se abater* — a multidão de Hélices gritou.

— Nós não lamentamos os caídos — Dane continuou.

— *Nós não lamentamos os caídos!* — gritaram de volta.

— Nós os honramos.

— *Nós os honramos!*

— Pois eles nos tornaram mais fortes.

— *Pois eles nos tornaram mais fortes!*

Dane assentiu e, só por um instante, seu olhar se desviou para Mira. Talvez ela fosse a única que podia realmente ver o conflito nos olhos dele, mas era melhor assim. Os outros precisavam vê-lo forte.

— Só existem cinco notas musicais — recitou —, mas as combinações entre elas dão origem a mais melodias do que jamais poderemos ouvir.

Mira vacilou quando aqueles que estavam ao lado das piras bateram, todos de uma vez, a haste da Lanceta dos mortos contra as pernas, partindo-a ao meio.

— Só existem cinco cores primárias, mas combinadas elas produzem mais matizes do que jamais poderemos ver.

Enquanto ela observava, eles colocaram as duas pontas quebradas da arma embaixo da pira, de modo que os cristais se tocassem, e em seguida afastaram-se rapidamente. Quando os cristais de Antimatéria se tocaram, a reação foi violenta.

— Só existem cinco gostos, mas eles produzam mais sabores do que jamais poderemos experimentar.

Cada pira explodiu em chamas e, dependendo dos cristais, queimaram numa variedade de cores — misturas de vermelho, verde e azul, que iluminaram a planície empoeirada enquanto o sol continuava a se pôr. Por mais bonita que fosse a visão, em Mira ela provocava apenas tristeza.

Taylor, Sawyer, Sherman, Harris...

— Nós somos fortes. Juntos, somos mais fortes — finalizou Dane.

Os Hélices ajoelharam-se todos ao mesmo tempo, de cabeça baixa, sentindo o calor das chamas. Mira manteve os olhos nas piras, nas suas cores, incapaz de desviar o olhar.

— Não haverá mais caídos. Vamos ficar ainda mais fortes. Mas *não* nos lamentamos.

— *Nós não nos lamentamos!* — os Hélices Brancas gritaram.

Max estava sentado pacientemente ao lado dela, fitando o fogo colorido, sem fazer nenhum barulho. Ele e Mira assistiram com os outros, até que o grupo começou a se dispersar, voltando para os navios terrestres. Eles só tinham observado as chamas por alguns minutos, mas esse era o jeito deles. Como Dane dissera, eles não lamentavam.

Mira ficou ali parada, ignorando o calor das chamas coloridas. Seu corpo estava coberto de suor, o calor era quase insuportável, mas aquela era uma das poucas vezes que algo tinha conseguido abafar as projeções incessantes dos Confederados. Por isso, ela estava agradecida.

— Você deixa esse fardo sobre os seus ombros pesado demais — disse Dane, de pé ao lado dela. Mira achou que ele tinha se afastado junto com os outros.

— Dá pra ser diferente? — perguntou ela, e apesar do seu esforço para não deixar transparecer a amargura na voz, não conseguiu. — São *centenas*.

— E *para que* isso, Mira?

Ela olhou para ele em choque, surpresa por ele ter feito aquela pergunta de maneira tão crua. Foi como uma bofetada.

— Eles estão mortos por *minha* causa. É isso que você quer ouvir? Porque eles estão dispostos a morrer por minha causa?

— Você está enganada — Dane respondeu. — Eles estão dispostos a morrer pela causa *deles*. Você não pode *querê-la* só pra si, ela já era a Primeira para nós muito antes de você aparecer. Gideon nos disse que ela era a coisa mais importante deste mundo, e cada um de nós acredita nisso. Nós não estamos morrendo por você, Mira, estamos morrendo por Zoey. É a nossa escolha e, se quer que eles a sigam, você precisa aprender a honrá-la em vez de ficar horrorizada com isso.

Por mais estranho que fosse, ela sabia que ele estava certo. Mira não pretendia entender os Hélices Brancas, mas cada um tinha seu jeito de ver as coisas e ela não tinha o direito de julgá-los. A amargura de antes se dissipou, seu olhar se suavizou.

— Eles não têm que me seguir, eu tenho você para isso.

— Isso pode mudar qualquer dia desses — disse Dane.

Mira sentiu um calafrio.

— Nem pense em dizer isso. Eu não tenho nenhuma ideia de como faria isso sem você, então você *não* tem minha permissão para tornar todo mundo "mais forte". Você entendeu, Dane?

— Está me dando ordens, agora? — ele perguntou com um leve sorriso.

— Sobre esse assunto em particular, estou sim.

— Você se preocupa demais, sabia?

Eles sorriram um para o outro. Mira gostava de Dane, ela admitiu. Nas Terras Estranhas ele tinha sido teimoso e inflexível. Ela ainda se lembrava de como ele a confrontara depois que os Confederados tinham raptado Zoey, mas presumiu que fosse a mesma emoção que estava presenciando agora, apenas expressada de outra forma. Ela não tinha percebido isso na ocasião, mas Zoey significava muito para ele, para todos eles. Desde então ele tinha se tornado alguém com quem ela contava e sua presença era uma grande fonte de conforto.

Dane olhou por cima do ombro dela, para oeste.

— Ele está mais perto.

Ao longe, o cintilante feixe de energia que era o Nexus jorrava em direção ao céu, agora que a luz do sol tinha se desvanecido. Lentamente, estava ficando cada vez mais brilhante.

— Toda vez que vejo isso — Dane continuou —, eu meio que... quase perco as esperanças. É tão longe, mas algo me diz que chegar lá vai ser a parte mais fácil. Como você consegue?

— Consigo o quê? — perguntou Mira, confusa.

— Não... desanimar. Não desistir simplesmente. Nunca conheci ninguém mais determinada que você, mais destemida.

Mira quase riu alto. Se ele soubesse... Ela pensou na resposta.

— Alguém... importante me disse para eu não focar o meu objetivo. Para eu manter os olhos no lugar aonde devo ir em seguida, nunca além disso. Então é o que eu faço.

Dane assentiu.

— Gideon sempre dizia, "Planeje o que é difícil enquanto é fácil, faça o grandioso enquanto é pequeno". Eu não sei bem se é a mesma coisa, mas está perto. — Ela sentiu os olhos dele se fixarem nela. — Você vai vê-lo novamente, sabe disso.

De alguma forma, Dane tinha adivinhado que Mira estava falando de Holt. Talvez fosse fácil adivinhar, porque infelizmente havia muito poucas pessoas na vida dela que realmente eram "importantes".

— Ele acha que estou morta — disse Mira, e as palavras a deixaram mais triste... e se sentindo muito sozinha.

— Eu *sei* que Avril está viva — Dane respondeu. — Ela conseguiu sair de Bazar e vai sobreviver a tudo no Fausto. Eu sei porque, se ela não tivesse conseguido... eu iria *sentir*. E isso não é algo que acontece porque somos Hélices Brancas, é algo que acontece quando duas pessoas têm uma ligação, e você e Holt *têm*.

Ela olhou para ele, então, sentindo esperança no que ele estava dizendo, torcendo para que fosse verdade.

— Ele sabe — disse Dane. — Uma parte dele, pelo menos.

Mira tocou no braço de Dane, seus olhos marejando, mas ela lutou contra as lágrimas. A mão dele se fechou em torno da dela.

— Nós vamos ficar bem, Mira Toombs — ele disse a ela. — Você e eu.

Mira assentiu, sem saber o que dizer, mas Dane não pareceu se importar. Eles ficaram ali em silêncio e, enquanto observavam as centenas de piras ardentes à sua frente, as chamas estranhas iluminando tudo num colorido prismático e tremeluzente, os pensamentos dela se voltaram para Holt. Onde ele estaria agora? O que estaria sentindo? Será que ele podia ver as mesmas estrelas que ela?

Eu ainda estou aqui, ela pensou consigo mesma, embora estivesse falando para ele. Eu *ainda* estou aqui.

19. SKYDASH

HOLT ACORDOU COM DORES tão dilacerantes que jamais pensou ser possível. Quando a consciência delas se instalou, tentou se agarrar aos seus sonhos. Estava com Mira, em algum lugar no deserto, cercado por estranhas cores chamejantes. Mas por mais que tentasse não conseguiu, a imagem não se fixava e se dissipou quando ele acordou completamente, a dor tomando o seu lugar.

Ele olhou ao redor da pequena "cela" onde tinha sido jogado, um cubo quase perfeito, feito de madeira e chapas de metal, com um teto de fibra de vidro. Ele tinha visto aquelas celas de fora muitas vezes. Quando ele e Ravan eram caçadores de recompensas para o Bando, aquela prisão era para onde sempre levavam o resultado das suas caçadas, e a ironia disso não lhe passou despercebida.

Ficar de pé foi um processo agonizante, em que ele pôde sentir a dor excruciante de cada costela quebrada e as lacerações ardendo onde sua pele tinha sido cortada. Uma parte dele se perguntou quanto sangue tinha perdido, mas a verdade era que não importava. Nem a dor tinha o mesmo impacto sobre ele.

Tiberius devia estar bem decepcionado...

O único arrependimento que ele realmente tinha era Castor. O Hélice provavelmente estava numa das outras celas e, se não tivesse seguido Holt até ali, não estaria naquela situação. Ele deveria ter se afastado de Castor como fizera com Ravan. Pelo menos ela estava bem, pelo menos tinha sido poupada daquilo.

O mais provável é que eles seriam executados, provavelmente em praça pública. Holt só esperava que...

Ruídos chegaram até a cela, não os normais daquele lugar: engrenagens girando, correntes chocalhando, gemidos, o ocasional grito de um guarda mandando alguém calar a boca. Aquilo era outra coisa.

Golpes abafados de punhos se chocando contra um corpo humano. Barulho de algo caindo, então estrondos vindos de baixo, da plataforma que interrompera a queda.

A cela de Holt balançou. Ele ouviu *passos* no teto agora, leves e ágeis, e, com uma sensação de vazio, percebeu o que estava acontecendo.

— Ah, não — ele gemeu.

Segundos depois, o cadeado da porta se rompeu, quando um cristal vermelho brilhante da ponta de uma lança atingiu-o com uma chuva de estilhaços. A porta estalou e abriu. Uma garotinha loura olhou para ele, pendurada casualmente por uma mão na porta da cela, sem se impressionar com a altura de três metros abaixo.

— Masyn — Holt começou, com a voz rouca e áspera. — Escute...

A Hélice colocou um dedo sobre os lábios e sorriu, em seguida saltou para cima, desaparecendo. Ele ouviu as correntes de outra cela chocalhando, quando ela aterrissou sobre ela. A cela de Castor, provavelmente. Ela estava libertando-os, e uma onda de raiva o invadiu. Holt estava em paz com aquilo, para ele era o *fim da linha*, ele poderia parar de se preocupar, e agora ela estava arruinando *tudo*.

A cela balançou novamente. Masyn surgiu na parte de cima, deu uma pirueta e caiu dentro dela, a Lanceta presa às costas. Foi direto até ele.

— Masyn, leve Castor, mas me deixe aqui... — Masyn virou-o para ela e desferiu um soco em seu rosto, jogando-o contra a parede, e a dor que atravessou seu corpo impediu que Holt continuasse a reclamar.

— Ela disse que você ia tentar me fazer desistir — Masyn sussurrou em seu ouvido. — Infelizmente para você, nós temos um acordo, eu e ela, então ouça, eu só vou dizer uma vez. Não dou a mínima para o seu desejo de morrer ou a sua crise existencial ou o que quer que seja que está passando esta semana, a única coisa que me interessa é tirar meu amigo daqui, mas, para fazer isso, eu tenho que tirar *você* também, o que significa que você *vai comigo*. Tire da cabeça essa ideia, porque já estou fazendo isso e nem *pense* em me deter.

Holt olhou para ela.

— Você sabe mesmo convencer uma pessoa, hein?

Masyn empurrou-o na direção da porta. Quando ela fez isso, Castor se arrastou do teto para o interior da cela. Holt olhou para ele. Embora o garoto tivesse recebido um tratamento menos brutal, o Bando não tinha sido gentil com ele também. Estava com dois olhos roxos, o lábio estava inchado e segurava o braço de um jeito estranho, com uma bandagem em torno do ombro onde a flecha tinha atravessado a carne.

O Hélice olhou para Holt, e em vez de ver raiva ou acusação, Holt viu respeito mútuo. Ambos tinham passado pelo mesmo inferno, afinal.

— Holt — cumprimentou Castor.

— Castor — Holt respondeu.

Andaram até mais à frente e Holt olhou para o abismo aos seus pés, o cimento e o piso de madeira da plataforma central do Pináculo muitos metros abaixo. Havia dois corpos lá, guardas, e Holt se lembrou da luta corpo a corpo e dos gritos. Masyn devia ter nocauteado os dois lá embaixo. Ele podia ver as outras celas também, cubos como aquele em que estava, acima e abaixo na torre.

— Como vamos fazer isso? — perguntou Holt com amargura, certo de que a resposta seria desagradável.

— Eles levaram os anéis de Castor — respondeu Masyn. — Você vai ter que se segurar em mim, eu vou saltar até o topo.

— Até o topo?! — Holt perguntou, chocado. — Por que simplesmente não desce até o chão, com aquela... coisa parecida com um paraquedas que vocês têm?

— E depois o que a gente faz? Foge pela porta da frente? Como você pensa em sair do Pináculo? — Ela lhe lançou um olhar de desprezo. — Está tudo planejado, é só você ficar quieto. Enquanto você...

Gritos vieram de cima e Holt viu outro guarda empunhando um rifle. Ele ouviu o barulho de pessoas correndo nas passarelas acima e abaixo da prisão. Eles tinham sido vistos. A qualquer momento o alarme soaria e, quando isso acontecesse...

Holt podia sentir Masyn tensionando o corpo, sentiu-a começando a se inclinar para a frente. Com guardas ou não, ele não estava gostando nada daquilo.

— Espere, *espere*! Podemos falar sobre...

— Não!

Tudo em seu campo de visão ficou amarelo quando Masyn saltou. Holt não tinha certeza se o efeito dos anéis atingia quem estava perto dela ou só quem a tocava, e no momento isso não tinha a menor importância. Fechou os olhos enquanto voavam pelo ar, em seguida sentiu o impacto quando bateram em outra cela... e em seguida veio a sensação de estar escorregando.

— Holt! — Masyn gritou, contrariada. — *Se segura em mim*, presta atenção!

Ele olhou e viu a borda do teto da cela quando começou a cair. Agarrou-se a Masyn com desespero, estremecendo com a dor. Tiros espocaram ao redor deles. Os guardas estavam atirando.

— O que vamos fazer com *eles*? — perguntou Holt. Não havia como Masyn lutar contra os guardas e ao mesmo tempo segurá-lo e segurar Castor.

— Tomar cuidado — ela respondeu.

Em seguida, eles foram recuando aos saltos, voltando pelo mesmo caminho, mas dessa vez para cima. Quando faziam isso, Holt viu um dos guardas apontando a arma, mirando na direção deles. Holt estremeceu...

Um único tiro ecoou de cima para baixo. O guarda girou e caiu.

Antes que Holt pudesse pensar mais naquilo, já estavam saltando de novo e mais balas passavam raspando por eles. Ele podia ver o que Masyn estava fazendo: estava subindo com eles aos poucos, dando grandes saltos pela lateral da torre. E cada vez que fazia isso Holt tinha que se agarrar ao lugar onde ela aterrissava, respirar fundo e esquecer a dor, preparando-se para o salto seguinte.

Sempre que um dos guardas mirava neles, uma bala disparada de cima o derrubava.

O coração de Holt se encolheu. A possibilidade de que Masyn estivesse sozinha estava agora fora de questão, e só havia outra pessoa disposta a ajudar e que atirava tão bem. Isso significava que ela tinha desistido de tudo por ele e aquela constatação o enchia de pavor.

Mais três saltos e eles chegaram à passarela mais alta da torre, a uns 150 metros da plataforma. Masyn se atirou no chão, exausta, encharcada de suor, com a respiração pesada. Os anéis ajudavam, mas com dois passageiros adicionais, aqueles saltos deviam ter sido extenuantes.

Castor tocou-a com ternura, claramente preocupado...

... e um alarme alto e estridente começou a tocar de repente, ecoando através da torre. Holofotes se acenderam acima e abaixo da estrutura, iluminando tudo. Mais gritos vindos de baixo, mais tiros.

— Seus idiotas! Se mexam! — uma voz feminina gritou do outro lado da passarela. Holt olhou para cima e viu Ravan colocando no ombro o longo cano do rifle, exatamente como ele tinha imaginado. Ela olhou para ele, mas sua expressão era indecifrável.

Holt ignorou a dor nas pernas e na lateral do corpo, e ajudou Masyn a se levantar, fazendo a garota e Castor começarem a andar.

Balas retiniram na parte de baixo da passarela enquanto corriam. Quando chegaram aonde Ravan estava, ela abriu com um chute uma porta no final da passarela e Holt viu uma pequena plataforma do lado de fora, pairando sobre a estrutura principal do Pináculo, com um único cabo metálico desenhando um arco descendente no ar.

Holt gemeu com a visão. Era o Skydash.

— Nem comece — Ravan disse a ele, deixando cair o rifle. Então tirou do ombro uma mochila e despejou seu conteúdo no chão: quatro Dashclaws, roldanas que se encaixavam nos cabos do Skydash com uma garra dentada. E era só isso, não havia nem mesmo um arreio para dar a ilusão de segurança.

Holt olhou para Ravan com desgosto. Ela devolveu o olhar da mesmíssima maneira.

— Será que você podia agradecer pelo menos uma vez? — perguntou ela.

— Eu não *pedi* pra você fazer isso! — respondeu Holt, sentindo a raiva crescer. Era verdade, ele não tinha pedido, por que ela não podia simplesmente deixá-lo morrer em paz?

— Jesus! Você é a pessoa mais irritante que eu já conheci! Se isso tudo não fosse para salvar você, eu te jogaria por cima deste corrimão.

— Ei, gente... — chamou Castor, olhando para baixo, o alarme ecoando alto o suficiente para ser ouvido em cada Pináculo da cidade.

— Só me deixem aqui — Holt disse a eles. — Se me deixarem aqui, talvez Tiberius...

— Vai fazer o quê? Esquecer que eu acabei de tirar o brinquedinho dele da prisão? — Ravan avançou sobre ele, levantando o Dashclaw como um cassetete. — Eu juro por Zeus, Holt...

— *Ei!* — Tanto Castor quando Masyn gritaram dessa vez, e foi o suficiente para desviar a atenção deles para baixo. As extremidades da plataforma do Arsenal, onde ela era coberta, estavam fervilhando de membros do Bando subindo na direção deles. A mesma coisa estava acontecendo nos outros Pináculos, o Bando corria para os outros cabos do Skydash. Fogo de artilharia iluminava as plataformas e balas zuniam no ar novamente.

Holt e Ravan olharam um para o outro acaloradamente, em seguida ele tirou o Dashclaw das mãos dela.

— Vamos acabar logo com isso. — Ele enganchou a coisa no cabo e passou os braços por cima e ao redor dos dois primeiros dentes, em seguida agarrou o segundo par com as mãos e prendeu-o, do melhor jeito que pôde, na posição.

Ele olhou por cima da borda da plataforma, estudou o terreno ao longe, muito mais embaixo, e soltou um profundo suspiro. Aquilo não teria fim...

— Vai logo com isso! — A bota de Ravan o fez voar para a frente, e ele mal teve tempo de agarrar o Dashclaw quando caiu. Com uma careta, sentiu o cabo absorver o seu peso enquanto ele voava para baixo, as roldanas gemendo cada vez mais alto. O cabo levava até um dos Hubs, as plataformas suspensas menores ligadas à Cruzeta, muito maior, e seguia para cima na direção de Holt.

Os olhos dele se arregalaram quando dois membros do Bando que corriam pelo Hub desconectaram o Dashclaw do cabo. Normalmente a pessoa que deslizava pelo cabo conseguia absorver o impacto quando tocava o chão, mas Holt não estava nem perto da sua melhor forma agora.

Ele caiu na plataforma de metal e rolou até a borda, bateu no corrimão e ficou com os pés balançando para fora. Mal conseguiu se segurar.

O Hub balançou mais duas vezes quando os dois guardas aterrissaram ao lado de Holt. Ficaram olhando para ele, ali, lutando para se segurar, e sorriram. Depois cada um sacou uma faca.

Ravan aterrissou no Hub e rolou na direção de um dos guardas, como uma grande rocha, chocando-se contra ele e mandando-o pelos ares.

O segundo guarda olhou para ela, chocado.

Ravan levantou o Dashclaw e golpeou com ele a cabeça do guarda. O garoto caiu estatelado no chão e não se mexeu mais.

Ravan puxou Holt do chão e o colocou de pé. Castor aterrissou na plataforma atrás deles. Quando Holt olhou, viu Masyn com um sorriso no rosto, *correndo sobre o cabo*. Ele balançou a cabeça sem acreditar. Hélices Brancas...

Balas zuniam ao redor. Holt podia ver mais garotos do Bando correndo na direção do Hub, e mais abaixo, na Cruzeta, a plataforma grande e central que pairava acima do Nonágono, ele podia ver mais seis esperando.

Masyn saltou para a plataforma.

— Vocês são muito lentos... — disse ela, tirando a Lanceta das costas. Então pulou em direção ao cabo que levava à Cruzeta, usou a Lanceta para deslizar por ele, segurando-a com as duas mãos, e disparou para baixo.

As balas riscaram o ar na direção dela, mas já era tarde demais.

Ela desembarcou na Cruzeta, no meio do Bando. Masyn estava em desvantagem, eram sete contra um, mas isso não fazia a menor diferença.

Holt viu dois do Bando desabando no chão quase que instantaneamente, quando Masyn girou, se esquivou e atacou. Era impressionante, mas ele não tinha tempo para apreciar o espetáculo.

Ravan empurrou-o na direção do próximo cabo. Ele sentiu uma pontada nas costelas.

— Ei!

— Se você morrer depois de tudo isso, vou ficar possessa! — disse a ele.

Holt fez uma careta enquanto encaixava o Dashclaw no próximo cabo e disparava para baixo, as roldanas guinchando novamente. Na Cruzeta, Masyn lutava contra três ao mesmo tempo, enquanto outros aterrissavam sobre ele a cada segundo. Em breve não caberia mais ninguém ali.

Holt bateu no chão, mas não perdeu o equilíbrio dessa vez, apenas deslizou meio caminho antes de ficar de pé, golpear dois guardas e jogá-los por cima do corrimão, observando-os desaparecer.

Outro guarda do Bando levantou o rifle como um bastão. Holt se defendeu do golpe, mas o impacto foi suficiente para fazê-lo cambalear. Masyn girou e fez um movimento repentino com a perna, chutando para fora da Cruzeta o garoto, que gritou enquanto caía e saía de vista.

Ravan aterrissou, seguida rapidamente por Castor.

— Masyn! — ela gritou, tirando o rifle do ombro e mirando para trás, na direção de onde tinham vindo. O Bando estava deslizando pelo cabo, vindo do Pináculo das Armas, todos os guardas que tinham deixado para trás.

A arma de Ravan soltou faíscas. O garoto mais próximo caiu. Sua arma disparou novamente. Outro caiu. E mais outro. Mas eram muitos.

— *Masyn!*

— Tem certeza? — perguntou Masyn volta.

— Tenho, por favor! — A arma de Ravan disparou mais duas vezes, mais dois do Bando caíram do cabo.

A Lanceta de Masyn girou em suas mãos.

— Quais eu corto?

Ravan apontou para três das dezenas de cabos ligados à Cruzeta, que partiam dos vários Hubs e Pináculos.

— Não deixe que venham do Pináculo das Armas, isso vai nos dar tempo.

— Saquei! — Masyn respondeu e um cristal disparou da Lanceta dela... para o horror de Holt, voou *bem na direção* de um dos cabos que prendiam a

Cruzeta no alto. Os guardas que estavam deslizando na direção deles despencaram lá embaixo quando o cabo se rompeu.

Outro cabo se partiu com uma chuva de faíscas quando o cristal vermelho brilhante de Masyn passou através dele como se nem existisse. Quando o cabo rompeu, ela girou e pegou a ponta de lança verde no final da sua Lanceta com um zumbido harmônico alto. A plataforma balançou...

— O que você está *fazendo?* — Holt gritou com horror.

— Acho que já dá pra adivinhar — Ravan respondeu, disparando duas vezes mais e derrubando mais dois do Bando que deslizavam pelo Skydash.

Masyn girou novamente, mais dois cabos foram cortados. A Cruzeta balançou, o peso começando a ficar excessivo.

Holt olhou para Ravan sem querer acreditar. Ela sorriu para ele.

— Se eu fosse você, me seguraria em alguma coisa — disse ela, passando os braços em torno de um corrimão. A Cruzeta balançou novamente, mais cabos se romperam.

Holt deslizou desesperadamente até a borda da plataforma, passando os braços em torno de outro corrimão. Castor fez o mesmo.

— Você é uma total psicopata! — observou Holt.

— Temos que chegar ao Pináculo das Oficinas Mecânicas ou ao das Comunicações — Ravan disse a ele casualmente, enquanto Masyn rompia mais cabos. — E precisamos de uma entrada triunfal.

Oficinas Mecânicas e Comunicações eram os Pináculos controlados pelos rebeldes de Rogan West, e Holt adivinhou o que ela pretendia. Mas isso não bastou para tornar o plano mais aceitável.

— Por que simplesmente não *usamos* os cabos como todo mundo?

— Porque eles foram eletrificados pelos rebeldes — disse ela. — Qual é o problema? Medo de altura?

— Você *sabe* que eu tenho medo de altura!

Ravan riu alto.

Mais dois cabos foram cortados, a Cruzeta sacudiu violentamente. Holt podia ouvi-la gemer enquanto absorvia o peso. Mas agora não tinha mais volta. Os garotos do Bando, que não se deixaram enganar, tinham visto o que ia acontecer e não perderam tempo. Foram deslizando pelo Skydash em direção a qualquer Pináculo mais próximo. Quando a Cruzeta despencou, o mesmo aconteceu com todo o sistema de cabos.

— *Ravan!* — gritou uma voz à distância, que de alguma forma se sobrepôs ao caos e aos alarmes.

Holt olhou para cima, na direção do Pináculo do Comando, e do balcão no topo. Duas figuras estavam ali, observando a ação abaixo. Tiberius. E Avril.

Mesmo daquela distância, Holt podia sentir o olhar ardente do homem. Castor e Masyn olharam para Avril e a garota devolveu o olhar, incerta. De certa forma, ela e seus irmãos Hélices Brancas estavam em lados opostos de um estranho conflito.

Holt viu Ravan sustentar o olhar de Tiberius e sentiu uma onda de culpa. Era por causa dele que ela tinha feito aquilo, e a vida da garota tinha agora irrevogavelmente mudado.

— Vai! — disse Ravan, a voz firme.

Masyn assentiu, a Lanceta girando. Os últimos seis cabos, com exceção daqueles que levavam ao Pináculo das Oficinas Mecânicas, explodiram em faíscas...

— Eu amo esta cidade — disse Castor ao lado de Holt, os olhos cheios de emoção.

E então Holt fechou os olhos quando a Cruzeta se soltou e caiu, sentindo a gravidade puxá-lo para baixo. Ele se segurou quando a coisa toda arqueou, pendurada por apenas três cabos, ganhando força e velocidade. A Cruzeta era enorme. Quando caísse, iria acabar com a plataforma das Oficinas Mecânicas e qualquer um que estivesse sobre ela.

Mas Masyn saltou para a frente e agarrou o corrimão mais próximo, encostando o dedo médio no anelar. Uma nova cor, dessa vez azul, irrompeu diante dos olhos de Holt e, por mais incrível que fosse, ele sentiu a Cruzeta começar a cair *mais devagar* quando o efeito dos anéis de Masyn a envolveu. Era impressionante. Masyn estava retardando sozinha a descida da Cruzeta na direção do Pináculo.

O fato de estar caindo mais devagar, porém, não significava de modo algum que o choque ao atingir o chão seria mais suave.

O mundo balançou num cataclisma quando a Cruzeta bateu na plataforma principal do Pináculo, fazendo jorrar estilhaços para todos os lados ao atravessá-la. Tudo que Holt podia fazer era se segurar, e ele gemeu quando o impacto enviou ondas de dor através do seu corpo. Tudo virou um borrão confuso e distorcido depois disso.

Ele sentiu que alguém o levantava e o colocava de pé sobre a plataforma do Pináculo. Viu Castor e Masyn, Ravan também, todos se arrastando lentamente do que restava da Cruzeta. E formas, dezenas delas, saindo das Oficinas Mecânicas, armas em punho. Em segundos, eles estavam cercados, as armas apontadas para eles.

Perto dele, Ravan encarou os rebeldes.

— Odeio ser dramática — ela disse, ofegante —, mas levem-nos ao seu líder.

Os rebeldes olharam para ela com uma surpresa surreal, atordoados com os súbitos desastre e violência que tomavam conta da cidade. Holt soltou um suspiro. Ravan tinha realmente conseguido. Por pouco.

E tudo aquilo a troco de nada...

20.   ROGAN WEST

HOLT, RAVAN, CASTOR e Masyn avançaram juntos, em grupo, as mãos amarradas, o que, nas condições precárias em que Holt estava, tornava a caminhada um suplício. Levou algum tempo até convencerem Masyn a desistir da Lanceta e dos anéis — qualquer Hélice considerava uma grande derrota perdê-los, mas ela por fim cedeu. Castor pairava sobre ela, protetor, embora ela parecesse feroz e nem um pouco intimidada.

O Pináculo das Oficinas Mecânicas era exatamente o que o nome dizia: uma imensa garagem para conserto, modificação e, em alguns casos, construção do grande número de veículos do Bando. Buggies, *hummers*, jipes, girocópteros e ultraleves. Holt sempre gostara das Oficinas Mecânicas, havia algo de estimulante na forma como o Bando conservava o velho mundo em ação. Ele gostava das faíscas dos maçaricos, e do lamento das parafuseiras elétricas. Apesar de todo o barulho, ele sempre conseguia pensar melhor ali.

Enquanto andava, observando a coleção de veículos, era impossível não pensar no exército poderoso que eles poderiam ter em San Francisco. É claro que isso nunca iria acontecer agora. Tiberius não tinha interesse nenhum em cooperar e ele tinha sido sua maior esperança. Aqueles rebeldes estavam fazendo, na melhor das hipóteses, uma revolta efêmera. Ainda assim, ao tirar os dois Pináculos mais importantes de Tiberius, eles tinham lhe desferido um sério golpe. Ele não só tinha perdido os veículos armazenados nas Oficinas Mecânicas, como não tinha mais como consertar e rearmar os que ainda estavam em seu poder.

Eles foram todos levados à área central da plataforma, reservada para aeronaves do Bando, e empurrados em direção a um girocóptero em particular. O Bando tinha mais de uma centena de estranhas aeronaves, a maioria equipada com pequenas metralhadoras, apesar de algumas terem sido projetadas para transportar bombas. Todos os girocópteros pareciam basicamente iguais: em forma de charuto, com um ou dois lugares e uma hélice na traseira e outra, com lâminas maiores, em cima, como um helicóptero. Não havia asas no corpo principal, apenas duas pequenas e finas que se ramificavam no estabilizador vertical na parte traseira.

À medida que se aproximava, Holt notou um par de pernas debaixo do girocóptero, faíscas de solda se espalhando do lado oposto. Eles pararam na frente do aparelho, os guardas esperando. Quem quer que estivesse embaixo dele era a pessoa com quem iam falar.

Mais alguns segundos e a figura rolou de debaixo do aparelho e se sentou. Ele era Rogan West, o mesmo garoto que Holt havia conhecido no Pináculo do Comércio antes. Seu cabelo longo e loiro estava preso agora e ele usava um macacão manchado de graxa e um cinto de ferramentas que definitivamente já tinha visto dias melhores.

Rogan tirou os óculos de solda e analisou cada um dos quatro, um por vez, e quando seus olhos encontraram os de Holt este percebeu que estavam quase completamente cobertos pelo negror da Estática. West se levantou e tirou as luvas, enfiou-as num bolso do macacão, revelando uma tarântula roxa no pulso direito e uma estrela do Bando com quatro pontas, no pulso esquerdo. Ele desviou os olhos de Holt e acenou para o girocóptero.

— Adoro girocópteros — disse ele. — Parecem helicópteros, mas são muito diferentes. O rotor de cima, na verdade, não tem tração mecânica, sabia disso? Apenas o traseiro, e tudo o que ele faz é impulsionar a coisa pra frente. É o vento e o impulso que acionam o rotor superior, e é isso que faz o girocóptero se erguer no ar. A propulsão é o que o faz voar e, quanto mais rápido ele vai, mais alto pode subir. Isso é algo de que eu sempre gostei nele, uma coisa filosófica, mas eu nunca consegui realmente explicar o quê. Não sou muito poeta, acho.

Rogan estudou Masyn e Castor.

— Não conheço vocês dois. — Em seguida, seu olhar se voltou para Holt e Ravan. — Mas vocês... vocês são o que eu chamo de "figurinhas carimbadas". Ravan Parkes e Holt Hawkins. Aonde quer que cheguem, é como se trouxessem com vocês uma maldita bola de demolição.

Ravan pareceu indiferente.

— Pensei que fosse ficar mais feliz em nos ver. Você *devia* ficar.

— Feliz? Você acabou de demolir um dos dois pináculos que eu ia controlar. Você tem ideia de quanto vai demorar para consertar aquilo?

— Consertar? — Ravan perguntou, confusa.

Rogan sorriu com a pergunta e balançou a cabeça.

— Ah. Tudo bem. É *isso* que você pensa de mim. Um louco anarquista querendo destruir tudo. Eu não quero destruir nada, eu *conserto* as coisas, isso é o que eu faço e é o que interessa, na verdade. O Fausto está precisando de conserto e ninguém parece querer fazer isso.

Ravan fez uma pausa.

— E se eu dissesse que nós queremos consertá-lo?

— Eu diria que o que vocês realmente estão buscando é a minha proteção contra Tiberius, que certamente vai tentar recuperar *esse* daí — disse, apontando para Holt. — Na verdade, a única razão que não me leva a pensar que a presença de vocês é uma artimanha engenhosa de Tiberius é que Hawkins está aqui com vocês. — Rogan analisou-o de um jeito estranho, como se fosse a peça de um carro que precisasse urgentemente de um bom banho de oficina. Holt não achou a analogia tão ruim. — Quando eu vi você entrar naquele tiroteio com duas granadas, pensei comigo mesmo, agora me aparece um morto-vivo. Engraçado, você se vê do mesmo jeito, não é? Simplesmente não se importa. Acho que eu estava certo o tempo todo, tem tudo a ver com *você*, no final das contas.

Holt sentiu o olhar de Ravan, mas não olhou para ela.

— Eu não pedi isso e Ravan não deveria ter...

Holt parou quando Ravan lhe deu uma cotovelada numa das costelas quebradas. A dor foi brutal.

— Não — Rogan concordou. — Ela definitivamente não deveria, mas já fez, e agora?

— A resposta é óbvia — Ravan afirmou, impaciente. — Você nos ajuda a entrar lá e a gente ajuda você a tirar Tiberius do poder. Mais do que isso, nós temos *esses caras aqui.* — Ela fez sinal para Castor e Masyn. — O que significa que temos o que eles vieram oferecer a Tiberius. Faça negócio com a gente e ele *vai* cair. Você não tem ideia do que essas armas podem...

— Elas atravessam até aço sólido, pelo que ouvi dizer — Rogan falou, interrompendo-a. — E são reutilizáveis. Acho que a ideia era transformá-las em balas.

Holt olhou para Rogan surpresa. O que ele tinha acabado de dizer envolvia muito mais do que transmitir conhecimento sobre cristais de Antimatéria.

— Você acha que eu conseguiria fazer uma revolução dessa proporção sem ter o meu próprio pessoal lá dentro? — Rogan olhou para o girocóptero. — Sou mecânico e tenho um olho bom para as coisas. Metade das peças que você encontra por aí tem falhas ocultas, você precisa ser capaz de dizer quais delas tem algum valor. Eu vejo o seu valor, Ravan. Vejo o valor do acordo com os Hélices Brancas. Hawkins, no entanto...

Holt enrijeceu, ele não gostava de ser o centro da conversa.

— Holt escapou de Tiberius duas vezes — respondeu Ravan. — Isso fez com que Tiberius parecesse menos poderoso e, se Holt se juntar a você, pode inspirar outros a fazerem o mesmo.

Rogan balançou a cabeça.

— Eu não vejo nada de muito "inspirador" nele.

Holt não discutiu, ele não estava nem aí. Aquele, afinal, era um esquema que tinha tudo para dar errado; eles estavam apenas esperando o inevitável agora.

— A promessa de armas, armas poderosas — Rogan continuou —, essa é uma oferta para o futuro, quando os meus problemas atuais estiverem resolvidos, mas não me adianta muito agora, não acha? Acredite ou não, não estou interessado em destruir o Bando, quero provocar mudança e lucrar com isso. Quero *consertar* o Fausto. O tempo de Tiberius acabou. Você mesma disse, ele se recusou a fazer negócios com os Hélices Brancas. Por quê? Porque poder não é algo que se negocia? Não foram essas as palavras exatas dele? Ele é um gênio mecânico, eu respeito isso. Um visionário também, mas... por que não *poderíamos* negociar com os Hélices Brancas? Essa não é uma uma rota mais direta para o poder do que a guerra? Temos recursos tremendos e mercadorias para negociar, mas a maioria faz parte de um arsenal que nunca poderemos usar sozinhos. Qual é o problema de trocarmos isso por outra coisa? Pode-se aumentar o poder de várias formas diferentes, é isso que Tiberius não entende.

— Você é um capitalista, então? — perguntou Ravan.

— Ah, eu não sou um Mercador do Vento, sou um *pirata*. Só que sou o único que vê que este mundo está mudando.

— Mais do que você imagina... — disse Holt baixinho. Rogan olhou para ele.

— Se quer que isso funcione, eu preciso de duas coisas de você — Rogan disse a ele. — Alguma coisa para me ajudar a derrubar Tiberius, em primeiro lugar. Se isso não acontecer, qualquer outro acordo que fizermos não vai servir para nada.

Holt pensou naquilo. Ele tinha passado anos no Fausto, conhecia partes dele muito bem. Contando que não tivesse mudado muito, ele poderia com certeza pensar em maneiras de prejudicar Tiberius, talvez até mesmo de tomar outro Pináculo.

— Qual é a segunda? — perguntou Holt.

— Confiança — Rogan respondeu. — Algo que me mostre que você está realmente empenhado. Eu olho em seus olhos e não vejo nada. Talvez o que Ravan pensa de você seja verdade, talvez você tenha sido alguém um dia, mas não estou conseguindo ver essa parte de você agora, e não confio em você por causa disso. Preciso que me faça *acreditar*.

Holt já estava farto daquilo.

— Eu realmente não me importo com o que você acredita, Rogan.

Rogan sorriu e acenou com a cabeça.

— Praticamente a resposta que eu esperava. — Ele olhou para Ravan, Masyn e Castor atrás dela. — Você três podem ficar, pelo seu valor óbvio, mas Hawkins se manda daqui. Amanhã vamos colocá-lo num buggie e ele pode ir para onde quiser, mas eu não quero ele aqui.

Ravan balançou a cabeça.

— Holt fica ou todos nós vamos embora.

— Então você todos podem dar o fora daqui — Rogan respondeu sem hesitar, voltando a pôs as luvas e ajoelhando-se ao lado girocóptero. — Podem ficar esta noite para pensar a respeito, se quiserem. É claro que, pelo jeito, deliberações bem pensadas não são o forte de vocês, não é?

Ele deslizou para debaixo do girocóptero e retomou seu trabalho. Holt sentiu cortarem suas amarras com uma faca e viu os homens de Rogan fazendo o mesmo com os outros. Eles foram levados para longe, em direção a uma das passarelas que subia pela lateral da torre e, por fim, a uma das plataformas residenciais do Pináculo, a cerca de meio caminho do topo. Masyn e Castor foram levados para um cômodo, Ravan e Holt para outro.

O quarto era decorado com dois criados-mudos diferentes, uma escrivaninha, uma cômoda e duas camas pequenas. No momento, nada parecia mais atraente do que uma cama e um colchão e...

Ravan empurrou-o contra a parede e a dor transpassou as suas costas.

— Qual é a sua? — ela perguntou. — Não vê que está estragando tudo? Ou você simplesmente não dá a mínima?

— Eu já disse isso uma centena de vezes, Ravan, você deveria ter me deixado lá, esquecido de mim, mas você não consegue me deixar em paz. Como sempre.

— Tem razão, eu tenho uma dificuldade real de fazer a coisa certa quando se trata de você. — A mão de Ravan agarrou o colarinho dele com força. Na condição em que estava, Holt não tinha certeza se conseguiria sair correndo se quisesse.

— Isso me irrita, sabia? Eu *odeio* fraqueza. Eu. Não. Faço. *Sacrifícios*. Não faço por outras pessoas, não faço por coisa nenhuma... exceto quando *você* está por perto.

— Nunca pedi para você se sacrificar — ele disse a ela, levantando a voz com mais raiva e frustração. — Eu não quero nada, você não vê? Estava feliz onde estava, com tudo morto e enterrado, e então você me arrasta de volta e começa tudo de novo. Quando vai entender que *eu não quero você!*

Os olhos de Ravan se encheram com mais emoção do que ele jamais tinha visto. Ele a queria longe dele, queria que ela se fosse, era o melhor para ela, mais seguro, melhor para os dois, na verdade. Ele tinha que fazê-la parar de se sacrificar por ele; ele não valia a pena, porque não podia dar o que Ravan queria. Nunca seria capaz de dar aquilo a ninguém.

Ele a sentiu afrouxar os dedos que seguravam sua gola. Quando falou, a voz dela era um sussurro cheio de amargura.

— Tem razão. *Não* me pediu isso. Nunca me pediu nada, não é? Porque você não se importa comigo, não de verdade, *nunca* se importou, e eu continuo me metendo na sua vida, eu vivo fazendo isso.

— Rae... — começou Holt.

— Não! — ela disse a ele. — Pra mim chega. Chega. De qualquer forma, seja qual for a dívida que eu tinha com você, ela já foi paga, agora pegue suas coisas e saia daqui. Saia e nunca mais volte.

Ravan o segurou contra a parede por mais um instante... em seguida empurrou-o para longe e saiu, batendo a porta atrás dela.

Holt fechou os olhos, sensações estranhas se sobrepondo à dor, coisas que ele não sentia muito ultimamente. Emoções. Ruins. Culpa, vergonha, raiva.

Ele golpeou e derrubou o abajur de um dos criados-mudos e depois o observou espatifado no assoalho. Aquilo não o fez se sentir melhor.

Vá embora, Ravan tinha dito, mas para onde ele iria? Não havia mais nenhum lugar aonde pudesse ir agora.

21. O NEXUS

ZOEY ESTAVA SOBRE UM TAPETE branco felpudo perto da lareira, olhando para tia Rose enquanto ela lia o livro em seu colo. Por mais que tentasse, Zoey não conseguia entender as palavras que Rose estava lendo, embora algo lhe dissesse que eram importantes.

Você é o meu sol, o meu único sol... A canção ecoava por todos os lugares, abafando a voz de Rose. Ela achou que tinha conseguido distinguir uma palavra enquanto a mulher falava, mas não tinha certeza.

Parecia... "dragão".

Então o sonho se desvaneceu.

ZOEY ACORDOU na estranha sala preta, de paredes onduladas. Rose, ou a mulher que tinha sido ela, estava sentada no sofá, segurando a cabeça com as mãos. Zoey não tinha ideia por quê.

— Você não achou que seria assim, não é? — perguntou Zoey. — As lembranças e os sonhos.

Rose se sobressaltou ao ouvir a voz da menina. Quando ergueu os olhos, eles tinham um brilho demente e, por um instante, Zoey sentiu um lampejo de emoção. Era medo.

— Eu não gosto deles — disse Rose em voz baixa. — São... perturbadores.

— Quando eu estava com o Mas'Erinhah, eles me mostraram coisas que eu sei agora que eram memórias dos Sentimentos. Era estranho e assustador, porque pareciam *minhas*, mas não eram. Provavelmente está acontecendo o mesmo com você. Está ficando cada vez mais difícil reprimir, não é? Está ficando mais difícil saber de quem elas são.

— Eu não entendo. Minha personalidade devia ser *dominante*.

— Não é assim tão fácil, tia Rose — explicou Zoey e os olhos da mulher se estreitaram.

— Não me chame assim — disse ela.

— Se você lutar contra isso, só vai ficar mais difícil — avisou Zoey. — Você estava lutando antes, é por isso que o sonho terminou. Você estava tendo o mesmo sonho que eu, não estava? Você lendo um livro para mim, no passado. O que o livro dizia, tia Rose?

— Pare de me chamar assim! — a mulher gritou. — Eu *não* vou vivenciar essas lembranças. Eu me recuso. Elas são uma fraqueza, e eu *não* sou fraca, sou uma Mas'Shinra.

Zoey balançou a cabeça.

— Você mesma disse, você é mais do que isso agora. É tanto ela quanto você mesma. Não vê? Vai acontecer a mesma coisa com cada Confederado que habitar um corpo humano.

— Não é verdade.

— Eles vão ter essa mesma dificuldade, essa mesma dor, a outra mente nunca vai deixar que destruam suas lembranças, porque elas são importantes demais.

— Não é isso que foi profetizado — disse Rose, confusa.

— Talvez vocês só não tenham entendido a profecia — Zoey disse a ela. Sentiu a emoção extravasar de Rose, mais medo, mas dúvida agora também. Sentia outras coisas, podia vê-las, como milhares de fios saindo da consciência brilhante da mulher. Cada um deles era uma lembrança, Zoey podia dizer, lembranças que a envolviam. Ela se perguntou se conseguiria puxar um daqueles fios, se conseguiria trazê-los para a superfície de alguma forma e...

As emoções se desvaneceram, assim como os fios. A mulher olhou para ela com um ar severo.

— É preciso ter força para vencer, e assim o faremos. Você vai nos ajudar.

Zoey balançou a cabeça.

— Eu já disse, eu não vou. Nunca mais.

— Você não tem escolha — disse Rose. — Você é a Scion. *Vai* ser a nossa Ascensão.

Para Zoey, parecia que a mulher a fitava com dois olhares diferentes. Um cheio de compaixão, o outro de ameaça.

ZOEY ESTAVA DEITADA em outro laboratório, numa maca metálica preta, guarnecida de braços mecânicos. Cada um deles prendia um pulso ou tornozelo, mantendo-a imóvel na superfície dura. Dentro do laboratório havia quatro caminhantes menores, Centuriões, como ela agora os chamava, seus olhos triópticos estudando-a com curiosidade. Rose também estava lá, olhando de um canto, e ainda parecia transtornada com a conversa anterior.

— Para que isso? — perguntou Zoey. — O que estão fazendo?

Nas paredes dos dois lados de Zoey se abriram dois buracos esféricos perfeitos, e dois longos braços mecânicos deslizaram para fora. Na extremidade de cada um havia um dispositivo triangular estranho, feito de um brilhante metal prateado. Pareciam antenas gigantes, e luzes piscavam na ponta de cada uma delas.

— Tia Rose — Zoey gemeu, observando os braços flutuando em sua direção. Ela estava assustada, e não apenas por causa dos braços, mas porque tudo ali era muito familiar. — Tia Rose, por favor. O que eles vão fazer?

— Shh, criança — a mulher disse a ela. — Vai ser rápido... e você não vai se lembrar de nada.

Algo naquilo a incomodava. *Você não vai se lembrar de nada.*

Os braços se aproximaram um pouco mais. Um zumbido audível encheu seus ouvidos. Os Sentimentos brotaram, vindo à superfície por vontade própria, sussurrando e sugerindo coisas. Ela os seguiu para onde eles a levavam, em direção à mulher que tinha sido Rose. Havia emoção lá agora, levemente perceptível, sob a superfície.

Apreensão. Dúvida.

Os Sentimentos voltaram sua atenção para as lembranças de Rose e, com a ajuda deles, ela viu os fios novamente. Zoey estendeu sua percepção na direção da mente da mulher e segurou o fio que os Sentimentos pareciam indicar... e, em seguida, ela o puxou.

Rose ofegou, sentindo o que Zoey estava fazendo.

— Espere...

Mas já era tarde demais. Zoey puxou mais forte, afrouxando as muralhas ao redor daquelas lembranças, deixando que viessem à tona e, quando isso aconteceu, elas a inundaram.

Zoey viu um quarto quase idêntico, ela mesma presa a uma maca quase idêntica, tudo no passado, meses antes, antes de ela ter sido transportada para longe dali. Viu braços quase idênticos com dispositivos quase idênticos rodearem os dois lados de sua cabeça, o zumbido aumentando, a luz crescente...

E, então, quem tinha sido Zoey, todas as suas lembranças e experiências, foram simplesmente apagadas.

— Ela está aprendendo! — A voz da mulher era frenética. — Ela está se lembrando!

Foi assim que eles tinham agido antes, ela sabia agora. Foi assim que tinham apagado suas lembranças; e, à medida que ela puxava mais os fios, mais as lembranças da entidade dentro de Rose transbordavam como uma represa muito cheia.

A mulher que tinha sido Rose estava certa. Ela *estava* se lembrando. E quanto mais se lembrava, com mais raiva ficava. Eles estavam tentando fazer tudo de novo. Ressetando-a, tornando-a outra lousa em branco, esperando que isso a deixasse mais cooperativa, e provavelmente iria dar certo, porque isso significava que, se eles limpassem a sua mente dessa vez, ela iria esquecer tudo o que tinha passado, tudo o que tinha descoberto sobre si mesma, cada lembrança que tinha de Holt, Mira e Max. Tudo isso sumiria, não significaria mais *nada*.

Ela não permitiria que isso acontecesse.

Zoey fechou os olhos. Ela podia sentir cada máquina no cômodo, a maca prendendo-a, os braços, os Centuriões, tudo aquilo, e a realidade era que tudo aquilo era vulnerável a ela. Ela sabia disso agora.

Era por isso que tinham bloqueado suas lembranças antes: estavam assustados com o poder que ela poderia exercer ali, e eles tinham razão em temer, porque num lugar como aquele, com suas habilidades alienígenas ampliadas pelas Terras Estranhas — criando estrutura biológica... ela era quase um deus. Ela simplesmente tinha esquecido a verdade.

— *Não!* — Zoey gritou. Faíscas explodiram dos braços estendidos na direção dela, enquanto eles se contorciam e desabavam no chão. As argolas em seus pulsos se abriram.

— Segurem-na! — gritou a mulher que tinha sido Rose.

Dois Centuriões avançaram... então estremeceram quando Zoey se rebelou aos seus controles, mesmo com as entidades dentro deles. Seus braços mecânicos se levantaram e eles se chocaram um contra o outro, várias e várias vezes, até que restassem apenas faíscas e pedaços de sucata amassada.

Rose se lançou contra ela. Zoey estendeu a mão. Os dois últimos Centuriões, sob o comando dela, agarraram a mulher e a empurraram contra uma parede.

As argolas dos tornozelos se abriram. Ela estava livre, e Zoey saltou da maca para o chão.

— Zoey, espere, por favor! — a mulher gritou, lutando contra as máquinas que a seguravam. — Você não tem ideia...

— Eu tenho, sim — disse Zoey interrompendo-a, a raiva borbulhando. — Eu sei o que vocês fizeram da última vez. Não vai acontecer de novo. — Zoey andou até a parede mais distante e analisou-a. Era como tudo mais ali, ela agora sabia: sob total influência dela.

Zoey se concentrou. A parede estremeceu e se transformou, dissolvendo-se. Além dela estava o interior da Cidadela, que se estendia para baixo, para cima e para os lados. Havia naves e caminhantes em todos os lugares, casulos corriam ao longo dos trilhos. Aos seus pés, um abismo quase sem fim, o fundo a milhares de metros abaixo.

— Zoey... — A mulher lutou, mas ela estava presa. Zoey podia sentir seu medo genuíno pela segurança da menina, mas ela não se importava. Lembrava-se de tudo agora, cada pequena coisa que tinham feito a ela, e nunca, *nunca mais*, iria acontecer novamente.

— Não é como eu pensava no início. — Zoey estendeu novamente a sua mente, encontrando o que queria, trazendo-a para ela. — Pensei que eu é que estivesse presa aqui com você, mas não é verdade. A verdade é que... todos vocês é que estão presos aqui *comigo*.

Do lado de fora, fagulhas voaram quando um dos casulos parou diante dela. Zoey podia senti-lo. Os trilhos e a energia elétrica que fluíam deles, ela sabia como manipulá-los agora; era estranho que não tivesse visto isso antes, mas aquela era a ilusão que os Confederados haviam tentado incutir nela.

Rose gritou quando Zoey pulou dentro do casulo, forçando-o a se abrir com a sua mente. Ela se acomodou dentro dele, fechou as portas e projetou a mente para fora. O casulo começou a se mover novamente, deixando o laboratório para trás.

Um som pulsante e repetitivo de repente encheu o interior da Cidadela. Ele bradava alto e ritmicamente, de um modo cada vez mais alarmante, enquanto os sentimentos e emoções de todos os Confederados ali sopravam sobre ela como um vento de tempestade. A notícia do que tinha acontecido espalhou-se instantaneamente pelo Todo e isso significava que não só os Mas'Shinra sabiam o que estava ocorrendo, como todos os outros clãs.

A Scion tinha fugido, a Scion não era mais cooperativa.

Lá no fundo, Zoey tinha um palpite de que os Confederados tentariam bloquear o sistema de trilhos, mas ela simplesmente expandiu os seus sentidos e acionou-o com a sua própria energia. O casulo nem sequer perdeu velocidade, apenas continuou levando-a para onde ela queria.

Três Predadores apareceram do lado de fora, tomando posição ao redor do casulo enquanto ele se movia. Zoey ignorou-os, estendeu seus sentidos e sentiu o sistema ferroviário. A rede de trilhos apareceu em sua mente, ramificando-se em inúmeras vertentes que levavam a quase todas as partes da assombrosa estrutura.

Zoey analisou a planta do lugar e encontrou o caminho certo. O casulo estremeceu e pegou trilhos diferentes, avançando em outra direção, ganhando velocidade.

As emoções dos Confederados ao redor dela mudaram. Eles sabiam para onde ela estava indo, sabiam o que ela pretendia. O horror que os dominou foi intenso. Ela sentiu a ordem relutante se espalhar pelas entidades dentro dos Predadores em torno dela.

Eles iriam atirar. Eles iriam *matar* a Scion. Não havia escolha agora.

Zoey sorriu. Era muito tarde para isso.

Ela estendeu a mão e assumiu o controle de um dos Predadores, ativando suas armas. Do lado de fora, ouviu um zumbido agudo quando os canhões de plasma ganharam vida e dispararam. Uma das naves explodiu e mergulhou em direção ao chão.

Houve outra explosão quando um segundo Predador destruiu aquele que ela estava controlando e, quando fez isso, o casulo saiu dos trilhos e se partiu.

Zoey abriu as portas do casulo, revelando a enorme queda abaixo, então simplesmente deu um passo em direção ao vazio... e *caiu*.

O sistema de trilhos desmoronou em cima dela e o casulo se soltou. Tudo na Cidadela, peças do sistema de trilhos estavam caindo em explosões de faíscas.

Ela estendeu seu poder mental enquanto despencava, encontrou o último Predador que restava e assumiu o controle dele.

A entidade lá dentro resistiu, mas não era páreo para ela. Zoey obrigou a nave a descrever um arco no ar até ficar embaixo dela... e então ela aterrissou no teto com um solavanco. Ela se agarrou à fuselagem, segurou firme e fez a nave decolar novamente, sentindo a energia que fluía através dela se irradiar através do seu próprio corpo. Era como se *ela* fosse a nave e aquilo era incrível.

Jatos de luz amarela passaram por Zoey chiando e ela viu caminhantes Louva-a-deus nas plataformas que circulavam as laterais da enorme estrutura, atirando nela.

Zoey girou o Predador e mirou nos Louva-a-deus mais abaixo. Seus canhões dispararam, enviando jatos de plasma. Três dos Louva-a-deus foram atingidos e explodiram. Ela sentiu sua nave tremer. Labaredas de fogo se ergueram de seus motores, ela rodopiou e começou a cair. Zoey controlou-a enquanto mais jatos de plasma cruzavam o ar.

Ela olhou para a esquerda e, à distância, por entre as colunas e plataformas e trilhos sinuosos da Cidadela, viu onde estava tentando chegar: a imensa coluna cintilante de energia que se elevava até o topo da estrutura. Podia senti-la, mesmo dali, e sabia que a coluna tinha ligação com tudo o que ela podia fazer e tudo o que ela era. Zoey sentia a energia jorrar na direção do céu acima e além, no espaço onde encontrava correntes de energia semelhantes, partindo de outras Cidadelas em todo o mundo. Isso era chamado de Nexus, a fonte de tudo o que os Confederados eram.

Era também a chave para o que ela tinha vindo fazer ali. A chave para *destruí-los*.

Ela guiou o Predador em direção a uma plataforma, mas já podia sentir os caminhantes avançando na direção dela. Eles sabiam para onde ela estava indo e estavam apavorados. E tinham razão de ficar, Zoey pensou. Nunca mais iriam machucá-la, nem a mais ninguém.

O Predador se chocou contra a plataforma, deslizou para a frente numa chuva de faíscas e Zoey se segurou firme até ele parar. Ela deu um salto para longe quando, atrás dela, a Efêmera começou a se erguer no ar, iluminando tudo com sua brilhante luz dourada.

Zoey andou pela plataforma num passo decidido, analisando-a. Descomunais caminhantes Aranha aguardavam em fila, apagados, encarando-a do alto dos seus três metros de altura. Atrás ela ouviu os sons digitais frenéticos dos Louva-a-deus se aproximando, e viu movimento à frente, mais Louva-a-deus querendo interceptá-la.

Zoey alcançou com a mente um dos Aranhas em estado de dormência e preencheu-o com a sua energia. Ele ganhou vida instantaneamente, seus motores rugindo, erguendo-se em toda a sua altura. Ela se virou para olhar os que estavam atrás dela e uma dezena de mísseis disparou de suas espáduas. Ela sentiu o calor das explosões, sentiu a plataforma estremecer. O Aranha continuou se movendo, enfrentando o Louva-a-deus atrás dela.

À frente, outros seis apareceram. Ela assumiu o controle de quatro e os fez voltar suas armas para os outros, explodindo-os em pedaços. Os outros dois ela atirou da plataforma, fazendo-os desaparecer no grande buraco.

Zoey trouxe mais dois Aranhas à vida, e eles a ladearam enquanto ela andava pela plataforma, até chegar ao centro da enorme estrutura. A luz do Nexus estava se intensificando, ela podia sentir sua energia.

Mais caminhantes surgiram, mas eram irrelevantes. Ela assumiu o controle de todos. Alguns ela explodiu, outros lançou da plataforma, outros ainda atraiu para perto dela, fazendo-os rodeá-la enquanto andava, as entidades dentro deles lutando para resistir, mas inutilmente. Atrás de Zoey, as chamas e a destruição deixando um rastro brilhante de fogo e fumaça a perder de vista.

Zoey chegou à borda da plataforma e olhou para onde a fulgurante coluna de energia jorrava preguiçosamente para cima, a cerca de duzentos metros de distância. Ela tinha que alcançá-la e fazer o que era preciso.

Zoey olhou para a plataforma e deixou sua mente vagar através do metal. Fechou os olhos... e tudo começou a mudar de forma, expandindo-se em direção ao Nexus, fazendo uma ponte. Zoey pisou nela.

O alarme soou. Ela sentiu o pavor e o desespero dos Confederados ao seu redor. Predadores apareceram no ar enquanto Zoey se movia, mas ela os fez colidir uns com os outros e cair em chamas.

A ponte parou de se estender a uns trinta centímetros de distância do Nexus. Ela podia sentir o seu poder, uma sensação de calor que percorria seu corpo. Assim como antes, a coluna curvou-se e começou a se inclinar em sua direção.

— Zoey! — gritou uma voz.

Zoey se virou e viu Rose na plataforma mais atrás, reparou no rastro de destruição que ela tinha deixado atrás de si, as dezenas de caminhantes que arrastara junto com ela por aquele lugar, como brinquedinhos de criança.

— Eu sei o que é isso — ela gritou de volta para a mulher. — É o lugar onde vocês nasceram.

— Em parte, é, sim...

— Vocês levam a energia com vocês, pelos mundos por onde passam.

— Precisamos dela — disse a mulher que tinha sido Rose um dia. — Ela nos sustenta.

— Cada clã constrói uma Cidadela. Cada uma delas é um pedaço do Nexus. E a Estática é transmitida dessas colunas. Meus poderes, eles vêm dele também, assim como os seus.

— Sim...

— Mas eu nasci nas Terras Estranhas. Não tenho limites. Posso *drená-lo* e deixá-lo seco se eu quiser, posso absorver tudo isso dentro de mim, e não apenas esta coluna, mas as do mundo todo.

A voz de Rose estava trêmula.

— Nós morreríamos. Por favor, não faça isso!

— Vocês machucaram tantas pessoas! — disse Zoey. — Não vão machucar mais ninguém.

Ela estendeu a mão para o Nexus. Ele se inclinou na direção dela ainda mais depressa, curvando-se a partir do centro. Zoey percebia os Sentimentos dentro dela recuando, tentando fazê-la parar, mas ela os ignorou também. Se eles não queriam isso, não deveriam tê-la levado até ali.

— Zoey, espere! — gritou a mulher que era e não era Rose. — Só o sinta. Basta *sentir* o Nexus por um segundo antes de fazer isso. *Por favor.* Apenas o sinta!

Não foi a voz desesperada da mulher que a fez hesitar, ou as palavras em si, foi a emoção por trás delas. Ela sentiu o que Rose estava sentindo. Horror. Não com o que Zoey estava prestes a fazer, mas com o que seria perdido, e a tristeza por essa perda era imensa, sugerindo que talvez, apenas talvez, o Nexus fosse algo diferente daquilo em que ela acreditava.

Ela sentiu a concordância dos Sentimentos, um apelo semelhante. Eles lhe mostraram o que fazer, mostraram onde ela deveria tocar e sentir com a mente, e instintivamente Zoey fechou os olhos e estendeu a mão para o Nexus.

O mundo exterior desapareceu. Sua mente se expandiu. Calor se propagou através dela, de um tipo que nunca sentira. Era como se o seu corpo estivesse cheio da luz do sol, a tal ponto que ela não conseguiu mais sentir a si mesma.

Nada mais restava dela agora... e era glorioso!

Nenhuma palavra poderia descrever o Nexus, a serenidade pura, embora aquilo não fosse o que mais lhe chamasse atenção. Cada sensação, cada entidade dos Confederados do lado de fora que estava tentando forçar caminho para entrar na sua mente, para implorar a ela, de repente desapareceu... com exceção de uma única e poderosa fonte.

O próprio Nexus.

Chocada, Zoey percebeu sentimento e emoção irradiando dele. Ela o sentiu lhe dando boas-vindas, sentiu-o abraçá-la ao seu próprio jeito. Sentiu uma onda de algo que só tinha sentido algumas vezes, principalmente de Mira e Holt, algo que ela só poderia descrever como... *amor*.

O Nexus era mais do que um campo de energia que produzia vida. Era, *ele próprio*, a vida. Zoey podia sentir a sua consciência, e essa consciência sem dúvida era completamente, inegavelmente bondosa e benevolente. Ele falava com ela. Mostrava-lhe coisas: soluções, ideias. Ele havia esperado muito tempo até que ela viesse. Zoey escutou, considerou o que ele tinha a dizer, sentiu os Sentimentos por trás de tudo concordarem. Por fim, os filhos do Nexus poderiam ser inteiros e livres, se ela concordasse...

A mente de Zoey dava voltas, lutando com a nova realidade que tinha acabado de ser confiada a ela. Destruir os Confederados significava destruir o Nexus e, sabendo o que ela sabia agora, isso era completamente impossível. O Nexus era maravilhosamente vivo. Só a ideia de matá-lo por si só já era horrível.

Zoey pensou no que ele havia lhe mostrado, e ela percebeu o que significava, tudo parecia se encaixar, como a peça final de um gigantesco quebra-cabeça cósmico. Pensando bem, ela já sabia a verdade desde a Torre, não sabia? Só não sabia a forma que suas ações tomariam. Uma estranha calma veio com o fato de perceber tudo isso, agora que o fim do longo caminho estava tão próximo.

Ela sabia, finalmente, o que tinha que fazer.

Relutante, Zoey recolheu sua mente de volta, distanciando-a do Nexus. O mundo voltou a entrar em foco. Ela estava na ponte, dezenas de Predadores no ar ao redor dela, armas em riste. Atrás dela, mais Aranhas e Louva-a--deus aguardavam... Rose estava parada ali, olhando para ela com desespero.

A experiência devia ter durado alguns segundos, mas tinha feito toda diferença.

Zoey olhou para Rose. A mulher devolveu seu olhar.

— Agora você entende — disse Rose.

— Sim. — Zoey assentiu. — Eu *sou* a Scion. A Ascensão de vocês.

Uma manifestação de emoção afluiu na direção dela, partindo de todas as entidades dos Confederados na Cidadela e fora do lugar, centenas de milhares, de uma só vez, e os sentimentos eram de alívio, alegria, expectativa.

— Raio de sol... — chamou-a a mulher que tinha sido Rose, abrindo os braços para a menina. Zoey andou até ela e se deixou abraçar, tentando não pensar no que estava por vir. Só havia uma solução real, porque ela não poderia fazer aquilo sozinha. Parecia incrível, quando pensava naquilo. Como tudo estava em sintonia. Será que a Torre tinha planejado aquilo também? Ou seria simplesmente o destino?

De uma forma ou de outra, ela iria saber em breve. Só esperava que Mira e Holt a encontrassem logo.

22. A PINÇA

GUARDIÃ, A PROJEÇÃO veio de longe até ela. *Espere por nós*.

— O Embaixador acha que devemos esperar — Mira informou aos outros.

— Por sorte, não recebo ordens de Confederados — respondeu Conner.

— Mas você recebe ordens *minhas* — disse Mira incisivamente, olhando para a interminável rede de trilhos e trens enferrujados abaixo deles. Estavam no alto de uma colina, observando o que restava da Ferrovia de West Platte. Um dia o maior pátio ferroviário do sudoeste, uma grande estação que recebia trens de todo o continente, reunidos ali para reparos, recarga e reencaminhamento para os seus destinos.

Agora tudo não passava de um grande ferro-velho. Os trilhos ainda eram visíveis, mas as areias do deserto estavam lentamente cobrindo tudo. Havia provavelmente perto de uma centena de locomotivas se deteriorando ali, a maioria ainda atrelada aos seus vagões carcomidos.

O interessante era que eles não estavam ali por causa disso. Ao longe, sete grandes pontes ferroviárias estendiam-se sobre o mesmo rio que os intimidara em Rio Vista, todas largas o suficiente para deixar passar um navio terrestre. Apenas uma delas era utilizável, no entanto. Duas estavam bloqueadas com os esqueletos enegrecidos e carbonizados de trens de carga, provavelmente metralhados por Predadores dos Confederados muito tempo antes.

— Por que não viemos direto para cá? — perguntou Mira. — Rio Vista só tinha *uma* ponte.

— Sim, mas a viagem é bem mais tranquila — respondeu Dresden, em pé ao lado dela. — Você já andou sobre trilhos dentro de um navio terrestre? Não é nada divertido. Tem que avançar bem devagar ou arrebenta o eixo.

— Não se ficarmos sentados aqui, esperando — disse Conner, impaciente. — Precisamos fazer isso agora, enquanto podemos.

Mira não tinha tanta certeza. O que a incomodava com a situação era a completa ausência de Confederados ali, especialmente depois de terem se deparado com o comitê de recepção que os esperava em Rio Vista. Os alienígenas tinham deduzido com precisão para onde estavam indo aquele dia, por que não agora? Não havia muitas rotas sobre o rio para um navio terrestre.

— Onde *eles* estão? — Mira perguntou com preocupação.

— Você reclama de cada coisa estranha... — disse Conner. — Seja onde os Confederados estiverem, o que importa é que não estão *aqui*, e precisamos atravessar agora, antes que isso mude. Temos o vento a nosso favor. Além disso, Smitty e aquela funileira dos Hélices Brancas já têm mais de quarenta navios armados.

Isso era verdade, mas o que realmente a incomodava era não ter o Embaixador e os prateados ali com eles. Nem os Caçadores dos Mas'Erinhah poderiam acompanhar a frota em pleno Chinook, e eles tinham ficado para trás aquela tarde. Eram apenas a frota e os Hélices Brancas ali agora.

Ela olhou para Max, deitado no chão ao lado dela. Ele descansou a cabeça nas patas e fechou os olhos. Pelo menos *ele* não parecia preocupado.

Atrás deles estava a frota dos Mercadores do Vento. Conner havia mandado que se dividissem em cinco grupos, que se esgueirariam cuidadosamente pela estação ferroviária e o labirinto de trens arruinados, cada um em direção a uma ponte, e depois a atravessariam um após o outro. A maioria dos Capitães conhecia o lugar, já tinha usado as pontes antes, portanto não teriam que perder tempo procurando o caminho. No geral, previu Conner, a coisa toda deveria levar apenas algumas horas.

Mira olhou para Dane, de pé em frente às centenas de Decanos Hélices Brancas, e percebeu que ele parecia tão impaciente quanto Conner. A única diferença era que os Hélices provavelmente estavam esperando que aquilo *fosse* uma armadilha.

— Acho que é melhor seguirmos em frente — concordou Dane. — Vê quanto o lugar é estreito e apertado, com todos aqueles vagões? Qualquer caminhante que aparecer por lá não vai conseguir manobrar lá embaixo; vamos invadir o lugar antes que eles disparem o primeiro tiro. É provavelmente por isso que não estão aqui, sabem que não é uma posição defensável para eles.

Guardiã, espere...

Mira afastou as projeções do Embaixador e dos outros. Se Dane estava confiante, ela não deveria estar também? Não seria apenas o seu medo de testemunhar mais funerais como o da noite anterior? Dane estava certo, ela tinha de superar o anseio desesperado de não perder mais ninguém, de não sentir a culpa que pesava sobre ela, porque isso iria acontecer e não só uma vez. Era o seu caminho agora.

Todo mundo esperava a resposta dela. Mira assentiu.

— Vamos nessa.

Dane virou-se para os Decanos e começou a dar ordens. Dresden e Conner e os outros Capitães ali por perto se comunicaram por rádio com suas tripulações. Bandeiras de diferentes cores foram agitadas nas gáveas dos navios terrestres, enviando o sinal para os navios de trás.

Mira cutucou Max com o pé. Ele acordou com um olhar contrariado, mas a seguiu enquanto ela ladeava Dresden de volta para o *Tesoura de Vento*. O navio era o sexto numa fila de onze embarcações, bem no meio da frota. Mira não tinha certeza se esse era um bom lugar ou não.

— Você está preocupada — Dresden observou.

— Está fácil demais.

Ele não disse nada que indicasse se concordava ou não. Nemo estava sentado no corrimão do *Tesoura de Vento*, cheio de preguiça, esperando que eles voltassem. Max latiu e avançou através da prancha na direção do gato amarelo, mas Nemo mal saiu do lugar. Ele sabia que o cão não podia alcançá-lo ali, e Mira tinha certeza de que o bichano gostava de provocar Max. Ela gostava cada vez mais daquele gato.

Em vinte minutos toda a frota estava partindo em direção à estação ferroviária, cada fileira de uma dezena de navios ou mais serpenteando em direção ao ponto de entrada do labirinto de trilhos e trens antigos. Mira estava no convés do leme com Dresden, observando enquanto Jennifer, a responsável pelos artefatos, e o timoneiro Hamilton, assim como Parker, coordenavam o movimento do navio. Aparentemente, dava muito mais trabalho conduzir um navio terrestre lentamente do que mais rápido. Era mais difícil controlar o Chinook, os marujos tinham que soltar e prender as velas o tempo todo e Hamilton precisava ficar de olho nos navios enfileirados, enquanto manobrava através dos trens e trilhos em direção à sua ponte.

Eles estavam indo relativamente depressa, porém. Todas as cinco fileiras estavam agora no meio da estação, na metade do caminho até as pontes. Estava começando a parecer que tudo ia ficar bem e, como de costume, esse era justamente o momento em que tudo dava errado.

Mira ouviu um estranho e agudo zumbido vindo de uma extremidade da estação. Quando olhou, viu um pequeno objeto esférico no ar. Estava longe demais para que ela discernisse os detalhes, mas pelos sons estranhos que fazia e pela sua trajetória perfeita no céu, só poderia ser uma coisa: algo tecnológico. Mira sentiu o coração acelerar.

— Dane — Dresden gritou para o líder dos Hélices, que já estava seguindo o objeto com os olhos. — Isso é algo de vocês?

Dane apenas balançou a cabeça, negando.

Do canto da estação veio um breve clarão quando o objeto explodiu num lampejo ofuscante.

Um relâmpago explodiu no céu, brilhante mesmo à luz do dia, e Mira estremeceu. Um som parecido com um trovão ecoou em torno deles e então o ar se rasgou ao meio. Essa era a única maneira de ela descrever aquilo. Um enorme buraco de pura luz surgiu com um tremor e todos a bordo do navio perderam o fôlego.

— Foco! — gritou Parker. — Não *importa* o que aconteça!

Hamilton conduziu o *Tesoura de Vento* lentamente para a frente enquanto a tripulação continuava a pleno vapor, mas todos estavam com os olhos colados no buraco. Mira percebeu o que era quase no mesmo instante. Ela já tinha feito buracos como aquele antes, mas para isso usara combinações de artefatos chamado Portais. Ela tinha certeza de que se tratava da mesma coisa. Portais, de algum outro lugar para aquele onde estavam.

Segundos depois, as suspeitas de Mira se confirmaram.

Uma grande aeronave na forma de charuto começou a tomar forma lentamente através do portal, relâmpagos crepitando em torno dela. À medida que seus contornos iam se definindo, Mira pôde ver que se tratava de algum tipo de aeronave de grande porte e — o mais impressionante — pintada num padrão de cores que ela nunca tinha visto antes; combinações arrojadas de amarelo e preto cobriam sua espessa fuselagem metálica.

O Embaixador tinha razão. Os outros clãs tinham vindo dar suporte aos azuis e brancos.

Guardiã, o Embaixador projetou para ela, a quilômetros de distância. *O que acontece?*

Instintivamente, Mira abriu sua mente para o alienígena, enquanto observava a nave sair completamente do portal e pairar na extremidade da estação ferroviária. Ela ficou ali parada, imóvel.

Mas'Rousha, o Embaixador respondeu, e havia um tom perceptível de repulsa em sua projeção.

— Não parece tão letal, na verdade — Dresden comentou, não muito convencido. — Quero dizer... ela está sozinha.

Uma massa de escuridão eclodiu dos lados da nave, fluindo no céu. Zumbidos eletrônicos encheram o ar.

Enquanto observavam, a nuvem borbulhante dividiu-se em duas e uma delas avançou até a frente das fileiras de navios, enquanto a outra foi para a parte de trás.

O zumbido se intensificou e Mira pôde ver que as nuvens eram compostas de milhares de objetos menores. Max rosnou baixo.

— O que eles estão fazendo? — perguntou Mira.

— É uma manobra militar em forma de pinça — Dane explicou, num tom sombrio, atrás dela. Seus olhos estavam seguindo os enxames que disparavam em direção aos navios terrestres. — Vão atacar as fileiras de navios começando pelas pontas, e então...

— Vamos ficar presos no meio, sem ter como sair — Dresden terminou por ele. Ele, Mira e Dane se entreolharam, praticamente com a mesma expressão nos olhos. Todos os pontos fracos que Dane tinha apontado anteriormente, a falta de mobilidade, a susceptibilidade ao ser cercado, tudo isso agora estava sendo usado por *eles*.

— O que vamos fazer? — perguntou Parker.

— Vamos *lutar* — disse Mira, sem hesitação, não por bravura, mas porque era a única resposta real. Ela olhou para Dane e Dresden. Eles acenaram de volta.

Dane pegou o rádio no cinto e falou no fone de ouvido:

— Todos os Arcos se espalhem e cubram o maior número de navios que... — Sua voz se desvaneceu enquanto ele se afastava, seu Arco posicionando as máscaras sobre a boca e o nariz.

Estamos chegando, o Embaixador projetou.

Claramente, a intenção era se teletransportarem, mas Mira sacudiu a cabeça. *Não! É muito estreito para os caminhantes. Eles estão em vantagem.* Ela sentiu uma culpa enorme ao constatar isso. Tinha sido uma armadilha. E ela tinha dado a ordem para que avançassem diretamente para ela.

— Sinalize para todos pararem, todos os navios, e abram fogo! — Dresden gritou para o sinaleiro na gávea, e ele começou a agitar as bandeiras coloridas em padrões. Mira assistiu a ação se propagar e os navios colossais começaram a parar, cercados pelos vagões enferrujados dos velhos trens de carga.

Em seguida, explosões irromperam na frente da sua fileira de navios.

O enxame de objetos estranhos envolveu completamente a frente de cada fileira. Velas se rasgaram e caíram no convés, ela viu garotos despencando dos mastaréus, outros pulando da embarcação aos montes. Tiros de cristais de Antimatéria elevaram-se no céu, tanto das Lancetas quanto dos canhões dos navios terrestres, e deixaram trilhas de fogo enquanto explodiam no meio do enxame de máquinas, mas simplesmente havia Confederados demais.

Mais explosões vieram de trás e mais dois navios sacudiram e desmoronaram. Mira não sabia bem o que aquelas máquinas estavam fazendo; não estavam disparando nenhuma arma que ela pudesse ver, mas, independentemente disso, estavam fazendo justamente o que Dane tinha previsto. Em segundos, todos os navios terrestres na parte da frente e de trás das cinco fileiras de embarcações estavam em chamas.

O *Tesoura de Vento* parou com um solavanco. Eles estavam presos no lugar.

Os Hélices Brancas saltaram do convés em lampejos de amarelo, espalhando-se sobre o teto dos trens antigos. Os outros Arcos estavam fazendo o mesmo. Zumbidos altos e harmônicos foram ouvidos quando os canhões dos navios abriram fogo. Os enxames zumbiam para todo lado, dizimando as fileiras de navios.

Nemo ficou com o pelo arrepiado e pulou do parapeito, correndo em direção às plataformas mais baixas. Mira voltou-se para Dresden.

— Temos que sair daqui e correr para os vagões! — ela gritou. — Eles são de metal. Este navio é de *madeira*.

Dresden lhe lançou um olhar severo.

— Eu não vou abandonar o meu navio.

— Por mais nobre que seja essa coisa de "afundar com o seu navio", Capitão, você vai ser um idiota se...

Mais explosões destroçaram os navios dos dois lados do *Tesoura de Vento*.

Ambos assistiram quando o enxame os sobrevoou, finalmente se reunindo e convergindo numa enorme massa de maquininhas zumbidoras. Mira podia vê-las agora. Discos metálicos voadores, de cor amarela ou preta, cada um do tamanho de um Frisbee. O zumbido vinha da metade de cima, que girava tão rápido que não passava de um borrão.

Três deles bateram com força contra o convés do *Tesoura de Vento*, penetrando dentro dele em meio a nuvens de serragem. Segundos depois... explodiram em bolas de fogo que enviaram marujos pelos ares e abriram crateras no convés. Mira percebeu com horror que as coisas eram basicamente lâminas voadoras explosivas, e havia *milhares* delas.

Mira e Dresden se deitaram no convés quando as maquininhas passaram voando, quase os decapitando. Max latiu violentamente, tentando pular atrás dos objetos, mas Mira agarrou-o e segurou-o no chão.

— Ah, não! — Dresden gritou agoniado, enquanto as belíssimas velas coloridas do navio se rasgavam. A embarcação sacudiu novamente e labaredas de fogo surgiram nas laterais, derrubando mais alguns marinheiros de Dresden.

Mira olhou para ele incisivamente.

— Nós temos que...

— Eu sei! — ele gritou de volta, e havia dor em seus olhos. — Eu sei.

Dresden se virou para Parker.

— Solte o cabo que prende os marujos nos mastros e dê ordem para abandonarem o navio. Se escondam nos vagões de trem.

Parker parecia tão angustiado quanto Dresden, mas não discutiu. Gritou as ordens e os marujos começaram a saltar do navio; os garotos dos mastros deslizando para baixo, pelo que restava dos cabos de sustentação, e bem na hora...

Mais dois discos se cravaram num mastro... então explodiram.

A coisa toda foi abaixo, os cabos entre o mastro principal e o secundário arrastando as duas estruturas e fazendo-as desabar no convés.

Dresden agarrou Hamilton e Jennifer e empurrou-os em direção à amurada do navio. Mira agarrou Max... mas o cão se desvencilhou dela e disparou para longe, correndo como se tivesse um propósito.

— Max! — Mira começou a correr atrás dele, mas sentiu as mãos de Dresden a puxarem de volta.

— Esse cachorro vai viver mais do que a gente! — ele gritou. Os discos estavam por toda parte, zumbindo no ar, e pareciam cada vez mais numerosos.

Ela tinha uma boa ideia do que aconteceria se um deles a atingisse, e afastou dos pensamentos a imagem da sua cabeça sendo arrancada dos ombros.

Todos saltaram do navio e caíram com tudo no chão, Mira sentindo o tornozelo quase quebrar. Ela gemeu, mancando enquanto andava, e Hamilton puxou-a para um dos vagões de carga velhos com Dresden e Jennifer.

O vagão estava sujo e enferrujado, mas vazio, exceto por cerca de quatro Hélices Brancas em cada porta, disparando suas Lancetas para o ar. Dane estava entre eles, gritando ordens em seu rádio.

Ela podia ver os cristais de Antimatéria cruzando o ar, explodindo uma dezena de discos cada um, mas isso não fazia uma diferença real. As armas dos Hélices Brancas eram feitas para grandes alvos. Aquele era um enxame e Mira nunca tinha visto nada parecido.

Para piorar a situação, ela podia ver a "nave-mãe", a que havia entrado através do portal. Alguns dos cristais de Antimatéria eram disparados na direção dela, mas toda vez eram desviados para longe por uma espécie de campo de energia oscilante que surgia em torno da coisa.

A nave estava protegida por um escudo, assim como os caminhantes Brutos do Embaixador.

As costas dela se chocaram contra a parede do vagão quando mais navios terrestres desintegraram e desabaram ao redor do vagão.

Guardiã, a "voz" do Embaixador encheu sua mente novamente. *O que acontece?*

Mais explosões, mais gritos. Ela olhou para a porta. Alguns dos Hélices Brancas mais valentes estavam girando e saltando em meio ao enxame, interceptando as máquinas em pleno ar, mas as baixas entre os aparatos alienígenas não eram significativas. Enquanto ela observava, um dos discos passou bem pelo meio da Lanceta de um guerreiro, dividindo-a ao meio, e ele caiu em algum lugar fora da vista. Mira estremeceu quando uma explosão dizimou tudo no lugar onde ele havia caído.

Nem tudo está perdido, o Embaixador projetou de volta, sentindo suas emoções.

O que podemos fazer?

A nave-mãe, o Embaixador projetou. *Seu reator. Fica no centro.*

Mira viu mais cristais de Antimatéria sendo ricocheteados pelo campo de energia da nave.

Mas não conseguimos atravessar o escudo!

Outro pode. Olhe.

Mira olhou de novo, concentrada, enquanto mais explosões sacudiam o chão.

Dois dos drones bateram no vagão de trem e o Hélice ali dentro despachou-os antes que pudessem explodir. No céu, a nave-mãe ainda pairava, despejando mais e mais drones mortais, deixando o lugar saturado deles.

Então ela viu. O escudo piscava por um microssegundo cada vez que um deles era lançado. Os *drones* podiam passar pelo escudo. Seus olhos se arregalaram, devia ser isso que o Embaixador queria dizer, mas ela não tinha nenhuma ideia do que fazer com a informação.

— O que ele está dizendo? — Dane perguntou quando encontrou um lugar para se esconder ao lado dela, um cristal azul voando de volta pela porta do vagão até a extremidade da sua Lanceta. Ele devia ter adivinhado que ela estava se comunicando com o Embaixador.

— Temos que atirar na nave — disse ela, estremecendo quando mais explosões balançaram o trem.

— *Como?*

Do lado de fora, Mira viu mais dois navios terrestres serem atingidos, viu mais Hélices caírem, marujos de Mercadores do Vento serem engolidos pelo fogo. Aquilo era um pesadelo, aquilo era...

— Mira! — A voz de Dane gritou às suas costas. — *Como?*

Ela lhe contou sobre o centro da nave, o escudo, os drones, e a mesma ideia se formou na mente dos dois. Mira viu a mesma solução que Dane, e um sentimento de pavor tomou conta dela. Mas não havia nenhum medo nos olhos dele, nenhuma tristeza. Não havia nada na verdade, porque ele já tinha aceitado. Talvez já tivesse aceitado havia muito tempo.

— Entendo.

— Dane... — disse Mira, o medo crescendo dentro dela. — Por favor, não faça isso.

Outra explosão, ambos viram os homens de Dane morrendo lá fora.

— Quem mais poderia ser? — ele perguntou, com um sorriso bondoso. — Um dos meus Arcos? Devo pedir a eles? — Ele nunca faria isso, ela sabia. Dane sustentou o olhar dela com força e determinação. — Diga a Avril... — começou ele, depois parou. O sorriso desvaneceu. — Não. Ela vai saber.

— Por favor... — Mira implorou. A voz dela soou desesperada, sua garganta doía. — Eu *preciso* de você, Dane. Eu não posso fazer isso...

A mão dele segurou o ombro dela, mas Mira não sentiu. Sentiu apenas uma dormência fria se espalhando através dela.

— Sim, você pode, Mira Toombs. Sim, você pode.

Ele sustentou o olhar dela por mais um instante, em seguida virou-se para o que restava do seu Arco no vagão de trem.

— Defendam esta posição com suas vidas — disse a eles. — Obedeçam a Mira Toombs. *Ela* é a Shuhan de vocês agora.

Outro Hélice encarou o líder em estado de choque... em seguida Dane saltou pela porta de aço do vagão de trem num lampejo de amarelo.

Mira ficou ali bem no meio daquela porta, explosões e estilhaços voando por toda parte, mas ela nem percebeu. Assistiu enquanto Dane perfurava um drone com uma extremidade da sua Lanceta, então girava no ar e perfurava outra. Os drones soltavam faíscas e depois apagavam, presos nas extremidades da sua arma como peixes arpoados. Então ele saltou novamente, em direção à nave.

Ela sentiu Dresden segurá-la e forçá-la a se deitar no chão apodrecido do vagão, mas mesmo assim Mira ficou olhando para Dane, observando enquanto o escudo em torno da nave-mãe piscava, dando passagem a Dane, ao ser enganada pelos drones. Ela observou quando ele agarrou a parte inferior da nave, viu quando disparou duas extremidades de sua Lanceta para o alto, em direção ao centro da nave, viu-os explodir em chamas azuis e verdes no topo.

A aeronave explodiu. Violentamente. Uma explosão que abalou a estação de trem e derrubou todos ao seu redor. Os destroços em chamas caíram do céu e se chocaram contra o solo com um retumbar de trovão.

O zumbido em torno deles silenciou. Os drones começaram a cair, milhares deles, chocando-se contra os vagões de trem e o que restava dos navios terrestres como uma tempestade de granizo.

E então, por fim, estava tudo acabado.

Os drones estavam todos caídos. Os Confederados tinham sido derrotados. A frota estava salva. Mas a que preço?

Mira rolou pelo piso do vagão. Dresden olhou para ela, seus olhos deixando transparecer não só o choque, mas o pesar.

O vagão de trem balançou quando algo pulou dentro dele. Max, ela viu, e ele carregava uma bola de pelo amarelo na boca: Nemo, soltando silvos e mostrando as garras, totalmente contrariado, mas *vivo*. Quando Max colocou-o no chão, o gato correu e saltou sobre os ombros de Dresden.

Dresden e Mira olharam um para o outro, a fumaça e o pó enchendo o ar do lado de fora e então invadindo o vagão, enchendo tudo, tirando misericordiosamente deles, com uma espessa névoa cinzenta, a visão do que havia acontecido.

23. TONOPAH

ERAM MAIS DE QUINHENTOS MORTOS. As piras se estendiam quase a perder de vista na estação ferroviária. Os Hélices tinham insistido em realizar a cerimônia ali, pois preferiam cremar os restos mortais no local da batalha. Era irônico, na realidade. Havia mais mortos naquele funeral dos Hélices Brancas do que em qualquer outro, mas ele durou muito menos tempo. Mira não tinha certeza se era porque havia muito pouco a dizer... ou simplesmente porque já tinham mais prática naquilo.

Ela ficou de pé ao lado da pira de Dane. Tinham encontrado o corpo dele perto de onde os destroços da nave-mãe haviam caído, junto a uma haste de madeira carbonizada que fora sua Lanceta. Apenas os cristais permaneciam intactos, brilhando em azul e verde. Ela segurou a frágil lança nas mãos e viu que eles estavam enegrecidos, cobertos de fuligem. Seu Arco havia lhe pedido para ficar ao lado da pira do amigo. De certa forma, isso era apropriado. Era por causa de Mira que ele estava morto. Para ser justa, ela deveria estar em pé ao lado de cada uma daquelas piras.

Manny, Carter, Pershing, Amanda...

Não havia como se lembrar de todos os nomes, eram muitos, então Mira resolveu memorizar o daqueles que tinha conhecido. Mesmo assim a lista era longa.

Quinhentos. Mira sentia-se nauseada.

Os Mercadores do Vento tinham se aglomerado nos navios para assistir, naqueles que não estavam pegando fogo ou arruinados no chão. O funeral foi silencioso, ninguém abrira a boca desde que tinham se reunido, os Hélices Brancas num semicírculo em torno das fogueiras. Todos estavam olhando para ela, mas não eram olhares de ódio ou dor, era apenas como se estivessem à espera.

De repente, ocorreu a Mira... que eles estavam esperando por *ela*.

Primeiro foi um choque. Por quê? O que ela significava para eles? Será que não a culpavam? Não a detestavam do mesmo modo que os Mercadores do Vento certamente a odiavam?

Nós não vamos morrer pela sua causa, Dane tinha dito a ela não muito tempo antes. *Vamos morrer pela nossa. E você precisa aprender a honrar isso.*

Ela não tinha certeza se conseguiria; era uma coisa difícil de aprender, mas iria tentar. Mira engoliu em seco e deu um passo adiante.

— Só há uma coisa que precisamos aprender — disse ela, surpreendida pela facilidade com que se lembrou das palavras. — Uma *última* coisa. Digam-me.

— *Enfrentar a morte sem se abalar!* — a multidão de Hélices entoou em uníssono.

— Nós não choramos os caídos! — As palavras feriam ao serem proferidas, mas aquele funeral não pertencia a ela, recordou, pertencia a *eles*.

— *Nós não choramos os caídos!* — a multidão respondeu.

— Nós os honramos!

— *Nós os honramos!*

— Porque eles nos tornaram... — sua voz enfraqueceu — mais fortes!

— *Porque eles nos tornaram mais fortes!*

Ela concluiu a cerimônia, obrigando-se a dizer palavras em que não acreditava. Em seguida, pegou o que restava da Lanceta de Dane e partiu-a com o joelho. Isso a fez se encolher como se tivesse recebido um golpe. O barulho de centenas de outras lanças se partindo ecoou no ar, nítido e dissonante. Mira colocou os cristais na pira, debaixo do corpo de Dane, e deu um passo para trás.

Quase instantaneamente ela explodiu em chamas, uma mistura irreal de fogo azul e verde que tomou conta de tudo e se elevou em direção ao sol. Todos os outros estavam dando passos para trás, afastando-se do calor escaldante, mas Mira ficou ali de pé e deixou o calor opressivo da pira

253

envolvê-la, deixou-o queimá-la, esperando que a dor substituísse a culpa e a angústia que sentia.

Pela primeira vez desde que Holt tinha partido, Mira sentiu as lágrimas escorrerem pelo rosto.

A CALMA E O SILÊNCIO ERAM inquietantes agora, depois de tudo o que tinha acontecido. As piras ainda queimavam em toda a estação ferroviária. As perdas tinham sido catastróficas. Nenhum dos sessenta e três navios terrestres que haviam entrado naquele lugar tinha saído ileso. Três deles ainda estavam em condições de navegar, mesmo que precariamente. De acordo com Smitty, outros oito poderiam ser consertados. Os demais eram perda total. Cinquenta e duas belas e inspiradoras criações do novo mundo, mais do que navios, lares para os seus marujos, cada uma representando anos de trabalho, tinham se transformado em entulho. Por mais difícil que fosse aceitar, havia uma estatística ainda mais sombria.

O número de mortos.

Ninguém tinha feito a contagem exata dos Mercadores do Vento, mas estava na casa das centenas, assim como a dos Hélices Brancas, certamente. Toda vez que ela fechava os olhos, via Dane saltando em direção à nave preta e amarela. Ela se perguntou se algum dia deixaria de ver aquela cena.

Mira subiu do convés inferior do *Tesoura de Vento* para a luz do sol. O navio de Dresden tinha sofrido muitos danos, perdido seus dois mastros, e havia buracos no convés principal e no casco, a boreste, mas estava no grupo que Smitty achava que poderia ser consertado. Essa era uma boa notícia, pelo menos. Mira tinha começado a amar aquele navio, a sua combinação maluca de partes e peças, a forma como as asas prateadas de avião seguravam as velas coloridas, e, especialmente, a tripulação.

Enquanto ela caminhava lentamente em direção à frente do navio, os marinheiros já estavam ocupados, fazendo reparos, os sons de martelos e serras ecoando no ar. Ela chegou ao convés superior, onde Dresden estava perto do leme, fitando-o com um olhar perdido. Ao longe, em direção ao oeste, uma tempestade se formava. Não era algo que se esperaria naquele lugar. Quando ela parou ao lado de Dresden, viu relâmpago nas nuvens escuras.

— Não achei que chovesse no Deserto — comentou Mira.

Dresden não tirou os olhos do leme.

— Chove. Só que, quando isso acontece, é uma chuva e tanto! Tem algo a ver com o calor e o ar seco.

Mira fitou a tempestade. Parecia apropriado, considerando tudo. Ao redor de toda a estação, as tripulações estavam trabalhando diligentemente nos seus navios ou salvando o que podiam para vender como sucata.

— Eles estão indo embora. Não estão?

Dresden assentiu.

— Acontece que até mesmo as Grandes Barganhas têm um limite.

Era a resposta que ela esperava. A frota tinha sido dizimada, Bazar fora reduzida a cinzas e levaria anos para que fosse reconstruída. Eles tinham feito uma barganha, uma aposta arriscada, na verdade, e tinham perdido. Mira não tinha nenhuma intenção de tentar detê-los. Que argumento poderia ter para compensar tudo o que haviam sofrido?

— É engraçado, sabe? — Mira disse, com a voz estranhamente destituída de amargura. — A calma que a gente sente quando está tudo acabado.

— Então você está desistindo também?

Mira quase riu.

— Dane era quem mantinha todos juntos. Eu não posso liderar todos eles, ninguém pode, é impossível.

— Talvez fosse esse o problema — disse Dresden, os olhos seguindo os dela, fixos na tempestade. — Nós somos o que pensamos que somos, não é isso que os Hélices dizem?

— Não é tão simples assim.

Dresden se encostou num dos Distribuidores do navio, observando o relâmpago riscar o céu à distância.

— Você já ouviu falar do Vale Tonopah?

A pergunta era inesperada e Mira olhou para ele sem entender.

— No extremo norte do Deserto. Ainda ermo, mas tudo ficando verde novamente, muita grama, árvores, trilhas para os navios passarem. Como ainda faz parte do Deserto, é assolado pelas secas, o que significa que no verão tem muita vegetação seca e tudo pega fogo num piscar de olhos. Vários anos atrás, um relâmpago incendiou tudo, o lugar todo queimou num incêndio. As chamas atingiram as montanhas e depois se espalharam pelo vale. Foi um inferno, eu lembro que dava para ver a fumaça até de Bazar.

A voz dele ainda tinha um tom assombrado mesmo já tendo se passado um bom tempo. Fossem quais fossem as lembranças, não eram nada agradáveis.

— Havia um capitão, o nome dele era Pierce — ele continuou. — Seu navio era o *Passageiro do Vento*, e ele teve o grande azar de estar atracado bem no meio daquelas colinas quando o fogo começou. Quando os marujos acordaram, estavam cercados pelo fogo. Chamas atrás deles, à esquerda, à direita, na frente, não havia lugar do vale para onde pudessem ir.

— O que ele fez? — perguntou Mira.

— Pierce mandou todo mundo para os conveses inferiores, com exceção de um punhado de voluntários, e selaram tudo o melhor que puderam. Então ordenou Chinook completo, queimou seu Zéfiro... e navegou a toda velocidade direto para aquele vale.

— Por quê?

— O navio ia virar cinzas, não importava o que fizesse, o fogo estava cada vez mais perto. Então Pierce concluiu que, se entrassem no meio dele, talvez conseguissem atravessar a linha de fogo no final do vale. Era o caminho mais curto para fora dali, no final das contas. Ele mesmo assumiu o leme, pelo que dizem, e conduziu o navio pelas chamas mais baixas, tentando evitar que as velas pegassem fogo, porque, se isso acontecesse, aí seria o fim. Os conveses inferiores do *Passageiro do Vento* pegaram fogo e a tripulação lá dentro fez tudo para não deixá-lo se espalhar. Conseguiram cruzar a linha de fogo como uma tocha de quatro rodas. As velas queimaram, os mastros viraram carvão, as rodas estavam derretendo quando chegaram. Os marujos usaram machados e abriram um buraco no casco para sair. Das trinta pessoas no navio, mais de vinte sobreviveram.

Dresden finalmente olhou para ela, analisando-a com um ar sério.

— Todos enfrentamos momentos assim. Escolhas que ficam entre nós e o que temos que fazer. O ponto em que você precisa decidir seguir frente... ou simplesmente ficar onde está e virar cinzas. Os Mercadores do Vento chamam aquele lugar de Vale das Chamas.

Mira sentiu um arrepio na espinha. Ela se identificava demais com a história para se sentir confortável.

— Está dizendo que *você* está nesse ponto agora, Dresden?

Dresden soltou o ar lentamente, fitando-a com um olhar profundo.

— Não, Mira. Estou dizendo que *você* está.

Ele sustentou o olhar dela por um instante, então se virou e começou a voltar para o centro do navio. Suas palavras a tinham afetado de uma forma quase tangível. Dresden estava certo, não estava? Ela *estava* naquele ponto. Mas será que tinha força para juntar os cacos mais uma vez? Ela não sabia. Sinceramente não sabia.

— Dresden — Mira chamou. Ele parou, mas não se virou. — O Capitão Pierce. O que aconteceu com ele?

Dresden ficou em silêncio um longo instante.

— Queimou até a morte no leme. Mas conseguiu tirar o navio do fogo.

Mira fechou os olhos. Quando os abriu novamente, Dresden já havia desaparecido entre os marujos no convés principal. Ela se sentou, olhando para a tempestade novamente. Estava mais perto agora. Mais relâmpagos e, dessa vez, um trovão soou sobre a estação ferroviária.

Algo ao norte das nuvens escuras lhe chamou a atenção, então começou a ficar visível sob a luz fraca. Estava longe, a centenas de quilômetros, mas era tão grande que mesmo assim era visível. Uma grandiosa e tosca construção negra, que se erguia sobre a paisagem, superando em tamanho até mesmo a Torre Partida. Um feixe luminoso de pura energia jorrava de seu ápice, arqueando-se na direção do céu até desaparecer de vista.

Era a primeira vez que Mira via a estrutura que abrigava aquele feixe, o objetivo de toda aquela provação, a razão de tudo o que estava acontecendo.

Era a Cidadela, onde Zoey a esperava. Estava finalmente perto o suficiente para que a vissem.

As palavras de Dresden ecoaram em sua mente. *Você tem que decidir se quer ir em frente... ou apenas ficar onde está e virar cinzas.*

Mira olhou para o monólito negro descomunal, tomando decisões, pesando as alternativas. Enquanto fazia isso, sentiu alguém se sentar ao lado dela. Era Max. Ele ficou ali, olhando para ela com calma, sem o seu olhar habitual de desaprovação. Depois colocou a cabeça no colo dela e fechou os olhos.

Mira afagou a cabeça do cachorro. Apesar de tudo, ela sorriu.

PARTE DOIS

VALE DAS CHAMAS

24. PODER

O NONÁGONO, REPAROU AVRIL, era muito maior do que parecia quando visto de fora. As arquibancadas estavam vazias, na Torreta nenhum movimento, tudo calmo e pacífico, mas Avril sabia que debaixo dos seus pés havia metros e metros de equipamentos mecânicos e engrenagens capazes de todos os tipos de coisas bizarras.

Tiberius estava a poucos metros de distância, conversando com Quade. Seu jeito era calmo, como de costume, mas por baixo da superfície ela sabia que ele devia estar fervilhando. Holt Hawkins tinha não só escapado, mas recebido a ajuda de um dos líderes mais confiáveis de Tiberius, e ambos tinham buscado refúgio em Rogan West. A ausência da Cruzeta e do Skydash acima deles era uma lembrança constante do fracasso. Avril teria ficado muito feliz, mas seus sentimentos em relação a Holt agora eram conflitantes.

Archer, apesar de todos os seus defeitos, era irmão dela. Lembrou-se dos dias sombrios em que lutavam para sobreviver na Cidade da Meia-Noite, roubando comida, fugindo de gangues e facções. Archer tinha apanhado para protegê-la, ficado sem comer para alimentá-la. Não importava o que ele tinha se tornado depois, ele fora essa pessoa um dia, e Holt Hawkins o havia assassinado.

Ela mataria o forasteiro se pudesse, mas ele tinha escapado de sua ira assim como da de Tiberius agora.

— Você parece preocupada. — A voz de Tiberius assustou-a, Avril não o ouvira se aproximar. Quade estava a alguns metros de distância, observando-a com um olhar estranho. Ele parecia curioso, pesando as coisas que aconteceriam a ela, embora não houvesse nenhuma indicação do que seriam.

— Assim como você — Avril respondeu. — Ravan deve ser uma pedra no seu sapato.

— Eu subestimei os sentimentos dela por Hawkins — ele explicou.

— Teria feito diferença se não tivesse subestimado?

— Sim — respondeu Tiberius, com naturalidade. — Eu teria matado os dois. São decisões como essa que você terá que tomar um dia.

Avril fitou-o com desdém.

— Você está tão certo de que eu quero o que você tem...

— Eu a conheço melhor do que pensa — ele respondeu calmamente. — Você vai ter o que é seu, um dia.

Eles olharam um para o outro e a certeza na voz dele a deixou inquieta.

— Eu projetei esta arena, fique sabendo, cada uma de suas configurações. — Ele analisou o Nonágono, as bandeiras gigantes que pairavam sobre as arquibancadas vazias das nove seções. — Eles são meus projetos favoritos, aquilo de que eu mais me orgulho.

— Só você ficaria orgulhoso de algo assim — afirmou Avril, mas apenas porque se sentia na obrigação de discordar dele. Na realidade, o lugar a fascinava, o perigo que se ocultava sob a superfície. Pela primeira vez em meses, ela se sentia em casa, como se estivesse de volta às Terras Estranhas.

— Você pensa tão mal de mim — Tiberius comentou — e tão bem do seu Gideon! Ele fez muito pior do que eu. Forçando seus discípulos a viver e morrer, apenas para torná-los mais fortes. Como isso pode ser mais nobre do que este lugar?

Avril tentou pensar numa resposta, mas não conseguiu.

— Vocês afirmam ter ficado mais fortes — continuou Tiberius. — Só queria saber quanto.

— Vou ter que lutar com as suas engenhocas? Eu me nego. Vou deixar que me matem.

Tiberius sorriu e havia um toque de afeto em seus olhos. Aquela afeição toda só serviu para irritá-la. Sempre que ela desafiava o homem... isso só parecia deixá-lo mais satisfeito.

— Oh, não! — disse Tiberius. — O Nonágono não pensa, ele não está *vivo*. O verdadeiro poder só se mostra no modo como lidamos com as outras pessoas.

Como se esperasse um sinal, Quade assobiou por entre os dedos. Quatro piratas corpulentos apareceram no portão principal da arena. Avril observou-os enquanto avançavam. Quando chegaram até ela, um deles, com a cabeça raspada e uma cicatriz horrenda descendo pela lateral do pescoço, deu um passo adiante.

Avril apenas fez que não com a cabeça.

— Não vou lutar contra eles também. Não vou fazer *nada* que você queira.

— Que pena — afirmou Tibério. — Hoje vai ser um dia bem desagradável para você, então.

Avril gemeu quando o punho do garoto atingiu-a no estômago, fazendo-a se dobrar. Seus joelhos cederam e ela tombou no chão.

Uma dor transpassou a sua cabeça. Ela sentiu o gosto de sangue. Avril tinha visto o punho se aproximando — quem não teria, com o soco que o brutamontes desferiu? Foi constrangedor, mas ela se levantou e deixou que ele a golpeasse mesmo assim. Não faria o que o pai queria. Preferia morrer primeiro.

Um chute a fez rolar pelo chão de terra. O mundo girou, a dor agulhou suas costelas.

— Nada ainda? — Tiberius perguntou de pé sobre ela. — Nenhuma reação?

— Vai pro inferno... — ela sibilou.

Outro chute, mais dor. A ponta da bota do garoto encontrou o vão entre suas costelas.

— Talvez eu tenha me enganado — Tiberius observou. — Talvez o tempo que passou naquele lugar tenha sido um desperdício, afinal de contas.

A bota do rapaz fez Avril virar de costas. Ele se elevou sobre ela, agarrou-a pelos cabelos... e desferiu mais um soco. A cabeça de Avril bateu no chão. A visão ficou turva.

263

Então ela começou a sentir algo novo, algo que se sobrepôs à dor. Raiva. O sentimento estava começando a borbulhar e se acumular em seu interior.

— Não existe força nenhuma em você — observou Tiberius. — Você não é uma guerreira.

O garoto arrastou Avril pelo chão de terra, puxando-a pelos cabelos. Os outros riam, ela podia ouvi-los através do torpor. Um riso desdenhoso, como se riria de um mendigo ou de um fracote qualquer.

A raiva finalmente transbordou.

O que aconteceu depois foi instintivo, estimulado por uma parte primitiva dela que raramente vinha à tona. O treinamento de Gideon sempre dava ênfase a combates sem emoção, pois só com autocontrole e serenidade é possível reagir da maneira necessária.

Tudo aquilo foi esquecido quando Avril estendeu os braços e agarrou os tornozelos do garoto. Ela retraiu as pernas e jogou-as para cima, acima da cabeça, atingindo-o no rosto com os pés e fazendo-o cambalear para trás.

Com o impulso, arremessou o corpo para cima, estabilizando-se no chão com um agachamento.

O riso cessou. Tiberius assistia com expectativa.

Ela se virou e olhou para o garoto. Sangue escorria do seu nariz, que parecia quebrado. Ele olhou de volta com fúria... e atacou.

Avril sacudiu a cabeça para desanuviá-la e observou o rapaz se aproximar. Ele era grande, forte, mas aquelas eram vantagens que poderia neutralizar facilmente.

Ela se esquivou de um soco violento, então seu pé encontrou o ponto certo do joelho dele, que estalou, fazendo o garoto desabar no chão. Outro chute na cabeça calva o nocauteou.

A dor estava esquecida agora, substituída pela satisfação. Quando o pai acenou com a cabeça e os outros três piratas investiram ao mesmo tempo, a única coisa que ela experimentou foi uma sensação elétrica de entusiasmo. Fazia muito tempo que não era testada e, mesmo consciente da sua promessa de que sempre resistiria a Tiberius, deu a si mesma aquele gostinho.

E se sentiu muito bem.

264

O primeiro pirata, ela derrubou com um golpe na garganta. Os outros dois estenderam as mãos na direção dela, mas Avril girou o corpo para trás, se afastando, rolou pelo chão e viu os dois garotos atrás dela.

Eles não estavam mais tão confiantes, a viam como uma ameaça agora, o que significava que iriam pensar duas vezes antes de atacar. De certa forma, isso foi um erro. Deu a Avril os poucos segundos de que precisava para avaliá-los.

O primeiro garoto, um ruivo encorpado com bíceps monumentais, era canhoto. O segundo, mais alto, era destro e usava um tapa-olho no olho esquerdo. Bom. Isso iria limitar a sua percepção de profundidade e reduzir sua visão periférica.

Avril apanhou um punhado de terra e atirou-o no rosto do primeiro. Ele gemeu e deu um passo atrás, sem conseguir enxergar, e Avril saltou na direção do altão de tapa-olho. Ela se moveu para o lado esquerdo dele, sem sequer ter de se esquivar do seu soco cheio de selvageria. Apenas se inclinou e o atingiu com três golpes sucessivos.

O garoto se estatelou em meio a uma nuvem de poeira e ela pisou com força no estômago dele, para se certificar de que não se levantaria mais.

Avril se virou lentamente para enfrentar o último pirata. Ele tinha recuperado a visão e olhava para ela com ódio.

— Você joga sujo, hein, mocinha? — o ruivo rosnou. — É cheia dos truques.

— O modo como luta não é tão importante quanto o modo como vence. — Devagar, Avril circulou o garoto, estendendo os braços, flexionando os punhos, depois relaxando-os. Nossa, ela se sentia muito bem, bem melhor do que se sentira nas últimas semanas. — Chega de truques. Só você e eu, o que acha?

Aparentemente, o garoto concordou. Deu um passo em direção a ela com cautela, desconfiando dos seus ardis, mas não havia por quê. Avril queria uma briga, corpo a corpo.

Ela o deixou diminuir a distância entre eles, deixou-o até atacar primeiro. Seu soco não era ruim: em linha reta, sem desperdiçar nenhum movimento, com velocidade. Ele estava acostumado a lutar, estava acostumado a nocautear os adversários num piscar de olhos. Isso não iria acontecer dessa vez.

Avril se esquivou, calculando o equilíbrio do ruivo. Ele não vacilava, não prolongava demais os movimentos. Bom, ela pensou, ela poderia fazer aquilo durar.

Ela se esquivou de outro soco, em seguida desferiu um chute giratório em direção à cabeça dele. Ele o bloqueou, mas o impacto o fez cambalear. Os socos dela vieram rápidos como um relâmpago. Um acertou em cheio, deixando o garoto mais desorientado.

Avril diminuiu a distância... e, surpreendentemente, *ele* fez o mesmo.

Ele a golpeou enquanto ela se aproximava, jogando-a para trás, em seguida desferiu um soco que pegou no queixo.

O soco foi dos bons, o mundo ficou um pouco mais escuro e Avril saltou para trás, redefinindo a luta antes que perdesse a vantagem.

O ruivo sorriu e arremeteu contra ela novamente. Avril cuspiu sangue na terra e sentiu a raiva aumentando, dando-lhe mais poder.

Ela se esquivou de dois golpes, em seguida de um cotovelo. No soco seguinte, ela agarrou o punho do garoto com as mãos e torceu seu pulso para dentro, tirando seu equilíbrio.

O joelho dela atingiu o rosto do garoto, fazendo-o cair para trás.

Ela bateu mais três vezes. Outro chute, dois socos, ambos no estômago, com toda a força. A luta estava quase ganha, mas Avril ainda sentia a dor de um soco que ele tinha conseguido acertar e a raiva ainda fervia.

Ela arremessou o corpo para cima e enroscou os braços em volta do pescoço dele. Quando pôs os pés no chão, o impacto fez o pirata cair. O pé de Avril encontrou seu estômago; seus punhos, o rosto; os joelhos, seu plexo solar. Choviam golpes. O garoto resistiu... até perder a consciência.

Ainda assim, Avril o atacou, descontando no pirata toda a angústia que ela tinha acumulado nas últimas semanas.

Seu punho se afrouxou, fazendo uma cunha com os nós dos dedos. Seu próximo golpe seria letal. Ela mirou a garganta, sentiu o acúmulo de energia... Um tiro ecoou fortemente no ar. O som abalou sua sede pela batalha.

Quade estava ao lado de Tiberius, ambas as armas em riste, ambas voltadas para ela.

A realidade voltou com tudo. Avril sentiu o peito arfante, subindo e descendo, sentiu o suor, o calor do sol, mas não olhou para o adversário, apenas fitou os olhos do pai.

O olhar que ele lhe lançou parecia impregnado com as mesmas emoções.

— Como você se *sente*? — perguntou, estudando-a.

Avril não disse nada, apenas continuou respirando, o coração acelerado. Ela sabia o que ele queria ouvir, mas uma parte dela ainda resistia.

— Diga, Avril — o pai disse a ela. — É apenas uma palavra, e as palavras significam tão pouco!

Ela sentiu a emoção, quase como um ópio, muito mais intensa por causa da inatividade autoimposta. Não havia dúvida de que o que tinha acontecido ali tinha sido mais do que uma demonstração, era uma tentativa de levá-la a sentir o que estava sentindo agora, e havia funcionado, por mais que ela não quisesse admitir.

— *Como* você se sente? — perguntou Tiberius outra vez.

— Poderosa — ela respondeu. Era verdade.

Tiberius pareceu aprovar.

— E você de fato é.

Quade abaixou as armas, analisando-a de um jeito estranhamente calculista. Avril se levantou e se afastou dos piratas caídos, todos os quatro imóveis no chão.

— Me diga — pediu Tiberius. — O que você menos gostava nos Hélices Brancas?

A resposta veio fácil.

— Davam mais ênfase à paciência do que à ação.

Tiberius assentiu.

— Isso não combinava muito com *você*, não é? Mesmo quando era criança não conseguia ficar parada. Uma vez escapou dos guardas, escalou a janela e desceu até a plataforma, nove andares abaixo, você se lembra?

Avril assentiu com um sorrisinho.

— Era uma brincadeira para mim. Levou dois dias para eles me pegarem. Você ficou furioso.

— Eu não entendia você na época. Deveria ter visto o anseio que tinha por aventura, eu deveria tê-lo encorajado. Em vez disso o reprimi para sua própria proteção. Foi um erro. Eu deveria ter percebido que havia em você o potencial para o verdadeiro poder, ainda mais do que em seu irmão. Nunca prestei muita atenção nisso, mas estou vendo *agora*, Avril.

As emoções que brotavam dentro dela eram inesperadas. Parte dela sentia uma leve ternura pelo homem mais velho de pé na sua frente, os olhos livres de Estática, e a outra parte sentia repulsa por esse sentimento.

— Está vendo o quê? — perguntou ela.

— O futuro. — Os olhos dele ardiam ao fitar os dela.

Avril olhou para ele, em conflito, seus pensamentos e suas emoções divididos.

HORAS MAIS TARDE, seu corpo ainda doía; uma atadura apertada envolvia suas costelas, mas a dor tinha sido causada por uma luta, então não havia do que reclamar.

Avril se debruçou sobre a mureta da varanda, em seu antigo quarto, embora nenhum dos seus adornos originais ainda estivesse lá. Eram apenas as paredes de madeira sem nenhum ornamento e o teto metálico, com uma cama king size, um armário e uma escrivaninha, todos vazios.

A noite já tinha caído e Avril olhava de cima a cidade. Mesmo no escuro, ela ainda era um caldeirão fervilhante de atividade. Luzes na antiga refinaria piscavam, os fornos das cozinhas enchiam a escuridão e as enormes chamas das torres de queima rasgavam o véu da noite, ofuscando a luz das estrelas. Os sons de risos e gritos e brigas de namorados chegavam até ela. O Fausto tinha uma atmosfera eletrizante e, desde que Tiberius a fizera se lembrar de uma de suas fugas mais precoces, ela não tinha parado de pensar nisso.

Ele sabia exatamente que botões apertar para fazê-la confrontar quem ela era e, não pela primeira vez naquele dia, Avril se perguntava o que teria sido se tivesse ficado. Simplesmente outro Archer, consumido pela própria escuridão? Ou será que ela conseguiria ser algo mais? Ela nunca saberia, é claro, mas a questão a incomodava.

Uma batida na porta a sobressaltou.

— Pode entrar — gritou ela. Quando a porta se abriu, Quade estava parado do lado de fora, a última pessoa que Avril esperava.

— Posso? — ele perguntou. Sua voz estava cheia de força, mas de alguma forma tranquila também. Havia uma introspectividade em Quade. Ele era mais do que apenas um dos capangas do pai, ele era astuto, mas era preciso ser para subir tão alto quanto ele.

Avril assentiu com a cabeça e ele entrou no quarto.

— Você se saiu bem hoje — observou Quade. — Apesar de tudo o que dizem, eu não teria pensado que os estilos de luta dos Hélices Brancas eram tão eficazes.

— Isso parece um elogio — Avril comentou, estudando-o com cautela. — É o que você veio me dizer?

Quade hesitou apenas um instante, então falou de forma simples e direta. Ele não sussurrou, não olhou ao redor, e Avril sentiu muito pouco medo ou apreensão em seus olhos.

— O tempo de Tiberius chegou ao fim, o Bando não pode mais seguir sua liderança. Ele se deixou levar pelas coisas erradas, então... eu e alguns outros estamos incentivando a mudança.

Avril ficou mais do que um pouquinho surpresa, não apenas pelas palavras, mas pelo fato de ele as estar dizendo a *ela*. Quade não parecia se sentir ameaçado pelo fato de Tiberius ser pai dela.

— Você é aliado de Rogan West! — Avril disse o óbvio. — Há quanto tempo?

— Foi logo depois que eles tomaram aqueles Pináculos. É a primeira vez que alguém chega tão longe, mas eu sabia que não ia durar se alguém não aproveitasse o ímpeto e não impedisse a revolta de esmorecer. Tiberius é muito inteligente.

— *Ímpeto* foi o que faltou no ataque ao Pináculo do Comércio, não foi?

Quade franziu a testa.

— Aquilo teria funcionado se não fosse Hawkins. Aquele ataque foi inteligente, não importa o que estão dizendo por aí. Não vamos mais tomar nenhum Pináculo, a segurança está mais reforçada agora; temos que encontrar outras maneiras de tirar Tiberius do poder, e só existe um jeito. Acabar com a imagem que as pessoas têm dele. Como qualquer líder, ele só tem poder enquanto deixarem que ele continue no comando.

— Ou se ele for morto — disse Avril. — Por que não matá-lo simplesmente?

— Que bem isso fará? As regras dizem que só um Consul pode assumir a liderança e Marek está na palma da mão de Tiberius. Qualquer outro que matar Tiberius vai ser considerado apenas um assassino e executado poucos segundos depois. Matá-lo não é maneira de se tomar o poder, e o poder é tudo o que importa aqui.

A franqueza do sujeito parecia não conhecer limites, e ela o observou com curiosidade.

— O que você quer? A coroa de Tiberius?

Quade bufou de desprezo.

— Eu já tenho poder suficiente, não preciso de mais, e esse é justamente o problema. Aqui, parece que nunca se tem o suficiente. Pessoas matam, conspiram e passam por cima umas das outras para chegar ao topo, e tudo isso é encorajado pelo seu pai, porque ele não consegue ver o mundo de outra maneira. O problema é que a coisa toda está começando a desmoronar, porque todo mundo só olha para o próprio umbigo. Diga o que quiser sobre os Mercadores do Vento, mas eles zelam uns pelos outros. Trabalhei muito e por muito tempo para chegar aonde cheguei e agora ver tudo descendo pelo ralo, e eu não tenho muito tempo de qualquer maneira.

Avril percebeu que ele tinha razão. Seus olhos estavam quase totalmente tomados pelas raias negras da Estática.

— A pergunta é — Quade continuou, com os olhos pregados nos dela. — O que *você* quer?

Avril olhou para ele. Depois daquele dia, já não tinha mais tanta certeza.

— Eu não sei mais.

Quade analisou-a da mesma maneira inquisitiva.

— Bem, descubra logo, então. Você tem uma carta na manga agora, mas suas chances diminuem a cada segundo. — Ele andou até a porta, mas Avril tinha mais uma pergunta.

— Por que está me dizendo isso, Quade? — perguntou ela. — Por que você está tão certo de que não vou contar a Tiberius?

— Eu não estou — disse Quade, parando na porta. — Só tenho esperança. Pela primeira vez em muito tempo, na verdade. — Então ele passou pela porta e fechou-a atrás de si.

Estava claro o que ele queria dizer. Agora que ela sabia da traição dele, ela tinha uma carta na manga. Poderia dizer ao pai sobre Quade ou não. Antes daquele dia, ela nunca pensaria em contar aquilo a ninguém, mas agora...

As coisas não estavam tão claras. Avril olhou para a cidade.

O que ela estava pensando? Fazer política no Fausto? Era o oposto do que ela pretendia ao chegar ali, mas as coisas tinham mudado, não tinham? Ela podia tentar negar, mas a verdade era que tinha gostado do Nonágono aquela manhã, ainda sentia o formigamento da adrenalina. Ela havia dito a Gideon mais de uma vez que não tinha muita paciência. Ali tinha encontrado algo que nunca esperara. Ali ela podia *ser* ela mesma, do jeito que queria.

Olhando para a cidade ali do alto, ela viu as possibilidades. Tudo *poderia* ser dela, Avril sabia. Quem havia ali para desafiá-la?

O nono Pilar dos Hélices Brancas não saía da sua cabeça. *A tentação nos mostra quem somos.* Nunca lhe ocorreu perguntar a Gideon: se era esse o caso, então para que resistir?

25. BÚSSOLA

A CAIXA ERA UM VELHO ESTOJO de munição, com um pouco mais de um metro de comprimento, feita de madeira e pintada com uma tinta verde antiga e desbotada. A tampa tinha sido substituída por outra de acrílico, permitindo que Holt e os mais de dez piratas que haviam se aglomerado ao redor dela vissem seu interior, e o que havia *dentro* faria a maioria das pessoas se encolher.

Mas Holt não era mais como a maioria das pessoas.

Tratava-se de uma Caixa do Diabo, um jogo que só existia no Fausto. Holt enfiou o braço através de um buraco numa das extremidades. Na outra estava o único habitante da caixa, o seu corpo longo e grosso todo enrodilhado. Era com certeza a maior cascavel que ele já tinha visto, e o chocalho em sua cauda vibrou e se levantou quando o punho de Holt se moveu lá dentro.

Ainda era estranha a falta de emoção. Ele tinha visto Caixas do Diabo antes, visto caras arriscarem a vida em apostas só para ganhar créditos, mas ele sempre achara aquilo uma idiotice. Agora, porém, a caixa tinha assumido outro significado. Talvez *ela* pudesse fazê-lo sentir alguma coisa novamente. Talvez um medo primitivo pudesse se sobrepor à apatia, mas essa era a terceira vez que ele colocava a mão na caixa e até agora ainda não tinha sentido nada.

Ele estava sentado a uma mesa da praça de alimentação improvisada do Pináculo do Comércio. Os rebeldes de Rogan West tinham instalado uma temporária ali. Em toda parte havia barracas que vendiam frutos e legumes da estação, alimentos não perecíveis, água, tudo isso saqueado de fora da cidade. Pedaços de carne chiavam nas grelhas e havia um prato de carne e pimentão em frente a ele que Holt não tinha tocado.

Um burburinho excitado percorria o formigueiro humano. Apostas eram feitas. Segundos depois, algo foi empurrado por outro buraco na lateral da caixa. Um ratinho cinzento correu para a frente, disparando por um aglomerado de pedras dentro da caixa, entre a mão de Holt e a cobra, à procura de abrigo, mas não havia nenhum.

Os olhos da cobra deslocaram-se para o camundongo, sua língua bifurcada testando o ar.

Holt assistiu também, seus olhos oscilando entre a cobra e o rato e a cobra novamente, esperando o momento certo.

Então sua mão disparou para a frente e agarrou o camundongo. A cobra se desenrolou num movimento rápido como um raio e arremessou a cabeça para a frente.

Holt puxou a mão para trás. Pedras e poeira se espalharam por todos os lugares em que a serpente esbarrou. Ela atacou novamente, com a mesma rapidez, sacudindo o chocalho.

Holt arrancou a mão da caixa. A multidão murmurou, esticando o pescoço para ver melhor. Holt analisou sua pele, mas não havia marcas de mordida. Ele tinha conseguido. Mais uma vez. Soltou o camundongo, que se contorcia em sua mão, e reclinou-se em sua cadeira. A aglomeração irrompeu numa variedade de reações, alguns satisfeitos, outros com irritação. Com amargura, Holt não sentiu nenhuma dessas coisas, só assistiu enquanto todos recolhiam o que tinham ganhado em suas apostas.

— Outra vez? — perguntou um rebelde esperançoso.

Holt olhou através do vidro para a cobra, que tinha se encolhido novamente no seu canto. Seus olhos estranhos, amarelos, com fendas verticais, devolveram seu olhar ansiosamente.

— Eu acho que, para ele, chega por ora — disse uma vozinha delicada. Holt olhou para cima quando a massa humana se dividiu ao meio, dando passagem. Olive estava ali, irradiando uma ferocidade que não era páreo nem para a cascavel. Os piratas murmuraram, decepcionados, e afastaram-se, deixando-os sozinhos.

Olive observou-o com um olhar sombrio. Claramente ela desaprovava o fundo do poço em que ele chafurdava, mas, como tudo mais, a reação dela não conseguiu causar nele uma resposta. Os olhos da garota percorreram as contusões e os cortes espalhados pelo corpo dele, lembrancinhas de boas-vindas de Tiberius.

— Te massacraram mesmo, hein? — ela perguntou, sentando-se na cadeira em frente com a Caixa do Diabo entre eles. Mas ela não olhou a serpente.

— Como chegou aqui? — perguntou Holt. Ele tinha se esquecido de Olive e seus marujos, o navio ainda estava preso no Pináculo do Comércio. Aquele era o das Oficinas Mecânicas, um dos dois pináculos controlados pelos rebeldes, e não só estava sitiado, como o Skydash não existia mais, Ravan e Masyn tinham se certificado disso. Chegar ali não devia ter sido fácil.

— Vi você e Ravan empreendendo a sua pequena fuga e percebi que qualquer margem de manobra que eu tivesse para cair fora deste lugar estava prestes a ir para o buraco. Chegar aqui não foi tão difícil. Com os anos, atravessar lugares perigosos passou a ser fichinha pra mim. — Seus olhos se deslocaram para a cobra na caixa, observando-a com interesse.

— Eles bloquearam o *Fenda no Vento*, colocaram a minha tripulação em "quarentena" e vão desmantelar o navio agora, o que significa que provavelmente vão matar todos os meus homens.

— E o que isso tem a ver comigo? — perguntou Holt, impaciente.

Ela olhou para ele bruscamente.

— Eu quero saber qual é o plano. Quero saber como vamos cair fora daqui e chegar a San Francisco, onde supostamente devemos ir.

— Se está atrás de algum plano, veio ao lugar errado — disse ele. — Ravan e West, eles sim têm planos, mas eu duvido que incluam seu navio. Me deram um jipe, uns tanques de gasolina e eu tenho que cair fora pela manhã. Se quer chegar a San Francisco, posso te dar uma carona.

— Você vai voltar sozinho? Estão esperando que volte com um exército do Bando!

— Você vê algum jeito de isso acontecer agora?

Olive fitou-o como se ele fosse um completo estranho.

— Você preferia estar de voltar àquela cela onde te prenderam?

Holt olhou para ela.

— Qual é a diferença?

Olive se moveu ainda mais rápido do que a cascavel e lhe deu um tapa no rosto com toda a força que seu corpinho miúdo permitia. Foi suficiente para virar a cabeça dele de lado.

Risos irromperam na praça de alimentação, e Holt encarou Olive em estado de choque. Ela olhava para ele com nojo.

— Ela não iria desistir — disse Olive. — Se *você* tivesse morrido, *ela* não iria desistir.

— Eu ainda estou aqui, não estou? — A voz dele era amarga.

— Não, você não está — Olive rebateu. — Quando aquele navio foi destruído, foi como se uma luz desligasse dentro de você. Você parece um sonâmbulo desde então, porque não se importa mais com *nada*. Sinto muito que tenha perdido Mira. Eu também sinto. Ela era especial e eu também a amava, mas ela *se foi*. Todos neste planeta perderam alguém. A diferença é que você ainda tem pessoas que se preocupam com você, pessoas que estão *aqui*. Pessoas, pelo que eu entendo, que se sacrificaram muito por você, e o mínimo que você poderia fazer, o mínimo... é *tentar*.

As palavras dela causaram em Holt a primeira emoção que ele sentia em dias... e essa emoção foi vergonha. Ele tentou sustentar o olhar duro de Olive, mas não conseguiu, acabou desviando os olhos.

Algo caiu em cima da Caixa do Diabo, um colar de algum tipo.

— Ela queria que você ficasse com isso — disse Olive. — Disse para te dar se você se perdesse, que iria saber o que significava.

Holt podia ver o que era agora. A pequena bússola de bronze que Mira usava. Zoey tinha uma igualzinha, ambas artefatos das Terras Estranhas. Em vez de apontar para o norte, uma bússola apontava para a outra.

Holt fitou o objeto com muito mais temor nos olhos do que tinha olhado a cobra. Não só porque o objeto costumava ser de *Mira*, uma ligação física real que a havia *tocado*, mas muito mais pelo que ele representava agora: uma chamada de volta à realidade. A verdade é que ele gostava de ficar no fundo do poço. Gostava da dor, gostava do alívio que acompanhava o fato de não se importar com nada. Se ele *realmente* quisesse sentir algo novamente, a oportunidade estava ali, na frente dele. Tudo o que tinha que fazer era aproveitá-la.

— O mais difícil neste mundo é que sempre existe algo mais importante do que nós mesmos — disse Olive. — Por menos que a gente queira.

Lentamente, Holt pegou o colar, sentindo a corrente se entrelaçar em seus dedos. Estava quente, como se tivesse vida. Ele segurou a pequena bússola, virando-a para poder ver a agulha. Ela apontava para o *noroeste*, em direção à outra metade do objeto e à pessoa que o possuía. Alguém que ele amava. Alguém que o amava. Alguém que ele tinha negligenciado em sua queda no abismo da autopiedade.

A agulha apontava para Zoey.

Sua visão embaçou e ele fechou os olhos, tentando conter as lágrimas. Ouviu Olive se virar e ir embora, voltando pelo mesmo caminho de onde viera.

— Espere... — disse ele, com a voz rouca. Quando abriu os olhos, a pequena Capitã tinha parado e agora se voltava para Holt, estudando-o.

— Seu navio. — Holt colocou o colar em volta do pescoço, deixando-o cair sob a camiseta. — Você disse que está "bloqueado"?

QUANDO OS ENCONTROU, eles estavam na área de trabalho, onde ficavam os girocópteros. Uma dezena de rebeldes, West, bem como Ravan, Masyn e Castor, estavam em pé em torno de uma bancada, analisando um mapa toscamente desenhado, e lá de trás, onde estava, Holt só podia adivinhar que se tratava da planta do Pináculo do Comércio. Iriam tentar rendê-lo novamente.

— Sem o Skydash, as opções são limitadas — constatou Rogan.

— E se saltarmos sobre a plataforma? — sugeriu um pirata.

Ravan balançou a cabeça.

— Não temos giroscópios suficientes para colocar lá dentro um contingente que faça diferença.

— Mas com a ajuda dos Hélices Brancas...

— Vocês estão olhando isso do jeito errado — disse Holt, interrompendo-os.

Todos na mesa se viraram e seus olhos expressavam praticamente a mesma coisa: desprezo. Ravan apenas se voltou novamente para o mapa com uma carranca. Depois ele viu um traço de emoção ali, no jeito como ela ficou tensa. Mesmo sendo desagradável, sabendo que ele a tinha magoado, sabendo o que ela sentia por ele, ainda assim era bom sentir *alguma coisa*.

— Você deveria estar arrumando suas coisas, Hawkins — disse Rogan. — E ninguém aqui está interessado na sua opinião.

— Que pena — ele respondeu —, porque vocês estão querendo tomar o Pináculo errado.

Eles olharam para ele com ceticismo.

— Como é que é?

— Vocês precisam dar um nocaute. Quanto mais tempo ficarem entrincheirados, mais vão perder impulso, e Tiberius sequer fez o seu contra-ataque ainda.

— Então que Pináculo você sugere?

— O da Refinaria — Holt afirmou. — Assumam o controle da Refinaria e vocês têm a cidade toda na palma da mão. — As reações foram as que ele esperava. Alguns rebeldes riram, outros apenas reviraram os olhos. Ravan, porém, olhou para ele com curiosidade.

— Isso é verdade — disse West. — É por isso que o Pináculo da Refinaria é o que tem a segurança mais reforçada. Não há como tomá-lo num combate corpo a corpo.

— Um combate corpo a corpo definitivamente não é o que estou propondo. — Holt olhou para Ravan incisivamente. O jeito como ela olhou de volta revelou que sabia a que ele estava se referindo.

— Eles podem ter mudado isso — ela disse, pensando a respeito. — Tudo o que é preciso é o toque de um botão. Mesmo que não tenham mudado nada, você ainda vai precisar de mais do que isso.

— Eu tenho mais.

— É evidente que vocês dois estão armando algum tipo de plano — afirmou Rogan, seus olhos ainda em Holt. — Mas isso não mudou nada, eu ainda não sei se você está realmente a fim de levar isso adiante.

Era o que Holt esperava, e não havia uma resposta óbvia. Ele tinha pensado naquilo no caminho, todas as implicações, todas as consequências. Elas eram significativas... mas ele estava cansado de quebrar promessas.

Holt ergueu a mão direita, mostrou a imagem inacabada no pulso.

— Termine isto — disse ele.

Os olhos de Ravan se arregalaram, ela olhou para ele de uma forma completamente diferente. Até Rogan parecia surpreso.

— Isso é um contrato em todos os sentidos! — exclamou o líder rebelde.

— É uma promessa que estou disposto a cumprir. — Seu olhar se voltou para Ravan. Ela olhou para Holt. — Você quer tomar esta cidade ou não?

26. A REFINARIA

ERA UMA NOITE SEM LUA, o que, Olive presumiu, provavelmente fazia parte do plano. O solo sob o Pináculo do Comércio estava quase tão negro quanto o céu, enquanto ela, Masyn e Castor avançavam silenciosamente. Acima deles, pelos vãos entre as vigas de madeira da plataforma, podiam ver as luzes piscando na torre da queima e os piratas. Havia uma centena deles provavelmente, vigiando a tripulação, mantida nas salas do nível inferior do Pináculo.

Eles passaram rastejando pelos holofotes localizados na plataforma, aproximando-se aos poucos do seu objetivo. Olive conseguiu identificar três rodas customizadas do *Tesoura de Vento* em meio às sombras à frente, e sentiu um alívio percorrê-la. Os piratas não tinham depenado o navio ainda.

Os cristais brilhantes da Lanceta de Masyn tinham sido cobertos com um pano preto. Um pano semelhante envolvia os anéis da sua mão esquerda. Castor não tinha que se preocupar com isso: ele havia perdido seus anéis para Tibério dias atrás, e esse era um grande fardo para ele. Pelo que Olive tinha entendido, perder uma Lanceta ou um anel era motivo de grande vergonha para um Hélice e, a menos que ele os recuperasse, seria considerado um pária. Parecia cruel, mas as Terras Estranhas eram um lugar cruel. Fazia sentido que seu povo fosse tão austero.

Chegaram à extremidade da plataforma, onde não havia nada além de deserto e as rodas imensas do *Tesoura de Vento* em frente a eles. As vozes dos piratas chegavam até eles abafadas, e Olive olhou para o convés do navio, cerca de dez metros acima. O casco estava adernado e inclinado para baixo, o que significava que a escalada seria num ângulo negativo. Parecia impossível.

Masyn balançou a cabeça.

— Essa subida vai ser bem difícil. Quase não tem apoio para as mãos; a gente vai ter que usar só a força das mãos e das costas. Não sei se você vai conseguir, Castor.

Ele olhou para ela de cara feia.

— Eu consigo. — O ombro de Castor estava envolto com firmeza numa atadura, o braço sobre o peito, tudo por causa da violência que sofrera com a besta.

Masyn nem sequer olhou para ele.

— Não sem anéis e com esse ombro. É melhor você ficar aqui onde é seguro.

Castor olhou para ela, então deu um salto e agarrou o casco de madeira com a mão boa. Balançou as pernas, aproveitando o impulso para saltar novamente e se agarrar numa leve reentrância mais acima.

Masyn sorriu, olhando-o subir. Olive não sabia como ele estava conseguindo encontrar apoios para as mãos, pois o casco do navio era praticamente liso; era impressionante.

— Você estava atormentando ele? — perguntou Olive.

Masyn deu de ombros.

— Ele precisava reagir e sair daquele baixo astral.

Embora a observação pudesse parecer desdenhosa, havia ternura em sua voz. Castor era importante para Masyn e a incomodava vê-lo com aquele ar abatido, independentemente das regras dos Hélices Brancas.

Mais acima, a silhueta de Castor saltou sobre o corrimão do navio. Um segundo depois, ele reapareceu e Masyn arremessou para ele um rolo de corda grossa. Ele o apanhou, amarrou uma ponta em algum lugar e jogou a outra para baixo.

Masyn a agarrou.

— Espere aqui, lembre-se do que dissemos.

A garota subiu pela corda, sem se preocupar em usar as pernas.

Quando chegou ao topo, ela e Castor pegaram a corda. Foi o seu sinal. Olive pegou-a também... em seguida, sentiu seu corpo ser *erguido* do chão. Os dois Hélices a puxaram para cima e ela escorregou pelo corrimão do navio de costas.

No meio do navio, onde a prancha levava para baixo, na direção do cais, havia três membros do Bando, rindo e conversando, de costas para eles. Os piratas não tinham visto sua escalada.

Masyn silenciosamente tirou a Lanceta das costas e lançou a Olive um olhar cheio de significado. Olive sentiu o pulso acelerar. Ela podia fazer aquilo, disse a si mesma. O Bando não iria ficar com seu navio.

Masyn e Castor se aproximaram dos três piratas em completo silêncio. Chegaram até onde estavam em segundos. Em menos tempo do que isso, os piratas já estavam no chão, nocauteados; em seguida eles se separaram e seguiram até um pouco mais à frente, desaparecendo nas sombras.

Agora era a vez dela. Olive engoliu em seco e obrigou seus pés a começarem a se mover. Ela ainda podia ouvir as vozes dos outros piratas mais abaixo, podia ver a luz laranja de suas fogueiras e lanternas.

Ela chegou ao convés do leme, aproximou-se dos Distribuidores, que ficavam ao lado do enorme leme do navio, e abriu aquele que ela estava procurando. Dentro estava o Zéfiro do navio, uma complicada combinação de artefatos em quatro camadas, com uma pequena argola de moedas inserida dentro dela. Zéfiros e Chinooks, os dois artefatos mais importantes dos navios terrestres, eram muitas vezes confundidos. Os Chinooks ampliavam o vento natural com força suficientemente para impulsionar os navios gigantes sobre terra. O Zéfiro, no entanto, criava vento quando não havia nenhum. Era um artefato crucial caso o navio se deparasse com uma calmaria. Ao contrário dos Chinooks, os Zéfiros só podiam ser usados uma vez, mas Olive não via nenhum problema em esgotar aquele ali.

Ela mordeu o lábio, em seguida deslizou todas as moedas do aro até o lado de cima da combinação.

O vento rugiu, formando um redemoinho acima da sua cabeça. As velas já estavam preparadas, não havia nada para contê-lo, o artefato simplesmente soprou como um furacão.

Os piratas da plataforma fitaram, atônitos, o enorme navio enquanto o vento rugia. Alguns deles se viraram e seguiram direto para onde ela esperava que fossem. Para a porta do armazém onde estavam seus marujos.

Ela viu quando os piratas a abriram com tudo e começaram a empurrar os Mercadores do Vento para fora de lá, gritando com eles e apontando o navio. Estava funcionando: os piratas estavam libertando os marinheiros, mandando que dessem um jeito de fazer aquilo parar.

Tudo o que aconteceu em seguida foi tão rápido que mais pareceu um borrão.

Um risco vermelho atravessou o ar e atingiu a plataforma numa labareda de fogo. Ele foi seguido de outro azul, que fez a mesma coisa. Uma dezena de piratas caiu do deque de madeira estropiado e desapareceu. O resto puxou suas armas, adivinhando o que estava acontecendo. Esse foi o próximo sinal de Olive.

Ela estendeu a mão para outro Distribuidor, tirando dali o Chinook. Girou o mostrador até a potência máxima... em seguida, virou o artefato noventa graus a bombordo. O vento estremeceu quando foi direcionado para a lateral, rugindo em direção à plataforma sob o navio. Os piratas foram arrancados do chão e lançados no ar, sem controle, chocando-se contra a torre do Pináculo.

— Agora! — Olive gritou.

Masyn aterrissou no cais num lampejo de azul, bem no meio do Bando. A plataforma explodiu quando ela recolheu do chão as duas pontas de cristal da Lanceta, encaixando-as uma em cada ponta da arma. Seus anéis iluminaram a noite quando ela girou nos calcanhares e investiu contra o Bando.

Castor, mesmo com um braço imobilizado e sem os anéis, ainda era uma ameaça. Ele derrubou três piratas enquanto empurrava os marujos do *Fenda no Vento* na direção do navio. Oliva desligou o Chinook e o Zéfiro e correu para encontrá-los.

282

Casper, o timoneiro, o primeiro a subir a bordo, fitou Olive de olhos arregalados.

— Capitã. É bom pra caramba ver *você*!

— Você também — ela respondeu, enquanto outros membros da tripulação entravam correndo. — Pegue o leme. Todos os outros, soltem as amarras, velas desfraldadas, nos tirem daqui o mais rápido possível!

Eles dispararam para a frente e a apreensão de Olive aumentou. Ela ficou aliviada ao ver que todos estavam ilesos, mas a verdade era que, se não conseguissem sair dali, todos iriam morrer, e não um dia qualquer, mas aquela noite. Olive voltou a si num sobressalto, ajudando a desatar as velas coloridas.

Abaixo, Masyn dava piruetas e corria em meio aos piratas, mandando-os pelos ares. Castor estava fazendo a sua parte também. Mas os dois estavam prestes a pedir arrego. Membros do Bando enxameavam o cais, as armas em punho.

Olive se abaixou quando balas foram disparadas contra o casco do navio.

A primeira vela foi desfraldada, a da frente. Ela olhou em volta, viu soltarem a última das amarras que prendia ao navio. Estavam livres.

— Casper! Chinook, a todo vapor!

Ele olhou para ela como se fosse louca.

— Só estamos com uma vela!

— Eu não sou cega, só faça o que eu disse!

Uma rajada de balas o obrigou a partir para a ação. Ele correu para os Distribuidores. Olive se apressou para ajudar os outros a preparar a segunda vela. Casper estava certo de estar preocupado. A maioria das velas não tinha costuras fortes o suficiente para conter a rajada de vento produzida por um Chinook em potência máxima, a maioria ficaria em frangalhos, e era preciso potência máxima para impulsionar um navio terrestre com apenas uma vela. Olive rezava para que a deles resistisse.

O Chinook rugiu. A vela inflou em sua cor vibrante. Olive a viu arquear para fora como nunca antes, absorvendo o vento. Ela podia ouvir o som das costuras sendo esticadas...

O enorme navio começou a avançar, afastando-se do cais.

Vivas irromperam da embarcação. Gritos de raiva soaram mais abaixo.

Tiros pipocaram ao longo de todo o casco, mas já era tarde. A segunda vela foi desfraldada e absorveu seu quinhão de vento, impelindo o navio ainda mais rápido.

— Cuidado com o cemitério de navios! — Olive gritou, e Casper girou o leme a tempo de evitar o primeiro dos navios terrestres depredados, que jazia além do cais. Olive soltou um suspiro de alívio ao ver o Pináculo do Comércio desaparecer mais atrás, os piratas nas plataformas disparando inutilmente na direção deles.

Então algo lhe ocorreu.

— Esperem! Onde estão...

Duas figuras saltaram por sobre o corrimão num lampejo de luz amarela e aterrissaram com tudo no chão: Masyn e Castor, ele apoiando-se na garota. Ambos estavam feridos, com mais cortes sangrando, e exaustos, mas olharam para Olive com um olhar de êxtase.

Hélices Brancas...

— Para onde, Capitã? Norte? — Casper perguntou cheio de esperança ao leme.

Olive balançou a cabeça.

— Ainda não. Temos um acordo para cumprir.

— *Outra* barganha? — perguntou.

— Você está vivo, não está?

Casper encolheu os ombros, incapaz de argumentar.

POR MAIS COMPLICADO QUE FOSSE refinar petróleo bruto, o Pináculo da Refinaria tinha infraestrutura para cerca de um terço do processo. O resto ficava fora da cidade, conectado por canos enormes. Aquele pelo qual Holt estava deslizando vinha do Destilador a Vácuo, um enorme sistema de aquecimento que produzia óleos pesados para coisas como diesel e outros destilados que na verdade não tinham utilidade no Fausto, e por isso esse lado da sua produção tinha sido fechado muito tempo atrás.

Holt tinha trabalhado na Refinaria e por esse motivo conhecia toda aquela tubulação. O bom era que ela levava diretamente para os tanques de craqueamento e hidrocraqueamento do sistema, bem no centro do Pináculo da Refinaria. Eles seriam sua porta dos fundos. O ruim é que passariam um bom tempo rastejando pelo lugar mais escuro e apertado que se possa imaginar, onde a cada segundo era possível sentir as paredes se fechando à sua volta.

Duas dezenas de rebeldes estavam atrás de Holt e um segundo grupo seguia por outro cano, avançando na mesma direção. Um facho de luz iluminava a escuridão adiante, e ele podia ver os pés de Ravan enquanto ela engatinhava na frente dele. Ela era a primeira da fila e ele olhava para ela com inveja. Teria preferido muito mais ir na frente, onde era menos claustrofóbico.

Claro que era provavelmente por isso que Ravan tinha insistido em ir primeiro. Ela ainda estava furiosa com ele, como era evidente pela forma como seu pé de repente o chutou na cara.

— Ai! — Holt gritou, recuando.

— Opa! — soou a voz irritada de Ravan à sua frente. — Esqueci que você estava aí atrás.

— Por que parou?

— Porque chegamos, idiota, por que outra razão eu pararia?

Holt esfregou o nariz, mas viu que ela estava certa. Sob a luz à frente, ele viu que o cano acabava num filtro que separava o óleo, mandando-o ou para o craqueamento ou para o hidrocraqueamento.

— Eu preciso de você para soltar o maçarico — disse ela, deitada sobre o cano.

Bastava que Holt tirasse o maçarico de corte portátil das costas dela. Para usá-lo, Ravan teria que ficar de costas, mas não poderia fazer isso até que alguém tirasse o equipamento das suas costas. Ele se arrastou na direção dela, ouvindo a fila de rebeldes atrás deles parar. No escuro ele não conseguia ver bem onde as tiras prendiam o maçarico. Suas mãos deslizaram pelas costas dela, procurando.

Ravan ficou tensa.

— Não me toque.

— Então como eu vou tirar isso de você?

— *Não* me toque.

Holt fez o melhor que pôde. Ele encontrou a primeira tira, desatou-a e puxou-a até soltá-la.

— Sabe, eu estava esperando uma reação mais animada à minha proposta. Pelo menos, de você. — Era verdade, Ravan tinha ficado mais hostil, para dizer o mínimo, desde que ele tinha declarado seu desejo de concluir a tatuagem, e ele simplesmente não entendia a razão disso.

— Mostra como você está distante da realidade.

— Ravan...

— Só tire o maçarico daí.

— Tudo bem — ele murmurou. A outra alça estava torcida em torno dela. As mãos dele deslizaram sob ela, procurando a fivela. — Espere, eu tenho que...

Ravan se encolheu, pouco à vontade.

— Pare.

— Eu quase peguei.

— Não... — Ela lutou contra ele, tentando se esquivar das suas mãos, mas elas deslizaram pela cintura dela e a pele nua ali.

Ravan congelou. As mãos de Holt pararam. Cada um concentrado na reação do outro.

Era engraçado como cada pele era única, como trazia à tona lembranças, sentimentos também, e eles o surpreenderam. Holt podia ouvir a respiração de Ravan embaixo dele.

— Ei! — gritaram os rebeldes atrás deles, impacientes. — Dá pra ir mais depressa?

Aquilo desfez o encantamento.

— Tira *isso* de mim! — Ravan sibilou. Holt encontrou a última fivela, soltou-a e retirou o maçarico. Ela se virou e arrancou-o das mãos dele, deslizando para longe.

Holt observou o movimento dela no escuro enquanto posicionava o maçarico, a sua silhueta esguia, as curvas. A sensação da pele dela ainda estava em sua cabeça, e emoções vieram com ela. Pelo modo como Ravan parecia tensa, como mantinha os olhos colados no maçarico, ela sentia a mesma coisa.

Holt desviou os olhos dela e olhou para o relógio. Eles estavam adiantados, ainda tinham dois minutos antes de prosseguir.

— Alguma coisa que você queira conversar?

Ela finalmente esticou o pescoço para olhar para ele.

— Jesus! Você não cansa de me insultar?

— O que quer dizer com isso?

— O que eu quero *dizer*? Retomar a tatuagem? *Agora*? Você não se *toca*.

Holt certamente não tinha se tocado, como de costume. Ele achava que o gesto poderia deixá-la mais feliz, ou pelo menos sem tanta vontade de torcer o pescoço dele. Era mais difícil entender as mulheres do que os Confederados.

— Você *não* vai completar essa tatuagem — disse ela com firmeza.

— O que eu podia fazer? Rogan...

— Pode ir para o inferno! — ela o cortou. — Vocês *dois* podem. Você não vai fazer isso, não agora.

Holt começou a dizer alguma coisa, mas Ravan recolocou os óculos de proteção de soldador sobre os olhos e acendeu o maçarico. Ele se encolheu quando a tocha tocou a parte de cima do cano, espalhando faíscas numa explosão violenta que iluminou a escuridão. Holt deduziu que iriam parar ali.

RAVAN SOCOU COM OS NÓS dos dedos nus a tampa que tinha acabado de recortar e a ouviu bater no chão do outro lado. A dor foi aguda, mas não o suficiente para encobrir a raiva que sentia.

O toque de Holt tinha sido elétrico. Ravan tinha esquecido a sensação que provocava nela, e era engraçado como a mão de uma pessoa podia ser inconfundível, como era possível reconhecê-la até de olhos vendados.

287

Deus, como ela era patética! Depois de tudo o que Holt tinha feito, tudo o que ele precisava fazer era deslizar os dedos pelas costas dela...

Ela escalou o cano, até sair do lado de fora, obrigando-se a manter o foco. Jogou de lado o maçarico e sacou o revólver, esquadrinhando com os olhos os subterrâneos do Pináculo da Refinaria.

Estava vazio.

Holt saiu atrás dela e soltou um longo suspiro de alívio. Odiava lugares apertados quase tanto quanto odiava alturas, e ela tinha sentido prazer em deixá-lo no segundo lugar da fila.

Ravan tirou os óculos de solda do rosto, enquanto os outros rebeldes começavam a sair apressadamente do cano atrás deles. Ela começou a limpar com a mão a fuligem da roupa e a espanar a poeira. Podia senti-la em seu cabelo, nela toda...

Holt sorriu daquele jeito que ele sempre fazia quando estava tentando não rir.

Ela olhou para ele.

— O *que é?*

Holt apontou para o rosto dela. Ela adivinhou, provavelmente devia estar coberto de fuligem, por causa do maçarico, e os óculos de proteção tinham deixado dois círculos mais claros ao redor dos olhos.

— Vá se ferrar — disse ela, esfregando o rosto furiosamente, mas se segurando para não sorrir também. Isso só a deixou mais irritada. Por que ela sempre facilitava tudo para ele? Por que ela sempre deixava que ele fizesse aquelas coisas e depois voltasse para ela?

Perto dali, Ravan viu faíscas onde a segunda equipe estava recortando o cano por onde tinham vindo.

— Vão ajudar os caras — ordenou Ravan a alguns rebeldes. Eles foram para o outro cano, e nenhum pareceu ressentido por ela ter assumido a posição de comando. A influência de Rogan parecia forte, o que era bom. Isso tornaria tudo mais fácil depois. Se ela não conseguisse subir ao degrau mais alto do Bando, só abaixo de Tiberius, com certeza ficaria sob o comando de Rogan West.

Em poucos minutos, o resto dos rebeldes estava livre. Os três últimos de cada grupo arrastavam as armas maiores em sacos atrás deles.

Todos se agruparam em torno desses sacos e começaram a se paramentar. Eram apenas quarenta rebeldes para combater várias centenas de piratas. Não havia como vencerem sozinhos, mas eles não eram a única parte do plano. Ela só esperava que os outros grupos não estragassem tudo.

— Ouçam bem — disse Ravan, e os rebeldes olharam para ela. — Este é o lugar da destilação dos óleos pesados. Ele não é utilizado, o que significa que não há guardas, mas isso não vai ficar assim daqui por diante. Dois andares acima, com certeza estão os caras que trabalham na refinaria. Temos que chegar lá sem disparar nenhum alarme, então andem abaixados e em silêncio, e *só* quando Holt ou eu mandarmos.

Ninguém discordou, eles só pareciam ansiosos. Todos passaram rastejando pelos canos gigantescos que vinham dos imensos tanques de craqueamento e hidrocraqueamento. Ravan e Holt chegaram à pesada porta de aço que dava para fora. Ambos pegaram suas pistolas, os rifles ainda nas costas. Era muito estreito ali para armas de grande calibre, mas isso logo iria mudar.

Holt estremeceu ao se encostar na parede, e ela ficou olhando para ele com os olhos atentos. Ele tinha sido bem castigado e obviamente não estava na sua melhor forma.

— Eu estou bem — Holt disse a ela, sentindo seu olhar. Ravan apenas balançou a cabeça. Ela sabia que podia contar com as habilidades dele, mas, sem dúvida, Holt estava mais devagar do que de costume. Mesmo assim, ela punha mais fé num Holt Hawkins combalido do que em muita gente.

Ravan pegou a maçaneta da porta. Ela rangeu ao abrir e os ruídos do maquinário irromperam do lado de fora. Bombas trabalhavam, aço era estendido em tanques de aquecimento, o rangido de engrenagens contra engrenagens, tudo isso jorrando alto e estridente. Melhor assim. O barulho ajudaria a camuflá-los enquanto avançavam.

Ravan e Holt entraram na sala abaixando-se atrás de mais canos. Ali dentro estavam os enormes tanques de hidrotratamento, tomando quase a sala toda. Havia algo estranho, no entanto.

— Não está tão quente quanto eu me lembro — observou Holt, expressando seus pensamentos.

— Talvez as máquinas não estejam funcionando a todo vapor — disse Ravan. — Pegue a esquerda, eu vou pela direita.

Holt afastou-se, desaparecendo numa curva das tubulações. Ravan fez o mesmo e viu três garotos em pé perto dos tanques. Não eram guardas, mas operários, com roupas manchadas de óleo e fuligem, mas estavam armados e poderiam alertar outros piratas dentro do Pináculo.

Ravan seguiu em frente, escondendo-se atrás de um conjunto de válvulas de pressão. Ela não podia ver Holt, mas não fazia mal. Ele saberia o que fazer, sempre tinham trabalhado bem juntos.

Ela esperou mais um segundo... em seguida, abriu uma das válvulas acima da cabeça.

O vapor explodiu como um gêiser, soltando um silvo alto, e ela viu de relance os três operários dando um pulo de susto antes de serem encobertos pela nuvem de vapor superaquecido.

Um. Dois. Três, Ravan contou.

Então ela cobriu o rosto e rolou pelo chão através do vapor. Doeu, mas foi bem rápido. Quando apareceu, os operários hesitaram. Esse foi o erro deles.

Ela atingiu o primeiro na garganta, mandando-o para o chão. O segundo disparou na direção dela, mas ela girou, se esquivando dele, em seguida empurrou-o de cabeça para dentro dos tubos de metal. Ele caiu também.

Holt apareceu e agarrou o terceiro operário pelo pescoço, apertando-o até sufocá-lo, os braços se agitando no ar. Em poucos segundos, o garoto perdeu as forças e Holt deixou-o cair no chão, desacordado.

Ele olhou para Ravan, sorrindo.

— Sempre quis tentar isso.

Ravan girou a válvula de pressão, para fechá-la e conter o vapor.

— Funciona melhor quando você *não* aperta a traqueia. — Ela sentiu a raiva arrefecer novamente em sua voz, com o jeito descontraído que Holt tinha de dispersar a tensão. Ela queria ficar brava com ele, lembrar que ele não era de confiança com relação aos sentimentos dela, mas as muralhas que Ravan havia erigido à sua volta estavam desmoronando novamente. Ela iria mantê-las pelo maior tempo possível.

Ravan fez sinal para o resto dos rebeldes, e eles invadiram a sala. Todo mundo contornou os tanques de hidrotratamento, seguindo em direção a uma escada na parede mais distante, que levava à câmara central da refinaria, onde estavam os enormes tanques de mistura, cada um com trinta metros de diâmetro e grossas paredes de aço. Era ali que os vários óleos e a nafta produzidos pela refinaria eram misturados à gasolina, o maior tesouro do Fausto e o que mantivera Tiberius no poder durante todos aqueles anos.

Eles contornaram os tanques, espalhando-se... e deram de cara com os ocupantes da sala.

Cerca de vinte deles, uma dezena de guardas e operários em hora de descanso, mas todos eles armados.

Os rebeldes de Ravan estavam em maior número, mas o problema era que, no segundo em que o tiroteio começou, cerca de cem guardas do lado de fora vieram correndo, e a confusão estava armada.

Todos apontaram suas armas uns para os outros e congelaram. Ravan passou os olhos pela massa compacta de partidários de Tiberius, um a um, até encontrar o que estava procurando. Eles olharam um para o outro... e Ravan deu de ombros.

— E aí?

O garoto olhou para ela... em seguida, ele e as dezenas de guardas giraram e golpearam os operários com o cano dos rifles, largando-os ali no chão desacordados, e num instante o impasse acabou.

Ravan sorriu, olhando para sua velha equipe calorosamente. Eles estavam todos ali, nenhum deles tinha ficado do lado de Tiberius, quando ela os chamou. Significava muito, mas não significava que podia confiar neles cegamente.

— Você hesitou, Marcus. Mudou de ideia?

— Claro que não, chefe — disse o garoto, e os outros concordaram. — Não é divertido sem você.

— Três dias por conta própria e já está todo sentimental para o meu lado... — disse ela e começou a andar novamente. — Alinhem-se, temos trabalho a fazer.

Os homens de Ravan se juntaram ao demais, apertando as mãos, cumprimentando-se com a cabeça. Holt manteve-se em silêncio e afastado dos outros, e só os seguiu quando eles saíram pelas grandes portas duplas que levavam à plataforma do Pináculo.

— Qual é o plano? — um dos homens de Ravan perguntou.

— Vamos esperar — ela respondeu.

— Esperar o quê?

As grandes portas vibraram quando uma explosão abalou a plataforma do lado de fora. Em seguida uma outra, acompanhada de gritos de alarme. Disparos ecoaram lá fora, sons de batalha.

— Por isso. — Ravan estudou os rebeldes, cerca de sessenta agora, incluindo seu antigo grupo. — Estamos em desvantagem, mas eles não sabem que estamos aqui. Derrubem quantos conseguirem antes que se reagrupem, então procurem abrigo e aguardem a cavalaria.

— Quando exatamente é isso? — um dos homens perguntou.

— Quando der, Jackson — Ravan respondeu. — Está com pressa?

Todo mundo sorriu, até mesmo Holt.

— Um. Dois. *Três*.

Holt chutou as grandes portas e correu para fora com os outros. Ele estava mancando, mas avançava tão rápido quanto os demais. A imagem dele sobre aquela válvula de gás com as granadas nas mãos despontou na cabeça de Ravan. Por mais conflituosos que fossem seus sentimentos naquela ocasião, a ideia de perdê-lo provocava nela um medo tangível. Holt não tinha feito nada além de magoá-la... mas aquilo não mudava o fato de ele ser mais importante para ela do que qualquer outra pessoa no planeta. Além disso, se ele morresse... que sentido faria tudo aquilo?

Ravan afastou os pensamentos e seguiu atrás de Holt rumo ao caos.

HOLT ENTROU COM TUDO NA LUTA, e rapidamente se perguntou o que ele estava pensando. Encostou-se contra uma pilha de barris amarrados e se encolheu quando explosões foram deflagradas em torno da plataforma e os girocópteros de Rogan West riscaram o céu, lançando bombas, bem na hora certa. Ainda assim, era estranhamente bom se importar se uma bala iria acertar a sua cabeça. Sentia-se como se estivesse voltando a ser ele mesmo, ainda que lentamente, e o mais provável era que nunca mais voltasse a ser o mesmo, mas já era alguma coisa. Aquilo mostrava que as coisas poderiam mudar.

Para tirar vantagem daquilo, porém, ele teria de sobreviver aos próximos minutos.

Holt olhou através dos degraus de metal da gigantesca torre e assistiu aos girocópteros circulando. Um deles levou uma rajada de tiros, vacilou no ar, em seguida mergulhou até se chocar contra o chão, fora de vista.

Ao redor dele, rebeldes corriam para a plataforma, vindos da refinaria, armas em punho. Os piratas do outro lado não os viram chegando, e mais de duas dezenas foram derrubadas antes de descobrir.

Ainda assim, eles revidaram brutalmente, para se proteger. Holt viu seis rebeldes caírem antes de conseguir encontrar abrigo.

— Temos um problema... é brincadeira? — Ravan abaixou-se ao lado dele, recarregando o rifle. Tiros ecoavam por toda parte, girocópteros passavam rugindo, bombas eram detonadas.

Ela apontou para algo além dele, na direção da parte de trás da plataforma, que dava para o deserto aberto. Não havia ninguém lá, toda a batalha acontecia ali na frente, o que fazia parte do plano. O que não fazia parte do plano eram as fileiras de contêineres de metal que haviam sido colocadas ali. Duas fileiras, com oito contêineres em cada uma, bloqueando toda a extremidade de trás da plataforma. Eles eram uma novidade, não estavam ali na noite anterior, quando o plano tinha sido elaborado, provavelmente tinham sido tirados do estoque para serem transportados. O Bando estava com sorte.

— Esplêndido... — Holt suspirou. Se não tirarmos essas coisas do caminho, o resto do plano vai por água abaixo. Ele estudou os contêineres,

293

procurando possibilidades, e viu a única coisa que parecia uma opção: uma velha empilhadeira enferrujada perto do fim da plataforma.

— Você está pensando o mesmo que eu? — Ravan perguntou, olhando para a mesma coisa.

Holt assentiu.

— Assim como em Tucson. Você tem corda?

— Tenho.

— Quem vai dirigir?

— Você está meio aleijado.

Holt começou a discutir, mas ela lhe deu um cutucão nas costelas e ele gemeu de dor.

— Tudo bem — ela concordou.

Ravan sorriu... então as coisas estavam voltando a ser como antes. Holt já podia ver as rachaduras nas muralhas que ela tinha erijido, no que dizia respeito a ele, e no esforço que ela fazia para que não desmoronassem. Holt não tinha certeza se isso era uma coisa boa ou ruim.

— Prepare-se — disse ela, então olhou para os rebeldes em torno deles. Mais dois caíram alvejados, e os girocópteros circulando estavam quase sem bombas. A batalha estava prestes sofrer uma reviravolta.

Holt respirou fundo... em seguida correu para longe dos barris. Ouviu balas zumbirem no ar em torno dele, e a dor atravessou suas pernas e costelas enquanto ele corria, mas Holt ignorou. Tomou distância e pulou dentro da velha empilhadeira, batendo no banco com um gemido. Balas se cravaram em toda a cabine.

— Depressa! — Ravan gritou, apontando para o deserto.

Holt olhou, mas já sabendo o que ia ver. As imensas plumas roxas e azuis que marcavam as velas do *Fenda no Vento*. Estavam a cerca de seiscentos metros de distância, aproximando-se rápido. Olive estava bem dentro do horário.

— Pela primeira vez eu gostaria que alguém tivesse se atrasado! — ele gritou de volta, pegando sua pistola.

— Pare de choramingar. — Ravan esquivou-se dos tiros, andando abaixada até a parte de trás da empilhadeira, e puxou uma cordinha fina da mochila. Quando ela fez isso, Holt mirou a janela de trás do veículo e fechou os olhos. Sua arma disparou, o vidro explodiu.

Ravan pulou na parte de trás da empilhadeira, jogando a ponta da corda para Holt, que a agarrou e enrolou na cintura, dando um rápido nó bem apertado. Mais balas acertaram a empilhadeira. Os giroscópios rugiram no céu, deram uma guinada brusca para a direita e voltaram para o Pináculo das Oficinas Mecânicas, com o sortimento de bombas liquidado. Isso significava que, se eles não desobstruíssem o local de ancoragem para o *Fenda no Vento*, estaria tudo perdido.

— Vai com tudo! — Ravan gritou, disparando a pistola, pendurada na traseira.

Holt acionou a empilhadeira, pôs a marcha e pisou no acelerador. A máquina saltou para a frente e Holt mirou os dois contêineres mais próximos, empilhados um de frente para o outro. Não havia tempo para tirá-los da plataforma, ele teria que tentar uma abordagem mais direta.

A máquina bateu num contêiner a toda a velocidade, os dois dentes de seu carregador chocando-se contra o metal, as rodas sem parar de girar. Faíscas surgiram de sob os contêineres à medida que eram empurrados para a frente ao longo da plataforma.

Um segundo depois, o primeiro atingiu a borda e caiu. Sem o peso adicional, a empilhadeira deu um solavanco para a frente. O segundo contêiner estava prestes a cair também.

— Ravan, agora! — Holt gritou. Ele a ouviu saltar, mas não olhou para trás, tinha que manter a empilhadeira avançando em linha reta.

O segundo contêiner tombou quando foi empurrado além da borda... e a empilhadeira guinchou quando as rodas traseiras se ergueram no ar. Seus dentes estavam presos à lateral do contêiner, ela seria arrastada junto com ele, e Holt viu o mundo se inclinar, sentiu a gravidade começando a puxá-lo para baixo...

Ele gemeu quando a corda em volta dele ficou tensa. Quando a empilhadeira caiu, ele ficou no lugar, jogou o corpo contra a janela traseira com o vidro quebrado e assistiu quando a máquina e o contêiner caíram violentamente no chão abaixo.

Holt ficou pendurado ali, suspenso na borda da plataforma. Ele podia ouvir os tiros mais atrás, onde estava antes, podia ver o *Fenda no Vento* avançando em direção a ele.

Ravan apareceu acima dele, olhando para baixo com um ar divertido.

— Por que é mesmo que o "aleijado" ficou com a parte mais difícil? — perguntou Holt.

— Porque achei mais divertido — respondeu ela.

O admirável navio terrestre se aproximou, ficando quase em cima dele. Ravan baixou a mão. Holt pegou-a, sentindo seu corpo ser alçado por sobre a borda, bem quando o enorme navio estremecia até parar contra a plataforma. A prancha desceu na lacuna deixada pelos contêineres.

Holt, exausto, observou quando uma centena de rebeldes, liderados por Rogan West, saiu correndo do navio, em direção ao Pináculo, rifles apontados, prestes a disparar. Ele deu uma piscada para Holt quando passou por ele correndo, com os outros.

Holt e Ravan não os seguiram. Simplesmente sentaram-se e encostaram-se contra um contêiner, observando enquanto o Bando se espalhava e corria, vendo que estavam mal posicionados. Quando foram embora, West e seus homens chegaram às escadas, passando a toda pelas várias lojas e alojamentos ao longo da torre, vencendo todos os adversários, dominando completamente o Pináculo... e mantendo muito poucos prisioneiros.

Holt olhou para Ravan. Eles tinham conseguido, apesar de tudo.

— Acho que ainda formamos uma bela dupla.

Ravan estudou-o com um ar cansado, embora houvesse suavidade nos olhos dela.

— Se está dizendo...

Holt viu o olhar dela vagar até o seu pulso direito e a imagem inacabada ali.

— Você pode fazer a metade superior de uma cor diferente — disse ela em voz baixa. — Ou... transformá-la num grifo ou... *qualquer* outra coisa.

— Eu ainda não entendo por quê.

— Deus! Você só olha para o próprio umbigo, não é? Você não vê nem como eu me sinto. Que você é a única pessoa que me fez querer ser algo além do que eu era. — Ravan olhou para ele e havia dor em seus olhos. — Você trouxe à tona partes de mim que eu... estava com medo de ter, sentimentos que eu não reconhecia em mim. — Todas as outras pessoas, *tudo* mais na minha vida, eu coloquei de lado para me manter *viva*. Você me ajudou... porque fazia com que eu me sentisse *viva*. Você "entende" agora, seu idiota? Eu *amo* você. Eu sempre te amei, e essa tatuagem deveria significar alguma coisa. Agora vou ter de olhar para ela todos os dias e saber que não é verdade, que você fez isso... porque *tinha* que fazer, não porque quisesse.

A confissão foi surpreendente. Desde que eles tinham se conhecido, por mais coisas que tivessem vivido juntos, ela nunca tinha expressado tanto sentimento e emoção como naquele momento. O peito apertou, ele percebeu sentimentos brotando em seu peito, os antigos...

Holt podia ver nos olhos dela, a esperança de que ele fosse dizer o que ela queria ouvir. Ele sabia o que deveria dizer, sabia como reiniciar a jornada entre eles, a mesma que tinha significado algo para ele um dia, mas, por mais que quisesse, a triste verdade era que havia uma parte dele que ainda não tinha conseguido superar. Uma parte dele, independentemente do que soubesse ser verdade... ainda, de alguma forma, acreditava que Mira estivesse viva. Que ela ainda estava lá. Era como se Holt ainda pudesse senti-la, em algum lugar, e era injusto. Não apenas com Ravan, mas com ele também. Por que ele não conseguia seguir em frente?

Por todas essas razões, Holt não podia dizer a Ravan o que ela precisava ouvir. Algum dia talvez pudesse. Talvez até mesmo em breve, mas não naquele momento. Ainda não. Ravan sustentou o olhar por mais um instante, em seguida virou-se e balançou a cabeça. Ela se levantou sem olhar para ele, ergueu o rifle e foi se juntar aos outros.

— Não termine essa tatuagem — disse ela enquanto se afastava. — Não se atreva.

Holt ficou olhando para ela, mas Ravan não chegou a olhar para trás.

27. O TERMINAL

MIRA SE ENCOSTOU NO CANTO de um vagão de trem, esperando a tontura passar. Os Confederados estavam em sua cabeça, e a sensação era pior do que nunca, mas isso talvez porque, devido à dor e à culpa, ela tinha parado de lutar contra as projeções. Elas invadiram sua mente com tudo, os sentimentos de desolação e solidão, a ânsia deles pela sua presença, substituindo os pensamentos de Mira pelos deles, e isso nem era tão ruim, porque no momento, ela não queria ouvir os próprios pensamentos.

Obrigou-se a atravessar a estação, um pé na frente do outro. Ela podia ver a Cidadela na bruma ardente à distância, a uma centena de quilômetros no deserto. Ela a lembrava de que havia algo a fazer e, enquanto caminhava em direção a isso, não sentiu a apreensão que esperava. Não havia escolha, na verdade, e essa constatação trouxe consigo uma estranha calma.

Enquanto caminhava, via de relance os Hélices Brancas sobre o antigo trem, observando com interesse. Mira não se surpreendeu: eles adoravam conflitos e provavelmente tinham uma noção do que estava por vir.

Mira contornou a lateral de um carro-tanque e viu o que restava da frota dos Mercadores do Vento reunida perto da extremidade oeste da estação. Os destroços carbonizados das outras dezenas de navios estavam onde haviam queimado e se transformado em cinzas depois do ataque.

Restavam apenas onze agora. O que tinha sido a frota dos Mercadores do Vento, uma das criações mais incríveis do planeta, tinha sido dizimada. Um modo de vida se fora, e por culpa dela. Ainda assim, isso não mudava em nada o que Mira tinha que fazer. Ela se juntou ao grupo reunido de

Capitães nas proximidades, observando enquanto suas tripulações carregavam os últimos suprimentos e se preparavam para partir.

Dresden estava entre os outros, e ele a observava com atenção. Ele, assim como os Hélices Brancas, provavelmente tinha uma ideia do que estava por vir, mas ela ainda não sabia muito bem de que lado Dresden acabaria ficando. O Capitão tinha tão pouco motivo para ficar ao lado dela quanto os outros.

— Preciso falar com vocês — anunciou Mira, e sua voz era firme e inabalável, apesar das projeções em sua cabeça. — Com todos vocês.

Os Capitães se viraram para ela com uma mistura de emoções. Alguns a viam como um vilão, que comandara a destruição de seu modo de vida. Outros, como uma compatriota, alguém que tinha atravessado o inferno com eles e contribuído para que ainda estivessem vivos. Todos pareciam cautelosos.

As projeções dos Confederados aumentaram. O mundo girou, mas ela se obrigou a manter os olhos abertos, dizer o que era necessário, não demonstrar fraqueza.

— Eu quero pedir a vocês para ficar, para me ajudar a concluir isso. — A reação deles foi inevitável. A maioria se afastou com repulsa, o resto a analisou com uma consternação genuína. Para eles, não havia mais nada para "concluir", já estava tudo acabado.

— Você não pode estar falando sério, Mira — disse Conner sem malícia. Ele só parecia exausto e derrotado.

— Eu estou — respondeu ela. — Ainda preciso da ajuda de vocês, e ainda temos um acordo.

— Não há mais *nenhum* acordo! — proferiu com violência a Capitã com sotaque britânico. — A frota se foi, queimou até virar cinzas, tudo graças ao seu *acordo*. Não há mais ninguém para cumpri-lo.

— Há vocês — Mira disse a ela, e a garota sustentou seu olhar.

— Você percebe... — Dresden começou — que além da nossa frota, você perdeu quase dois terços do seu contingente, e vocês não estão nem em San Francisco ainda.

— Nosso contingente diminuiu, sim, mas os que permanecem estão mais fortes.

Ouviram-se murmúrios de aprovação entre os Hélices Brancas sobre os vagões. Os Mercadores do Vento pareciam menos impressionados.

— Mira, você sabia que a resposta seria não — disse Conner. — Estamos partindo em menos de uma hora e, depois de partir, não vamos voltar. Temos de reconstruir e começar de novo, e eu certamente espero que tenhamos "força" para isso, mas não faça com que isso fique mais difícil do que tem que ser.

Mira sentiu Dresden observando-a com curiosidade enquanto ela enfiava a mão no bolso e pegava alguma coisa ali.

— Você é forte o suficiente. Eu sei disso. Mas a verdade é que *não há* como começar de novo.

Mira jogou um punhado de moedas aos pés deles. Moedas das Terras Estranhas. Os Capitães se encolheram, esperando que explodissem, mas elas só soltaram um chiado e algumas faíscas, e mais nada. Foi uma exibição patética, e todo mundo olhou para as moedas sem entender nada.

— Os Artefatos estão enfraquecendo — Mira disse a eles. Enquanto falava, cada Capitão lentamente olhou para ela. Havia medo nos olhos deles. — Daqui a alguns meses, eles vão estar todos sem nenhum poder. Os componentes, as combinações, toda a energia que faz deles o que são terá desaparecido. Isso significa... que os Mercadores do Vento vão perecer com eles.

— Isso é um truque — acusou um Capitão. — Ela está tentando nos manipular.

Conner encarou Mira em choque. Quando falou, sua voz era quase suplicante.

— Meus Chinooks e Zéfiros funcionam muito bem.

— Por ora, mas eles estão *enfraquecendo* — disse ela, e não foi com prazer. — É por isso que as Barreiras dos navios começam logo a falhar. É por isso que tivemos que substituir as combinações muito mais rápido do que normalmente. Perguntem a Dresden, ele sabe.

Os Capitães se viraram para ele, claramente esperando que Dresden negasse tudo o que Mira dissera. Era uma esperança vã.

— Ela tem razão — disse Dresden. — Eu verifiquei o estoque de componentes do *Tesoura de Vento*, metade deles está quase sem poderes ou inativa.

— O estoque? — perguntou Conner, sua voz um sussurro. Ele se referia ao enorme estoque de artefatos das Terras Estranhas no porão do *Tesoura de Vento*, o que deveria valer uma fortuna.

— Inútil — Dresden respondeu, olhando o irmão nos olhos. — Ou estará em breve.

— Mas que inferno... — soltou a Capitão britânica, cobrindo os olhos. Os outros estavam reagindo de modo semelhante e Mira podia entender por quê. Já tinham perdido tanto, agora eram obrigados a confrontar de repente a realidade de que iriam perder o resto.

— Vocês podem ir para casa se quiserem — continuou Mira, odiando a dor que suas palavras causavam —, passar os últimos meses vivendo como sempre viveram, eu não os culparia, mas seria apenas temporário. Eu sei que dói, mas existe outra opção, melhor. Vocês podem aproveitar o tempo que lhes resta me ajudando a mudar as coisas.

— Para derrotar os Confederados, você quer dizer — afirmou a menina britânica. — Você é louca.

Mira se virou e apontou para o alto dos vagões de trem, onde os Hélices Brancas estavam agachados, observando e ouvindo.

— Vocês já repararam nos olhos deles? Já viram algum traço de Estática em algum? Eles estão todos imunes. Zoey libertou cada um deles, e me libertou também. Ela pode deter a Estática. Pode fazer ainda mais do que isso e, se conseguirmos encontrá-la, eu acredito, eu *realmente* acredito, que ela pode salvar a todos nós.

— Zoey é apenas um nome para nós — disse Conner.

— O que você quer que a gente faça? — Dresden perguntou a seu irmão. — Volte para o que resta de Bazar? Esperar os últimos meses, enquanto ainda podemos navegar? Então o quê? Viramos agricultores? Juntamo-nos a alguma facção da Cidade da Meia-Noite? Eu não me vejo fazendo nenhuma dessas coisas, você se vê?

— *Você* está tentando nos convencer a fazer isso? — perguntou Conner.

— Eu me convenci lá no *Queda do Vento*, observando Mira fazer o que fez com aquele alienígena. Eu nunca tinha visto nada parecido, nunca tinha nem suspeitado de que eles eram mais do que apenas gigantescas máquinas da morte ambulantes. Isso me mostrou que existe muito mais além do que está acontecendo aqui. É um grande "talvez", eu sei, mas, lamento dizer, é uma opção muito melhor do que ir para casa e esperar até que os Chinooks não funcionem mais. Se eu vou morrer, que seja no meu navio. Vi muita gente que eu conheço morrer há poucos dias apenas fingindo que isso não está acontecendo.

Conner balançou a cabeça, tentando absorver tudo.

— Temos onze navios apenas, Dresden, como você acha que vamos transportar todos os Hélices Brancas para oeste? Como, pelo amor de Deus, você acha que vamos nos defender? Como diabos você acha que vamos conseguir fazer *alguma coisa*?

— Eu já pensei nisso — disse Mira, e a atenção dos Mercadores do Vento se desviou para ela. À distância, os Confederados chamaram novamente, sua visão ficou turva, mas ela se recompôs e esperou que ninguém notasse.

— ESTA É A SUA IDEIA? — perguntou Smitty com desânimo. Eles estavam dentro de uma enorme oficina de reparos, suas paredes metálicas enferrujadas cobertas de prateleiras com inúmeras ferramentas e máquinas velhas. No meio, nos trilhos da oficina, havia duas locomotivas maciças a diesel, cada uma com a insígnia desbotada da Ferrovia Santa Fe. Elas eram imponentes, enormes, e claramente poderosas. Ao menos presumindo que seria possível colocá-las em movimento. Smitty, Caspira, os Capitães e alguns Decanos dos Hélices Brancas olhavam para as enormes máquinas com ceticismo.

— Eu encontrei essas locomotivas ontem — disse Mira, forçando-se a pensar apesar das projeções dos Confederados. Conversar ficava mais difícil quando eles estavam em sua cabeça. — Parece que estão em boas condições. Eu não vejo muita ferrugem, provavelmente estavam protegidas aqui.

Max sentou-se ao lado dela no interior do imenso galpão, e perto dele estava Nemo. O grande gato rodeava o cão, esfregando-se contra ele e ronronando alto. Sua opinião sobre Max certamente havia mudado. Ela tinha ido do completo desinteresse para a adoração e, se Mira fosse ingênua, dava até para pensar que era porque o cão salvara a vida dele. De qualquer maneira, Max não parecia muito satisfeito, olhava para Mira com um olhar envergonhado.

— Você quer colocar essas locomotivas em movimento? — perguntou Caspira, andando ao lado delas.

— E se a gente conseguir? — perguntou Conner. — O que você vai fazer? Empilhar seus Hélices Brancas em cima delas?

— Há toneladas de vagões arruinados lá fora — Mira respondeu. — Mas há também alguns em muito boa forma. Eu tenho certeza de que no meio deles, poderíamos encontrar uns dez ou quinze que ainda estão sólidos.

— E daí? — perguntou Smitty.

— Nós os blindamos — ela respondeu. — Há toneladas de sucata de metal por aí, e com os artefatos do *Tesoura de Vento* podemos fazer Barreiras, Grávitrons, Flexs, o que quisermos.

— Artefatos que, com base na sua própria estimativa, não têm muito mais tempo de vida — retrucou a Capitão britânica.

Mira sentiu a frustração aumentando, mas engoliu o sentimento.

— Olhe isso.

Em grupo, eles andaram até a parede mais distante do grande galpão, onde havia um velho e empoeirado escritório. Dentro havia algumas mesas, um cofre, prateleiras com pastas e livros, e um grande mapa na parede perto de onde os quadros de avisos estavam pendurados antes de desabarem no chão.

Ele mostrava a metade ocidental dos Estados Unidos e uma teia de linhas que representava as ferrovias. Mira apontou para uma em particular, marcada como "Terminal Ocidental", e o grupo pôde ver suas curvas e volteios até finalmente entrar numa metrópole que um dia tinha recebido o nome de San Francisco.

— Terminal — Conner comentou. — Existe uma opção menos agourenta?

— Dresden — chamou Mira. — Onde fica a Cidadela aqui?

Ele estudou o mapa.

— Eu só vi a coisa uma vez, mas parecia que estava bem no centro de Oakland. Eu me lembro, porque dava para ver o Parlamento também, mas ele estava do outro lado da baía, no centro. Foi moleza lembrar.

O Parlamento era uma das naves gigantes dos Confederados que tinham vindo do céu durante a invasão. Uma tinha pousado em San Francisco, o que significava que as ruínas não só eram a sede do Parlamento, mas também da Cidadela, que tinha sido construída depois que o planeta já estava conquistado.

— Era isso mesmo que eu imaginava — disse Mira, seguindo a linha dos trilhos com o dedo até parar onde o continente encontrava a baía, bem onde antes ficava Oakland. — Se queremos chegar onde Zoey está, esta ferrovia vai nos levar direito para lá.

— Como saber se todos esses trilhos ainda estão em boas condições? — perguntou Conner.

— Você já esteve lá tantas vezes quanto eu — respondeu Dresden. — Quando *viu* uma linha ferroviária que não estivesse em boa forma? Essas coisas são sólidas, eu queria que mais delas *estivessem* mesmo quebradas.

Mira podia imaginar. O choque de um navio terrestre em Chinook completo contra os trilhos de um trem não devia ser algo nada agradável.

— Nosso maior problema será se houver outros trens nos trilhos — Dresden continuou. — Parar antes de colidir com um deles seria moleza durante o dia, mas suponho que vamos viajar à noite.

Mira assentiu.

— Nós dividimos os navios terrestres em dois grupos. Um vai ao lado do trem, como uma escolta. Os menores vão à frente, de olho nos obstáculos e nos Confederados. — Os Capitães escutaram, e ela podia sentir uma mudança em suas atitudes. Eles não estavam necessariamente começando a acreditar... mas parecia que já não estavam duvidando dela com o mesmo fervor.

— Vamos blindar o trem, salvar o que restou dos canhões, montá-los sobre ele e embaixo também. A Caixa de Reflexão ainda funciona, o que significa que ainda podemos produzir o que for necessário. Fazemos tudo isso, acrescentamos artefatos e navios terrestres armados à escolta, então...

— Teremos uma fortaleza sobre trilhos! — Conner respondeu, coçando o queixo.

— Tudo o que precisamos fazer é chegar ao Regimento Fantasma — disse Mira. — Então, juntos, vamos *todos* procurar Zoey.

— Ei, pessoal. — A voz de Smitty de fora do escritório chamou a atenção de todos. Ele e Caspira estavam ambos dentro de uma das locomotivas. Todo mundo assistiu quando Smitty pressionou um botão sobre os controles do maquinista.

Os instrumentos da locomotiva se iluminaram sob toda a poeira e Smitty olhou para Mira e Dresden com um sorriso.

A conversa prosseguiu, sobre o trem e as possibilidades, mas, para Mira, todo o burburinho desapareceu ao fundo. Os Confederados surgiram em sua cabeça novamente.

— Você está bem? — perguntou Dresden, e ela balançou a cabeça, disse a ele que estava cansada, precisava descansar, e deixou-os lá, discutindo o plano e a logística. Ela deveria ficar, mas não podia. Eles não podiam vê-la assim.

Mira saiu à luz do sol, contornou a grande área da oficina de reparos, até sair de vista.

Guardiã...

Mostre-nos...

Ela tentou afastá-los, mas as projeções a engolfaram. Ela se segurou num velho aparelho de ar-condicionado, mas não foi suficiente. Desabou de costas, olhando para o céu.

Guardiã...

Chegue mais perto...

Mostre-nos...

Então tudo ficou escuro.

28. LUGARES ESPECIAIS

MIRA ACORDOU COM UMA estranha mistura de trevas e luz. O mundo estava coberto com o véu da noite, mas, muito acima no céu, faixas gigantescas e oscilantes de cores flutuavam como ondas no mar.

Tudo contribuía para causar uma desorientação surreal. Onde quer que ela estivesse, tudo era silêncio, só havia um assobio desolado de vento, do tipo que costumava soprar nos círculos internos das Terras Estranhas, mas não se tratava do mesmo lugar.

Algo ainda mais evidente lhe ocorreu. O silêncio não reinava apenas no ambiente, mas na sua cabeça também. As centenas de impressões e emoções dos Confederados tinham, como que por misericórdia, surpreendentemente desaparecido, e o mais puro alívio a percorreu. Mira tinha se esquecido de como era ter a mente só para si, e isso a fez soltar um longo e lento suspiro de alívio.

Até que uma dor latejante nas costas a dominou. Ela estava deitada em algo duro e metálico.

Mira rolou e viu a espessa fuselagem blindada do Embaixador debaixo dela, e isso só tornou a situação ainda mais enigmática. Será que o Embaixador a havia teletransportado até ali? Parecia provável, mas por quê? A propósito, onde era "ali"?

Ela olhou mais de perto e percebeu que, na verdade, não havia muito para ver. Tudo em torno deles era só um enorme campo branco que se estendia até sumir na escuridão.

Era neve.

Guardiã, o Embaixador projetou para ela, quando a sentiu se mexer. Mira se retraiu, ao notar quanto parecia dissonante uma única projeção na sua mente agora silenciosa. Aquilo a fez se perguntar como ela tinha conseguido suportar as centenas que a assaltavam diariamente.

— Onde estamos? — perguntou em voz alta.

No topo.

— De quê?

Do seu mundo.

De repente tudo fez sentido. A neve, as formidáveis faixas ondulantes de cor. Eles estavam no Polo Norte e as faixas eram a Aurora Boreal. Ela olhou para elas com admiração, algo que nunca tinha visto antes, só ouvido falar ou lido a respeito, em outro tempo e lugar.

A constatação suscitou outras perguntas.

Por que não está frio?, ela projetou para o Embaixador.

Você está protegida. O escudo do Embaixador piscou ao seu redor, iluminando a noite. Ele formava uma barreira entre Mira e o meio ambiente, algo pelo qual ela estava absolutamente grata. Sem o escudo, estaria morta em questão de minutos.

— Por que estamos aqui?

Por você, o Embaixador respondeu. *É silencioso.*

Mira foi imediatamente preenchida por um sentimento de ternura pelo alienígena. Isso explicava a ausência das projeções dos outros. O Embaixador devia ter percebido sua angústia, saído à procura dela e a encontrado. Ele a havia levado até ali. Talvez só tivesse feito isso porque a via como um meio de conseguir o que queria, mas Mira se sentia agradecida mesmo assim. Ela podia finalmente respirar... e era maravilhoso.

— Eu não sabia que a tensão era tanta... — disse ela.

Sua mente é limitada.

Mira franziu a testa.

— Puxa, muito obrigada.

Não houve intenção de insultar. Poucos conseguiriam ir tão longe.

— Você age como se eu tivesse escolha — disse ela, reclinando-se e olhando para as cores acima novamente. Eram lindas. — Você só pode se teletransportar para lugares em que já esteve, certo? Ou lugares que outras pessoas já viram?

Correto.

— Então você já veio aqui antes.

É agradável.

Mira nunca tinha ouvido, em nenhuma das "conversas" que ela agora travava com os Confederados, um deles expressar qualquer coisa parecida com afeição por alguma coisa. Era surpreendente.

— Você gosta daqui.

Tem um significado.

A imagem explodiu em sua mente: apenas luz, brilhante e pulsante e colorida, e ela reconheceu onde estava. Era o que os Confederados chamavam de Nexus, a sua força vital, mas dessa vez ela não estava olhando para ele de fora, o Embaixador estava mostrando a ela o *interior* do Nexus, uma experiência completamente diferente.

Energia colorida circundava tudo. Sentimentos de felicidade e de paz tomaram conta de Mira de um jeito que nunca tinha vivenciado. Era como se... de alguma forma, ela estivesse *dentro* do amor. Parecia incrível.

O interior do Nexus, as cores e a energia pulsante tinham uma certa semelhança com a Aurora Boreal acima. Não admirava que o Embaixador tivesse ido até ali. Era pela mesma razão que os outros Confederados a queriam perto deles: para se nutrir da mente dela, sentir o Nexus novamente através das memórias partilhadas com ela, mesmo que vagamente.

Mira ofegou e abriu os olhos de repente, fazendo a imagem desaparecer da sua mente. O breve vislumbre de estar realmente dentro dele, das sensações e dos sentimentos, tudo isso havia deixado uma impressão clara, e foi chocante.

— O Nexus está... vivo? — perguntou Mira.

A vida vem da vida.

— Mas ele era tão calmo e sereno, e vocês são... — Ela parou, mas já era tarde demais.

Nem uma coisa nem outra, ele terminou por ela. Mira não sentiu nenhuma indignação... e nenhuma discordância também. *É lamentável.*

— O quê?

Nós nos deliciamos com o Nexus. Nunca aprendemos com ele.

Mira achou que tinha entendido. O Nexus era uma resposta para o que quer que havia roubado dos Confederados toda a sua existência, mas, por algum motivo, eles não viam isso.

— Em geral — Mira admitiu —, os seres humanos têm o mesmo problema.

Ela observou as cores acima, pensando em como era estranho que ela estivesse tão à vontade deitada em cima de um caminhante de combate dos Confederados, travando uma conversa tão profunda. Um ano atrás, teria parecido insano, para não dizer uma traição, mas não agora. O Embaixador havia se tornado um confidente, embora ela não soubesse muito bem se o sentimento era mútuo. Ela não estava realmente certa da capacidade do alienígena de sentir algo como afinidade, mas mesmo assim estava feliz que ele estivesse ali.

— Quando você... "ascender" ou coisa assim — disse Mira, curiosa —, o que vai acontecer?

Nós não entendemos.

— A experiência, para vocês, como acham que vai ser? Vocês vão, eu não sei... se transformar? O que vão sentir? E ver? Quero dizer, vocês ainda vão ser vocês mesmos?

Vamos ser quem somos. Não quem queremos.

Mira sorriu. Era engraçado como ela tinha se acostumado com as respostas enigmáticas do Embaixador.

— Agora vocês não são quem realmente são?

A maioria resiste.

— Mas *você* é diferente?

O alienígena hesitou, um raro momento em que reformulava seus pensamentos. Normalmente, suas respostas eram quase instantâneas.

Poucos veem as coisas como elas são. A Scion nos ascenderá. Vai nos mostrar a verdade. Então todos vão ver.

Mira suspirou.

— Se conseguirmos chegar lá.

Você duvida?

— Todos os dias. — Era o tipo de coisa que ela só poderia dizer ao Embaixador. Mira sentiu nele, porém, uma reação estranha. Confusão.

Quanto mais você realiza. Mais duvida de si mesma. Uma característica humana?

Era uma boa pergunta.

— Talvez seja.

Ambos admiraram a Aurora um pouco mais, a beleza dela, o modo como brilhava e ondulava. Era de fato um lugar especial, ela entendia por que o Embaixador gostava dali.

Você tem lugares especiais?

— Claro!

Mostre-nos.

Levou um instante para Mira perceber o que o Embaixador estava pedindo. Ele estava se oferecendo para levá-la a qualquer lugar que ela quisesse, e Mira sentiu na máquina uma expectativa. Ele estava intrigado para saber o que a tocava. Era justo, supôs. O Embaixador tinha compartilhado algo com ela, afinal de contas.

Mas aonde ir? Havia muitas opções.

A praia de Oregon, para onde sua família viajava todo verão e onde seu pai havia lhe ensinado a surfar. Uma parte das Terras Estranhas aonde ela nunca tinha conseguido chegar. Talvez ainda houvesse artefatos ali para coletar. Lugares com belas paisagens, como a Aurora Boreal acima, pontos turísticos que ela nunca tinha visitado. A Cidade da Meia-Noite, onde ela tinha atingido a maioridade, onde tinha encontrado o seu caminho e seu primeiro lar. Pensando bem, pedir a um caminhante dos Confederados para teletransportá-la para o Mural do Placar provavelmente não seria uma boa ideia.

Por fim, uma escolha pareceu melhor do que todas as outras. Ela sentiu uma expectativa agridoce ao pensar em ver aquele lugar novamente, mas era o que queria.

Mira fechou os olhos. Imaginou o lugar, e ele veio facilmente. Tocou o Embaixador com sua mente, no interior da carapaça que lentamente se tornava o túmulo do alienígena.

— Ok...

Ela ouviu um barulho. Como uma poderosa explosão pontuada de estática e uma onda rápida de calor tomou conta dela.

Mira abriu os olhos de novo.

A Aurora tinha desaparecido, substituída por copas de pinheiros que balançavam e estrelas brilhando. Eles estavam numa clareira da floresta. Nada naquilo parecia particularmente familiar, mas isso não era nenhuma surpresa. Ela só tinha ficado ali uma noite, e muita coisa tinha acontecido desde então.

Mira lutou contra a onda de tontura que sempre acompanhava o teletransporte e saltou para o chão.

Por que aqui?

— Eu vou te mostrar — disse ela se afastando da máquina, o barulho crepitante de pinhas esmagadas sob seus pés. Era noite ali também e estava bem escuro. Ela tirou uma lanterna da mochila e acendeu-a, procurando algo específico. Por um instante se perguntou se o Embaixador a levara para o lugar errado, mas então a luz da lanterna iluminou o que ela estava procurando.

Um círculo de pedras, com os restos de uma fogueira de acampamento, abandonado meses antes; o que restava da lenha não passava de cinzas enegrecidas. Não havia muito o que olhar, mas Mira sentiu um calorzinho se espalhando pelo seu peito.

Por que aqui?, o Embaixador perguntou novamente. Mira fechou os olhos... e deixou a lembrança vir à tona. A imagem não era tão vibrante, ela pensou, mas mesmo assim os sentimentos que a acompanhavam eram tão fortes quanto antes.

Mira viu a fogueira ardendo. Viu Holt e Zoey dançando em torno dela, enquanto uma valsa tocava num rádio cheia de estática. Então ela viu a si mesma com Holt e observou-o colocar uma pedra negra polida em sua mão para ajudá-la na dança. Os dois dançavam em torno da fogueira, os corpos bem perto um do outro, a desconfiança que existia entre eles se dissipando. Ela ouviu a risadinha de Zoey enquanto afagava Max e os assistia girar, girar e girar... Quando ela abriu os olhos, eles estavam cheio de lágrimas.

Estar ali, sentir aquilo tudo, a fez perceber quanto tudo havia mudado. Holt não estava mais com ela. Zoey tinha sido raptada. Ela sentia que estavam todos lutando para encontrar uns aos outros, mas não havia nenhuma certeza de que isso um dia aconteceria.

Em vez de conter as lágrimas, ela as deixou cair. Essa era outra razão pela qual Mira era grata ao Embaixador, ela não tinha que esconder suas fraquezas dele, não tinha que fingir que era sempre forte e resoluta.

A máquina soltou um ruído estranho. Ela sentiu uma emoção se agitando dentro dele: espanto, curiosidade, e... inveja. Foi essa emoção o que mais a surpreendeu.

Por que esse sentimento?, Mira projetou para o alienígena.

Essas emoções. Nós não as sentimos.

Mira voltou-se para a imensa máquina, seu olho trióptico fitando-a.

Quanto tudo seria diferente se pudéssemos sentir?, ele perguntou.

Mira balançou a cabeça. Que raça triste os Confederados na verdade eram. Todo aquele poder, mas tão pouco a ganhar com isso. Nada além de medo, na realidade. A coisa diante de Mira era tão diferente do que ela sempre tinha presumido! Talvez o Embaixador fosse a exceção, mas ele parecia ansiar por algo maior, por ser mais do que era. Era um traço que todos os prateados pareciam compartilhar. O mais triste era que o Embaixador talvez não conseguisse ir até o fim. Como os outros, estava preso à sua armadura, morrendo. Ele talvez perecesse antes que Zoey pudesse fazer o que supostamente faria. Depois de tudo o que ele tinha sacrificado, como seria trágico se ele nunca visse a realidade que estava tentando concretizar! Mas não seria heroico também?

Essa pessoa, o Embaixador projetou. *Das lembranças.*

Holt, ela projetou.

Vai voltar?

As emoções transbordaram em seu peito. Muito provavelmente não, ela sabia. Ela se perguntou onde ele estaria naquele momento, o que estaria pensando, o que estaria sentindo. Até onde sabia, Holt a vira morrer. Mira sentiu a mesma onda de culpa que sempre a assolava, por não encontrar uma maneira de falar com ele, de ir até onde Holt estava, mas Dresden tinha razão. Essa era uma escolha que ela não poderia se dar ao luxo de fazer. Mesmo que voltasse... quanto ele poderia ter mudado? Quanto *ambos* poderiam ter mudado?

Todos aqueles sentimentos e pensamentos o Embaixador estava captando.

Uma pena, ele respondeu. *Perder o que foi construído. Gostaríamos... de poder fazer essas coisas.*

Mira fez algo estranho, então. Ele se deixou levar pelo instinto mais do que por qualquer outra coisa. Estendeu a mão e tocou a fuselagem metálica blindada do Embaixador. Sentiu a sua presença ali dentro, sentiu a irônica combinação de sua personalidade, gentil e feroz ao mesmo tempo.

— Eu não sei que futuro Zoey pode dar a vocês — ela disse a ele —, mas talvez um dia vocês possam.

O Embaixador retumbou suavemente. Mira manteve a mão sobre ele mais um instante, então voltou para a fogueira apagada do acampamento.

Devemos voltar, o Embaixador projetou.

— Só uma coisa. — Ela colocou a mochila no chão e vasculhou-a. Não conseguiu achar o que queria a princípio, então começou a retirar tudo lá de dentro, uma coisa de cada vez.

Uma garrafa de água, alimentos enlatados, um kit de primeiros socorros, seu lamentável artefato...

O Embaixador retumbou novamente, soltando dessa vez um ruído alto e dissonante. Deu dois passos poderosos para trás. Sentimentos de angústia e aversão a dominaram.

Ela fitou a máquina prateada.

— O que foi?

Abominação, ele simplesmente disse.

— O quê?

Isto. O olho dele oscilava de um lado para o outro, fitando os objetos na frente de Mira.

Ela olhou para baixo e só havia um que não era mundano e comum. Seu artefato, aquele horrível que ela tinha feito na Cidade da Meia-Noite, o mesmo que a obrigara a abandonar seu lar, algo que agora parecia ter acontecido muito tempo atrás. Ela o odiava, tinha a intenção de destruí--lo nas Terras Estranhas, mas era como se a coisa tivesse vontade própria e quisesse sobreviver.

Ele era uma combinação de várias camadas, composta por mais de uma dúzia de objetos diferentes, todos amarrados com uma corrente de prata e um fio roxo. Seu principal aspecto era o de um antigo relógio de bolso dourado, que ficava exposto no lado de fora do artefato, com o símbolo δ prateado gravado na tampa metálica. Era uma combinação bonita, na verdade, mas sempre marcada pela realidade do que tinha feito. Mira a tinha feito numa tentativa de criar algo que revertesse os efeitos da Estática. Em vez disso... o artefato fazia o contrário. Ele *acelerava* seus efeitos, fazendo qualquer um, até os imunes, sucumbir em questão de segundos.

Cautelosamente, Mira o pegou na mão.

— Isto?

O Embaixador deu mais um passo para trás. *Abominação*.

Na visão de Mira, o alienígena não estava errado. Ela só continuara a guardá-lo porque era algo muito perigoso para ser descartado simplesmente, mas isso não explicava por que os Confederados sentiam a mesma aversão pelo objeto.

O Embaixador sentiu a confusão dela. *O que vocês chamam de Estática. É o Todo.*

O Todo era como o Embaixador e os Confederados chamavam a consciência coletiva que sua espécie inteira compartilhava. Embora fossem entidades independentes, cada um ainda mantinha uma conexão com o Todo, onde podiam sentir as emoções e os pensamentos das outras entidades, o tempo todo.

A Estática, por outro lado, era o sinal telepático com o qual os alienígenas tinham coberto o planeta. Qualquer pessoa com idade superior a 20 anos de idade sucumbia ao seu chamado, depois que sua mente era controlada. A Estática tinha feito da conquista da Terra algo bastante fácil. Mira não via a conexão entre as duas coisas.

— Como é que o Todo é também a Estática?

Eles são a mesma coisa.

Mira tentou entender.

— Você está dizendo que o sinal propriamente dito, a Estática, é o *mesmo* sinal que o Todo carrega, a sua consciência coletiva?

Correto.

De alguma forma, fazia sentido que ambos os sinais estivessem sobrepostos, mas não explicava a reação do Embaixador. Ela segurou o artefato e mostrou a ele. A máquina retumbou contrariada.

— Então, qual é o problema disso?

Isso perverte o Todo.

Claro, Mira pensou sombriamente. Se seu artefato afetava e alterava a Estática, então isso significava que fazia o mesmo com o Todo.

Um pensamento lhe ocorreu. Mira segurou a coisa a uma distância segura e abriu a tampa de bronze do velho relógio de bolso. Um feixe de escuridão irradiou do relógio num cone de sombras que parecia se contorcer como um ninho de vermes, mais negro que a noite ao redor deles.

O Embaixador retumbou irritado. Ela sentiu o medo primitivo com que ele deu um passo para trás e se chocou contra uma árvore, quase derrubando-a.

Cesse, ele projetou, e as sensações quase a atropelaram, de tão fortes. Ela nunca tinha sentido nada assim do Embaixador antes.

Imediatamente, ela fechou o relógio. A luz negra e retorcida desapareceu.

Sinto muito, Mira projetou para o alienígena, e ela estava sendo sincera. *Eu só queria ver.*

Nunca mais, ele projetou de volta.

Eu prometo. Ao ouvir as palavras dela, o medo do Embaixador começou a diminuir, embora ele não tenha feito nenhum movimento para se aproximar.

Mira enfiou o sombrio objeto de volta na mochila. Quando fez isso, ela encontrou o que estava procurando.

Era a pedra preta polida que Holt havia dado a Mira ali. Era lisa e fria, reconfortante. Normalmente ela a carregava no bolso, mas tinha ficado com medo de perdê-la. Ela estudou a pedra por um momento, os sentimentos e as lembranças retornando... em seguida estendeu a mão na direção dos restos da fogueira, cavou as cinzas e enterrou a pedra ali. Depois jogou a terra de volta por cima.

Se Holt voltasse, talvez eles a recuperassem juntos algum dia. Se não voltasse, se ele tivesse ido embora para sempre, então era àquele lugar que ela pertencia, enterrada em meio às cinzas de uma lembrança do passado.

Ela olhou para a fogueira uma última vez, em seguida virou-se para o Embaixador.

— Vamos. — A máquina a fitou com cautela, sem fazer nenhum movimento na sua direção.

Mira revirou os olhos.

— Vamos lá, bebezão, temos muito que fazer.

29. REVIRAVOLTAS

HOLT E RAVAN ESTAVAM NA VARANDA de uma residência na torre da Refinaria, olhando para baixo, na direção da cidade à luz das estrelas. Masyn, Castor, Olive e seus marinheiros tinham voltado para o *Fenda no Vento*, ancorado na parte de trás do Pináculo. Rogan West e alguns de seus homens estavam no centro do cômodo, discutindo estratégias, e suas vozes mostravam quanto estavam entusiasmados com a vitória.

— A gente devia fazer outro ataque em breve, enquanto estamos com esse pique todo! — disse um rebelde, mas Rogan balançou a cabeça.

— Para quê? — perguntou. — Já temos a Refinaria, o que significa que temos o *Fausto* na palma da mão. Só tenho que mantê-la por tempo suficiente para que o resto da cidade se rebele.

— Tomar esse Pináculo foi um bom negócio — outro rebelde respondeu —, mas você subestima a influência de Tiberius. Isso não vai acontecer do dia para a noite, mesmo com a Refinaria nas nossas mãos.

— Eu não preciso que a coisa aconteça do dia para a noite — continuou Rogan. — Eu posso esperar semanas, até meses. Não precisamos nem dos outros dois Pináculos agora, podemos trazer de lá todos os rebeldes que temos e fortificar este aqui.

O debate continuou, mas Holt não conseguia sentir o mesmo entusiasmo. Ravan parecia pensar a mesma coisa.

— Nunca vi essa cidade tão quieta — observou ela, olhando para as luzes das lanternas nas janelas das torres. Ela estava certa, aquilo era *mesmo* estranho, mesmo sendo tão tarde da noite. Fausto parecia estranhamente silencioso, quase pacífico, e aquilo estava muito errado. Só aumentava a inquietação de Holt.

— Rogan diria que é porque a cidade está atordoada com a derrota — disse Holt.

— Mas você está preocupado — Ravan respondeu.

Holt assentiu.

— Já faz 14 horas, e ele não esboçou nenhuma reação. Isso não faz o gênero dele: "o poder perdido precisa ser recuperado".

— E eu aqui esperando que ele só fosse se render.

Holt desviou os olhos do Fausto e estudou Ravan. A noite sempre lhe caía bem. As sombras e sua atmosfera acentuavam suas feições. A linha do pescoço, a forma como seu cabelo preto caía nas costas, até mesmo os olhos, de alguma forma, pareciam brilhar com mais intensidade. Ele sempre se sentira mais atraído por ela à noite. Tais pensamentos, ele sabia, teriam parecido estranhos há poucos dias, mas as coisas estavam mudando.

— Eu estive pensando — Holt disse a ela em voz baixa. — Não vou completar a tatuagem. Você está certa, ela devia significar alguma coisa, e eu entendo isso.

Ravan não olhou para ele, mas algo na maneira como suas feições se contraíram sugeria que ela talvez se sentisse tão mal se ele decidisse não completá-la quanto se sentiria se ele decidisse fazer isso.

— Eu não posso explicar — continuou ele. — É como se... uma parte de mim achasse que ela ainda está viva. Eu sei que não faz sentido, que as coisas são do jeito que são agora, mas isso não diminui o que eu sinto por você. Eu quero que saiba disso. Eu não sei aonde isso vai me levar, no que vai dar, mas... Espero que você esteja comigo quando eu descobrir.

Ela ficou em silêncio por um instante, os olhos sobre a cidade, seus pensamentos em outro lugar.

— Não faça isso, Holt. Não me dê falsas esperanças. Nós somos o que somos, não temos que ser outra coisa.

A porta do cômodo se abriu. Três garotos entraram, todos em torno dos 15 anos, suados e sujos.

— E aí? — perguntou Rogan, como se esperasse por eles.

— Tentando fazer os tanques de isomerização voltarem a funcionar, mas até agora nada — lamentou um dos recém-chegados.

A declaração chamou a atenção de Holt, e ele olhou para os garotos.

— A isomerização não está funcionando?

Eles confirmaram.

— A maioria das válvulas estava fechada, duas delas estão emperradas. Eu diria que estão oxidadas, estão duras demais, mas... isso não faz sentido, faz?

— Elas estão fechadas desde que chegamos aqui? — perguntou Rogan.

— Isso explicaria a falta de calor lá embaixo — comentou Ravan.

— Esses tanques são *enormes* — continuou Holt, pensando em voz alta.

— Eles são o coração da Refinaria, desligá-los significa semanas de trabalho para fazê-los funcionar novamente da mesma forma. Por que eles iriam...

Holt percebeu antes de terminar a frase. A maneira como Ravan o encarou indicava que ela tinha percebido também.

— Ah, Jesus... — West respirou, e então um grito vindo de baixo o interrompeu. Assim como os violentos sons percussivos de tiros. Muitas rajadas.

Holt viu o rosto de Ravan empalidecer, entendeu por que a cidade parecia tão tranquila, por que não tinham sofrido um contra-ataque de outro Pináculo. O contra-ataque estava planejado desde o início. Eles nunca tinham chegado a tomar a Refinaria. Eles simplesmente entraram no lugar exato em que Tiberius os queria.

— Corram! — Ravan gritou, agarrando o rifle e se dirigindo para a porta.

O chão sob seus pés sacudiu com uma explosão. Ninguém falou, apenas agarrou suas armas e correu.

AVRIL ERA UMA ILHA DE QUIETUDE em meio ao caos. Piratas lutavam contra piratas, armas disparavam, facas faiscavam, gente caía no chão e não se levantava mais. Eles tinham ficado trancados naqueles tanques sob a Refinaria por mais de um dia antes de a escotilha superior finalmente ser aberta. Tinha sido uma experiência incômoda, um ambiente estranho e apertado, onde os sons de pessoas respirando ecoavam nas paredes de metal.

Os três tanques eram enormes, grandes o suficiente para esconder cinquenta piratas cada um. Tiberius havia ordenado que eles fossem drenados e limpos dias antes. Ele parecia não ter nenhuma dúvida, agora que Holt e Ravan estavam ajudando West, de que a Refinaria seria o próximo alvo. Então eles entraram nos tanques e esperaram, e não demorou muito para constatarem que o pai dela estava certo. Eles abriram caminho até o topo, despachando os homens de West à medida que os encontravam, até chegar ali, na plataforma principal.

Avril viu Quade agarrar o pescoço de um rebelde, bater em outro com o cano da arma, e ele sustentou o olhar dela enquanto fazia isso. Ela era a única pessoa que sabia a quem ele realmente era leal, e se perguntava o que Quade estava sentindo sendo obrigado a participar da matança dos rebeldes que ele tinha secretamente apoiado. Ela ainda não tinha contado ao pai, e não sabia muito bem por quê. Ela não sabia nem por que estava ali agora, exceto pelo fato de que Tiberius tinha pedido a ela para ir e Avril tinha concordado, provavelmente por causa de como se sentira ao ferir aqueles garotos alguns dias antes. Avril se sentira mais ela mesma naquele momento do que se sentira em semanas... e aquilo era assustador.

Ela estava quase ultrapassando um limiar que nunca tinha acreditado que um dia poderia cruzar.

Avril estava desarmada; ninguém tinha lhe oferecido um rifle ou uma faca, porque nenhum deles confiava nela ainda. Um pirata atacou-a de repente. Seus instintos assumiram o controle, ela se esquivou do golpe.

Viu outro apontando uma arma para ela, e ela se jogou no chão e rolou para longe quando ele disparou. Um dos homens de seu pai foi alvejado em seu lugar.

Avril correu na direção de uma cobertura atrás de um...

Algo duro e metálico a fez cambalear. Um rebelde pairava sobre ela com uma barra de ferro, prestes a atacar novamente. Uma bala derrubou-o e Avril viu Quade a poucos metros de distância. Eles trocaram um olhar antes que ele fosse arrastado para a batalha novamente.

320

Uma bota se chocou com tudo contra as costelas de Avril. Outro chute golpeou seu estômago. Ela sentiu a raiva brotar novamente... e a emoção.

Ela se virou, o rebelde que a golpeara estava levantando uma faca...

... e ela chutou as mãos dele, saltou rapidamente, e um chute circular o levou a nocaute. Havia facas no chão, revólveres também, mas ela saltou para a briga de mãos nuas. Sentia-se melhor assim.

No momento, ela já tinha escolhido de que lado estava.

Avril se moveu tão rápido que era só um borrão. O *Spearflow*, a intensa modalidade de luta usada pelos Hélices Brancas, era perigoso e adaptável, mesmo sem uma Lanceta. Os rebeldes de West apontavam as armas, davam golpes de faca, investiam contra ela com porretes, mas todos caíam, um após o outro. Dois. Cinco. Dez. Seu treinamento a tornara mais poderosa do que qualquer um daqueles tolos, e ela deu total vazão aos sentimentos que fluíam através dela.

Então, ela paralisou no lugar.

À sua frente, no meio do grupo cada vez menor de rebeldes, havia outros dois borrões, movendo-se de forma quase idêntica a ela.

Um deles tinha uma Lanceta na mão, estrias coloridas rasgando o ar. O outro não carregava armas, mas era quase tão rápido quanto o primeiro, mesmo lutando com apenas um braço.

Quando Masyn e Castor a viram, congelaram também. Olharam um para o outro enquanto a batalha se desenrolava, confusos e incertos... e então Masyn viu os corpos dos rebeldes aos pés de Avril. O olhar dela mudou.

Masyn avançou em direção a Avril. Castor, mais relutante, seguiu-a, assistindo Masyn reposicionar sua Lanceta nas costas. Não seria uma luta justa de outro modo.

Avril ficou realmente preocupada quando cada um tomou posição de um lado dela. Ela tinha sido Decana de ambos um dia, até mesmo ajudara Masyn a forjar sua Lanceta depois que concluíra sua busca pelo tronco perfeito para confeccioná-la, e agora eles eram, de alguma forma... inimigos. O que aquilo dizia sobre ela?

Por outro lado, o que isso importava? Nada era como antes. Aqueles dias tinham ficado para trás.

Avril se aprumou diante dos dois oponentes, cerrou os punhos e fechou os olhos, esperando o ataque, já decidindo como golpear e onde, sabendo que Masyn e Castor estavam fazendo o mesmo. Ela sentiu a tensão que emanava deles, sentiu-os se movendo em direção a ela, sentiu seu próprio corpo instintivamente começar a...

— Basta! — gritou a voz de alguém mais velho e um tiro de rifle pontuando seu grito.

Os que ainda lutavam pararam. Avril abriu os olhos. Masyn e Castor estavam ladeados agora pelos homens de seu pai, rifles apontados para eles. Uma centena de rebeldes ou jazia morta na plataforma ou estava de joelhos, com as mãos atrás das costas. Os rebeldes agora estavam em total desvantagem. Entre eles, ela viu Holt, Ravan e o líder, Rogan West, todos sangrando e feridos, e cada um dos sobreviventes observava a figura que agora estava plataforma, assistindo a cena com sua ilegível calma habitual.

Os olhos do homem varreram a multidão até encontrar quem estava procurando: Holt, Ravan e West. Ele os fitou com um olhar intenso.

— Cá estamos nós — disse Tiberius. — O que significa, é claro, que podemos começar tudo de novo.

ELES OBRIGARAM HOLT, RAVAN, WEST e o que restava do grupo de rebeldes a se ajoelhar. Não havia nem sinal de Olive ou de sua tripulação, pelo menos que Holt pudesse ver. Ele tinha uma vaga esperança de que, por algum milagre, tivessem conseguido desatracar o *Fenda no Vento* e fugir para o oeste, mas sabia que não era provável. Tiberius tinha sido muito minucioso em seu planejamento.

Holt olhou para o Bando que o cercava e seus olhos se detiveram na única pessoa cuja presença ali o surpreendeu. Avril o fitou com um olhar indecifrável, Castor de um lado dela e Masyn do outro. Pensando bem, ela sabia agora o papel que ele tinha desempenhado na morte de Archer e estava havia mais de uma semana na presença corruptível de Tiberius Marseilles. Talvez ele não devesse estar surpreso, afinal de contas. Os corpos inconscientes dos rebeldes aos seus pés mostravam que ela já tinha feito sua escolha. De qualquer maneira, era tarde demais para ele agora.

Masyn, no entanto, tinha uma visão diferente.

Com a intenção de atingir Tiberius, ela arremeteu para a frente deixando atrás de si um rastro de luz roxa, enquanto tirava do caminho os guardas corpulentos que o escoltavam. Dois deles caíram instantaneamente, dois outros cambalearam para trás, enquanto Masyn investia contra os demais. Eles foram para cima da Hélice, mas ela se esquivou deles com agilidade, dando uma pirueta por sobre os ombros de um deles e arrastando-o para o chão. No final, já estavam em muito menor número e a Lanceta da garota ainda estava nas costas.

Um punho atingiu-a no rosto, outro golpeou seu estômago. Um joelho a fez desabar. Então os outros guardas partiram para cima dela também.

— Masyn! — Castor gritou, correndo na direção da amiga ignorando os golpes dos piratas, enquanto chutes e socos mantinham Masyn no chão, que lutava com toda sua fúria para se levantar. Ele lutou ao lado dela — e fez isso com ambos os braços —, desprezando a dor do membro fraturado e protegendo Masyn enquanto os golpes e as coronhadas dos rifles continuavam.

Enquanto tudo isso acontecia, Holt olhava fixamente para Avril. O sofrimento era evidente no rosto dela, o horror diante do espancamento. Ela deu um passo para a frente... em seguida parou, calada e dividida.

— Parem! — disse Tiberius. — Eu não os quero mortos. Não ainda.

Os piratas se afastaram de Masyn e Castor, mas Holt não podia dizer em que condições os Hélices estavam. Ele olhou para o homem parado acima deles, e os olhos de Tiberius estavam em Ravan. Holt sentiu a mão dela deslizando para a sua e ele a segurou com firmeza.

— Eu acho que sabemos agora a resposta para a pergunta sobre quando você ia me decepcionar — disse Tiberius.

— Acho que sim — respondeu Ravan.

— Que desperdício! E tudo por causa *dele* — lamentou Tiberius. Holt sentiu os dedos de Ravan apertarem os dele. — Será que você não aprendeu nada comigo? Sobre poder? Sobre fraqueza?

— Aprendi muito — Ravan admitiu. — Só acho que dei mais valor a outras lições.

Tiberius balançou a cabeça, genuinamente consternado, em seguida desviou os olhos de Ravan para Rogan West. O líder dos rebeldes tinha sido cruelmente espancado, seu olho esquerdo estava tão inchado que não abria mais e havia sangue coagulado de um lado da camisa. Ele fitou Tiberius com o mesmo olhar feroz.

— Rogan West — disse Tiberius. Sua voz, surpreendentemente, não continha nenhuma ameaça. — Não há nenhuma vergonha nisso. Você tentou tomar o poder, seguindo nossa cartilha. Eu respeito isso, mas você perdeu e receio que esse tipo de fracasso tenha duras consequências.

Rogan apenas deu de ombros, parecendo resignado.

— Faça o que quiser. Não vou ser o último.

— Sem dúvida. — Tiberius olhou para Quade. — Faça isso rápido. Ele ganhou meu respeito.

Os olhos de Quade desviaram-se para Rogan, estudando-o de uma forma estranha que Holt não esperava. Será que eles já se conheciam? E se já tivessem sido amigos? Holt não tinha certeza, mas havia... alguma coisa ali. Detrás da multidão, Avril assistia a tudo atentamente.

Por fim, Quade avançou e sacou a arma, ficando diante de Rogan.

— E *você.* — Levou um momento para Holt perceber que a voz de Tiberius se dirigia a ele. Ergueu os olhos e encontrou o olhar do homem. Havia ódio ali, uma ameaça exultante, mas um sorriso se formou em seus lábios.

— Eu vejo em seus olhos. Você voltou a *se importar.* — Ele olhou para a mão de Holt entrelaçada à de Ravan. — Tanto melhor. Agora, sim, podemos ter todos os momentos que sempre esperamos.

O tiro ecoou alto. Próximo a ele, Rogan West caiu morto e Quade baixou a arma. A multidão de piratas aplaudiu e comemorou em voz alta, Holt quase não conseguiu distinguir as palavras seguintes de Tiberius.

— Preparem um jogo no Nonágono amanhã. Estes quatro serão os competidores. — Ele se referia a Holt, Ravan, Masyn e Castor. — Não os machuquem mais. A torcida vai querer um bom espetáculo para a reunificação do Fausto.

Os gritos violentos e malévolos se intensificaram e Holt olhou para Ravan. Ela devolveu o olhar e ele pôde sentir nela a mesma calma que ele sentia. A estranha tranquilidade que vinha da constatação de que não tinham mais nada a perder.

30.   REMOENDO O PASSADO

MASYN SENTOU-SE COM AS COSTAS apoiadas na parede da pequena cela de madeira. Ela não era alta, mas mesmo assim mal conseguia esticar as pernas. Algumas horas antes tinha sentido a vibração da cela enquanto era baixada até o chão, pelo enorme sistema de trilhos, desconectada e então transportada para outro lugar. O mais provável era que estivessem em algum tipo de elevador que os levaria até o Nonágono. A julgar pelo rugido abafado que podia ouvir do lado de fora, produzido pela enorme multidão, estava quase na hora.

Seus anéis e armas tinham sido levados, ela os perdera e aquilo a envergonhava. Talvez lá em cima, diante da morte, ela pudesse recuperar um pouco da honra, pudesse morrer com dignidade. Que fosse assim então, pensou Masyn. Se esperavam que ela ficasse apavorada, iriam se decepcionar.

Castor estava caído ao lado dela, ainda imóvel. Masyn tinha recebido seu quinhão de dor, mas o dele tinha sido muito pior. Ela ainda se lembrava do jeito como ele tinha saltado sobre ela, ignorando o braço ferido, absorvendo os golpes dirigidos a ela.

Ela olhou para ele com carinho. Como Masyn, ele tinha perdido a Lanceta e os anéis. Como ela, Castor tinha caído em batalha. Ela deveria sentir desprezo por ele agora, desonrado e insignificante... mas não. Na verdade, ela se sentia mais atraída por ele agora do que antes e isso não fazia sentido. Ela tinha abraçado os ensinamentos de Gideon. Eles eram severos, porque tinham que ser, mas era difícil para ela segui-los quando se tratava de Castor.

O garoto gemeu, mexeu-se um pouco e Masyn correu os dedos pelos cabelos dele. Castor se acalmou ao seu toque.

Masyn não estava habituada a demonstrar ternura, um sentimento nocivo à sobrevivência, mas Castor, nos últimos dias, tinha de alguma forma trazido esse sentimento à tona. Ele também tinha erijido muralhas em torno de si, todas da mesma fonte, mas elas pareciam ruir quando se tratava dela. Antes ela via isso como um aborrecimento, um sinal de fraqueza, mas agora não tinha tanta certeza. Se ela um dia tivesse outra oportunidade, não tentaria afastá-lo tão rápido.

A cela sacudiu quando alguém aterrissou em cima dela. O impacto foi suave e silencioso, não os passos desajeitados de alguém do Bando, e Masyn franziu a testa. Só podia se tratar de uma pessoa.

Um visor na parte superior da cela se abriu. Nesse instante, o barulho da multidão rugindo em algum lugar acima ficou mais alto. Uma figura olhou pelo visor e Masyn a fitou. O olhar de Avril era uma mistura de emoções. O de Masyn, ela sabia, era de pura hostilidade.

— Veio se divertir com a desgraça alheia? — perguntou Masyn. — Poupe sua saliva.

Avril não disse nada, apenas olhou para Castor no chão.

— Como ele está?

— Você viu o que fizeram. Vinte caras chutando e batendo enquanto ele estava desarmado e já ferido. Não há honra nenhuma nisso, o seu povo não tem compreensão da palavra.

— Eles não são o meu povo. — A voz de Avril era ardente, mas Masyn respondeu com ironia.

— Sério? Então por que você não está nesta cela? Não consegue nem ver quanto você mudou. Gideon nem a reconheceria.

— Gideon se foi, Masyn.

— E isso é razão para cuspir em tudo o que ele ensinou? Você nunca deve ter acreditado de verdade.

A mão de Avril estremeceu na borda do visor.

— Meu pai me contou o que Holt fez.

— E daí? Holt me contou também, mas por que isso justifica abandonar tudo o que você um dia defendeu?

A voz de Avril já não estava mais tão firme.

— Se eu estivesse aqui...

— Mas você não estava — Masyn respondeu. — Seu pai te contou o que Holt fez... mas disse *por quê?*

Masyn contou tudo a Avril, sem esconder nada. O que Archer estava prestes a fazer, o que Holt tinha impedido de acontecer. Enquanto despejava as palavras, Masyn podia ver o horror crescente nos olhos de Avril.

— Se era seu irmão ou não, ele estava errado — afirmou Masyn. — Holt o deteve. Ele sacrificou basicamente as mesmas coisas que você para isso, e eu teria feito o mesmo. E quanto a você, Avril? O que *você* teria feito naquele quarto?

Avril ficou em silêncio por um longo tempo.

— Talvez eu pudesse tê-lo impedido de se tornar o que se tornou. Talvez a culpa seja minha.

— Gideon me disse uma vez que se apegar ao passado é como pegar na mão um carvão em brasa com a intenção de jogá-lo em outra pessoa — disse Masyn, sua voz ficando mais baixa. — No final, *você* é quem se queima.

Avril estudou Masyn em silêncio.

— Eu posso te tirar daqui, vocês dois. Podem escapar antes do jogo.

Qualquer simpatia que Masyn tivesse por Avril não existia mais, e ela olhou para a outra com desdém.

— Você realmente mudou, não é mesmo? Quer dizer que eu tenho que fugir daqui agora, como uma forasteira assustada? *Não.* Nós vamos enfrentar o que tiver que ser, vamos mostrar a todos vocês o que é a *verdadeira* força. Talvez então você se lembre de quem você é.

— Você vai morrer, Masyn — disse Avril simplesmente.

— E quando *isso* se tornou mais importante do que a honra? — Masyn sustentou o olhar de Avril mais um segundo, em seguida olhou para baixo. — Saia daqui, garota do Bando. Ninguém conhece você aqui. Ninguém te quer aqui.

O visor se fechou e Avril foi embora. Masyn suspirou e olhou para Castor no chão. Ele gemeu de novo e ela pegou a sua mão.

RAVAN SE SENTOU DE PERNAS cruzadas ao lado de Holt, seu olhar fixo no chão da cela. Ela tinha soltado um parafuso enferrujado, mas não com a intenção de usá-lo para a fuga. Em vez disso, estava desenhando nas antigas e desbotadas paredes e no assoalho da pequena jaula, sempre a mesma coisa, várias e várias vezes: duas montanhas, árvores em frente a elas, um riacho passando em frente. Era um desenho tosco, mas Holt podia ver o que significava. Logo o único lugar que não estava cheio de imagens era o teto.

— Por que está desenhando isso? — perguntou Holt. Ele não tinha certeza se ela tinha notado que a cela estava sendo baixada e seguia para o elevador principal até o Nonágono, ou se ouvia o rugido da multidão acima.

— Mantém meus pensamentos longe daqui. — A voz dela estava trêmula. — Eu odeio ficar trancada.

Era o pior medo dela, ser confinada, Holt sabia, aprisionada num lugar apertado, restrito, e aquela cela certamente era assim.

— Eu quis dizer por que você está desenhando *isso*.

— É a única coisa que eu *sei* desenhar — ela respondeu. — Você se lembra daquele cara da TV que a gente assistia quando criança? Aquele que ensinava a pintar com um método que parecia supersimples?

— Bob Ross? — Holt perguntou, surpreso por se lembrar do nome dele.

— É. Ele. Eu aprendi isso no programa dele, minha mãe assistia o tempo todo, não me pergunte por quê. Ela nunca pintou coisa nenhuma. De qualquer forma, ou era isso ou jogar jogo da velha comigo mesma.

— Sabe, daqui a pouco, talvez você sinta até saudade do tempo em que estava trancada aqui.

Ravan balançou a cabeça.

— De jeito nenhum. Não vamos sair dessa, mas pelo menos eu vou morrer enquanto estiver livre, não enjaulada como um animal. O Nonágono, para mim, é uma opção muito melhor.

Holt observou-a desenhar as últimas linhas irregulares da água, em seguida se arrastar um pouco para trás e começar de novo num dos poucos espaços em branco do piso. Ele compreendia o desejo de Ravan de não morrer ali, mas sim do lado de fora, onde tinha algum controle sobre seu destino. O problema era que Holt não estava completamente convencido de que eles não tinham saída.

Agora que estava voltando, agora que estava sentindo de novo, ele não estava tão ansioso assim para jogar a toalha. Por mais terrível que fosse o Nonágono, ele tinha sobrevivido a coisa muito pior. A batalha na Torre Partida lhe veio à mente, o ataque dos Mas'Erinhah, o enorme caminhante Aranha caindo em cima dele e esmagando-o. Ele tinha morrido ali, mas tinha voltado. Se tinha conseguido se safar uma vez, não iria se resignar à morte agora. É claro que nada disso significava que seria fácil.

— Quantas partidas você já viu no Nonágono? — ele perguntou, começando a pensar nas possibilidades. Apenas uma se destacava, absurdamente insana.

— Mais de vinte, acho — respondeu Ravan, concentrada em suas montanhas. — Por quê?

— Quantas equipes você viu saindo *vitoriosas*?

Ela parou de desenhar e tirou os longos cabelos pretos do rosto para olhar para Holt com um ar incerto.

— Ninguém vence o Nonágono há três anos.

— Isso só significa que alguém tem que ser melhor do que ele — Holt respondeu. — Vencer o Nonágono é a única maneira de sair dessa.

— Como você sabe?

— Sobreviver não vai adiantar, Tiberius só vai continuar nos jogando contra ele até que estejamos mortos. Ele quer um espetáculo. Mas, se a gente *vencê*-lo... conseguimos a Bênção.

Só havia duas maneiras de vencer o Nonágono: sobreviver a ele ou *derrotá*-lo. A Bênção era dada apenas às equipes que o venciam, e ela funcionava de um jeito muito parecido com os Sólidos do Bando. Se Tiberius fosse obrigado a concedê-lo, ele não tinha como fugir. Naturalmente, nenhum vencedor jamais a usara para outra coisa que não fosse poupar a própria vida e voltar a ser livre. A pessoa na verdade só tinha uma opção quando ganhava uma Bênção, mas Holt conseguia pensar em outra. Talvez a única brecha que pudesse salvá-los.

— Você realmente acha que Tiberius vai deixar que isso aconteça? — perguntou Ravan.

— Ele não tem escolha; as regras são dele, e as regras são o que mais importa aqui. Quem vence o Nonágono recebe a Bênção, e a Bênção está acima de tudo. — A próxima parte, Holt disse intencionalmente. — Até mesmo da regra que diz que apenas os cônsules podem desafiá-lo para conquistar a liderança.

Ele podia ver que Ravan tinha entendido o que ele estava querendo dizer, e ela parecia ainda mais cética.

— Recebemos a Bênção, eu desafio Tiberius, acabo com ele e tomo o seu lugar? *Esse* é o seu plano?

— Quem está mais capacitado para ganhar do que nós? Temos experiência, conhecemos a arena. Sem mencionar os dois Hélices Brancas. Mesmo sem seus anéis, eles são incrivelmente ágeis.

O olhar duro de Ravan começou a abrandar, enquanto ela pensava a respeito.

— Deixamos para eles as peças mais altas — refletiu ela, pensando —, as fechaduras combinadas.

— Exatamente. Você mesma disse que queria sair de cena com o seu destino nas mãos.

Os gritos da multidão acima deles pareciam cada vez mais altos, mais violentos. Ravan balançou a cabeça e olhou para o chão.

— Bem, não temos nada a perder, temos?

Holt podia ver derrota na forma como ela abraçou a si mesma. Ravan não tinha nenhuma esperança real de que o plano funcionasse, nenhuma fé verdadeira. Ele não podia culpá-la, parecia loucura até aos olhos dele, mas algo no modo como ela demonstrava tamanha falta de esperança o incomodava. Ravan sempre parecia cheia de confiança. Mesmo em face da morte, ela ria e dava de ombros e enfrentava o conflito. Era algo que ele sempre achava atraente nela: sua vitalidade, quanto ela parecia viva. Agora aquilo parecia ter desaparecido, toda aquela vibração, e por culpa dele. As atitudes dele a tinham levado a perder tudo o que Ravan um dia quisera ou alcançara, a tinha levado a acabar naquela cela com ele agora. Aquela era uma verdade dura de engolir.

— Eu lamento ter colocado você nisso, Rae — disse Holt, em voz baixa. — Eu realmente lamento.

Ravan não reagiu da maneira que ele esperava. Ela sorriu e soltou um suspiro sarcástico.

— Estive pensando muito no passado — disse ela, sem olhar para ele. — Eu contei a você sobre o meu pai.

— Sim — respondeu ele. Ravan tinha contado todos os detalhes, e Holt sabia que ele era a única pessoa para quem ela se abrira sobre aquela parte da vida dela. Holt odiava aquele homem quase tanto quanto Ravan, pelo que ele tinha feito.

— Saí de casa quando tinha 12 anos — continuou ela. — Roubei algum dinheiro, comprei uma passagem de ônibus. Com as roupas certas, a atitude certa, é incrível como a gente pode parecer ter mais idade. Ninguém sequer me questionou. Eu não sei se eu alguma vez disse a você, mas eu tinha uma irmã menor, cerca de dois anos mais nova que eu. Eu podia vê-lo olhando para ela da mesma forma, sabe? Mas, enquanto eu estava lá, ele nunca tocou nela. Eu sabia que, quando eu fosse embora aquilo ia mudar, mas fui embora assim mesmo. Deixei-a lá com ele. A invasão aconteceu pouco depois disso, não sei se ela conseguiu se salvar ou não.

Ela olhou para Holt, e ele podia ver nos olhos dela quanto aquilo a assombrava.

— De todas as coisas que eu fiz, de todas as escolhas que fiz, sabe o que é mais engraçado? — ela perguntou com a voz rouca. — Eu não me arrependo de nada. Nem mesmo de deixá-la com ele, eu não me arrependo nem um pouco. O que isso revela sobre mim? Sobre quem eu sou?

— Você tinha 12 anos de idade, Ravan.

— E daí? Não importa.

— Importa, *sim*. — Ele tentou ser firme, para convencê-la. — Se você pudesse voltar agora àquele tempo, o que faria?

Ela não hesitou em responder.

— Eu a salvaria.

— *Exatamente* — Holt respondeu. — Você não se arrepende porque sabe que não faz sentido se lamentar, você não tinha outra escolha. E, desde que eu te conheço, nunca vi você fazer algo que não fosse obrigada a fazer. Exceto... quando se tratava de mim. — A última frase doeu mais do que ele esperava.

— Não — Ravan balançou a cabeça, olhando para ele. — Isso eu tinha que fazer também.

Holt sustentou o olhar. Ele sabia que ela falava sério, desejava que pudesse retribuir de alguma forma, mas o que mais ele podia oferecer naquele momento além de palavras?

— Me desculpe, eu nunca te agradeci — disse ele.

Ravan analisou-o sem demonstrar nenhuma emoção, embora ele não soubesse direito o que ela estava pensando ou sentindo. Ele a tinha magoado muito recentemente, mas ele estava feliz de ela estar ali.

— E você? — Ravan perguntou. — Do que você se arrepende?

Holt se sentiu desconfortável.

— Eu tenho que jogar também?

— Não é isso o que estamos fazendo? Remoendo o passado?

Holt não tinha certeza de como responder. Não porque não soubesse a resposta, mas porque não tinha certeza de como ela a receberia. Ravan podia ver seu conflito, e era visível em seu olhar a curiosidade para saber o que ele diria.

Então a cela tremeu quando começou a se mover lentamente. Eles podiam ouvir o sistema hidráulico do enorme elevador começar a conduzi-los lentamente em direção ao Nonágono.

Aparentemente, tinha chegado a hora. Eles seriam colocados em posição.

— Ótimo... — disse Ravan ao se levantar, olhando para a portinha da cela. — Pensando bem, talvez eu tenha alguns arrependimentos.

Holt se virou para Ravan e pela primeira vez em muito tempo realmente a viu, aquela pessoa que tinha sacrificado mais por ele do que qualquer outra que ele já tivesse conhecido. Pensou em tudo o que ele tinha feito a ela, toda a dor que tinha lhe causado, e por nenhuma outra razão que não fosse o fato de que os sentimentos dela vinham sempre em segundo lugar para ele. Ravan estava linda, ali de pé, e ele achou uma tragédia que só naquele momento, no final, ele realmente visse aquilo.

— Magoar você — Holt disse a ela. Ela olhou para ele, confusa com o que ele queria dizer com aquilo. — Meu maior arrependimento. Eu sempre acabo fazendo isso, eu sei, e isso sempre me mata. Você disse antes que não acha que eu te veja, mas eu vejo, Ravan. Ninguém jamais fez com que eu me sentisse... mais em casa do que você. Ninguém nunca desistiu de tanta coisa por mim. Eu *vejo* você. — Ravan olhou para ele, quase atordoada. Evidentemente aquelas eram palavras que ela nunca esperava ouvir. — Eu não sei o que vai acontecer agora ou o que está esperando por nós lá fora, mas eu te prometo. Nós vamos vencer aquela coisa, vamos chegar do outro lado e depois disso... Eu nunca, *nunca mais*, vou magoar você.

Os olhos de Ravan brilharam, ela nunca tinha olhado para ele com tanta intensidade.

— Nunca é muito tempo.

— É, sim.

Ela o fitou por mais um instante, os olhos registrando cada parte do rosto dele... em seguida ela deu um passo para a frente, agarrou-o pela camisa e puxou-o para si bruscamente. O beijo foi longo e profundo, e a realidade do que estavam prestes a enfrentar desapareceu por um momento. Foi diferente de qualquer outro beijo que eles já tivessem trocado. Ela sempre fora passional, e havia uma intensidade no beijo, mas também havia algo mais. Algo mais profundo, como se ela houvesse finalmente derrubado as muralhas em torno de si que bloqueavam coisas como aquela, e o alívio que aquilo trouxe foi imenso. Holt se deu conta dos sentimentos que ela tinha por ele naquele beijo, e isso atiçou alguma coisa dentro dele, aquecendo-o, trazendo-o de volta, e os mesmos sentimentos fluíram dele para ela. Ravan se afastou e olhou nos olhos de Holt.

— Vejo você do outro lado, então.

334

31.   O NONÁGONO

HOLT ESTREMECEU AO SAIR à luz do sol radiante. O elevador os levara para a parte de trás do centro da arena, perto de onde o chão de terra se encontrava com o assoalho metálico que recobria a imensa coleção de peças hidráulicas.

A coisa toda tinha provavelmente o dobro do tamanho de um campo de futebol. As arquibancadas circundavam toda a arena e estavam completamente cheias. As plataformas dos Pináculos estavam tão lotadas quanto as plataformas, piratas se acotovelando para ver o que provavelmente era o jogo mais esperado de todos os tempos. O rugido dos espectadores parecia fazer o chão vibrar e o som tinha um efeito esmagador.

— Parece menor das arquibancadas — disse Ravan, sem nenhuma apreensão.

Na arena, junto com eles, havia cerca de dez pessoas, ladeadas por guardas, as mãos amarradas atrás das costas. Na frente havia uma garota miúda, as mechas cor-de-rosa do cabelo refletindo o sol do deserto acima. O coração de Holt afundou. Era Olive e seus marujos. Eles não tinham escapado, e muito provavelmente tinham sido colocados no campo para que pudessem ser rapidamente executados quando o jogo terminasse.

O mundo parecia pesado. Era culpa de Holt que estavam ali também.

Masyn e Castor saíram de uma cela ao lado deles. Nenhum dos dois tinha um bom aspecto, mas estavam andando, embora Castor ainda segurasse o ombro e se apoiasse em Masyn. Quando ele viu Holt, sorriu apesar de tudo.

Como Ravan, Holt nunca tinha visto o Nonágono daquele ângulo, e ela estava certa. Era imponente.

Havia nove setores, que se estendiam por todo o perímetro, cada um com uma enorme bandeira vermelha pendurada acima, exibindo a figura de uma criatura ameaçadora: um lobo, um dragão, um escorpião e assim por diante, ao redor de todo o estádio.

O chão da arena consistia num grande círculo de metal, rodeado por uma faixa de terra. No centro erguia-se a Torreta, uma torre de treliça com quase cem metros de altura, cheia de engrenagens, polias e correntes. No topo ficava uma enorme caixa cheia de janelas com imagens rotativas que podiam se alinhar para criar mosaicos gigantes, como uma versão primitiva de um grande monitor. No momento ele estava em branco.

Da Torreta saía uma pista de obstáculos cheios de carros, caminhões, ônibus e outros veículos antigos. Alguns já estavam lá, outros eram trazidos para cada jogo, visto que as configurações costumavam causar destruição ali dentro.

Guardas do Bando levaram embora as celas, enquanto outros os cutucaram para que andassem na direção da posição inicial. Ali ficava o Estrado, um pedestal metálico com quatro portas fechadas onde eram guardados os itens que teriam de usar. Cada configuração do Nonágono tinha quatro objetos exclusivos para ajudá-los a sobreviver ou para desarmá-lo e, de alguma forma, sempre que o Estrado era aberto, somente aqueles itens estavam presentes. Eles deviam vir de algum lugar mais baixo.

Masyn e Castor olharam para a enorme multidão com curiosidade.

— Eles querem um espetáculo — disse Masyn, sorrindo.

— Bem, vocês vão oferecer um a eles — Holt respondeu.

Ele contou aos dois o plano e a reação deles foi diferente da de Ravan. O que Holt estava propondo, tentar ganhar do Nonágono em vez de apenas sobreviver, significava mais perigo. Eles toparam na hora. Castor explicou a Masyn sobre as três rodadas do Nonágono, cada uma com nove minutos, e sobre as diferentes configurações.

— E quanto aos itens? — perguntou Masyn.

— Cada configuração tem quatro — Ravan explicou. — A gente pode usá-los para tentar sobreviver ou para desarmar a configuração. Existem

336

quatro aberturas correspondentes, em algum lugar da máquina ou da arena, onde temos que encaixá-los.

— Então, eles são como chaves? — perguntou Masyn.

— É, você vai ver as luzes. As aberturas são codificadas por cores para combinar com o seu objeto correspondente, e vai haver um receptáculo de algum tipo. Quando todos os itens estiverem nos seus lugares... a configuração desarma. Então começa tudo de novo.

O forte ruído de estática de um alto-falante ecoou por toda a arena. A multidão silenciou. Na outra extremidade, no alto do setor central, ficava o camarote particular de Tiberius.

Holt podia ver figuras minúsculas começando a ocupá-lo. O círculo mais íntimo de Tiberius, aqueles que ocupavam o cargo de Supervisor e outros superiores estavam na frente, seguidos pelo próprio Tiberius e uma figura menor. Claramente uma garota, que, embora discreta, tinha mais presença do que os outros.

— Avril — Masyn disse com desdém. — Ela vai ficar simplesmente sentada ali, assistindo.

— Todos nós fazemos nossas escolhas — Castor respondeu.

— Se quer saber — disse Ravan —, acho que ela fez a escolha certa.

Holt não podia discordar. Em comparação a todos eles, Avril certamente estava em situação melhor.

Olhando de longe, era bastante óbvio quem era Tiberius, por causa dos guardas e do jeito despretensioso com que ele se portava. Ele deu um passo em direção a um microfone e, segundos depois, sua voz ecoou por toda a arena.

— Vivemos tempos difíceis — disse ele. — Mas isso nos aproximou. Nos uniu. O Fausto, mais uma vez, é uma cidade *coesa, sem divisões*.

A multidão explodiu em vivas. Todos pareciam exuberantes, vitoriosos e, Holt pensou, aliviados. Aqueles que tinham defendido Tiberius tinham apostado no cavalo certo, e este era o dia deles.

Tiberius falou novamente, silenciando a multidão, e dessa vez, pela reação da turba, a aprovação não foi a mesma.

— A Anistia será concedida a todos que participaram da rebelião.

A multidão gritou de descontentamento, pés golpearam as arquibanca-das metálicas, produzindo um som percussivo que ecoou no ar.

Ravan olhou para Holt com um ar irônico.

— Acho que isso não inclui a *gente*.

Tiberius esperou o barulho diminuir.

— O poder deve ser tomado. Desafiar para obtê-lo faz parte do nosso modo de vida. Os que sobreviveram são poucos, no entanto, são os mais fortes, e nós ficamos mais fortes por causa deles. Eles vão nos trazer lucro e poder.

— Lucro! Poder! — entoou a multidão uma vez em uníssono.

— A segunda metade do nosso credo diz que o poder perdido deve ser recuperado. É por isso que estamos aqui hoje. Os quatro na arena desempenharam papéis na tomada do poder *do nosso povo*. Hoje... ele será devolvido. Deixemos que o Nonágono se inicie.

A multidão gritou com mais ferocidade ainda. Holt quase podia sentir os milhares de olhos encarando-os com um brilho ameaçador. As janelas do "monitor" descomunal no topo da Torreta de repente começaram a girar. A multidão aplaudiu mais alto. Seria exibida ali a primeira configuração, o que significava que o derramamento de sangue não demoraria a começar.

Uma a uma, as janelas giratórias congelaram no lugar, cada clique anunciando uma parada e mostrando uma fração de uma grande imagem que se formava uma peça por vez. Quando todas as peças estavam posicionadas, via-se uma figura estampada na parte superior da Torreta.

Uma aranha, as pernas tensas como se estivesse pronta para o ataque.

Um setor em particular aplaudiu mais alto do que o resto, e a bandeira acima dela mostrava a mesma figura do monitor. Enquanto Holt observava, a bandeira subiu mais alto do que as outras. O totem daquele setor tinha sido escolhido, o que significava que, se ele ganhasse, seu lucro seria multiplicado, uma perspectiva empolgante. Afinal, na maioria das vezes, o Nonágono era quem *de fato* conquistava a vitória.

— Tarântula — Ravan observou. — Melhor do que Escorpião, pelo menos. Tiberius não nos quer mortos tão rápido quanto eu pensava.

— Dois minutos. — A nova voz de repente encheu o ar, partindo dos mesmos alto-falantes que tinham transmitido a voz de Tiberius. Era o aviso de dois minutos, o tempo que levaria para a primeira rodada começar. Abaixo do monitor, o ponteiro embutido no temporizador gigante começou a girar a partir do 0, tendo o número 120 do lado oposto. O Estrado zumbiu e se abriu, revelando quatro itens, cada um pintado de uma cor diferente.

Um cajado de madeira vermelho, de cerca de dois metros de comprimento.

Um alicate cor-de-laranja.

Uma machadinha verde.

Uma cavilha metálica azul com uma alça.

— Olhem para a arena — disse Holt para Masyn e Castor. — Encontrem a luz correspondente.

Os Hélices olharam e viram que agora luzes giravam em partes diferentes da arena, em cores que combinavam com as dos itens. Dentro de um velho caminhão de reboque havia uma luz azul. Num contêiner oxidado, uma luz laranja. No teto de um ônibus, bem na extremidade e a quase seis metros de altura, havia uma luz vermelha.

— Um minuto — a voz dissonante advertiu, intensificando os aplausos. O ponteiro do relógio gigante tiquetaqueava, apontando para baixo, indicando 60.

— Eu não vejo a luz verde — Castor observou, e ele estava certo, não estava em lugar nenhum, pelo menos ainda não.

— Você vai ver — Ravan respondeu secamente. — Só não apareceu ainda. — Rapidamente, ela analisou os detalhes da Tarântula: as depressões, as correntes, as estratégias gerais. Enquanto fazia isso, os dois Hélices na verdade pareceram ficar mais animados. Holt se perguntou quanto tempo duraria toda aquela animação.

— Temos nove minutos para desarmá-lo, que é o tempo que dura a rodada — Ravan alertou. — Se não desarmarmos a configuração nesse tempo, conta como sobrevivência, e não podemos vencer depois disso.

— Engraçado como sobreviver passou a ser secundário — observou Holt.

— Lembrem — Ravan continuou —, depois que a gente encaixar a chave, não pode mais usá-la.

— Quem vai ficar com o quê? — perguntou Masyn.

Holt e Ravan se entreolharam, pensando a respeito, decidindo o que era melhor. A agilidade e os reflexos dos Hélices lhes davam uma vantagem, disso não havia dúvida, mas não serviriam para nada se não posicionassem os itens nos buracos das fechaduras corretas.

No final, Castor pegou a machadinha e Masyn, o cajado. Eles poderiam trabalhar juntos na combinação verde e Masyn era a mais rápida de todos eles agora. A fechadura vermelha era a que estava mais distante; ela poderia usar o cajado a seu favor nesse meio-tempo.

Ravan deu a Holt o alicate e pegou a cavilha. Ambos os itens ajudariam na segunda fase da configuração, e eles provavelmente iriam precisar deles. O corpo de Holt ainda doía, ele não era tão ágil quanto costumava ser. Só esperava que o aumento inevitável no fluxo da adrenalina, induzido pelo terror que estava prestes a sentir, compensasse isso.

Masyn e Castor se afastaram alguns metros, conversando em voz baixa.

— Você acha que eles estão prontos? — perguntou Ravan.

Holt deu de ombros, observando os dois conversando, aparentemente nem um pouco intimidados.

— São Hélices Brancas.

A voz do alto-falante encheu a arena de novo.

— Dez. Nove. Oito — entoou a voz, contando os segundos finais. A multidão gritava junto, as vozes pontuando cada número.

— E nós?

Holt olhou para ela. Ela estava linda, mesmo agora, ele pensou.

— Nós definitivamente não estamos prontos.

A contagem regressiva continuou. Holt ficou tenso, apertou o alicate laranja na mão. Era improvável que saíssem daquela vivos, mas, no momento, ainda tinham uma chance, e era isso que importava.

— Três. Dois. Um.

Um som alto e estridente encheu a arena quando o temporizador chegou a 0. A multidão gritou. As janelas do monitor gigante giraram loucamente, fazendo desaparecer a aranha e substituindo-a pelo numeral 9, a quantidade de minutos que restava. A Torreta começou a girar. O chão sob os pés de Holt passou a vibrar.

O Nonágono tinha começado.

32. TARÂNTULA

A MULTIDÃO RUGIU AMEAÇADORAMENTE quando os quatro dispararam pelo Nonágono. Holt e Ravan dirigiram-se cada um para a sua fechadura, enquanto Masyn e Castor correram juntos. Era parte da estratégia, necessária para conseguirem a fechadura combinada, o termo usado no Nonágono para o buraco de fechadura que precisava de mais de um item para ser alcançado, ainda que fosse necessário apenas um para desarmar. Holt esperava que tivesse explicado bem o suficiente a rodada.

Ele contornou os restos de uma série de motocicletas enterradas no chão, os guidões e as rodas dianteiras se projetando da terra. À frente, fileiras de carros antigos e outros obstáculos impediam a passagem em direção ao seu objetivo: um contêiner enferrujado, cerca de cem metros à frente, com uma luz laranja piscando no alto.

De repente, uma coisa estranha aconteceu. A terra debaixo de seus pés girou, e seu pulso acelerou ao mesmo tempo. Já era previsto, uma armadilha primária da Tarântula, e bem desagradável, diga-se de passagem.

Holt saltou no ar quando a terra cedeu embaixo dele abrindo uma cova circular com um diâmetro de cerca de seis metros, e ele sabia que, se olhasse, veria o orifício gigante cheio de dentes no fundo, pronto para mastigá-lo e fazê-lo em pedaços, se ele caísse.

Ele bateu no chão do outro lado e continuou correndo, observando enquanto os outros faziam o mesmo, pulando sobre novos buracos enquanto estes se formavam. As covas estavam em todos os lugares e eram imprevisíveis.

Holt dobrou a velocidade da corrida até o contêiner, esquivando-se de outro buraco que se abriu na frente dele, e viu Masyn e Castor fazendo o mesmo. A fechadura combinada não tinha aparecido ainda, mas isso aconteceria a qualquer momento. Os Hélices ficariam bem até lá.

Holt viu Ravan alcançar o caminhão de reboque com a luz azul piscando... justamente quando outro buraco se materializou embaixo dela.

O caminhão estava bem no meio do buraco, mas não se mexeu, estava preso a uma coluna metálica. Qualquer pessoa que quisesse se aproximar da fechadura teria que pular o buraco para chegar ao veículo. Ravan tinha visto jogos com a Tarântula em número suficiente para conhecer as armadilhas da fechadura azul e deu tudo de si para vencê-las.

Valeu a pena.

Ela chegou à beira do buraco bem na hora em que ele começou a se formar, o que lhe deu tempo suficiente para saltar na direção da lateral do caminhão antes de o buraco se abrir completamente. A cavilha que ela estava carregando tinha uma ponta afiada como uma lâmina e ela a cravou na velha roda do caminhão, usando-a para se segurar. Lentamente, escalou o veículo, até estar perto o suficiente para agarrar a lateral, subir no para-choque de trás, em seguida impulsionar o corpo para cima e subir pela janela traseira.

Segundos depois, outra explosão intensa de estática irrompeu no ar e a luz azul piscante do caminhão de reboque se apagou. Ravan tinha colocado seu item no receptáculo e desarmado a fechadura. Holt viu um canto da enorme tela girar, fazendo surgir um quadrado azul, o que indicava que Ravan tinha conseguido.

A multidão sob a bandeira da Tarântula vaiou ruidosamente. Quanto mais perto a equipe de Holt chegasse de desarmar a sua configuração, mais lucro a multidão do setor perdia. A tela acima mostrava agora um 6. Apenas seis minutos para o fim, e eles só tinham desarmado um dos...

De dentro de um buraco, algo irrompeu no ar. Uma massa de cabos grossos, cheios de sinistros ganchos afiados. Eles estavam saindo de todos os buracos da arena. Alguns caíram na frente de Holt, e ele quase tropeçou quando foram puxados de volta.

Holt saltou sobre um cabo, aterrissou... e sentiu uma dor lancinante quando um cabo prendeu a sua perna.

Ele foi arrancado do chão e bateu as costas com tudo quando o cabo foi puxado de volta para o buraco. Holt foi arrastado pela terra, os ganchos fincados na carne . O cabo iria puxá-lo para dentro do buraco gigante, na direção das engrenagens de moedura na parte inferior, e aquele seria seu fim. A multidão febril gritou mais alto, com sede de sangue.

Holt gemeu e se sentou, tentando cortar o cabo com o alicate, mas foi puxado para a frente com tudo. Ele podia ver onde os ganchos estavam cravados na sua perna... alguns centímetros mais abaixo e um deles teria atravessado a rótula.

O buraco estava cada vez mais próximo, Holt podia vê-lo a alguns metros de distância. Conseguiu encaixar o alicate no cabo, mas a ferramenta escorregou, então tentou novamente... e, por fim, teve sucesso.

O cabo se rompeu. Holt ficou livre, a dor diminuiu, mas as garras ainda estavam fincadas na sua pele. Ele agarrou a coisa e puxou-a para fora, gritando de dor, mas ficou aliviado ao ver que o ferimento não era profundo.

Isso não queria dizer que não doesse. Ele tinha que se levantar e sair dali ou a mesma coisa aconteceria novamente. Mais cabos e ganchos estavam prestes a ser ejetados dos buracos.

Holt se forçou a levantar, começou a correr e ouviu o fervor da multidão crescer novamente. À distância, viu Masyn cair, pega por um cabo, viu Castor saltar para ajudá-la e o machado na mão dele descendo para cortá-lo. A multidão silenciou, decepcionada, e Holt sorriu. Eles teriam que esperar um pouco mais.

— Só ficar aí de bobeira não vai adiantar nada! — Ravan passou por ele correndo, pegou-o pelo braço e o fez correr junto com ela, abaixando-se enquanto contornava um velho caminhão-tanque.

— Talvez você não tenha notado o gancho fincado na minha perna — Holt respondeu com azedume, sentindo uma dor lancinante enquanto corria. À frente deles estava o contêiner e sua luz intermitente.

— Foi pego no primeiro cabo lançado! — Ravan respondeu sarcasticamente.

— Aquele é o mais difícil!

Os cabos explodiram no ar novamente, lançando seus ganchos por toda a arena. Holt e Ravan bateram contra a lateral de um velho táxi, mal conseguindo escapar das garras afiadas. À distância, Masyn e Castor corriam na direção de uma luz verde que piscava sobre um dos buracos.

A fechadura combinada tinha finalmente se revelado e, enquanto Castor olhava, Masyn usou o cajado vermelho para saltar sobre o poço, desenhando um arco no ar e aterrissando do outro lado. Quando ela fez isso, largou o cajado para trás, de modo que caísse de atravessado sobre a boca do buraco. Castor cruzou o buraco se equilibrando sobre a vara fina, em seguida usou-a para se ajoelhar e enfiar o machado verde num receptáculo.

Segundos depois, outra explosão de som encheu a arena e um canto do enorme monitor colorido ficou verde.

Castor e Maysn tinha conseguido cumprir a parte deles. Ambos saltaram o buraco e se esquivaram de outros que surgiam, pulando por cima de cabos enquanto avançavam em direção ao ônibus à distancia, onde estava a luz vermelha piscante que sinalizava a fechadura do cajado de Masyn.

Para eles, a parte mais difícil estava concluída. Tinham cumprido sua tarefa, o que, evidentemente, significava que o resto estava por conta de Holt e Ravan. O monitor acima mostrava o número 3... Eles estavam ficando sem tempo.

Saíram correndo de trás do táxi... e pararam com tudo quando um novo buraco se abriu na frente deles. Mais cabos explodiram no ar, aterrissando em torno dos dois.

Holt saltou sobre eles, tentando prestar atenção em tudo o que acontecia ao redor de uma só vez, o que não era fácil. Ravan disparou na direção oposta, fazendo o mesmo. Eles se encontraram do outro lado e correram para o velho contêiner logo à frente.

— Você já viu alguém ganhar da Tarântula? — perguntou Holt.

— Não — respondeu Ravan, mal conseguindo se desviar de outro gancho quando ele passou deslizando pelo chão.

— Então não tem ideia do que acontece quando se alcança essa fechadura?

— Não.

Maravilha, Holt pensou. O Nonágono era um péssimo lugar para se bancar o pioneiro.

Eles bateram com tudo no contêiner, deram uma boa olhada dentro dele, procurando o receptáculo para o alicate, mas não havia nada ali. Ravan pulou e agarrou a borda superior, erguendo o corpo para olhar sobre ele e depois caindo de volta no chão.

— Nada — disse ela, confusa.

Então a resposta ocorreu a Holt. Ele abriu as pesadas portas de aço da coisa. Lá dentro, bem no fundo, estava o receptáculo, uma longa caixa metálica cor de laranja, com fios saindo das extremidades e desaparecendo num buraco no chão.

Longe dali, Masyn usou o cajado para saltar no ar e aterrissar em cima do ônibus onde estava a luz vermelha. Segundos depois, o barulho estridente. Um canto do monitor ficou vermelho. O número no monitor agora era 1.

— Vai! — Ravan empurrou-o para a frente e com dificuldade os dois subiram no contêiner. Holt teria sorrido se não estivesse morrendo de dor na perna. Eles iam vencer a Tarântula, iam realmente...

O piso metálico debaixo deles começou a vibrar. Um estrondo ecoou de lá. Holt e Ravan se entreolharam.

A gravidade puxou-os para baixo quando todo o contêiner de repente ficou apoiado só de um lado e um novo buraco se formou *bem embaixo* dele. Ao contrário do caminhão de reboque anteriormente, o contêiner não estava preso a coisa alguma, o que significava que estava sendo sugado lá para dentro.

Holt ouviu o rugido da multidão se intensificar. Pela porta do contêiner, viu a terra sendo drenada para as engrenagens de moagem no fundo do poço. Faíscas voaram quando a caixa de metal bateu nos dentes da coisa. Pedaços de metal se espalharam por todos os lugares quando o contêiner foi rasgado ao meio e sugado para baixo.

Holt e Ravan agarraram paredes opostas, tentando se segurar enquanto tudo começava a se inclinar. O ângulo da inclinação estava prestes a ficar agudo demais, eles iriam deslizar para baixo, pelo piso liso, e cair nas engrenagens abaixo.

— Atire-o pra mim! — Ravan gritou, mal conseguindo se segurar.

Holt viu o que ela pretendia e jogou o alicate. Ela se atrapalhou para segurá-lo, mas conseguiu. Com suas últimas forças e com ambas as mãos livres, Holt agarrou a lateral do contêiner e impeliu o próprio corpo na direção do fundo.

Ele se chocou contra a parede de trás, agarrou a caixa e os fios, segurando-se enquanto o contêiner continuava a se inclinar e os dentes rasgavam tudo abaixo deles.

— Ravan! — ele gritou, e ela jogou para Holt o alicate. Ele o pegou, abriu a caixa, jogou-o lá dentro e fechou a tampa.

Ravan gemeu e caiu para trás, mal conseguindo se segurar. Holt sentiu-se caindo também. As engrenagens continuavam a moer.

Do lado de fora o som estridente soou novamente. As engrenagens soltaram um lamento enquanto paravam lentamente, desligando-se. O que restava do contêiner avariado estremeceu quando o buraco se fechou e o piso voltou a se elevar até o nível da arena.

Então tudo ficou em silêncio, e Holt e Ravan se encostaram contra a parede de metal, exaustos. A multidão lá fora uivava de fúria, mas dessa vez Holt não se importou.

Ravan olhou para ele, esgotada.

— Bem, essa foi a primeira.

AVRIL ASSISTIU ÀS QUATRO FIGURAS minúsculas na arena lentamente fazerem o percurso de volta para a área de partida, enquanto o que restava dos buracos da Tarântula se fechava e desaparecia.

A multidão eletrizada estava de pé, e nenhum setor estava mais turbulento do que aquele sob a bandeira da Tarântula gigante. Sua configuração não só tinha sido incapaz de matar um único concorrente, como tinha sido *derrotada*, o que significava que eles tinham acabado de *perder* todo o lucro, em vez de ganhá-lo.

As janelas do monitor gigante da Torreta de repente começaram a girar. A multidão ficou em silêncio. Sem aviso, as imagens congelaram no lugar, produzindo outro imenso mosaico.

Levou um momento para Avril reconhecê-lo. Parecia uma cobra, mas era maior e mais alongada, com um rosto triangular estranho. Raios elétricos partiam de suas laterais, as pistas que finalmente permitiram que ela a decifrasse.

Era uma Enguia.

Um setor do lado direito aplaudiu quando sua bandeira, com uma imagem idêntica, foi alçada acima das outras. Funcionários do Nonágono correram em direção à Torreta para reconfigurá-la, mudando a posição de interruptores e modificando suas peças gigantes.

— Dois minutos — a voz cheia de estática do amplificador anunciou. O cronômetro gigante começou a funcionar mais uma vez.

Avril estava cheia de emoções conflitantes. Duas pessoas na arena ela deveria odiar. Uma por trazê-la até ali e a outra por matar alguém que ela amava, mas as fronteiras entre esses sentimentos estavam ficando indefinidas. Com as outras duas ela tinha lutado lado a lado e treinado, comandado até. Avril tinha uma ligação com Masyn e Castor, e ainda assim ela os tinha traído à sua própria maneira. Tudo isso ela pensou enquanto observava a disputa surreal no Nonágono. Não conseguia nem vaiar, nem torcer pelos concorrentes.

Havia também a inveja. Ela não podia negar o fascínio, quanta honra havia em lutar para sobreviver. Era o tipo de desafio pelo qual Gideon incutia um desejo em todos os seus filhos, mas este tinha sido sonhado e engendrado por alguém muito diferente.

Os olhos de Tiberius estavam presos nas quatro figuras abaixo. Sua expressão, como de costume, não traía nenhuma emoção, mas a intensidade

348

do seu olhar era aparente. Próximo a ele, seu círculo íntimo, as fileiras de Cônsules e Supervisores debatiam o que tinham acabado de ver, e a maioria parecia preocupada.

— A questão é que ninguém nunca *venceu* a Tarântula — declarou um garoto baixo e atarracado, com um cavanhaque mal aparado, chamado Monroe. Ele era o ministro da Economia de Tiberius, um Supervisor e um dos poucos com a coragem de discordar abertamente do pai dela. Isso fazia dele alguém valioso para Tiberius, mas também o colocava em risco, certamente. — Está claro que foi um erro deixar os Hélices Brancas participarem, ou pelo menos com braços e pernas em bom estado.

— Isso é contra as regras — uma menina magricela chamada Petra respondeu. Ela era chefe da espionagem de Tiberius e, ao contrário de Monroe, Avril nunca tinha visto Petra discordar de nada que seu pai dissesse ou fizesse. Isso fazia dela alguém igualmente valiosa... e igualmente em risco. — O próprio Tiberius criou as regras, você está dizendo que ele errou?

Monroe lançou a Petra um olhar contrariado. Aquelas óbvias manobras políticas se tornavam mais comuns quanto mais alto o comando.

— Eu só estou dizendo que antes teria quebrado alguns dedos ou perfurado um pulmão, só isso. É justo fragilizá-los, faz com que que fiquem no mesmo nível dos competidores comuns.

— Um deles não está usando o braço esquerdo — uma voz gélida observou. Era Marek, único Consul atual do Bando, e o conselheiro mais confiável de Tiberius. Havia dois postos de Cônsul e acreditava-se que o segundo iria para Avril. Afinal de contas, Archer o ocupava antes. Marek, ao contrário de Archer, tinha conquistado o posto por mérito próprio, sem qualquer nepotismo, e aquela era uma prova da sua astúcia. Ele era tão impiedoso quanto Tiberius e provavelmente estava muito descontente com o retorno de Avril. Se não tivesse voltado, Marek teria sido certamente o sucessor de Tiberius. Mesmo agora, ele analisava Avril enquanto falava.

— Esses Hélices parecem capazes de compensar seus pontos fracos com outros pontos fortes. Não surpreende se levarmos em conta quanto... nossa Avril é formidável.

349

A conversa se desintegrou e se transformou numa discussão acalorada, mas seu pai apenas olhava para baixo, para os números no Estrado, preparando-se para a próxima rodada. Quade estava do outro lado do camarote, estudando Avril, com seu olhar simples e curioso. Será que ela iria traí-lo ou não? A verdade era que ainda não sabia de que maneira iria usar aquela carta na manga.

— Parem com essa briga. — Os debates cessaram ao som da voz de Tiberius, tranquila e ponderada, mas de alguma forma foi capaz de se elevar acima das outras. — Mesmo que eles ganhem... vão perder. Não há motivo para preocupação.

O comentário foi enigmático, mas sua comitiva pareceu aceitá-lo. Algo sobre a declaração incomodou Avril. Ela olhou para Quade interrogativamente e ele devolveu o olhar, claramente pesando até que ponto devia confiar nela. Por fim, ele olhou para a frente casualmente, na direção do alto do Nonágono, atrás do camarote.

Ali, onde os assentos da arquibancada davam lugar às vigas que sustentavam a estrutura, ela viu um movimento. Duas figuras entre as sombras e um lampejo, o sol brilhante e quente refletindo algo vítreo.

Avril compreendeu. O reflexo vinha de um rifle. As figuras eram de franco-atiradores.

Tiberius não tinha nenhuma intenção de deixar a equipe de Holt vencer. Mesmo que eles conseguissem desarmar todas as configurações... ainda assim perderiam. Como ele dissera.

— Um minuto — a voz anunciou, ecoando por todas as arquibancadas, e a multidão soltou um brado de aprovação.

33. ENGUIA

RAVAN ESCUTOU O AVISO de um minuto e os aplausos da multidão com um sentimento de raiva crescendo aos poucos dentro dela. Ela andava em círculo, olhando para cada arquibancada e se perguntando o que Tiberius estaria falando no camarote naquele mesmo instante.

— Eu vou calar a boca de vocês! — Ravan gritou de volta para a multidão. — De cada *um* de vocês!

Sentia-se cheia de força agora, confiante. Antes ela se sentia no mínimo pessimista com relação às suas perspectivas, mas a vitória sobre a Tarântula tinha mudado tudo. Agora ela se sentia muito diferente, sentia esperança. Só um fio, certamente, mas ela estava lá. Lembrou-se das palavras de Holt na cela, sabia que finalmente ele estava sendo sincero, lembrou-se dele com o corpo pressionado contra o dela daquela mesma maneira familiar. Ela tinha coisas para viver agora, tinha razões para ver o amanhã.

— Isso deve tê-los assustado — disse Holt, e ela lhe lançou um sorriso divertido.

Ele tinha colocado uma faixa na perna, usando os suprimentos de primeiros-socorros que havia no Estrado, e estava andando melhor. Masyn e Castor não demonstravam sinais de desgaste após a primeira rodada, não estavam nem ofegantes.

Todos pegaram um novo item, retirado do Estrado, e foi Ravan quem os escolheu. A Enguia sempre fora sua paixão, ela adorava ver como os itens operavam na configuração, como cada um tinha um lugar específico na Torreta. É claro que a afinidade tinha acontecido quando ela estava no papel de espectadora, não de competidora, mas o principal era que ela tinha uma boa compreensão da estratégia.

Ravan ficou com as luvas de borracha vermelhas. Ela estava em melhores condições de usá-las do que Holt, pois não estava tão machucada. Ela deu a ele as duas garras de mão amarelas, que eram exatamente o que pareciam ser. Elas deslizavam sobre o pulso e tinham uma alça na qual segurar. Do outro lado tinha três garras metálicas afiadas. Serviam para escalar uma parte específica da Torreta. Era uma tarefa difícil, mas mais fácil do que usar os suportes com as luvas.

Castor alisava um arreio de couro verde, com um dente de engrenagem na parte da frente que encaixava num sistema de roldanas sobre a Torreta. Esse item o faria chegar ao topo da enorme torre giratória rapidamente, o que era uma importante parte da estratégia. Voltar, porém, seria o maior desafio.

Masyn segurava uma corrente laranja com um longo gancho afiado na ponta. Era usado geralmente para a escalada simples com a ajuda dos suportes da Torreta, mas Ravan tinha outras ideias sobre como Masyn poderia usá-lo.

O temporizador sob o monitor estava na marca dos noventa segundos. Estava quase na hora. Com um lamento, a Torreta começou lentamente a girar de novo, e Ravan podia ver os funcionários correndo para sair do caminho enquanto os longos braços do metal cilíndrico estendiam-se no ar, girando juntamente com a torre.

Todos podiam ver as luzes piscando na Torreta, em diferentes cores que correspondiam aos seus itens. Havia algo mais também. A luz azulada, fraca e cintilante, que crepitava por toda a torre: arcos voltaicos de alta voltagem.

— Agora vejo por que ela recebeu o nome de torre — disse Castor, embora parecesse fascinado, não assustado. Mas deveria estar, Ravan pensou. Aquilo na verdade era letal, um toque e *adeus, mundo cruel.*

— Eu só quero que vocês saibam — disse Holt, olhando para a Torreta inquieto —, que eu nunca quis estar aqui, e sei que vocês também não, mas, depois do jeito como vencemos a última rodada, não existe nenhum outro grupo com o qual eu prefira estar. Seja o que for que aconteça... estou feliz que estejam aqui comigo.

Ravan olhou para ele. Holt devolveu o olhar. Ele estendeu a mão e ela a tomou, deslizando o polegar pelo esboço da tatuagem inacabada.

— Acho que você poderia muito bem terminar isso — disse ela.

Ele sustentou o olhar dela... depois sorriu.

O som estridente do alarme encheu a arena. As janelas do monitor gigante zumbiram e estalaram ao chegar à sua posição, mostrando um enorme 9 acima deles.

Ravan sustentou o olhar de Holt por mais um instante... em seguida, todos eles correram em direção à Torreta, enquanto a multidão torcia para que fracassassem. Isso não iria acontecer, ela jurou.

Eles correram pela terra, esquivando-se de velhos carros e caminhões-tanques. À frente deles, a terra era substituída por metal sólido, o piso do interior da arena.

— Cuidado com o chão! — Ravan gritou para Masyn e Castor, ambos correndo à frente em seu anseio de vencer. Eles diminuíram o passo, ao verem o que o aviso significava.

Partes do chão metálico cintilavam com uma energia azulada. Tiberius tinha projetado a eletricidade para ser visível, mesmo sob luz solar intensa; do contrário não seria justo, dissera ele, embora o que ele realmente quisesse dizer era que os jogos não durariam tanto tempo.

Ravan descobriu um pedaço de terra que não estava eletrificado e se dirigiu para lá, seguida por Holt. Naquele momento, as partes do Nonágono que eram eletrificadas foram ativadas. Nada mudou, mas aquilo não duraria muito.

Ela atingiu o piso de metal e sentiu-se deslizar pela superfície. A coisa era lisa como gelo. Ravan desacelerou, sentiu Holt fazer o mesmo, mas viu Masyn e Castor ganharem velocidade. Ela invejava a agilidade deles.

À frente estava a Torreta, com quase cem metros de altura, girando a toda velocidade. Os braços que se projetavam dela eram de comprimentos variados e circulavam no ar enquanto a torre girava.

Mais uns dez passos e Ravan alcançou a torre, esquivando-se de um dos braços, que passou zunindo e quase a decapitou. Ela arriscou um olhar para o monitor; ele mostrava um 8. Não era ruim, mas até agora só tinham feito a parte fácil.

Masyn balançou o gancho e lançou-o para o alto, onde ele ficou preso a uma das hastes de suporte da torre, quase cinco metros acima. Instantaneamente, ela começou a subir, punho após punho, alçando o corpo para cima.

Castor chegou ao sistema de polias com a ajuda do arreio, uma extensão de cabo que foi direto até o topo, onde piscava a luz verde que sinalizava a fechadura. Quando ele prendeu seu gancho, puxou o cabo para baixo com a mão que não estava machucada e disparou para cima.

— Pelo menos *parece* que eles sabem o que estão fazendo — Ravan observou, calçando as luvas e esquivando-se de outro braço, quando ele passou zunindo.

— Gostaria de saber como é isso — Holt se perguntou, os fechos das duas garras já em seus pulsos. Um lado inteiro da Torreta era coberto de chapas metálicas e Ravan podia ver que, ao longo de toda a torre, havia fendas no formato de uma escadaria, mas que só seriam úteis com as garras de escalada. A meia altura ficava a luz amarela de brilho intermitente, o alvo de Holt.

— Gerônimo! — gritou Holt... em seguida, pulou e mergulhou ambas as garras em duas fendas paralelas nos painéis, segurando-se enquanto a coluna giratória o projetava para fora e ele começava a subir.

Ravan não teve tempo para lhe desejar boa sorte. Outro braço veio ao seu encontro e ela o agarrou. O impacto foi forte, mas ela conseguiu se segurar a ele. Depois disso, não era mais a Torreta que girava, era o mundo lá fora que se transformava num borrão vertiginoso.

A multidão gritou mais alto: os quatro estavam na Torreta agora, onde a Enguia era capaz de fazer o pior.

Enquanto girava, Ravan olhou para cima. Só conseguia distinguir a luz vermelha que marcava a fechadura quase no alto da torre, entre os suportes centrais que mantinham a estrutura toda de pé. Ela teria que escalar aqueles suportes e podia ver os arcos azuis cintilantes de eletricidade cobrindo a maior parte deles. Somente as luvas iriam protegê-la, e se ela tocasse a torre com qualquer outra parte do corpo...

Ravan deslizou o braço em direção ao centro da coluna, onde ela estava imóvel. Analisou a coluna interior, conseguiu ver os suportes e encontrou um que estava abaixo dela e um pouco isolado do restante. Não estava eletrificado, era a sua melhor chance.

Ravan se jogou... e se agarrou ao suporte, quase escorregou, mas conseguiu se segurar novamente. Ela conseguiu, mas não ficou feliz. Faltava muito ainda para chegar àquela luz vermelha, através de um labirinto de cabos eletrificados.

O suporte mais próximo estava eletrificado, ela podia ver a energia faiscando. Foi tomada pela dúvida. Será que as luvas realmente funcionavam? Poderiam protegê-la daquele tipo de corrente?

Vamos logo com isso, disse a si mesma. Sem hesitações.

Ravan agarrou o suporte acima, com os dedos firmes em torno dele.

Ela não fritaria naquele lugar; não sentiu nada além da vibração da corrente que passava por ele.

Mais entusiasmada, agarrou outro suporte e girou o corpo, com cuidado para não deixar que seus pés balançando tocassem em nada. Ela fez isso novamente, subindo, escalando o labirinto de eletricidade enquanto o mundo em torno dela girava a toda velocidade. Tentou não pensar no mundo que girava — aquilo era desorientador, e era justamente para isso que servia.

A torcida protestou de repente.

Ravan olhou e viu Masyn, a corrente e seu gancho presos a um dos braços giratórios, atirando-se no ar, usando o impulso para alçar o corpo para cima e através dos braços em rotação.

A multidão gritou mais alto. Eles gostaram e Ravan não os culpava. Definitivamente o item *não* tinha sido feito para ser usado daquele jeito.

Castor chegou ao ápice da Torreta usando seu arreio e estancou onde seu receptáculo e a luz verde piscante estavam. Não perdeu tempo, começou a desafivelar o arreio. A estratégia tinha sido chegar ao topo o mais rapidamente possível, porque, quando a segunda fase da Enguia iniciasse, toda a parte superior da Torre seria eletrificada, tornando impossível até mesmo para um Hélice Branca alcançá-lo depois disso. Era importante que Castor fosse o primeiro a se livrar do seu item, e parecia que ele iria conseguir.

Perto dali, Holt continuava subindo, deslizando as garras pelas fendas, uma mão de cada vez. Ele colocou as garras da mão direita em seus sulcos, transferiu seu peso para aquele braço... e todo o painel se soltou e ele caiu. A multidão gritou alto.

Holt quase não conseguiu se segurar com a mão esquerda, balançando, tentando encontrar um novo painel para apoiar a direita. Por fim conseguiu, mantendo-se no lugar, firme.

Ele olhou para Ravan com cautela. Ela lhe lançou de volta um olhar penetrante. Seu caminho para cima tinha painéis falsos, e ele tinha que testá-los com cuidado. Ela esperava que Holt tivesse aprendido a lição.

Ravan agarrou-se a um suporte não eletrificado, em seguida ergueu o corpo, enroscou as pernas em torno dele e se segurou no lugar, recuperando o fôlego. Ao redor dela os polos eletrificados estalavam e chiavam, e seu receptáculo ainda estava a uns bons seis metros acima, através de um labirinto estreito de mais apoios.

O sinal estridente habitual encheu a arena. Um canto do monitor gigante tinha mudado para verde. Castor tinha depositado seu item. A tela mostrava um 6, eles estavam fazendo num bom tempo.

Mas quando a contagem regressiva chegou a 5, a configuração entrou na sua segunda fase.

O que significava...

— Castor! — Holt gritou para o Hélice, que, como Ravan, tinha encontrado uma plataforma onde recuperar o fôlego. — Sai daí!

Holt estava certo, ele tinha que sair rápido. Mesmo descendo, não teria tempo suficiente para deixar a zona que estava prestes a ficar eletrificada, e não tinha mais com ele o arreio.

— Pule! — Era a voz de Masyn, mais acima, usando a corrente e o gancho para balançar na Torreta.

356

Castor olhou para Masyn, não com um olhar preocupado, mas sim com um ar travesso. Esperou um segundo, observando-a balançar, calculou o tempo... em seguida saltou no ar e caiu como uma pedra.

Ouviu-se um suspiro na multidão.

Masyn voou na direção dele, usando a corrente para balançar como um pêndulo. Castor agarrou a corrente e eles voaram por sobre uma plataforma mais baixa, como acrobatas num trapézio.

A multidão foi à loucura, e demonstrou ira ou decepção. Por mais estranho que fosse, parecia que o Bando estava realmente *torcendo* por eles.

Ravan não teve tempo para contemplar o espetáculo. A barra onde estava de repente começou a vibrar. Ela sentiu o cabelo arrepiar.

O suporte, e todo tipo de outras coisas na Torreta, estava prestes a ficar eletrificado.

Ravan se valeu da adrenalina para se balançar sobre o suporte e, com as pernas, chutou para cima e para fora. Agarrou outro suporte acima dela, enquanto o de baixo ficava eletrificado.

A eletricidade da Enguia já não era estática. Tudo ao seu redor, ela percebeu que se movia em padrões, passando de uma peça da Torreta para outra, para cima e para baixo. Agora era muito mais perigoso.

Ravan agarrou outra barra e subiu. Depois outra, subindo em direção à luz vermelha. Ela estava quase lá. Agarrou outro suporte... e sua perna bateu na parte superior de um apoio eletrificado.

A dor foi intensa. Cada músculo do seu corpo se contraiu e, em seguida, ela estava caindo. Reassumiu o controle a tempo de pegar outra barra com uma mão enluvada, e o impacto quase tirou seu ombro do lugar. Ravan gemeu, mas se segurou.

— Rae! — Holt gritou lá de cima.

Ela precisou de toda a sua força para continuar segurando aquela barra. Podia ouvir os gritos do público, ávido por sangue, para vê-la rolar no chão, e o som a encheu de mais raiva. Ela *não* lhes daria aquela satisfação.

A tela mostrava um 4 agora. Estavam correndo contra o tempo.

Ravan cerrou os dentes e começou a subir, alçando o corpo através do labirinto mortal. Ela não saberia dizer como conseguiu — talvez tivesse sido a multidão ou a lembrança de Holt e ela na cela, ou a vontade de estrangular Tiberius com as próprias mãos, mas alçou o corpo através do labirinto, uma barra por vez, mantendo-se longe dos suportes enquanto a eletricidade dançava por eles, até que finalmente chegou ao seu receptáculo.

Era uma caixa vermelha desbotada, e não havia um único lugar que não estivesse eletrificado para ela se sentar. Ravan ficou sobre a caixa, tirou as luvas e colocou-as dentro dela.

Outra explosão de som. Um canto do monitor ficou vermelho. O descontentamento da multidão se sobrepôs a tudo novamente.

Ela tinha conseguido, mas agora estava presa, cercada por suportes eletrificados, sua única opção era se segurar enquanto a Torreta girava e esperar Masyn e Holt cumprirem suas tarefas.

Um deles estava com mais sorte. Depois de depositar Castor numa zona segura, Masyn balançou de volta para baixo, através dos suportes, em seguida deu uma pirueta para cima, agarrou um degrau, girou em torno dele e disparou novamente, arrastando a corrente e o gancho atrás dela.

Foi um verdadeiro espetáculo, especialmente quando comparado com o progresso decididamente mais lento de Holt.

Ele estava abaixo, a única coisa boa sobre o seu receptáculo era que era o menor dos quatro, e ela o observava testando cuidadosamente um painel, encaixar a garra numa fenda, transferir o seu peso para essa mão e subir, evitando a eletricidade.

Era um processo meticuloso e, para piorar, o monitor gigante agora mostrava um 2.

— Talvez devêssemos ter dado o seu para Masyn também! — Ravan gritou para ele.

Holt não respondeu, ele provavelmente estava cansado demais. O recipiente estava logo acima dele, quase ao seu alcance...

Outro som estridente e um terceiro canto do monitor rodou até ficar laranja. Acima, Masyn tinha destrancado a fechadura, ela tinha conseguido.

358

Mas se Holt não levasse aquelas garras até a luz amarela, estava tudo acabado.

Enquanto Ravan observava, Holt congelou, arregalando os olhos. Ravan podia adivinhar o que estava acontecendo. Um dos painéis em que estavam as garras tinha começado a vibrar, estava ficando eletrificado. Desesperado, ele tentou tirar dali a mão direita, mas a garra enganchou no lugar. Ele tentou mais ainda, apoiando os pés contra o painel e puxando.

A coisa toda despregou, mas não se desprendeu completamente.

Ele se pendurou nos degraus inferiores, o impacto, no entanto, foi suficiente para que a mão de Holt se soltasse da garra, ainda presa no interior do painel, justamente quando esta se eletrificou. Faíscas voaram quando a corrente elétrica arqueou através dele.

Holt deu um pulo para trás, se soltou do painel esquerdo... e *caiu*.

— Holt! — Ravan gritou, ao vê-lo despencar. Ele conseguiu prender a garra nas fendas de um painel, interrompendo a queda a cerca de seis metros do chão. Seus pés balançavam freneticamente enquanto ele tentava encontrar um ponto de apoio, com apenas suportes e painéis eletrificados ao seu redor.

A tela mostrou o número 1.

O olhar de Ravan se desviou de Holt para a garra ainda presa perto do receptáculo. Não havia nenhuma maneira de ele chegar até lá agora, pois mesmo com as duas garras não conseguiria escalar a Torreta tão rápido. Isso significava que eles não conseguiriam desarmar a configuração, o que significava que não poderiam mais vencer o Nonágono.

A única coisa inteligente a fazer seria todos ficarem onde estavam e sobreviver à rodada, mas Ravan podia ver o desespero nos olhos de Holt, podia ver o que isso significava para ele. Seu desespero não era simplesmente porque ele falharia, mas porque falharia com as pessoas a quem tinha feito promessas. Isso significava que ele nunca conseguiria alcançar aquela garotinha em San Francisco. Tudo pelo que ele tinha lutado e pelo que tinha passado de nada valeria.

Aquele era um medo que ela conhecia bem. Talvez tenha sido por isso que Ravan tomou a decisão que tomou. Ou porque, como ela tinha dito a Holt não muito tempo antes, ele era a única pessoa por quem ela já tinha se sacrificado. Por que não mais uma vez?

Ravan soltou a barra e saltou no ar. Bateu num suporte e ele fez seu corpo rodar. Outra pancada mandou-a cambaleante para o outro lado. Ela sentiu um estalo numa costela, sentiu a dor, ouviu a multidão ofegar.

Ela podia ver a grande caixa de metal e a luz amarela piscando. Ela caiu sobre os painéis, deslizou, agarrou a caixa com as mãos e mal conseguiu segurá-la.

A garra estava logo abaixo dela, ainda presa onde Holt a havia deixado. Ela a chutou uma vez. Duas vezes. Deu uma pancada para soltá-la, estendeu a mão e conseguiu pegá-la com dificuldade.

A multidão irrompeu em gritos, observando-a, e mais uma vez parecia que estavam realmente torcendo *por* ela. Ravan gostou disso e se perguntou como Tiberius estaria se sentindo no momento.

Ela enfiou a garra na caixa. Os painéis e suportes em torno dela arquearam quando a eletricidade brilhou através deles.

— Ravan! — Holt gritou para ela. Havia desespero na voz dele, mas não porque temesse por si mesmo. Era por ela. — O que você está fazendo?

— Jogue a garra! — ela gritou de volta para ele.

— Rae...

— Não dá mais tempo, Holt! *Jogue!*

Holt hesitou por mais um instante, em seguida agarrou-se a um suporte, desengatou a garra do seu pulso esquerdo e atirou-a para Ravan. Ela pegou o objeto no ar... bem quando seus dedos deslizaram. Ela caiu.

Ravan mal teve tempo de se agarrar ao que restava do painel que Holt tinha soltado. Não estava eletrificado agora e rangeu sob o seu peso, curvando-se, partindo-se...

— *Ravan!* — gritou a voz angustiada de Holt mais abaixo.

— Eu sei que você foi sincero no que disse — ela gritou para ele, estranhamente calma. — Mas não era neste lugar que você deveria estar.

360

Com suas últimas forças, Ravan empurrou a segunda garra para dentro da caixa... e, em seguida, o painel se soltou dos suportes e ela despencou e o mundo girou e o chão foi se aproximando, e estranhamente, de um modo quase surreal, ela sorriu, experimentado uma sensação de triunfo, não por ter vencido a Enguia, mas por ter aceitado uma parte de si mesma que sempre tinha julgado fraca e falível. Ravan sabia quem ela era. Finalmente.

E então ela se chocou contra o chão.

34. O OUTRO LADO

A TORRETA PAROU DE GIRAR quando o aviso estridente final encheu o Nonágono, mas Holt não percebeu. Ele nem sabia como tinha chegado ao chão, não se lembrava de ter escalado ou saltado, só se lembrava da necessidade de ir até ela.

A multidão tinha ficado em silêncio. Era estranho, ele nunca tinha visto aquele lugar sem o clamor e o furor da multidão, principalmente quando alguém morria, mas aquela não apenas mais um prisioneiro dos Mercadores do Vento, aquela era...

Ela *não* está *morta*, gritou para si mesmo. *Ela não pode estar.*

Quando pôs os pés no chão já estava correndo, os olhos esquadrinhando o lugar, tentando encontrar algum sinal de...

Ele a viu. A três metros de distância.

O jeito como estava, o corpo dobrado, imóvel.

O mundo era uma névoa em câmera lenta agora, nada parecia real. As pernas de Holt moviam-se automaticamente, impelindo-o para a frente, deslizando para baixo e para o lado dela.

Ela estava lá, inerte. Não havia nenhum sangue que ele pudesse ver. Seu corpo não se mexia ou tremia, parecia uma pedra. Apenas os olhos dela se moveram, de um lado para o outro, encontrando os dele.

— Ouve isso — disse ela, a voz um sussurro entrecortado. — Finalmente... calamos a boca deles.

— Ravan...

— Não... dói, Holt. Quero que saiba... não dói.

Holt não conseguia sentir nenhuma parte de si mesmo, mal conseguia se concentrar, mal conseguia pensar.

— Isso é porque você vai ficar bem — disse ele, a voz tão entrecortada quanto a dela. Ele nem sequer a reconhecia.

— Você é um idiota otimista. Você... sempre foi.

Holt sentiu as lágrimas se formando, os olhos ardendo.

— Você tem que aguentar, Ravan.

— Eu podia ter ouvido esse conselho antes. — Ela sorriu fracamente, e isso o encheu com uma raiva desesperada.

— *Você aguenta!* — Holt gritou e a ferocidade o chocou. Suas mãos tremiam, ele se sentia separado do corpo. Não podia *perdê-la*. Não podia.

Ravan era indestrutível, ela era... Aquilo estava errado.

Os olhos dela o fitaram, ela não gostou do que viu.

— Você já perdeu tantas pessoas, não é?

Holt não podia responder. Ele colocou as mãos sobre o peito dela e sentiu as batidas fracas do coração.

— Você não tem que voltar a ser quem era, Holt. — A voz dela foi sumindo, ficando mais difícil de ouvir, e ele ficou apavorado. — É uma escolha.

— Qual é a alternativa? — A voz dele era amarga.

— Inspire-os — disse ela, quase inaudível. — Faça-os acreditar. É... o que você pretendia fazer. Você apenas... nunca... acreditou.

Os dedos dela se levantaram do chão, apenas alguns centímetros, foi tudo que Ravan conseguiu. Eles rastejaram até a mão de Holt, encontraram a tatuagem ali. Holt tinha vergonha dela agora. Ele odiava aquela tatuagem. Não porque ela estava lá, mas porque estava inacabada. Ravan *merecia* que ele a tivesse acabado.

— Diga... — ela sussurrou.

— Diga o quê? — Holt pegou a mão dela.

— Houve... uma época... há muito tempo... — Cada palavra exigia dela muito esforço, seu olhar estava se tornando vítreo. — Em que você... me amou...?

363

Os olhos de Holt se fecharam. Ele sentiu-se desmoronar ao lado de Ravan. Quase perdeu o controle ali, quase se deitou simplesmente ao lado dela e seguiu-a até onde ela estava indo. Deixar a próxima rodada começar e acabar com ele. Mas não fez isso. Obrigou-se a falar, mesmo que apenas para que ela pudesse ouvir a verdade.

— Olhe para mim — Holt disse a ela, gentilmente. — Ravan, olhe para mim.

Os olhos recuperaram um pouco do foco, encontraram os dele.

— Sim — ele disse a ela. — E continuo amando.

O sorriso dela, o mesmo de antes, voltou, mas mais fraco agora. Ela suspirou, pareceu relaxar, como se as palavras a tivessem preenchido com algum tipo de paz que dissipou a dor.

— Vejo você... do outro lado... — ela sussurrou. Seus olhos se focaram pela última vez. E então ela se foi.

Enquanto observava o corpo de Ravan afundar no metal duro do piso do Nonágono, Holt sentiu uma emoção mais poderosa do que qualquer coisa que ele já tivesse sentido. Seus punhos estavam cerrados, sua cabeça latejava, seus olhos ardiam. Ele queria gritar, mas nenhum som saía dos seus lábios. Tudo o que conseguiu fazer foi olhar para ela, deitada ali, a pessoa mais cheia de vida que já tinha conhecido... e agora absolutamente imóvel.

Cada lembrança que Holt tinha de Ravan passou por sua mente como um filme — as boas, as ruins, as dolorosas, as ternas —, se fundindo num fluxo maciço que inundou sua consciência. Aquela última pergunta tinha sido como um soco, ele ainda sentia a dor. *Você me amou?* Ela merecia muito mais. Merecia não ter tido que perguntar, merecia ter *certeza*, e era culpa dele que Ravan nunca tivera. Agora ela se fora, para sempre. A vergonha e a dor que sentia cresceram e se transformaram, tornaram-se ardentes, tornaram-se uma raiva concentrada.

Ele a olhou por mais um segundo... então ficou de pé e começou a andar em direção ao Estrado. Tinha uma vaga impressão de que Castor e Masyn estavam nas proximidades, observando-o em silêncio, atordoados, sem saber o que fazer, mas ele não disse nada.

Atrás e acima, a tela começou a zumbir de novo, e Holt ouviu-a parar, mostrando a próxima configuração, mas ele nem sequer olhou. Qualquer que fosse o símbolo que aparecera ali, o público não parecia interessado. Todo mundo ainda estava praticamente mudo, mas Holt não teria ouvido a multidão nem mesmo se ela não estivesse calada.

Ele continuou se movendo em direção ao Estrado, cada passo cheio de um novo propósito. A dor de seus ferimentos era só uma lembrança agora.

— O que vamos fazer? — Era Castor. A voz dele tinha perdido toda a vivacidade. Ele parecia atordoado.

— Terminar isso — disse Holt com a voz firme. — *Isso* é o que vamos fazer.

— Só... nós três? — perguntou Masyn. A voz dela estava entorpecida também. — Isso não é impossível?

— *Dois minutos* — a voz explosiva e cheia de estática anunciou. A multidão ainda não tinha reagido.

Holt chegou ao Estrado, viu que estava aberto, viu os itens ali dentro.

Uma chave de roda vermelha.

Um estranho dispositivo eletrônico azul, com duas alças; uma grossa peça redonda, de metal acinzentado; e um emaranhado de fios. Era um eletroímã portátil.

Uma série de tiras amarelas, certamente projetadas para ficar ao redor do antebraço de uma pessoa, com um grande clipe metálico na extremidade.

E uma estranha coleção de peças verdes — de borracha, madeira, metal —, todas soldadas e compactadas num formato arredondado. Havia uma alça para encaixar no braço como um escudo.

Holt conhecia os itens, não tinha necessidade de olhar a imagem do pássaro no monitor, mergulhando no ar com as garras estendidas, o bico recurvado aberto.

— Falcão — disse Holt, agarrando o escudo e deslizando o braço através da alça, deixando-o firme no lugar. — Não há muito a dizer. Estão vendo que os braços da estrutura estão se levantando?

Se os dois Hélices tivessem olhado, veriam hastes de metal surgindo de aberturas no piso metálico em torno da Torreta, cada uma com provavelmente três metros de altura e lâminas afiadas ao longo de toda a sua extensão. Mais braços, na própria Torreta, estavam se projetando também.

Mas eles não estavam olhando. Masyn e Castor continuavam com os olhos fixos em Holt, chocados e inseguros.

— Alguns golpeiam para baixo, outros vão vir dos lados — Holt continuou, sua voz num tom monótono. Ele sentiu a mesma energia de antes se acumulando, a raiva, o foco. — São lâminas. Castor, pegue o eletroímã; Masyn, pegue o clipe. Duas fechaduras estão nesses braços, esses itens vão ajudar vocês a chegarem ao topo e se manterem ali. Eu vou cuidar dos que estão no chão. Só fiquem preparados.

— Holt — Castor disse, enfatizando cada palavra. — Isso é *loucura*. Não podemos fazer isso apenas em três.

Holt pegou a chave de roda e se virou para encará-los. Seus olhos deviam ter um brilho selvagem, porque os dois Hélices deram um passo para trás.

— Nós *vamos* fazer isso — disse ele. Seu tom de voz era baixo, mas estava cheio de energia e raiva, e tremia perigosamente. Ele apontou para Ravan, para onde ela estava, fria e imóvel. — Cada promessa que fiz a ela eu *quebrei*. Mas não dessa vez. Eu prometi a ela que venceria esta coisa. Prometi a ela que iria chegar ao outro lado. *Então se preparem.*

Holt passou por eles sem lançar outro olhar, sentindo a raiva, deixando que ela o impulsionasse. Com o canto do olho, viu Masyn e Castor se movendo na direção do Estrado e dos itens que os esperavam ali.

— *Um minuto* — a voz anunciou.

Que venha, pensou. Que *venha*.

AVRIL SE VIU DE PÉ, como o resto da multidão, quando a pirata de cabelo preto despencou da Torreta, chocando-se contra os suportes, o corpo girando até cair no chão de metal da arena.

O impacto foi impressionante, mesmo daquela distância.

Demorou um instante para que Avril se lembrasse de respirar. A multidão ficou praticamente em silêncio. Até mesmo Tiberius parecia devastado, ao fitar a figura imóvel de Ravan. Eles haviam sido próximos. Talvez ele a visse como uma substituta para Avril, o que não a surpreendia. Ravan era muito mais parecida com Tiberius do que ela.

Ou será que não?

Avril tinha mais motivos para comemorar a morte de Ravan do que a maioria. A pirata a arrancara de sua casa, tirara dela tudo o que mais amava, mas, ao longo do tempo que tinham passado juntas, Ravan havia demonstrado sua dificuldade para odiar incondicionalmente, tinha mostrado que era muito mais do que Avril inicialmente presumira.

A perda e o sacrifício de Ravan, combinados com o desempenho de Castor e Masyn na Enguia, tinha abalado os alicerces das escolhas de Avril muito mais do que qualquer outra coisa. Quanto mais daquele jogo ela assistia, mais desejava estar em qualquer lugar que não fosse aquele camarote.

À distância, Avril podia ver Holt, Masyn e Castor conferenciando perto do Estrado, observou enquanto eles escolhiam seus itens, e, especificamente, viu Holt pegar *dois*. A atitude dele não passou em branco aos olhos dos outros, só havia uma razão para Holt se incumbir de dois itens.

— Eles vão tentar *vencer* — Markel observou, uma nota de espanto na voz. E também algo mais, algo que soava como respeito. Até mesmo Petra ficou em silêncio.

O ponteiro do enorme cronômetro tinha quase concluído seu percurso. A voz estridente e estática começou a contagem regressiva.

— Dez... nove... oito...

A multidão não acompanhou a contagem dessa vez, só assistiu às três figuras movendo-se em direção à Torreta, espalhando-se pela arena. Pela primeira vez, desde que o jogo havia começado, Avril sentia-se nervosa, enquanto observava as pessoas abaixo.

Gideon, ela pensou consigo mesma. Olhe por eles.

— Três... dois... um...

O tom estridente do som encheu a arena. A Torreta começou a girar a toda velocidade. E a multidão, em silêncio até então, rugiu, de volta à vida, mas dessa vez não para insultar os competidores ou torcer para que falhassem. Estavam todos *torcendo por* eles. Ou, pelo menos, torcendo por um. A enorme multidão de piratas que enchia a arena repetia uma palavra, várias e várias vezes.

— *Haw-kins! Haw-kins! Haw-kins!*

Ao lado, Tiberius, a única figura ainda sentada em toda a arena, lentamente se levantou. Seu olhar era puro fogo, enquanto olhava para a figura de Holt abaixo, movendo-se em direção à Torreta. Avril não podia ter certeza, mas parecia, até mesmo daquela altura... que Holt sustentava o olhar de Tiberius.

HOLT ANDOU ATÉ A TORRETA, segurando com força o estranho escudo e a chave de roda. Ele podia ouvir a multidão gritando seu nome, os sons ecoando de um lado a outro do Nonágono. Parte dele registrava quanto aquilo era inédito, embora fosse só uma vaga constatação.

Ele simplesmente não se importava. Mas não era como antes. Ele não tinha se fechado novamente; pelo contrário. Havia a dor por Ravan, e ele a sentia profundamente, mas de alguma forma a perda o havia estimulado, o havia trazido totalmente *de volta*. Era triste ter que perder tanto assim para voltar a sentir, para voltar a *lutar*.

Inspire-os, Ravan lhe dissera. Ele faria muito mais do que isso.

Holt olhou para o elegante camarote de Tibério, observando as figuras ali. Viu uma delas se levantar lentamente, sabia que era ele, e Holt sustentou seu olhar enquanto andava, o resto do mundo se desvanecendo até não haver nada além dos dois. Ele não tinha ideia de como tudo aquilo iria acabar, mas de alguma forma Tiberius iria pagar pela luz brilhante que ele tinha apagado ali naquele dia. Holt teria prazer em ver isso.

Então aqueles pensamentos lhe foram arrancados quando a primeira lâmina do Falcão apareceu.

Ela passou zunindo pelo ar, vindo com tudo bem na direção dele. Holt se esquivou e ela penetrou no chão com um impacto estrondoso.

Outras lâminas estavam caindo também, lançando-se em direção ao chão de toda a arena. Masyn e Castor rolavam agilmente, afastando-se das armas afiadas. Elas faziam Holt se lembrar das barras gigantes de alguma máquina de escrever sinistra, tentando atingir tudo o que havia embaixo delas.

Um dos braços, próximo a Masyn, tinha uma luz amarela piscante perto do centro, marcando o buraco da fechadura. A luz de Castor ainda não tinha aparecido, mas isso aconteceria em breve.

Outro braço voou em direção a Holt e ele se esquivou justo quando a haste dividiu pela metade a carcaça metálica de um velho Volkswagen, espalhando detritos metálicos por todo lado.

Holt deu uma olhada em volta e descobriu para onde deveria ir. Uma luz vermelha brilhou sobre os restos de um trator enferrujado. Ao contrário de antes, ele tinha *duas* fechaduras para desbloquear dessa vez. A segunda era marcada por uma luz verde, a cor do seu escudo, e brilhava através das janelas de um velho trailer, bem mais distante. Chegar lá a tempo, se desviando das lâminas, seria quase impossível.

O monitor zumbiu e mostrou o número 8. Holt começou a correr para o trator.

Braços caíam e ele se esquivava de cada um deles, mantendo-se em movimento. Chegou aonde estava o trator e examinou-o, a luz vermelha piscando no teto, mas ele não viu...

Ele ouviu o zumbido da lâmina antes de vê-la. Mal teve tempo de levantar a chave de roda, sustentando-a com as duas mãos enquanto a lâmina se chocava contra ela.

O impacto jogou-o contra o chão de terra. As arquibancadas ficaram em silêncio, assistindo. Ele conseguiu bloquear a coisa com o escudo, desviando-a para longe, e outra veio em sua direção. Ele rolou para fora do caminho, jogando-se embaixo do trator.

Ali, aninhado entre as suas partes e peças enferrujadas, estava o receptáculo da chave de roda.

Holt abriu-o, empurrou a chave para dentro e fechou a porta.

O som distorcido pela estática encheu a arena, seguido rapidamente por um segundo sinal estridente.

Holt deu uma espiada no grande monitor. Dois cantos estavam marcados agora, um com a cor verde, o outro com a amarela. Masyn devia ter conseguido alcançar a fechadura dela também. Aquilo ajudava, dava a eles algum tempo, mas o monitor ainda mostrava um 5.

Um som trovejante ecoou à distância quando novos braços projetaram-se da Torreta. Eram tão afiados quanto os primeiros, mas zuniam pelo ar na *horizontal*. Os braços verticais estavam programados com a exatidão de um relógio para cair entre os horizontais, giratórios. Por mais mórbido que aquilo fosse, era um projeto mecânico incrível.

Masyn montou sobre um dos braços verticais, enquanto Castor corria para um horizontal, marcado com uma luz azul piscante. Era a fechadura do Hélice e ele, sem dúvida, a alcançaria.

A cerca de cem metros estava o último objetivo de Holt: o trailer. O espaço entre ele e o veículo estava coalhado de grandes navalhas sibilantes. Do jeito convencional, não havia como alcançá-lo a tempo. Mas observando as armas horizontais que passavam girando, uma ideia lhe ocorreu. Uma ideia insana, mas que não lhe causou nenhum medo. Ele sentiu apenas resolução.

Inspire-os...

Holt rolou para longe do trator, enquanto o monitor lá em cima mostrava um 4.

Ficou de pé... e com a mesma rapidez se abaixou quando uma lâmina girou bem na direção da sua cabeça. De tão perto que ela passou, Holt pôde sentir o deslocamento de ar e ficou olhando a coisa enquanto ela se afastava.

Aquela lâmina era a de que precisava, e ele provavelmente tinha dez segundos antes que ela começasse a voltar.

370

Holt se desviou com dificuldade para sair do caminho de outro braço, em seguida bloqueou outro com o escudo, sentindo a coisa tentar levá-lo para o chão como a estaca de uma tenda, mas ele a empurrou e subiu com dificuldade em cima do trator, se deitando ali quando outra lâmina passou zumbindo.

Holt viu o braço de que precisava vindo ao encontro dele numa velocidade infernal. Agarrou o escudo e colocou-o diante de si, preparando-se.

Aquilo ia doer.

O braço bateu no escudo com força total e projetou Holt pelo ar como uma bala de canhão. Ele ouviu a multidão rugir com aprovação, sentiu as arquibancadas tremerem enquanto centenas de pés golpeavam o chão, eletrizados.

Holt bateu no chão com violência, rolou pela terra e o escudo se soltou da sua mão, lançado para longe.

O monitor acima mostrava um 2.

Gemendo de dor, ele estendeu a mão para o escudo... em seguida colou o corpo no chão quando uma lâmina baixa passou em arco. Ele tinha que se apressar, estava quase sem tempo.

Holt mergulhou em direção ao escudo, agarrou-o e saiu mancando na direção do trailer. Arriscou um olhar para trás e viu Castor, montado num braço que girava em torno da Torre, rastejando em direção à luz azul.

Agora só dependia de Holt.

Ele irrompeu pela porta do trailer e colidiu contra o que restava da antiga cozinha quando uma das pás gigantes colidiu com a parte de fora do trailer, quase o atingindo.

Um som estridente anunciou a vitória de Castor. Holt tinha cerca de um minuto, supôs.

Ele examinou o interior do antigo trailer e encontrou, em cima do painel, uma caixa grande o suficiente para conter o escudo verde. Ele se arrastou até a frente. Ia conseguir, estava por um triz...

Uma lâmina atravessou o teto do trailer, dividindo o veículo ao meio numa chuva de fibra de vidro e alumínio, e Holt mal teve tempo de sair do caminho.

Lascas de madeira choveram sobre ele, o teto sepultando-o no chão, a dor transpassando seu corpo.

O sol quente agora inundava o interior do trailer. A lâmina voltou a se erguer, desbloqueando seu caminho.

Holt se arrastou para a frente, segurando o escudo, movendo-se para o painel de instrumentos, onde o receptáculo estava. Do lado de fora, ouviu o zunido das lâminas, sabia que outra estava prestes a surgir e acabar com ele.

Sua visão ficou turva, seus músculos gritavam. Com as poucas forças que ainda lhe restavam, Holt jogou o escudo na caixa e bateu a tampa com força...

... em seguida tombou no chão, esperando que uma lâmina acabasse com aquilo, o dividisse ao meio, como fizera com o trailer.

Mas isso não aconteceu. O som ecoou na arena, sinalizando que o jogo tinha acabado.

O barulho de moagem das engrenagens da Torreta tinha silenciado. O som de lâminas zunindo não era mais ouvido. Só o que ele podia ouvir era a multidão agora, rugindo com a força de um maremoto.

Holt só queria ficar ali para sempre, mas não podia. Ele não tinha terminado. Ainda não.

Arrastou-se para fora do trailer, com o passo trôpego, mal conseguindo andar. Reparou que estava sangrando em vários lugares. Sua percepção de profundidade falhava e levou um instante para perceber que era porque seu olho esquerdo estava inchado.

Ele continuou se movendo assim mesmo.

Viu Masyn e Castor nas proximidades, viu-os se abraçando, fitando-se de outro jeito, então se beijando, pressionando o corpo um contra o outro.

Os espectadores aplaudiram mais alto do que qualquer multidão do Nonágono que Holt já tivesse visto, entoando um só bordão, várias vezes.

— *Haw-kins! Haw-kins! Haw-kins!*

Mas ele só continuou andando. Não parou até chegar aonde ela estava, onde ela tinha caído, onde ele a deixara. Ravan ainda estava lá, de olhos fechados.

Estava linda, serena, como ela merecia.

Holt se abaixou e pegou no colo o corpo de Ravan, segurando-o bem junto ao seu, então começou a andar, carregando-a até o outro lado da arena, onde os vencedores eram sempre recebidos. Todos estavam em silêncio por ele, tudo o que Holt ouvia era o som de sua própria respiração. Tudo o que via era a garota de cabelos pretos em seus braços.

Holt baixou Ravan suavemente até o chão, quando chegou à outra extremidade do Nonágono, exatamente onde prometeu que eles chegariam. Ele alisou o cabelo dela, tirando-o do rosto. Esperou, então, pelo o que quer que estivesse por vir.

AVRIL ASSISTIU HOLT DEPOSITAR o corpo de Ravan delicadamente abaixo de onde ela estava, onde a faixa de terra externa do piso do Nonágono encontrava as arquibancadas e o enorme portão de saída dos funcionários (e vencedores). Alguns desses funcionários se aproximaram dele, e ele os fitou desafiando-os com o olhar a tentar tirar Ravan dos seus braços.

Aquele gesto, combinado com todos os outros, consolidou seus sentimentos pelo Forasteiro, aquele que tinha matado Archer. Ninguém que não fosse decente poderia ter feito o que Holt Hawkins tinha acabado de fazer.

Ao lado dela, Tiberius desviou de Holt o seu olhar de ódio e estendeu a mão para pegar algo... Era um rádio, Avril viu, e seu pai estava levando-o até a boca para falar alguma coisa. Não havia dúvida de que ele estava prestes a dar aos franco-atiradores a ordem de atirar. Isso significava que todos ali embaixo morreriam, depois de tudo o que tinham passado, depois de tudo o que tinham conseguido, e Avril sentiu sua raiva começar a borbulhar.

Ela olhou para Quade. Quade olhou para ela.

— Estou pronta para usar aquela carta na manga agora.

Quade sorriu. Em seguida sacou a faca da cintura e atirou-a para ela.

Ela a pegou no ar, segurou com firmeza o punho da lâmina, girou... e mergulhou-a no coração de Tiberius.

A faca afundou, perfurando até o osso, encontrando seu alvo.

Tiberius arquejou e cambaleou para trás. O rádio caiu da sua mão. Seu círculo de amigos olhou em choque. Gritos atordoados ecoaram em todos os lugares das arquibancadas.

As armas, centenas delas, foram retiradas dos coldres... mas uma voz explosiva os deteve, ecoando pelos alto-falantes do Nonágono.

— *Parem!* — Tiberius gritou ao cair de joelhos, segurando o microfone. Lentamente, as armas foram baixadas, o silêncio encheu a arena. — Avril... é *minha* sucessora. E é a líder de vocês. Isso... é a *tomada* de poder.

Tiberius lentamente desabou no chão. Debilmente, olhou para Avril. Ela devolveu o olhar em estado de choque e horror. O golpe tinha sido tão rápido, instintivo, ela ainda não tinha tido tempo para pensar, mas agora os resultados estavam na sua frente, e ela não tinha certeza se gostava deles.

— Eu estava me perguntando... o que seria necessário... — Tiberius conseguiu dizer, a voz desaparecendo. Ele enfiou a mão no bolso, tirou um saquinho de tecido preto e entregou à filha adotiva. — Estou... orgulhoso de você, Avril.

Então Tiberius Marseilles, como Ravan, desfaleceu e perdeu a vida.

Avril olhou para ele. O homem tinha sido um pai para ela em alguns sentidos e um pesadelo em outros, mas, assim como Gideon, tinha feito dela a pessoa que era. Avril olhou em volta, para as arquibancadas, para os piratas, para o povo do Fausto e todos eles olharam para ela também. Havia um ponto em comum em seus olhares agora, e ele apontava para a verdade. Uma verdade que ela tinha muito tempo negado.

Ela era um deles. Ela se perguntou se aquele sempre fora o plano de Tiberius.

Avril abriu o saquinho preto e deixou o conteúdo cair em suas mãos. Três anéis, cada um feito de um cristal reluzente, vermelho, verde e azul, e eles brilhavam até mesmo à luz do sol.

Avril colocou-os nos dedos, sentiu suas ligeiras vibrações, tão conhecidas. Parecia tão normal, como se ela estivesse em casa.

Ela olhou para o círculo interno e para Quade. Todos olhavam para ela com cautela, alguns com hostilidade, mas isso era de se esperar naquele lugar, naquela cidade, a sua segunda casa. Ela só teria que se acostumar a isso.

— Haverá mudanças — Avril disse, olhando cada um deles nos olhos, deixando que vissem a força dela. — Qualquer um que sentir que pode fazer melhor deve desafiar o meu poder. Esse é o nosso jeito. Mas, enquanto isso, vou defender todos vocês e levar o Bando à glória, quer gostem, quer não.

E com isso ela correu e pulou em linha reta pela lateral da arquibancada. A multidão ofegou, olhando-a mergulhar no ar verticalmente. Parecia fantástico, a queda livre, depois planando no ar novamente. Ela tocou seus dedos médio e anelar ao mesmo tempo e suspirou quando o ar crepitou em torno dela e sua visão se tornou azul brilhante. Sua descida abrandou, ela pousou agachada no chão da arena, e seus olhos encontraram os de Masyn e Castor.

Os três se entreolharam e, em seguida, Avril acenou para eles, com respeito. Eles acenaram de volta.

Ela se moveu na direção de Holt, que pairava com ar de desafio sobre o corpo de Ravan, colocando-se entre ela e os guardas do Bando que o circundavam. Quando ele a viu, um pouco da sua ferocidade se dissipou. Eles se encararam por um longo instante, palavras não ditas passavam entre os dois.

Em seguida, Avril estendeu a mão.

Holt lentamente a tomou. Ela sustentou o olhar... em seguida, levantou a mão dele, deixando que a multidão os vissem juntos.

Os gritos vindos das arquibancadas e o som dos pés golpeando o chão devem ter ecoado por quilômetros. Todos entoavam as mesmas palavras, mais e mais.

— *Avril!*

— *Hawkins!*

— *Avril!*

— *Hawkins!*

— *Avril!*

— *Hawkins!*

Avril foi transpassada por uma sensação luxuriante de poder. Os anéis em seus dedos brilhavam. A realidade com que se deparava, ela nunca tinha pensado ser possível. Não precisava escolher entre dois mundos. Ela poderia ter os dois.

35. DRAGÕES

ZOEY ESTAVA DE VOLTA À SALA de estar, aquela com a lareira e o tapete felpudo e macio. Tia Rose estava sentada na cadeira, com seu cabelo dourado e o livro em suas mãos, mas dessa vez parecia diferente. As imagens eram mais suaves, mais vibrantes e, quando Rose falava, Zoey conseguia ouvi-la agora.

— Como poderíamos esquecer os antigos mitos que estão nos primórdios de todos os povos? — a mulher lia, enquanto Zoey olhava para ela. — Os mitos sobre dragões que no último instante se transformam em príncipes? Talvez todos os dragões da nossa vida sejam príncipes que só estão esperando para nos ver, ao menos uma vez, tão bonitas e valentes. Talvez tudo o que nos assusta seja, lá no fundo, algo inofensivo... que queira a *nossa* ajuda.

Essas eram as palavras que tinham sido bloqueadas antes, e Zoey sabia por que ela podia ouvi-las agora. O sonho desapareceu num redemoinho, a cabeça de Zoey latejou e tudo ficou branco quando ela foi arrancada dali num solavanco.

ZOEY ACORDOU NA CAMA ESTRANHA com o dossel vermelho, olhando mais uma vez para o cômodo geográfico preto, com as suas paredes onduladas e a estranha mistura de móveis, mas ele não lhe despertava quase nenhum medo agora. Ela sabia quem era. Não havia mais razão para ter medo, não havia nada que eles pudessem fazer contra ela.

Seus temores eram por outras pessoas agora. As pessoas que ela amava logo estariam lutando por suas vidas numa tentativa desesperada de alcançá-la. Ela podia detê-las, mantê-las a salvo, mas não faria isso. Zoey precisava delas ali, precisava de sua ajuda e de seu sacrifício. Ela odiava ter que fazer aquilo, mas não havia alternativa. Ao optar por poupar o Nexus e não destruir os Confederados, ela tinha iniciado um novo caminho. Ela só esperava que entendessem, esperava que não a odiassem por isso.

Sentiu um movimento nas proximidades, uma ingestão rápida de ar. A mulher que tinha sido Rose estava deitada no sofá preto. Estava toda encolhida, e Zoey podia sentir as emoções que irradiavam dela. Repulsa, angústia, medo e... algumas mais suaves também. Saudade, carinho, um sentimento melancólico de perda.

Dois conjuntos de emoções, de duas personalidades muito diferentes, uma tentando dominar a outra. Aquilo não ia acabar bem.

Antes, ela estava conectada aos sonhos da personalidade da tia Rose, e a entidade dentro dela tinha conseguido impedir que Zoey os alcançasse. Agora, no entanto, Zoey lembrava-se daquele momento *por si mesma*, não precisava do sonho de Rose para vê-lo. Isso significava que uma reviravolta havia acontecido. Se antes a entidade dentro Rose tinha que impedir Zoey de ver suas lembranças humanas, agora ela estava lutando para não sentir as de *Zoey*.

— Eu não quero isso... — a mulher murmurou.

— Por que elas te assustam tanto? — perguntou Zoey.

— Eu não gosto de como elas fazem eu me sentir.

Zoey estudou a mulher do outro lado do quarto e sentiu a dúvida nela.

— Não — disse Zoey. — Elas te assustam porque você *gosta* de como elas fazem você se sentir. Não é parecido com nada que você sinta normalmente, não é?

A mulher não abriu a boca. Zoey fechou os olhos, recordando a lembrança que ela tinha visto no sonho um instante atrás e que não estava mais bloqueada para ela.

Então você não deve ter medo, se uma tristeza brotar dentro de você, uma tristeza maior do que qualquer outra que você já sentiu...

Aquelas eram as palavras seguintes do livro de Rose. Zoey avivou as chamas da memória e se transferiu da sua própria consciência para a da mulher.

A reação foi imediata e violenta.

— Não!

Se uma preocupação, como a luz e as sombras das nuvens, se mover sobre as suas mãos e sobre tudo o que você faz...

A mulher que tinha sido Rose se levantou, seus olhos estavam em chamas. Ela parecia aflita e arrebatada ao mesmo momento.

— Eu vou te *matar*.

Zoey apenas levou as lembranças ainda mais longe, com mais força.

Você deve pensar que algo está acontecendo a você. Que a vida não se esqueceu de você. Que ela o segura pela mão... e não vai deixá-lo cair.

— *Pare!* — Rose gritou, caindo de joelhos. Em seguida, com mais suavidade, ela respirou. — Luz do sol, por favor...

Zoey cortou o fluxo de lembranças, estudando a mulher agora, observando-a estremecer no chão, suportando o que era uma quantidade normal de emoção humana, mas que para a entidade interior era uma verdadeira avalanche. Quanto mais Zoey forçava os sentimentos, mais as personalidades da mulher pareciam vacilar, mais da sua tia emergia.

— Como isso... se chama? — perguntou a mulher. Zoey sabia que ela se referia ao que Rose tinha vivenciado lendo para ela, sua sobrinha. Elas tinham sido muito próximas um dia.

— Amor — disse Zoey. Ela se levantou e andou até Rose. Gentilmente, passou os dedos pelos cabelos da mulher. Eram tão macios quanto ela se lembrava. — E você o está enterrando. Se fizer o que diz que quer fazer, ele vai estar perdido para sempre, ninguém nunca mais vai sentir essas coisas.

Rose olhou para ela com os olhos vermelhos e inchados.

— Não há nada a fazer. Precisamos Ascender, e você vai fazer isso por nós.

— Como?

— Eles vão levá-la ao lugar de onde a Estática é transmitida para esta parte do mundo. Você vai absorvê-la e então usar o poder do Nexus para forçar cada um de nós para dentro de cada um deles.

Zoey assentiu.

— Porque a Estática é o Todo, e ele toca suas mentes tanto quanto toca as dos seres humanos.

— O Nexus será consumido — Rose disse — e somente *nós* vamos continuar.

— Vocês vão esgotar a energia do Nexus?

— Assim seremos livres para sempre.

Zoey a contemplou.

— Existe outro jeito.

A mulher que tinha sido Rose olhou-a com curiosidade.

Zoey projetou os detalhes na mente dela, compartilhando o que o Nexus tinha revelado. Quando fez isso, os Sentimentos voltaram a ganhar vida e ficaram preocupados, não gostavam de compartilhar as informações, mas Zoey afastou-os. Não havia nada que qualquer um dos Confederados pudesse fazer agora para detê-la, e Rose, a Rose *de verdade*, aquela que ela amava, estava voltando. Zoey *sabia* disso...

A mulher absorveu tudo e, à medida que isso acontecia, Zoey pôde sentir seu choque.

— Mas, isso é... tão diferente do que acreditamos — a mulher murmurou.

— Isso não significa que seja errado. Você tem de confiar em mim, Rose, porque eu preciso da sua ajuda. — Zoey notou que a mulher já não se opunha a ser chamada pelo seu nome humano. — Podemos levar esses sentimentos a todos eles. É o que vocês têm negado a si mesmos durante todo esse tempo. Me ajude e vocês nunca mais vão precisar ter medo de novo, eu prometo.

Rose olhou para ela, prestes a falar, e Zoey podia sentir a dúvida se insinuando dentro dela...

Na parede de trás de repente surgiu uma abertura. Através dela entraram três Centuriões, as armaduras de cor azul e branca, os braços em forma de tentáculos estendidos ao lado do corpo. Em seguida, a parede oposta se deslocou, fazendo surgir ali uma abertura ainda maior. Quando isso aconteceu, dois casulos roncaram até parar do lado de fora, presos ao imenso sistema de trilhos, e Zoey pôde ver novamente o interior maciço da Cidadela.

— Está na hora — disse Rose.

Zoey olhou para ela. As emoções de antes haviam se desvanecido. Assim como a expressão indecisa no rosto, a confusão em seus olhos. O ar austero estava ali de novo, a máscara havia retornado.

Elas entraram em casulos separados. As portas se fecharam e Zoey sentiu seu casulo começar a estremecer e a subir em linha reta, muito mais do que ela já tinha ido até então, e depois ele vibrou um pouco ao fazer uma parada. Peças em frente a Zoey se metamorfosearam, fazendo surgir uma porta por onde ela podia descer, e quando fez isso seus olhos se arregalaram diante de uma visão surpreendente.

Ela estava numa espécie de balcão, perto do topo da Cidadela. Rose também estava lá, assim como vários Centuriões e um grupo de Efêmeras. Cada um deles era uma mistura perfeita de azul e branco, e ela podia sentir a satisfação de todos quando pisou no balcão.

As ruínas de San Francisco estendiam-se à sua frente, edifícios altíssimos ligados por um labirinto de ruas antigas e, estranhamente, tudo estava perfeitamente limpo de detritos e carros antigos, como se os Confederados tivessem simplesmente varrido a cidade.

Embora pudesse estar vazia, a cidade não estava morta. Havia movimento em todos os lugares, muito abaixo. Os caminhantes, daquela altura, eram apenas pontinhos no chão, mas havia milhares e milhares deles, reunidos em todos os lugares. Enxames de naves de combate e de outros tipos, suas luzes piscando, voando pelo ar.

Era um número incontável de Confederados, e Zoey podia sentir as emoções jorrando deles para ela. Vitória, entusiasmo, mas também adoração e orgulho, e tudo dirigido a ela.

— Você vê? — perguntou Rose. — Nada pode nos deter agora.

— Eu nunca disse que queria deter vocês — respondeu Zoey. — Simplesmente não vai ser como vocês pensam.

— Tudo depende de seus amigos chegarem aqui, e há pouca chance de que vão conseguir. Olhe o que espera por eles. — Ela apontou para a multidão, o exército intransponível.

Zoey balançou a cabeça.

— Eles sempre conseguem.

— Mesmo que consigam — disse Rose —, serão alterados. Não vão ser quem eram.

Zoey olhou além da mulher, para o leste, continente adentro, onde Holt e Mira e Max lutavam para chegar até ela.

— Eu sei — disse Zoey, e sua voz continha uma grande tristeza.

36. FEITICEIRO

ENQUANTO INSPECIONAVA OS VAGÕES de trem um a um, Mira sorria. Tinham conseguido, e tudo em apenas uma semana. Dezesseis vagões tinham sido recuperados na estação e atrelados às locomotivas que haviam encontrado. Teoricamente, elas poderiam puxar mais de trinta vagões, mas Mira não quis arriscar. Faíscas se espalhavam por toda a ferrovia, enquanto os homens de Smitty davam os toques finais na blindagem dos vagões, o que significava que cada um deles estava provavelmente duas vezes mais pesado agora. Grandes fendas tinham sido abertas nas laterais, e por elas era possível ver os canos dos canhões Antimatéria recuperados.

Mira notou algo novo: nomes tinham sido pintados na armadura que agora cobria os vagões. Mira os conhecia, muitos ela tinha prometido guardar na memória.

Eram os nomes dos Mercadores do Vento e dos Hélices Brancas mortos em batalha e dos navios terrestres perdidos. Eles cobriam os dois lados do trem, acima e abaixo, ao longo de todo o seu comprimento. Mira tentou não pensar neles, o sorriso desaparecendo à visão de outro lembrete de tudo o que haviam perdido.

— Já está tudo bem calibrado — disse Smitty, seguindo atrás dela. Ele, juntamente com Caspira, Dresden, Conner e algum dos Decanos estavam andando com ela, analisando o trem. — Demorou um pouco pra descobrirmos a engenharia. Só acionar o motor desta maldita coisa foi como resolver um problema matemático. Mas agora está ronronando como um gatinho, ou pelo menos tanto quanto seria de se esperar do maior motor a diesel de todos os tempos.

— E o combustível? — perguntou Mira.

— Os tanques estão cheios. Meus homens conseguiram até diesel extra, deve ser suficiente para a viagem, se eu estiver certo sobre o consumo dessa coisa. Mas, pensando bem, como diabos eu vou saber? Nunca nem dirigi um carro antes de os Confederados aparecerem.

— Qual você acha que é a velocidade máxima? — perguntou Conner. Seu comportamento estava mais razoável nos últimos dias. Mira supunha que ele tinha chegado à conclusão de que aquela era provavelmente a última opção para eles e, mesmo que não acreditasse no furor em torno de Zoey, estava decidido a ajudar.

— Aposto que ela pode fazer 120 por hora fácil — respondeu Smitty. — Os manuais dizem que esses motores podem chegar até duzentos, mas com o peso que estamos levando...

— Nunca os navios vão poder acompanhar isso — avisou Dresden —, mesmo se queimarmos os Zéfiros.

— Vamos mais devagar, então — Mira assegurou. — Tudo o que importa é que a gente chegue lá inteiro. O que nos leva a você, Caspira.

A Adzer dos Hélices Brancas, o cabelo castanho preso na longa trança apertada, assentiu.

— Tiramos os canhões dos navios destruídos e os instalamos de cima a baixo, à direita e à esquerda. Eles estão dos dois lados dos vagões, dos que foram armados pelo menos. Queríamos armar todos, mas não havia canhões suficientes. O jeito foi armar doze dos dezesseis, portanto mais da metade.

— De qualquer maneira, isso faz desta coisa uma verdadeira plataforma móvel de suporte de armas — disse Smitty, encarando a máquina gigantesca com orgulho. — Eu odiaria causar algum dano a ela. Além de tudo, soldamos até o último pedaço de metal que conseguimos encontrar neste monte de sucata. Ela vai causar um belo estrago, sem dúvida, e ainda temos as suas Barreiras.

Mira e os responsáveis por manejar os artefatos dos navios terrestres tinham passado a semana inteira montando Barreiras e outras combinações, instalando-as em todo o trem, ele próprio totalmente armado com componentes do *Tesoura de Vento*, que Dresden e Conner tinham saqueado para garantir sua aposentadoria e cujo valor depreciava a cada dia. A ideia de usá-los não tinha agradado nem um pouco a Conner, por mais empenhado que ele estivesse na missão de chegar a San Francisco. Toda vez que Mira ou um dos manejadores de artefatos entrava no porão do navio, ele fazia cara feia.

A verdade, porém, é que mais da metade dos componentes estava inutilizada, sem nenhum poder, e o mesmo aconteceria com o resto. Enquanto as Barreiras funcionassem, o trem estava muito bem protegido, mas não havia mais nenhuma garantia.

— O que você vai fazer com os Hélices? — Conner perguntou, e a Decana do grupo olhou para ele com antipatia. A questão poderia ter sido formulada com um pouco mais de delicadeza. Os Hélices Brancas podiam estar acatando as sugestões de Mira, mas ela estava muito longe de substituir Dane. Ninguém "fazia" nada com os Hélices.

Mira olhou para uma Decana alta em meio aos outros.

— Dasha, o que vocês decidiram?

Era a mesma garota que tinha desafiado os Confederados uma vez, nos estaleiros de Bazar, algo que parecia ter ocorrido um século atrás. Ela ainda tinha os cabelos quase brancos cortados curtíssimos e o mesmo ardor que exibira naquele dia, mas os acontecimentos a tinham deixado mais focada e comedida. Mira notara que ultimamente a Decana era sempre a primeira a falar entre os outros e com a voz mais forte. Havia força nela, como havia em Dane, mas, se ela sentia a mesma apreensão secreta com relação à liderança, não demonstrava.

— Sua ideia parece boa — concordou Dasha. — Divida os Arcos entre os vagões do trem. Se encontrarmos algum problema, eles podem se posicionar no teto ou em torno do comboio. O restante pode ir a bordo dos navios. Há muitas vantagens em se deixar as tropas saírem com facilidade do trem.

Mira concordou com a cabeça. Os Hélices Brancas viam Mira quase como um deles agora. Qualquer um que não fosse Hélice seria excluído dos seus acampamentos, mas Mira agora era bem-vinda. Eles deixavam até que Max fosse, se estivesse com ela, o que era inevitável naqueles dias. Nemo tinha sido um constante aborrecimento que o cão ficava feliz em deixar no *Tesoura de Vento*.

Ela não tinha certeza se era por causa das últimas palavras de Dane ou se era simplesmente um gesto de respeito, mas ela estava feliz por ser aceita. Não só porque suas ações tinham custado muito a eles, mas porque realmente sentia que eles ficariam com ela até o fim, e havia um certo conforto nisso. Era como Dane tinha dito: Zoey pertencia a eles também.

Mira repassou mentalmente seus recursos. O trem agora, é claro. Havia quase mil Hélices e onze navios terrestres, um número que a fazia se sentir culpada toda vez que o ouvia. Ela ainda podia ver a imagem gloriosa da frota completa dos Mercadores do Vento cruzando o Deserto antes de chegarem à estação ferroviária e o modo como tudo tinha sido destruído.

Os Confederados aliados contavam com oitenta e oito combatentes, sem considerar as naves cargueiras. Até chegarem a San Francisco, os alienígenas seriam o elo mais fraco, por causa da baixa velocidade. Mesmo que desacelerassem o trem para que os navios terrestres pudessem acompanhá-lo, ainda assim seria muito rápido para os caminhantes.

Mira e o Embaixador tinha feito um plano para resolver isso. Eles iriam simplesmente utilizar mais as Águias-marinhas: as naves cargueiras poderiam acompanhar o trem e a frota de navios, e até mesmo transportar os Aranhas. Se surgissem problemas, elas poderiam entrar em combate, caso fosse necessário, e os Brutos, mesmo ficando para trás, poderiam se teletransportar para lhes dar reforço. Mira tinha jurado que *não* seriam surpreendidos como antes, e ela pretendia manter sua palavra.

Mira parou quando chegou à frente do trem, onde estavam as duas locomotivas gigantescas, o resto dos vagões serpenteando atrás delas. Na lateral das duas, algo tinha sido pintado com enormes letras vermelhas.

Um nome. FEITICEIRO.

Mira olhou para as palavras com surpresa.

— Só um apelido que os garotos deram a ele, espero que você não se importe — disse o engenheiro, examinando os motores. — Pensei em chamá-lo de Trovão dos Trilhos, mas parece muito com um filme dos anos setenta.

— *Ela*, você que quer dizer — Caspira corrigiu pacientemente. — Todos os navios são do gênero feminino.

— Bem, isto é um trem, não é? — Smitty respondeu de mau humor. — Não é um navio.

— Dá azar...

— *Feiticeiro* — disse Mira, interrompendo-os antes que eles continuassem. Tinham conseguido trabalhar bem juntos nas últimas semanas, mas ainda tinham as suas diferenças. — Eu gosto.

— Tem razão — disse Dasha aprovando. — Um nome forte. — Todos os Hélices ali em volta concordaram com a cabeça.

Mira olhou outra vez para o trem, uma miscelânea, por dentro e por fora, de todos os vagões arruinados e restos carbonizados dos navios terrestres. Embora estivesse totalmente coberto de ferrugem, o trem — o resultado do esforço conjunto de todo o grupo, no qual tinham depositado coletivamente o que lhes restava de esperança — parecia brilhar à luz do sol. Mira sorriu novamente, então se voltou para a questão mais imediata.

— Você está com o mapa? — ela perguntou.

Dresden abriu o enorme mapa que estava na parede do escritório e todos já tinham estudado, e todo mundo se aproximou para dar uma olhada nele.

— Onde é que vamos encontrá-los?

Dresden apontou para uma pequena cidade a cerca de 80 quilômetros a oeste.

— Burleson — ele disse. — Podemos pegar o Terminal Ocidental para San Francisco ali também.

Mira estudou o ponto no mapa. O Regimento Fantasma, o famoso grupo de resistentes que lutava nas ruínas de San Francisco, estaria à espera deles lá. Se conseguissem encontrá-los, poderiam compensar todas as perdas que haviam sofrido até então.

— E nós sabemos como trocar de trilhos? — Mira olhou para Smitty. Aquela talvez fosse a parte mais importante de todo o plano. Se não conseguissem descobrir como trocar de trilhos nos antigos cruzamentos, por mais poderoso ou extravagante que fosse o trem, ele não iria chegar a San Francisco.

Smitty assentiu.

— Acho que sim. O problema é que vamos ter que pará-lo e fazer a troca de trilhos manualmente. No Mundo Anterior isso era automático, os trens nunca precisavam desacelerar, mas ninguém mais está operando esses controles. Vai nos custar tempo.

— E vamos ficar vulneráveis enquanto esperamos — Conner terminou por ele, apontando o óbvio.

— Acho que, a esta altura, já temos que nos acostumar com a vulnerabilidade — enfatizou Mira. Ela tirou os olhos do mapa e fitou todos eles, um de cada vez, os Mercadores do Vento, os Hélices Brancas, todas as pessoas com quem ela agora se preocupava e que, mais uma vez, estava prestes a colocar em perigo.

— Estou orgulhosa de todos vocês — disse ela. — Esse é... realmente um trem e tanto. Agora vamos colocar essa coisa pra andar.

Ninguém hesitou, todos se puseram em ação, apressando-se para terminar o que ainda precisasse de acabamento, preparando-se para colocar o trem em movimento.

Quando foram embora e Mira ficou só, ela olhou à distância, para onde a planície começava a dar lugar às colinas do litoral. Podia ver a forma negra imensa e esmaecida da Cidadela, uma silhueta ameaçadora encoberta pela névoa.

— Estamos chegando, Zoey — murmurou. — Aguente só mais um pouco.

37.   O REGIMENTO FANTASMA

O *TESOURA DE VENTO* RUGIA AO avançar sob o sol brilhante, sacolejando sobre o terreno rochoso perto dos trilhos do trem e, enquanto isso, Mira não conseguia tirar os olhos da máquina gigantesca à sua direita. *Feiticeiro* em movimento era uma visão impressionante.

Ele trovejava para o oeste, puxando sua fileira de dezesseis vagões blindados, todos pintados com figuras de expressão perversas e irritadas. Demônios, cobras e imagens rudimentares de caminhantes Louva-a-deus riscados com grandes Xs. Os nomes eram escritos de forma destacada também. O mesmo acontecia com as aberturas das armas na carapaça blindada que tinha substituído as portas dos vagões.

Oito navios terrestres escoltavam o *Feiticeiro*, cada um com dois Arcos completos de Hélices a bordo, para o caso de haver problemas. Os três navios restantes navegavam alguns quilômetros à frente, em busca de obstáculos ou sinais da presença de Confederados. Na parte traseira, seguia uma dezena de naves cargueiras Águias-marinhas, cada uma transportando um grupo de Louva-a-deus ou caminhantes Aranhas. Mira podia perceber as sensações que vinham deles, a alegria por estarem em ação, a expectativa à medida que se aproximavam do conflito.

— Não quer dar uma volta em seu novo brinquedinho? — Dresden perguntou atrás dela, perto do leme, com Parker e Jennifer. Eles estavam no convés do leme, e todos observavam o trem gigante cortando a paisagem. Max e Nemo estavam ambos dormindo nas proximidades, o gato aconchegado contra o corpo do cão. Max talvez não sentisse muita afeição pelo felino, mas pelo menos o tolerava.

— Acho que me acostumei com este aqui — respondeu Mira.

— Combina com você — disse ele de volta. — Você se sai bem num navio.

— Você tentou me contratar uma vez.

— Eu? — Dresden perguntou em dúvida.

— Há alguns meses, lá no posto de troca, durante um ataque dos Confederados. — Tinha sido uma fuga angustiante, e a primeira vez que ela e Holt haviam presenciado os verdadeiros poderes de Zoey. De certa forma, muitas coisas tinham começado naquele dia.

— É verdade — disse Dresden com um sorriso. — Bem, tenho um olho bom para reconhecer talentos. Certo, Parker?

— Se você diz que tem... — respondeu Parker. O primeiro oficial ainda não simpatizava muito com Mira, mas ela não o culpava. Na verdade, não culpava nenhum dos Mercadores do Vento por qualquer sentimento que nutrissem. A vida que eles tinham passado a amar estava desaparecendo e a culpa era dela, direta ou indiretamente.

— Onde você "contratou" o saco de pulgas? — Mira acenou para Nemo.

Dresden olhou para o animal com carinho.

— Ele me encontrou, subiu a bordo no cais da Cidade da Meia-Noite e nunca mais foi embora, passou a morar aqui. Eu gostei do seu jeito presunçoso. Sempre gostei mais de gatos do que de cães, mesmo. Eles são sobreviventes, não confiam em qualquer um. Quando se ganha a confiança de um gato, isso significa alguma coisa. Mas seu cão também não confia em qualquer um. Gosto dele também. Ele pode ficar quando você partir.

— Ele não é meu — Mira lembrou Dresden novamente. — Mas vai aonde eu vou.

Max abriu um olho e a olhou por um breve instante, antes de bocejar e fechá-los novamente. Aquele era todo o sentimento que ele demonstraria por ela.

O barulho de vozes no rádio veio dos outros navios. Mira não estava com seu fone, então olhou para Dresden.

— Entendido — ele respondeu. — Estamos chegando ao cume de uma montanha agora, devemos vê-la daqui alguns segundos.

— Ver o quê? — perguntou Mira num tom sombrio.

— Fumaça — respondeu Dresden.

Os navios terrestres e o *Feiticeiro* chegaram todos ao topo de uma grande colina e, quando isso aconteceu, puderam ver uma espessa fumaça cinzenta espiralando no ar, provavelmente a uns quinze quilômetros dali. Essa era a distância estimada de Burleson, onde deveriam encontrar o Regimento Fantasma.

— Não é bom sinal — comentou Dresden.

Mira foi até o parapeito do navio e olhou para a fumaça. O incêndio tinha sido grande. A fumaça estava ficando branca agora, o que significava que a maior parte das chamas tinha se apagado.

— O que você quer fazer? — perguntou Dresden.

— Chamar a escolta de volta, sinalizar a formação defensiva — Mira ordenou. — *Feiticeiro* vai a toda velocidade.

Parker fez um sinal para os marujos na gávia, e eles começaram a fazer sinais para os navios em torno deles. Mais barulho de vozes no rádio. Os motores das locomotivas retumbaram poderosamente quando o trem ganhou velocidade e seguiu, trovejante.

Mira podia ver as aberturas de cima a baixo nas laterais dos vagões, os canhões sendo preparados. Os Hélices Brancas escalaram os vagões até chegarem ao teto do trem, máscaras posicionadas, Lancetas nas costas. Milhares deles cobriram o trem enquanto ele avançava retumbante.

Em casos como aquele, o *Feiticeiro* entraria a toda velocidade em qualquer local questionável, armado e pronto. No caso de uma cidade ou vilarejo, onde os navios terrestres não poderiam entrar, eles circundavam o perímetro. As naves cargueiras dos Confederados aliados seguiriam em frente e despejariam os caminhantes; e, se necessário, Mira poderia pedir reforço aos Brutos.

Ela estendeu sua percepção na direção dos Águias-marinhas e contou a eles o que estava acontecendo.

Guardiã, eles projetaram de volta. *Nós os escoltamos.*

Sentimentos de ansiedade tomaram conta dela quando os Águias-marinhas passaram rugindo, ao encontro da batalha. Isso acabaria acontecendo, ela sabia, e Mira se perguntou como eles se sentiriam. Não pareciam levar em consideração que a maioria deles já não podia sobreviver fora da armadura, que estavam vulneráveis, mas ela não tinha vontade de lembrá-los. A verdade era que Mira precisava deles prontos e agressivos.

O *Tesoura de Vento* partiu com os outros navios para circundar o local: as ruínas de uma cidade plana do deserto, não muito diferente de Rio Vista, num pequeno vale. Mira podia distinguir mais detalhes. Uma boa parte da cidade tinha sido destruída pelo fogo, mas os focos de incêndio estavam quase todos apagados. Ela não conseguiu detectar nenhum movimento, mas a lembrança da armadilha de uma semana antes ainda estava bem viva em sua memória, e ela deixou o *Feiticeiro* seguir na direção da cidade, enquanto observava os Águias descarregarem os seus caminhantes e os Hélices Brancas enxamearem os telhados dos prédios que ainda estavam de pé.

Eles ficaram de prontidão, esperando qualquer sinal de ameaça. Mais vozes irromperam no rádio, e Mira posicionou seu fone de ouvido.

— Ninguém hostil. — Era a voz de Dasha, previsivelmente decepcionada. — Nada. O que quer que tenha acontecido aqui já acabou.

Mira voltou-se para Dresden. O que *deveria* ter acontecido ali era uma reunião de grande importância, e agora parecia que eles tinham acabado de dar vários passos para trás.

ERA EVIDENTE QUE AS RUÍNAS tinham sido o local de uma intensa batalha. Prédios ainda ardiam e as marcas de fogo nas ruas eram as cicatrizes amareladas destrutivas dos jatos de plasma.

A destruição continuava no centro da cidade, acentuando-se no que restava de uma velha escola de paredes de tijolos. A maior parte do prédio estava destruída agora, calcinada e arruinada, mas ainda havia uma parte dele para explorarem. Mira entrou nas ruínas, ladeada por Dasha, dois Arcos de Hélices e alguns Mercadores do Vento, incluindo Conner e Dresden.

Max ia na frente do grupo, farejando o chão, e logo eles ouviram latidos do outro lado de uma parede desmoronada. Quando cavaram para chegar ao outro lado, saíram no ginásio da antiga escola, a quadra de basquete arruinada, o placar enferrujado e caído no chão. Todo o resto estava coberto pelas marcas de jatos de plasma, um sinal de que o ataque dos Confederados havia se concentrado ali, e tudo ao redor era uma prova horrível desse fato.

Corpos estavam espalhados pelo ginásio, sobre o que restava das arquibancadas ou caídos no centro da quadra. Alguns pendiam das vigas, onde tinham procurado posições mais altas para atirar através das janelas do nível superior. Estavam dobrados em ângulos estranhos, que pareciam inumanos, ou carbonizados, em diferentes graus. Nenhum deles se movia.

Mira queria fechar os olhos, mas obrigou-os a mantê-los abertos. Ela precisava ver aquilo, para se lembrar de que havia Confederados lá fora muito diferentes do Embaixador.

Todos andaram pela quadra, contemplando a morte. O lugar ainda fumegava, armas espalhadas por toda parte. Os corpos eram todos de adolescentes, seus equipamentos cobertos de giz branco — o que era intencional, presumia Mira, para se camuflarem em meio à selva de concreto das ruínas de São Francisco. Seus protetores de tórax tinham, todos eles, os desenho de um crânio preto.

— Sem dúvida é o Regimento — Dresden observou. — Mas há muitos mais aqui do que supúnhamos encontrar.

— Talvez estivessem planejando uma armadilha — Dasha ponderou.

Dresden balançou a cabeça.

— Eles queriam que esta reunião acontecesse, eles queriam ajuda. Devem ter vindo até aqui por outro motivo, mas eu não consigo imaginar por quê.

— Bateram em retirada — disse Mira. — Recuaram.

— Para fora das ruínas? — perguntou Conner, sem acreditar. — O Regimento Fantasma é formado por fanáticos, resistentes como pregos, todos os grupos de resistência são.

— Não... recuamos — afirmou uma voz fraca e rouca.

Todos se viraram e viram uma figura perto da borda das arquibancadas, coberta por outros dois corpos. Um sobrevivente.

Max rosnou protetor, mas Mira tinha a sensação de que não havia necessidade.

Ela gritou para alguém ir buscar um kit de primeiros-socorros, mas, quando se aproximou dele, viu que seria inútil. A metade inferior do corpo do garoto estava praticamente carbonizada, e ele sangrava. Ela podia ver o sangue empoçado embaixo dele, e ficou surpresa por não estar desmaiado.

Os olhos do membro do Regimento estavam quase totalmente negros. Ele tinha cerca de 20 anos ou talvez fosse até mais velho. Mira sempre ouvira dizer que a Estática se espalhava mais devagar quanto mais perto se estava dos Parlamentos dos Confederados, o que significava que os combatentes da resistência tinham pelo menos um ano a mais antes de sucumbirem.

— Água seria bom... — disse o garoto ferido.

Dresden se ajoelhou e desamarrou seu cantil, dando de beber a ele. Mira ajoelhou-se também.

— Você disse que não recuaram? — ela perguntou.

O sobrevivente confirmou com a cabeça.

— Nós... tiramos os mais jovens da cidade. Essas foram as ordens. As crianças e as meninas, os não combatentes...

Ele olhou para Mira com intensidade, ela podia ver que a decisão de deixar as ruínas tinha sido difícil.

— Trouxemos todos pra cá, mas... fomos seguidos...

— Pelos Confederados? — perguntou Conner, e o garoto assentiu.

Mira olhou ao redor do ginásio novamente. Tudo o que viu foi corpos de soldados.

Não havia "não combatentes" ali.

— Onde eles estão?

Um sorriso rastejou pelo rosto do garoto.

— Conseguiram escapar. Nós... resistimos...

Tudo se encaixava agora. Eles tinham pressentido que os Confederados estavam chegando, para acabar com os não combatentes que eles deveriam tirar da cidade, então aquele garoto e seus companheiros tinham ganhado tempo para que os outros escapassem com vida.

— Onde está o resto de vocês? — perguntou Mira, embora estivesse com receio de ouvir a resposta. Se o Regimento estava evacuando as ruínas, a situação devia ser ruim. — O exército principal, eles ainda estão em San Francisco?

O sorriso desapareceu.

— Mortos... — Um calafrio percorreu Mira até a medula, e ela se obrigou a não deixar transparecer. — Se não agora... vão estar...

A resposta só lhe deu uma ligeira esperança, mas já era alguma coisa.

— *Onde?*

— No QG — o garoto revelou. Sua voz foi enfraquecendo. Ele tossiu com cansaço. — Ele foi... invadido. Mais Confederados do que eu já vi... cores diferentes, tipos diferentes. — Um ataque de tosse o fez engasgar e Dresden lhe deu mais água.

Mira olhou para Dresden, enquanto isso.

— Você sabe de onde eles operam?

Ele balançou a cabeça.

— Nós sempre fizemos negócio aqui, em Burleson, foi assim que conheci o lugar. Os navios terrestres não chegam nem perto das ruínas da Cidadela, é suicídio.

Mira voltou-se para Dasha.

— Pegue o mapa pra mim. Rápido.

A corredora Hélice desapareceu através de uma das janelas estilhaçadas do ginásio num lampejo de amarelo, voltando para o trem. Mira se voltou para o soldado. Seus olhos estavam se tornando vítreos.

— Como você se chama?

— Major — disse ele.

— Não o seu posto, o seu *nome.*

Ele balançou a cabeça, sorriu de novo.

— *É* o meu nome. Meu posto... é sargento...

Mira sorriu também.

— Okay, Major. Eu quero que você descanse, mas preciso de sua ajuda. Temos um exército lá fora. Podemos ajudar a sua gente, mas preciso que você me mostre onde eles estão.

Ele a fitou com um ar de dúvida.

— Um exército?

Mira assentiu.

— Um exército.

O sorriso desapareceu de novo, a ideia não parecia lhe trazer muita esperança.

— Vocês vão precisar de um...

As palavras causaram nela um calafrio.

A mesma Hélice de antes entrou pela janela, aterrissando na velha quadra de madeira. Poucos passos depois, ela chegou até eles, entregou o grande mapa da estrada de ferro, e Mira o abriu.

— Major — disse ela, segurando-o para o soldado ver. — Onde?

Ele estudou o mapa... em seguida levantou a mão e apontou para um lugar.

Todo mundo se curvou e olhou. Era algum tipo de fábrica nos arredores de Oakland.

— Boas e más notícias — afirmou Dresden. — O local tem uma estação ferroviária, então o *Feiticeiro* pode chegar lá, mas os navios terrestres não. Vai ser sempre assim. Quanto mais nos aproximamos dos centros históricos das cidades e nos afastamos do Deserto, menos espaço há para nós. Escombros, cercas, linhas de energia derrubadas, para não mencionar os edifícios.

— Autoestradas... — disse Major, olhando para eles.

Dresden balançou a cabeça.

— As estradas estão abarrotadas de carros, não há nenhum caminho...

— Limpas agora... Todas as estradas estão. Sem carros, sem obstáculos. Os Confederados... pegaram todos.

— Os Coletores — disse Mira. Ela só tinha visto um Coletor uma vez. Eram máquinas descomunais dos Confederados, deixadas nas ruínas para recolher toda a sucata que havia ali para reciclagem. De certa forma, fazia sentido que tivessem limpado as ruas. Eles tinham usado a matéria-prima para a construção da Cidadela, e a Cidadela era uma fortaleza de metal.

Mira olhou para Dresden e Conner.

— Se for assim, então os navios terrestres podem rodar *dentro* da cidade. Podemos usá-los na luta.

— Talvez — respondeu Conner. — Basta um carro no meio de uma estrada para torná-la inútil, mas, sim, eu não vejo por que não podemos tentar.

— Você ouviu isso, Major? — disse Mira, olhando para o garoto. — Estavam indo salvar...

Mas Major não ouviu. Seu corpo estava flácido, os olhos fechados. Estava como o resto dos seus homens agora. Tinha vindo até ali para salvar um grupo de pessoas. A informação que ele tinha fornecido poderia salvar muitas outras, mas ele nunca saberia. Mira suspirou. Por mais que fosse preciso lamentar e honrar a morte, a constatação do que estava acontecendo em San Francisco não permitia isso. Se o que restava do Regimento Fantasma estava lutando para sobreviver, então isso significava que Mira poderia perdê-los e seu conhecimento das ruínas. Isso poderia significar a diferença entre alcançar Zoey ou não.

Mira se virou e olhou para Conner e Dresden.

— Eu odeio pedir isso, mas...

— Nós temos que salvá-los, eu sei — afirmou Conner sem ironia ou hesitação.

— Sem eles, vai ser muito mais difícil.

Mira se surpreendeu com a aceitação de Conner. Eles haviam percorrido um longo caminho, ele e seu povo. E tinham todos lançado seu destino no mesmo vento.

Mira olhou para Dasha. A Hélice acenou de volta, e Mira pôde ver a expectativa em seus olhos.

— Vamos nessa — disse Mira, e então todos se levantaram, Max disparando pela mesma direção por onde tinham vindo, abrindo caminho através dos escombros.

— Quando voltarmos para o trem — disse ela a Dresden —, encontre Smitty e diga a ele para trazer um kit de soldagem.

Dresden olhou-a com curiosidade.

— Você tem um plano.

Mira de fato tinha. Um plano tão perigoso quanto improvável, mas ultimamente todos os seus planos pareciam assim. Mas, se houvesse tantos Confederados quanto parecia no lugar para onde estavam indo, aquela podia ser sua única chance.

— Posso saber qual é? — perguntou Dresden.

— Definitivamente não.

38. PARA ONDE O VENTO O LEVA

A ESCURIDÃO RETUMBOU em torno de Mira quando ela terminou o artefato Mercuriano, observando enquanto a Interfusão acontecia e a combinação zumbia, ganhando vida. Faíscas iluminaram a escuridão quando Smitty terminou de soldar a última coluna no lugar. Ela era feito de peças que ele tinha tirado dos navios terrestres remanescentes. Não era bonita, mas devia funcionar como qualquer outro Distribuidor dos navios terrestres. Mira entregou a Smitty o Mercuriano e ele começou a prendê-lo sob a borda superior.

Seu artefato, aquele horrível que manipulava a Estática, foi ligado ao Distribuidor, pronto para ser ativado, e a ideia fez com que ela parasse um pouco de pensar. Só esperava que o Distribuidor funcionasse, redirecionando o efeito da combinação para a superestrutura do trem, em vez de apenas amplificá-lo ainda mais. Se não desse certo, quando ele fosse ligado... Mira poderia fazer todo o exército sucumbir de uma só vez.

Nunca mais, você disse, o Embaixador projetou, com um sentimento tangível de traição. Ela entendia as reservas do alienígena, e ele estava certo, ela tinha prometido, mas, como de costume, as coisas tinham se complicado.

Eu sei, Mira projetou de volta, *mas você vê a vantagem que nos dá, né?*

É abominação.

Mira suspirou. *Sim, eu concordo, mas você vê a vantagem?*

Não houve resposta por parte do alienígena.

Embaixador, ela projetou de novo, *eu preciso saber que você entende.*

Sim, ele finalmente respondeu. *Nós entendemos.*

Apenas inclua-o em sua estratégia. Ele deve empurrá-los na direção de vocês. Quando isso acontecer...

Pedra. Papel. Tesoura.

Mira sorriu quando seu fone de ouvido estalou, a voz de Dresden ecoando em seu ouvido.

— Mira, vocês estão prontos?

Smitty olhou para ela e assentiu.

— Acho que estamos prontos, sim — respondeu ela. — Por quê?

— Dê uma olhada.

Mira foi até uma escada no interior do compartimento e subiu-a, abrindo uma escotilha no teto. Era noite agora. Lá fora, o vento soprava seu cabelo descontroladamente e ela sentiu o estrondo das locomotivas do Feiticeiro vibrando ao seu lado. Todo aquele poder, vindo do diesel e do fogo, era produzido por um meio de transporte muito diferente do *Tesoura de Vento*.

Ela podia ver os Hélices preparados para o combate em cima do trem, agachados e prontos. As naves cargueiras Águias-marinhas rugiam acima, carregando Aranhas e Louva-a-deus prateados. Navios terrestres, protegidos de ambos os lados, as velas desfraldadas, rolavam sobre o asfalto de uma rodovia, larga o suficiente para que seguissem em pares. Era como Major tinha dito, as estradas tinha sido desobstruídas, não havia nenhum veículo, o que significava que poderiam usar os navios na cidade. Se ao menos tivessem a frota completa, ela pensou.

Mira afastou os pensamentos. Eles *não* tinham a frota completa, lembrou a si mesma, e não havia nenhum sentido em ficar pensando nisso.

Ela olhou adiante, para além da fileira de vagões, onde estes engoliam os trilhos. Havia luzes à distância, que se avizinhavam. Projéteis luminosos riscavam o céu. Jatos de plasma e mísseis cortavam o ar. Explosões irrompiam no ar e, por breves instantes, iluminavam os grandes edifícios que cercavam a velha fábrica para onde iam.

A escala da batalha, mesmo de tão longe, era impressionante. Ela nunca tinha visto nada parecido, e eles estavam indo direto ao encontro dela. Olhando para tudo aquilo, era difícil imaginar que não fosse tarde demais.

— Vale das Chamas, hein? — disse Mira no rádio.

— Sim — respondeu Dresden depois de um instante. — Boa sorte, amiga.

— Você também, Dresden.

As ruínas de San Francisco cresceram no horizonte. Ela podia ver as luzes cintilantes da Cidadela se estendendo até o céu. Estava tudo a poucos quilômetros de distância. Ela balançou a cabeça quando a primeira das projeções a alcançou. Milhares delas, todas vindas das ruínas. Ela teria que combatê-las, afastá-las, e esperava que estivesse pronta para isso. Mira nunca tinha percebido tantas em sua cabeça de uma só vez.

Dasha se agachou ao lado dela e Mira olhou para a garota. Era hora.

— Busquem — disse Mira.

Dasha sorriu.

— E encontrem.

Ela se afastou e Mira apertou o botão do rádio.

— Vai nessa.

Ela sentiu mais alto o estrondo do trem, à medida que as locomotivas ganhavam velocidade, trovejando e deixando os navios terrestres para trás. Acima, os motores das Águias-marinhas rugiram quando aceleraram, e ela pôde captar o sentimento de expectativa dos prateados. Não havia dúvida de que haveria conflito dessa vez.

Mira deslizou escada abaixo e foi até o Distribuidor. Smitty estava segurando um rifle agora, pronto para lutar com todos os outros. A visão a fez hesitar. Ele não era um soldado, nenhum dos Mercadores do Vento era, mas ali ele teria que ser.

Smitty olhou para ela e deu de ombros.

— Você vai para onde os ventos o levam, não o contrário.

Mira assentiu, apertando o ombro dele.

O trem balançou e ela ouviu o zumbido de uma combinação de Barreira sendo ativada quando os jatos de plasma explodiram em sua superfície. Era a vez deles, tanto para atirar quanto para serem alvejados. Era agora ou nunca.

Ela foi até o seu artefato. Suas mãos tremiam. Exceto pela ocasião em que o usara rapidamente com o Embaixador, a última vez que tinha utilizado aquela coisa Mira estava na Cidade da Meia-Noite, e tinha visto alguém que um dia considerara um amigo íntimo ser corrompido e destruído pelo artefato. Se o Distribuidor não funcionasse direito...

Mais explosões foram deflagradas do lado de fora. O trem sacudiu.

Mira abriu o relógio de bolso e deu um passo para trás. Smitty fez o mesmo.

— O que isso faz exatamente?

A luz preta se contorcia, como uma massa de vermes, e lentamente crepitava no ar.

— Deixa pra lá, não me diga. — Ele recuou para mais longe.

Mira ficou tensa, olhando a luz negra crescer, um sinal de que o Distribuidor não estava funcionando e que...

A escuridão foi sugada de volta para dentro da combinação e ela sentiu o chão debaixo dela vibrar estranhamente.

Uma massa de projeções invadiu sua mente, como uma explosão. Seus joelhos se dobraram, ela ficou mole e, se Smitty não a tivesse segurado, Mira teria caído no chão.

As sensações eram todas iguais. Repulsa. Choque. Medo.

Podia sentir os Confederados se encolhendo todos ao mesmo tempo, recuando como uma onda, enquanto o trem e o efeito de seu artefato retumbavam na direção deles.

Os estampidos altos e harmônicos dos canhões de Antimatéria encheram o ar. Ela ouviu as naves Águias-marinhas investindo no ar, ouviu os estampidos dos caminhantes prateados sendo soltos e caindo no chão.

O *Feiticeiro* estremeceu violentamente quando diminuiu de velocidade, e Mira e Smitty correram para a porta lateral. Quando chegaram, ele olhou para ela com emoção.

— Sei que é loucura afirmar isso — disse Smitty —, mas esta é coisa mais importante que eu já fiz.

Mira sentiu a emoção inflar no peito, e olhou para ele.

— Obrigada por ter vindo, Smitty.

Então eles abriram a porta e saíram cambaleando para o caos, apoiando-se na parte de trás de uma caixa-d'água enferrujada.

Explosões irrompiam em todos os lugares no meio da noite, cristais coloridos incendiavam o ar, jatos de plasma chamuscavam tudo por onde passavam. Rajadas distorcidas de som pontuavam os lampejos de luz enquanto os Brutos teletransportavam seus reforços. Aranhas, Louva-a-deus, Caçadores, todos acrescentando poder de fogo ao resto.

À distância, ela viu caminhantes azuis e brancos surgirem do nada, viu uma nave de Predadores colidindo com um antigo armazém e, ao mesmo tempo, os Confederados recuando, tentando se afastar ao máximo do *Feiticeiro* e do horrível sinal pervertido que eles estavam transmitindo enquanto podiam. E estava *funcionando*.

Mira podia sentir a mesma repulsa nos prateados, a mesma ansiedade, mas eles se mantiveram em posição.

— Avancem como um só! — Dasha gritou enquanto saltava no ar, seguido de milhares de Hélices Brancas, suas Lancetas disparando enquanto cruzavam a toda velocidade a velha estação.

Mira olhou rapidamente em volta, tentando encontrar algum sinal de...

Ela viu, cerca de cem metros à frente. O brilho estroboscópico característico da artilharia. Alguém tinha assumido uma posição defensiva em frente ao maior edifício que ela podia ver, com três chaminés enormes. Tinha que ser o Regimento.

Mira começou a andar... em seguida, viu uma forma pequenina e acinzentada saltando do trem. Seus olhos encontraram os dela quase que imediatamente. A cauda abanando, apesar da destruição acontecendo ao seu redor.

— Vai vir, vira-lata? — ela gritou enquanto corria. Max disparou atrás dela.

Ambos se esquivaram das explosões e jatos de plasma. Tiros dos azuis e brancos alvejaram o campo de batalha, metralhando a fábrica e o *Feiticeiro* e tudo o que havia entre os dois.

Ela viu novos cristais, dos grandes, cruzarem o ar e fazerem os Predadores em pedaços. Mira olhou para trás e se deparou com o que ela tinha esperança de ver.

Os navios terrestres tinham chegado e estavam adicionando seu poder de fogo ao restante. Seu rádio estalou.

— Mira, você está aí?

— Fala, Dresden.

— Vou tentar levar os Predadores para longe de você, de volta para o Deserto, e encurralá-los ali para pegá-los num fogo cruzado.

— Tenha cuidado — disse ela com hesitação.

Os navios terrestres avançaram a toda velocidade, os cristais de Antimatéria sendo disparados de seus canhões. Os Predadores morderam a isca, seus motores rugindo enquanto corriam atrás dos navios, liberando os céus.

Mira e Max correram, chegaram ao edifício, e ela rezou para que o Regimento não atirasse neles quando se aproximassem. Não atiraram. Em vez disso, acenaram para que chegassem mais perto, e ela e Max saltaram sobre um círculo de carros antigos, empilhados para servir de barricada.

Havia cerca de quarenta soldados ali, alguns atirando através de aberturas, outros recarregando... e muitos outros deitados no meio do círculo, feridos, gemendo.

Era uma prova do que tinham passado. O fato de que ainda estavam vivos mostrava quanto eram duros na queda.

— Eu realmente espero — um garoto alto e musculoso atrás de uma van enferrujada gritou — que você me diga como diabos conseguiram trazê-los de volta assim. Não que eu esteja reclamando...

— Você é que está dando as ordens aqui? — Mira perguntou, andando até ele.

O garoto observou-a com ceticismo. Ele já havia passado dos 20 anos, seus olhos estavam quase negros como os do Major, e ele seria muito bonito se não fossem as cicatrizes causadas por estilhaços no rosto.

— Se quiser chamar assim, tudo bem — ele finalmente respondeu. — Mas eu não acho que alguém possa dar ordens nessa bagunça. Meu nome é Shue.

— Vocês têm rádios, Shue? — perguntou Mira.

— Não, usamos sinais de fumaça... É claro que temos rádios!

— Diga aos seus homens para não atirarem nos Confederados *prateados* — disse Mira incisivamente. — Eles estão do nosso lado.

Shue pareceu mais do que cético.

— Do *nosso* lado?

— É uma longa história.

Em torno deles, Hélices Brancas saltaram no ar em explosões de amarelo e roxo, suas Lancetas deixando riscos coloridos no ar. Versões maiores de cristais disparavam do enorme trem blindado que acabava de entrar na estação ferroviária, explodindo através dos caminhantes azuis e brancos.

— Quem diabos são vocês? — perguntou Shue, observando tudo aquilo.

— Deveríamos nos reunir em Burleson, seu líder planejou o nosso encontro. Estamos aqui para ajudar. Qual a situação de vocês?

— A gente está se aguentando, mas sem Isaac as coisas estão indo mal. Ele sempre nos tira de enrascadas como esta.

Isaac devia ser o líder.

— Onde ele está?

Shue acenou para trás com a cabeça, na direção da fábrica, no final de uma rua cheia de velhos prédios de escritórios. Um deles estava em chamas, as labaredas lambendo suas laterais, e parecia que algo tinha se chocado contra ele.

— Aqueles filhos da mãe trouxeram Abutres logo no início, quando ainda estávamos construindo as barricadas. Uma das garras pegou Isaac, mas eu derrubei a coisa com um míssil. À curta distância, é moleza derrubar aqueles trambolhos. Mas Isaac e outros caras estão presos dentro dela. Eu mandei um pequeno grupo... mas não acho que tenham conseguido. Nunca vi nada desse jeito, tantos Confederados num lugar só. Isso aqui está um inferno. Até mesmo para a Sisco.

Mira fitou o prédio em chamas e franziu a testa. Parecia que, sempre que finalmente chegavam a um lugar, o universo movia a linha de chegada um pouco mais para a frente. Ela desviou o olhar e fez sinal para um Hélice. Então apertou o botão do rádio.

— Dasha, preciso de você. Olhe pra cima.

Mira acenou com a cabeça para o Hélice e ele entendeu, disparando a ponta vermelha da sua Lanceta para cima, como se fosse um sinalizador.

Mira voltou a olhar para Shue.

— Preciso de Isaac vivo. Tenho que chegar à Cidadela.

Shue não riu alto nem olhou para Mira como se ela estivesse louca. Simplesmente assentiu e refletiu um pouco, como se aquele fosse um pedido normal. Talvez fosse mesmo, para caras como ele.

— Vocês têm um exército e tanto aqui. Isaac poderia fazer alguma coisa com ele. Talvez leve vocês até lá, mas...

— Onde está o *resto* do Regimento? Onde está todo mundo?

Shue ficou tenso ao ouvir a pergunta.

— Você está olhando para o que resta dele.

As palavras dele a atingiram como um soco, aumentando ainda mais sua aflição. O Regimento Fantasma, um dos exércitos mais fortes do planeta, e o grupo com que ela contava, tinha sido praticamente dizimado. Mira enterrou suas emoções antes que tomassem forma. Ainda tinham um bom contingente e o artefato estava funcionando. Se conseguissem encontrar Isaac, ainda tinham chance de sair vitoriosos.

Contar com um pequeno exército parecia o único jeito, era preciso esquecer as expectativas e aproveitar a base de apoio que tinha ali, do jeito que estava.

Dasha aterrissou perto dela num lampejo de azul e os soldados do Regimento se encolheram de surpresa. Ela não tinha notado ainda, mas os olhos da garota estavam cheios de entusiasmo pela batalha.

— Tem uma coisa que precisamos fazer — Mira disse a ela. Dasha sorriu.

39. ISAAC

MIRA DEDUZIU QUE AS PASSAGENS um dia tinham feito parte de uma rede de esgoto e de manutenção, mas, a julgar pelas marcas de pás nas paredes, o Regimento as tinha expandido ao longo dos anos. De acordo com Shue, o Regimento usava túneis como aqueles em toda a cidade, o que permitia que se locomovessem longe dos olhos dos Confederados. Acima, ela podia ouvir o barulho das explosões. Mais do que isso, podia senti-las, as vibrações sacudindo tudo até debaixo da terra. Ela esperava que o túnel fosse tão estável quanto parecia.

Três Arcos de Hélices ladeavam Mira, mas nenhum deles parecia feliz com isso. Toda vez que uma explosão era deflagrada, eles olhavam para cima com apreensão. Seus irmãos e suas irmãs estavam lutando lá em cima, acumulando honras, enquanto eles estavam presos ali embaixo. Mira tinha a sensação de que aquele problema não se estenderia por muito tempo. Max também estava com ela, mas avançava no escuro, farejando e explorando tudo, o ambiente era o tipo de lugar de que ele gostava.

Shue e dois de seus homens os guiavam através dos túneis, e ela os viu parar mais à frente e olhar para cima. Um deles subiu uma escada e levantou uma tampa de bueiro enferrujada. Os sons da batalha ecoaram pelos túneis quando os Hélices seguiram atrás deles. Quando Mira chegou à escada, Max ainda estava lá, choramingando e olhando para a saída.

Mira suspirou.

— Você é uma amolação, sabia?

— Passe ele pra cá — Shue disse a ela lá de cima, inclinando-se para baixo pelo buraco. — Mas depressa.

Max resmungou um pouco quando ela o pegou, se contorceu em seus braços, em seguida irritantemente pareceu se acalmar quando ela o entregou a Shue. Mira balançou a cabeça e subiu, saindo do túnel, e imediatamente procurou uma cobertura.

Não havia nenhuma.

A rua onde estavam, uma grande avenida entre edifício decrépitos, era uma estranha mistura de destruição e desolação. O entulho era recente, como se ele tivesse caído de cima do prédio logo à frente. Ela podia ver ao seu lado o buraco em que o Abutre se chocara contra ele.

Com exceção disso, as ruas estavam vazias. Os Coletores dos Confederados tinham coletado tudo que pudessem usar como matéria-prima. Era sombrio, de certa forma, olhar para aquilo.

Explosões espiralaram atrás deles, no caminho por onde tinham vindo, e Mira viu cristais de Antimatéria sendo lançados para cima, pôde até ouvir o ruído característico que os Brutos faziam ao teletransportar reforços.

Os Confederados estavam sendo obrigados a recuar... por ora.

Predadores rugiram ao passar sobre eles de repente e jatos de plasma faziam tudo faiscar ao redor.

Dois Hélices e um dos homens de Shue caíram. Dasha arremeteu o corpo num lampejo de roxo e empurrou Mira para o chão. As naves brecaram bruscamente, fazendo meia-volta para atacar outra vez. Eram muitos para não serem detectados.

— Precisamos entrar — Dasha afirmou.

— Eu concordo — Mira respondeu.

Eles correram em direção ao prédio enquanto o som de motores crescia atrás deles. Shue arrombou as grandes portas de vidro e eles entraram correndo enquanto mais jatos de plasma retalhavam tudo nas ruas.

Ninguém parou, apenas continuou correndo até a escada. O edifício tinha provavelmente uns seis metros de altura e o Abutre tinha caído aproximadamente à metade dessa altura. Com sorte, reconheceriam o andar quando chegassem lá.

408

Mira não estava errada. A porta para o décimo primeiro andar tinha sido destruída por uma explosão e a fumaça ainda era espessa no ar. Ela pôde ver chamas quando o grupo entrou.

Uma coleção de cubículos e mesas empoeirados e sem uso tinha sido atirada para a frente, diante da nave alienígena que tinha estourado as janelas ao cair.

A máquina em forma de cunha estava caída de lado, mas relativamente intacta, e Mira podia distinguir o padrão azul e branco que cobria sua armadura através das chamas que queimavam em torno dela.

— Espalhem-se! — Shue gritou com uma nota de desespero. — Encontrem Isaac, cavem os escombros.

Mira correu tão rápido quanto qualquer outro, Max ao lado dela, procurando com o seu faro.

Abutres tinham poderosas garras em forma de gancho que disparavam do alto para capturar sobreviventes desprevenidos. Este tinha capturado Isaac, o que significava que ele estava pendurado embaixo da nave quando ela caiu. Ele estava completamente exposto quando...

— Aqui! — Dasha gritou. Mira contornou a aeronave para ver a Hélice e Shue levantando escombros e tirando uma chapa de metal retorcida de cima de uma pequena figura.

Antes que pudessem terminar a tarefa, jatos de plasma atingiram tudo ao seu redor quando dois Predadores apareceram do lado de fora.

Cristais de Antimatéria riscaram o ar e atingiram as naves em chamas verde e azul. Elas saíram de vista e caíram, deixando um rastro de fumaça, mas havia outras lá fora, e provavelmente os caminhantes estavam a caminho agora.

— Saiam e segurem os aliens lá fora! — Dasha gritou, e seis guerreiros saltaram em lampejos de amarelo.

Shue terminou de resgatar a figura e Mira deu um suspiro de alívio quando viu que ele estava vivo. Arranhado e sangrando, mas consciente.

— Ei, chefe — cumprimentou Shue com um sorriso amplo. — Você está um caco.

Mira se aproximou e olhou para um garoto coberto de concreto e vidro, e ele não era nada do que ela esperava. Era baixo e magro, pálido até, e tinha uma armação de óculos quebrada na ponta do nariz. Isaac fitou os Hélices Brancas, visível apenas enquanto saltavam para cima e para baixo na lateral do edifício, desviando de uma tempestade de jatos de plasma e derrubando outro Predador.

— Hélices Brancas... — Ele observou, fascinado. Mira ficou surpresa. Poucas pessoas tinham ideia de como os Hélices realmente eram em ação.

— Ela tem seus próprios Confederados também — Shue disse a ele, ajudando-o a se sentar.

— E naves. E um trem blindado com armas malucas nele todo. Estão fazendo uma verdadeira faxina lá na base.

Por fim, Isaac olhou para Mira, e nos olhos dele ela finalmente viu a qualidade que, provavelmente, o fizera conquistar sua posição no topo do regimento. O fluxo do intelecto, evidente pela forma como ele a estudou de cima a baixo, de um modo que lembrava muito Ben. Eles tinham um jeito parecido, e a visão trouxe com ela uma dor surda quando Mira se lembrou do sacrifício que ele fizera na Torre Partida.

— Mira Toombs, suponho — afirmou Isaac.

— Tínhamos um encontro em Burleson.

— Sim — respondeu ele, sem muito entusiasmo. — Como você pode ver, algo nos desviou um pouco.

— Temos que tirá-lo daqui. Você pode andar?

Ao ouvir a pergunta, tanto Isaac quanto Shue olharam para ela com um ar de conflito. O de Shue era quase hostil, enquanto o de Isaac parecia envergonhado.

— Não — disse ele.

— Você está...? — Dasha começou, mas ele a interrompeu.

— Eu sou paraplégico — disse ele, olhando para as pernas, e foi então que Mira notou quanto eram finas.

Ela tentou esconder sua frustração. Lá se vai a linha de chegada novamente, pensou.

410

— Nós o carregamos — Shue disse a ela. — Não se preocupe, a parte mais pesada é o seu cérebro, certo, chefe?

— Eu odeio quando você diz isso — respondeu Isaac quando Shue o levantou e atirou-o por cima do ombro.

Mais jatos de plasma chisparam em torno deles, destruindo o que restava da estrutura de suporte do piso, pulverizando faíscas e detritos em todos os lugares, e o ataque estava vindo de baixo. Mira olhou para baixo e viu uma dúzia de Louva-a-deus azuis e brancos convergindo para a construção, os seus canhões disparando plasma na direção deles. Ela podia sentir a expectativa dos alienígenas, o seu desejo de carnificina.

O chão tremeu sob seus pés. Os restos do Abutre gemeram quando ele começou a adernar, se soltando de onde estava.

Dasha agarrou Mira e puxou-a para cima. Shue pulou para a frente com Isaac. Dois Hélices foram cortados por plasma antes que o resto deles saltasse para longe.

Mira e Max correram enquanto tudo vibrava como um terremoto. Ouviram um som horrível de algo se rasgando quando os alicerces do prédio cederam e o Abutre caiu, levando a maior parte do piso com ele, caindo numa chuva de detritos no andar abaixo.

Mira bateu no chão apenas um pouco à frente de onde a coisa toda tinha desabado, e agarrou Max e puxou-o para trás um pouco antes de o cão ser engolido pelo buraco. Era como estar do lado de fora do prédio agora. O vento agitava seu cabelo, não havia nada de ambos os lados, o prédio inteiro balançava precariamente, e os Louva-a-deus ainda atiravam na direção deles.

— Escadas! — Mira gritou, e Dasha abriu a porta com um pontapé, enquanto Shue e Mira irrompiam para dentro. Mais plasma queimou o ar quando ela se lançou através deles, e antes de chegar aos degraus ouviu o ronco dos motores dos Predadores. Estavam numa encrenca e tanto.

Chegaram ao térreo e Mira saiu no saguão de entrada, seguida por Max... então o puxou para perto e se escondeu atrás dos restos de um velho balcão de recepção, enquanto jatos de plasma destroçavam tudo.

Shue, Isaac, Dasha e alguns de seus Arcos deslizaram para o esconderijo, juntando-se a eles.

— Não dá mais para sair pela frente — afirmou Shue, olhando sobre o ombro.

— Pelos fundos! — Isaac gritou. — Aquelas grades mais antigas do sistema de esgoto. Elas não estão ligadas às outras, mas...

— Já entendi! — Mira gritou quando mais vidro se estilhaçou.

— Vamos ganhar tempo para vocês — Dasha disse a Mira, sustentando o olhar da outra incisivamente. — Tire-o daqui!

Antes de Mira poder argumentar, ela e quatro Hélices saltaram e correram em lampejos de roxo, explodindo através das janelas de vidro e desviando a atenção dos Louva-a-deus lá fora. Aconteceu o que se supunha: distraídos, os caminhantes foram descarregar seus canhões em outra coisa. Por ora.

Mira fez uma careta, mas não havia tempo para lamentações.

— Me diga para onde e eu vou! — ela disse a Shue.

— Por ali! — Ele apontou para trás, em direção à outra extremidade do edifício.

Mira e Max correram da antiga recepção. Ela viu portas de vidro nos fundos e correu para elas.

Então o chão tremeu sob seus pés. Não por causa de uma explosão... mas por causa de algo golpeando o chão com os pés.

Do lado de fora, além do terreno ocupado por outro edifício, uma enorme máquina entrou no seu campo de visão. Na rua, oito pernas maciças sustentavam um caminhante Aranha de quase dez metros. Mira viu o corpo dele se virando e experimentou as sensações que o percorreram quando ele os viu.

— Abaixem-se! — Mira empurrou Shue e Isaac para o chão, quando jatos de plasma derrubaram a parede na frente deles. Mais dois Hélices foram incinerados enquanto os outros se arrastaram para trás das colunas de cimento do edifício.

Mais jatos de plasma atingiram o ponto de onde tinham acabado de correr, os Louva-a-deus do fronte, e estavam devastando tudo naquela direção. No início, parecia que os tiros eram aleatórios, mas Mira podia sentir os Confederados em torno deles, suas intenções.

— Eles vão derrubar o prédio! — disse Mira com horror.

Os jatos de plasma continuaram sendo disparados, dizimando tudo. Ela podia ouvir a construção desabando, podia ver grandes blocos começando a cair. Seriam esmagados e não havia para onde correr.

Ela pensou no Embaixador, talvez pudesse guiá-lo até ali dentro, mas simplesmente não havia...

Max soltou um ganido quando parte do edifício desabou numa explosão de detritos, o resto a ponto de ir abaixo também. Mira agarrou o cão e puxou-o mais para perto. Na verdade ela não estava com medo, apenas decepcionada, mais do que qualquer outra coisa. Por ter chegado até ali e morrer tão perto do fim. Ela podia divisar a cidadela ao longe, no meio da noite, zombando dela.

Explosões, dezenas delas, de repente atingiram o gigantesco Aranha na frente deles e fizeram a coisa cambalear e tropeçar para trás. As explosões eram causadas por armas *convencionais*, não Antimatéria. Objetos que pareciam mísseis riscando o ar se chocaram contra o Aranha de novo.

Mira podia sentir a raiva irrompendo dentro do Aranha, depois choque total, ao perceber que estava caindo. Vivas partiram do interior do edifício quando a máquina gigantesca desabou em chamas, a Efêmera se esgueirando para fora da nave acidentada e iluminando a noite com um tom dourado brilhante.

Outra coisa passou voando quando isso aconteceu. Quatro maquininhas estranhas, com motores mecânicos estridentes. E se afastaram tão rápido quanto vieram, zumbindo no escuro. Dois veículos passaram a toda velocidade nas ruas, seguidos por mais quatro, com o mesmo motor de som agudo. Mira não pôde vê-los em detalhes.

Do lado de fora ela ouviu um disparo alto, pontuado por armas de grosso calibre, e pôde ouvir os abalos característicos dos mísseis, não dos cristais das Lancetas. E então tudo ficou em silêncio. Todos os sons da batalha ficaram distantes e muito mais esporádicos.

Mira arriscou um olhar para Isaac. Ele devolveu o olhar, tão confuso quanto ela.

Em seguida, Max se desvencilhou dos braços dela, latindo animadamente, correndo pelo caminho de onde tinham vindo.

— Max! — ela gritou, mas alguma coisa tinha chamado a atenção dele. Todos se levantaram e correram atrás do cão.

40. FANTASMAS

MIRA CORREU ATRAVÉS DOS ESCOMBROS do prédio e saiu para as ruas. As carcaças destroçadas e calcinadas de caminhantes Louva-a-deus jaziam espalhadas pelo chão, e Mira pôde ver formas cristalinas douradas iluminando a fumaça à medida que se afastavam. Dasha e outros dois Hélices aterrissaram nas proximidades e acenaram para Mira. Ela sorriu, aliviada. O que quer que tivesse acontecido aparentemente os tinha salvado também.

Os ruídos da batalha estavam distantes agora, a quadras de distância. Os Confederados tinham sido rechaçados, mas, mesmo com todo o seu poder de fogo combinado e o efeito do artefato dela, ainda não parecia possível. Alguma coisa tinha acontecido ali, mas o quê?

A fumaça era espessa, reduzindo a quase zero a visibilidade de ambos os lados da avenida. O cheiro característico de pólvora enchia o ar.

Ela viu Max, mas apenas por um instante, disparando para a frente, em seguida desaparecendo em meio à fumaça. Mais formas zumbiam acima, seus motores a gasolina guinchando, mas ela ainda não podia vê-los.

— Não estou gostando disso — disse Shue ao lado dela, Isaac ainda em suas costas.

— Fiquem a postos — Dasha disse ao seu Arco. Suas Lancetas tensas nas mãos.

Novas formas apareceram. Pessoas. Centenas, talvez mais, cercando-os. Luzes brilhantes iluminavam a fumaça com os sons de mais motores. As figuras, quem quer que fossem, avançavam com cautela, até que finalmente se revelaram.

Usavam roupas pretas, carregavam rifles e espingardas de caça e nos ombros tinham mísseis. Uma coisa a respeito deles destacava-se, mesmo em meio à fumaça. Todos tinham tatuagens pequenas e coloridas nos pulsos. No direito havia um símbolo único, característico. No esquerdo... uma estrela de oito pontas vermelha, as pontas preenchidas de acordo com sua posição na hierarquia.

Mira olhou para eles em meio a uma névoa de sonho. Precisou da voz de Isaac para ligar os pontos em sua mente.

— O Bando? — ele perguntou em voz alta, ainda mais atordoado agora.

Mais luzes apareceram na neblina, lampejos coloridos de vermelho, verde ou azul, provocados por três figuras. Mira percebeu em estado de choque que ela as conhecia. Muito bem, na verdade.

Masyn. Castor. E...

— *Avril* — Dasha ofegou.

Depois disso, as outras peças se encaixaram. Dasha e a outra Hélice saltaram para a frente imediatamente, caindo ao lado de Avril e dos outros. Eles todos hesitaram, olhando uns para os outros como se estivesse num sonho, um sonho deslumbrante e, quando perceberam que era real, se aproximaram e se abraçaram.

Isso quebrou o gelo.

Outros Hélices pousaram perto de Avril, Castor e Masyn, a força principal que vinha da fábrica, e se abraçaram e confraternizaram. A fumaça estava finalmente subindo e Mira pôde ver que os navios terrestres tinham atracado e as tripulações, desembarcado. Hesitantes, os Mercadores do Vento se aproximaram do Bando e os piratas olharam para eles, estranhando. Dois inimigos naturais de repente se descobrindo aliados.

Dresden foi o primeiro a oferecer a mão. Um dos piratas a tomou e então o processo continuou, todos se cumprimentando e se reconhecendo.

O Bando, os Mercadores do Vento, os Hélices Brancas, o Regimento Fantasma.

O coração de Mira começou a bater mais rápido. Podia senti-lo em seu peito agora.

Se eles estavam ali, se estavam *realmente* ali, então...

Ela abriu caminho através do grupo, trocando apertos de mão com o Bando e o Regimento, mas sem prestar muita atenção. Seus olhos estavam procurando alguém. Sua boca estava seca. Suas mãos tremiam.

O som do latido ecoou à sua direita. Ela disparou nessa direção com uma urgência crescente.

Viu Max pulando sobre uma pessoa que ela não conseguia ver. Ficou paralisada ao observá-los. Quem brincava com o cachorro parecia atordoado, como se Max fosse a última coisa que esperasse ver. Mira observou-o mudar de expressão, quando um pensamento lhe ocorreu. Ela o observou se levantar e esquadrinhar a multidão com descrença.

E então seus olhos encontraram os dela.

Mira olhou além das pessoas confraternizando, para onde estava Holt.

O mundo desapareceu, a batalha de antes, as perdas, tudo o que tinha passado se tornou mero pano de fundo. Ela sentiu os olhos se encherem de lágrimas, sentiu a emoção bloquear a garganta.

Eles se olharam por mais um segundo... em seguida estavam abrindo caminho por entre a multidão, correndo um em direção ao outro.

As lágrimas escorriam livremente. Mira não se preocupava mais em parecer forte ou com o que os outros podiam pensar. Ela passou por todos em seu caminho, todo o resto esquecido, só pensando em estar com ele. Cada passo que dava fazia o tempo parecer fluir mais lentamente.

Seus braços a enlaçaram e ele a puxou de encontro ao peito. Levantou-a do chão, girou-a no ar, olhando cada pedacinho dela, como se tentasse se convencer de que ela estava realmente ali, que estava inteira e era real, não um fantasma.

Um sorriso se formou nos lábios de Holt enquanto Mira chorava, olhando para ele.

— Eu sabia — ele disse a ela, balançando a cabeça. — Eu *sabia*.

Max pulava de um lado para o outro em volta deles. Holt colocou-a no chão, as mãos acariciando o rosto dela, mas havia um brilho estranho em seus olhos, uma distância a que ela não estava acostumada. Ela notou o pulso direito dele. Trazia uma tatuagem completa, não inacabada. Um pássaro preto, idêntico a outro que ela já tinha visto antes. Mira olhou para a tatuagem, confusa, de volta ao estado de sonho do qual ela tinha saído segundos antes.

— Precisamos conversar — disse Holt, e ela voltou a olhar para ele. Nada mais parecia real.

41. CAMINHOS

O INTERIOR DO CASULO SE metamorfoseou numa porta que Zoey atravessou. A sala além dela era como estar dentro de uma enorme cúpula metálica preta. No centro, a cerca de trinta metros de distância, estava o Nexus, e ela podia ver onde ele transpunha o telhado e estendia-se em direção ao céu.

O teto era revestido com placas grossas mas de aparência frágil, feitas de algum tipo de material claro, prateado. Energia dourada crepitava através delas, conferindo a tudo um brilho âmbar. Foi só quando Zoey viu uma das Efêmeras escoar lentamente para fora, vinda de dentro de uma delas, que ela entendeu a fonte.

Devia haver centenas de entidades ali, preenchendo cada um daqueles painéis, atuando juntas como um enorme transmissor para irradiar só uma coisa: a Estática.

Em toda a sala pairava mais de uma dezena de membros da realeza Mas'Shinra, suas formas cristalinas incrivelmente complexas irradiando energia azul e branca. Estranhamente, Zoey notou, não havia Centuriões na sala, nem caminhantes de qualquer tipo. Na verdade, ela era visivelmente desprovida de qualquer coisa mecânica.

— Seu lugar é aqui — disse uma voz ao seu lado. A mulher que tinha sido Rose apontou para uma máquina perto delas, uma coluna com braços e estribos para os pés e um encosto acolchoado. No final de cada apoio dos braços havia uma pequena haste de metal brilhante que refletia a luz do teto. Ela deveria ficar dentro daquilo, segurando as hastes com as mãos.

— O que isso faz? — perguntou Zoey.

— O que você desejar — Rose respondeu. — Permite que você controle a Estática, molde-a e projete-a. Uma máquina desse tipo foi construída em cada Cidadela, em cada mundo que já conquistamos. Mas só agora uma delas vai ser usada.

Zoey olhou para os membros da Realeza e os sentimentos deles tomaram conta dela. Estavam muito além de eufóricos, empolgados e ansiosos por aquilo que estava por vir. Claro que o que estava por vir não era nada do que eles esperavam, e eles ficariam apavorados antes que tudo estivesse acabado. Ela podia sentir o medo da mulher ao lado dela.

— Tem certeza? — perguntou Rose, olhando para ela com preocupação. — Que este é o caminho que você precisa tomar?

A pergunta fez Zoey hesitar. Não porque fosse difícil responder, mas porque a resposta era perturbadora.

— Eu não consigo me lembrar de *não* estar neste caminho. Algumas pessoas realmente fazem a escolha de não estar?

Rose olhou para ela, uma emoção estranha no olhar. Parecia culpa.

— Alguns fazem. Mas não nós.

Rose ofereceu a mão para a garota. Juntas, elas caminharam na direção da máquina, e as sensações da Realeza se intensificaram.

Scion, eles projetaram. *Você é reverenciada.*

A máquina parecia ter brotado do chão, pelo modo como era erigida. O metal era negro, mas totalmente liso. Não ondulava como as paredes e não havia cabos ou fios de qualquer tipo que Zoey pudesse ver. Por um instante, ela sentiu uma pontada de medo ao olhar para a coisa, mas isso durou só um instante. Ela era a *Scion* e não tinha nada a temer naquele lugar.

Zoey colocou um pé no estribo, sentiu que ele sustentava o seu peso, em seguida fez o movimento completo, descansando as costas contra o apoio e, ao mesmo tempo, pegando as duas hastes com as mãos.

Luz e sensações inundaram sua mente, inundaram tudo o que ela era. Seus olhos se fecharam.

Ela podia sentir a Estática, podia senti-la fluir e deslizar sobre cada planície ou montanha, senti-la soprando como o vento através das ruínas de cidades grandes e pequenas, senti-la invadindo todos os lugares escuros que pontilhavam a superfície do planeta.

Ela podia sentir o Nexus, seu calor e serenidade. Ela podia sentir onde ele passava através do teto e irradiava-se para cima, numa órbita em que se encontrava com as outras correntes das outras Cidadelas.

Ficou tudo, de repente, glorioso.

Zoey estendeu a sua percepção, usando a Estática, alcançando a mente dos sobreviventes, centenas de uma só vez, procurando pelas duas pessoas que poderiam ajudá-la a fazer o que precisava, as duas pessoas que ela...

As emoções das entidades mudaram. Os Sentimentos subiram à superfície, agitando-se em alarme.

Zoey abriu os olhos, mas já era tarde demais.

Ela sentiu a picada fria do encaixe de metal ao redor dos pulsos. Mais dois fechos se fecharam em torno de seus tornozelos, prendendo-a na máquina.

Em pânico, Zoey estendeu a percepção, concentrando-se nos fechos, tentando forçá-los a se abrir, exercendo seu poder sobre eles, mas nada aconteceu.

Com medo, Zoey percebeu a verdade. Os fechos não eram mecânicos, o que significava que não havia nada ali para ela controlar. Ela percebeu por que não havia Centuriões ou caminhantes na sala. Dessa vez, eles tinha se assegurado de que não haveria nada que ela pudesse usar contra eles.

Zoey viu a mulher abaixo dela colocando o último fecho no lugar.

— Rose...

Ela olhou para Zoey e a garota pôde ver o remorso ali.

— Sinto muito, Zoey. Seu caminho é simplesmente... não tenho coragem para segui-lo.

As entidades, a Realeza azul e branca, flutuaram em direção a ela. Zoey podia sentir suas intenções. Um medo gelado se espalhou por ela. Estava presa, tinha subestimado os Confederados.

Eles flutuaram até mais perto, ela podia sentir seu calor.

— Por favor, não, eu só quero...

421

Zoey gritou quando a primeira entidade entrou em seu corpo e o mundo ficou branco. Uma segunda entidade forçou passagem para dentro e a dor triplicou. Uma terceira moveu-se na direção dela.

Os Sentimentos se expandiram, tentando ajudar, mas estavam em menor número, lutando contra sua própria espécie dentro da forma miúda da garotinha.

Zoey gritou novamente, mas não com sua voz. Era um grito primal que veio de sua mente e ela ainda estava segurando as hastes da máquina, o que significava que o grito irrompeu para o Todo e tomou conta dele.

Quando isso aconteceu, ela sentiu uma mistura de emoções partindo das milhões de entidades ligadas através do Todo. Choque e horror de alguns, raiva feroz de outros, e ainda, de mais alguns... aprovação. A aterrorizante complacência com relação ao que estava ocorrendo, e estava tudo se espalhando, não só para o Mas'Shinra dentro da Cidadela, mas para o resto, lá fora.

A dor lancinante se expandiu quando a terceira entidade invadiu seu corpo.

— Você vai sobreviver — Zoey ouviu a voz de Rose em algum lugar. — Mas só por tempo suficiente. Você vai nos Ascender, Zoey, quer queira, quer não.

Zoey gritou novamente quando as entidades se fundiram dentro dela, e percebeu os Sentimentos lutando incansavelmente, mas em vão.

Ela estava sendo dilacerada. Sua mente estava sendo invadida.

Sentiu o aperto das hastes aumentar, sentiu-se alcançando a Estática, seguindo seu caminho, um fluxo através de todas as mentes humanas, do lado de fora das paredes negras daquele lugar horrível. Ela sabia o que eles estavam prestes a obrigá-la a fazer, exatamente o que ela e o Nexus se tinham comprometido a não fazer.

Zoey estava prestes a fundir as entidades alienígenas a cada ser humano do planeta.

42. CORRENDO CONTRA O TEMPO

HOLT ESTAVA DENTRO DA ANTIGA fábrica com os outros líderes. O Regimento Fantasma, ou pelo menos o que restava dele, mantinha-se à parte. Isaac estava na sua "cadeira", um pequeno buggy com grossas rodas recauchutadas. Trilhos serpenteavam por todo o interior da fábrica, provavelmente para Isaac poder se locomover através dela. Na verdade, todo o lugar tinha sido remodelado. Dormitórios, uma área que servia de cozinha, depósito, uma oficina perto da antiga forja e uma espécie de elevador anexado a uma das chaminés não utilizadas, que se estendia através do teto metálico muito acima. Parecia que um dia aquele tinha sido um lugar habitável e muito confortável.

Max estava ao lado de Holt, as patas em torno de sua bota. O cão não tinha mais saído do lado do amigo desde que ele tinha voltado, e Holt não podia deixar de sorrir. Ele era uma das duas partes de sua vida que ele nunca pensara que veria de novo e que, por algum milagre, estavam ali ao seu lado outra vez.

Mira estava no acampamento dos Hélices Brancas e dos Mercadores do Vento. Ele podia ver os laços que haviam se formado entre eles, não muito diferentes dos que ele tinha feito com Masyn e Castor e agora Avril. Olive estava entre os Capitães, de volta ao seu próprio povo. Sua tarefa, de levar um navio terrestre ao Fausto, o covil dos inimigos mortais dos Mercadores do Vento, tinha sido praticamente uma missão suicida. No entanto, lá estava ela, de volta depois de uma longa ausência.

As paredes retumbavam com explosões distantes. Os Confederados tinham sido forçados a recuar, mas isso não duraria muito.

Eles tinham uma base de operações segura agora, mas pequena, e por mais impressionante que fosse a força que tinham no momento, a verdade era que deviam a maior parte dela ao artefato de Mira. Era até uma ironia, num certo sentido. Aquela coisa tinha causado tanta tragédia e, ainda assim, tinha acabado se revelando fundamental para tudo o que veio depois. Será que isso justificava o seu uso? Para Holt, se os fizesse chegar até Zoey, a resposta era sim. Ele percebeu quanto era alto o preço que estava disposto a pagar para tê-la de volta. Holt olhou para Mira... e viu que ela estava olhando para ele.

Holt não fazia ideia do que Mira estava sentindo ou pensando. Para ser sincero, ele não sabia nem mesmo o que *ele* estava pensando. O choque de encontrá-la ainda não tinha passado, mesmo que uma parte dele nunca tivesse deixado de acreditar, apesar de tudo o que tinha acontecido. Mas *muita coisa* tinha acontecido, e esse era o problema, não era?

Afinal de contas, não era só ele que tinha mudado, ela também. Ele podia sentir uma nova força em Mira. No jeito como ela defendia as suas opiniões. Na forma como as tripulações dos Mercadores do Vento e dos Hélices Brancas ficavam em silêncio quando ela falava. Independentemente do que ela tinha passado para chegar até ali, tinha sido um caminho tão duro quanto o dele.

Depois de um instante, Mira desviou os olhos e voltou a se concentrar na conversa.

— Quantos soldados você perdeu? — a pergunta veio de Avril, em pé entre os Decanos dos Hélices e os líderes do Bando. Ambos os grupos pareciam reivindicar a atenção dela agora, e eles olhavam uns para os outros com desconfiança. Era uma visão estranha.

— Talvez uma centena — Isaac respondeu, em voz baixa.

Holt sentiu um choque passar por ele. O Regimento Fantasma tinha um contingente de mais de dois mil homens, supostamente. Eles estavam contando com a ajuda deles, mas parecia que estavam fora do jogo. Mais um problema que precisavam resolver.

Holt estudou Isaac. À primeira vista, ele certamente não era o que se esperaria, mas todos os outros olhavam para ele com respeito e o rodeavam de modo protetor.

No Mundo Anterior, Holt descobriu que Isaac tinha sido uma espécie de celebridade. Uma criança prodígio do xadrez que tinha vencido grandes mestres e programas de computador, todos com a idade de 9 anos. Aparentemente, tinham sido essas habilidades que acabaram por torná-lo estimado pelo Regimento. A reação do grupo à sua chegada nos primeiros dias após a invasão tinha sido previsível: ceticismo e desprezo. Um garoto que não podia andar, muito menos levantar uma arma — mas, então, eles começaram a ouvir seus conselhos e suas ideias não ortodoxas. O Regimento deixou de ser uma força que perdia a maioria dos embates com os Confederados para tornar-se um exército com uma capacidade cada vez maior de sobreviver e dizimar o contingente inimigo.

Naquele momento, no entanto, Isaac estava tentando reprimir a raiva acumulada. Ele olhava com hostilidade para os grupos à sua frente. A morte de seus homens tinha deixado uma cicatriz profunda.

— Podemos tentar avançar — disse Mira. — *Feiticeiro* pode repelir os Confederados por ora, mas não sei por quanto tempo...

— Avançar para *quê?* — Isaac a cortou. — Vocês chegaram aqui tarde demais.

— Chegamos o mais rápido que pudemos — Mira disse a ele.

— Não é isso o que quero dizer, o que estou dizendo é que vocês chegaram com dez anos de atraso. Aparecem aqui com o Bando e seu exército de lanças brilhantes e eu deveria agradecer? Essa luta vem acontecendo *desde o início!* Temos vivido isso o tempo todo, morrendo por *vocês!* E para quê? O que vocês têm feito lá fora? Correndo num parque temático com relâmpagos coloridos ou tentando ganhar pontos numa parede idiota. Este é o lugar onde vocês deveriam estar desde o início. Este é o lugar onde *todos* deveriam estar!

O silêncio tomou conta do grupo, ninguém disse nada porque não havia nada a dizer. Ele estava certo.

— E eu vou dizer outra coisa — Isaac continuou —, e falo em nome de todo o Regimento, eu não tenho que perguntar a eles. Nós não vamos lutar ao lado daqueles Confederados que você trouxe. Perdemos muita gente para aquela espécie, e *vocês* também. Francamente, acho nojento.

Mira olhou para Isaac, não com impaciência ou hostilidade, mas com compreensão. Por mais que suas palavras pudessem magoá-la, ela sustentou o olhar do garoto paraplégico.

— Desde a invasão, fizemos coisas incríveis — disse ela. — Os navios terrestres. A Cidade da Meia-Noite. Os anéis nos dedos dos Hélices Brancas. Há um artefato lá fora, talvez o mais complicado já construído, que eu pensei que era algo horrível, mas é o que está nos mantendo vivos neste exato instante. Todos eles são surpreendentes à sua própria maneira, mas... se tivéssemos colocado toda essa energia e criatividade para *lutar* da maneira como vocês lutam, talvez o mundo fosse diferente agora. Somos todos culpados. Você está certo, nós não estávamos aqui. Mas estamos aqui *agora*.

As palavras dela pareceram acalmar Isaac, permitindo que seu lado racional ressurgisse.

Ele suspirou.

— Avançar para *quê?*

Mira olhou para Holt. Ela não tinha que suportar o peso do que viria em seguida, ela já tinha feito mais do que a sua parte. Então Holt foi quem contou a Isaac toda a história. Sobre encontrar Zoey, a forma como os Confederados a caçavam, seus poderes, o que ela tinha feito na Torre Partida, no que o Bibliotecário e Gideon acreditavam, que ela era a chave tanto para concretizar o plano dos Confederados para o planeta quanto para detê-los.

A cada palavra que ele proferia, os membros do Regimento Fantasma pareciam mais céticos. Isaac, no entanto, só ouvia, enquanto ponderava. Quando Holt acabou, o garoto ficou em silêncio por um longo tempo.

— Chefe, você não pode estar acreditando nisso! — disse Shue. — Uma garotinha?

426

— Será que a ideia de uma garotinha ser a nossa salvadora é mais estranha do que todas as maluquices que a Bucaneira está dizendo? Ela tem razão, o mundo é um lugar estranho agora, e se pensarem um pouco vão ver que um monte de coisas que ela diz faz sentido. E todos esses novos Confederados que estão por aqui? Se o que estão dizendo é verdade, os Confederados apareceram ao mesmo tempo que essa tal Zoey. Os azuis e brancos estão consolidando o seu poder, mandaram todas as suas naves para proteger a Cidadela. Isso significa duas coisas. Primeiro, estão preocupados. Segundo... estamos no fim da linha.

— O que devemos fazer, então? Uma corrida suicida para a Cidadela?

— À essa altura, que diferença faz? — perguntou Dresden. Ele estava com os outros Capitães dos navios terrestres, perto de Mira e Olive. Tinha mudado muito, Holt podia dizer. Ainda se via o mesmo brilho de malícia em seu olhar, mas era diferente agora. O que quer que tivesse acontecido ao longo do caminho, ele tinha passado a defender Mira e aquilo não era pouca coisa. — Estamos no mesmo barco. A vida como estávamos acostumados não existe mais, não há como voltar atrás. A maioria das pessoas aqui foi para inferno e voltou por causa disto, fez o tipo de coisa que ninguém faria se não tivesse certeza. Você não me parece muito diferente. Talvez *seja* uma corrida suicida... mas pelo menos conseguimos vencer aqueles filhos da mãe pra valer. Sem guerrilhas táticas, sem bater e correr. Conseguimos pegá-los num ataque frente a frente.

As palavras pareceram surtir efeito no Regimento, a ideia de realmente *ferir* os Confederados para conseguir uma mudança. Até mesmo Shue sorriu levemente. Era evidente que eles tinham muito a ganhar com aquilo.

— Poderíamos fazer alguns avanços, com todos os recursos que vocês têm — Isaac assinalou. — Mas tudo o que vamos conseguir é levar vocês à Cidadela. Depois disso... passamos a correr contra o tempo.

— Como assim? — perguntou Mira.

Isaac e Shue a fitaram atentamente.

— Vocês ainda não viram, não é? Eu esqueci, estava escuro quando chegaram aqui. Vamos.

O garoto deu meia-volta com o buggy e dirigiu-se para o outro lado da fábrica. Todos o seguiram até o elevador artesanal anexado à velha chaminé. Holt, Mira, Dresden, Avril e alguns outros Decanos subiram a bordo com ele, e a coisa começou a sacolejar enquanto subia, balançando e movendo-se cada vez mais para cima, passando através do teto de metal e saindo para o ar da manhã.

O sol estava nascendo no leste, lançando seus raios sobre as ruínas colossais que se estendiam até o oceano. As ruas da cidade estavam estranhamente limpas de escombros, edifícios estavam vazios, desintegrando e caindo aos pedaços. Holt podia ver o Parlamento dos Confederados do outro lado da baía, perto dos restos retorcidos da ponte Golden Gate, onde ela ficava anos atrás. E ele podia ver outra coisa também, algo muito mais maciço.

O gigante monólito negro serpentino da Cidadela. Ele subia altaneiro na direção do céu, com nuvens ao redor do topo e um feixe de energia em espiral disparando para o ar. Em torno dele, nas ruas, havia movimento. Milhares e milhares de caminhantes de Confederados de todos os tipos, naves circulando pelo ar em grupos tão numerosos que escureciam o céu. Holt entendia agora a que Isaac estava se referindo.

— É para *lá* que vocês estão indo — disse Isaac quando todos tinham absorvido a visão. — Como eu disse, quando chegarem lá, começarão a correr contra o tempo. Ninguém que for para lá vai voltar.

Todos olharam, atordoados, para a oposição à frente deles.

— A verdade é que não podemos ir a lugar nenhum — disse uma voz vinda de baixo. Smitty e Caspira estavam numa passarela que saía da chaminé, independente do elevador. Ambos estavam sangrando e exaustos, e os dois pareciam muito preocupados.

43. SACRIFÍCIO

RUMORES DA BATALHA ECOAVAM em torno deles, a poucos quarteirões de distância agora. A maioria dos Confederados prateados estava lutando nos arredores, ao lado dos Hélices Brancas e do Bando. As naves-cargueiras Águias-marinhas estavam nas proximidades, ao lado dos navios terrestres, e havia alguns Louva-a-deus lá também, montando guarda.

Voltem, Mira projetou quando eles se aproximaram. Isaac e outro membro do Regimento a seguiam e não havia a necessidade de antagonizá-los ou forçar o enfrentamento, pelo menos por enquanto.

Guardiã... Os Louva-a-deus seguiram na direção das Águias-marinhas, saindo de vista. Como de costume, Mira não sentiu nenhuma hostilidade ou ressentimento por parte deles, aquilo não parecia de forma alguma incomodá-los.

Quando Mira viu o trem, no entanto, todos os pensamentos sobre os Confederados e as batalhas se desvaneceram. Todos olharam para as locomotivas do *Feiticeiro*. A que vinha na frente tinha grandes buracos negros nas duas laterais e entulhos espalhados no chão, onde o motor tinha explodido. A segunda tinha se separado da primeira e estava completamente fora dos trilhos; o motor, enegrecido e carbonizado.

Mira fechou os olhos com força. Era evidente, até mesmo para ela, que o *Feiticeiro* não sairia mais do lugar, e todo o esforço tinha se revelado inútil. Sem o trem, eles não poderiam avançar, porque o efeito do artefato de Mira não poderia ser amplificado. Lembrou-se da visão de todos aqueles caminhantes e naves, a quantidade absurda deles. Não havia maneira de chegar à Cidadela agora.

— É demais até para uma corrida suicida — afirmou Isaac.

— Tem de haver uma maneira — disse Holt atrás dela. Mira podia ouvir o desespero na voz dele. Como ela, Holt tinha percorrido um longo caminho até chegar ali. — Poderíamos usar os túneis.

Isaac balançou a cabeça.

— Isso se fosse um exército pequeno e não algo parecido com o que vocês têm, com milhares de peças no tabuleiro.

— Ainda temos os navios terrestres — sugeriu Dresden. — Poderíamos pôr todo mundo a bordo...

— Vocês seriam dizimados em segundos — Shue respondeu. — Depois, vai ser um calvário pelas ruas para quem sobreviver, passando de prédio em prédio. Vai ser uma sorte se um décimo de vocês conseguir chegar lá...

— Bem, temos que fazer alguma coisa! — Holt gritou para ele. — Eu vou sozinho se ninguém mais for.

O comentário causou uma indignação geral e tudo acabou numa grande discussão, garotos gritando, alguns prestes a desistir, outros atacando, ninguém concordando com coisa nenhuma.

Mira abriu caminho em meio ao tumulto, ignorando tudo, com os olhos no trem, os nomes escritos de cima a baixo na lateral. Cada um representava um lembrete para ela. Antes havia uma chance de que a perda daquelas pessoas fizesse diferença. Agora não mais.

Lágrimas toldaram sua visão e ela não tentou detê-las, apenas foi andando ao lado dos vagões, lendo cada nome.

Guardiã... Do outro lado do trem veio uma explosão de estática quando o Embaixador se teletransportou. Ela o viu ali, por um vão entre dois vagões, então passou pelas conexões do trem para se aproximar dele. Todo mundo atrás dela ainda estava discutindo.

A armadura do Embaixador estava amassada e chamuscada, tinha recebido vários golpes e dado muitos ele próprio. Ainda assim, a presença no interior da máquina parecia... mais apagada. Suas cores menos vibrantes. Não lhes restava muito tempo. Mas, pensando bem, não restava muito tempo para nenhum deles agora.

O artifício. Inutilizado?, perguntou o Embaixador. Ele se referia ao *Feiticeiro*. *Sim*, ela projetou.

Mira olhou para o trem, para os nomes. Quase podia sentir os olhos dos soldados mortos sobre ela.

Havia um pedaço de cano no chão. Mira pegou-o, sentindo as emoções se acumularem dentro dela. Ela o balançou como um bastão e golpeou a lateral do trem. Bateu com tudo e ele ricocheteou. Os Louva-a-deus ao lado do Embaixador deram um passo para a frente, curiosos. A raiva que vinha se avolumando, derrota após a outra, finalmente transbordara. Ela balançou o cano novamente. Mais uma vez. Tentando acertar os nomes no trem, para fazê-los desaparecer, mas eles permaneceram exatamente onde estavam.

Ela pensou em tudo o que tinha perdido. Viu Dane saltando sobre o drone. Viu os navios terrestres sendo despedaçados. Viu as piras dos Hélices mortos queimando no meio da noite. Viu a tatuagem no pulso de Holt, concluída e totalmente pintada agora.

Mira olhou através de dois vagões, para onde o grupo discutia acaloradamente. Holt estava lá, gritando com Dasha, desesperado, cheio de raiva. Deus, ela estava fraca... No momento, só queria que ele a abraçasse. Queria que fosse como tinha sido um tempo atrás. Com Holt, Zoey, e até mesmo aquele estúpido e fedorento...

Ela ouviu um ganido ao lado dela. Mira olhou para baixo. Max olhou para ela, a cabeça inclinada.

A visão desarmou-a. Ela quase riu ao vê-lo, então enxugou as lágrimas e estendeu a mão para acariciar as orelhas do cão. Ele não a deteve.

— Então, o que *você* acha, hein?

Max não fez nenhum comentário, mas, se fizesse, Mira sabia o que poderia ser, e concordou. Ela iria sozinha, como Holt tinha falado. Olhou para o oeste, para onde a Cidadela se elevava sobre as ruínas, podia ver os milhares de naves em torno dela. Estavam tão perto!

Eles nunca chegariam lá, é claro, mas tinham que tentar. Eles sabiam, já em Bismarck, depois da Torre, que aquela era uma viagem sem volta. Holt dissera isso e ela concordara.

Atrás de Mira, as sensações dos Louva-a-deus e do Embaixador a envolveram. Eles sentiam a dor dela. Seu desejo de sacrificar tudo pela Scion e, indiretamente ou não, por *eles*. Ela sentiu o despertar de uma emoção que nunca tinha sentido antes nos Confederados, e virou-se para encará-los.

Guardiã... os Louva-a-deus projetaram. *Acreditamos.*

Ela olhou para eles intrigada.

— O que há para acreditar agora?

Nem tudo está perdido, o Embaixador disse a ela.

Mira teve um sobressalto quando três outros Brutos se teletransportaram para o terreno da fábrica, as armaduras abalroadas. Eles vinham da batalha para se reunir com os outros ali.

Mas por quê?

Os Louva-a-deus se aproximaram dela e do trem, e, quando fizeram isso, imagens e pensamentos encheram sua mente. Ela viu o que pretendiam, sentiu o que eles sentiam, e ela entendeu, com tristeza, o que aquilo significava.

A esperança a inundou... assim como a culpa, pela rapidez com que ficou aliviada ao sentir as intenções deles.

— Eu não posso pedir isso a vocês...

Você quer dizer... sacrifício? O Embaixador perguntou e Mira assentiu. *Era estranho. A nós. Antes de você.*

O olhar dela passou do Embaixador para os dois Louva-a-deus, fixando-se nos seus olhos coloridos. Com ternura, ela estendeu a mão e tocou cada máquina, sentindo as suas presenças desvanecidas inundando-a de luz.

Acreditamos, disseram a ela.

Mira sentiu mais lágrimas se formando, mas estas ela reprimiu.

— Vocês precisam da minha ajuda?

Como um canal.

Mira compreendeu. As entidades ultrapassariam seus limites agora, elas não poderiam existir fora de suas máquinas. Para fazer o que queriam, a única opção seria passar por *ela*, e aquele seria o seu último gesto.

Mira estudou os Louva-a-deus. Eles não tinham nomes para ela memorizar, então ela tentou fixar as cores deles na memória. Virou-se e ficou no vão entre as duas locomotivas, colocando uma mão em cada uma delas.

Haverá dor, o Embaixador disse a ela.

Mira assentiu.

— E o que há de novo nisso?

Os Louva-a-deus se aproximaram. Mira olhou e viu Holt em meio à discussão. Seus olhos fitavam os dela agora, e ela podia ver preocupação ali. Ele a conhecia muito bem. Holt começou a abrir caminho entre as pessoas para vir na direção de Mira.

— Agora! — disse ela.

Sua visão ficou branca quando as entidades dentro dos Louva-a-deus atravessaram suas carapaças e entraram no corpo dela. A dor era ardente, ainda pior do que ser rasgada pelo Vórtice. Parecia que cada átomo do seu corpo estava em chamas.

De muito longe, ela se ouviu gritar. Não tinha certeza se ainda estava de pé; a dor tinha se sobreposto a tudo, e parecia que duraria para sempre, as duas entidades fluindo através dela... e na direção das duas locomotivas arruinadas, enchendo-as de energia.

Enquanto faziam isso, ela podia senti-los se espalhando pelo sistema hidráulico e mecânico do trem, sentiu o poder sendo restaurado em seus sistemas. Ela podia sentir cada centímetro das locomotivas, e, apesar da dor, aquilo lhe causava uma sensação incrível.

Então, tudo acabou. O branco tornou-se negro. Ela caiu.

Quando abriu os olhos, Holt a embalava em seus braços. Sua preocupação e seu medo eram palpáveis. Pessoas a cercavam por todos os lados, olhando para ela em estado de choque.

— O que você fez? — perguntou Holt, horrorizado.

— O que tinha que fazer... — ela respondeu.

— Santo Deus! — exclamou Smitty, atordoado. — Elas estão... *funcionando*...

Mira olhou fracamente para as locomotivas. As luzes sobre elas piscavam. Seus motores ronronavam.

Ela viu os grandes caminhantes Brutos avançando e fazendo força para empurrar a segunda locomotiva, usando suas poderosas pernas e carapaças para lentamente devolvê-la aos trilhos.

Quando terminaram, a multidão ficou olhando, hipnotizada, Isaac e o Regimento entre eles. As cascas dos dois Louva-a-deus jaziam escuras atrás de Mira.

— Os Confederados fizeram isso? — Isaac perguntou do seu buggy. Sua voz era confusa e... incerta agora.

— Fizeram — disse Mira debilmente, afundando no colo de Holt.

Isaac olhou para ela, e ela pôde ver em seu olhar. Ele era muito inteligente para não perceber o sacrifício que tinham feito. Isaac desviou os olhos dela e fitou o Embaixador, e a grande máquina retumbou, incerta.

— Então vamos fazer valer a pena — ele anunciou. — Reúna seus líderes, precisamos conversar. — O buggy de Isaac abriu caminho em meio à multidão e depois se afastou, seus homens atrás dele. Enquanto fazia isso, ele gritou por cima do ombro — Um dos prateados deveria vir também.

Mira olhou para Holt e ele devolveu o olhar, os motores das locomotivas roncando ao lado deles. Seu olhar era uma mescla de emoções: alívio ao perceber que poderiam seguir em frente e horror diante do risco que ela tinha assumido. Holt já tinha perdido muitos, ela sabia. Perdido até *ela mesma*, uma vez, e Mira quase tinha aumentado novamente o peso que ele já carregava.

Ela estendeu a mão e tocou o rosto dele.

— Sinto muito.

Holt não disse nada, apenas a abraçou ainda mais forte.

434

44. INFERNO

MIRA ESTAVA NO DEQUE DE OBSERVAÇÃO, olhando para as ruínas. Nuvens flutuavam no céu, vindo do mar carregadas, bloqueando o sol da tarde, mas ela ainda podia ver a batalha para defender o perímetro em torno da fábrica. Os Hélices Brancas saltavam de prédio em prédio, os membros do Bando atiravam das janelas e o exército do Embaixador avançava por terra, enfrentando os Confederados diretamente.

Eles não estavam indo bem.

Nuvens de fumaça se erguiam no ar quando os edifícios queimavam e ruíam, e, embora seu artefato mantivesse os Confederados acuados, eles não paravam de despejar mais ativos para se juntarem à luta. Aqueles que tinham a tarefa ingrata de distraí-los eram rapidamente exterminados. A maior parte de suas forças tinha recuado, preparando-se para o ataque final. Já aos que permaneciam, era do conhecimento de todos que sacrificariam a vida para garantir aos outros uma trégua.

Era horrível saber disso, e era justamente por esse motivo que ela se obrigava a assistir. Não queria nunca se esquecer.

Abaixo, os planos já tinham sido feitos e, Mira tinha que admitir, era uma grande estratégia. Mesmo com o Regimento estropiado, as táticas de Isaac eram valiosas. Todo o plano gravitava em torno da tarefa de levá-los à Cidadela... mas quantos mais morreriam por causa do que *ela* precisava?

Zoey era a causa deles também, ela lembrou para si mesma, mas, como sempre, o pensamento parecia sem sentido.

Depois da reunião, Mira conversou com Olive, e tinha sido bom vê-la novamente. A Capitã a colocou a par dos acontecimentos no Fausto, e a história era... impressionante. Por pior que tivesse sido para Mira, Holt parecia ter passado por algo tão ruim quanto, e isso fez seu coração doer. Eles ainda não tinham conversado, não pra valer, mas aquele momento estava chegando, e uma parte dela temia isso.

— Visão funesta, hein? — Era Avril, olhando por cima do ombro de Mira, para a batalha abaixo. Mira não tinha ouvido a garota se aproximar, mas essa era uma característica dos Hélices e ela já tinha se acostumado.

Olhando para Avril, porém, não ficava claro se ela ainda *era* de fato uma Hélice Branca. A garota não usava as cores preta e cinza do grupo. Estava toda de preto como os outros do Bando, e Mira notou que havia tatuagens em seus pulsos agora.

No direito, a fênix vermelha estendendo-se em direção ao braço. No esquerdo, a estrela de oito pontas, com todas as pontas coloridas. Mira observou aquela estrela e tudo o que ela representava. Isso significava que ela tinha feito uma escolha.

— Você chegou a ver a Fonte Heisenberg quando estava nas Terras Estranhas? — perguntou Avril.

A fonte era uma anomalia estável do terceiro círculo, uma anomalia estranha que ficava no meio de um enorme campo de vidro. A fonte em si era invisível, mas irradiava para o que havia abaixo dela um fluxo constante de táquion superaquecido que fundia tudo num material vitrificado.

— Umas duas vezes, acho — Mira respondeu, lembrando-se da vista, o chão liso e brilhante, que refletia o céu e as nuvens. Embora fosse muito bonito, o "vidro" era mortal. Ele ardia em constantes mil graus centígrados.

— Este lugar me faz lembrar dele — disse Avril. — O ambiente limpo, preciso e organizado, contrastando com a morte. Eu sempre o achei bonito.

— E você sente o mesmo com relação a este lugar?

— Sim — Avril declarou simplesmente, sua voz num volume mais baixo. Mira podia perceber a ânsia em seu tom. — Talvez seja errado, mas eu sinto. É para isso que fomos talhados. Essa era a visão de Gideon, e nós estamos aqui agora. Graças a você.

Mira sentiu um calafrio nas palavras.

— Eu não sei como isso pode ser reconfortante.

Avril olhou para as ruínas por mais um instante, em seguida olhou para Mira.

— Eu vim para falar sobre Dane.

Mira assentiu. Era o que ela esperava, embora não tivesse vontade nenhuma de tocar no assunto. Dane tinha se tornado seu amigo e ela nunca teria chegado aonde chegou sem a ajuda dele. Qualquer palavra que falasse seria insuficiente para descrever o que ela realmente sentia.

— Os outros não falarão da morte dele — Avril disse a ela. — É o jeito deles, a morte faz parte da vida. Deve ser esquecida.

Havia uma pergunta escondida ali. Avril não queria indagar diretamente, mas ela queria *saber*. Mira olhou a garota nos olhos e disse o que ela queria ouvir.

— Ele morreu de forma honrada — disse Mira. — Lutando contra um grande adversário, contra dificuldades intransponíveis. Ele foi vitorioso e morreu para salvar a todos nós. — A morte que Mira descreveu foi a maior que um guerreiro Hélice poderia esperar. Era também a verdade.

Avril acenou com a cabeça, absorvendo as palavras. A julgar pela emoção da garota, ela lutava para não se desfazer em lágrimas, não tinha sido fácil ouvir.

— Os últimos pensamentos dele foram você — disse Mira ainda. — Ele começou a me transmitir uma mensagem para você, mas...

— Ele disse que eu saberia — respondeu Avril para ela, sorrindo ligeiramente.

As duas se entreolharam com respeito mútuo. Durante meses, suas vidas tinham seguido caminhos diferentes, e de algumas maneiras elas tinham assumido o lugar uma da outra. Mira assumira um papel de destaque entre os Hélices, e Avril tinha ajudado a manter Holt vivo. Era uma coisa estranha de se reconciliar.

— Você será Shuhan de novo? — perguntou Mira. — Dasha os lidera, mas não assumiu o título.

— Não — disse Avril quase instantaneamente. Seus olhos fitaram a tatuagem de estrela na mão esquerda. — Meu caminho é diferente agora. Não é o que eu teria escolhido antes, mas... É engraçado aonde a vida nos leva. E os Hélices podem não ter um Shuhan, mas é por isso que eles têm você. Eles veem a sua força.

Mira suspirou.

— Eu queria ter metade da força que todo mundo acha que eu tenho.

Avril estudou-a, com compreensão, talvez.

— Nós perdemos muito tempo desejando ser algo que não somos. Todo mundo tem suas falhas. É somente quando você aceita tudo o que é, e não é, que você finalmente tem sucesso.

Era um ponto de vista interessante.

— Gideon?

— Algo que meu pai me ensinou.

Mira olhou com surpresa, mas não disse nada.

Perceberam um movimento abaixo, e as duas se viraram. Holt e Max estavam subindo a passarela e a visão fez o coração de Mira acelerar.

Avril assistiu-os se aproximar.

— O que ele passou para chegar aqui teria acabado com a maioria dos homens. Em vez disso, ele... inspirou todos em torno dele. Terminou a tatuagem de Ravan, mas não quis a estrela. Essa foi a escolha dele. O que quer que tenha acontecido entre Holt e Ravan, saiba que *você* foi o motivo dessa escolha. Mesmo quando ele pensava que você tinha morrido.

Mira olhou para Avril, sem saber como se sentir, mas estava grata pelas palavras dela.

Quando Holt chegou ao topo, ele parou, surpreso.

— Desculpe — disse ele. — Posso voltar.

— Não, já acabamos — Avril disse a ele. — Vejo vocês em uma hora. — Quando ela passou, tocou o braço de Holt com carinho, e então começou a descer a plataforma.

Holt e Mira olharam um para o outro, pela primeira vez sozinhos desde a chegada do Bando. Havia uma estranha mistura de tensão e tristeza no ar. Não era o reencontro que os dois tinham imaginado em Bazar.

— Oi — disse ele.

— Oi.

Max foi até Mira abanando o rabo e ela o acariciou entre as orelhas. Holt sorriu.

— Você tomou conta dele muito bem. Obrigado.

— Ele não é tão mal assim.

— Ela estava aqui para falar sobre Dane? — perguntou Holt.

— Não havia muito que dizer, infelizmente.

Holt ficou ao lado dela, de onde podia ver as ruínas, a Cidadela e a batalha.

— Dresden me contou sobre a estação ferroviária. Deve ter sido... horrível. Sinto muito.

Mira olhou para a mão de Holt. A tatuagem se destacava, brilhando em sua pele. Ela queria desviar o olhar, mas não conseguiu.

— Nós dois passamos por muita coisa — ela finalmente disse. — Eu soube como ela morreu. Olive me contou. Desistiu de tudo por você.

Holt ficou calado, olhando para as ruínas e os incêndios que aconteciam ali.

— Ela não merecia morrer.

Mira concordou. Ravan, apesar de todos os seus defeitos, sempre tinha sido mais do que aparentava. Lembrou-se do tempo que tinham passado juntas no silo de mísseis: prestes a matar Mira num instante... então, no seguinte, as duas compartilhando seus segredos mais sombrios e ajudando uma à outra a sobreviver. Não parecia real a ideia de que alguém como Ravan tivesse perecido, que Mira nunca mais iria vê-la novamente. Ela era mais um nome da lista de tudo que aquela campanha tinha custado, e Mira sabia que, por mais que seus sentimentos fossem conflituosos, ela iria deixar o nome de Ravan no topo da lista que se obrigava a memorizar.

— Quando eu vi aquele navio ser destruído, o seu navio, eu... — Holt começou, então sua voz sumiu. Os olhos de Mira se fecharam, percebendo que era o início da conversa que ela estava temendo. — Aquilo me fez ir a um lugar de onde eu não queria voltar. Ravan... me *fez* voltar. — Ele olhou para a tatuagem junto com Mira. — Eu terminei porque...

— Eu sei porque você terminou — disse Mira. — E nem precisa explicar nada para mim.

Ela estendeu a mão e tocou a tatuagem. Por um instante, os dedos de Holt tocaram os dela... e, em seguida, ambos se afastaram.

— Eu sabia que, depois da Torre, quando nos comprometemos com isso — continuou Mira —, muita coisa iria mudar, que *nós* iríamos mudar, eu nunca pensei... — Sua voz se calou, ela sentiu uma tristeza profunda se formando dentro dela. — Será que vamos perder um ao outro, Holt? No meio de tudo isso?

Mira olhou para ele e viu a mesma tristeza em seus olhos.

— Eu não sei — disse Holt. — Eu tive meus sentimentos ligados e desligados tantas vezes, Mira, que eu não sei o que sinto mais. Talvez... talvez esse seja o *nosso* preço a pagar, por fazer tudo isso. Por toda a escuridão que criamos para chegar aqui.

Mira sentiu as lágrimas mais uma vez toldando sua visão. À distância, dois velhos edifícios desabaram nas ruas e mais chamas tomaram seu lugar, subindo em direção ao céu. A luz do fogo refletida no que restava de milhões de janelas de vidro. A visão era esmagadora.

Instintivamente, Mira se inclinou para Holt e os braços dele a envolveram. Ambos olharam para o oeste, através da destruição e dos incêndios. A Cidadela se avolumava ali, esperando por eles...

— É como se o mundo estivesse queimando — disse Mira. Holt abraçou-a mais forte.

MAX LIDEROU O CAMINHO quando Mira e Holt saíram da fábrica, e eles foram os últimos a sair. Os incêndios de antes enchiam os céus com uma fumaça espessa e turbilhonante. A maioria dos exércitos estava ali, na estação ferroviária. As locomotivas do *Feiticeiro* roncavam, apesar das feridas abertas, as entidades moribundas dentro delas dando-lhes seus últimos suspiros. Felizmente seria suficiente.

O Embaixador e os Confederados prateados estavam perto do trem. Mira podia sentir suas emoções, e eles estavam reverentes, em respeito ao sacrifício que os outros tinham feito. Enquanto caminhava, os rebeldes prateados se viraram e estudaram Mira. Ela olhou para os Louva-a-deus, Brutos, Predadores e Aranhas, as armaduras prateadas já não tão brilhantes, as entidades dentro delas morrendo, e ainda assim estavam com ela.

Guardiã, eles projetaram. *Acreditamos...*

As projeções sobrepunham-se aos seus pensamentos, e era engraçado. Ela não os via mais como um fardo horrível para carregar. A presença deles em sua mente ainda a deixava extenuada, mas tornara-se reconfortante. Ela podia sentir a emoção subjacente. Eles tinham fé em Mira, acreditavam nela, e essa constatação lhe dava força. Naquele momento, ela não podia imaginar como faria aquilo sem eles.

E eu acredito em vocês, Mira projetou de volta.

Em todos os lugares as pessoas estavam se preparando. Smitty e Caspira conversavam perto das locomotivas do *Feiticeiro*. Milhares de Hélices Brancas aglomeravam-se no teto com o Bando, todos checando seus equipamentos. Ao fundo, as tripulações dos navios terrestres desatracavam os navios, preparando-os para zarpar. Ela viu Dresden, Conner e Olive ali, e a expressão em seus rostos era de preocupação.

Na verdade, quando ela olhou ao redor, viu que todo mundo estava com a mesma expressão. Um silêncio pairava sobre a estação. Eles estavam com medo, ela sabia. Podiam estar dispostos a seguir em frente, a ir até o fim, mas tinham muito pouca confiança de que poderiam vencer, ela podia ver isso nos olhos deles. Mesmo os Hélices Brancas parecia desconfortáveis.

— Deve ser por causa de você — disse Holt. Ele estava olhando para o grupo também, podia ver a mesma coisa: uma batalha assim, eles nunca tinham travado.

— Não — respondeu ela. — Deve ser por causa de nós dois.

Ele olhou para ela e por um breve instante viu o mesmo Holt de antes, a mesma ternura e a emoção, e foi gratificante sentir aquilo novamente.

Juntos, eles subiram no trem, deixando Max no chão. Quando fizeram isso, todo movimento na estação foi interrompido. O exército que eles tinham formado, pelo qual tinham se sacrificado tanto, olhou para os dois, esperando.

Mira não sabia ao certo o que dizer. Ela não era uma oradora. No final, simplesmente optou por expressar o que sentia.

— Cada um de nós... é fraco — ela começou. — Cada um de nós tem dúvidas. Cada um de nós tem medo. Alguns admitem, outros não. De qualquer forma, você todos me ensinaram que a força não é a ausência de medo. A força... está em seguir em frente, apesar dele.

Os grupos nos cantos mais distantes da estação se aproximaram, para ouvir: Confederados e Hélices Brancas, o Bando e os Mercadores do Vento. Ela tentou olhar nos olhos de todos, para que eles pudessem ver sua sinceridade. Nenhum deles desviou o olhar.

— Os Mercadores do Vento falam do Vale das Chamas — disse ela. — O ponto onde somos todos testados. Não há dúvida, estamos nesse lugar agora. O lugar onde vamos mergulhar nas chamas e sair vivos... ou queimar até a morte. Eu escolho sair viva. Lutar. Porque acredito que tudo o que queremos está do outro lado dessas chamas. Acredito que, quando o sol nascer amanhã, este planeta será *nosso* outra vez. — O exército diante dela ouviu, Mira podia ver a vontade começar a brotar dentro deles. — Nós já passamos por tantas coisas juntos, mudamos de uma forma que nunca pensei que poderíamos. Deem este último passo comigo, não porque vocês tenham que fazer isso, mas porque acreditam. Se eu cair, então não vai ser porque parei e esperei que as chamas me consumissem. Será porque eu segui em frente, mergulhei no inferno, apesar do medo. Com *vocês*.

— Busquem! — Dasha gritou de baixo.

— *E encontrem!* — os Hélices Brancas entoaram juntos.

— Poder! — Holt gritou. — E lucro!

— *Poder e lucro!* — o Bando gritou de volta como uma só voz.

Mira se virou e olhou para os Mercadores do Vento, perto de seus navios, as tripulações observando do convés superior, as velas coloridas agitadas pela brisa.

— Que os ventos nos guiem! — ela gritou, nunca antes com tanta veemência.

Dresden e Conner acenaram para ela com a cabeça.

Um bordão se ouviu entre os Hélices, e Avril o acompanhou. Quando o Bando a viu participar, eles a seguiram, e as palavras sobrepujaram até mesmo os sons das explosões nas proximidades.

— *Força! Força! Força! Força!* — gritavam, sem parar.

Mira sentiu Holt olhar para ela e virou-se para ele.

— Vamos buscar nossa garota — ele disse.

45. DISPERSÃO

A DOR ARDIA ATRAVÉS DO CORPO de Zoey e o mundo ameaçava se desvanecer, mas ela aguentou firme. Se desmaiasse, o fim que ela tinha lutado tanto para impedir seria inevitável. Havia quatro entidades dentro dela agora e, por mais extraordinária que fosse a sua estrutura biológica, estava sendo literalmente despedaçada.

Suas mãos ainda estavam agarradas às hastes nas extremidades dos apoios de braços. Ela podia sentir a Estática, podia sentir onde ela passava pela mente de cada sobrevivente do planeta.

Estava vagamente consciente de outras coisas também. A tristeza do Nexus por ver o que seus filhos estavam fazendo. O conflito crescente na Cidadela lá fora, as discordâncias que se formavam entre aqueles que acreditavam nela e aqueles que não acreditavam. Zoey sentia a resistência dos Sentimentos, lutando contra as outras entidades, mas eles eram muito fortes.

A dor tornava praticamente impossível que ela se concentrasse em outra coisa que não fosse ficar consciente. Durante todo aquele tempo, ela podia sentir sua presença dentro da Estática acelerando, mente após mente, pessoa após pessoa. Num instante, as entidades fariam com que Zoey forçasse a espécie delas a entrar em milhões de hospedeiros humanos.

Ela tinha que encontrar uma maneira de largar as hastes, mas como? Rose tinha atado seus braços e suas pernas na...

Rose!

Zoey forçou-se a abrir os olhos e encontrou a mulher olhando para ela com horror.

— Eu sinto muito... — ela disse. Através da dor, Zoey só conseguia imaginar o sentimento de culpa da mulher.

Zoey lutava contra a dor com a vida que ainda lhe restava. Tentou recordar tudo o que podia sobre sua tia Rose, sobre o tempo que passavam juntas e todos os sentimentos que o acompanhavam.

Rose e a mãe de Zoey, de mãos dadas com ela na praia. Tomando sorvete enquanto Rose a carregava nos ombros. No cinema *drive-in* nos arredores da cidade, Rose ensinando-a a pintar, Zoey indo para a cama com a tia para tirar uma soneca.

Tudo isso, as imagens, os sentimentos, Zoey projetou para ela, forçando-os a entrar em sua mente como carvão num forno.

O choque explodiu na mulher quando as lembranças vieram à tona, uma após a outra, substituindo seus outros pensamentos, preenchendo-a com a sua ressonância. Ela ficou apavorada.

— Zoey! — ela cambaleou para trás, segurando a cabeça, mas Zoey apenas continuou bombardeando as lembranças dentro dela.

A dor se intensificou no corpo de Zoey, as entidades a queimavam, torturando-a. A menina lutava para não se render, tentava se manter calma. Se não fizesse isso, todo o seu esforço não teria valido nada. Holt, Mira e Max estavam contando com ela.

Zoey se esforçou mais ainda, concentrando-se em cada detalhe de cada momento de que podia se lembrar, e o horror que Zoey sentiu irradiando da mulher lentamente se transformou em outra coisa. Raiva pelo que estava acontecendo, vergonha intensa pelo que ela estava ajudando a realizar e um instinto maternal, protetor, que se sobrepunha a todo o resto. A mulher, mais Rose do que ela já fora, disparou na direção de Zoey.

— Não! — ela gritou, pegando uma das mãos da menina, erguendo os dedos e afastando-os das hastes. Quando eles se soltaram, ela mesma pegou na haste... e então gritou, quando polarizou com a máquina e a Estática.

Como Zoey, Rose tentou suportar, acrescentando sua própria força para lutar contra as entidades que queimavam a garotinha. Isso deu a Zoey algum alívio, ela sentiu a dor diminuir, conseguiu *pensar*, mas as Efêmeras dentro dela eram fortes, e Zoey as sentiu redobrar seus esforços.

Dezenas de painéis transmissores explodiram no teto quando a energia na sala se intensificou. A Cidadela zumbia. Zoey viu mais formas cristalinas brancas e azuis precipitarem-se na direção dela, prestes a reforçar as que já estavam lá.

Ela tentou puxar a outra mão da haste para soltá-la, para cortar sua conexão com a Estática, mas as entidades mantiveram os dedos dela presos com força. Durante todo o tempo ela podia senti-las usando o poder inato dela e o poder do Nexus para se ligar e se fundir à Estática.

Zoey estava correndo contra o tempo.

Rose se esforçou para se manter de pé. Os esforços da mulher haviam devolvido a Zoey sua mente, por quanto tempo ela não sabia. Zoey a colocou para funcionar, estendeu sua percepção através da Estática, procurando Holt e Mira... mas havia simplesmente mentes humanas demais agora.

As únicas entidades que ela podia detectar com alguma especificidade... eram os Confederados.

Os olhos de Zoey se arregalaram. Ela estendeu a percepção mais uma vez, em busca de uma antiga presença, pela qual sentia certo carinho. Zoey encontrou suas cores específicas, chamou por ele e, segundos depois, sentiu sua resposta.

Scion... O Embaixador projetou com espanto.

Sob a dor e a quase inconsciência, Zoey sentiu um tênue fio de esperança.

46. LINHA DE CHEGADA

MIRA SE SEGUROU NA PAREDE do vagão de carga quando o *Feiticeiro* começou a se mover. Holt e Max estavam ao lado dela, e ninguém emitia nenhum som. Não havia muito que dizer. Estava tudo prestes a começar... e a terminar. Seu artefato encontrava-se no Distribuidor improvisado, desligado no momento. Mira não fazia ideia de quanto poder ainda lhe restava, por isso ele estava sendo poupado para o "Fim do Jogo".

Isaac tinha explicado que há sempre três fases em qualquer estratégica. O Início do Jogo, o Meio do Jogo e o Fim do Jogo. A vitória só era conquistada com o uso adequado das peças em cada fase. No caso deles, a vitória era fazer o trem chegar à Cidadela, embora Mira ainda não tivesse certeza sobre o que fariam quando chegassem lá.

O *Feiticeiro* sem dúvida encontraria resistência fora dos portões. Os Confederados contra-atacariam com truculência, mas o arranjo de todas as suas peças visava contê-los. O problema era equilibrar velocidade e força. Se o trem fosse rápido demais, deixaria para trás as forças defensivas. Se fosse muito devagar, seria derrotado pelo poder de fogo dos Confederados. Eles tinham que encontrar o ritmo certo.

Isaac estava no trem, num vagão perto do meio, cercado pelo que restava do Regimento. Ele tinha insistido em vir, mesmo com a sua falta de mobilidade. Como todo mundo, ele sabia que aquela era a prova de fogo. Além disso, muitos de seus homens tinham morrido ali. Se iria segui-los, que fosse nas mesmas ciscunstâncias.

O *Feiticeiro* saiu da estação ferroviária quando as nuvens escureciam o céu e o sol estava quase se pondo. Em poucas horas, as ruínas estariam às escuras, mas isso não importava. Tudo estaria terminado antes disso.

Quase imediatamente, uma tempestade de jatos de plasma começou a cair. Caminhantes, a maior parte azuis e brancos, estavam nas ruas, e eles próprios explodiam quando os canhões do *Feiticeiro* revidavam.

Os Hélices Brancas e o Bando estavam no teto do trem, e as balas, mísseis e Cristais de Antimatéria eram lançados de lá. Ladeando os trilhos, Mira podia ver os navios terrestres dando cobertura, suas velas coloridas desaparecendo por trás dos altos edifícios enquanto avançavam. Entre eles estavam os veículos do Bando, buggies e jipes, além dos girocópteros que zumbiam mais acima, jogando bombas nos alienígenas.

À frente de tudo estavam os rebeldes prateados. Um grupo deles tinha se separado dos outros e pego uma rua lateral, os canhões distraindo um grupo de Louva-a-deus — parte da estratégia da Isaac: dividir os Confederados aliados em "grupos de batalha", cada um composto por um Aranha, dois Louva-a-deus, quatro Predadores e dois Brutos. Quando a frente do comboio encontrasse resistência, um grupo de batalha se separava do resto e impedia que os Confederados parassem o trem. Mesmo que os grupos estivessem em menor número, eles ainda assim exerciam um grande impacto. Era a utilização máxima do Pedra, Papel, Tesoura, e Mira testemunhou os grupos investindo contra forças alienígenas muito maiores e fazendo-as em pedaços. Ela se permitiu sorrir por um breve instante.

Então as naves apareceram, um verdadeiro enxame sobre eles. Não eram azuis e brancas, e não eram Predadores. Eram todas *marrons*, em forma de lua crescente, com as pontas voltadas para a frente, e subiam pelas ruas com os canhões descarregando, metralhando tudo à sua volta.

Artefatos de Barreira ganhavam vida ao longo de todo o trem, absorvendo os tiros. A mesma coisa acontecia com os navios terrestres, mas os veículos do Bando não tinham tanta sorte.

Meia dúzia de giroscópios caiu em chamas. Buggies derrapavam e perdiam o controle, capotando e se despedaçando.

— Olha *aquela* coisa! — Holt gritou, olhando pela fenda de observação da armadura do trem.

A poucos quilômetros de distância, pairando no ar, estava a coisa de onde partiam as naves. Uma nave marrom enorme de onde podiam ver os combatentes se lançando para fora. Era algum tipo de veículo, muito maior do que a nave-mãe amarela e preta que tinham enfrentado antes. Ele podia lançar combatentes em número suficiente para dizimar todo o seu exército.

Mira apertou o botão do rádio no cinto e falou em seu fone de ouvido.

— Olive, Dresden, estão ouvindo?

Uma explosão de estática, então Olive respondeu.

— Na escuta, Mira. — Ela ouviu explosões pelo rádio. Então olhou e viu o *Tesoura de Vento* a um quarteirão de distância, chacolejando enquanto jatos de plasma explodiam contra suas barreiras.

— Essas naves vão acabar com a gente — disse ela. — Odeio pedir isso, mas talvez vocês possam distraí-las. Isaac, você concorda?

— Positivo — soou a voz de Isaac. — Atirem naquele transportador se puderem, assim vão desviar a atenção deles.

— Parece uma ótima ideia! — Dresden respondeu, irritado.

Cristais de Antimatéria partiram dos navios terrestres, direcionados para o transportador à distância. Chocaram-se em explosões coloridas, sacudindo a aeronave, mas sem causar danos suficientes para fazê-la cair. Era muito grande. Quase imediatamente as naves batedoras interromperam sua trajetória e se voltaram para os navios terrestres, perseguindo-os, enquanto as grandes embarcações retumbavam pelas ruas. Metade dos veículos do Bando os seguiu, a outra metade ficou para defender o trem.

O *Feiticeiro* balançou, Mira ouviu o som crepitante de Barreiras sendo ativadas. Ela e Holt olharam para fora e viram a fonte dos tiros.

Novos caminhantes, mas diferentes de qualquer outro que já tinham visto. Cinzas sólidos, menores até mesmo que um Caçador, com talvez um metro e meio de altura, mas com quatro pernas, como um Bruto, e estranhas garras mecânicas parecidas com tentáculos de polvo.

Os caminhantes, uma centena ou mais, dispararam na direção do trem... então saltaram do chão, impulsionados por propulsores a jato que lançavam fogo atrás deles. Eles aterrissaram sobre o *Feiticeiro*, as garras das pernas cravadas no metal, segurando-os no lugar. Jatos de plasma disparados dos cinzentos rasgaram o teto do trem e atravessaram o campo de força das Barreiras. Não havia mais nada para detê-los.

Max ganiu e Holt ligou o rádio.

— Avril!

— Estamos chegando! — A garota gritou de volta, e os Hélices Brancas no teto do trem dispararam contra a nova ameaça, dando piruetas e esquivando-se dos jatos de plasma. Alguns não conseguiram, caíram e desapareceram de vista enquanto o trem avançava.

Holt olhou para Mira.

— Isso está perdendo a graça.

DOIS ALIADOS MAS'ERINHAH caíram em chamas. Suas Efêmeras não se elevaram no céu, suas cores se desvaneceram, como aconteceria com muitos nesse dia.

O escudo daquele que Scion chamava de Embaixador queimou em torno dele enquanto era alvejado, absorvendo o material bélico enquanto empurrava o primeiro Mas'Shinra através da parede de um prédio, esmagando-o no chão, numa chuva de fogo.

Outro inimigo sucumbiu sob a torrente de fogo de um canhão pertencente ao enorme Mas'Phara que dava reforço ao seu grupo. Segundos depois, o resto de seus inimigos foi destruído, provando que mais Eletivas superavam uma única, mesmo que estivesse em maior número.

Papel. Pedra. Tesoura.

Mas havia muito mais para tomar o seu lugar, e os prateados se viraram e voltaram depressa para a longa construção humana que a Guardiã tinha nomeado de *Feiticeiro*.

O Embaixador podia ver os seres humanos lutando bravamente, assistia-os dando piruetas no ar, disparando seus estranhos cristais coloridos ou suas armas primitivas. Se ele ainda estivesse ligado ao Todo, tinha certeza de que sentiria apreensão. Aqueles humanos estavam resistindo, e eles eram fortes, mesmo que isso se revelasse insuficiente no final.

A máquina focalizou seu olho trióptico mais para cima, onde o monstruoso monólito negro elevava-se sobre as ruínas da cidade. Era o Coletivo, onde Scion estava, e seu olhar eletrônico contemplou com expectativa o feixe de luz que saía pelo topo.

Todo esforço parecia drenar sua força vital, ele podia sentir seus pensamentos desacelerando. Logo suas cores iriam desaparecer, mas, antes, ele derrotaria as carapaças de quantos Mas'Shinra pudesse. Ajudaria a Guardiã a alcançar Scion. E talvez, apenas talvez, ele sentisse o calor do Nexus uma vez mais.

O Embaixador se deparou com uma nova visão. Carapaças acinzentadas, com quatro pernas, saltando e se prendendo ao trem a toda velocidade.

Mas'Nashana. Ele correu duas vezes mais rápido, ansioso para ajudar a derrotar aquela nova ameaça.

Então uma voz penetrou sua mente, distorcida, fraca... e cheia de dor; amplificada de alguma forma, como se estivesse conectada ao Todo, o que devia ser impossível. Ele reconheceu a voz, sentiu uma nova energia quando as cores únicas dela floresceram na sua consciência.

Scion, projetou.

Embaixador. Havia surpresa e alegria nas sensações. *Eu preciso de você.*

O Embaixador podia sentir a dor de Scion... e compreendeu. Eles a estavam machucando. Eles a estavam *forçando*. A raiva cresceu dentro dele, uma sede de vingança. Mas'Shinra tinha que *cair*.

Ele disparou para a frente, derrubando de um só golpe um grupo de cinco Mas'Nashana, enquanto procurava pelos dois de que sabia que iria precisar.

UM DOS PEQUENOS CAMINHANTES cinza explodiu quando a Lanceta de Avril o perfurou. Ela rolou pela parte superior do trem trovejante quando outro aterrissou atrás dela com uma rajada forte dos seus propulsores a jato. Ela apontou e disparou...

... então viu quando a máquina se lançou para a frente novamente, precipitando-se diretamente sobre ela. Avril girou, preparando-se para...

Duas explosões estrondosas sacudiram a máquina, lançando-a para trás numa chuva de faíscas.

Avril viu Quade acima dela, espingarda nos braços, entre os outros do Bando. Ele olhou para ela, oferecendo a mão.

— Você definitivamente precisa de outro tipo de arma.

Outro caminhante cinza pousou ao lado deles... bem quando um cristal de Antimatéria cortou-o ao meio. Dasha lançou a Quade um olhar de desprezo ao passar por ele.

— Para quê?

Quade ficou olhando para a garota enquanto ela voltava para a luta.

— Eu gosto dela.

Avril se pôs em movimento novamente, seguindo em frente e levando com ela dois grupos de combatentes, o Bando e os Hélices Brancas; um parecia mais ansioso que o outro para se destacar na batalha. Ela tinha sido pega entre os mundos e, quando este tivesse acabado, seria seu último dia num deles. Mas, pensando bem, a quem ela estava enganando? O mais provável era que fosse seu último dia em ambos.

Ela fitou o combate furioso. Balas e granadas, explosões, cristais de Antimatéria, Hélices e o Bando e o Regimento Fantasma lutando contra os caminhantes cinza, grupos de prateados abalroando-os, distraindo os Confederados maiores. Sempre que eles caíam, nenhuma das Efêmeras se elevava no ar, eles estavam realmente morrendo, enquanto centenas de entidades de Confederados brilhantes enchiam o ar atrás deles, flutuando para encontrar uma nova máquina e voltar à luta. As probabilidades estavam tão completamente contra eles que o resultado era inegável.

Dois caminhantes pousaram na frente dela, cravando as garras no trem, e mais um atrás.

Avril se jogou no chão, sentindo os jatos de plasma ardentes passarem chiando e explodirem em faíscas contra uma das máquinas, fazendo-a voar para fora do trem.

Ela lançou um cristal. Um segundo caminhante explodiu, tombando no lugar.

O terceiro ela cortou ao meio com sua Lanceta, em seguida deu um salto para o lado, girando, procurando por...

Um jato de plasma atingiu seu braço, fazendo-a deslizar perigosamente para a borda. Ela se agarrou no último instante e rolou de volta. Viu sangue, mas afastou a dor da sua mente. Não havia tempo.

Mais caminhantes estavam aparecendo, o ar queimando com o fogo cruzado. Ela assistiu enquanto o último dos rebeldes prateados distraía dois Aranhas azuis e brancos encurralados entre os edifícios, viu Hélices Brancas e membros do Bando saltando do trem, agindo por conta própria, tentando conseguir mais tempo para os outros. Eles estavam praticamente indefesos agora, tinham usado a maior parte da munição.

Foi então que ela sentiu algo inesperado. O trem começou a *acelerar*, deixando as tropas e os prateados para trás. Avril olhou para a frente e seus olhos se arregalaram. A base da Cidadela estava a menos de três quarteirões de distância, estendendo-se à frente e elevando-se sobre eles. Os trilhos do trem acabavam bem *dentro* dela.

Os Confederados tinham construído a estrutura bem em cima dos trilhos, para não mencionar as centenas de ruas por onde se espalhava. O *Feiticeiro* iria invadir com tudo a coisa.

Mais dos Confederados cinzentos com propulsores a jato desembarcaram, e Avril girou para voltar à luta. Balas do Bando atingiram os caminhantes, à medida que mais e mais apareciam. Sem a ajuda dos prateados, era evidente que eles estavam prestes a ser dizimados.

Um caminhante cinza avançou sobre Avril, o seu olho trióptico fixo nela...

... então, ele estremeceu quando uma rajada de jatos de plasma o nocauteou.

Ao redor dela, os caminhantes cinzentos foram sendo destroçados por jatos de plasma, e eles não estavam partindo das forças do Embaixador. Vinham dos Confederados *azuis e brancos*. E vermelhos. E das naves marrons. E de todos os outros caminhantes que já tinham visto — e eles não estavam apenas disparando contra os cinzentos, estavam alvejando *uns aos outros* agora.

Se antes as ruas tinham se transformado numa zona de guerra, agora elas eram um verdadeiro caos.

O som de uma enorme explosão sacudiu tudo de cima a baixo e Avril olhou para cima para ver uma bola de fogo explodir na lateral da Cidadela. Ela viu naves atirando umas contra as outra, raios de luz no céu.

Os Confederados, ao que parecia, tinham se voltado uns contra os outros... mas por quê?

— Gente, se segura aí! — a voz de Mira gritou pelo rádio. — *Firme!*

Avril viu a base da Cidadela se aproximando, sentiu o trem acelerando. Ela se agarrou ao teto do trem quando o *Feiticeiro* colidiu contra a Cidadela.

O impacto sacudiu tudo violentamente e Avril se segurou da melhor maneira que pôde.

COM O IMPACTO, Mira bateu com força na parede do vagão. Max voou na direção dela e ela quase não conseguiu segurá-lo. O impacto adicional fez com que Mira perdesse o fôlego e caísse no chão, o mundo era uma massa indistinta e atordoante de sons estranhos em câmera lenta.

Ficou escuro. Ela podia ouvir gritos e explosões, tiros de armas de fogo, o chiado dos jatos de plasma.

Os Confederados estavam se aproximando. Agora que eles não estavam mais em movimento, todos do lado de fora seriam aniquilados em minutos. Só uma coisa poderia salvá-los.

— Mira! — Era a voz de Holt, nas proximidades. — Como faço para ligar essa coisa?

Holt estava ajoelhado na frente do artefato dela. Aparentemente, ele tinha tido a mesma ideia.

— Abra... — Ela começou, tentando formar palavras. — Abra o relógio de bolso. Então, *volte o ponteiro.*

A contragosto, Holt abriu a tampa do relógio. A luz negra, se contorcendo, borbulhou no ar... em seguida foi sugada de volta para dentro da combinação. Mira sentiu o chão vibrar.

Uma enxurrada de projeções repulsivas veio dos Confederados lá fora. Ela podia senti-los se afastando, voltando para as ruas.

Mira suspirou. O artefato ainda funcionava. Por enquanto. Assim que ele enfraquecesse, todo mundo ali iria morrer, mas aquele era um problema para se pensar mais tarde.

Max latia descontroladamente, correndo na direção da saída, e Holt ajudou Mira a se levantar.

— Você está bem?

Ela lhe lançou um olhar.

— Eu não tenho me sentido bem desde que *conheci você*.

— Faz sentido...

Eles pularam do trem, Max liderando o caminho, saltando para a noite escura, na direção de onde as duas enormes locomotivas tinham saído dos trilhos e encontrado o chão. Quando Mira viu, seu coração doeu. As máquinas estavam às escuras, ela não conseguia sentir mais as entidades ali dentro. Mais dois sacrifícios numa longa lista que ela prometeu nunca esquecer.

A única verdadeira fonte de luz vinha do buraco que o *Feiticeiro* tinha aberto. Através dele, ela podia ver a metade traseira do trem, a maioria dos vagões ainda sobre os trilhos e a batalha feroz que acontecia torno deles. Seus canhões estavam atirando e recolhendo seus cristais initerruptamente. Ela podia ver tiros vindo dos vagões também e dos edifícios ao longo da rua, onde o Bando tinha se posicionado para o combate. Os Hélices Brancas davam piruetas no ar, atacando os Confederados diretamente.

Caminhantes de todos os tipos moviam-se do lado de fora, alvejando e explodindo não apenas os prateados e os Hélices, mas os outros Confederados, confirmando a estranha visão que ela tinha visto antes. Alguma coisa tinha acontecido para colocá-los uns contra os outros. Não importava o que fosse, não havia dúvida de que envolvia Zoey, e isso só fez Mira ficar mais desesperada para chegar até a menina.

Mira observou a escuridão, podia ver o que restava das antigas ruínas da cidade — ruas, semáforos, a entrada do metrô — estendendo-se até o horizonte e mergulhando nas sombras, e havia algo de sinistro na maneira como os Confederados tinham construído sobre as ruínas em vez de demoli-las, como se elas nem mesmo existissem.

Vigas de apoio gigantescas formavam uma grade através da escuridão, que se estendia até perder de vista. Era claramente a superestrutura fundacional da Cidadela, e o pensamento horrível que lhe ocorreu é que não havia nada em que subir. Não havia escadas, não havia degraus, nada onde se agarrar. Não havia nada ali para usar, porque a Cidadela simplesmente não tinha sido construída para seres humanos. Como eles iriam *subir*?

— Nós podemos defender isso — disse Isaac, seu buggy roncando entre os escombros. — Por um tempinho.

Em torno dele estava o restante do Regimento, dos Hélices Brancas e do Bando, inclusive Avril. Mira de repente se perguntou o que teria acontecido com os navios terrestres e se sentiu culpada por apenas se lembrar deles agora. Ela sabia a resposta mais provável e tentou não pensar nisso.

— Precisamos colocar os nossos soldados em posição lá fora, fazer o maior estrago possível e, quando o seu artefato perder a força e eles começarem a pressionar, corremos de volta para cá. — Isaac observou o buraco que o *Feiticeiro* tinha aberto e acenou com sombria satisfação. — Eles vão se agrupar, podemos ir pra cima deles com tudo antes que ataquem.

— E quando atacarem... — disse Mira.

— Não importa — Avril disse a ela. — Vamos aguentar firme quanto pudermos, e ganhar tempo para vocês chegarem a Zoey.

— Chegar até ela é que é o problema — disse Holt, olhando para o interior escuro mais acima. — Você pode me ceder alguns dos seus? Masyn conseguiu saltar com Castor e eu a uma altura de cerca de três andares no Fausto, talvez eles possam fazer alguma coisa parecida aqui.

Explosões atingiram o chão do lado de fora. Eles podiam ver um grupo de Confederados prateados investindo, abrindo caminho e, na primeira oportunidade, um deles disparou pelo orifício, na direção dos inimigos.

O Embaixador. Sua armadura estava amassada e soltando fumaça, ela podia ver onde uma de suas pernas estava danificada. Sentiu um desespero vindo da entidade, e isso a preocupava.

— O que foi? — Mira deu um passo em direção à máquina.

Scion, ele projetou. *Ela enfraquece.*

As sensações fizeram brotar um desespero semelhante dentro de Mira.

— Existe alguma maneira de subirmos pelo...

Nós a vemos, ele disse, interrompendo-a, e Mira compreendeu. O Embaixador estava ligado a Zoey de alguma forma, ele podia *teletransportá-los* para o lugar exato onde ela estava!

Ela olhou para Holt.

— Zoey está em perigo. O Embaixador pode nos levar.

Holt acenou para ela e olhou para os outros, não pôde evitar. Ele e Mira estavam indo embora... e todos ao seu redor, os novos amigos e os antigos, iriam morrer para que pudessem chegar lá.

— Sigam em frente — disse Avril, ao lado deles, olhando incisivamente. — Acabem com isso.

Mais explosões ecoaram do lado de fora, o Bando e os Hélices estavam se juntando à batalha. Mira olhou para Avril uma última vez... então segurou Max apertado contra ela. Ela fechou os olhos e estendeu sua percepção, tocando a sua consciência e a de Holt, e fundindo-as com a do Embaixador.

Cores explodiram em sua mente num brilho prismático e ela sentiu energia jorrar através dela. Houve um som. Como uma poderosa e estridente rajada de ruído estático, e uma onda rápida de calor. Max uivou. O estômago de Mira revirou... e então eles estavam em outro lugar.

47. ERROS

A SALA ERA ENORME, com paredes pretas estranhas e um teto abaulado com centenas de painéis cintilantes que brilhavam com luz dourada. No centro, elevava-se uma imensa coluna de energia fulgurante, todas as partículas flutuando lentamente através do teto.

Tudo seria maravilhoso, lindo até... se não fosse a enorme explosão de estática, que perfurava o cérebro de Holt. Ele nunca tinha sentido nada como aquilo, era como lâminas rasgando a sua consciência. Ele caiu de joelhos e isso foi tudo o que pôde fazer para não desabar completamente no chão.

Olhando os painéis brilhantes, ele teve uma ideia de onde estava. Sabia reconhecer transmissores, e o teto estava coberto deles. Esse era o lugar de onde a Estática era transmitida, e ele teve a sensação de que, se não fosse Imune, teria sucumbido no segundo em que chegou. Imune ou não, ele não sentia menos dor por isso.

Ele tentou manter o foco. Enquanto estudava a sala através da visão enevoada, viu algo que fez seu coração parar, algo que uma parte dele pensava que nunca veria novamente.

Zoey.

Ela estava presa a algum tipo de máquina e seu rosto era uma máscara de dor e esforço. Energia brilhava para fora de seu corpo como um raio. Entidades cristalinas estavam flutuando em direção a ela e havia uma mulher na sua frente, uma mão segurando a de Zoey, a outra tocando a máquina. O corpo dela estava coberto com a mesma energia em arco, e sua expressão era igualmente de dor.

Mira se debatia ao lado dele, tentando ficar de pé. O único que não parecia afetado era Max, que latiu freneticamente quando três estranhas máquinas alienígenas entraram na sala. Quatro pernas, corpos esguios com braços em forma de tentáculos, todos pintados de azul e branco.

O Embaixador retumbou e atacou, partindo-os em pedaços, enquanto a Estática ficava cada vez mais forte na cabeça de Holt. Ele não ia suportar muito mais tempo.

Uma ideia desesperada lhe ocorreu. O que ele precisava era causar um curto-circuito naquele lugar, e se aquelas coisas ali em cima eram realmente transmissores...

Suas mãos tremiam quando ele tirou o rifle das costas, apontou-o para cima... e puxou o gatilho.

A arma disparou e ele sentiu seu tranco poderoso.

Os painéis acima dele explodiram. Quando isso aconteceu, a luz ao redor da máquina de Zoey se acendeu e emitiu um brilho. Uma violenta reação em cadeia começou a ocorrer e todos os painéis no teto se romperam em explosões brilhantes, espalhando faíscas em todos os lugares, como uma chuva de meteoros.

A estática na cabeça de Holt desapareceu. A luz proveniente dos painéis foi substituída pela luz dourada tremulante das entidades que estavam dentro deles. Centenas flutuaram para a coluna de energia no centro da sala, sendo absorvidas. Estavam recuando. Holt pensou em atirar neles, não que isso fosse adiantar muito, mas o grito de dor de Zoey desviou sua atenção.

Zoey sofreu um espasmo quando algo *se retirou do corpo dela*, brilhando numa resplandecente energia azul e branca. Uma entidade dos Confederados, e havia mais de uma. Duas outras deixaram seu corpo, uma após a outra e, nesse momento, o rosto de Zoey se contraiu de dor.

As entidades flutuaram em direção ao Nexus e o corpo da menina ficou flácido na máquina. A mulher ao lado dela caiu no chão.

— Zoey! — Mira gritou, andando com dificuldade em direção a ela. Max latiu e correu também, reconhecendo-a. Holt ficou de pé, com a cabeça ainda entorpecida, mas não se importou.

Eles derraparam até parar na frente dela, as mãos de Mira e de Holt movendo-se para retirar os fechos que prendiam as mãos e os pés de Zoey, e ela caiu como uma boneca de pano nos braços deles. Baixaram-na no chão e ela ficou ali, imóvel. Fumaça subia de seu corpo e sua pele tinha uma doentia tonalidade azul-acinzentada. Ela estava machucada. Gravemente. Olhando para ela, o coração de Holt subiu na garganta.

— Ela não está respirando! — Mira gritou com a voz entrecortada.

Holt puxou a menina para ele, abriu seus lábios, apertou o nariz e respirou em sua boca. Então pressionou seu coração, depois de encontrar o centro da caixa torácica. Em seguida, repetiu o movimento. E mais uma vez. Mais uma vez. Mais uma vez.

Zoey estremeceu quando seu peito subiu, enchendo-se de ar ao inspirar uma grande golada de ar, seu corpo enchendo-se novamente de vida. Holt se sentou com alívio.

— Ah, graças a Deus! — suspirou Mira, inclinando-se. — Zoey?

A garotinha não disse nada. Apenas ficou ali, seu corpo ainda fumegando.

Ela podia estar viva, mas não estava consciente.

O piso de metal preto sacudiu com os passos do Embaixador. Ele ribombou e, em seguida, um feixe de energia verde saiu de um dos seus diodos. Instantaneamente, a respiração de Zoey se acalmou, mas seus olhos ainda assim não se abriram.

— Por que ela não acorda? — Mira perguntou para ninguém em particular. — Por que ela não...

— Porque está morrendo — disse uma voz ao lado deles. A mulher estava encostada na máquina agora. Ela parecia quase tão mal quanto Zoey, mas Holt poderia dizer que ela era linda. Na verdade, olhando para ela, ocorreu-lhe que ela se parecia exatamente com Zoey, embora muitos anos mais velha. — E a culpa é minha.

— Como? — perguntou Holt. — Você estava tentando ajudá-la.

460

— Tarde demais — ela disse apenas. Por uma fração de segundo, Holt pensou ver seus olhos brilhando com uma leve luz dourada, mas não podia ter certeza.

— Tem que haver algo que possamos fazer — disse Mira, quase implorando.

— Há uma coisa — respondeu a mulher, olhando para a coluna de energia. — Levá-la para lá.

— O Nexus... — disse Mira, com uma nota de admiração.

— Sim — confirmou a mulher. — Mas vocês têm muito pouco tempo.

— Quem é *você?* — perguntou Holt.

A mulher voltou a olhar para a forma que ainda era Zoey, como se a resposta à pergunta estivesse de alguma forma ligada a ela.

— Meu nome... é Rose.

As paredes em torno deles de repente começaram a transmutar; a melhor maneira de Holt descrever isso era dizer que elas se remodelaram, crescendo e se alongando, produzindo novos muros que isolaram completamente o Nexus de onde eles estavam.

Os olhos de Holt se arregalaram, percebendo o que estava acontecendo. O Embaixador também compreendeu.

A máquina irrompeu para a frente e se chocou contra as paredes, mas isso não causou nelas nem um arranhão. Continuaram se fechando. Em segundos, o Nexus estava lacrado. Eles teriam que encontrar outro caminho.

Mais paredes se remodelaram, novas aberturas apareceram e Holt viu corredores estranhos e retorcidos do mesmo metal preto. Nas sombras, coisas correram na direção deles. Jatos de plasma ganharam vida e Holt saltou e cobriu Mira e Zoey. Mais voaram no seu caminho, mas o Embaixador saltou em cima deles, seu escudo bloqueando o material bélico.

Holt podia ouvir mais caminhantes chegando... e o zumbido característico dos espiões. Aquela sala estava prestes a ficar muito perigosa.

— Vocês têm que se apressar — disse Rose, com a voz preocupada. — Precisam fazer Zoey chegar ao Nexus.

— Como? — perguntou Mira. Mais jatos de plasma explodiram contra o escudo do Embaixador, soltando faíscas.

Rose olhou para a parede oposta. Fechou os olhos e se concentrou.

A mesma coisa de antes aconteceu. As paredes se remodelaram, mudando de forma e produzindo uma nova abertura, com um corredor sinuoso mais além.

— Por ali! — disse ela, concentrada. — Sigam o corredor até a extensão principal, vocês vão saber onde é quando vê-la. De lá, o Nexus será visível. Façam o que for preciso para alcançá-lo. Eu vou manter a abertura enquanto puder.

Mais jatos de plasma foram disparados contra o escudo do Embaixador, e Holt podia ver que ele estava enfraquecendo, começando a piscar. Na verdade, a máquina como um todo parecia mais fraca, os seus movimentos mais lentos, as luzes mais opacas.

Holt olhou para Mira, e eles silenciosamente chegaram a um acordo.

— Você vem com a gente — Mira anunciou para Rose.

— Não...

Holt pôs-se de pé e puxou Rose para que ela se levantasse.

— *Isso mesmo* — ele enfatizou.

— Vocês não entendem! — disse ela, quase suplicante. A abertura na parede perto deles permaneceu aberta. — Eu cometi... erros.

— Junte-se ao clube — disse Mira. — Pense nisso como uma oportunidade.

— Para quê?

— Para fazer o certo dessa vez — disse Holt incisivamente.

Rose olhou para ele por mais um instante... então fez sua escolha. Ela se abaixou e pegou Zoey nos braços.

— Eu poss... — Mira começou, mas Rose a interrompeu abruptamente.

— *Eu* levo Zoey. Venham atrás de mim.

Andaram até a abertura na parede. Todos... exceto o Embaixador. A máquina ficou onde estava, seu escudo bruxuleante absorvendo os impactos de dezenas de jatos de plasma. Holt podia ouvir os espiões zumbindo na direção deles.

— EMBAIXADOR! — MIRA GRITOU, mas a máquina não arredou pé, seu olho apenas fixou-se nela, oscilando para cima e para baixo.

Nós vamos detê-los, ele projetou, e havia um sentimento de propósito em suas palavras. Ele iria atrasar os Confederados pelo tempo que pudesse, até que seu escudo falhasse e seus sistemas hidráulicos entrassem em pane e, quando isso acontecesse, Mira sabia, ele não iria se elevar ao céu. Ficaria escuro. Para sempre.

A verdade é que eles não conseguiriam fugir dos caminhantes que se aproximavam, muito menos dos espiões. Por mais cruel que fosse, eles precisavam desse sacrifício, e isso só tornava a aflição ainda pior.

Com os olhos cheios de lágrimas, ela deu um passo na direção da máquina. A emoção que sentiu a surpreendeu, pois aquela coisa que era tão pouco humana, e que no entanto tinha suportado tudo ao lado dela, a tinha amparado de tantas maneiras que Mira nem podia enumerar. Ela se lembrou daquela noite sob a aurora boreal, as faixas ondulantes de cor. O Embaixador... era um amigo, e aquela era a última vez que ela sentiria sua presença.

Mira apoiou a cabeça na armadura dele, deixando tudo o que sentia fluir para ele.

O Embaixador emitiu um ruído baixo e suave, quando sentiu as emoções que Mira sentia.

Nunca sentimos isso. Exceto de você.

— Eu *nunca* vou te esquecer — prometeu Mira, a voz fraquejando.

Adeus, Guardiã...

— Mira... — A mão de Holt tocou delicadamente o ombro dela.

Mira ficou ereta e olhou para o olho vermelho, verde e azul do Embaixador pela última vez...

Então a máquina se virou e arremeteu contra os Louva-a-deus que entravam na sala. Ela viu os jatos de plasma provocando faíscas no escudo dele, viu-o piscar e se extinguir, mas mesmo assim o caminhante continuava investindo.

Ele abalroou os três primeiros, fazendo-os voar pelos ares, e investiu contra o resto dos atacantes. Mais plasma foi deflagrado, os espiões invadiram... em seguida Holt a puxou pela abertura e as paredes mudaram de forma e isolaram a sala, e o Embaixador desapareceu atrás delas.

Mira obrigou-se a reprimir as emoções e a recuperar o foco. Ela tinha que fazer isso, por Zoey.

Os cinco correram pelo corredor, Max liderando o caminho, Zoey inconsciente nos braços de Rose. O trajeto era sinuoso, um estranho túnel que, por fim, levou-os à ala principal da Cidadela... e ela era impressionante.

A escala do interior era muito além de maciça. Era um mundo por si só.

Enquanto Mira observava, estranhos casulos pretos circulavam para cima e para baixo, num complicado sistema de trilhos. Plataformas também, maiores, lotadas de caminhantes, permitiam que transitassem entre uma parte da Cidadela e outra.

Ela viu outras coisas. Tablados construídos ao longo das paredes e ligados a várias superestruturas interiores. Fábricas, armazéns, baias de reparos, plataformas de desembarque.

Milhares de naves cruzavam os ares. Um número igual de caminhantes marchava como formigas ao longo de cada passagem e plataforma, e estavam todos disparando seus canhões de plasma uns contra os outros. Explosões eclodiam em todos os lugares, e Mira podia ver partes em chamas da Cidadela ruindo no escuro.

E no meio de tudo isso, elevava-se o Nexus. Se o que o Embaixador tinha falado era verdade, que o Nexus era, à sua maneira, o criador dos Confederados, ela se perguntava o que ele estaria sentindo agora, diante de toda aquela violência. Estaria decepcionado? Horrorizado? Será que ele ao menos percebia?

Rose continuava em movimento, correndo numa passarela gigante que levava a uma plataforma de manufatura. Quando chegaram, ela pôde ver centenas de máquinas inacabadas, em vários estágios de montagem. Eles correram em meio a elas, avançando na direção da extremidade da plataforma, que terminava perto do Nexus.

— Aquela coisa pode salvá-la? — perguntou Holt. Max estava corren-do ao lado de Rose, ganindo e olhando para Zoey. — Tem certeza?

Rose hesitou.

— É onde ela precisa estar.

— O que é *aquilo*? — perguntou Mira agora. — O que Zoey vai fazer?

— Salvar todos nós — Rose disse simplesmente. — Mas ela precisa da ajuda de vocês.

Jatos de plasma explodiam em torno deles. Holt empurrou Mira para baixo de um dos caminhantes incompletos e puxou Max para perto dele. Rose abaixou-se com Zoey atrás de uma solda.

Holt recarregou o rifle.

— O que está vindo aí?

Mira espiou e viu o que já esperava, golpeando o chão na direção deles com suas oito pernas enormes.

— Aranha.

— Beleza! — Holt entoou, em seguida olhou para ela. — Só o que posso fazer é distraí-lo. Max e eu vamos levá-lo para longe.

— Holt... — Mira começou a dizer, apavorada.

— Apenas *ouça*. Max e eu vamos afastá-lo, então você e... — Holt se virou para Rose... e então ele viu que ela não estava mais *ali*. Estava na ponta da plataforma agora, olhando para baixo, Zoey em seus braços.

Mira começou a se levantar, mas Holt a empurrou de volta para baixo quando um jato de plasma abriu buracos na estrutura ao seu redor.

— Rose! — Holt gritou.

A mulher virou-se por um breve instante... então simplesmente deu um passo para fora da plataforma e despencou, desaparecendo de vista.

Max latiu descontroladamente.

— *Zoey!* — Mira gritou, horrorizada. Ela se contorceu para se desven-cilhar de Holt, alheia aos jatos de plasma chamuscando o ar, as explosões sacudindo as paredes mais distantes.

A plataforma balançou quando o Aranha deu um passo na direção de-les. Mira ouviu o silvo característico de mísseis sendo lançados e sentiu

Holt puxando-a para cima. Eles mergulharam para se esconder atrás de outro Louva-a-deus incompleto, puxando Max para baixo, ao mesmo tempo que o lugar onde estavam explodia com o impacto dos mísseis.

Mira pôde sentir o calor da explosão. O poder de fogo descarregado contra eles era enorme. Ela fechou os olhos e enterrou a cabeça nos braços de Holt. Ele a abraçou com força enquanto o mundo se desintegrava.

Então ouviram um estranho clique mecânico. Uma das enormes plataformas usadas para transportar os caminhantes se elevou no ar de repente, cercada por uma dezena de predadores azuis e brancos.

Os olhos de Mira se arregalaram em choque. Ela ouviu Holt ofegar.

— Filho de uma p...

Os canhões sobre os Predadores descarregaram, lançando seu próprio plasma à frente. Mira se encolheu... mas nenhum a atingiu. Isso porque os jatos não eram destinados a eles...

O Aranha gigante atrás do caminhante cambaleou para trás, bombardeado pelos jatos de plasma das naves. Mísseis dispararam ali perto e explosões eclodiram em toda a máquina. Em segundos, o Aranha desabou e caiu numa pilha flamejante, completamente destruído.

O tiroteio cessou, mas o ronco dos motores permaneceu.

Mira abriu os olhos e viu os Predadores pairando em torno da plataforma. Num deles, equilibrando-se sobre a fuselagem, havia duas pessoas. Rose e Zoey. A garota estava no centro, com os olhos brilhando de energia dourada, de mãos dadas com Rose. Ela olhou para Mira. Mira olhou para ela.

— Oi, Mira... — disse Zoey. Mira sentiu as emoções começarem a se inflamar dentro dela.

Em seguida a luz dourada nos olhos de Zoey enfraqueceu e a menina desmaiou, caindo na plataforma.

48. AMOR

POR TRÁS DA DOR, ZOEY estava consciente de apenas duas coisas. A espessa oscilação em sua mente, como uma corrente elétrica, que tornava seus pensamentos mais lentos e dificultava o controle do seu corpo. Ela mal conseguia se mover, e dentro dela sentia que havia... alguma coisa errada. Como se alguns fragmentos da sua mente tivessem sido embaralhados e colocados nos lugares errados. Ela estava gravemente ferida, mas isso já era esperado. Ela tinha feito um acordo com eles, e a hora de cumpri-lo tinha chegado.

A segunda coisa que notou foi algum tipo de criatura peluda. Ela podia ouvi-la choramingar, podia sentir sua língua quente e molhada em suas bochechas.

Um sorrisinho se formou em seu rosto. Zoey abriu os olhos e viu o cão que havia se tornado seu amigo pairando protetor sobre ela e olhando-a nos olhos.

— O Max... — Zoey respirava fracamente.

Sua visão estava turva, as imagens pareciam distorcidas. Não era algo que iria melhorar, ela sabia. As entidades dentro dela tinham ido embora, mas tinham causado um grande estrago. Ela mal conseguia detectar os Sentimentos, eles eram apenas um tênue conjunto de sensações agora, e enfraqueciam cada vez mais a cada instante, assim como ela. Isso a deixou triste, senti-los diminuir e desaparecer. Eles tinham se tornado parte dela, amigos à sua própria maneira, e ao longo das suas experiências tinham passado a acreditar nela. Eles tinham feito o que podiam e esperavam que aquilo fosse o suficiente.

A visão borrada das duas pessoas que se moviam na direção dela lhe deu esperança de que seria suficiente de fato.

Zoey não podia mais ver suas feições, mas sabia quem eram os dois. Ela podia sentir a mesma mistura de emoções partindo deles: alívio por encontrá-la, culpa por não ter feito isso antes, raiva e angústia pelo modo como ela estava ferida, e claro... amor. Eles a amavam e ela os amava também. Era por isso que precisava deles.

Mira e Holt tomaram a menina nos braços. Max latia e pulava em volta dela.

— Vocês me encontraram... — Zoey se ouviu sussurrar.

Mesmo depois de tudo o que tinham passado, apesar do quanto tinham mudado, aquele sentimento, de apoiarem uns aos outros, de ligação entre eles, continuava... absolutamente igual.

As explosões e os tremores na plataforma eram um lembrete do pouco tempo que tinham. Os Predadores que a tinham ajudado rugiam de um lado para o outro em meio ao caos.

Zoey deu livre passagem a Holt e Mira. Ela podia sentir tudo o que tinham enfrentado, tudo o que tinham vivido, e absorveu tudo, deixando-se sentir também, e era doloroso. Os olhos de Zoey começaram se encher de lágrimas, ela não podia evitar. Tudo o que eles tinham vivido... e tudo aquilo tinha sido por *ela*.

— Eu sinto... sinto muito... — ela conseguiu dizer.

Mira sacudiu a cabeça, enxugando as próprias lágrimas.

— Faríamos tudo novamente e ainda mais. Entendeu?

Zoey podia sentir algo novo se formando em Holt, e não era nenhuma surpresa. Negação. Ele estava tentando achar uma maneira de negar a derrota, como sempre fazia.

— Só temos que descobrir um jeito de levar você para baixo, agora. — A voz dele tinha uma vaga esperança.

— Holt — disse Zoey fracamente, mas ele não queria ouvir.

— Ela pode controlar a plataforma. Parece que ela leva para baixo.

— *Holt...*

— Nós podemos usar os caminhantes abandonados para nos proteger, se for preciso eu posso afastar qualquer...

— *Ouça* o que ela tem a dizer — falou rispidamente uma voz mais atrás. Era Rose, Zoey podia dizer, e a lembrança de como ela tinha corrido para ajudá-la a sair daquela sala voltou. — Ela não vai sobreviver ao trajeto até embaixo, muito menos lá fora. Ela está *morrendo*. Os que estavam dentro dela... a extenuaram. — Os olhos de Rose se encheram de lágrimas como os de Mira, e Zoey podia sentir sua imensa culpa.

— Isso... isso não é verdade — gaguejou Mira. — Você *disse* que o Nexus poderia salvá-la!

— Eu disse que ela precisava chegar até ele. Não disse que isso iria salvá-la.

Zoey olhou para o Nexus atrás deles, a bela e gigantesca fonte que serenamente jorrava energia. Ele se inclinou em direção a Zoey outra vez, ansiosamente, e a visão lhe deu força. Ela estava tão perto...

— Zoey, você tem que nos ouvir — disse Holt, virando-a para que pudesse encará-lo. — Deve haver alguma coisa que a gente possa fazer.

— Vocês já fizeram, Holt. — A voz de Zoey estava rouca. — Já fizeram tudo que era possível: salvando vocês mesmos... e salvando-*os* deles mesmos. — Ela assistia o caos ao seu redor, Louva-a-deus lutando contra Louva-a--deus, Aranhas brigando com Aranhas, a Cidadela queimando, ruindo.

Holt balançou a cabeça com desdém.

— Eles não merecem viver. Eles não merecem *você*.

— Mira sabe que não é verdade — respondeu Zoey. — Ela sabe que eles são mais do que parecem. Eles são... bonitos, do jeito deles. Assim como vocês.

Mira tocou a menina e ela sentiu novas emoções irradiando da amiga agora. Determinação. Uma terrível determinação.

— Zoey, o que você precisar que a gente faça?

— A coisa mais difícil que eu posso pedir — disse Zoey. — Me deixem ir.

Ela sentiu o horror de Holt se fundir com o de Mira, e seu olhar se desviou de todos e fitou o Nexus.

— Você vai para lá, não é? Para dentro dele.

Mira ficou apavorada.

— Isso é energia pura! Você vai morrer!

— Eu disse que tinha feito um acordo com a Torre — Zoey a lembrou. — Só adiei um pouquinho...

— Zoey...

— Se eu morrer aqui, vai ter sido tudo por nada. Lá... isso significa alguma coisa. O que resta da energia da Torre vai ser liberada. O Nexus vai crescer. Juntos, podemos atrair os outros para nós, e... *vocês* vão torná--lo permanente, fazer de todos os Confederados um só, como o Nexus sempre quis.

— Como? — perguntou Holt, confuso.

Zoey tocou a mente deles e encheu-a com todas as imagens que ela tinha absorvido e mantido ao longo dos últimos meses, e a extensão daquilo, sua beleza, surpreendeu até a ela própria.

— Mostrando-os a *vocês*.

Ela ouviu Mira ofegar, sentiu a dor no coração de Holt. As imagens passavam na mente de Zoey assim como na deles. Uma após a outra, cada uma tão vibrante quanto a experiência original, carregada com a mesma emoção.

— Quando vocês me encontraram, eu estava com a mente em branco — Zoey falou telepaticamente. — Eu poderia ter sido moldada de centenas de formas diferentes... mas fui encontrada por *vocês*.

Holt tirando Zoey de uma nave caída na floresta, muito tempo antes, carregando-a através da fumaça, para o ar da noite.

— Eu sou quem eu sou... *por causa* de vocês.

Mira fazendo um ímã, um fio de cobre e duas moedinhas girarem no ar enquanto Zoey aplaudia num antigo quarto de hotel.

Holt carregando Zoey nos ombros, abrindo caminho desesperadamente por uma multidão de adolescentes, protegendo-a enquanto tentavam chegar até ela, para obrigá-la a ajudá-los assim como tinha feito com outras pessoas.

Zoey montada em Max, gritando alegremente enquanto ele descia correndo uma colina na direção de uma paisagem cheia de escuridão e raios coloridos.

— Os Confederados têm... tanto medo de ser quem são. Eles nasceram no Nexus, mas ele os assusta, então eles se afastam de tudo o que ele é, o que significa que não podem sentir essas coisas... porque o Nexus é *amor*.

Mira dando uma mordida num cupcake, sorrindo para Holt.

Holt beijando Mira pela primeira vez, dentro de uma antiga barragem, com os olhos dela perfeitamente cristalinos, a mente livre do controle da Estática novamente.

— Eu posso compartilhar com eles a única coisa que nunca se permitiram sentir... e eu posso fazer isso por causa de vocês.

Holt se retraindo e desviando o olhar quando Ben levanta Mira no ar e a beija.

Mira flutuando nos braços de Holt em Bismarck, depois da Torre, em direção a uma cama, onde eles se tocam e se acariciam e são tudo o que deveriam ser.

Holt puxando Mira para perto dele em Bazar, no final, enquanto os navios terrestres zarpam em torno deles, obrigando-os a se separar.

— O amor de vocês vai unir os Confederados. Eles vão abandonar a sua busca. Vão ser como um único ser, como o Nexus sempre quis. Vocês não veem? Sem vocês, *nada* disso poderia acontecer. Eu não seria quem eu sou.

Acima de tudo, entremeado a cada momento e sentimento, Holt dançando com Mira em torno de uma fogueira, há muito tempo, com a luz das estrelas visível através das árvores.

Holt e Mira abriram os olhos e lentamente olharam um para o outro. O passado, tudo o que tinha vivido, tudo o que tinham significado um para o outro, tinha sido mostrado a eles no intervalo de alguns segundos. Zoey sabia quanto eles tinham mudado, mas ela sabia, mais do que qualquer outra coisa, que eles poderiam se encontrar outra vez.

— O que vamos fazer? — perguntou Mira, sua voz quase inaudível. Ela acreditava agora, compreendia. Isso fez Zoey amá-la ainda mais.

— Eu tenho que... sentir — ela disse a eles. — O que vocês sentem um pelo outro. Assim *eles* podem sentir também. O resto... vai acontecer naturalmente.

Explosões irromperam novamente, a plataforma balançou. Os três se entreolharam. Nenhum deles podia imaginar como fariam aquilo, mas sabiam, em algum lugar lá no fundo, que aquela era a única solução verdadeira.

471

Holt foi o primeiro a se mexer. Zoey não podia ver os olhos dele agora, mas sabia que, se pudesse, veria que estariam vermelhos e tristes. Ele a puxou para perto, abraçou-a com força e sussurrou em seu ouvido.

— Você é a pessoa mais corajosa que eu já conheci.

Ela tocou o rosto dele e sorriu.

— Olhe para dentro de si mesmo mais vezes.

Mira estava ao lado, com os braços em torno dela, e a segurava como se prometesse guardar na memória a sensação de Zoey em seus braços, mantendo-a ali para sempre.

— Eu só... queria mais tempo — Mira disse.

— Nós já tivemos nosso tempo — Zoey disse a ela. — Agora é a vez deles.

Mira lutou contra as lágrimas e acenou com a cabeça, afastando-se e dando um passo para trás com Holt. Max ganiu, sem entender, mas sentindo que algo monumental estava acontecendo.

Zoey estendeu o braço uma última vez para Max, pegou uma de suas orelhas e correu os dedos por ela, acariciando seu pelo.

— Faça isso sempre que puder. Ele adora mais que tudo.

— Temos que nos apressar — Rose avisou Zoey.

Ela soltou Max e Holt chamou o cachorro para perto dele, segurando-o no lugar pela coleira. Juntos, os três — Holt, Mira e Max — desceram da plataforma onde estavam Zoey e Rose. Todos ficaram se olhando por mais um instante... e então Zoey sentiu Rose ampliar sua percepção, encontrar a plataforma com a sua mente e acioná-la.

Ela sacudiu quando o sistema de trilhos se elevou e se afastou da estrutura, deixando Holt e Mira ali, olhando para ela. Zoey olhou para trás enquanto pôde, até que eles se tornaram borrões distorcidos em sua visão turva e ela não conseguiu vê-los mais.

Rose correu os dedos pelo cabelo de Zoey enquanto a plataforma se movia em direção ao Nexus. Ela podia sentir a energia e o calor dele, podia senti-los se intensificando.

472

— Você vai viver dentro deles — afirmou Rose, deitada ao lado de Zoey, esperando o inevitável. — Aonde quer que vão, quem quer que eles se tornem.

— Eu sei — Zoey respondeu, e aquela certeza lhe trouxe conforto. O calor do Nexus foi aumentando. Ela podia sentir seu anseio. Ele tinha esperado muito tempo, afinal. Apesar disso, Zoey sentiu um tremor de inquietação. — Estou com medo.

Rose assentiu e puxou-a mais para perto.

— Eu também.

— Vai doer?

— Só um pouco — Rose disse a ela. — Só um pouco.

Zoey concentrou-se no sentimento de estar nos braços de Rose novamente, nas lembranças que as sensações traziam. Ela teria de acrescentar isso ao resto, concluiu, compartilhá-las também. Talvez desse modo ainda mais de ambas continuaria existindo.

O mundo começou a clarear, ficando cada vez mais brilhante, até que não havia mais nada, só o calor e o sentimento e a lembrança.

Scion, disse o Nexus, dando-lhe as boas-vindas. *Você está em casa.*

O mundo se extinguiu...

A PLATAFORMA BRILHOU E SE RETORCEU, como se formasse um arco ao entrar no Nexus. Quando isso aconteceu... ela desapareceu. Assim como Zoey.

Mira desabou de joelhos no chão, devastada pela tristeza, enquanto o mundo se desintegrava. Explosões irrompiam, a Cidadela sacudia, Louva-a-deus e Aranhas se digladiavam. Em volta deles, a Cidadela desmoronava. A assombrosa estrutura estava condenada e eles estavam no topo dela, a centenas de metros do chão. Não havia nenhum lugar para onde ir.

Mira sentiu as mãos de Holt sobre ela. Ela caiu em seus braços, soluçando. Zoey se fora, para sempre agora, e a tensão e a angústia que tinham se acumulado nos últimos meses até aquele momento finalmente encontraram vazão. Eles tinham chegado ao fim da linha e, sinceramente, não entendiam de fato qual era o sentido de tudo aquilo.

— Ele não está fazendo nada — disse Holt no ouvido dela. Ele estava olhando para o Nexus à distância, onde a plataforma de Zoey tinha sido engolida. — Por que não está fazendo nada?

— Ela disse que tínhamos que senti-lo — Mira gemeu em seu peito. — Para que *eles* pudessem sentir. — Holt a libertou dos seus braços, olhou nos olhos dela e Mira expressou em voz alta o temor indizível que ambos estavam sentindo. — E se não conseguirmos? E se não sentirmos?

Uma violenta explosão destruiu a parede em frente a eles, espalhando detritos flamejantes pelo ar. Jatos de plasma partiam de outras naves, milhares delas, todas pintadas em tons de marrom. O combate se intensificou no ar.

— Isso não vai acontecer — Holt disse a ela, tentando ignorar o caos.

— Como você sabe?

Holt enxugou as lágrimas dos olhos, então emoldurou o rosto dela com as mãos.

— Porque... eu sei.

Ele a beijou, primeiro suavemente, depois com mais paixão quando suas emoções sufocadas, aquelas que tinham quase sido extintas, se reacenderam: um pelo outro, pelo que Zoey lhes tinha mostrado e por tudo o que tinham passado. Adversidade e mudança não tinham que destruir os sentimentos, Mira percebeu. Às vezes eles se transformavam em algo novo, ainda mais poderoso... algo melhor.

Mais explosões, naves passavam rugindo, mas nada disso importava agora, a não ser o que eles tinham feito, por aquele lugar, um pelo outro, tudo de novo.

Perto dali, o Nexus brilhou de forma fulgurante... e começou a *crescer*, se expandir, repleto de uma nova luz.

49. ASCENSÃO

— SEGURE FIRME! — Casper gritou.

Olive fez exatamente isso quando o navio terrestre na frente deles avançou com tudo na direção de um edifício e se despedaçou. Casper puxou o *Tesoura de Vento* para a direita violentamente e as rodas a bombordo se levantaram do chão, ameaçando tombar o navio.

— Jesus, Casper! — Olive gritou.

— Você prefere que eu bata nele?

O *Tesoura de Vento* passou pelo navio destruído e as rodas voltaram a fazer contato com o chão.

Dois buggies do Bando explodiram numa rua mais adiante. A conversa de rádio era frenética. Eles haviam perdido cinco navios terrestres até aquele momento, o que significava cinco grupos de pessoas que Olive conhecia. Não restara nenhum.

As Barreiras na popa flamejaram quando as naves marrons dispararam uma rajada de jatos de plasma. Ela sentiu uma ligeira satisfação quando os canhões de seu navio derrubaram uma, mas elas eram muitas. Os minutos escoavam e não havia mais tempo. Ela apertou o botão do rádio.

— Dresden?

O navio chacoalhou, Casper mal conseguia mantê-lo no curso. Qualquer impacto muito forte àquela velocidade poderia fazê-lo perder o controle e, em ruas estreitas como aquelas, isso significava bater de frente com uma parede de concreto.

— Quê? — respondeu ele.

— Como a coisa está engrossando, vou dizer algo que sempre quis. — Ela sorriu enquanto plasma flamejava por todos os lados. — Essas suas botas são ridículas.

Olive o ouviu rir.

— E quem diz isso é a garota de cabelo rosa...

Ela olhou para boreste, para além dos edifícios, e viu o *Tesoura de Vento* esquivando-se dos jatos de plasma a uma quadra, mal conseguindo se manter no curso.

— Você é um pentelho — disse ela, segurando no corrimão —, mas o melhor capitão que eu conheço.

— Não fique toda sentimental comigo, Olive. Isto aqui não é o fim.

Olive franziu a testa, olhando para todo o caos.

— Mas é o que está parecendo para mim.

O ar foi rasgado pelo som de uma trovoada ensurdecedora e de repente tudo ficou brilhante. Olive se encolheu e olhou para trás. O barulho tinha vindo da Cidadela, uma explosão brilhante de luz e energia diretamente sobre ela, ao mesmo tempo que algo começava a criar massa ali. Uma energia dourada e brilhante formava um turbilhão como algum tipo de poço volátil de luz.

Os olhos de Olive se arregalaram.

— Que. Diabos. É. Aquilo?

Uma explosão logo acima deles e a bombordo sacudiu o navio. Mais duas atrás, outra a boreste, fogo e concreto se espalhavam por todos os lugares. Parecia um fogo de barragem da artilharia, mas não era.

As próprias naves estavam *colidindo*, despencando do céu, explodindo nas ruas e edifícios, e Olive podia ver por quê.

As Efêmeras, as entidades dentro delas, estavam abandonando as naves, elevando-se para fora delas. Centenas delas enchiam o ar e todas flutuavam em direção ao campo de energia que se avolumava acima da Cidadela.

Olive não teve tempo para apreciar a visão.

— Casper! — Olive gritou para ele, que estava olhando para trás como todo mundo. — *Olhe pra frente!*

Bem diante deles, uma dezena de naves vazias chocava-se contra os edifícios de ambos os lados da rua. Vidro chovia como uma tempestade de granizo, enquanto as estruturas se retorciam e começavam a cair.

Casper colocou o Chinook em potência máxima. O vento rugiu mais alto e o navio deu um solavanco e disparou para a frente. Olive se segurou. Não havia outra opção, eles estavam indo rápido demais para parar.

Todos prenderam a respiração enquanto os edifícios ruíam e desmoronavam na rua, dez andares cada, esparramando concreto e aço.

Olive agarrou o corrimão...

O *Fenda no Vento* rugia debaixo da chuva de detritos, passando a toda pelo último espaço livre que restava. Então as estruturas caíram com estrépito no solo atrás deles, destruindo tudo o que havia embaixo.

As naves continuaram caindo do céu por mais um minuto ou coisa assim e, quando o caos acabou, tudo estava estranhamente silencioso. Olive ordenou que o navio parasse completamente, e pôde ver os outros navios fazendo o mesmo.

A tripulação foi para o tombadilho olhar a rua por onde tinham passado. Havia incêndios por toda parte, edifícios desmoronados e destroços de navios terrestres e veículos do Bando. E mais adiante, a uma altura sobrenatural, o campo de energia continuava a cobrir a Cidadela. Era o Nexus, e o céu estava coalhado de Efêmeras, milhares delas, flutuando, brilhantes como estrelas.

A própria Cidadela brilhava e sacudia. Explosões trovejavam dentro dela. Olive podia ver por quê. O Nexus estava se expandindo não apenas para fora da enorme fortaleza, mas para *dentro* também. Ele ia explodir a coisa como um gigantesco balão. Ao vê-lo, tudo o que Olive conseguia pensar era que Mira e Holt estavam lá em algum lugar.

NÃO FORAM AS EXPLOSÕES ou os latidos frenéticos de Max que fizeram com que Holt se afastasse de Mira. Foi o calor. E, quando ele abriu os olhos, as sensações do beijo se desvanecendo, ele viu a fonte.

O Nexus estava *se expandindo*. Enchendo o interior da enorme estrutura, e estava quase em cima deles agora.

— Corre! — ele gritou, empurrando Mira para a frente e assobiando para Max.

Eles correram de volta para o centro da plataforma, que balançou violentamente, despregando-se de seus suportes de parede. O ar acima deles estava cheio de Efêmeras, todas subindo em direção ao Nexus.

Holt viu a passagem que tinham usado antes se soltando e despencando lá para baixo. Explosões eram deflagradas em todos os lugares. Atrás deles, o Nexus brilhou ao tocar a plataforma, começando a dissolvê-la, e ela tremeu violentamente sob seus pés.

Não havia outro lugar para onde ir. O que quer que tivessem desencadeado, era o fim da linha para eles também.

Holt olhou para Mira de novo, e ela devolveu o olhar. Parecia satisfeita, apesar de tudo. Suas mãos tomaram as dele, ela se aproximou, e a sensação de seu toque o acalmou.

— A gente sempre soube que seria uma viagem sem volta, não é? — perguntou Mira.

Holt assentiu.

— É.

Havia tanta coisa que ele queria dizer. Como ela tinha dito a Zoey, Holt desejava que tivessem mais tempo, mas a menina tinha razão, eles já *tinham* tido o seu tempo.

Uma enorme explosão irrompeu acima deles. Uma cascata de metais carbonizados caiu em cima deles. Não havia como escapar, a avalanche levaria a plataforma com ela e ponto final.

— Venha cá. — Holt puxou Mira contra ele e sentiu-a tremer ao passar os braços em torno dele. Com a mão livre, ele puxou Max mais para perto. Eles fecharam os olhos, bem apertado, esperando.

O incêndio inevitavelmente chegaria até eles...

... e então ouviram um som. Como uma poderosa explosão de estática. Num lampejo de luz, algo grande se materializou quase em cima deles. Um caminhante dos Confederados enorme, com cinco pernas, as cores removidas. Ele estava amassado e danificado, duas de suas pernas mal o sustentavam de pé, o diodo vermelho em seu olho estava escuro... mas ele estava vivo.

E os havia encontrado.

— *Embaixador!* — Mira gritou. Holt reagiu e empurrou Mira e Max para baixo do Caminhante, bem quando os destroços em chamas despencaram.

O escudo do Embaixador não estava mais funcionando, e ele rugiu quando os detritos o atingiram, perfurando e rasgando a carapaça metálica.

A estrutura balançou uma última vez... em seguida se soltou e todos caíram junto com uma torrente de metal.

— Segure-se! — Mira gritou sobre o caos.

Holt pegou Max enquanto despencavam, o chão tão abaixo que nem podia ser visto.

— Me segurar a *quê?*

Então cores explodiram em sua mente e ele sentiu uma onda de calor. O som mais uma vez, a explosão da estática. Max uivou em seus braços... e então ele estava num lugar silencioso.

OS NAVIOS TERRESTRES APARECERAM no último e miraculoso instante, trovejando entre os escombros perto do campo de batalha, quando o monstruoso edifício acima de Avril começou a se deformar e vergar. Daquele ângulo, Avril não podia ver por quê — eles ainda estavam debaixo dele —, mas era bem evidente o que estava prestes a acontecer.

A Cidadela estava desmoronando. Bem em cima deles.

Em todos os lugares do lado de fora, naves e caminhantes desabavam na rua ou mergulhavam como meteoros. Eles poderiam arriscar ou ser enterrados vivos quando a estrutura maciça fosse abaixo. Era uma escolha fácil.

— Para os navios! — ela gritou. — Hélices, peguem todos que acharem e os tirem daqui!

Os Hélices dispararam na direção do que restava do Bando e do Regimento, então correram em direção à rua, deixando atrás de si um borrão roxo.

Avril viu Isaac lutando para sair do seu buggy. Ela saltou até ele, sua visão coberta de amarelo, então começou a ajudá-lo a se desvencilhar do cinto de segurança.

— Espere! — ele gritou. — Eu adoro esta coisa.

— Eu consigo um novo pra você. — Avril o soltou, passaram ambos através da abertura, e ela o levou para longe dali.

Do lado de fora, olhando para cima, viram a energia do Nexus se concentrando acima da Cidadela e *eclodindo* através das suas paredes. Ele devia estar *crescendo*. O ar estava cheio de entidades de Confederados, iluminando as ruas enquanto flutuavam para cima.

Avril continuou em movimento, carregando Isaac no ombro, correndo para os navios à frente.

Explosões sacudiam a Cidadela até que o Nexus por fim irrompeu pelas paredes exteriores do edifício e o inevitável começou.

— CHINOOK A TODA, VAI FUNDO! — Olive gritou, olhando o último membro do Bando subir a bordo do *Fenda no Vento*. Suas velas enfunaram, o navio começou a avançar. A mesma coisa acontecia nos quarteirões vizinhos. Os outros navios terrestres eram carregados e começavam a navegar com a vela cheia.

O *Fenda no Vento* arrancou pelas ruas, tentando se afastar ao máximo do que estava prestes a acontecer. A Cidadela estremeceu... em seguida começou a se *inclinar*.

Um lamento alto e apavorante rasgou o ar quando a coisa toda começou a envergar, centenas de metros de metal negro, desabando sobre si mesmo.

Olive assistiu enquanto a Cidadela tombava na direção deles. As partes inferiores atingiram e arruinaram os antigos arranha-céus ali, achatando-os como se fossem feitos de papel. O resto do descomunal obelisco tombou, sua sombra pairando sobre eles, cada vez mais escura.

Atrás deles seguia outro navio terrestre e Olive reconheceu a cor de suas velas. Eles não iriam conseguir, estavam muito longe.

— Dresden! — Olive gritou pelo rádio. — Vocês têm que acelerar!

Sem resposta. A enorme estrutura continuava a cair, esmagando, engolindo quarteirões de ruínas a cada segundo, com um estrondo horrível.

— Dresden! — Com a voz rouca, ela sentiu o coração batendo na boca.

— Por favor, vocês têm que...

Da frente do *Tesoura de Vento*, foguetes explodiram no ar, arrastando com eles longos cabos que desfraldaram três velas adicionais e impeliram o navio para a frente, quase tirando as rodas do chão.

Olive viu o *Tesoura de Vento* começar a ultrapassar o *Fenda no Vento*.

A Cidadela trovejava em sua queda, dizimando tudo, enquanto os navios terrestres disparavam para a frente, tentando escapar.

O *Tesoura de Vento* estremecia violentamente, cada parte dele vibrando e se desprendendo com o esforço.

— O navio vai se despedaçar! — Casper gritou.

— Que despedace, então! — Olive gritou de volta, mantendo os olhos no *Tesoura de Vento*, ainda avançando. — Anda, seu filho da mãe — disse para si mesma, observando, agarrada ao corrimão. — Anda logo. — O *Tesoura de Vento* rugiu para a frente, a Cidadela ruindo atrás dele. Ela nunca tinha visto velocidade como aquela, nunca tinha visto uma tripulação trabalhando tão bem em equipe. Aquilo era mais do que inspirador. — *Vamos lá!*

Os destroços da Cidadela caíram com estrondo no chão, numa cacofonia de sons diferente de tudo que Olive já tinha ouvido. As ruínas desapareceram. O céu ficou escuro. A onda de choque causada pelo impacto os atingiu e o *Fenda no Vento* deu uma guinada, fora de controle.

— Preparem-se para o impac...! — Casper tentou avisar, mas já era tarde demais.

O navio bateu com tudo na lateral de um edifício, esmagando a bombordo do navio árvores e semáforos velhos antes de fazer um buraco na esquina onde um dia ficava uma padaria.

Olive voou para a frente, chocando-se contra o leme. Casper deslizou pelo chão, mas Olive agarrou a mão dele, impedindo-o de cair do navio.

E então acabou.

O estrondo aterrorizante da queda ecoou nas ruínas pelo que pareceu uma eternidade, até finalmente se desvanecer. O ar estava cheio de poeira e fumaça, e ela podia ouvir as pessoas tossindo ali perto, podia ver sombras em movimento. Ótimo. Ela não estava morta.

Ela se obrigou a ficar de pé, ajudou Casper a se levantar e olhou para ele.

— Mas que piloto danado de bom!...

Ele olhou sobre o ombro de Olive, para onde a frente do navio estava enterrada dentro do edifício.

— Eu destruí uma padaria.

Olive sorriu, bagunçando o cabelo dele.

Ela e Casper se juntaram ao resto, saindo do navio, enchendo as ruas, olhando para trás, para a rua de onde tinham vindo. A poeira começava a baixar e eles viram que uma faixa gigante da cidade tinha simplesmente desaparecido, um campo maciço de detritos em chamas se estendia por quilômetros, o local de descanso final da Cidadela.

Em seu lugar, um enorme campo de energia bruxuleante e resplandescente crescia a cada segundo, enquanto as Efêmeras dos Confederados, as radiantes entidades cristalinas, entravam e eram absorvidas por ele, preenchendo-o com a sua luminescência. O silêncio reinou entre os marujos, enquanto olhavam com admiração para a cena.

O primeiro viva irrompeu. Em seguida, um cristal vermelho de Antimatéria foi lançado no ar. Então dezenas de outros. Depois tiros. Todo mundo aplaudia e gritava e se abraçava, uma massa de pessoas comemorando. Mesmo sem entender muito bem o que tinha acontecido, sabiam que havia algo de grandioso naquilo. Era, sem sobra de dúvida, uma vitória.

Olive abriu caminho entre a multidão, olhando tudo como se estivesse em transe. Ela viu Avril felicitando seus ex-Hélices. Viu Mercadores de Vento apertando as mãos de membros do Bando. Viu Masyn puxando Castor para ela e beijando-o. Viu Isaac, com o que tinha restado dos seus homens, sentar-se e encostar-se contra um poste telefônico e fechar os olhos, como se despertasse de um longo pesadelo.

E ela viu algo mais. Um navio terrestre muito específico, a tripulação desembarcando e se juntando às celebrações.

Dresden liderava o caminho e parou quando a viu. Ela balançou a cabeça em descrença e foi até ele.

— Desculpe não voltar para buscar você — disse ele —, estava meio caótico...

Olive agarrou-o pela camisa, puxou-o até a altura do rosto dela e o beijou. Ele não resistiu.

Quando ela se afastou... socou-o com força no estômago por todo o estresse que ele tinha acabado de lhe causar. Dresden gemeu e deu um passo cauteloso para trás.

— Caramba!...

— Você poderia ter levantado aquelas velas antes!

— Não sabia do seu talento... para as artes dramáticas... — Ele fez uma careta, apertando o estômago. Olive se aproximou dele novamente e Dresden recuou mais um passo.

Olive revirou os olhos.

— Vem cá.

Dresden cautelosamente se aproximou.

— Você envia muitos sinais contraditórios, sabia disso?

— Pare de falar — ela sussurrou e beijou-o mais uma vez.

Em torno deles os vivas e as comemorações continuavam. À distância, o Nexus continuava a crescer, iluminando a cidade, substituindo a luz do sol que tinha acabado de se pôr no oceano. As Efêmeras continuavam preenchendo-o, tornando-se uma descomunal massa de radiância no céu.

50. O TODO

MIRA ABRIU OS OLHOS LENTAMENTE, se perguntando se ainda estava viva. Max pairava sobre ela, olhando-a com ar de dúvida, respondendo à sua pergunta. Ela sorriu e acariciou o cão, então ele se afastou, provavelmente para dar uma olhada em Holt.

Para onde quer que o Embaixador os tivesse levado, era bem longe de onde estavam antes. Tudo estava estranhamente silencioso. Grossos feixes de cor laranja avermelhada se erguiam no céu. Enormes cabos sustentavam pistas de asfalto acima do oceano. Era uma ponte. A famosa Golden Gate, que ficava no que havia sido a baía de San Francisco. Ocorreu a Mira, estranhamente... que poderia, um dia, vir a ser novamente.

Ela se levantou lentamente e olhou em volta. O sol tinha se posto, mas a luz à distância era quase tão brilhante quanto ele. O Nexus enchia o céu e a luz dourada que irradiava dele iluminava o vidro dos edifícios, fazendo a coisa toda parecer algum tipo de altar gigante, cheio de velas votivas.

Milhares de Efêmeras erguiam-se no céu, sendo absorvidas, uma após a outra, pelo campo da energia que se tornava cada vez mais resplandecente. A visão era incrivelmente bonita, e foi apenas o movimento de Holt perto dela que desviou sua atenção.

A ponte estava totalmente vazia, assim como as ruas. Holt estava por perto, tentando ficar em pé, cheio de arranhões e hematomas. Max cutucou os pés dele com o focinho e Holt e Mira olharam um para o outro num torpor surreal.

Ouviram um ribombar fraco e distorcido ali perto.

A carapaça metálica do Embaixador jazia amassada e chamuscada, e espalhava faíscas. Dava para ver onde os estilhaços negros afiados da Cidadela tinham perfurado a sua armadura e se projetavam em todos os ângulos.

Mira e Holt foram até ele. As faíscas significavam que o caminhante ainda estava ligado, mas ela não conseguia sentir o Embaixador ali dentro. Ou ele estava muito fraco... ou tinha perecido.

Ela colocou a mão sobre a armadura, expandindo sua percepção até máquina. Havia uma débil presença lá, uma pálida cor que brilhava fracamente na escuridão, mas estava se extinguindo.

Mira fechou os olhos com tristeza.

Não era justo que ele acabasse assim. O resto de sua espécie estava sendo absorvido pelo Nexus e seguia rumo a qualquer que fosse o futuro que os aguardava. Pensar que o Embaixador, o melhor deles, aquele que tinha lutado desde o início por aquela vitória, seria deixado de fora a enfureceu.

Ela apertou a armadura com frustração.

— O que foi? — perguntou Holt.

— É só que... — Ela começou, mas não conseguiu terminar, olhando para o sempre crescente campo de energia.

— Não é justo — Holt terminou por ela. Mira assentiu. — Ele já se foi?

— Ainda não.

— Então há uma chance.

Ela balançou a cabeça.

— Você não entende. Ele não consegue deixar a armadura, vai morrer aí dentro.

— Por que não pode sair? — Holt, ela sabia, estava à procura de uma solução. Esse era talvez seu traço mais cativante, a recusa em aceitar resignadamente a derrota.

— Ele não consegue sair — Mira explicou. — Está muito fraco.

— E se conseguisse?

Mira suspirou.

— Não poderia viver do lado de fora, ao ar livre, iria morrer também rapidamente.

— Mas está logo ali. *Olhe!* — Ele apontou para o Nexus, a menos de dez quilômetros de distância, acima de todos os edifícios. — Ele não vai ter que sobreviver por muito tempo, depois que voltar para lá...

— ... vai se recarregar — Mira concluiu, pensando melhor agora.

— Tem que haver uma maneira de tirá-lo daí, dar a ele uma chance, pelo menos.

Só havia um jeito, ela já tinha feito aquilo antes, recentemente, permitindo que duas entidades passassem através dela. Mira provavelmente poderia fazer algo semelhante agora, atraindo o Embaixador para fora, dando a ele parte das suas forças. Mas...

— Eu preciso da sua ajuda — ela disse a Holt. — Ele está tão fraco que eu não acho que possa encontrá-lo sozinha, mas se tentarmos juntos...

Holt não hesitou.

— O que você precisa que eu faça?

Mira sorriu.

— Você tem certeza? Vai doer.

— Ele salvou a sua vida — Holt respondeu. — A minha também.

Mira tocou-o suavemente, agradecida... em seguida, virou-se e colocou as mãos sobre a carapaça detonada do Embaixador.

— O que eu faço? — perguntou Holt.

— Coloque as mãos em mim — disse ela. — Eu vou puxar a sua mente para o interior da máquina, então tentar encontrar o Embaixador. Se eu conseguir, posso puxá-lo para fora e ele vai passar por nós dois. Eu posso tentar dar a ele um pouco da nossa força. Está pronto?

Holt passou os braços ao redor da cintura dela, aproximando-se.

— Pronto.

Max ganiu abaixo deles, incerto.

Mira fechou os olhos, respirou fundo... e buscou o escudo do Embaixador com sua mente. Não havia nada além de escuridão, nenhuma cor, nenhuma luz. Ela sentiu seu coração se apertar. Será que ele já tinha partido?

Mira se voltou para trás e tocou a mente de Holt, deixou a conhecida autoconfiança dele lhe dar força. Juntos, eles se projetaram mentalmente para dentro da máquina outra vez, explorando a escuridão, à procura de qualquer sinal de consciência.

Por fim, ela o viu.

Uma leve centelha de luz, espirais vermelhas e roxas. Ela sentiu o coração acelerar, seguiu em frente, levando Holt com ela.

O Embaixador estava fraco, mal tinha senciência ou energia, mas ela estendeu a mente até ele, de qualquer maneira. Então Mira sentiu uma ligeira agitação partindo dele, uma suave e quase imperceptível onda de afeto, de reconhecimento. Ele ainda estava lá, o Embaixador estava vivo.

Mira derramou toda a sua energia e vontade sobre ele, tomando emprestado o que podia de Holt, acrescentando o foco dele ao dela própria, sugerindo para a entidade moribunda o que ela pretendia, o que queria fazer.

Ele brilhou ligeiramente, ficou um pouco mais brilhante, como se assumisse o compromisso de não desistir.

A presença do Embaixador se moveu em direção a ela... e a dor ardente percorreu o seu corpo.

Ao fundo, Mira sentiu os braços de Holt se flexionarem em torno dela, sabia que as sensações de ardor o percorriam também.

Mira lutou contra a tontura e a dor. Eles ficaram mais intensos, aumentando e flamejando enquanto as cores desbotadas de Embaixador eram canalizadas para ela e Holt, pressionando, queimando, finalmente deixando a escuridão e emergindo para o ambiente exterior.

Quando isso aconteceu, Mira irradiou para ele toda a energia mental que conseguiu, tentando fortalecê-lo, insuflando-lhe vida suficiente para, finalmente, chegar aonde ele desejava havia tanto tempo estar.

Então acabou. Mira desabou no chão e Holt caiu ao lado dela. Max, em cima de ambos, choramingando e latindo.

Mira abriu os olhos, com fraqueza.

No ar pairava o Embaixador, a sua forma cristalina complexa preenchida de roxo, como uma ametista de pura energia, mas nem de longe tão vibrante quanto tinha sido um dia. A estrutura cristalina parecia flutuar, rompendo-se e refazendo-se. Ele tinha conseguido sair de sua carapaça, mas não aguentaria muito tempo.

Ainda assim, o Embaixador hesitava, olhando para ela, iluminando a ponte em tons violeta. Mira podia captar os sentimentos dele. Afeto. Tristeza, sabendo que nunca mais iria vê-la... e profunda gratidão.

Mira se impregnou daqueles sentimentos, deixando que a preenchessem, mas ela sabia que ele tinha pouco tempo.

Vá, ela projetou. *Depressa.*

O Embaixador pairou por mais um instante... em seguida piscou e flutuou para longe, passou sobre a ponte, sobre a baía, seguindo para onde os outros ascendiam para o céu, em direção ao Nexus.

Holt se sentou e encostou nos restos fumegantes da armadura do Embaixador. Mira fez o mesmo. A dor estava diminuindo, a lembrança se desvanecendo. Max se contorcia de alegria entre eles, e ambos acariciaram sua cabeça.

— Bem — Holt disse por fim —, isso doeu um bocado.

— O final perfeito para um dia perfeito — Mira concordou.

Ambos soltaram um profundo suspiro, exaustos e sem forças, esgotados demais para se mover.

— Parece que faz uma eternidade que eu... não me sento — disse Holt.

Eles ficaram ali por um longo tempo, assistindo o Embaixador desaparecer dentro da massa de outras entidades, misturando-se a elas, observando o Nexus continuar a crescer.

— Olhe lá! — exclamou Holt, apontando para onde os prédios se encontravam com o mar. Ali havia algo enorme, feito do mesmo metal preto da Cidadela, mas nem de longe tão descomunal. Aquilo era algo que Mira já tinha visto antes.

Um Parlamento dos Confederados, uma das colossais naves-mãe que tinham descido do céu anos antes. Olhando mais de perto, Mira viu por que Holt tinha apontado para ele.

Visíveis apenas à luz do Nexus, ela podia ver milhares de pontinhos minúsculos saindo da estrutura, caminhando lentamente para fora de seus portões, em direção às ruínas da cidade. Eram pessoas, de repente ela percebeu, e considerando de onde estavam vindo, ficava claro quem elas eram.

— Ah, meu Deus!... — Mira respirou, e ela pôs a mão na de Holt.

Eram os Sucumbidos. Não estavam mais sendo afetados pela Estática, porque a Estática tinha acabado. Adultos. Seus pais e irmãos e todos aqueles que eles tinham perdido. O que eles estavam assistindo ali provavelmente estava se repetindo em todos os Parlamentos do mundo.

Mira sentiu uma emoção estranha se formar enquanto observava as pequenas figuras.

— Estou com medo — ela sussurrou — e não sei por quê.

Holt apertou a mão dela.

— Porque tudo mudou. Tudo é novo, mais uma vez.

Mira olhou para trás, na direção do Nexus, observando suas espirais de luz, cores de todo tipos se fundindo e voltando a se separar.

Ela podia sentir as projeções vindas do céu, e eram semelhantes às emoções dela. Empolgação. Apreensão. Entusiasmo. Os Confederados também estavam numa encruzilhada. Apesar de tudo o que tinham feito, Mira estava feliz por eles. Esperava que, fosse qual fosse o novo destino que os aguardasse, eles pudessem começar a desfazer todo o mal que haviam causado. Talvez pudessem dar um sentido a tudo aquilo.

— Você consegue senti-la? — perguntou Holt.

Mira sorriu e acenou com a cabeça, fechando os olhos, concentrando-se.

— Zoey tem suas próprias cores dentro de tudo. Ela é... linda.

— O que eles vão fazer agora?

— Eles não sabem — respondeu Mira. — Partir. Viajar. Explorar. Tudo o que o Nexus sempre esperou que fizessem. A mesma coisa está acontecendo em todo o mundo, em todas as Cidadelas. Quando partirem, serão como um Todo. Zoey os uniu de uma maneira que eles nunca sonharam ser possível.

Enquanto falava, Mira sentiu uma irônica melancolia por saber que, quando o Nexus tivesse ido embora, a fonte dos sentimentos e projeções que enchiam sua mente também teria ido. Ela tinha se acostumado às sensações, aos pensamentos dos outros. Tinha passado a vê-los como uma família.

— Ela te amava, fique sabendo — disse Holt calmamente.

Pensamentos sobre Zoey giravam na cabeça de Mira, as lembranças que ela sempre teria. Ela estaria sempre com sua pequena amiga.

— Eu sei.

Houve uma pausa antes de Holt falar novamente, sentindo as palavras antes de expressá-las.

— *Eu* amo você.

Mira ofegou. Emoção e calor espalharam-se por ela. Eram apenas palavras. Palavras que os fatos quase a impediram de ouvir, mas o alívio que ela sentiu por finalmente ouvi-las foi intenso. Até aquele instante, Mira não fazia ideia do quanto queria ouvir aquelas palavras.

— Eu também te amo. — Ela apertou a mão de Holt, sem nunca querer soltá-la. — Eu sei que dissemos que não faríamos mais promessas — disse Mira, repetindo algo que ele lhe tinha dito uma vez —, mas, seja o que for que aconteça agora... prometa que você sempre vai estar aqui. Comigo.

Holt lentamente se virou para ela. Mira fez o mesmo, estudando seus olhos castanhos, seu cabelo despenteado, a calma que ele exalava. Tudo nele fazia com que ela se sentisse segura, fazia com que se sentisse em casa.

— Onde mais eu estaria? — Holt perguntou. Em seguida ele se inclinou, bem devagar, e seus lábios se encontraram. Eles se beijaram enquanto Max descansava entre os dois, de olhos fechados, serenamente.

À distância, além da baía, milhares de sobreviventes caminhavam devagar para fora do Parlamento. Navios terrestres deslizaram suavemente até parar em frente à enorme estrutura, suas velas coloridas seria a primeira visão dos adultos da Terra depois de anos. As tripulações observavam, nervosas, apreensivas... em seguida, lentamente, os dois grupos se moveram em direção um ao outro.

Acima, as Efêmeras deslizavam, sendo absorvidas pelo Nexus; milhares delas, pontos de luz dourada riscando o céu. Elas partiriam em breve, como um Todo e, quando o fizessem, seriam como qualquer outra forma de vida do universo.

Para onde iriam não importava, o que importava era que estavam livres... e não viveriam mais em solidão.

PRÓXIMOS LANÇAMENTOS

JANGADA

Para receber informações sobre os lançamentos da
Editora Jangada, basta cadastrar-se no site:
www.editorajangada.com.br

Para enviar seus comentários sobre este livro,
visite o site www.editorajangada.com.br ou mande
um e-mail para atendimento@editorajangada.com.br